U0546211

# 田原小說論

郭澤寬——著

airiti press
華藝學術出版社

# 目次

| | |
|---|---|
| 被忽略的鄉土／本土作家——序《田原小說論》　馬森 | I |
| 第一章　緒論 | 1 |
| 第二章　文學場域中的田原 | 13 |
| 　第一節　反共與反共之外——台灣文學中的軍中作家 | 14 |
| 　第二節　田原創作歷程與小說題材類型 | 43 |
| 第三章　田原懷鄉書寫中的時空呈現與思想表現 | 51 |
| 　第一節　懷鄉下的北方空間 | 51 |
| 　第二節　另一種「江湖」——反映歷史的題材與情節元素 | 64 |
| 　第三節　對於「現代」的戒心 | 78 |
| 　第四節　懷鄉——美好歲月的想像 | 84 |
| 第四章　田原懷鄉書寫中的人物與語言 | 91 |
| 　第一節　形象飽滿的各色人物 | 91 |
| 　第二節　細緻的人物服飾與場景描繪 | 112 |
| 　第三節　雜語紛呈——田原作品中的語言 | 129 |
| 第五章　不太成功的本土？田原的台灣書寫 | 163 |
| 　第一節　視界的差距 | 164 |
| 　第二節　語言的隔閡 | 172 |
| 　第三節　三輪車末年的各色人物 | 179 |
| 　第四節　庶民空間與市井敘述 | 216 |

| 第六章　田原作品中的商場活動敍述 | 275 |
| --- | --- |
| 　　第一節　商場與文學 | 277 |
| 　　第二節　做為一種戰場的商場 | 307 |
| 　　第三節　商業時代中的派生人物 | 328 |
| 　　第四節　商業時代的接受與抵拒 | 338 |
| 第七章　結論 | 349 |
| 附錄 | 357 |
| 引用書目 | 363 |

# 被忽略的鄉土／本土作家——
## 序《田原小說論》

馬森

在台灣光復後的現代文學中,軍旅出身的作家撐了半邊天,這是眾多研究現當代台灣文學的學者公認的事實。但是也有太多的學者難以避免意識形態的偏見,常以族群區別的眼光來鑑識作家的成就,特別有關鄉土／本土的書寫,經常視軍旅出身的作家為外來者,寫不出台灣的鄉土／本土文學,因而在台灣現當代文學史的著作中使他們常常成為被忽略或者被曲解的一群。

首先,五、六〇年代的軍中作家,當然是1949年前後由大陸撤退來台的軍官或士兵,雖然來台後大多數很快或數年後都脫卸了軍職,但是由於他們曾任軍職或因軍校出身而終身被貼上軍中作家的標籤。是否適當,是一個值得討論的問題。不過在必須分類以明之的文學史或文學批評中,分類是一項不可避免的敘述策略,實在無可厚非,在學術研究上並無褒貶的含意。他們的成就基於他們的作品,而非基於他們的出身或標籤。他們是否寫得出台灣鄉土／本土文學,同理,也該基於他們的作品,而非基於他們是否出身軍中作家。

其次,什麼是台灣的鄉土文學?這個詞有兩個涵義:一是指寫台灣農村的作品;二是指寫台灣本土的作品。因為台灣從上世紀七〇年代後逐漸從農業社會轉型為工商業社會,昔日的農村已經成為市鎮或城市的邊沿,人們的生活方式也逐漸同質化,很難再有農村與城市的分別或對立,因此

鄉土也就等同於本土了。另一個常被忽略的問題是：光復後的台灣本土已非光復前的台灣本土，正如鄭成功開台後的台灣本土並非鄭成功開台以前的本土。鄭成功開台以前，台灣的本土毫無疑問的乃以台灣的原住民為主體，但是鄭成功開台以後，大陸上來台的閩粵移民逐漸成為本土人民的多數。同理，台灣光復後大陸各省來台的移民（包括閩粵移民在內）雖然不曾形成多數，但是也佔有本土居民的很大一個比率，加以外省本地通婚的家庭，成為一個不可忽視的數目。因此書寫大陸各省移民在內的文學作品，難道不是台灣的本土文學嗎？

如果我們敞開胸懷，承認五〇年代後書寫台灣本土的文學作品，不論寫的是原住民族群、河洛族群、客家族群、外省族群，還是混合各族群的文學作品都是台灣的鄉土／本土文學，那麼軍中作家的作品就成為台灣不可忽略的鄉土／本土文學的重要組成部分。

東華大學台灣文化學系副教授郭澤寬是一位對這個問題特別加以關注的學者。五年前曾出版過《官方視角下的鄉土——省政文藝叢書研究》，分析了包括鍾肇政、張漱菡、南郭、高陽、姜貴、鍾雷、楊念慈、盧克彰、田原、鍾鼎文、于吉、繁露、童世璋、林鍾隆、后希鎧、黃肇中、郭嗣汾、端木方、劉枋、尹雪曼、鄭清文、李喬、魏子雲、王臨泰、宣建人、鍾鐵民、劉心皇、段彩華、蔡文甫、鄧文來、吳東權、姜穆等在內的三十多位作家，其中有省籍作家，也有外省籍作家，更不乏所謂的軍中作家。他們的這些作品，特別是長篇小說，對當日台灣社會的變革、經濟的起飛與轉型、人民生活的狀貌等，都有如實的描寫，但常常為研究台灣現當代文學的學者所忽略，甚至未將其列入台灣的本土文學之林。郭著等於為台灣的現當代文學史做了補漏的工作。

此後，郭澤寬繼續研究那一個時代的軍中作家，發現他們不止是寫過反共的官樣文章以及懷念大陸故鄉的懷鄉文學，其實有更多的作品專注在他們的第二故鄉台灣的這塊土地和居住其上的眾多族群上，因而對於有人認為他們「就是抵死不在這裡紮根」的說詞，覺得未免曲解了他們的身世，甚至抹殺了他們的貢獻，對那一代的軍中作家是極不公平的事。葉石濤在〈從鄉土文學到三民主義文學〉一文中曾認為軍中作家「來台不久，他們來到台灣的生活圈子不離軍隊或黨政府機構，始終依附在政權上的，他們沒有機會和真正的台灣民眾接觸，無法瞭解真正民眾的

生活、意願,既無法瞭解台灣的過去,更不懂得台灣的現在,因此他們無法寫這種背景的作品。」換一個角度,倘若原住民的作家認為河洛族群及客家族群的作家沒有機會和真正的台灣原住民族群接觸,又不熟悉原住民的語言,因而寫不出真正的台灣鄉土文學,這一論據是否可以成立呢?因此,龔鵬程在《台灣文學在台灣》一書中曾經替這些軍中作家鳴不平,他問說:「兩百萬軍民來台,在台灣居處、思考、活動,本身不就是台灣社會現實嗎?描寫這些人的思維活動、生活狀況及面對之時代問題,本就不是寫實的嗎?」為了證明這些終生未離台灣本土的軍中作家確實寫出了台灣本土的社會變革和人民的生活樣貌,郭澤寬首先選取了田原的小說作為深入研究的範本,完成了《田原小說論》一書。這本書仔細分析了田原眾多寫台灣本土的社會發展及各族群的互動交融狀況的長篇小說。他認為田原的這些小說「從台灣文學史上看,比對相同身分出身者可說是相當突出,即使放到與本省籍作家平行來看,他所觀察到的面相,他寫商場競爭、寫都市雜院裡的生活實況,寫各行各業底層人民的營生、寫軍公教人員的兢兢業業等,即使與『鄉土文學』興盛的年代中所產出的作品來比較,也是具有相當的獨特性,其中關懷底層人民、批判『現代』所帶來之惡,更是脈絡相通。」郭澤寬引用葉石濤《台灣文學史綱》對田原的評論說:「田原曾試圖把本土生活的題材納入小說裡,但不太成功。」他的這部《田原小說論》可說是對葉石濤田原評論的矯正和補充。他以為葉石濤可能僅從田原的省籍及對本地語言的熟悉程度上著眼,覺得他的作品「不太成功」。今日如果放棄族群的成見,只就語言的運用著眼,既然田原所寫並非全為本省籍人民的生活行動,而是各族群之間的生活面貌,那麼運用所謂的「台灣式國語」反而更可以達到寫實的目的。

　　談到對台灣社會真實的反映,郭澤寬認為田原對社會上各色人物(包括軍人、商人、小販、工匠、政府職員、學校教員、三輪車夫、地痞流氓,家庭主婦、商場女強人、養女、潑婦、酒女、娼妓等等)均有生動如實的描繪,對那個現代化變遷的時代氛圍、地理環境和庶民生活景象也都有細膩的陳述。郭澤寬也不諱言田原在有些作品中「人物有明顯類型化、刻板化的現象,思想企圖也明顯外露,在藝術性上是可議的。」但他大部分作品可說承繼了巴爾扎克以降的寫實主義的主流,只不過像大多數

中國作家和西方宗教作家譬如葛林（Graham Greene）一樣，無能避免潛意識中的教化思想，在作品中不由自主地摻入隱惡揚善的意圖，或忍不住對看不慣的社會現象加以抨擊，以致無能真正完成寫實主義所要求的純客觀與置身事外的美學標準，可以說是繼五四時代的擬寫實主義之後的另一「擬寫實」小說的新品種。

　　田原的小說只是那個時代眾多軍中作家作品的選樣，其他的同類作家像林適存、盧克彰、楊念慈、李冰、墨人、端木方、南郭等的作品，猶待做進一步的關注與研究。

2016 年 1 月 13 日

# 第一章　緒論

　　在葉石濤《台灣文學史綱》中，對於開始出現於五〇年代，出身軍旅而一般稱之為「軍中作家」的作者群，有著以下評論：

> 軍中出身的作家構成一特異領域，題材都描寫戰爭、軍人生活為主，這是世界各國文壇罕見的現象。一般說來，軍中作家樸實敦厚，但思維領域狹窄，描寫範圍不廣，有特殊風格。（葉石濤，1991：98）

文中且列舉司馬中原[1]、朱西甯[2]、段彩華[3]、高陽[4]、尼洛[5]等作家以為代表，且認為司馬中原最好的作品都紮根於大陸農村生活；朱西甯最著名的長篇《八二三注》為描寫金門砲戰的巨作。

　　軍中作家的特殊性，就如葉石濤文中所述，眾人所關注的，一是他們的出身，其二更是他們作品的題材。這種敘述同樣出現在其他有關五〇年代台灣文學史論述中。就如彭瑞金《台灣新文學運動40年》中，有關軍

---

[1] 司馬中原（1933-），15歲時從軍，歷任教官、訓練官、參謀、新聞官。1962年退役。

[2] 朱西甯（1927-1998），杭州藝專肄業，後投筆從戎，曾任教官、編輯、參謀，《新文藝》月刊主編，1972年退役，專職寫作。

[3] 段彩華（1933-2015），1949年於長沙從軍，1962年退役。曾任記者、校對、少尉軍官、《幼獅文藝》主編。

[4] 高陽（1922-1992），本名許晏駢。1946年考入空軍官校任軍用文官，1960年卸下軍職。

[5] 尼洛（1926-1999），本名李明。政工幹校第一期研究班畢業，曾任國防部播音總隊副總隊長等職。

中作家的論述，基本上也和葉石濤類似，但更強調他們接續了五〇年代「反共文藝」運動，在當局推廣「戰鬥文藝」、推行「文藝到軍中去」的政策下，成為反共文藝最後的承繼者，且就如他所說：

> 以槍桿與筆桿結合的假設理想，硬把識字不多的軍人，培養成可以提筆上陣，既能武鬥，又搞文鬥的筆隊伍，使軍中文藝自成一系，這在世界文學史上都是空前絕後的，值得一記。（彭瑞金，1991：78）

顯然彭瑞金是將他們完全視為在政治運作下，做為推動反共文藝、戰鬥文藝的工具目的性所產生的一批作家。同時，彭瑞金在敘述六〇年以降，現代主義對台灣文學的影響時，認為當時作家在現代主義潮流衝擊下，許多作家在表現內心世界的孤寂，或者是現實問題探索中「擺盪」，且說：

> 擺盪得最厲害的恐怕是屬於所有的「軍中作家」如朱西甯、司馬中原……等了。朱西甯也沾到一點現代主義的流風餘韻，但畢竟不那麼年輕，只好把作品推回夢土，寫記憶中的家鄉，甚至用精神上的舊土壤——古傳奇的掌故——來寫作了。司馬中原寫大鬍子，寫響馬，說鬼故事，也可以做如是觀，就是抵死不在這裡紮根。（彭瑞金，1991：139）

葉石濤在批評五〇年代反共文藝、懷鄉文學時，就曾批評五〇年代諸多由外省來台的作家，沉陷於意識形態鬥爭的狹窄領域，來到了台灣，卻不願瞭解本地民眾生活與真實心理，就如他所說：「實際上他們生活的根還留在大陸，……把白日夢當做生活現實中所產生的文學，乃壓根兒跟此地民眾扯不上關係的懷鄉文學」（葉石濤，1991：89），彭瑞金所謂「抵死不在這裡紮根」，認為即使脫離五〇年代肅殺的反共、戰鬥文藝氣氛，這些軍中出身的作家，依然不將他們的視野轉向現實的台灣。

而在陳芳明《台灣新文學史》中，同樣將軍中作家放在五〇年代文學的論述裡，且著重國家政策和這批作家間的恩庇侍從關係，就如其中所述：「官方的文藝獎金制度，在荒涼的年代鼓勵不少知識分子與軍中官兵投入寫作的陣營，並且也使作家對於支配性的政治體制產生依賴」（陳芳明，2011：276），在批判反共文藝對於台灣本地文學經驗的傷

害扭曲時,說:「真正在反共文學運動中成長起來的作家,大多來自軍中」,(陳芳明,2011:308-309)更批判這樣的體制之下,因強調集體精神和集團行動,造成個人主義的泯滅,甚而壓抑自由主義風氣,傷害的是對社會甚或是文學的發展。

而在其他相關台灣文學史論中,有關軍中作家,除了會對以「創世紀」中等若干軍中出身的詩人加以討論,著重對於台灣現代詩發展的貢獻外,其餘的常以一種概括式同質化的敘述來描述他們,(徐薇雅,2013:1)從而讓人有著既定的印象,甚而將軍中作家的作品與反共文藝、戰鬥文藝直接拉上等號,對於這些作家,在脫離五〇、六〇年代反共、戰鬥文藝後的文學活動,除了少數作家外,也甚少著墨,似乎沒有其他值得討論的空間。

但事實果真如此?

同樣的,在《台灣文學史綱》中敘述了軍中作家的特殊性後,對於同樣出身於軍中的作家田原,簡介他的生平、重要創作後,有以下簡單的評述:

> 田原曾試圖把本土生活的題材納入小說裡,但不太成功。(葉石濤,1991:99)

這也說明,大家一般印象裡,在思想上配合反共國策,在題材上以作者自己在大陸故園景色為主的軍中作家,也早已把他的視域投向這個他們已經生活一段時間的台灣了,田原就是一個例子,即使葉石濤認為是「不太成功」,所謂「抵死不在這裡紮根」至少已不適用於此。

相較於台灣本地各種史論,將軍中作家的發展,著重與反共文藝、戰鬥文藝的連結上,由大陸所出版的《台灣文學史》,則對六〇年代後,軍中作家作品的各種樣貌有許多描述。就如其中所言,這一時期作品的反共色彩已淡化,有關人性的主題和相關題材,也被納入寫作視野。同樣的,軍中作家在現代詩上的成就,是其中敘述的重點。而在小說創作上,這一時期雖然反共意識淡化,但許多作品仍圍繞在軍中生活上,此外,回憶、懷鄉之作品更具特色。

然值得注意的是,就如其中所言:「除此而外,軍中作家還創作

了大量反映台灣社會現狀的小說」（劉登翰等，1993：408），認為在台灣現代化變遷中，由農業社會轉型為工商業社會的過程造成的各種社會問題，吸引了這些軍中作家的目光，從而表現在他們的作品中。在文中列舉了姜穆、王璞、宣建人、呼嘯、司馬中原、朱西甯、段彩華等作品，說明了他們有著不少作品，以當時變遷的台灣社會底層人民為描述對象，並且說：

> 總之，"軍中文藝"在其發展過程中，受到台灣政治、經濟、社會、文化諸種因素的制約和影響，它在延續 50 年代的反共意識的同時，於新形勢下也有所轉變，產生一些新的特點，作為台灣文學史上的一種特殊現象，值得考察。（劉登翰等，1993：410）

這顯然與台灣本地的相關論述有些許差異，同時也說明這些軍中作家，在五〇年代後，並非是既定印象中，全是反共國策下的書寫，作品視野並非全面限於回憶、故園中。

本書即是從此一問題意識出發，以田原的作品為主要討論對象，其中有幾個討論的要點：

1. 對於所謂軍中作家，在反共文藝之外，在台灣文學史上，扮演何種角色？淡化反共色彩後的作品又有何不同的樣貌？

2. 本書且以田原為主要對象，他的小說作品有何藝術特色？他相關以台灣為題材背景的小說更是討論的重點，葉石濤對這些作品評以「不太成功」，是否真如其言？

3. 所謂的軍中作家「思想領域狹窄」、「描寫範圍不廣」究竟適不適合於田原？為何有如此評論？

田原是一多產作家，除了諸多以故園為背景的作品，如《這一代》、《古道斜陽》、《大地之歌》、《松花江畔》、《青紗帳起》等外，實有不少以台灣本土為背景的作品，不計中、短篇小說，且以長篇小說而言，就有《朝陽》、《嘆息》、《遷居記》、《圓環》、《男子漢》、《雨都》、《四姐妹》、《差額》等。作品中豐富多變的場景描述，與個性鮮明、語言生動的人物形象，更讓人印象深刻。

顯而易見的，單從這些作品來看，絕非所謂「抵死不在這裡紮根」，

反而是以另一種視角觀察台灣、書寫台灣之作,這往往是台灣本地相關文學史論所未曾注意到,甚而是忽略的。這將是本書的討論重點之一。

對於軍中作家的討論,除了上引的若干文學史論外,《聯合報》於1979年9月3日軍人節當日起,曾以〈鋼盔上的桂冠〉為題,以連續三天的副刊版面專訪許多軍中出身的作家,並以訪問稿方式呈現,可說是副刊版面第一次有系統的對於軍中作家的介紹。

而在學術討論中,最多的是對於個別作家的學術研究論著,尤其集中在幾位重要的作家如朱西甯、司馬中原、段彩華等,[6] 當然為數最眾,還是對於個人作品評介文章。而軍中出身的詩人作家,也是許多研究者所關注,同樣的亦有許多研究論著。

如果對比這些軍中出身、數量龐大,且曾對台灣文學發展有著重大影響性的作家而言,這些研究是不足的,且顯然倚重在部分作家上。

雖然田原有著可觀的創作量,但相關研究則主要是一些發表於各報章副刊,對個別作品相關的評介性文章為主,[7] 未見系統性、全面性的學術論述。

---

[6] 如以朱西甯主要研究對象的學位論文就計有8篇之多,而以司馬中原也有6篇之數,對於段彩華亦有2篇專論,當然各單篇論文為數就更多了,在此就不細列,其他諸如舒暢、李冰、馮馮等出身軍中的作家,亦有學位論文專論。

[7] 以田原小說作品為評介對象篇章的有(依評者姓名筆劃為序):王少雄:〈評田原的「松花江畔」(上、中、下)〉,(《中華日報》,1974年8月10日),9版;白步:〈評「雨都」〉,(《文藝月刊》,1971年11月),9版;石陵:〈田原「迴旋」評介〉,(《青年戰士報》,1968年12月22日),7版;易安:〈評「遷居記」〉,(《文壇》,1972年1月),頁26-131;金蕾:〈評田原著「古道斜陽」〉,(《青年戰士報》,1970年3月12日),7版;姜穆:〈心靈飛動・生滅自如——評田原著大地出版「松花江畔」〉,(《解析文學》,1987年10月),頁39-47;姜穆:〈田原「圓環」評介〉,(《中華日報》,1979年6月28日),9版;姜穆:〈田原之鳴也,高歟!〉,(《解析文學》,1987年10月),頁48-57;墨虹:〈田原的「古道斜陽」〉,(《文訊》,1985年6月),頁184-185;姜穆:〈圓環的圓:評田原「圓環」〉,(《台灣新聞報》,1979年5月29日),12版;夏楚:〈看田原的作品——以古道斜陽抽樣〉,(《民眾日報》,1980年9月21日),12版;桑田:〈尚古與容新:讀田原著「男子漢」(上、下)〉,(《青年戰士報》,1974年7月16日),8版;袁聖悟:〈評田原的「古道斜陽」:談鄉土文學〉,(《青年戰士報》,1975年9月24日),8版;袁聖梧:〈談鄉土文學兼評田原的「古道斜陽」〉,(《青年戰士報》,1968年7月28日),7版;張行知:〈評「古道斜陽」〉,(《青年戰士報》,1966年2月11日),3版;張默:〈愛與悲憫的輻射——淺談田原的瀟瀟雨〉,(《民眾日報》,1980年9月21日),12版;陳蔚青:〈我看「松花江畔」〉,(《大華晚報》,1986年5月6日),11版;楊譽卿:〈評田原的「嘆息」〉,(《自立晚報》,1967年3月5日),6版;穆雨:〈大漠孤煙——寫小說家田原的文藝風格及人物造型〉,(《新書月刊》,1985年5月),頁40-41;穆雨:〈田原作品「遠山含黛」(上、下)〉,(《青年日報》,1987年5月30日),11版,等。

其中，穆雨（李瑞爽）：〈大漠孤煙直，長河落日圓——田原小說試論〉（穆雨，1986：14-23；1987：190-196）則是論述範圍比較廣的篇章，除了個別作品的簡述，亦對田原作品的題材、人物以及語言的使用，有許多的討論。穆雨是對田原作品評論最多者。顯然的，田原作品中所呈現的北國意象，成為穆雨評論的重心，穆雨即以「大漠孤煙」起興，說明田原的成長環境與他作品中呈現的大陸北方意象的關係，就如文中所說：

> 文字定型後的田原，粗線條的筆法和體性，與哈拉海草原的北地風沙是極具淵源的。後來「粗中有細」的筆法和體性，如「嘆息」「圓環」和情繁辭隱的「鐵樹」，是因為文藝氣習雜厝而致。氣有剛柔，習有雅鄭；氣剛而習鄭，文體夾雜輕靡；「細」則附俗，未必有溱洧兩岸男女聚會謳歌相感之纖靡，此為田原之粗中有細。（穆雨，1986：14）

穆雨從田原的成長的環境，以「粗中有細」來評述田原作品文字的表現，實乃中肯，這的確是田原作品的特色之一，然值得注意的是，穆雨也注意到田原若干作品對於現代社會的描述，並認為：「經過流浪他鄉的心境，田原始終對工業社會有深切地警覺；所以他竭心盡力地處理人際關係。」（穆雨，1987：196）當然，這個所謂「工業化社會」，顯然是田原來台後的經驗了，但穆雨對這類作品顯然不是很認同，反認為：「田原實在應該注力於鄉土文學。……；如果他能繼續他的鄉土文學，應該比他描寫社會裂痕更有價值，而且務實。」（穆雨，1987：196）然是否果真如此？本書所探究的重心之一即在此。

在許多對五〇～六〇年代大陸遷台作家的相關研究裡，田原多是以懷鄉書寫出現在這些論述中，或以「離散」的角度分析之，或注意到作品中的反共意識等，唯討論的篇幅均不多，且均專注於田原以北國故園為場景的眾作品，如《這一代》、《松花江畔》、《古道斜陽》等為主。[8] 出版於2010年，由楊明所著的《鄉愁美學—— 1949年大陸遷台作家的

---

[8] 這些討論主要出現在學位論文上，如，侯如綺：《台灣外省小說家的離散與敘述（1950-1987）》，（台中：東海大學中國文學系博士論文，2009）；莊文福：《大陸旅台作家懷鄉小說研究》，（台北：中國文化大學中國文學研究所博士論文，2003）；陳康芬：《政治意識形態、文學歷史與文學敘事——台灣五〇年代反共文學研究》，（花蓮：國立東華大學中國語文學系博士論文，2007）等均提及田原的創作，唯討論的篇幅均不多。

懷鄉文學》一書中，同樣對於田原有些許討論，主要亦針對這些故園場景為主題的作品，著重分析田原作品中戰爭的議題，與語言的使用。[9]

值得注意的是，有幾部以台灣社會變遷現象為主題的篇章及學位論文，討論到田原以台灣為主要場景的相關作品，注意到田原的商業題材書寫。在題材上，職場上的競爭、商場上的爾虞我詐等的描述；出現的人物有各色商人、上班族、都市中的女工等，是田原這些作品的特色之一，這些論文也對這做出些討論。

如林燿德將田原的《差額》，視為描述台灣「商業」、「經濟」活動的小說代表性作品之一；（林燿德，1996：183-202）辜韻潔《台灣當代商戰小說主題研究》（辜韻潔，2007）即將田原《差額》做為重要分析對象，並認為這部小說影射性相當高，直接以當時著名建商的經歷為影射對象。不過，如再對田原相關作品加以分析，如《朝陽》等及其他中、短篇，同樣對當時商場的運作、競爭有許多描述，辜文則沒有再多加討論。

另郭誌光《戰後台灣勞工題材小說的異化主題（1945-2005）》（郭誌光，2006）則討論到田原的中短篇作品，所描述的勞工形象，他分析了〈心機〉中企業接班的鬥爭，並認為：「戰後台灣勞工題材小說中，較早描摹企業變革、主管領導統御風格對職場勞工社會孤立感之衝擊與影響的，田原〈心機〉應是前驅之作。」（郭誌光，2006：41）顯然的，郭文注意到田原相關作品，對當時台灣工商業社會、職場經驗的描述。

而應鳳凰在田原去世當年所整理之〈田原生平及其作品目錄〉（應鳳凰，1987：246-254），則對田原作品出版狀況有著相當清楚的說明，也是本書重要參考資料。

從以上這些研究成果的說明，不管是對於軍中作家在淡化反共文藝之後的作品，或者是對於這位多產的作家田原，顯然還有許多討論、研究的空間。

軍中作家的產生、軍中的文藝運動，是台灣現代文藝發展過程中，

---

[9] 相關討論可見，楊明：《鄉愁美學——1949年大陸遷台作家的懷鄉文學》，台北：秀威資訊科技股份有限公司，2010，頁109-111。

一個重要的現象，然隨著時間的變化，政治、社會局勢的變遷，它的影響不止於軍中，作品的視角更不僅侷限於政治、意識形態的工具性議題上。也是隨軍來台的作家王鼎鈞，在 2008 年於聯合報發表〈我和軍營的再生緣——台灣軍文藝運動鉤沉〉一文，從自己和軍中文藝運動的關係起興，說明王昇將軍在這個文藝運動所扮演的重要角色，與最高統治當局的重視，並以自己親身經歷的經驗，說明軍中文藝運動對軍中寫作風氣提升的正面幫助。他以軍人為魚、社會為水做喻，在那個兩岸對峙的時代中，軍隊依然枕戈待旦，但社會早已是一片昇平之象，就如他所說：

> 軍隊好比是「魚」，社會好比是「水」，水中缺少魚需要的養分，總政戰部無法全面改造水質，退一步打算造一個魚缸，自己訂做飼料，外面流進來的水要過濾。（王鼎鈞，2008：E3）

這種思想武裝確實是必要且是重要的，軍中文藝一開始的確是扮演這種角色。但隨著時間的改變，面對許多對於「軍中作家」、「軍中文藝」負面的評價，他認為：

> 大軍「偃武修文」（詩人鍾鼎文這麼說），大量增加閱讀的人口，促進文學出版事業的繁榮。固然他目的在使文藝工具化，但「事實總是向相反的方向發展」，得到文學技術的人幾個成為政治工具？

以此來為軍中文藝運動辯護，並認為散播技術，有教無類，更有播種之功，散佈到社會的他們，同樣也在散播文學。

　　他最後總評王昇將軍在軍中文藝運動中的作為，認為在上游推動台灣文學發展的人，並非只有那些在文學史論述中常出現的人士，「還得加上一個王昇」，任何一個國家，都不能缺少這樣一個範型的人和作為。更何況，軍中文藝出身的作家，難道就如同許多文學史論述一樣，不管在題材、視角、描寫範圍，甚或是意識形態，全都侷限於某一狹窄領域不能自拔？誠如他最後所說：

> 歷史總是呈現多軌或雙軌的樣相，五十年代，反共文學之外還有以女作家為主的私生活文學、人情味文學，六十年代，現代主義運動之外還有軍中文藝運動，七十年代，鄉土文學之外還有後現代，看似相反，最後都「化作春泥更護花」。（王鼎鈞，2008：E3）

這些全成為台灣文學豐富性、多元化的原因之一，軍中作家、軍中文藝也是其中之一。

本書的研究方法首重文本的細讀，著重小說的題材、情節、人物、語言、思想等藝術面的討論。因為唯有從文本出發，才能真正清楚顯現作品真正的樣貌。而目的，即是透過田原小說文本的閱讀、分析，探討其藝術性、社會性，並以他為例，說明所謂軍中出身的作家，並非如許多文學史論述般的既定印象，不能以一種同質性、概念性的敘述去代表他們，同時更不是所謂的「抵死不在這裡紮根」，而他們早已用他們的筆寫下他們所觀察的台灣，這卻是許多文學史論述中所忽略的。

本書也酌引相關理論於分析上，其中比較重要的，諸如使用人本主義地理學（Humanistic Geography）或列斐伏爾（Henri Lefebvre, 1901-1991）的空間理論，於田原的地景書寫上；或引布希亞（Jean Baudrillard, 1929-2007）的「擬像」論述，說明懷鄉作品所呈現故鄉過往美好的想像；使用巴赫金（Ъахтинг, МихаилМихаЙлови, 1895-1975）的「雜語」論述，於田原的語言使用上；或引布迪厄（Pierre Bourdieu, 1930-2002）的「秀異」（Distinction）理論，做為田原時而出現對於庶民街邊飲食描述的解釋。而出現於本書各章節最頻繁的，當屬黃仁宇（1918-2000）的諸多論述。做為一位史學家，他的「大歷史」（Macro History）觀點，在史學界有著不同意見的褒貶，然在此之外，在「大歷史」觀的結構下，結合他出身中國下層軍官並參與抗戰、帶兵，又經歷地方基層的經驗，使得他對於中國現代化歷程、中國傳統社會結構的變化有著獨到的觀察，並提出一套自己的看法。諸如，以「潛水艇夾肉麵包」形容中國傳統社會結構，並提出「立字理論」做為現代化的指標；將現代化與建立以商業習慣為基礎的體制拉上等號，均是其理論上的特點。本書在分析田原以北方故園為場景，呈現出那樣各種武裝勢力縱橫的年代，即引用黃仁宇的理論分析之；或在人物塑造上，田原在描述軍人時，對於不同時代的軍人有著不同的描述方式，這正符合黃仁宇的相關論述，本書在內文中即有許多說明。

承以上所述，本書的章節結構，即從田原做為一位外省籍、軍人出身的作家，在題材有著懷鄉書寫，也有著大量以台灣本土為題材的作品，這樣的特色進行安排。

第一章為緒論。

第二章以「文學場域中的田原」為名，對於軍中作家的形成，並對他們在配合國策的反共書寫之外，在台灣文學場域中又有何種樣貌進行討論。並專節討論田原的生平，且依背景題材類型簡介作品，以做為後續章節基礎。

第三章與第四章均以田原以故園為主要場景的作品為討論對象，這些作品充滿懷鄉色彩。唯避免個別章節篇幅過大，本書將「空間呈現與思想表現」與「人物與語言」分立二章討論之。

第三章即以田原懷鄉書寫的時空呈現與思想特色為討論對象。這些作品均以田原幼年、青少年時期成長、工作的北方大地為背景，將分節從他的空間書寫，及融入歷史與個人經驗的題材、情節處理特色加以討論，從而也要說明這些作品所呈現的思想特性，除了懷鄉之外，更有著對於現代的戒心，及過往歲月美好的想像。

第四章則專討論田原懷鄉書寫的人物與語言。田原作品中的人物塑造和語言設計，早被諸多評者所讚譽，尤其處理那些前現代的各種人物，諸如土匪、兵油子[10]、農民，乃至各種女性形象，其豐富寫實最讓人稱道；人物語言的傳神，是他形塑人物的重要手段；融入各色雜語，折射出具有個人風格的語言，是他作品重要的特色之一，這也將分節專論之。

第五章專以田原以台灣本土為主要場景的作品為討論對象。葉石濤評這些作品為「不太成功」，本章將專節論述，這很大的原因乃評者與作者間視界的差距，從而表現在題材、人物的設計下所形成，當然田原無法完全掌握台灣本地底層民眾習用的語言亦是原因之一。然本章也將專節討論，田原擅於表現各色人物的特色，也在這些作品中呈現，他成功的寫出台灣在那三輪車依然存在的年代中的各色人物，尤其對於當年變遷中的台灣都市及其邊緣的市井生活百態，有著豐富細膩的描述，從這個角度來看，田原對於台灣本土的描寫，是相當成功的。

---

[10] 所謂「兵油子」，通常指久在行伍、行為油滑的士兵。也因過往軍隊系統繁雜，軍人來源、素質、訓練不一，許多久歷行伍的兵從而也沾染許多惡習，也被稱之為「兵油子」。

第六章專以田原作品中對於商業活動的敘述為討論對象，而這也是田原作品重要特色之一。本章將先以專節討論「商場與文學」議題，討論商業活動敘述在文學中變遷，近而重點分析田原有關商場活動及其內外競爭的作品，以及在這些作品中所出現的商業時代派生人物形象。田原寫商場活動，卻不是完全毫無保留的擁抱它，對於這樣一個商業時代，所形成的人情與價值觀的畸變，他多所批判，進而呈現出這些作品的思想特色，本章亦將專節討論之。

　　第七章結論，總結全文。

　　田原做為一位小說家，其人物塑造之肖形多樣、語言設計之生動活潑、題材範圍之深廣多元，不論是他懷鄉之作或是本土題材作品，均呈現這樣的特色，「軍中作家」只是其身分標記之一種，然不宜以同質性、概念式的方式來看待他的作品。他題材的多元性，表現在場景的選擇上，他的懷鄉書寫受眾人稱道，然他以台灣本土為背景的作品，也絕非「不太成功」，更值得讓人注意。本書的另一個目的也即在此。

# 第二章　文學場域中的田原

> 幾年以前，我還在香港沒有回台灣來，閒常聽朋友們談天，聽過這麼兩句話，說台灣的文壇是女作家比男作家好；軍中作家比社會作家強。……在我個人觀點上，我覺得這位軍中作家的作品實在很不壞。（柏丁，1986：321）

上引文字，乃柏丁評田原作品《這一代》時所述，主要乃對五〇～六〇年代，台灣文壇上所湧現的女作家與軍中作家現象有感而發。

「軍中作家」，是台灣現代文學史中一個相當特殊的現象，是在一種歷史偶然的狀況下所形成，然在許多文學史論上，對於這批作家的文學活動，除了少數作家外，卻常只是一種概念式的論述，往往從身分直接將他們歸諸同類型，從而認定他們在題材、視角，乃至於思想表現，全有一定的特色，但事實上是否果真如此？

本章將探討本書主要研究對象田原的創作歷程及其小說創作類型，但將先從這個在台灣文學史上特殊的「軍中作家」談起，並述及這種現象的時代背景及內外因素。同時，這一些軍中作家，多數是光復後才陸續來台者——也就是所謂「外省人」，他們的文學活動，並非只在反共文學、戰鬥文藝熱烈發展的五〇～六〇年代，在文藝上激烈的反共氣氛褪去後仍持續著，乃至21世紀，[1] 而作品的視角、場景，也從反共、故園轉向其他，

---

[1] 就如段彩華《北歸南回》，即出版於2002年；張放的諸多作品亦出版於2000年後。

更有許多乃以台灣本土為主要場景，可說是他們駐足凝視這塊土地下的成果之一，這在本章中將會有所討論。

做為本書主要研究對象的田原，本章將專節敘述其生平，並分類說明其作品型態、簡介相關作品，來做為其他章節的基礎。

## 第一節　反共與反共之外──台灣文學中的軍中作家

所謂軍中作家，顧名思義乃指出身軍旅的作家，然這個詞並不精確，我國實施徵兵制，絕大多數男性都有服役經驗，顯然的，許多曾服義務役的作家，即使在軍中有作品發表者如宋澤萊等，是不會被冠上軍中作家之名。這個名詞所指，常有兩個必要條件，一是為職業軍人，二在職業軍人生涯中有創作經驗，然這樣的解釋依然有問題，軍人乃一種職業，在人的一生中，職業是可以隨時改變的，一旦脫離了軍職退伍進入社會，做為前綴的「軍中」理應卸載，回歸單純作家身分，但事實上，就如被稱之為「軍中三劍客」的朱西甯、司馬中原、段彩華，在脫離軍職後繼續有大量創作，軍中作家的身分，卻依然牢牢印在他們身上。且就如本文敘及的對象林適存、盧克彰等，他們在大陸時期都是職業軍人，也都有些許創作，然他們來台後均脫離軍職，大量的創作也都是在此期間完成；也有如同樣隨軍來台的高陽，來台後在軍中刊物中即以展現寫作才華，但他離開軍職後，在歷史小說創作和紅學研究，成就更高遠；或也如楊念慈、端木方來台後不久均也脫下軍服轉任教職，且持續創作等，在這些例子中，又該如何去看待他們呢？

軍中作家，除了上述的條件外，似專有所指──配合當局的反共宣傳，是他們作品的主要特色，而他們也是由反共文藝所培養出來的。然我們不禁要思考，除卻這些具有反共意識的作品，難道他們沒有其他的作品了嗎？又該如何看待這些作品？除了反共標誌鮮明，在台灣文學史上又該有何種地位？

就如諸多評論者所強調的，這種出身軍中，又從事文藝創作，形成所謂「軍中作家」現象，實為世界文壇少有。然回歸當時的時空環境，則可以得到若干解釋。

黃仁宇在他相關著作中，時而強調在中國現代化歷程——長期革命中，以蔣介石為代表，他創建了諸如了行政、軍隊、教育等等現代上層組織；以毛澤東為代表，透過土改、群眾運動，改組了傳統社會結構，構成現代的下層組織（在台灣所進行的土地改革，也具有同樣作用。），這兩者構成中國／台灣現代化的基礎。1945年台灣光復、1949年兩岸對峙形成，從而也從大陸移入了大量人口，這種上層組織也引入台灣，取代日人離開後所留下的空缺，後人常將國民政府所帶來大量外省移民與軍、公、教等職業類型拉上等號，即是這種上層組織移入所產生的一種印象，且這其中又以軍人身分者為多。

　　軍隊和員警等，是一種鎮壓性國家機器，透過強制性的作為，以合法的暴力，維護社會乃至政權的穩定與存續。然就如阿爾都塞（Louis Althusser, 1918-1990）的闡釋，一個國家或社會要能合法的存續，鎮壓性國家機器只是其中一部分，更重要的是能掌握國家機器另一種形態——意識形態國家機器，讓統治的意識形態成為被統治人民的意識形態，並使這種意識形態自動的再生產。[2]

　　國民政府在大陸的失敗，促使當局對於失敗原因進行探討。有許多看法便認為，除了政治、軍事上的失敗外，文藝工作——宣傳上、也是意識形態上的失敗，更是重要的原因。就如尹雪曼的說法：

> 大陸的沉淪，固然有許多原因；但文藝工作的失敗，與軍事的失敗同樣不容忽視！特別是大家都清楚，共黨叛亂陰謀，自始即由壯大「槍桿子」與「筆桿子」兩條戰線著手。而我們，雖然掌握了「軍權」與「政權」，卻因「筆權」這一環節太弱，於是竟使「政權」與「軍權」發生了漏洞。因而，在與共黨的長期鬥爭中，最後功虧一簣，遂使大陸沉淪。（尹雪曼，1983：234）

反共文藝的產生與興盛、軍中作家形成的初衷，無疑的是這種思想下的成果——讓拿槍桿的軍人，也能拿筆桿，並以之為思想作戰的工具。

---

[2] 阿爾杜塞有關「意識形態國家機器」、「鎮壓性國家機器」的討論，可見，阿爾都塞著，陳越等編譯：《哲學與政治：阿爾都塞讀本》（長春：吉林人民出版社，2002）中〈意識形態與意識形態國家機器〉一文的論述。

軍人乃以從事戰爭為職，然支撐槍桿背後的精神力量更是重要，任何一個國家對於軍隊精神戰力的培養，無疑都是一項重要的工作。回看五〇年代，兩岸對峙形態之下，數量龐大的國軍更需要在精神上加以武裝，對此，當局檢討國軍在大陸時期，何以在數量、裝備上遠遠超越共軍，卻在短短數年內逆轉，被共軍所擊敗，其中「不知為何而戰」──精神武裝的不足，更是失敗之原因之一。於是來台後，蔣經國在軍中重建政工體系，並任總政戰部主任，創建政工幹部學校（簡稱政工幹校），培養軍中基層政戰軍官，主管連隊中的思想教育工作，反共教育當然是其中主要推動的項目。

反共文藝，蓬勃於五〇年代初期，在社會上有著「中華文藝獎金協會」的高額獎金獎勵，又有著「中國文藝協會」組織化的運作，而呈現蓬勃狀態。在軍中，隨著政工體系重建，1951年蔣經國喊出「文藝到軍中去」，將軍中的政戰工作、康樂活動與文藝結合起來，同年政工幹校建校，且設有新聞、影劇等科，竟也是台灣高等教育相關科系設立最早者之一，從此也可以見當時之運作，而後許多畢業者，就成為軍中文藝的從事者。在同時期，1950年《軍中文摘》創刊，日後改名為《軍中文藝》，1956年又配合「戰鬥文藝」，改名《革命文藝》，也鼓勵創作，自此各軍種也陸續創辦自己的文藝性質雜誌，這也全成為當時具有寫作能力、興趣的軍人的發表園地，許多作家也成為這些刊物的主編，從而成為軍中作家培養的溫床。

同時，在1965年之前，軍方就透過舉辦文化康樂大競賽、設立軍中文藝獎金、發行軍中刊物，並舉辦各種文藝活動等具體手段，積極發展軍中的文藝活動。到了1965年，更在這樣的基礎上，開始了「國軍新文藝運動」，每年舉辦「國軍文藝大會」、頒發國軍文藝金像獎，將軍中文藝的發展，推向系統化、制度化的高潮：

> 國軍新文藝運動的大突破、大整合、大豐收，其重要風貌見之於文藝大會之召開、文藝金像獎的舉辦，以及文藝輔導與文藝活動諸方面。（張騰蛟，2003：36）

本文研究對象田原，即是此一運動重要的執行者之一。1965年第一屆國

軍文藝大會召開，蔣介石總統親臨會場致詞，並做出十二項指示，[3]成為國軍新文藝運動的指導原則。而且這運動還不僅限於軍中，並試圖透過活動的推行，與社會文藝結合。

在具體作為上，1965年統合先前的軍中文藝獎項，設置了「國軍文藝金像獎」，獎項涵蓋範圍極廣，文學創作、表演藝術、音樂創作等均包括在內，其規模就連社會一般的文藝獎項也難以望其項背。這個獎項是由國防部舉辦，屬於全軍性質，各單獨的軍種還有個別的文藝獎，就如陸軍的金獅獎、海軍的金錨獎、空軍的金鷹獎、聯勤的金駝獎、憲兵的金荷獎等，可見軍方對於文藝工作的重視與認真執行。

軍方鼓勵創作，除了稿費、獎勵的實質獎勵外，更將官兵的得獎視為團體的榮譽，而給予這些作家更多創作的空間。早年軍人薪資微薄，創作投稿的稿費或參與軍中文藝競賽的獎金，相對的高出許多，作家尼洛就曾說：「在寫作過程中我是較幸運的，四十一年我寫了個中篇小說，得了六千元獎金，那時每月薪水才一百多元。民國四十三年寫了短篇小說『三代』，得了新生報創社十週年獎金。『八二三』砲戰我在金門，後來就寫了『近鄉情怯』得了一萬元獎金」（尼洛、丘彥明，1979：8版）；也如同樣出身於軍中，長年在陸軍步兵學校任職的李冰[4]，因當年在軍中文藝競賽中得獎，學校視為一種重要榮譽，特別將原任兵器教官的他調往圖書館任職，更方便他讀書、創作。（李冰，2005：153）

眾多的研究、史論，均將軍中作家的形成，與具有政宣目的反共文藝拉上等號。[5]的確，五〇年代初蓬勃一時的反共文學，就因內容的「八

---

[3] 十二項指示：一、發揚民族仁愛精神。二、復興革命武德精神。三、激勵慷慨奮鬥精神。四、發揚合群互助精神。五、實踐言行一致精神。六、鼓舞樂觀無畏精神。七、激發冒險創造精神。八、獎進積極負責精神。九、提高求精求實精神。十、強國雪恥復仇精神。十一、砥礪獻身殉國精神。十二、培育成功成仁精神。

[4] 李冰（1922-），本名李志權。陸軍官校畢業，曾任教官等軍職。

[5] 或可引彭瑞金評同是軍中出身作家李冰的話語以為說明：「所謂軍中作家，一方面固然和他們多半是隨軍來台，出身軍旅有關；另一方面和五〇年代軍方倚重他們的筆從事文宣，也頗有淵源。易言之，軍中作家，先決地具備了特定使命文學的特色，說得透徹些，他們的文學是先有命題、先有範疇的文學」。（彭瑞金：〈讀「李冰自選集」〉，《向陽門第》，台北：彩虹出版社，1992，頁209）

股」，與充滿仇恨、擬寫實[6]的想像，雖在官方強力推動之下，在民間並沒有激起廣大的波瀾，1956年「中華文藝獎金委員會」停辦，成為一個鮮明的標誌，代表這一文學意識形態的工作，在一般民間的後繼無力。兩岸除了在1958年發生隔海砲擊的「八二三戰役」外，在軍事上只有零星的衝突，然對峙情勢依舊，雙方依然劍拔弩張，雖然在民間反共淪為政治宣傳，然軍隊的特殊性，反共宣傳在軍中卻是透過政戰體系徹底執行，這也使得在社會上反共文學強勢不再，卻由成長自軍中的作家接手而行，這是當時軍隊的使命，也是歷史環境下必然的現象。

軍中文藝具有其時代性意義，最原初目的的確不只單純在文藝上，本來就具有做為一種思想武器的特定目的，多數作品的藝術性的確有可議之處，然就如張騰蛟，也是一位出身自軍中的作家所說，這種特定時空下所產生的現象，在當時是具有一定的意義：「特別是，在那個新語文文學和學院文學還沒茁壯起來的時候，由大兵文學先來繁榮一下我們的文學田畝，使其不至失去生機甚至荒蕪，實在是有其必要。」（張騰蛟，2003：42）同時，這些在軍中成長起來的作家、藝術家，相關文藝活動並不侷限在反共，全淪為當局政治的傳聲筒，也不因其脫離軍職而結束其文學生涯，反而因他們走入社會，進一步將他們的文藝散播出去，在反共之外更呈現多面相的發展。

其中在現代詩領域的創作，軍中詩人的成果最讓人注目。軍中詩人和台灣現代詩發展有著密不可分的關係，當年還年輕的他們，因為離鄉背井，加上時代動盪，思家與流離的情緒互相激烈作用，放逐和虛無成為他們普遍的情緒，於是「存在主義」和「超現實主義」迎合他們的心理，誠如解昆樺所說，這種放逐感與虛無感在這些詩人追憶自身生命經驗的文字中，隨處可見，（解昆樺，2012：169）進而表現在他們的作品中，這又以聚集在《創世紀》詩刊下，一群軍中出身的詩人最具有代表性，洛夫[7]、

---

[6] 「擬寫實主義」乃馬森於〈中國現代小說與戲劇中的「擬寫實主義」〉（《馬森戲劇論集》，台北：爾雅出版社，頁347-372）一文所提出，針對中國現代戲劇、小說中，許多作品雖然名為「寫實」，然可能因不識「寫實主義」的原則、態度和方法，另一部分則是因為作者政治的參與和思想上的執著，有意地背棄寫實主義所造成，進而產生貌似寫實，實際上卻背離寫實主義原則，甚而摻入作者主觀的想像、願望，還帶有許多浪漫情節、誇張描寫的作品。這種現象，馬森以「擬寫實主義」名之。

[7] 洛夫（1928-），本名莫洛夫，政工幹校第一期畢業。曾任海軍編譯官。1973年中校退役。

痙弦[8]、張默[9]、辛鬱[10]、商禽[11]、管管[12]、碧果[13]等等，均是如今頻繁出現在相關史論中的代表人物。

有關於他們，在相關史論早有許多評價，做為一位軍人，他們有著對國家忠貞的情懷，但在看似保守的意識形態之下，在詩藝表現上卻有大膽創新的成就，就如陳芳明在《台灣新文學史》一書中所說，由他們「共同領導的創世記詩社，無疑是推動現代主義最為用力的一群。」（陳芳明，2011：427）其影響性，早已超脫於本身的軍人身分範疇，對於台灣現代詩運動，起著關鍵性作用，雖然各方對他們詩藝，依然有著不同角度的評價，但其強烈影響台灣現代詩的發展，卻無庸置疑。

在小說方面，軍中出身的作家，表現更為多元。葉石濤在評論這些軍中出身的作家，在小說時而以軍中生活為主題，題材範圍不廣。然實際看這些作家的作品，卻可以發現這種印象可能得反轉，軍中生活只可說是他們作品題材的一小部分，他們或許對於本地農村、農民生活無法深刻描述，然更多在軍中時期即有許多創作的作家，退伍進入社會繼續寫作，其作品題材、技法早已不是這種既定印象所可以含括，以下所舉諸作家，即是例子。

人們所熟知的司馬中原，多產的他，在作品題材上即是一個多元的例子。他繼承了來自傳統舊小說鄉野傳奇的傳統，加入流暢的新語言，成為他最鮮明的特色。但除了這些作品以外，他還有不少如《啼明鳥》、《割緣》等以當代台灣社會為背景的作品，而《流星雨》更以台灣開墾時期的分類械鬥為題材。

朱西甯除了有以軍中為題材，如《八二三注》這部以大時代為背景，也融入個人小敘事的作品外，其接受現代主義的影響，在語言和敘事技

---

[8] 痙弦（1932-），本名王夢麟，政工幹校戲劇系畢業。除了詩作外，亦是具有豐富舞台經驗的演員。1966年退役。

[9] 張默（1931-），本名張德中，陸軍官校24期畢業。1972年少校退役。

[10] 辛鬱（1933-2015），本名宓世森。1969年退役。

[11] 商禽（1930-2010），本名羅顯烆。1968年以上士軍銜退役。

[12] 管管（1929-），本名管運龍。曾任左營軍中電台記者。

[13] 碧果（1932-），本名姜海洲。中校退役。

巧上，頗有一番突破。誠如陳芳明對他的評語：「朱西甯是一位難以歸檔並難以詮釋的作家。所謂不易歸檔，指的是他文學生涯與思維模式的曲折矛盾。他的產量豐富，創作壽命又特別長，任何簡單的定義都難以概括他的文學真貌。輕易把他劃歸為懷鄉作家或現代主義作家，都會發生偏頗。」（陳芳明，2013：102）單以「軍中作家」來名之，顯然的也只能標示其出身及職場上的身分，並無法完整概括他的作品題材與風格。

舒暢[14]早期的作品的確以軍旅生涯為題材，然在1976年卻也出版了《風箏・玩偶・垃圾箱》這部充滿超現實色彩的長篇作品；《院中故事》則描述一群退休老榮民、幹部等，在他們集體生活的地方，與老、衰、病、死間不可逃避的遭遇；《那年在特約茶室》則描寫，曾在外島當過兵的人都知道，但在過往卻永遠不被上層承認的軍中妓女，他寫實的敘寫她們的生活與心態，也寫她們與這些大兵們的情，這也跳脫許多流傳在外對於她們充滿綺色的傳說與獵奇式的想像。

呼嘯[15]，海軍出身，也曾任「青年戰士報」副刊主編，但他的小說作品卻不以軍旅生活為主，作品的場景如《珊瑚島》這部充滿寓意的長篇一樣，實乃隱射現實中的台灣，更不用說為省政文藝叢書所作，以台灣山地、農村為背景的《竹園村》與《滄海桑田》。而以第一人稱，從鬼魂的視角所寫成的《死亡彌撒》，也相當富有特色。

李冰，也是一位在軍人身分期間，就有許多創作的代表作家，也長期主編軍中文藝刊物。他早期的作品，均以自己的故鄉及青少年生活經驗為題材，和許多作家的懷鄉書寫有著共同脈絡，然隨著在台時間的增長，台灣社會種種現象也成為他書寫的對象。就如在《荖濃溪上》（1973）這部短篇集中的同名作〈荖濃溪上〉，即以一對本省、外省通婚的男女在荖濃溪畔生活打拼為題材；亦是短篇集的《葬衣記》，則同樣有許多篇章以台灣本地事物為題材。而《陋巷春暖》則完全是台灣的，現代化變遷所引起的社會、教育問題，乃至選舉等社會現象全是這部作品披露、描述的對象。

---

[14] 舒暢（1928-2007），1963年退役。

[15] 呼嘯（1922-2007），本名胡秀。中央幹校畢業，中校退役。

繁露[16]，常被歸類於五〇年代另一個文壇重要現象——女性作家大量出現的其中代表之一，她也是隨軍來台，本身亦帶有軍職，曾任國防部宣傳隊、演劇隊及政工隊員等職。作品多產的她，題材含括甚廣，作品視野從她個人經歷過的軍旅生活，場景或在大江南北，或是台灣現實社會，均是她觸及的對象，加上女性所有的細膩筆觸，對於男女情愛的描述，更時可見於她的作品中。就如其代表作之一的《養女湖》，她以五〇年代因養女所產生的社會問題為基底，虛構出一個位於高雄燕巢千秋寮泥火山區，一對男女殉情的故事，出版之後，竟也讓養女湖成為當地一景，這也看出她人物塑造、情節刻畫之力。

高陽，1949年隨空軍來台任軍中文官，1960年即從軍中退役，任軍職的時間並不長，但其創作也是在軍職期間展開，以歷史小說、紅學研究知名的他，在五〇年代初期開始，也有許多以現代社會為背景、男女情愛為題材的作品。如《避情港》、《凌霄曲》、《花開花落》、《紅塵》、《桐花鳳》、《淡江紅》、《金色的夢》、《愛巢》等，雖然這些作品評價不如其歷史小說，但也有評者認為，這些作品充滿高陽個人色彩，充分表現他生活、愛情觀，可說是「生氣血肉，清晰有趣」。（鄭穎，2006：110）當然他在歷史小說上的成就，更不在話下。

隨軍來台，軍中出身也是文協寫作班成員的蔡文甫[17]，同樣也是在軍中時期開始創作，也曾主編過軍中文藝刊物，可能因脫離軍職較早（1956年），在相關文學史論中，都不把他視為軍中作家；而他大部分的作品，也都是在脫離軍職後產出，而且其作品也幾乎沒有碰觸軍中生活議題，這也是人們將他排除於軍中作家的原因之一。蔡文甫以中、短篇小說創作為主，專以現代人在職場、家庭生活中所面臨的壓力，與諸多兩難困境為題材，他並沒營造豐富的、戲劇性的情節，乃專發掘人內心世界的衝突為其所長，許多評者即認為他深受西方現代主義風格的影響。

同時在題材上，絕也不是侷限於他們出生的故園舊地，隨著在台時間日久，他們的視界自然也放在他們已然生活許久的台灣。

---

[16] 繁露（1918-2008），本名王韻梅。曾任國防部軍事委員會電映隊，209師政工隊員。

[17] 蔡文甫（1926-），1956年空軍退役，曾任「中華日報」副 編輯，1978年創辦「九歌出版社」。

就如楊御龍[18]，他在六〇年代的作品中，就有著大量的短篇以現實的台灣為主要場景，《親情》（1968）、《老伴》（1969）、《婚禮》（1970）等作品即是例子，作品觀察台灣社會底層人物，並有許多以現代「羅漢腳」──諸多1949年後來台的社會底層單身人士──為主人公，但楊御龍不寫他們懷鄉，反寫他們想擁有愛情、建立家庭，在此落地安居的渴望，這成為他大量作品的主題。

另外，在由省新聞處於1965年開始出版的「省政文藝叢書」，也有眾多軍中出身的作家參與其中，雖然這套叢書一開始顯然有為政府施政宣傳的目的，眾人在書寫時，亦避免不了雖名為寫實，但摻入許多浪漫、理想化的想像，或是強烈道德的、主觀的意志，而成為「擬寫實」，然卻仍是不折不扣觀察台灣、書寫台灣之作，並寫出台灣在現代化變遷下各種的樣貌。

就如墨人[19]（張萬熙）在《合家歡》寫以宜蘭南方澳為背景，寫當地魚業環境的變化，尤其對於鯖魚捕撈從「一支釣」轉型到拖網的過程，有著寫實的描述；南郭在《春回大地》寫一從四川來台的潘姓家庭，為在台落戶而努力、下一代成長的過程；楊念慈[20]在《犁牛之子》這部有著許多自身經驗投射的作品中，尤如一本有著情節的地方志般，寫著台中近郊「光化村」從光復後廿餘年，教育、產業的變遷；盧克彰在《陽光普照》、《海岸山脈上的春天》寫原住民生活的轉變，也在《曾文溪之戀》中，寫出在現代化變遷之下，對農村青年心理的衝擊與轉折；童世璋[21]在《春風》、《新晴》寫台灣教育的變遷，也寫新舊觀念的衝突等，其他如郭嗣汾[22]《百果園的春天》、端木方《七月流火》、羅石圃[23]《親

---

[18] 楊御龍（1929-1980），退役後轉任台中《自強日報》編輯。

[19] 墨人（1920-），本名張萬熙。陸軍官校十六期畢業。1960年退役。

[20] 楊念慈（1922-2015），中央軍校十八期步科畢業，1953年轉任教職。

[21] 童世璋（1917-2001），中央軍校十六期畢業。退役後轉任公職，歷省新聞處科長、副主任、主任等職。

[22] 郭嗣汾（1919-2014），陸軍官校十期步科畢業。退役後，1958年轉任公職，任省新聞處科長等職。

[23] 羅石圃（1912-?），上海持志大學，中央陸軍官校十五期。1950年率國立中正中學隨軍入緬。1954年回國曾任救國團專員、幼獅廣播電台台長、政治大學國際關係研究中心教授及研究員兼

情》、宣建人[24]《開路歌》、耕心[25]《朝陽》、任真[26]《翠谷情深》、羅盤[27]《高山青》、段彩華《屠門》、姜穆[28]《錦繡前程》等也都分別從台灣教育、原住民行政、警政、交通、產業等的變遷進行許多描寫，同時許多作品在展示情境時，還時而加入不同省籍間青年男女的婚戀敘述，成為「建設加愛情」，且讓建設與愛情於作品末段同臻完善，這些當然不是懷鄉之作，且透過這樣情節的展演，展示在此落戶生活的熱情。[29]

參與省政文藝叢書的書寫，或可視為軍中作家對五〇年代，擁護國策書寫的一種延續，然題材轉向本土，並不只在參與此叢書的作品，觀察許多出身軍中的作家，可以發現他們從五〇年代末期開始，即用他們的視角與生活體驗，觀察台灣、書寫台灣，早已在反共之外有所經營。在此可以端木方、南郭、盧克彰為例說明之。

端木方、南郭、盧克彰等三人雖然都是出身軍中，且都是正期科班出身的軍官，然南郭、盧克彰來台後，即未曾回任軍職；端木方來台後迅速脫下軍服改任教職，且他們的創作，除了端木方有少許以軍中為題材外，南郭、盧克彰的創作基本上與軍中題材無涉，然他們依然常被視為軍中作家之一。

端木方在五〇年代初期即已成名，多次獲得中華文藝獎金委員會獎項的他，常被視為反共作家、軍中作家代表之一。文獎會時期，端木方的高獲獎率，也著實讓人印象深刻，在文獎會運作的短短數年間，獲獎的作品計有〈疤勛章〉（1950年中篇小說獎第三名）、〈四喜子〉（1951

---

任文化學院教授。

[24] 宣建人（1914-2008），軍事委員會戰時工作幹部訓練團第一團第二期結業。曾主編《中國海軍》月刊、《海訊》及《幼獅月刊》。

[25] 耕心（1928-），軍訓部無線電教導大隊、軍政部無線電報話大隊通信二期畢業。曾任編輯，並任中興大學組員。現已退休。

[26] 任真（1930-），本名侯人俊。國防醫學院軍醫正規班畢業。曾任軍醫、連長、參謀、祕書。

[27] 羅盤（1927-），本名羅德湛。陸軍軍官學校、行政學校、步兵學校畢業，中校退役後曾任行政院人事行政局科長、專門委員、執行祕書等職。

[28] 姜穆（1929-2003），十六歲從軍，1972年退役。曾任電影導演，報社、雜誌社編輯、總編輯，新聞局出版處專員。

[29] 相關研究，可參見個人另作：《官方視角下的鄉土——省政文藝叢書研究》（高雄：麗文文化事業股份有限公司，2010）中的敘述。

年「五四」獎中篇小說獎第三名）、〈星火〉（1952年「五四」中篇小說獎第二名）、〈拓荒〉（1954年「五四」中篇小說獎第二名）、以筆名「孫蘊琦」所作的〈殘笑〉（1954年「國父誕辰紀念獎」長篇小說第一名）、〈青苗〉（1955年「國父誕辰紀念獎」長篇小說獎第二名）等，而且這些二、三名的獎，多數是在第一、二名從缺下，這也可見他的作品受到評審青睞的程度，也是他被視為反共作家代表的主要原因。

尤其是《疤勳章》，可說是他的成名作，也是被眾多史論最常提及的作品。葉石濤對《疤勳章》就有以下的評論，且認為這部作品是「典型的反共小說」：

> 端木方的「疤勳章」是典型的反共小說，描寫從抗戰游擊、勝利、國內戰爭，到來使[30]一段時間。以控訴共黨暴行為其主題。（葉石濤，1991：96）

陳芳明在《台灣新文學史》中，亦有類似的評論，亦稱之為「典型的反共文學作品」：

> 時代背景非常符合反共文學的要求，人物塑造也是正反對立，特別分明。男主角因參加戰爭而在臉上留下疤痕，因此稱為疤勳章，意味著他的受傷，乃是國家的勞譽，這部是典型的反共文學作品。（陳芳明，2011：301）

王德威在〈五十年代反共文學新論——一種逝世去的文學〉中，舉出諸多作家作品，認為反共小說有著許多不同的類型：「以家族盛衰喻國運消長者」、「以農村鄉土的蛻變寫民生的疾苦者」、「以罪窟紀實寫政治詭譎者」、「以男女的顛仆烘托亂世悲歡者」、「以天真青年的遭遇探索意識形態的罪與罰者」、「以軍旅生涯申明反共事業，未有已時者」，另還特舉趙滋蕃、潘壘、郭衣洞等，以不同地域風貌所寫成的作品，另成一類，（王德威，1994：37版）其中《疤勳章》便是「以軍旅生涯申明反共事業，未有已時者」型的其中代表。

時至今日，《疤勳章》依然許多教研單位，做為研究台灣五〇年代

---

[30] 按：此「使」字可能有誤，或有可能為「之」字。

文學的重要代表作品之一，就如清華大學台灣文學研究所，在 2009 年的「台灣文學與中國文學比較研究專題」一課，即以《疤勳章》為討論對象。[31]

然《疤勳章》既沒有激烈的語言，沒有謾罵，更沒有「歌德」式口號，有的是對於當年中央政府施政措施的許多檢討。

《疤勳章》以第一人稱寫成，有著端木方自身經歷的影子。故事主人公馮健行是一位中學尚未畢業，就因抗戰軍起加入由表哥所領導的游擊隊進行抗日，並在敵人的「強化治安」行動中，臉上、身上遭敵人刺刀刺傷，留下明顯的傷疤，他轉入政工隊，認識了女隊員梁嫻。他後來到了大後方，進入軍校受訓，畢業後不如其他同學轉正找出路，他依然回到游擊隊裡幫助表哥。抗戰勝利，內戰緊接而起，但許多人卻已開始過起太平日子來。梁嫻改名毓芳，並嫁給馮健行的長官，一位少將處長，馮且曾調派到中立區，臂上戴起三環章，擔任國共雙方的和平任務。但他看不慣共黨的作為，也看不慣吃飽喝足的學生，卻在遊行高喊「和平」、「反饑餓」。他回到原單位後，處長派付一個任務給他，要他到一個可能即將被共軍擊敗的單位上，以後做為一個戰俘，去探測共軍如何對戰俘進行改造工作。不出所料，連同單位上許多人，馮建行被共軍所俘，共軍對他進行一連串「改造」工作，經過他們的考核後，釋放了他，並交付了滲透到國軍裡的任務。回到原單位的他，對處長交待了被俘的過程與所受的改造。共黨後來真派人與他接觸，他先是配合釋放了許多共軍俘虜，藉以獲得他們的信任，並利用對他的信任，一舉擒住許多共黨人士。但局勢卻是越來越壞，他先是從青島，後又轉移到上海，但共軍的腳步也隨後到來，自己因身體問題住院，醒來時，上海卻已「解放」，在女友朱瑜的幫助下，他取得了赴香港的船票，離開了上海，踏往台灣路途上。

這一部作品，當然帶有明顯的反共意識，尤其在「四、人造菌」一章中，對於共黨，對戰俘思想改造的工作，有著充分的描述。而且也有著反共小說中，時有的雙方「諜戰」的敘述。但除此之外，這部作品還有許多值得討論的地方。

---

[31] 相關討論可參見，http://www.tl.nthu.edu.tw/stu/viewtopic.php?CID=19&Topic_ID=34，2014/12/12。

就如同田原《青紗帳起》的主題，與其說《疤勛章》是在描述與共黨鬥爭的情事，不如說是在敘述當年在抗戰時期，山東地區各游擊隊所謂的「友軍」之間，彼此間的爭鬥之慘烈竟不下於對付日本人，屬「八路軍」的游擊隊，名為抗日，卻時而以「消滅人民敵人」為名義，併吞鄰近其它武裝勢力，作品當然對他們有著明顯的批判，就如作品中透過主人公表哥的視角，這位回鄉組織隊伍做起抗日事業，清華大學畢業高材生的話，即是一典型：

「表哥，我早想問問你，八路軍標榜著抗戰，怎麼老是殘害我們，打擊我們，破壞我們？口頭上可淨好聽的宣傳？」
「哼！共產黨的標榜，野婊子的脊樑。見人說人話，見鬼說鬼話——……我早推想過，什麼共赴國難宣言啦，通電啦……都是劊子手用騙子手的一擊！——殺害不是必然嗎？——今天，人家勢力日漸膨大，還不是人們中了騙？我們還不是犯人——還是憑良心誓死抗戰的愛國青年。……」（端木方，1951：11）

而在章節「二、向內的槍口」中，更表現出兩方爭鬥的慘烈。同時，在敘述中，也不斷出現對於中央政策、作法的質疑，就如同他的表哥，做為一個在敵後游擊隊的司令，就如此抱怨：

我們缺糧，缺彈。連精神上的鼓勵也缺少了——省府都遷到鄰省去流亡辦公。間或「欽差」似地派幾位視察官來走馬觀花一趟，或是一些專門跑「游擊碼頭」的一些人物——我們必須週旋和服從他們的需求。否則，回到後方幾張十行紙的報告書，足使這群堅貞弗渝的血流寫的戰鬥紀錄，變了顏色。輕了份量！（端木方，1951：21）

而抗戰勝利了，這些冒死在敵後做游擊工作的他們，並沒有得到善待，而「中央」來的「大員」，卻是展現一幅勝利接收者的樣狀，就如作品中所描述：

任務是擁護著一群公僕——陌生的重慶來的。來露演不統一的勝利姿態：在頻繁的會上，筵席上。來接收「田中義一政策」的成果——多少人的汗，淚，血灌溉培植的。接收的對象太多了；他們慷慨的，不屑的遺漏了接收千萬顆需要輸血加熱的人心。（這不是本能的惰性，硬是低能的怠忽。）（端木方，1951：36）

這些光動嘴,分不清這些在敵人炮火下,冒死進行抗日工作的他們的真實狀況的這群人,端木方顯然帶著批判的視角來描述他們:

> 他們火熾采烈地,跳躍起來三呼萬歲——我真擔心他們所領導共鳴作用有多麼大?我看他們穿起藍嘩嘰中山裝,一頭的「司丹康」油晶晶,一嘴的教條強調,口號拷貝……分辨不出他們和專跑游擊碼頭的,紀念視察,什麼專員有啥差異?「一切從頭建設起來」!這口號泛濫了人們的忙碌,從營業執照、戶籍牌,國旗架,從一個縣政府伕役,到倉庫的門!這開始,給人們不算奇蹟的打擊著一怔!(端木方,1951:37)

也無怪乎,作者的表哥,會如此不屑:

> 「生要有活力,死要有勇氣。抗戰八年倒製造出黨官僚來了,x式的安福系!我不伺候他們!」表哥苦笑著搖頭。(端木方,1951:37)

這部作品,當然不缺對於共黨「惡行」的描述,諸如在解放區所進行土改工作時的激烈手段;對待戰俘思想改造的精細,與滲透能力展現的狡黠。在看似二元對立,正/反、黑/白的敘述中,卻可看到對於當年政府之所以失敗的原因的檢討,或可說政府本身的政策失誤,導致這樣的結果。就如在抗戰勝利後,進行復元、建設的工作,但馮健行所看到的卻是紊亂的步調,與人際間的疏離及虛應故事,就如主人公馮健行自己的敘述:

> 到處都是距離啊!從地方到中央,從計劃到執行,台上和台下,嘴巴和行動,風氣和國情,企求和施捨,人和人——這距離,隔絕了一個步伐的共同一致,紊亂了步調,分散了團結,拉鬆了協調。多少人在這距離上轉變了方向,沮喪的停滯了進前—— 于生活的浮淺享樂,忘掉了生存的意義和價值!
> 我被擁擠在距離裡面——聽到了最流行的代名詞:混。——多少縮短距離,提醒方向的警告——被寫在標語上,紀念儀式的口號上……一層一層厚厚地,剝落在混的腳步下面,踏成垃圾。(端木方,1951:40)

當然,抗戰勝利,人們擺脫戰爭的陰影,逸樂之心也隨之而起:

> 戰後的人們顫抖於戰爭能毀滅血統的餘悸,爭先搶後進行著繁殖,天天

> 是黃道大吉,連部隊的軍樂隊也應市,補足這喜典的需要。(端木方,1951:41)

這也無可厚非乃人之常情,但浪費,甚或是大官們的貪污,卻也很橫行,就如當上官太太的梁毓芳:

> 她伸直了腿——我看見了部份「外匯」的消耗裝飾。(端木方,1951:54)

他被派到這個如孤島的單位,看到了許多軍校同學,也看到一位同仁,在床首上用魏體大書寫著:「小心貪污,大膽撈錢」(端木方,1951:66),對時局發著既感嘆又無奈的牢騷。這個單位,面對共軍的包圍,卻沒有大敵當前的鬥志:

> 一個月過去了——跡象與孫家營相似。只是多了炮,多了飛機掃射。卻少著守勢的共同存亡的團結和勇氣。(端木方,1951:66)

這些敘述,顯然和許多專以「暴露共黨之惡」、醜化共黨幹部,充滿仇恨、謾罵字眼,且又有著口號式呼喊的反共抗俄文學作品,有著許多不同。這部作品的確是反共的,端木方沒有隱藏自己的企圖,但這部作品也著實揭露了,抗戰勝利後以至內戰興起時,存在於當時的一些現象與人們的心理,卻也不是公式化、逃避現實、自我滿足的「反共八股」。

五〇年代時期的創作,並非他作品中的全部,在六〇年代,他在《自由青年》有些許中、短篇產出,1970年為省政文藝而作《七月流火》,而後停筆多年,寫於1981年的〈玉堂春〉成為他最後一部作品。

從端木方的創作歷程來看,[32] 可以《文藝創作》為分野,在題材、思想表現上,前後有著許多不同。早期發表在《文藝創作》的,屬於應文獎會徵稿之作品,多數的確帶有反共的意味,在《文藝創作》結束後,發表在《自由青年》等期刊,或為省政府新聞處出版的長篇,則已脫離反共文藝的範疇,其中或有懷鄉、憶舊之作,但多數乃以台灣本地為主要場景,以一些離散來台的小人物為主人公,這也是這些作品的特色。

---

[32] 可參閱本書「附錄:三、端木方作品表列」。

如〈嘴〉即是一以群離散來台，群住在一片臨時搭起來的竹房的外省人為主人公。這不是許多人印象中的眷村，卻也是這群人落腳之處，隱喻式的書寫，表現這裡同樣是擁擠、簡陋，襯托這一群人離散的身分，雖然住得如此逼仄，為了生活，他們還繼續分割空間轉租出去，也可以說為了生活，有時手段卻也不是如自己所標榜般的高尚。

〈十七歲〉則透過主人公，一位即將十七歲的活潑女高中生談琪的視角，透過她觀察自己導師——英文申老師婚姻的遭遇，寫出一位少女的面對即將「長大」的欲迎還拒，頗具成長小說的意味。

〈再會噪音〉的主人公陳復根，同樣也是離散來台的年青人，只讀到流亡中學畢業。他原有開卡車的工作，因為發生了失誤，駕照吊銷，工作無著，輾轉打聽到一位同鄉前輩，硬著頭皮去拜訪，請他介紹工作。在一番教訓後，介紹到悅賓樓餐廳做起跑堂。在餐廳中，看到來賣花的女小販，近而體會到在底層生活艱辛的感同身受。

〈秋千院落〉這個短篇，生活在中學宿舍，有著各自家庭的一群的人，在自私的分配院落空間的同時，卻依然保有人性正面的一面。

《一加二等於一》以陳愉為主人公，並以她的視角出發，情節主線是和自己同船來台的同大江兩人之間的感情發展，進而帶出住在南園路上一群都是來自大陸的外省人，在此地之生活情景與產生的波折。故事最後透過新一代的誕生，也暗示了在此紮根生活。

〈摸夢〉與〈玉堂春〉都以一定年紀以上，卻在台灣獨身一人的男性為視角帶出故事，對他們心境的揣摩，也是端木方所擅長的。

而〈玉堂春〉和《七月流火》則是對於往工商業社會變遷的台灣，其中的社會樣貌與人心的轉變，有許多記敘，中篇〈玉堂春〉更對於工商社會種種畸變的現象，大搖其頭，與京劇裡的《玉堂春》適成強烈的對比；長篇《七月流火》更從離散的愁苦中脫身而出，轉為落地安身立命的熱情。

林適存（1914-1997），筆名南郭、白芷，湖南湘鄉人，中央軍校八期炮科畢業，歷任各軍職，在大陸時期軍階高至少將處長。1950年至香港，1954年來台定居，1994年因病赴大陸安養，1997年逝世。

南郭的文學活動開始甚早，[33] 並且是從編輯開始，這也是他日後最重要的文學工作之一。1934 年即接辦《中國日報》副刊，並為《流露》月刊助編、寫稿，展開小說創作。除任軍職外，抗戰時期亦為重慶某劇團負責人。1950 年春年來到香港，以鬻文為生，曾向《新聞天地》、《香港時報》等副刊交稿，著名作品《紅朝魔影》即連載於當時《香港時報》副刊。

1954 年南郭來台，並未回任軍職，文學事業成為他唯一的工作。除了創作之外，1958 年受聘擔任《中華日報》副刊主筆兼主編計十二年，並曾主編《幼獅天地》、《幼獅文藝》、《作品》等文藝刊物。尤其在《中華日報》副刊主編任內，發掘諸多作家，並引領當時不同的文類諸如歷史小說的蓬勃發展，作家高陽、章君穀等多部作品，即連載於當時的華副。

除了編輯的工作之外，南郭也是個多產作家，並且以長篇小說為主，並兼有散文、劇本及傳記，他小說創作主要集中於五〇、六〇年代，此時他已無軍職在身，並不是一般印象中典型的軍中作家，然他曾為國軍高階軍官的經歷，許多作品中也有著強烈的反共意識，《紅朝魔影》即是其反共書寫中最著名的一部，這曾以連載的方式，刊登於香港的《香港時報》，這也與所謂的軍中作家的思想背景是相似的。但這部反共作品也有其特色，亦非「八股」、「教條」可名之，就如他自己所說：

> 實際上，「紅朝魔影」並非文學創作，那時香港報約寫這篇東西，只是為和香港的「新晚報」（匪報）打對台，「新晚報」副刊上有一篇「金陵春夢」，於是時報便請我以毛朝內幕寫成「紅朝魔影」，三百個回合打下來，「春夢」無痕，而「紅朝魔影」卻連載了一年有餘。（林適存，1973：6）

且如林適存的長女，已逝的小說家林岱維就以「簡直是好看極了」，來評論父親這一作品：

---

[33] 有關南郭生平，主要參考自同是作家，南郭長女林岱維為他所寫的〈父親小傳〉（http://hoohoowee.blogspot.tw/2006/08/blog-post_115578869440882549.html，2014/12/1），及林適存自己所寫創作經歷，這可參閱：《我的幾本創作》，台北：清流出版社，1973。相關作品可參閱本書「附錄：四、南郭作品表列」。

> 昨晚看我爸爸的〈紅朝魔影〉看到早上五點，除了小小一部分的愛國口號之外，簡直是好看極了：那些老奸巨猾阿諛現實的嘴臉真是現代儒林外史，我都強烈懷疑那是我爹的親身經歷，雖然有大部份的名字不認識，但看到什麼毛澤東周恩來江青郭沫若等歷史名人，就止不住興奮的往下翻。（林岱維，2014）

這雖然含有對父親的感情，然其中所說的「好看」，則的確其來有自。《紅朝魔影》雖名為「報導文學」，但林適存實以小說筆法，對於當年諸多共黨新貴及所謂「靠攏」分子，彼此之間的關係，及相關政治活動細節——可以說是「內幕」——的種種描述，實是讓人印象深刻，就如林岱維所說：「我爹的親身經歷」般，也是這部作品最重要的特色。林適存可說使用如《官場現形記》、《二十年目睹之怪現狀》等晚清譴責小說的手法，以共產初建政時的官場為描述對象，頗具一格，這也滿足當時大陸以外，華人讀者一窺這紅朝新貴的慾望。

而1949年前後的動盪是他許多作品的主要題材，而他在香港數年的生活經歷，也成為他作品重要的背景，從而表現出香港在那樣特殊時空的地位。如《鴕鳥》、《第一戀曲》、《春暉》、《加色的故事》，即呈現流亡人士的各種樣貌。其中從流亡到來台的情節，且成為他作品中重要的敘述對象。

南郭的作品同樣也有不少以台灣本地生活為主要背景，當然，因為生活視界的差距，他的作品同樣無法呈現台灣農村的生活樣貌，但對於諸多同是離散來台，或各式生活於都市底層的人物有著諸多描繪，這也是他作品的特色之一。

離散來台、立足重生往往是他作品所呈現的思想特色，就如《神木》、《淑女》等即是；《還鄉吟》這一短篇集中，主要以台灣現實生活為題材；《春回大地》描述來自四川，原是大戶人家的潘姓一家，放下在大陸時期的尊貴，主僕從賣豆芽、豆漿等，以至承包學校福利社，進而在台灣立足的過程；而《巧婦》卻也暴露在那樣一個年代中，同是離散之人的不同樣貌，有人安份踏實自食其力，有人卻以欺詐、矇騙為手段，說明了小人物為生存的各種樣貌；《金色世紀》的故事、人物背景，則全然是台灣本土的。故事主人公張成金從電氣行的學徒以至成為

一位事業有成的老闆，但卻也在商場上栽了跟頭，成為主要情節。台灣商場經營、小商人的活動，是敘述重心。

盧克彰（1920-1976），籍貫浙江諸暨，中央軍校畢業，在大陸時期曾任軍、警職，1952年來台，來台後捨棄諸多就職機會，是中國文藝協會主辦第一次寫作班的成員，曾隨李辰冬等創辦中華文藝函授學校，而後接辦校務，曾為《文壇》主編。後以專業作家之姿專事創作為生，直至1976年因病逝世為止。

盧克彰來台後，除了參與函授學校的教學、批改工作之外，後又因許多內外緣故，足跡遍及台灣，在1960年前後，親身在花蓮富里永豐村海岸山脈一帶山上拓墾，自耕自食五年，與海岸山脈阿美族原住民有著密切接觸，從而使得其作品面相，跳脫於一般印象中所謂軍中作家的範疇。

盧克彰的作品以小說為主，小說中又以長篇為大宗，短篇小說次之，散文也佔重要充分，另有如《空軍史話》、《八百壯士》、演義小說《國民革命史》等史述類作品，及若干文學評論。不計連載而未單獨出版的作品，單以文學類已出版成冊的作品，按2007作家目錄電子資料庫所集，就有各類作品26種，據作家辛鬱的統計，長篇小說如含未出版者則更有28部之多，[34] 另有大量發表在若干雜誌、刊物等篇幅不一的作品更不可計數，單以量而言，實不容小覷，這也說明盧克彰顯然是一位多產作家。

盧克彰由於生活經驗的特殊、廣泛，加上勤奮寫作，這讓他的作品題材表現範圍相當廣闊，初步來看，可分成以下幾種類型：

### 1. 台灣原住民

盧克彰與鍾理和、鍾肇政等作家，是戰後台灣作家中最早以原住民為題材創作作品者，當然，這都屬於漢人筆下的原住民，和原住民自己筆下書寫原住民，具有現代意義的「原住民文學」是有些差異，筆下的原住民形象與表現的思想性也有些不同，但其開拓意義，與對原住民在

---

[34] 可參見辛鬱：〈冬日寒雨談往事——小說家盧克彰訪問記〉，（《中華文藝》59，1976年1月），頁17。本篇文章為盧克彰在病逝前，對他的一篇訪問。

現代社會變遷下遭遇的觀察和關懷,卻是共同的特色,盧克彰的作品即是一例。

在盧克彰有關原住民題材的作品,單長篇小說就有《陽光普照》(《太陽神的子民》書名不同,內容相同)、《海岸山脈的春天》這兩種,前者以台東拉里巴部落的排灣族原住民為背景,後者以海岸山脈阿美族原住民為場景。這當然和盧克彰在花蓮海岸山脈五年與原住民相處的生活經驗下所形成,除此之外,與在原住民文學史中,被稱為第一位以原住民的身分創作相關文學作品的陳英雄,兩人之間的交誼,也是盧克彰作品中會出現如此多原住民題材作品的原因。除了長篇小說外,許多短篇小說與散文作品也都碰觸原住民議題。

的確,就如上述兩部長篇作品,都是應官方——省政文藝叢書寫作之邀而寫,不免帶有許多「擬寫實」的情況,然去除諸此類敘述,這些作品也呈現了在當年社會變遷劇烈的年代中,原住民生活的處境,就某種角度而言,仍具有一定的意義。

### 2. 都市人民生活百態

這在盧克彰作品中,佔有最重要部分,數量也最多,其中各種生活、行業的樣貌,男女情愛往往是作品的主題。諸如《倩倩》、《春潮》、《凌晨》、《沉澱》、《後街》、《除夕》、《狗尾草》、《變調的多重奏》等,而在短篇小說中,更有不少作品。而這些作品也更足以說明他有別於一般印象中「軍中作家」的地方,這些作品全以當時的台灣各都市為對象,以都市邊緣中的人民為主要主人公。這些作品無不呈現在變遷中的社會,不同價值觀互相衝擊的模樣,就如在《倩倩》中,處心積慮以「出國」為主要目標的藍虹,在被一位自稱旅菲華僑的老尤藉機所欺;《春潮》中,描述一位甫自公家單位中屆齡退休的舒青,初入商場,換得卻是感情與錢財兩失的一場空;《狗尾草》以幾位來台落戶在一處違章建築的外省人為描述對象,受人恩惠才得以成長的志禮,長大後卻成為一位汲汲名利以「孝子」為名的作家,事實上卻是一忘卻恩人與母親扶養之恩、玩弄感情不負責任的人;在以都市陰暗角落一群倚門賣笑維生者為主人公的《後街》,誠如作者在尾聲中所說,相對作品中諸多道貌岸然的衮衮諸公,雖然她們似乎為人所看不起,但從她們身上「可是

好像有點什麼東西，在我們的社會中是找不到的。」（盧克彰，1975：230）等等，這些作品中的事件與主人公，迥異於本土作家中所描述的種種，然卻也是盧克彰作品特色之一。

### 3. 拓墾經驗與自然風貌

嚴格來說，盧克彰並不擅長描述農家生活與農民處境，他的作品中除了在省政文藝叢書中的《曾文溪之戀》外，較少碰觸到台灣農村、農民議題，這當也是其生活經驗所侷限，他並沒有在台灣農村長期的生活經驗，與本地農民也無多少接觸。但有趣的是，他並非不是不熟悉農事，他在花蓮富里永豐山區自力拓墾、自耕自食五年的生活經驗，這也形成他作品中一大特色，尤其是他的散文作品《墾拓散記》、《自然的樂章》、《擷雲小記》等，花東山區自然風貌、農事的操持，就成為這些散文作品在透露個人心境時，最為生動、深刻的背景。

### 4. 軍中、抗戰

這類作品，當然和他的軍人出身的背景有關，然這並不佔盧克彰作品中的大宗。如他早期的作品《激流》（與《秋風蕭蕭》內容相同）、與人合著的《八百壯士》等，及若干連載未獨立出版的長、短篇等。

### 5. 特殊題材

諸如《曾文溪之戀》，以曾文水庫的開發為背景；《吉木》描述一群職訓總隊的受刑人，參與南橫公路的建設等，這些均是參與省政文藝叢書寫作而形成，當然同樣免不了帶有宣傳政府政策及施政成果之意味，但同樣的也為台灣當年社會發展、變遷的過程，透過文學作品留下記錄，無疑的也是一種台灣書寫。

以上所能列舉的，乃是大量由軍中出身作家的一小部分，其他諸如常被視為軍中作家代表的段彩華，在他出版於 2002 年的《北歸南回》，透過一個一個白髮北歸的故事，敘述出由歷史所造成的殘缺，也可視為「探親文學」的代表；張放[35]晚年的許多作品融入自己離散、在台落地生根、大陸探親等個人經驗，且對於國府來台後，在軍中為反共，保防

---

[35] 張放（1932-2013），政治作戰學校影劇系畢業。退役後曾任中央廣播電台編撰、行政院文建會研究委員、菲律賓民答那峨中華中學校長。

人員以接近白色恐怖的方式對待軍中人員多所批判,而作品中的主人公,也都在台灣與本地女子結婚,家顯然在此建立,即使到大陸探親,回的也是如今已落地生根的「家」。就如《山妻》(1993)、副題為「邊緣人三部曲」(2001)的《海魂》、《與海有約》、《漲潮時》、《濁水溪傳》(2010)等是均是如此特色;也有大量小說創作的吳東權[36],近年將視角轉向,關懷老人問題,而有所謂的「銀髮文學」;作品以雜文、散文為主的童世璋,其飲食散文也極具特色,諸如等等,均也早已呈現這種多元的傾向,也非一種同質性的敘述所能概括。

而軍中出身的作家,在戲劇創作、影視戲劇編製的成果,無疑是最耀眼的。

雖然在日治時期,台灣本地也有著由知識分子為主導,且具有啟蒙性質的新劇運動,但在1930年代後逐漸受戰爭的影響,戲劇活動受到管控。而後日人禁鼓樂,鼓勵新劇團成立,為其「皇民化運動」服務,就如邱坤良所言:「新劇由業餘轉向職業、由文化性轉向商業性也發生在這段時間。」(邱坤良,2008:123)原先業餘性,具有理想、啟蒙性質的新劇運動已呈頹勢。而後國府來台,文化政策獨尊國語,加上隨後而來的二二八事變及1949年後政治上的高壓,這些以本土知識分子為主體的新劇運動,在1949年後基本上消聲匿跡,許多新劇運動者甚而遠離戲劇舞台。就如新劇運動中重要的「星光」、「鐘聲」劇團的創辦人歐劍窗,在日治末期即因抗日罪名殉難於獄中;戰後簡國賢成為白色恐怖的受難者;對於台灣新劇運動具有重大影響性的張維賢,早在二戰末期,在台因戲劇活動受限,即前往中國大陸經商,日後回台,除了短暫成立電影公司拍攝電影,但賣座不成功,也就棄影脫離戲劇事業;張深切戰後曾任台中師範教務主任,卻因二二八事變遭誣,不得不去職避居南投,而後曾投入電影劇本等創作,且曾投資影業公司,然以失敗做終;林摶秋於二二八事變後,返鄉經營礦業,五〇年代還曾籌組玉山影業公司,並建有相當規模的片廠拍攝台語電影,但不久即因台語電影景氣下滑而結束電影事業,而後也脫離戲劇事業;宋非我於二二八事變

---

[36] 吳東權(1928-),政工幹校第一期新聞組畢業。曾任《青年日報》主編,1967年調中影製片廠服務,1971年退役。

後避禍離台，1949 年後在大陸被共黨下放勞改，晚年曾短暫回台卻無法定居，最後終老於大陸。

當時還有活動的，即是那些具有商業性質的職業新劇團。光復後，這些以台灣本地語言為主的新劇團，被視為「地方戲劇」，雖然在光復初期至六〇年代初，還有不少的劇團在活動，地方戲劇比賽還設有話劇組，然這些劇團平常多以幕表方式演出為主，完整創作留存者不多，且與市場上的歌仔戲、歌舞團的表演方式日漸合流。而後台語電影片興起，許多新劇演員轉往大銀幕發展；雖然性質不同，但在市場上且還有歌仔戲團、歌舞團等不同劇種的競爭，新劇競爭力遠不如這些劇種，致使在六〇年代末葉以降，本土純話劇式的台灣新劇已成末流，或者表演方式與歌舞團合流，更甚者完全退出商業舞台。

1945 年台灣光復後，及至 1949 年兩岸分治期間，當時的統治者認為台灣受到日人奴化統治，因此文化重建──「去日本化」與「再中國化」就成為當時施政重要一環。在文學上，自五四時期以來，大量的白話文學作品引進到台灣。而在劇運上，大陸發展相對成熟的話劇，也在這一段短短的時間，大量引介到台灣來，據徐亞湘的統計：「至少超過四十位中國劇作家的六十個劇作在戰後四年間於台灣演出。」（徐亞湘，2013：122）加上當時又有台灣本土的新劇團，以及尚未遣送回日，由日人經營的劇團等，加上眾多無法勝數的，在皇民化時期受到禁錮的傳統戲曲，分別活躍於舞台及野台上，這種蓬勃多元的現象，是台灣新劇發展以來少見。

而這些來台的劇團中，分別有著來自軍中的劇隊、政黨或政府機構扶植的表演團體、大陸劇人來台所組的業餘劇團、校園演劇及職業的旅行劇團等不同的組織，其中以抗日時期即相當活躍的軍中劇團數量尤其多，這些劇團分別是：「陸軍第 70 軍政治部劇宣隊」、「國防部新聞局演劇三隊」、「青年軍第 205 師所屬新青年劇團、「青年軍 31 軍新青年劇團」、「基隆要塞司令部組織軍中文化鐵血劇團」、「裝甲兵司令部特勤隊」以及「空軍傘兵司令部組織靖海劇隊」等，[37] 從此也可以看出，來自軍中的劇團，在台灣光復後對於台灣劇運所扮演重要的角色。

---

[37] 相關資料參見，莊曙綺：〈台灣戰後四年（1945-1949）現代戲劇的發展概況〉，（《民俗曲藝》151，2006 年 3 月），頁 185-252。

戰後這四年蓬勃的現象，隨著 1949 年政府遷台兩岸對峙形成，倏忽中止。許多成名於三〇、四〇年代，在話劇發展史佔重要地位的劇作家，因意識形態的差異，並未跟隨來台，這些作家被視為「附共」，相關作品在台灣隨即禁演、禁止流布，隨後反共文藝形成，戲劇也被納入此一體制內，原本在大陸已然成熟的戲劇「作家劇場」，並沒有在台灣重現。此時的戲劇作品（主要指話劇）及舞台上的演出，均是以符合國策的反共抗俄戲劇為主流，這即是馬森在論述台灣現代戲劇發展分期中的「國策時期」。[38]

　　軍方在那樣的特殊環境中，在台灣現代戲劇甚或傳統戲劇的發展，扮演一種重要且特殊的角色。軍中話劇隊，是台灣五〇～六〇年代戲劇活動中重要的一部分，不僅在軍中活動，在民間也具有一定影響力。誠如上述，在抗戰時期，話劇就充分與教宣結合，各軍種、部隊也成立不少話劇隊，進而培養出不少表演人員。[39] 雖然許多三〇年代成名的作家並未隨國府來台，但卻有不少軍中話劇隊及表演人員隨軍來台，且成為當時話劇舞台上的主力。就如研究者曾志誠所說：「來到台灣的軍中劇隊相當多，根本算不清楚」（曾志誠，1999：30），這也可見當時軍中劇隊盛況。許多知名的演員，後來亦活躍於電影、電視，如曹健、錢璐、常楓、孫越等知名演員，即是隨軍中話劇團來台的演員。這等到 1970 年代，軍中話劇團隊或裁、或併入各軍種的藝工隊中，不再專以話劇演出為主，軍中話劇團隊自此也逐漸退出台灣戲劇舞台上。

　　出身軍中的作家，在那樣的環境之下，成為當時戲劇創作的主力。而 1951 年成立的政工幹校，在 1957 年分科，設影劇等科，是在台灣大專院校中成為繼國立台灣藝術專科學校之後，第二個成立戲劇相關專業科系，培養出來的人才，除了服役軍中外，退伍後進入社會後，更將影響力擴及社會。其中就如趙琦彬、張永祥、貢敏、姜龍昭等，著名的舞台技術專家聶光炎，也是出身於政工幹校。

---

[38] 馬森將台灣現代戲劇的發展，分為一、新劇時期。二、國策時期。三、新戲劇時期。四、小劇場時期。相關論述可見，馬森：《中國現代戲劇的兩度西潮》（台北：聯合文學出版社有限公司，2006）一書的論述。

[39] 有關抗戰時期各軍種話劇組織情形，及戰後來台的話劇團隊發展狀況，可見曾志誠：《被遺忘的痕跡──軍中話劇團隊的發展史錄》（台北：國立藝術學院戲劇研究所碩士論文，1999）一文的說明。

許多軍中出身的作家,寫過不少符合國策的作品,就如郭嗣汾以反共游擊隊「巴山部隊」抵抗共黨為題材的《大巴山之戀》,曾獲文獎會獎金,也曾於 1952 年由憲兵話劇團在基隆演出。(焦桐,1990:204)除此之外,在文獎會時期,劇作得到獎勵的,出身於軍中的作家還有,丁衣[40]、朱白水[41]、徐天榮[42]、張徹[43]、高前[44]、費嘯天[45]、鍾雷[46]等。

　　雖然在一般文學史論中,將台灣五〇年代視為反共抗俄文學興盛的時期,但就如文獎會僅短短運作六年一樣,激烈的以揭露匪黨惡行、痛斥共黨禍國等作品,實際上在五〇年代中期後,已成強弩之末,即使是文獎會徵稿的作品,雖然常被視為反共抗俄文學的代表,然細看其題材,以劇本為例,已有許多作品是以在台灣本地發生的事物為主題,不過當然強調的「純正」、「健康」,且強化反共等的「思想武裝」是可以想見的。[47] 許多批評者,常會以「八股」、「教條」批評這些作品,然這也與當時環境有關,雖然以「反共抗俄」為題材,但當時兩岸隔絕,除特殊單位外,對於「匪情」一般人民均只能從制式化的宣傳得到相關資訊,這些作家也是如此,在對實際情況缺乏瞭解之下,又為反共宣傳

---

[40] 丁衣(1925-),1948 年隨軍來台。曾任國防部政治部編導、隊長,國防部藝術工作總隊編導、研究員,藝工總隊《康樂月刊》主編。退役後致力於影視創作。著作以電影、電視、廣播劇、舞台劇等各式劇本為主。曾獲國軍新文藝劇本創作銀像獎等獎項。

[41] 朱白水(1916-2000),在軍中曾任國防部上校專員、康樂總隊副隊長等,劇本創作涵蓋舞台劇、電視、廣播等。

[42] 徐天榮(1925-2009),1949 年隨軍來台,1953 年入政工幹校影劇系就讀,畢業後留校任講師、副教授。作品創作以戲劇類為主,包含舞台劇、電視、電影。並執導多部如《瘋女十八年》等多部電影。

[43] 張徹(1923-2002),重慶中央大學畢業,1949 年隨軍來台,曾任國防部總政治部簡任專員,軍階至上校。曾參與台灣光復後第一電影《阿里山風雲》的拍攝,作品主題曲至今仍在傳唱的〈高山青〉即為其填詞作品。隨後又棄軍職重入影壇,為香港邵氏電影公司武俠片重要導演。其文學創作含括各文類。

[44] 高前(1925-),南京市戲劇專科學校、政工幹校康樂班畢業。曾任國防部康樂總隊編導、副主委、藝工總隊演劇隊長。高前創作以戲劇為主,且亦包括舞台劇、電視劇等,曾獲電視金鐘獎等獎項。

[45] 費嘯天(1916-1995),陸軍官校、參謀大學、通校高級班畢業。曾任科長、副主任、副主任委員等。文學創作以劇本、傳記、史論為主。

[46] 鍾雷(1920-1998),北平中國大學畢業,軍校特訓班、中訓團。曾任團、旅、師政治部主任、參謀長等軍職。文學創作含括各文類,其中又以電視、電影、舞台劇劇本等數量為最。

[47] 相關論述,可參見焦桐:《台灣戰後初期的戲劇》,及郭澤寬:〈從「秧歌劇」與「戲曲反共抗俄劇」看政治宣傳戲曲的操作〉(《民俗曲藝》164 期,2009 年 6 月),頁 97-161,等。

的需要，只能透過「醜化」匪幹，或者口號式、教條式的宣講，也成為一種必然。

但值得注意的是，當其他文類諸如小說、新詩等，逐漸走出反共抗俄，尤其接受現代主義思想後，又另有一番新局面，戲劇的發展相對比較緩慢，直至1960年代，還有許多強調愛國、做好反共準備等與反共抗俄思想極為接近的劇作出現。其中由「改造出版社」所出版的一系列劇本，即是其中代表，這些劇本是當時為數不多的劇本出版作品之一，且還曾被指定為台灣地方戲劇比賽的劇本，就如1959年的地方戲劇比賽就規定：

> 就教育廳頒發及轉發的《大明奇女子》、《張良復國》、《忠貞報國》、《少康中興》、《亂世忠貞》、《離亂世家》、《寸草春暉》、《茶山風雨》、《誓》及《幸福泉源》等十劇本中選定一劇，主題及主要內容不得變更，演唱歌曲及場幕穿插等，得自由發揮。（聯合報，1959：2版）

唯這些基本是國語話劇本，卻要由以各類傳統戲曲為主的台灣地方戲劇團體來演出，以今日角度來看，實也荒謬，然卻也看到當年政府對於戲劇活動控制的情況，這些劇作就如焦桐在《台灣戰後初期的戲劇》一書中，仍將這些作品視為反共抗俄劇作的一部分，然細看這些作品的主旨，除了改編自陳紀瀅小說《赤地》的《離亂世家》外，其他均有其他主要思想訴求，不過主要也是配合當局當時所推動的「五守運動」有關，許多劇本均還加上相關副主題，如《寸草春暉》（副標題：仁愛為接物之本）話劇本，以一群來台的義胞在台灣相處的情形為主，主張要「四海為家！你愛天下人，天下人自然會愛你」，強調的是仁愛精神；《茶山風雨》（副標題：信義為立業之本）原話劇本，以滇緬甸國軍為背景，雖伴有游擊反共的部分，但主要以孤軍將領鄭涵天堅守政府命令，守住購軍火用之黃金為主要情節，全劇以「信義為立業之本」大合唱做終；《幸福泉源》（副標題：助人為快樂之本）話劇本，以發生於現代（1958年）曹家一家人的故事為題材，以曹家二子飛龍從太保型的學生轉悟從軍報國，原先一心想出國且做為飛龍的家庭教師的馮志航也放棄出國，轉而投營並贏得美人歸（曹純英，飛龍的姐姐）為結局，從這些作品來看，也僅能說是主題思想「正確」，與反共抗俄沒有多大關係了。

在「改造出版社」五〇年代末至六〇年代所出版的劇本中，可以看到許多軍中出身的作家參與其中，就如徐天榮有《茶山風雨》（1958）及《晴天恨海》（1959）、《血影疑雲》（1960）、《號外》（1960）、《開天闢地》（1960）、《弄假成真》（1962）、《選賢記》（1964）、《高山仰止》（1966）等劇本；鍾雷有《雙城復國記》（1959）、《長虹》（1965）；王祿松[48]《偉大的母親》（1960）；丁衣亦有《牆與橋》（1960）、《父母心》（1961）、《赤子心》（1962）；李中和[49]《領袖萬歲》（1966）等。

也可以這麼說，在戲劇創作上，這些軍中作家在台灣五〇至六〇年代，甚或是小劇場還未興起之前，他們的戲劇作品，佔有一定的地位，雖然有許多作品充滿「正面」、「健康」的主題思想，或有些配合政策的敘述，但已不是一般印象中，全是所謂「反共抗俄」式的吶喊。

除了上述的作家之外，軍中出身的戲劇作家還有許多，如陸英育[50]、楊揚[51]、趙琦彬[52]、張興魁[53]、貢敏[54]、姜龍昭[55]、大荒[56]、碧果、劉

---

[48] 王祿松（1932-2004），政工幹校畢業。曾任反共義士就業輔導長、軍官團政治教官、政治作戰輔導長、國防部新聞官。作品以詩、散文為主，曾獲國軍新文藝金像獎等獎項。

[49] 李中和（1917-2009），1949年隨陸軍裝甲兵團到台灣，同年在台中創辦「裝甲兵團音樂幹部訓練班」。1953年，任國防部總政治部康樂總隊督導。1954年，晉升上校，任康樂總隊音樂課課長。1971年退役。李中和為知名歌樂作家，作品以慷慨激昂充滿愛國心為特色，晚年亦創作佛教音樂。

[50] 陸英育（1926-2007），政工幹校高級班畢業。曾任軍中新聞官、《暢流》雜誌社主編兼社長。創作文類包括散文、小說和劇本，並曾編製各類電視劇本。

[51] 楊揚（1926-），本名楊玉璋，曾任青年軍政治指揮官，海軍話劇隊隊長，創作文類以劇本為主。除話劇外，還有廣播劇、電影劇本等。

[52] 趙琦彬（1929-1992），政工幹校第一期畢業。曾任編導、副隊長、教官、講師、副教授。創作文類以劇本為主，含括舞台劇、廣播劇、電視劇、電影等劇本。曾獲國軍文康競賽戲劇獎等獎項。

[53] 張興魁（1932-），筆名遙星、空軍機械學校畢業，曾任縣政府科員等職。創作文類以小說、劇本為主。曾參與撰寫中視台灣第一部電視連續劇《晶晶》劇本（多人合作編寫）。

[54] 貢敏（1930-），政工幹校第二期畢業，曾任政治作戰學校影劇系教師。創作以劇本為主，含括舞台劇、電視、電影及戲曲。1995年出任國立國光劇團藝術總監。曾獲金馬獎、國防部徵文首獎、國軍新文藝運動特別貢獻獎等獎項。

[55] 姜龍昭（1928-2008），政工幹校第一期畢業，曾任軍報記者、編輯。創作含括各文類，以劇本創作為最。曾獲國軍新文藝金像獎電影劇本獎等獎項。

[56] 大荒（1930-2003），曾任陸軍士兵、中尉軍官、國中教師。創作文類有詩、散文、小說和劇本等。

藝[57]、張永祥[58]、李冷[59]、徐斌揚[60]、司馬青山[61]、吳楚[62]、朱煥文[63]等,這些作家全都是職業軍人出身,他們的軍旅生涯和他們的創作也有密切的關係,許多本身即是軍中文康、新聞等軍職,或者出身政工幹校,然更重要的,他們的影響不僅在軍中,許多作家離開軍中投入社會後繼續創作,產生更大的影響力,除了舞台劇外,繼續在廣播劇、電視劇、電影等同樣屬於戲劇文類中,發光發熱,這可說是軍中出身的作家對文學、影視文學貢獻最多的地方。

其中就如丁衣就有電視劇百種以上,著名一時的連續劇《滿庭芳》即是其製作兼編劇。

高前除了在軍中時期從事藝工隊演劇之外,更是一個有著豐富創作的編劇家,在廣播、電視等均有大量作品,並著有《編劇的前置作業——六十年廣播電視編劇經驗實錄》(2009)一書,為其一生豐富編劇實務經驗的寫照。

朱白水出版於1955年的《魂斷嘉淩江》是台灣第一本廣播劇集,台灣電視史上第一部國語彩色清裝連續劇《清宮殘夢》,即是由其擔任製作、編劇。

鍾雷則從中央電影公司(簡稱:中影)的前身「農業教育電影公司」時期即開始為其創作劇本。電視劇本亦有許多,如為中國電視公司寫過

---

[57] 劉藝(1930-1990),抗日末期加入青年從軍行列,來台後畢業於政工幹校。創作文類以論述及劇本為主。曾獲亞太影展最佳編劇獎,1976年以《長情萬縷》獲金馬獎最佳導演獎。

[58] 張永祥(1929-),政工幹校第一期畢業,在軍中從事演劇工作及編寫劇本,曾任康樂隊員、教官、編導官。創作文類以劇本為主,著名電影《秋決》即為其作品之一。曾獲國軍新文藝銀像獎及金馬獎、金鐘獎等獎項。

[59] 李冷(1929-),政工幹校畢業。曾任陸軍藝工隊演員、編導。創作文類以劇本為主。曾獲第一屆國軍新文藝多幕劇銀像獎、金馬獎、金鐘獎等獎項。

[60] 徐斌揚(1932-),空軍機械學校軍官班、空軍參謀大學畢業。曾任空軍聯隊主任。創作文類以劇本為主,尤以電視劇本為多,亦曾擔任電視劇製作人。曾獲國軍新文藝金像獎,電視金鐘獎等獎項。

[61] 司馬青山(1933-),國防管理學校畢業,曾為「葡萄園」詩社同仁,創作文類以詩、小說為主,兼及散文與劇本。

[62] 吳楚(1917-),陸軍官校畢業。創作含括各文類,劇本創作有《揚子江風雲》(1958)。

[63] 朱煥文(1923-2006),曾任教師、國小校長。後投效空軍,服務長達28年。創作文類含散文、小說、劇本、報導文學,且有廣播劇本三十餘集。曾獲國軍新文藝金鷹獎、金像獎等獎項。

諸多歷史題材的電視劇如《一代暴君》等，這部作品即由著名演員郎雄扮演秦始皇一角。

楊揚的劇本創作，早年以舞台劇為主，而後為電視、廣播、電影創作諸多劇本，尤其大量的廣播劇劇本更是其特色。

趙琦彬創作幾以劇本為主，廣播劇、電影、電視等均有大量創作，中影第一部彩色寬螢幕電影，也被稱之為第一部「健康寫實」電影的《蚵女》，劇本即出於其手。趙琦彬歷任中影、華視等公司，也擔任戲劇教學等工作，他（任總幹事）且曾與姚一葦（任主任委員）在「中國話劇欣賞演出委員會」任職期間，舉辦「實驗劇展」，對於台灣小劇場的推展產生極大影響。

貢敏的創作觸角遍及傳統戲曲與現代戲劇，也有電視、電影創作。

姜龍昭有著大量的劇本創作，且又在各大專院校兼授劇本寫作，可說是對於台灣影視文學最具有影響力的人物之一。許多至今仍留在觀眾記憶中的電視戲劇作品，即出於其手，如被稱為台灣第一部電視連續劇的《晶晶》，由眾人合力編寫的劇本中，姜龍昭即負責最後幾集的壓軸戲；當年紅極一時，收視率極高的中視電視連續劇《長白山上》，故事原型來自田原《松花江畔》，但經過大幅修改，姜龍昭即是編劇群之一，當時任職中視的他也是本作品的策劃者。晚年還自設「姜龍昭戲劇獎」，提掖後進不遺餘力。

張永祥同樣也是一位多產的電影、電視劇作家，著名電影《養鴨人家》即是其作品。他以電影編劇獲金馬獎的就有《還君明珠雙淚垂》（1972）、《吾土吾民》（1975）、《汪洋中的一條船》（1978）、《小城故事》（1979）、《假如我是真的》（1981）等。

徐斌揚也是重要的電視劇編劇家、製作人，知名作品如製播於1992年的《一代皇后大玉兒》即是其編劇作品。

以上所列的諸作家，除了編寫劇本之外，多位還在電視公司、電影公司等影視單位從事導演、製作、企劃等工作，在六〇～八〇年代對於台灣電視、電影有著重要的地位，更是電影金馬獎、電視金鐘獎等獎項的獲獎常客。這些軍人出身的作家之重要性不容忽視，亦非許多文學史論所說的思維領域狹窄，描寫範圍不廣，更非侷限在反共領域不得逃，他們在戲劇創作上的成就即是個反證。

## 第二節　田原創作歷程與小說題材類型

　　田原，本名田源，1927年生於山東濰縣，另有筆名憶輝、魯司寇、保斯等。田原幼年時，母親即已過世，父親續絃，田原由祖父母撫養。在幼年時期，家中諸多長輩都曾移民關外，田原也曾三度到關外依親，足跡達長春市，及松花江畔郭爾羅斯前旗。[64] 在幼年時，接受曾祖父啟蒙，讀過若干傳統古籍，但因多次出入關外，就學斷斷續續。高小畢業後，至安徽阜陽就讀中學，但才一年，因戰亂隨即到西安從軍報國。當然其中生活的艱辛，所形成豐富的生活體驗，日後全成為他作品中重要的素材。

　　抗戰勝利，田原由軍而警，至青島當員警，而後入上海「中國新聞專科學校」半工半讀。1949年，隨員警部隊撤退到金門，又編入軍中，且隨著軍隊調防與職務變換，足跡幾遍及全台。在軍中期間，曾任助教、教官、新聞官、科長、副處長等職，均乃軍中文職工作，專以新聞、行政為主，這因個性使然，就如他自己所說：

> 記得從軍勝利之後，不喜歡過正式軍官那種嚴格生活，漸漸轉到軍中新聞部門，辦油印、鉛印報刊，寫的多是新聞稿、短評，刊在自寫自編的刊物上。（田原，1987：191）

從事新聞、宣傳工作，就成為他在從軍生涯主要工作，甚或是退役轉為民職工作時，依然從事相關重要工作。

　　田原的文學能力啟蒙於舊學，但主要來自豐富的閱讀經驗，與無日不記的書寫日記習慣，且不因當時戰亂環境而有所中斷。田原青少年時期，即大量閱讀各種演義小說，甚而是《紅樓夢》。《紅樓夢》是田原自認影響自身最大的作品之一，除此之外，田原也大量涉獵新文學、西方文學作品，甚而是諸多如張恨水等社會言情小說，均也在閱讀範圍之列，這也成為他終身的習慣，也是他日後寫作時養分的來源。

　　豐富的編輯經驗，也是田原重要的文學經歷。1949年於主門主編《力行報》；1950年主編《無邪報》（正氣中華報之前身，田原從

---

[64] 田原《松花江畔》的主要場景就在是郭爾羅斯前旗，當時此地一般人又稱為「前郭旗」。

1950年編到1954年）；1950年也曾與友人可平、雁影等人在宜蘭辦過一個詩刊《駝鈴》，但僅兩期即停刊；1955年主編《自由勞工》雜誌；1958年任《青年戰士報》編輯；1958年還曾友人合辦「太平洋出版社」；1964年主編《前瞻》月刊及《希望》雜誌「青年俱樂部」文藝版（僅一期）。[65]

而田原在總政部任職，推動「國軍新文藝」運動，更是他在軍職生涯中重要的成就。1965年，「國軍新文藝運動輔導委員會」成立，將軍中文藝運動推向制度化、規模化，時任總政戰部科長的田原，即是主其事者。在前文即以說明國軍新文藝運動的規模及影響性，從這個角度來看，田原更可說是軍中文學、軍中文藝的重要推手之一。做為田原同事，且同樣推動此一運動的朱西甯，在田原逝世的懷念文章中，就特別推舉田原在此運動中的重要性，舉凡社會文藝界人士的邀請、各項庶務的安排、大會討論議題的擬訂，乃至上呈最高當局的公事簽呈，田原均一手操持。朱西甯在文中，就說：

> 新文藝運動的策劃和籌備工作期間，因是老田總其成，在爭取時效和便宜行事以收高度效率的要求下，他是替工作編組『扛』了、『包』了太多的擔當，對於這些近乎草莽的蠻幹，我們自我取笑為『拉游擊』作風。（朱西甯，1987：7版）

1971年，田原從軍中退役，但並沒有離開相關工作，而是銜命籌辦具有軍方背景的「黎明文化事業公司」，並任總經理，以至1987年任內去世為止，黎明公司從無到有，以至成長茁壯，田原操持之功不可沒。

而在創作上，早年在阜陽唸中學時代，田原曾以日寇燒燬家鄉慘狀寫成〈燬家〉是他第一部較長的作品，但主要創作是在來台後，於1950年代，先以雜文、短篇開始，而後專攻長篇。來台後在自己主編的刊物，發表若干短評、新聞稿。在1950年，辦詩刊《駝鈴》時，寫出第一首詩〈空樓〉。向外投稿，則於1950年以〈老將軍〉刊於《新生副刊》。1951年開始，也有許多雜文刊於《反攻半月刊》。第一篇短篇小說〈情

---

[65] 相關編輯資歷，可見田原：《田原自選集》，頁285-287，所附之寫作年表，另亦可見應鳳凰：〈田原生平及其作品目錄〉一文的整理說明。

陷〉則是 1954 年刊於《小說創作》，自此展開他多產，且以小說為主要的創作生涯。他早期的作品以短篇、散文為主，主要刊登於各類報刊上，第一部長篇《第一代》出版於 1959 年，1960 年代是他創作的高峰，至最後一部長篇 1986 年的《差額》，不計書名不同而內容相同者，按應鳳凰統計，其生涯出版共有長短篇作品卅餘種，數量不可謂之不豐。[66]

且觀察田原小說作品，其中出現的場景、題材包涵甚廣，人物類型也繁多，這也與其生活經驗有密切關係。就如他自己所說，因生於亂世中的破落戶，從小便是流浪漢、討過飯、上過當舖、受凍挨餓常有的事，而職業方面當過小學徒、苗圃工人、沿街叫賣的小販、荒地撿枯草深山打柴的樵夫、流亡學生、小學教員、員警、記者、軍官等，也都成為他豐富生活經歷的一部分。（田原，1987：191）加上在足跡遍及全台，做為中下級軍官，在眷村生活的經驗、與百姓的接觸，甚而黎明文化公司接觸商務，且如朱西甯所說的：「他是海闊天空，廣結善緣，天下豪傑與人渣，三教九流皆與之交而來者素向不拒」（朱西甯，1987：7版），來往的朋友眾多，這全都表現在他的作品之中——他作品中，各色人物的描述尤其讓人印象深刻，這在後文中會加以深入討論。

就其創作來說，按類型來看，小說為主，雜文、散文居次，雖然早年參與駝鈴詩刊的創作，但相關詩作並未見集結出版。而小說中，又以長篇為多，中、短篇及散文、雜文居次，這多半發表於報副刊、雜誌中，後來集結出版，這些中、短篇集作品有《辦嫁粧》（1965）、《泥土》（1967）、《錘鍊》（1967）、《春遲》（1968）、《那一半》（1968）、《迴旋》（1968）、《天盡頭》（1969）、《大黑馬》（1969）、《北風緊》（1971）、《田原文集》（1975）、《田原自選集》（1975）、《田原短篇小說集》（1976）等。除了小說外，也有影視編劇作品《豪俠霍元甲》等。

而就作品的題材、場景來看，在許多史論中，或一般印象，常認為五〇年代作家或軍中作家，常以故園書寫見長，場景多是大陸的故園為主，並寄以自己的懷鄉之情，形成懷鄉書寫。田原，的確也有許多這樣

---

[66] 詳可見，本書引用書目，田原著書。

的作品,他尤其擅長描寫自己幼時、青少年時期所生活的山東、東北地方,這也是他的特色之一,這些作品可看到他對故園生活的懷戀,以及他工作、生活的軌跡,這些均投射到他的作品中。但更值得注意的是,他更有不少的作品乃以台灣本地為描述對象,更可以看到他對於社會底層、商場爭鬥的觀察,雖然這種書寫在葉石濤評論中是「不太成功」,這在後文會再加以闡論,但這顯然是一種台灣書寫。這些作品長、篇短均有。

因此,就作品場景而言,以長篇作品為例,田原的作品即可粗分為兩種:

## 一、以大陸故園或曾工作旅居之地為主要場景者

《這一代》(1959),這是田原第一部出版的長篇作品,場景首先即設定在東北郭爾羅斯前旗,隨著主人公羅小虎遭遇的變化,場景逐漸轉到青島、福建。羅小虎從一位無依的小孩,依附了日本人,日人走後,又成了共產黨幹部,但也看清共黨的真實面目,最終利用在福建工作的機會,偷渡反正。這部田原早期的作品顯然帶有明顯的反共意味,但也是田原作品中唯一一部較有反共宣傳意味的長篇。

《感情的風暴》(1962),作品時空設定在1946年開始,國共內戰方起的齊魯平原裡一個城市,而後轉到金門、台灣。作品以主人公軍官陳青,因共匪作亂、時局變遷,進而與春菲、蓁榮這兩位女子的感情糾葛為主要描述對象。

《古道斜陽》(1965),作品場景設定在土匪、地方保安團隊、日本人、協和軍交錯橫行的平漢鐵路沿線上。作品中以馬玉、黃毓棠、熊坤等人成為異姓兄弟,以保人過鐵路仗義為生的這幫人為主人公。作品即以這幾般勢力的糾纏,與幾段兒女私情的敘述為重點。

《大地之歌》(1968),田原在作品簡介中,即表明此作乃懷鄉之作,作品的場景設定在北國故園,故事情節性不強,透過隨著自然四時交替的農村生活細節的描述,呈現一個安祥、太平的農村社會。

《松花江畔》(1970),這是田原最著名的作品之一,也曾被改編為電視劇《長白山上》、舞台劇,顧名思義,作品主要場景即設定東北

松花江畔,透過主人公之一拴柱兒跟隨長輩到關外開荒,近而帶起關外那個由日本人、二腿子[67]、鬍子、大糧戶、開荒的散戶所形成的小世界。

《青紗帳起》(1971),作品設定在山東鹽灘地,主人公傅東方原是一個學文不成的莊稼漢,但在際會中,卻成為一個落草為寇團體的首領長喜,甚而在抗日軍興時,成為游擊隊司令。作品中,各路人馬徘徊在正邪之間的勾心鬥角,成為作品的敘述重點。

《北風緊》(1971),作品設定在抗戰時期山東某一個城市中,作品以主人公李大年和他名義上的妻子魏蕢兩人在敵後地區做情報工作聯絡各勢力,為主要情節。

《我是誰》(1972),作品的時空先是在民國25年前後的濟南,主人公吳鐵從關外的故鄉逃難來到此地,租屋而居,與房東女兒一夜曖昧,被房東綁送警局處理。在警局的他,並沒有受到處罰,反被吸收,被送到杭州警校受訓,而後甚至被安排回到東北瀋陽去接近父親在偽政府工作的秦燕,成為臥底,做起情報工作。作品的後半,描述了雙方爾虞我詐,是部具有諜戰色彩的作品。

《霧》(1973),一個位於北方的城灘地,是作品第一個主要場景。來自都市的陳耘樵,受聘到此地的新學堂教書。除了學堂的學生外,還另外給兩位女弟子,秀秀、瑩瑩私下授課。在瑩瑩要被嫁給南莊子一個敗家子時,耘樵出面想辦法阻止此事,並將她帶到城市的家中,由自己的母親照顧,並安排她到工廠做工。但在都市中,她經不起各種新奇事物的誘惑,失身於工廠裡早有妻室的胡管事。作品即以瑩瑩的遭遇為作品主軸,城市、鄉村兩者民情的差異,與對人的影響,成為作品刻意突出的地方。

《鐵樹》(1982),田原在後記中,說明自己此部作品乃以表現母愛的偉大,以來紀念自己早逝的母親。故事中某個城市為主要場景,作品中操賤業為生的王大娘,培養自己的兒子王春城讀書,以至到大學。但到了大學的他卻深以自己母親曾操賤業為恥,反以揮霍母親所給的錢做為報復。但王大娘至死卻無怨無悔,反倒是王春城在母親死後,頓覺徬徨無依。作品裡,各人物性格鮮明,語言生動,也是此作品觀察的重點。

---

[67] 指與日人合作的中國人。

## 二、以台灣本土為主要場景者

《朝陽》（1964），原連載於《文壇》雜誌，後由文壇社出版，曾獲「文協獎章」、1983年得「吳三連文藝獎」。作品描述黃玉峯一家由大陸來台後，在台灣做生意，進而與本地人互動的情況，同時也敘述了這一家人在台灣生活情形，觸及了兩代之間價值觀差異所形成的衝突。台灣五〇年代商業活動及地方選舉的進行也成為作品重要的素材。《朝陽》曾被改編為電視劇《艷陽天》，及舞台劇。

《青色年代》（1965），雖然軍中的生活是敘述的重點，然場景、人物的設定卻是台灣本土的，以本省人林家子弟林健雄為主人公服役在軍中的生活貫穿整個作品。

《嘆息》（1967），以一個基隆都市底層的家庭為敘述對象，在不和諧家庭成長的寶香，先是投靠外祖父，而後想獨立生活是卻不慎被騙墮入花街，其後雖有機會脫離，然因金錢、感情、家庭等因素，依然在暗夜中討生活無法自拔。作品中對於台灣都市底層人民的生活困境有許多描述，而對於暗巷裡生活的人們，更有深刻的描繪。

《遷居記》（1967），這為「省政文藝叢書」所作，作品中以一位原屏東議員王化南的視角，透過一次一次在台灣各地的搬家，描述變遷中的台灣，庶民生活方式及其價值觀的改變。

《圓環》（1968）以五、六〇年代的台北為背景，且有對當時寄生於都市中的黑社會、惡勢力有許多描述，其中，亦批判當時曾引起熱烈討論的養女風習。

《雨都》（1971），以一個在台灣某都市生活的秦姓外省人家庭為主要對象。男主人公忙於事業，也忙於夜裡的花花世界；女主人除了一張利嘴外，卻常身陷牌桌無法自拔，家事全委由傭人料理；唯一的兒子學業無成，又誤交損友，甚而逃家。作品主要描述這種現代社會下，都市裡家不家的樣貌。

《男子漢》（1971）以主人公無業流浪的大牛到一大戶人家應徵三輪車夫開始，故事中的人物，全是一些小人物：酒家女麗娜，同樣在幫傭的張嫂等，大牛靠著自己的努力，從三輪車夫，最後竟能自己開店，

卻也在無法接受合夥人麗娜的生活方式、價值觀的情況下，又再度回到街頭。

《四姐妹》（1973），也是為「省政文藝叢書」而作，以四位分別來自本省不同鄉村到都市工廠工作的女工，同租一屋，進而結為異姓姐妹的故事，在作品中寫出女工的感情生活與這些女工對於未來生活的憧憬，更寫出在那個由農業社會向工業社會轉型時的社會百態與人們心境的轉變。

《明天》（1973）以五〇～六〇年代的台北為主要場景，主人公儲強是一位大學生，靠著踏三輪車半工半讀在大學就學，也因這樣自食其力的精神，完成學業，雖然找工作時略有波折，但最終能找到一份發揮自己所長的工作，甚也得到愛情。

《差額》（1986）為田原最後一部小說，則是以台灣七〇～八〇年代為故事時間，以一位曾經風光一時的建商，在事業失敗之後，意欲東山再起卻又不得的過程為主要情節，商場上的險惡，錢慾橫流的景觸，不時出現於敘述中，台灣經濟起飛後的正面作用和負面效果，全是作品主要素材，這部作品也被譽為台灣「商戰」小說的代表作之一。

這些作品在本書後文，將繼續分析討論。

田原，做為一位軍人出身，同時又作為一位作家，退伍後任黎明文化公司總經理，依然與軍方有密切關係，因此做為一位「軍中作家」的地位是無疑的，軍中的工作，與自己工作的特殊性，反倒提供了他寫作環境與豐富的素材，就如他接受訪問時所說：

雖然我是抗戰末期才正式加入軍中擔任隨軍記者，但是我從小到學業完成，都是在軍隊的照拂下才能順利完成的。沒有軍隊的保護，我少年時的命運簡直不堪想像。

跟著軍隊，我曾北到齊齊哈爾，南到汕頭，西到西安，東到台灣，我更真的邁著兩條腿，橫著跑完安徽全省，河南西峽口到徐州，還記得從浙江到福州時，遇著下雨季，路泥濘難行，又是石頭山，而且是走完一山又一山，似乎有走不完的山似的，所以直到今天我看了山還害怕。那時，我跟著軍隊不斷的寫報導，那時完全是油印報，晚上點著油燈、蠟燭，不論蹲著、坐著，有沒有桌子，有沒有蚊子，抓起鋼板就刻，也就因為

這樣，直到現在我有個寫作的好習慣，不管什麼情緒好、情緒壞，四周環境吵或不吵，我都能振筆疾書，這就是軍中訓練的結果。（田原、丘彥明，1979：8版）

從場域（field）、資本（capital）的角度來看，田原在軍中政戰體系新聞部門位居重要的職位，即使退伍後，依然任職軍方背景黎明文化公司總經理，在這樣背景中，他也可以被視為「軍中文學」、「軍中文藝」重要的主事者之一。然更重要的是，他和許多軍人一樣，忠誠愛國時而表現在他作品之中，這是軍人的本分，然作品絕非充斥歌功頌德之聲（從本書後文的論述中，亦可發現在這種國族大義的大敘述中，依然充滿許多由田原個人經驗出發的小敘述），也不是一般印象中，在題材、描寫範圍受限的模樣，他自己就說：「我寫小說的原則是，第一本小說形式絕不同於第二本，一定得創新，而且不限於軍中生活，大陸憶舊或是今日台灣」（田原、丘彥明，1979：8版），在後文也會討論的，書寫庶民市井生活，暴露大量現實社會問題，也是他作品中的特色。

田原創作生涯持續至1980年代末，直至身故後才歇，其大量的創作與出版，不能單視為場域主事、握有眾多資本者之作為而已，而就作品的質與量，更是一位辛勤筆耕者的展現。

在台灣文學史的討論，許多討論者習以在作家之前，加上作家在職場、社會上的各種身分，或是作家作品主要關懷的主人公身分以為前綴，諸如「醫生作家」、「農民作家」、「老師作家」、「留學生作家」、「勞工作家」等等，一是做為一種身分標記，另一也衍伸出對於這些作家作品題材、風格的一種認定，本章所討論的「軍中作家」，即是一例。

然本章的討論亦要說明，做為一種身分認記，這些前綴詞是可行的，然如果進而衍伸出一種同質性、概念式印記加諸在他們作品上，則顯然值得商榷，「軍中作家」一詞即是一例。上引諸多出身軍旅的作家在文學、戲劇文學、影視文學多元的創作成果即是一例，並非一種同質性的概念可含括，軍中作家也全非圍限在一定題材，或只是為「反共」等國家政策而服務，田原的作品亦是個例子，這也是本書以下各章討論重點。

# 第三章　田原懷鄉書寫中的時空呈現與思想表現

　　田原自述自己 14 歲，即離開了幼年時期居住的山東、東北等地，來到安徽阜陽就讀國立中學，且不久即到西安從軍。然觀察他的作品，卻有著許多以山東、東北等地為場景，且充滿了日人、二腿子、各路雜牌軍、土匪等人物彼此之間競合爭鬥的敘述，這尤其讓人印象深刻，幼年時期的生活經驗，竟如此深刻的表現在他作品中，實也是他作品特色之一。

　　本章即以田原這些以北方故園為場景的作品為討論對象，並分別從空間、題材與思想表現討論之。這些作品同時也可視為他懷鄉之作，與台灣五〇年代起所出現的懷鄉書寫有著相同的脈絡。

## 第一節　懷鄉下的北方空間

　　思家、戀鄉是文學中亙古不變的題材，雖然現今播遷如此容易的時代，一生一世滯留在出生的故鄉，反不是簡單的事，但：「然而，幼年時的心是最柔軟、最易感的，對外在世界容易留下清新、深刻的印象，因此童年生長過的地方不管是不是家，都會縈迴於心，不易或忘。」（馬森，2003：E7）1949 年，台灣因國共內戰形成的兩岸對峙，移入了大量外省移民，離散的過程，融合思家、戀鄉的情緒，在有家歸不得的現實之下，格外發酵，又在當時的反共語境的文學生產機制之下，從而使得融合興亡敘事與思家愁緒的懷鄉文學，成為一時的文學現象。

這種文學現象的討論相當多，由大陸來台出身軍中的作家，往往是被討論的主要部分。楊明在《鄉愁美學——1949年大陸遷台作家的懷鄉文學》一書中，即對於田原的懷鄉書寫略有觸及，他分析田原在《古道斜陽》中，透過遊離黑白之間的綠林人物的書寫，他們重義、個性鮮明，藉以突顯當時社會的樣貌。（楊明，2010：109-110）

當然，在田原大量的創作中，《古道斜陽》僅是其中一部，更有其他許多作品充滿懷鄉色彩，尤其如《這一代》、《大地之歌》、《松花江畔》等長篇作品，及若干中、短篇，全都以田原幼年、少年時期的居地山東、東北做為場景，這實也是其生活經驗的展現。

本節將以田原的懷鄉書寫為討論對象，他是透過何種手段，呈現故園的意象，是本節討論的重點。這可從以下幾點來看：

## 一、北國空間識覺的呈現

人們對於故鄉的記憶，與現居地地景、氣候上的差異，是最容易突顯出來的，這表現在書寫上尤為明顯。台灣，這個橫跨北迴歸線，位於西太平洋邊緣的亞熱帶島嶼，溫暖潮溼的氣候、四季長綠的植被，迥異於許多來台作家的家鄉，尤其是四季分明的大陸型氣候的北方，差異更多。從許多作家的書寫中，就可以看到這樣的現象。就如作家雪茵的一段話，即是鮮明的代表：

> 十多年棲遲海島，很少機會深入農村，多次旅程中我僅是感到觸眼是一片青綠，但總覺沒有江南水鄉那股情調，我看不到垂楊深處的竹籬茅舍，也看不到處處小橋流水，總覺得從心裡感到彆扭，不是味，就更使我觸景思鄉，惹得一身惆悵！（雪茵，1966：61）

從這段話也可看到，與家鄉氣候、地景的反差，觸動了思鄉的情緒，氣候的不適應，讓記憶中熟悉的鄉景更為鮮明起來。

而田原在一篇懷鄉的散文中，同樣寫出這種差異，也同樣觸動懷鄉的情緒：

> 每到秋天，都對家鄉無比的懷念。故鄉的秋天有秋天的樣兒：氣候漸涼，楓葉紅似火，草木現金黃。不像台灣一年四季熱烘烘的，樹木大部分只塗抹著一層綠的顏色。（田原，1975b：1）

他在《感情的風暴》中,還以台灣的天氣做為比喻:「那記錄就如台灣天氣,不是一種可靠的東西。」(田原,1962:220)

在田原諸多作品中,不少都以山東、東北等當年他足跡曾經之處做為場景,而大陸北方氣候、地景,就成為他細描的對象,透過文字敘述,北國意象無比鮮明。

這在他第一部長篇《這一代》即已呈現出來,這部作品一開頭就有這樣的描述:

> 東北的天氣,嚴寒來的特別早;剛過中秋節,便飄起了雪花。
> 松花江兩岸變成銀裝世界,天色慢慢的暗下來,郭爾羅斯前旗通往江邊的公路,已經沒有車輛的蹤跡,大地是寂靜的。(田原,1986b:35)

不從其他季節,而從東北的冬天起敘,田原在作品情節展開之前就先刻意呈現這種意象,當然也有隱喻的作用,作品中的羅小虎——父離家母已亡,寄人籬下的處境,適與這天氣相襯。

這種北國場景,在《大地之歌》這部田原自己所說的懷念家鄉之作,同樣在作品開頭就營造出來:

> 天還沒亮,呂大海便從熱被窩裡爬起來。……。打開房門,迎面一陣冷得透骨的西北風,嗆得他咳嗽了一大陣子,吐了幾口痰。……。
> 昨夜,霜下得不少,房頂、掛了一層白。連地面上也像下了一場小雪。早行的運鹽車的車輪痕跡,清楚印在上面。(田原,1978:6)

壯闊的雪景,更是不可缺少,成為托出這環境的關鍵:

> 雪,像鵝毛,一連落了五六天還沒有停。整個遠山、樹林、小溪和一望無涯的平原,變成了銀色世界。
> 許多人在門前掃積雪,經過一夜,又是數寸深。結果街兩旁堆積得像小溪岸,當中低窪。走在上面發出吱吱的聲音。
> 莊稼漢望著連綿不停的雪花,張著大嘴笑了。雪就是麥苗的大棉被,冬天暖暖的蓋在上面,等到春天溶化成水滲在泥土裡,麥苗兒猛個勁的向上抽。(田原,1978:28-29)

這些描述,不過是《大地之歌》中的一小部分。《大地之歌》濃厚的鄉

土味,就是透過這種對於四時地景的變化的細描完成的。就如描述北方平原春天的場景:「田野一片綠,綠色連著天際。整個平原上,除了綠看不到別的顏色」(田原,1978:102);夏日麥熟的場景,當然也出現在敘述中:「整個田野孕育著飽大的麥粒子,一直黃到天邊……映出一片耀眼金燦燦的光」(田原,1978:125);秋日地景變化與收穫,在作品中更是著力描寫:

> 河崖上的樹葉漸漸變黃,院中的楓葉滴著紅淚。天際的白雲不斷的變幻,夜來的月亮分外清瘦,越過田野吹來的風兒也帶有寒意。(田原,1978:214)

相較於作品情節的薄弱,這部作品所營造出來北方平原四季變化的景色,更是吸引人的地方。

而在《松花江畔》中,關外東北的冷與雪景,更是時可見之。作品時而透過主人公拴柱子,這位從山東到東北開荒年輕人的視角,去呈現這種氣候的冷冽,就如拴柱子初到長春時,在街上看到了雪被掃除了,但道路、樹上、房舍上還是一層白,且還有這樣充滿視覺、聽覺、觸覺,形成環境識覺的敘述:

> 馬蹄得得的敲擊著冰層,雪停後的早上,比落雪的時候還冷。拴柱子看見男孩們和女孩們,並沒有怕冷的意思,照常的談天。可是他先是覺得手腳疼,由疼變得發麻,用力跺腳,彷彿那雙腳不為他所有。
> 半新的棉襖,在家鄉冬天中午有時還熱得穿不住。現在經掃著樹梢上積雪的風兒一吹,如同單薄的夏布衫那不抵用。千萬針尖刺向皮膚,可能起了雞皮疙瘩,可能被凍沒有半點血色。拴柱子全部相信了關東的特色──冷。(田原,1986b:65)

這在作品中時而可見,就如拴柱子到達了郭爾羅斯前旗時,在月臺上迎接的,依然是這種冷冽天氣:

> 這時一陣風撲過來,如同一盆新從深井中打上來的涼水,潑在赤裸裸的身上,那份寒意穿骨入髓。自恃年輕火力強不怕的拴柱子,第一次覺得那身棉衣如同單褂子,毫不抵寒,上下牙齒不由自主的發出「得得」聲音。(田原,1986b:97)

他描寫了北國，或者說也是一種塑造了。

　　田原的少年時期東北經驗反映在這些作品中，明晰的以視覺——北國景色，及觸覺對——沁入人體的冷，呈現於讀者眼前。誠如人本主義地理學家段義孚（Tuan Yi-fu, 1930- ），在解釋人的「地方感」形成時，特別討論了各種感官經驗與知識雜揉在記憶中，所形成的「識覺」，正是構成對於地方認識，形成記憶的重要關鍵。就如他所說：

> 嚐、嗅、皮膚的感覺、及聽，不能單獨使人體會到一外在空間世界的存在。當其與具空間感的視覺及觸覺合起來時，其本質上之非距離感卻大大地強化了我們對世界的空間及幾何意識。（段義孚，1998：13）

　　識覺的建立與比較，是人對空間認識必經的，也是最重要的過程。就如巴代《走過：一個台籍原住民老兵的故事》中，以陳清山這位台籍原住民老兵，在歷史的作弄之下，於國軍與解放軍身分轉換為題材的作品中，就清楚呈現這種空間識覺。當他在17歲登上前往大陸的輪船上，除了輪船空間的窘迫，與對於未來的徬徨外，到了大陸，他格外感受到有別於台灣的冷與這個陌生土地的開闊感；多年後，終於回到了家鄉，但鄉音已改，故鄉竟也成陌生地，在大陸冬裝上飛機的他，下機感受到台灣南部的溫熱，一下子又回憶起當年上船、初到大陸所感受到的冷意，這冷熱之間，竟是數十年；回鄉路上，當車順著南迴公路在山區蜿蜒時，一、二月還是常綠的植被，對比自己已常住數十年的河南華北平原，此時應還是一副枯索模樣，竟讓他感到新奇，還詢問了來接機的親人，也成為他對故鄉的「第一印象」，這種識覺經驗的扭曲，更是這位在歷史作弄下，離家數十年的原住民老兵最好的註解。

　　田原極為擅長透過文字陳述人對於地方的識覺，《松花江畔》這部作品之所以成為他最為著名的作品，而後也改編為電視劇，其中人物如大青龍、小白蛇等形象塑造，紅鬍子、糧戶、日本人等各路人馬交匯的情節營造成功是主因之一，但對於東北地景識覺描述的成功，也是原因之一。

　　也如在《我是誰》中，透過來自東北的主人公的視角，描述了他從關外來到濟南的經驗：

> 冬天到了，濟南的冬天，比起塞外來，可說是和暖得多了。
> 在塞外，八月過後就飄起雪花，濟南喝過臘八粥，才下了一場像樣的大雪。
> 整個景色就像早年流傳下來的一首打油詩：
> 「江山一籠統，
> 井上大窟窿，
> 黃狗身上白，
> 白狗身上腫。」
> 雪帶給我濃厚的鄉思，使我無法忘記。滾燙的熱炕頭，懷中的火盆，還有炭火上面熱得咕嚕咕嚕的肥羊肉大白菜砂鍋。（田原，1972：30）

整段來自視覺、觸覺、味覺所形成的經驗，加上回憶、思鄉所形成的識覺描述，成功的表現這位主人公（或許也是作者田原的）一人隻身在濟南的孤獨樣貌。而這些全成為田原在作品中，做為一種工具——表現故園之景，向讀者傳遞思鄉之情。

蔡文川在他專書中，繼承段義孚有識覺對於地方感形成的論述，並說：

> 同時，因為經驗與回憶，讓你有了識覺。這一種識覺，是從五官得來的信息，經過大腦的統整與解釋，選擇性地接受歷史與文化，如此的意念成為我們看外面環境與世界的基礎。（蔡文川，2009：19）

也就是，識覺並非單純的感官感受而已，乃融入個人經驗、歷史、文化等等存在於人腦內各種複雜元素而成，形成人們感受地方的成果：

> 這種識覺地理是今天大家所經驗的世界：並且，無論是哪一種感覺或經驗，都必須經過你所接觸的歷史與文化的過濾。這些經驗與想像也包括你對空間環境、人造符號、象徵的解釋與瞭解。（蔡文川，2009：19）

從這個角度來看田原對於北方空間的描述，顯然的，同樣也是一種識覺的表述，強烈的呈現地方感，而且成功的吸引讀者了。

## 二、故鄉風物的回憶

在莊文福的學位論文《大陸旅台作家懷鄉小說研究》（莊文福，

2003）一文中，針對台灣五〇年代，由諸多外省來台作家在台灣所形成的懷鄉文學，進行相關研究，其中對於懷鄉小說的類型，從題材而言，可分成「文化懷鄉」、「民族懷鄉」、「地理懷鄉」、「歷史懷鄉」、「人物懷鄉」等類型，然細看許多文本，往往也同時有上述現象，只是偏重不同而已。而對於文化懷鄉，在莊文中有以下的解釋：

> 所謂「文化懷鄉」就是指「在作品中對故鄉的風俗、信仰、語言、食物、禮儀道德等獨特性的物質、行為、觀念系統，表達緬懷與遙想之意。（莊文福，2003：237）

文化乃是透過差異性比較而得以突顯，對於許多異鄉遊子，面對與自己生長環境迥異的文化型態時，時而會憶起家鄉的一切而加以比較，尤其是與自己生活密切物質上的食衣住行，乃至精神層面上的禮儀、道德、思想等。同時，每每思及這些事物，一種親切經驗感自然從回憶中油然而起，如果是在異鄉中偶然觸及相似或類似的事物，所引發的思鄉情緒，可能更為強烈。就如作家李黎，幼年時來台搬到鳳山一棟日式住宅定居，一住八年，日後離開臺灣到了日本，看到日式住家裡的榻榻米，竟引得她一陣不自來的濃濃鄉愁：

> 我們一家在那裡住了八年——我的整個童年。
> 據母親說，當我們一進那棟日式小屋，我就歡天喜地的在榻榻米上翻跟斗。大人點頭感慨：「唉，連這麼小的孩子也懂，這是到了自己家了。」顯然我是在一無所知的狀態中立即愛上了那棟小屋的。
> （許多年後，我第一次去日本，進了道地的日本式房屋，在榻榻米上坐下，忽然一陣排山倒海的鄉愁情緒湧上來，令我幾乎難以自持……）（李黎，2010：199）

觀察田原的相關作品，就可明顯發現，他特意呈現自己故園的風物，透過細描，無不流露出濃濃的情感。在《這一代》和《松花江畔》中，時而出現的「山東煎餅舖」，就是屬於其中之一。

滿清發源於東北，於順治時入關入主中原，但於康熙年間即正式禁止漢入進東北開發。但清中葉後人口大量成長，且至19世紀，關內災荒頻仍，饑殍遍地，尤以中原各省為甚，此時東北大量閒置土地，遂吸

引大量關內受災百姓前往開荒就食,清政府對此也採取默許的態度,這即是所謂的「闖關東」。前往東北的百姓,因地緣關係又以山東籍為多,田原的《這一代》、《松花江畔》作品即是反映這種時代現象,作品中的主人公與眾多人物,即是從山東省各處,因災荒到東北開荒謀食的。

煎餅乃以各種雜糧,泡水磨成糊,上鏊子[1]攤平烙成,在山東一帶,過往因細糧產量不豐,乃一般平民重要的主食。山東人到了東北,也把自己的飲食習慣帶來,山東煎餅即是其中之一。

田原除了在小說中,將山東煎餅做為素材,也帶有另一層意義,他另有一篇散文〈山東煎餅舖〉,一方面是懷念故鄉的食物,但另一方面也說明山東煎餅在當時東北開荒時的地位。就如他在這散文中所說:

> 山東人除了在東北開荒種地,另外還有項專門職業——開煎餅舖。山東有一半的人把煎餅當成主食。可是在老家鄉的地面,不會看到有人掛了招牌賣煎餅。在東北不管車站碼頭、大都市、小鄉鎮,每條街上總有一兩家門口掛了一個半圓型的小木牌,木牌的下端用紅布剪成條兒做成流蘇,牌上一律工筆中楷寫上「山東煎餅舖」。(田原,1975b:13)

這些煎餅舖除了是開店的人謀生工具,也成為開荒山東老鄉的聚集、交流之處。

田原在這個散文中,細描了煎餅舖的佈置與經營方式,當然更清楚的介紹煎餅的作法,這同時也出現在《這一代》、《松花江畔》中,兩部作品同時細述了這個看似平凡卻另有意義的平民食物,除了是對於山東故鄉食的依戀外,同時也是在關外展開生活的新端點,更是當年山東老鄉在東北開荒之一部分。

如《這一代》裡的羅小虎,就是寄居在煎餅舖裡,除了有上述同樣店招的說明,對於店內的佈置也是詳細描述:

> 走進舖內,迎面便是一座大坑,放了六張小矮桌,坑燒得很熱,是預備給怕冷的顧客用的。坑的對面地上,擺著三張大方桌,和長板凳,來招待不會盤膝而坐的來客。(田原,1986b:40)

---

[1] 一種平底鍋,專用來烙製薄餅皮用。

而在《松花江畔》，也是拴柱子來到前郭旗尚未開荒時的寄居地，作品更是細描整個煎餅舖一天的作息。從早上三點起床套牲口磨雜麵糊的過程、煎餅時的細節、甚而是家裡的分工狀態、顧客上門時的樣貌、吃食的情形等等細膩的呈現：

> 到了煎餅舖門前，習慣的在門外跺跺腳，把「革烏」靴上的雪泥跺乾淨，再拉開風門，一面向屋內走，一面摘去皮帽子，解開紮腰脫下外面的老羊皮襖。
> ……。
> 每個人面前，大盆盤小子的弄了一大堆，外帶著趙大嬸免費供應的一盆麵醬和大蔥。他們吃得唏哩呼嚕響成一片，沒有多久，每個漆黑的額角上，向外冒汗。（田原，1986b：110-111）

而煎餅舖裡的一大鍋豆腐，以及山東炸魚同時也詳細出現在敘述中。

此外，在《松花江畔》中，也提到了東北所吃的小豆腐，同樣是山東人所帶來的，就如作品中描述製作過程：

> 趙大嬸開始了兩盆用水泡過的豆子，送到磨上，磨成精糊，然後拿了兩顆大白菜剁碎。在剁白菜的時候，她記起在山東熬小豆腐，那裡捨得用整棵白菜，都是白菜梆子或者曬的蘿蔔纓子。
> 小豆腐是山東一帶到了冬天常吃的菜，最富營養。尤其小豆腐加芫荽小炒，或包「豆腐簍」包子，味道勝過豬肉餡。（田原，1986b：141）

而透過開荒中的拴柱子的回憶，敘述了家鄉的涼麵、涼粉：

> 拴柱又想起，家鄉收麥子吃涼麵，黃瓜、雞蛋還有油條、絲瓜當滷子，一拌就是一大瓦盆，敞著坎兒吃，等於過半個「小年」。
> ……她一定用菉豆麵在桌子上攤涼粉，攤得薄薄的，捲起來切成絲，用大蒜、麻油、醋拌了吃。大妮說：「夏天車老板子們最愛吃這樣菜。」
> （田原，1986b：322-323）

而在《大地之歌》中，則透呂安壽到城裡接陳長順回家過年時，對於原出於山東濰縣的「朝天鍋」有許多鋪敘，就如其中所言：

> 朝天鍋本來是唱野檯子戲應運而生的玩意，理應口朝天，不加蓋子，上

面也不搭蓆棚。可是鄉下東西,搬進城裡便變得文明起來。照樣搭了無數寬大的棚子,棚子當中是一口大鍋,熱氣騰騰夾著撲鼻的香味。其中煮了豬肉,豬腸,豬肚,豬肺,外帶剝了殼的大雞蛋,在熱湯裡直打滾兒。(田原,1978:36)

這原也是在趕集時,因地制宜去繁就簡的平民食物,卻成為代表當地的著名美食。田原更描述店主和顧客之間的互動,相當生動:

手執三尺長多長的鐵鉤子問:
「二哥,肥瘦?」
「肥瘦都要,」呂安壽指手劃腳的吩咐:「再給俺爺倆每人四個雞子。」只見長鉤在鍋中抓了一塊熟豬肉,放在案板上。雪亮的大板刀乾脆俐落的切成薄薄的小片。然後拿過糖鑼大小的薄餅,又問:
「二哥捲幾捲?」
……。
……。將肉片放在餅中,另撒上一點蔥花兒,捲得像紅蘿蔔粗細的一捲捲。……。接著又送來了一個大海盌,用銅杓子裝了一碗原湯。湯不要錢,杓子就放在顧客手邊,可以敞著坎兒喝。(田原,1978:36-37)

對於朝天鍋的介紹,田原另有一篇懷鄉散文〈濰縣的朝天鍋〉專文介紹,(田原,1975b:16-19)顯然的,田原也把它融入在作品中,做為表現故鄉特色風物之一。

除了食物外,田原也常在他的作品,為讀者展示過往人們商品交易的方法——趕集,田原也在一篇懷鄉散文〈臘月寒天憶趕集〉中,詳細敘述趕集的細節,就如他所說:「故鄉不像台灣,有店舖林立的小鎮。買賣東西,全靠趕集」(田原,1975b:9),同樣也是建立在來台後文化差異的比較上,進而懷念起故鄉的趕集。這種場面也出現在《大地之歌》之中,作品中的呂安壽接了陳長順預備回鄉過年,先來到位於城市邊緣,乾枯期河床上所形成的集市,就如作品所說,鄉下人不習慣到高樓大廈的店面上交易,就喜歡在壩崖和沙灘一帶,由蘆蓆搭成的棚子裡買賣,這個集市就由此形成,各種貨品應有盡有,還有著許多江湖賣藝的藝人在此討生活。

而在《松花江畔》中,也出現在東北過年前趕集的描述。當然東

北冬天的天候,也形成了一種特殊的交通工具——扒犁,由牲畜拉著行走,正適合東北雪地和冰上行走,既可載人,更可以拉貨,採辦年貨時最適宜。作品中的大妮和拴柱兩人,就是乘著扒犁到集上買年貨;《古道斜陽》中,寡婦玉蓮更將趕集做為排遣寂寞的最好活動,然也因她美好的體態,在擁擠的集上引起一陣風波,甚而得靠馬玉拿起半斤鐵——手槍,朝天空放了幾槍,才得以脫困;而在《松花江畔》上,有關蒙古「鄂博祭」的描述,也可以視為另一種趕集,除了與漢人趕集相同的各種買賣進行外,更多了異文化的風情,就如在作品中透過拴柱視角呈現的空間描述:

> 「鄂博祭」場上,當中修了一個大土堆,周圍圍了十二個小土堆,土堆上面插了柳枝,擺了祭品。有喇嘛著了黃袍、披肩,吹奏長長的大喇叭,喇叭的長度,一丈多,喇叭頭用木架擺著,吹出「嗚嘟嘟」的聲音。(田原,1986b:303)

尤其還穿插蒙古摔角比賽的描述,且因日人的加入比賽,爭鬥的色彩,多添了國族較勁的意味。當然這些描述,只佔作品中的一小部分,然這些素材的展示,卻讓作品的懷鄉色彩更為明顯,也是作品閱讀的趣味中心。

## 三、生活小節的呈現

　　《大地之歌》,這一部作品在故事上結構相當簡單,但卻營造出濃濃的鄉土氣息,更表現強烈的懷鄉意味,這在後文會再討論,但其中有一個重要因素是其中不可缺的,在這個故事結構簡單的作品中,懷鄉的氣氛,完全透過舊時大陸農村,隨著四時變化,勤奮的農民農事的操作、生活細節、節令歲儀的描述而形成。

　　就如作品一開頭,即從冬日的雪天開始,呂家父子兩人在天未亮即到路上撿糞;孫女呂菊菊操持家務;冬日廟口前,群集的農民曬著太陽聊著天等,全是一些看似平凡的日常瑣事,卻在作品中佔有大量的篇幅,甚至可直說是作品主體:挖地窟請說書的王瞎子來說「劉大人私訪」、「小黑驢告狀」;說書的一走,地窟成為年輕人耍刀弄棍練武的地方,為的是過年玩龍燈、玩獅子時帶著武術隊到鄰村亮相用;冬日農民清閒過冬的樣貌,也出現在敘述中:

大雪時節，路上行人非常稀少。有錢人家在書房裡圍爐清談，或者買幾斤羊肉，用紅泥京鍋放在火爐上清燉。另準備半斤二鍋頭，一面吃，一面賞雪，當詩興大發，吟上幾句。
比較清寒的人家，便擠在地窟裡，練武術，或者打草繩，編筐子、織棉布。除非有特殊不得了的事情，很少離家出遠門。（田原，1978：29）

而過年前的忙碌，田原更有許多著墨，男人忙著輾油、打豆腐，女人蒸饅頭、年糕、豆沙包子等細節，以至買灶王爺、門神、財神，準備辭歲時用；賣香油醋的，尤其最受女人歡迎的貨郎擔；辭歲時寫貼春聯，祭拜祖先；大年夜的餃子、以至拜年磕頭；武術隊隨著舞龍、舞獅到鄰村表演，獲得喝采等等。

陳家奶奶一天到晚為孫子長順相親；呂家兩位男人擔心菊菊的婚事，沒想到，最適合的對象就在自己的身邊。作品最後，長順與菊菊的婚禮，當然是全文的重點之一。從合八字，互送年命帖、以至擇日。男方準備婚禮，女方準備嫁妝，一派傳統婚禮的模樣展現於作品中，就如作品所述：

忙了整整一個月二十多天，到了送嫁粧的時候，全部用人抬，菊菊的舅舅邀集了村上所有的小夥子，帶了扁擔繩索，一抬一抬足足擺了七八里多路。（田原，1978：301）

略嫌誇張的敘述，更顯示田原對過往的嚮往。而從新娘的裝扮、新郎的服裝，以至新房的佈置、喜宴的安排，甚而是花轎的形制全成作品細描的對象，而婚禮當天的各種儀式，田原也當然不放過，甚而是直至進洞房、鬧洞房等全詳細的出現在作品中，全書簡直可直比成一本以中國北方農村為觀察對象，鉅細靡遺的人類學民族誌。

而有著對於那個法律尚未完全遍及，鬍子、協和軍、日本人各宗勢力交錯的東北的大量敘述的《松花江畔》，同樣交織著許多對於生活小節的敘述。作品就透過一位母親早起，為將離家闖關東的兒子準備餃子的場面來起始，因為就如作品中所說：「不知從那一輩兒開始，出遠門一定得吃餐餃子」（田原，1986b：2），即使是今日，餃子仍然是許多山東鄉親具有重要象徵的食物，這在同為山東人的莫言之作品裡對於餃

子的敘述即是個例子。然田原這部作品中的背景，卻已是災荒多年的山東，吃頓餃子可不是件容易的事，這可是為將遠行的兒子唯一能做的。作品描述她在一個昏弱的油燈下弄餡的過程：

> 她把菜刀菜板找到，輕輕的弄餃子餡，紅蘿蔔、白蘿蔔，還有一顆大白菜。切好了，再放鹽，用白中透黃的籠布包起來，一雙乾乾巴巴的手用力擠，擠去白白的菜汁，才放在瓦盆裡調扮。昨夜曾在隔壁借了五錢油，半盆麥子麵。五錢油倒了下去，還嗅不到一點香味，李大娘皺了皺灰灰的眉毛，思索了一陣子，端起油燈，又向菜盆中滴了幾滴。（田原，1986b：2）

這原本是極為平常的事，田原卻在此透過細細的描述，讓這些文字附著了深深的感情，更充分表達了一位母親對遠行孩子不捨之情。與其說這位是拴柱子的母親，毋寧說是天下人母親的模樣，讓這日常不過的事，帶著如此濃厚的愛意。

在《松花江畔》，這部以離家起興為題的作品，不斷透過日常細碎的動作描述，傳遞這種感情。就如在往關外火車上，車上多是一些逃荒的農民，想要到關外找尋出路。田原描述了這些人似乎都有一個共通的樣貌，亦即在幾日長途的車程下來，每個人木然的臉上，都有一雙佈滿紅絲的眼睛，但卻沒半點睡意，田原更進一步揣摩他們的心思：

> 男人們的心還留戀在故鄉那個苦寒的家，往常這個時辰，孩子他娘一定坐在豆油燈下補衣服，把細小的針，在那烏溜溜的秀髮擦點油垢，穿過補綻疊補綻的破棉衣，再用纖巧的小指鉤著線一扯，幾個簡單的動作，帶有韻致。（田原，1986b：58）

這不就是一個補衣服的動作而已，然卻在離家的鄉愁中，襯出了對家的依戀與夫妻之情。

這些細小的生活瑣事，平常幾乎讓人感覺不到他的存在，但往往在人離開熟悉的地方後，卻是透過這些細小的事，召喚起親切的經驗，進而帶起思家的情緒，甚而是對於故鄉的懷戀。

段義孚在解釋地方感時，就格外重視類似這種親切經驗對於地方感形成的重要性，就如他所說這種經驗埋藏於人心，常常無法用言語形

容，甚至沒有警覺它的存在，但這種親切的經驗，卻常是我們在暴露於新經驗，無助無依時一種撫慰。

我們可以看到，在田原的作品中，時而以許多生活小節做為作品素材，但展示並非他的目的，而是透過敘述，重現這種親切經驗而傳遞給讀者──形成如接受美學論者所述的一種「召喚」，就如段義孚所說：「卑微的事件可以及時建立強烈的地方感」（段義孚，1998：135），對作者而言，是回到這種親切經驗的情境中，鄉愁得以抒發，心情得到撫慰，而對於讀者而言，就形成一種「空白」──讀者可以就自己經驗加入自己的意義，回憶起屬於自己的親切經驗。

田原作品中，時而出現的「大車店」[2]情景，這個北方特有的傳統運輸、服務業；沿村叫賣，以日用商品為主，顧客多為女性的貨郎擔；《大地之歌》更充滿農家日常生活細節的敘述，這些全是鮮明的例子。這並非作者叨絮，而是有意義的。

## 第二節　另一種「江湖」──反映歷史的題材與情節元素

就如前文所述，許多研究者將軍中作家與反共文藝之間拉上了等號，然就田原而言，細讀他多產的作品，是有不少的作品強調愛國的意識與民族氣節，然也可發現在他作品中，有關所謂「暴露匪共之惡」、「揭穿共匪本質」、「加強反共意識」等明顯具有反共宣傳性質的，卻只有他第一部長篇作品《這一代》而已，其他如《青紗帳起》、《北風緊》裡出現的共黨游擊隊，與其他穿梭於黑白的各勢力之間的折衝，不過是呈現一個歷史的事實──表面上有一個統一的中央政府，但實際上各地方勢力仍各自為政；雖然是「全面抗戰」，但所謂「友軍」間彼此爭鬥的慘烈，可能不下於與敵軍的戰鬥，共黨──土八路只是素材中之一，並沒有刻意醜化。

---

[2] 諸如《這一代》、《松花江畔》、《青紗帳起》等，及若干中篇如〈大黑馬〉等，都有著大車店的場景。大車店乃過往畜力車運輸時代，提供人、畜休息、過夜之處，有的同時亦擁有人、車、畜，提供運輸服務。

田原在作品中，充分表現出那個時代的樣貌，各武裝勢力混亂如武俠小說中的「江湖」般，國家權力、法治無法伸展，私人武力橫行，私人關係聯繫彼此的灰色地帶，這且成為他題材與情節的重點之一，這也是本節名為何帶有「江湖」二字之因。

　　觀察田原這些以故園為場景的作品，除卻《大地之歌》呈現的是一種太平時期農村生活的樣貌外，在題材與情節上，對於這樣的年代，有幾個值得關注的觀察點：

## 一、江湖中的灰色地帶

> 每逢地方上與「紅鬍子」有了「過節」或者大批過境，都是由商會會長出面調停。當地政府睜一隻眼，閉一隻眼。因為在這大草原上，旗公署的政令威望低得可憐。（田原，1986b：509）

　　上引是《松花江畔》中，對於當年東北的「政治」情況的描述。在田原以故園為場景的作品中，如《這一代》、《松花江畔》、《青紗帳起》、《古道斜陽》等長篇與若干中、短篇中，就常描述那個充斥土匪、紅鬍子、雜牌軍、游擊隊、皇協軍、日本人、土八路等各種武裝勢力，既合縱又連橫，且又互相傾軋的年代，當然，這些題材的書寫，也是有歷史背景的。

　　民國成立後，形式上有個中央政府，但透過各省獨立方式，推翻帝制所成立的新政體，一開始就埋下不穩定的伏筆，而這個因早已從清末的各種動亂中種下。依靠各省團練，做為地方治安武力及抵抗太平天國的方法，雖然有效成功剿滅動亂，但卻也種下日後各地方武裝勢力興起的因，在清末已有不肖團練官長跋扈、不受節制之情事，進入民國後，中央統治力未能伸張，這些地方武力更是橫行；清末有新練的新軍，卻沒有現代的「國家」思想做為後盾，民國成立以後新軍轉瞬間成個人所有。在袁世凱未逝之前，還能勉強駕馭各地方軍頭，且等袁世凱稱帝失敗旋即逝世，自此中國陷入了軍閥在各地各自為政的狀態。而後，雖然蔣介石形式上統一了中國，也試圖建立一元指揮體系的中央軍，但實際上，所謂「中央」能真正管轄的不過南方數省，大半區域仍屬半獨立狀態。1937 年日人又發動對中國的全面侵略，國民政府全面抗戰，在看似

全國軍民一體抗戰的狀態之下，實際上卻仍是這種各自為政的局面，且到抗戰結束。這也是歷史條件下的必然，在當時雖然推翻帝制，但從下層組織到上層結構，並沒有馬上改變，空有一個現代化的「民國」稱號，但實際上卻依然是一種前現代的樣貌，從而也使得上述的情形顯得「合理」起來了，就如黃仁宇所說：

> 民國肇造，實在已經放棄傳統的管制方式，也難怪初年軍閥割據，因為除了私人軍事力量外，沒有更有效的組織方式，可以取而代之。而私人軍事力量，也很難超出一兩個或三數個省區範圍之外。（黃仁宇，2004：13）

內有各種武裝勢力的互相傾軋，外又有日人的侵略，如再碰上旱潦不均的荒年，人民生活苦楚可以想見。田原在一篇短篇〈劫〉，就描述了這種情況：「人們納著三份錢糧：日本鬼子，游擊隊，不明不暗的皇協軍。像搾油的大石輾，一轉又一轉搾著。已經站不起爬不動了，偏偏又遇到潦旱不均的大荒年」（田原，1967：189），這也成為他許多作品的背景。在這種背景下，所謂「法治」是無法談的，各種武裝勢力成為主導地方的力量，而彼此之間依靠私人關係來聯繫彼此——一種前現代農業社會的組織方式。

但軍隊原應是一個國家的前進部門，尤其在中國這樣一個現代化後進地區，是相當明顯的，就如同清末的變革來說，最早也是從軍事的改革——軍事器械的現代化開始，甚而也如「福州船政學堂」（或稱「馬尾水師學堂」）於1866年成立，是中國首家現代化軍事學院，也是中國第一個現代化的高等教育組織，且還早於1898年成立的京師大學堂廿餘年，即可見之。但誠如黃仁宇所說：「軍隊雖為改革社會之工具，然其本身又為社會之產物，除非社會進展到某種程度，無法使軍隊完全脫離舊體制之形貌」（黃仁宇，1994：68），軍隊統御、上下的聯繫，依靠的不是階級、職務的權利義務，而是人身彼此的關係，或者稱之為「義氣」，竟成為當時實況。以蔣介石為例，無怪乎名義上做為全中國最高領導人的他，依然得依靠人身關係來領導軍隊，長官與部屬之間乃義兄義弟關係，在公文書上且稱兄道弟，也成為常態：

> 蔣介石所以注重人身關係，一方面係因其缺乏總攬全域，整個的公平分配之資源；一方面亦因其所面臨之社會習慣仍是與明清近，與外界之二十世紀遠。……歸根結底仍是因為中國農村氣息濃厚，社會之中層曾未產生一種公平而自由交換之經理體制，此時無從憑空出現支持如是體制之人文因素。（黃仁宇，1994：68）

即使所謂擁護中央，全面抗戰，但實際狀況依然如是：

> 在軍事上面講，則雖抗戰時仍有東北軍、西北軍、桂系、粵系、山西之閻錫山、四川之劉湘、劉文輝、楊森、雲南之龍雲和盧漢。甚至還有些地方，戰區內重要的軍事會議尚用粵語交換意見。他們的下層既沒有一個全國都能相互交換的公式與原則，則每個集團都是一個地方性的組織和私人組織，那又如何能叫蔣介石與他們交往時，忽視這種私人性格？（黃仁宇，1988：266）

這在蔣介石位處的「中央」尚且如此，田原生活經驗所及的山東、東北，則更不用說了。

而在那樣的背景中，整個國家並沒有完整的法治系統，各種勢力所形成的武裝組織橫行地方，竟也成為常態，加上抗戰軍興，這些武裝勢力有的就地成為抗日部隊之一，然雖有共同的敵人，這些「友軍」之間卻各不相屬，甚而有時彼此的爭鬥，尤其是為了槍，還甚於與敵軍的戰鬥。蔡國裕在其學位論文《對抗戰期間敵後游擊戰之研究──以山東地區為例》中，對於山東地區在抗戰時期游擊隊就有以下的描述：

> 游擊隊的組成份子多且雜，有的尚能保護家園，對日軍造成威脅，有些卻變成假藉抗日魚肉鄉民的土匪，日軍一來就逃散一空。但當國、共勢力進入敵後地區之後，本屬於國或共的游擊隊自然加入所屬之一方，而本來不屬於任何一邊的游擊隊必須選邊站，否則就遭到兼併的命運。（蔡國裕，2005：67）

同樣也描述這種狀態。這也是為什麼本節以「江湖」為名，田原這些這作品，實也反映了那樣時空中，法治未能遍及，各武裝勢力橫行、互相傾軋的現實環境，猶如武俠小說裡，各幫各派憑各自的本事，稱霸、稱雄的「江湖」般。

田原在一篇〈憶廬山〉的短篇中，主人公齊家治的兒子投考軍校，遭妻子反對，主人公憶起自己當年出身雜牌軍的行伍，抗日興起接受政府整編，安排到廬山受訓，被賦予中央軍校出身期號，由雜牌轉為正統。他回憶起當年這些組織的模樣：

> 這是個奇異的部分，連長、排長，多是採取桃園結義的方式，來統馭部下，時常戰爭，但很少有傷亡。當雙方對峙時臥在戰壕裡，看到官長來了，便把槍舉得高高的，亂射一起，等長官走遠了，又停下來，爬到對面敵人的陣地，大吃起用鋼盔煮的狗肉，彼此交換著水壺中的酒。
> 齊家治就在這種環境中長大，憑著江湖義氣，官升到了營長，他記不清楚，為頭子們打了多少仗，和有多少敵人。但有點他是清楚的，今天是敵人，明天也許是朋友。（田原，1968a：18）

這是文學作品，但卻點出如上述的歷史實況。

《古道斜陽》即是以一批在北方某城市，以保護人們通過受日軍控制的平漢鐵路一群擁有武裝的私人武力為敘述對象，他們既不是殺人越貨的土匪，更不是旗幟鮮明的官軍，他們彼此以兄弟相稱，週旋於日人、土匪、八路、皇協軍、保安團隊、游擊隊等不同武裝勢力之間。作品中的馬玉，在凍餒瀕死之際，被以熊坤為首的他們所救而加入這個隊伍。就如作品描述：

> 如果說是地方軍隊，應該每人有頂軍帽，或套把軍服，最低也得胸前掛個符號或套著個臂章。但他們什麼也沒有，看遍了，想遍了，找不出半點兒吃糧當兵的痕跡。
> 說是土匪，似像又不像，他們大哥二哥麻子哥的相稱，所談的，外人不明不白，住宿在高山古廟，槍都插在衣襟之下腰帶上，這都是土匪行徑。可是他們卻敢在大天白日，浩浩蕩蕩沿著公路向東走。幹這一行的人似乎不敢如此明目強膽。（田原，1971a：45）

作品中也有其他各種不同的武裝組織，在過往動亂的年代中，凶年欠收，農民拿起槍出來「拉桿子」[3]，到了抗戰時期，拉桿子是少了，但就如作品所描述的：

---

[3] 當土匪之意。

代之而起的每個地區都有三四種以上持槍的人在活動：其中有游擊隊、日本鬼子、皇協軍、地方保安團隊，還有偷偷摸摸的「土八路」。老百姓不論是碰上那一股都不好受。他們彼此之間，也是水火難容。相遇之後，不是收編，就是非解決不可。（田原，1971a：248）

這些武裝勢力，他們之間的聯結，全靠「義氣」，以兄弟相稱。這部作品除了他們，還有如與日本人合作，被稱之為「二鬼子」的「和平建國軍」分隊長賈太郎；崔三眼，在這部作品中無惡不作，且與日本人合作的，當了三中隊分隊長；姚老六，私鹽販子起家，原專幹一些外道，聚賭、偷竊加上販私鹽，而後弄了幾支槍，竟也成了隊伍，且和「八路」有了聯繫。當然熊坤為首的這群人，也不是什麼好出身，成員中也有人幹過一些綁票的事，但目前倒也收手，只保人過鐵路而已。

這部《古道斜陽》，即以熊坤為首的這一群人，如何與其他組織，尤其是與日本人合作的姚老六、崔三眼等人的周旋過程，為主要情節。而作品最後，馬毓棠原先已負傷，在魏家寨休養，並與青梅竹馬的玉蓮舊情重燃，看似將有個安定的未來。但一群人落腳在大王莊，因屢次與這些二鬼子作對，被當成土匪，遭日軍與皇協軍包圍，毓棠不顧自己的傷趕赴共難，結果寡不敵眾，全被殲亡。眾人的義氣，與前現代各種武裝組織橫行，險惡「江湖」模樣，是本作品讓人印象深刻之處。

在《松花江畔》中，除了拴柱子開荒的敘述外，另一重要支線，即是對於東北的「紅鬍子」與「保安隊」等武裝勢力，與當地大糧戶之間關係的描寫。

在那個法律無法遍及的關外，有著如作品中的大青龍與小白蛇等一群，處於灰色地帶的武裝勢力——「鬍子」，他們和當地的糧戶有著微妙的關係，說他們是土匪，的確也會幹一些「架票」[4]的事，但糧戶卻也依賴他們去抵擋另一批武裝勢力，所以每個屯子裡的糧戶，或多或少都跟這些鬍子有些關係。作品中的大青龍一批，就是在幾個糧戶的屯子裡流動，他原也是個開荒戶，但在那個沒有法律保障的地方，辛苦開荒的成果，卻被同樣開荒的大戶用武力吞掉，他氣不過而入夥；這個團體

---

[4] 綁票之意。

的二當家小白蛇，這位年輕的女子，原也是個糧戶的千金，但在一夜鬍子將她家燒了、人全殺了，只剩下她，於是她也入了大青龍的幫，而被稱為「白姑娘」——名號小白蛇。

　　作品中也有所謂的「保安隊」，名為保安，也不過是鬍子接受統治勢力的收編，掛個「保安隊」的名，平時的行徑，卻和鬍子沒有兩樣，保安隊和鬍子之對立，並非什麼黑、白之分，有時純也是利益糾葛而已。作品中的賀三成，即是保安隊大隊長，他說起大青龍：

> 「天底下，沒有一個人不道我的心眼好，就是大青龍周天化那小子，把我不當玩藝。」
> ……。
> 「天化和我一同『出道』，比親兄弟還親。後我招安，修成正果，不能看他遊蕩，曾力保他，王二虎，你猜怎麼著？」
> ……。
> 「你也許不知道，天化自恃幫著官軍追趕老毛子有功，非大隊長不幹。我那有這份能耐，就這樣和我翻了臉，帶著人馬『起』了！」（田原，1986b：209）

這也呈現了，那種建立在人際關係的聯結，所謂黑／白、正義／邪惡之二分，並不適用他們。而大青龍的版本，又是另一種說法：

> 王二虎接著問：「有一椿事，我直迷糊。過去你們是一夥，為啥扯了？」
> 「很簡單，我們一起幫著官軍趕老毛子，原先約定，事辦完了，領了賞錢去開荒，再當個正經莊稼人。誰知這兩個小子財迷心竅，全吞了。」
> 「吞了錢我不在乎，他們表面上『招安』，暗地裡接上『紅帽子』東洋兵的線。我光火了，我們不能在中國地界趕走老毛子，再惹小鬼子。你知道我吃過那些武大郎的虧。」（田原，1986b：267）

兩者之間的糾葛，就成為作品重要的敘述焦點之一。大青龍的豪氣、小白蛇英姿和機智、王二虎周旋於他們之間的義氣，就成為作品中最有閱讀趣味的地方。誠如姜穆對於田原這部小說的評語：「田原先生的小說，善於運用這種特殊的背景去製造小說的趣味與戲劇性」（姜穆，1987a：46），這也是田原的特色，也是他成功之處。

大青龍和小白蛇兩人出現在作品中，是在火車上，正也是拴柱準備到前郭旗依親開荒之時，雙方的邂逅，成為作品的伏筆，兩人富戲劇性的出場，更增添英雄傳奇色彩，被懸賞一萬大洋的大青龍，竟大喇喇的出現在火車上。（田原，1986b：95-96）

　　而後，大青龍遭黑槍擊中大腿，來到開大車店的王二虎處療傷。大青龍離開後，保安隊後將王二虎抓起來，逼問大青龍下落。小白蛇隨後救走了王二虎，王二虎離開車店到日人清水組合做工，卻被工頭油輾子利用、甚而出賣，再度被保安團抓住。小白蛇等人綁了油輾子，並知道做為日人鷹犬的他，與日人有勾結的保安團，在這種壓力之下，互相交換人質，且付贖款。小白蛇請動地方商團又兼民團團長的黃廣義來協調、折衝。這種種的曲折成為作品引人入勝之處，然也充分表現在那個法制不彰，各方武裝勢力傾軋的時空。

　　而在《青紗帳起》，也有類似的題材。故事背景設定在山東省某地方，描述一位讀書不成的傅東方，先是加入土匪，而後因緣際會，抗戰興起，土匪轉身一變成游擊隊，成為司令了。這種看似不可思議的變化，實際上也反映了那個時代的特殊環境。

　　作品在中段，就描述一位闖關東的何老三，回鄉時被土匪盯上，鄉人圍住土匪，並放火逼他出來，沒想到這位土匪就是：「平時逢到集期，大搖大擺，在菜攤子貨攤上順手拿菜和收小錢的無賴」──柳表。這位柳表名義上，還是附近私人武力「老白毛」的乾爹，這位老白毛就是由柳表帶出道，集了槍、人，混出一片天來。且看這位「老白毛」來接柳表時，作品中對於這一群人生動的描述：

看見了浮土飛揚，人也來得相當快，三十多部自行車，排成黑灰色的長蛇陣，彎彎曲曲的奔向大石橋。
……。他忙跳下自行車，向村中長輩點頭與行軍禮，……。
所有人都下了自行車，推著向內走，每人都是黃皮九龍帶[5]，一長一短，但服裝並不整齊，有些穿灰軍裝，有些著了黑色綠色綢質褲褂。
老白毛在隊伍當中，勤務兵替他推著一部最新的紅色德製跑車，他沒有

---

[5] 指裝子彈背負於身上的子彈帶。

穿軍服，而是一套黃綢褲褂，小圓口皮底鞋，狹長的臉上戴了墨鏡，雪白的頭髮理成小平頭，……。（田原，1971d：119）

這些人民不民、軍不軍、匪不匪的「灰色」樣貌，田原做出生動的描繪。也如老白毛集合手下訓話時，田原如此描寫著：

> 這時外面檯子上，已經陸續的有人來了。都是三三兩兩，很少帶隊。隊員們，有的披著褂，有的一面走一面繫褲腰，大多數不提鞋後跟，踢踢拖拖，一拉溜浮土。很少的把槍肩好或揹好。個個提在手上，活像根打狗棍。拿短傢夥的，光禿禿的插在褲腰帶上，連九龍帶木頭匣子都沒有帶來。（田原，1971d：134）

這帶諷刺，但卻也極其傳神的表現出這些人的樣貌。

　　老白毛也非專以打家劫舍起家，幾個縣正式武裝力量的隊附，還曾默許他，說他收容了許多人，算得上江湖義氣，但沒想到：

> 到了這種地步，身為大隊附的幾塊料，居然板起官軍面孔，準備圍剿。當初捉弄人家上賊船的是他們，如今捉賊的也是他們。（田原，1971d：129）

說是「官」、「匪」的對立，但彼此之間還是私人關係的聯結，他還抱怨，這些官軍要來圍剿他，為何不事先來通風報信？

　　但已有官癮的他，還想擴編自己的部隊。這時賀大海還帶了幾百人來投奔，這也使他們成為當地最讓人注目的武裝勢力，尤其他的隊上還有著兩具水壓式機槍，成為鄰近各武裝勢力眼紅的對象。但老白毛卻在自己壽宴中，被賀大海和曾經結拜的兄弟玉宣聯手將自己的手下「下槍」[6]，所有親近的部下，全被打死，自己也被活埋。

　　在這部作品中，所謂的民團、縣中隊、土匪、鹽警，名稱不同，但實際上的樣貌卻幾乎一致。就如長喜率隊投靠鹽警，將要出隊緝私，老毛虎說起這個鹽警隊：「就拿咱鹽場的酒糟鼻子『瞎眼胡』來說，名義是鹽務局派來的，實際是大隊長自己找的鄉親，在局裡花錢掛個名，瞎

---

[6] 使用武力逼迫，解除對方武裝——繳械之意。

眼胡連局子的大門朝東朝西,他都弄不清楚。這個王八龜一路貨湊在一起,明人不必細講,你會清楚,呸!……」(田原,1971d:298)

老白毛在壽宴中,氣走了自己的老婆彭大娘,改名為長喜的傅東方,護送她離開,也因此逃過一劫。他帶人投靠曾經受到老白毛照顧的鹽警隊,轉眼間成為警長;看到鹽警似乎有和日人合作的傾向,藉機拉人出隊,又回到北大漥落草。而隨著全面抗戰開始,這一群人馬上又變成了游擊隊,長喜甚至成了「司令」了,不過還真的與日本人接火,打了個勝仗,也轉變他們原本土匪出身的惡劣印象。

所謂的「抗戰」一方面是中央軍在戰場上的抵抗,但實際上在鄉村中,這些半軍半民,有時也像匪的武裝組織,卻也是充斥在當時的北方各地。這部作品所呈現的,就是這種現象。

《北風緊》是一部具有諜戰色彩的作品,同時也描述到抗戰時期所謂游擊隊,主人李大年和魏黃是掛名夫妻,在抗戰時期負責聯繫這些散在各地的游擊隊,聯合抗日。作品就以他們倆如何聯繫游擊隊司令劉黑子,劉黑子卻又被胡長素所設計,這位為日人效力的偽警,說要送給他從偽軍中所偷來的槍,被騙進城後被執,他們繼而設法營救為主要情節。作品中,當然也描述到在當時各種武裝勢力雜錯的樣貌,

> 在游擊隊的臂上,只有一種能變換成紅藍白三色,折疊的標誌,個個都是便衣,無法弄清楚他們是拿了邊區委有正式番號的第x旅,還是省府派的挺進x支隊,或者一會投日本,一會兒投土八路,混來混去的雜牌。還是由海邊和山區湧來的土八路。(田原,1980a:118)

這又是一種灰色地帶。這一部作品更是以這些勢力上的折衝為主要題材,這在田原的作品,是一種常見的元素,也是當年歷史現實的一種反映。

## 二、愛國、民族氣節與另外一種的「小敘述」

軍人以保家衛國為責,「愛國」是他們必然擁有的性格,反映在作品中就再自然不過了,這不是為了宣傳,或為特定的政治團體服務。

在田原的作品中,就有許多充滿愛國意識的作品,雖然軍中作家時

而被許多研究者與反共文藝拉上等號,但觀察田原的作品,其中較具有反共宣傳意味的僅《這一代》這部作品而已。田原並不滿意自己的第一部長篇,並說這作品猶如「電影說明書」,缺乏更多敘事藝術上的表現。

的確,就情節而言,作品以羅小虎的遭遇展開,從他做為孤兒被陳家爺爺收養,又被送到長春劉家,但對劉家磨鍊他的苦心完全無法接受;離開劉家為日本人工作,跟上了與日本人合作,實為共黨分子的陳家二爺爺,自己且加入了共產黨,參加了共黨在山東的「解放」工作;山東解放後,還鬥爭了陳家爺爺;在共黨內部工作的他,逐漸「看清」共黨的本質,來到南方工作的他,因為處理游擊隊的問題,被認為過於寬大而下獄;出獄後,來到鹽場工作,帶著自己和小蘭所生的小光明,利用機會偷渡反正,從此過著光明的新生活。

線性的敘事、二元對立的人物性格,加上鮮明的反共意識形態──加入共黨的人都是一些遊手好閒的投機分子,更是斲喪人性的一群人,種種非人性的情節:如小虎為了報復陳家而加入共黨,有了權勢的他鬥爭了對他有養育之恩的陳爺爺一家;自己的老婆被其他共黨幹部強佔;小虎強暴了與自己青梅竹馬的小蘭等等種種惡行,從而使得這部作品並沒有跳脫一般對於反共文藝的理解,就如在文末,作品描述小虎自我反省時的一段話:

> 他尋思著自己原是一個孤兒,因為生活在貧困與不安的環境裡,使他憎恨人類,連好心的人們他都憎恨。他希冀有財有勢,結果共產黨就拿這點作誘餌,換取了他整個的自由。但饑餓的肚皮沒有飽幾天,心理上的恐怖卻日日在增加,他覺得所過的生活不是屬於人類形態,而是血水沾汙著雙手,每天計算殺人的數量,來瘋狂的發洩獸性。(田原,1986a:311)

這樣情節元素,的確在許多反共文學作品可以看到,這一部作品也沒有逃出「八股」框架。

然也僅是這一部作品,在田原其他作品中,就沒有這樣明顯的傾向,許多作品依然充滿愛國的意識,然在情節處理上也更為合理些了,共黨並不是描述的主要對象,對日抗戰才是敘事的主要背景。就如在

《這一代》，作品時間背景是在 1949 年前後，場景橫跨大陸與台灣，且還有金門戰役的描述，然綜觀整個作品，也僅有數段批評共黨「惡行」的話語。

在《古道斜陽》中，標榜著對日抗戰中，這些出身不正的武裝勢力，卻依然有著堅定的民族氣節，就如作品中熊坤的一番話：

> 咱們沒吃過公家半碗飯，也許公家把咱們看做不成氣候的一批混子。不過上有天、下有地、當中有良心。咱們要就做對得起良心的事。想想看，這三十多年來，民間沒有過半點太平日子，不是你打我、就是我打你。因為自己不爭氣，日本鬼子才跟著也下了手。真是亂夠了，也苦夠了。（田原，1971a：576）

田原透過這些混跡「江湖」，充滿義氣的這些人，去突顯愛國意識與民族氣節，共黨也僅以未成氣候的「土八路」形象出現，亦不是敘述重點。這也成為他作品中的特色，在其他作品中亦可看到。

在《松花江畔》中，作品中的日人佐佐木等，接下築堤工程，然透過二腿子油輾子等來苛待本地工人，屢屢拖欠工資。作品中突顯王二虎的義氣和小白蛇的民族氣節，一夥拿到了從日人手中來的贖金後，並不私吞，而是轉回工地，發給那些工人們好回家過年。當然對於油輾子這種二腿子，作品裡是不會讓他好下場的，他被小白蛇等折騰得半殘，再也無法為日人賣命效力了。

而在《青紗帳起》中，雖然各股武裝勢力，各自游移於灰色地帶，但卻有著共同的目標——對日抗戰，這也成為這些民不民、軍不軍、匪不匪的這一群人，唯一的共同點，也是地方百姓能支持他們的原因。

《我是誰》一群年輕的情報人員，所要對付的，即是投靠日人的東北偽政府高級官員。其中諜對諜的過招，是作品主要的情節。吳鐵和秦燕，兩人成為情侶，但吳鐵為重慶政府的情報人員，秦燕卻是黑龍會[7]下的特務，兩人實為仇敵，這樣的衝突性，就成為作品一個重要的元素。

---

[7] 黑龍會為日人在 20 世紀初成立，目的乃為謀求日人取得黑龍江流域為領土而得名。二戰後，被盟國定義為極端右翼組織，遭到解散。

田原許多以大陸北方故園為場景的作品,都可以看到如上文所討論的,對於當時各武裝勢力交錯縱橫的現象的描述;除了少數作品外,並沒有明顯反共意味與「八股」情節,卻也透過抗日的種種作為,表彰了愛國意識與民族氣節。這樣書寫,雖然明顯的與台灣現實環境無關,但卻也是田原對於當年時空情境的暴露。具有類似書寫題材作品的不只田原,諸如楊念慈《廢園舊事》、《黑牛與白蛇》,司馬中原《龍飛記》、《荒原》、《狼煙》等作品,也都是將那樣一個各種武裝勢力縱橫的年代做為背景。

唯田原並沒有將這些半軍、半民、半匪的這群人加以「傳奇化」、「英雄化」,也沒有將屬共黨勢力的游擊隊加以醜化,並適度還原他們的形象,與在歷史現場上的地位。

且如利奧塔(Jean-Francois Lyotard, 1924-1998)對於過往歷史敘述時有的「大敘述」(Grand narrative, Metanarrative)之批判,且認為挑戰這種「大敘述」,建立屬於個人的「小敘述」(Small narrative)正是後現代文化特徵。[8] 軍中作家常被視為建構以反共為軸的國族大敘事的執行者之一,田原的這些作品,也時講「愛國」、「民族氣節」,看來依然屬於這種大敘述的傳統之中。然細看這些文本,對於抗戰等歷史敘述,卻可以發現諸多「罅隙」——小敘述——存在這大敘述中。

國共兩黨對於對日抗戰各有一套以自己為敘述中心的歷史大敘述,且從當年激烈的內戰時期持續到今日,依然不絕。當然,張揚自己的功勞,貶低對方的作為,並都以一種艱苦卓絕、領導有方、勞苦功高、終獲成功的角色,出現在這些敘述中,成為各自統治合法性的來源。抗戰,似乎就是在那各方所說的「有效的」領導之下完成。

且如上文所引,端木方《疤勳章》對於抗戰時期及戰後國共內戰等充滿個人經驗的描述;或如黃仁宇從他自身經驗描繪抗戰時期,前現代農村社會底層組織動員的實況,實也和國、共雙方所各自宣揚的「大敘

---

[8] 可參見利奧塔著,島子譯:《後現代狀況——關於知識的報告》(長沙:湖南美術出版社,1996),就如其中所說:「在後工業社會和後現代化中,知識合法化的程序是以相異條件的言說來構成的。正統敘事說法已經不能奏效,無論其說法使用哪種整體系統,或屬於純粹思辨性的敘事,還是屬於獨立的解放敘事。」(頁122)

事」有著明顯差異。在田原以此時代為背景的作品，同樣是如此。就如在《這一代》中，在所謂抗戰的民族大義之下，人民還是得自己生活下去，有時手段並也不是如此高尚。就如作品中，描述日人戰敗撤走，中央政府未來之前的真空狀態下，各路人馬的活動：

> 鄉紳們又想到會津的爸爸樂山，日本人時，他是商會會長，兼維持會長，現在他重新一變，被鄉里選做來應付地下抗日英雄，他們番號繁多，拍司[9]的式樣各異，敲詐的名目也出奇。但樂山應付得了，他好像是能在各種政權下，可以生存而發財的人物。
> 在這當中，日子一久，樂山也感到那些帶了魯南口音，和濃重黃河口音的地下人物，笑得特別甜，但對錢糧的要索也特別苛。（田原，1986a：132）

其中有著可以隨時變換身分，游移各種不同統治勢力的商紳；雖名為「抗日地下英雄」，其實也和糜爛地方的寄生蟲無異。田原更對抗戰後內戰又起，那些政府菁英的作法，亦有以下的描述：

> 文人當政無法打開山東局面。第二任主席是擁有兵權的抗戰名將李延年。他以「有顏」見山東父老的姿態，對那些抗戰八年流血拚命的無名英雄的游擊司令，非但沒有慰勉，反而像對待敵人似的痛述「罪狀」，斥責他們「不應向地方征糧」，這位一直在正式部隊帶兵的將領，他對游擊隊沒有補給，沒有槍彈，就地征借，和向敵人手中奪去槍彈的生活，似乎向無所知。他有決心：就是貫澈整編，大的部隊編小了，小的乾脆取消，各縣市正式接收的人員，與維持治安的力量沒有建立。舊的機構與自衛全部摧毀。（田原，1986a：139-140）

上層組織作為的失當，下層組織的散漫，彼此不聯繫、不了解，「勝利」竟然是建立在這樣的基礎上，且在所謂「勝利」之後，竟也是如此雜亂無章。田原在《松花江畔》、《青紗帳起》寫各種武裝勢力的縱橫，在《古道斜陽》中寫充滿義氣的一群好漢等等，這些充滿田原個人經驗投射的小敘述，寫出那個有各種武裝勢力縱橫的年代，也寫出抗日時期心態各異的各路人馬，也寫抗日方休內戰又起之混亂，雖然也見「愛國」、「民族氣節」的展現，或也是在國族大義的歷史大敘述之下的另一種注解。

---

[9] 拍司，pass 的音譯。

## 第三節　對於「現代」的戒心

存在主義思潮在五〇年代末以至七〇年代間,曾經在台灣引起一陣風潮。蔡振念在他〈李昂與卡夫卡存在主義小說比較論〉(蔡振念,2011:229-256)一文中,就透過當年有關介紹存在主義思潮的書籍在台灣出版狀況,說明存在主義在台灣風行一時的現象。就如他所引白先勇《第六隻手指》中所述,那時台灣各大學裡:「正瀰漫著一股存在主義的焦慮,西方存在主義哲學的來龍去脈我們當初未必搞得清楚,但存在主義一些文學作品對既有建制現行道德全盤否定的叛逆精神,以及作品中滲出來的虛無情緒卻正對我們的胃口」(白先勇,1995:294),這隨即反映在當時的文學上,台灣1960年代的現代主義文學表現,存在主義思潮是主因之一。

存在主義思潮之所以迅速在台灣流布,有諸多的原因,然就文學表現上,尤其是在小說作品中,所呈現的「苦悶」、「虛無」、「荒謬」、「疏離」,卻往往是當時若干人們——或許也是整個現代人們內心世界的寫照。

工業化的社會,帶來物質環境的改變,但也改變了人際相處關係,過往農業時代裡,從家庭開始以至親族鄰里,從生產、消費、教育以至公眾福利甚而是集體安全等,彼此形成一個綿密的人際網路。到工業化時代的都市裡,一個一個專業分化組織,一台又一台各式各樣的機器,取代了家庭鄰里的功能,因此,即使住在大廈內對門的人們,也可與自己毫無關係,這在都市中再正常不過了。雖然人們從物質開始,甚而在精神上,都獲得前所未有的獨立自由,然與他人干涉日少,自我責任卻更增加,過往人際關係可做為自己倚靠的避風港,現在卻是有如在茫茫大海中,一塊浮木難尋,在擁擠的城市中,心態卻是孤獨、無依的。馬森就以「孤絕」一詞,來形容現代人在工業化社會中的心靈狀態,就如他所說,前現代社會人際關係的親和感,已不再是結構的必然,反成為一種突發性的偶然,無怪乎在現代社會中,一個互動密切、關係綿密的社區大廈,往往就可以成為新聞報導的對象即可見之。就如馬森所說:

這種在稠人廣眾中孤立起來的現代人,正因為其失群獨飛的狀況,情感

上的衝動因為失去了倚附的關係,就比工業前社會中的傳統人來得更為強烈。(馬森,1979:17)

雖然人依然有著與人溝通、追求愛與被愛的衝動,然卻因這種社會結構的變化,遭受到極大的壓抑,從而使得苦悶、疏離感更加強烈。

文學,做為社會的上層建築,自然也反映了這種變化。台灣六〇年代開始的一波現代主義文學運動,雖然也有西方文化輸入,或因趨避政治高壓環境等因素,然當時由農業社會轉型為工商業社會的現實狀況,也是激發此一現象的主因。許多文學作品,轉以發掘人內心心理的狀況,呈現人際疏離的樣貌。

就如王文興的《家變》中,就為讀者展現了,即使是所謂的家人,依然有可能如陌生人般的疏離,甚至可能彼此互虐,尤其在小說最後一部分,父親的失蹤似乎沒有改變什麼,甚而主人公和母親的生活更加愉快些,更暗示母親的身體甚至更健康了;或也如七等生《我愛黑眼珠》中的丈夫,在災難中卻棄絕自己的太太等,這種種對於家庭制度諷刺,呈現人際關係疏離的意圖實為明顯。

但看創作全盛時期也在 1960~1970 年代的田原,卻全然不是如此,他沒有跟上這個「潮流」,對於「現代」並非全然接受,甚至還特意反其道而行,細緻描繪屬於傳統的、農村的模樣,在這些懷鄉作品中呈現那種人際關係緊密的前現代社會樣貌。顯然的,這是他有意如此。

田原在《大地之歌》的前言中,就寫著:

離家數十年,浪跡天涯,無日不在思念故鄉的人情濃厚;柳岸茶園,特別是那一望無際的大平原,富裕的美國西部也沒有它美。因此,我為那片大地──樸實、樂天的人們,很認真的寫出戰亂之前、工業社會之前的農村。(田原,1978:1)

在這部作品,無不呈現人之關係之緊密。作品主人公的爺爺陳玉章和呂大海就是從小一起長大,兩人還曾一起到東北創業,陳玉章還曾救了呂大海一命。雖然兩人目前回鄉定居,一見面就抬槓,但不見面卻又互相叨念著對方;呂家第二代的呂安壽是個沉默的老實人,和陳家第三代長順已死去的爹,也是兒時玩伴,他把對長順的爹的友情,轉化為對於長

順的愛,每逢寒、暑假,到城裡接長順回家的就是安壽;呂家第三代菊菊,幼年就失去母親,和長順青梅竹馬長大,不只情同手足,後來更完全戀著他。雖然在作品只充斥著生活細碎事情的描述,但卻充滿人與人之間彼此的情——親情、友情、愛情的敘述,人與人之間絕對是互持互依的,絕對沒有疏離。而呂三扇,這一位呂家族人,自己早已有田地,子孫也很賢孝,但他感念陳家對他的恩情,卻一直留在陳家做著類似長工的工作,甚至過年也在陳家忙完後,才趕著回家祭祖。

除了這兩家人以外,同村人之間的關係,同樣是緊密,挖過冬的地窟,也是全村人去挖,全村人一起排練過年時要到鄰村亮相的舞龍、武術;在冬閒時一起在地窟聽王瞎子說書等,全也是這緊密關係的敘述,更不用說是在作品末了前,描述長順和菊菊婚禮的模樣,更是全村無分彼此的動員。

就如在作品中,陳玉章和呂大海一邊喝酒一邊聊天時,描述了:

> 「怎麼今年還沒有湊錢,給廟上的陳瞎子做棉襖?」他從兜肚中,摸出一張「民生票」[10]交給呂大海:「早些把棉襖給他做好,總是莊上的人,別把他給凍壞了。」
>
> 「這件事並沒有忘,前不久還同老石匠談起呢。主要是今年冷得早,往年早已給他做好了。」呂大海邊吃邊喝,並很認真的回答。(田原,1978:28)

當安壽接到長順準備回家過年時,在夜晚看到某莊上一排燈光,而有以下的描述:

> 這是鄉下人的規矩,一到臘月,便紛紛把杉木桿子接起來,上面綁了柏樹枝子,和做了燈架滑車。每晚把新糊的燈籠拉上去,名義是「五穀豐登(燈)」求個吉利。實際是使趕回家鄉過年的客商,不至於在大雪之中迷路,遭受凍餓和不幸。(田原,1978:40)

這是對於當年人們彼此關係的另一種說明。

---

[10] 1935年起,由山東省民生銀行所發行的紙幣,做為當時國定貨幣「法幣」的輔幣的地位而流通,又稱「民生票」。

不只是這一部作品，在其他作品中更是如此。當然在《古道斜陽》、《青紗帳起》、《松花江畔》等作品中，充斥著各種不同形態的武裝勢力，但其中一個共同點，就如前述的，彼此稱兄道弟，以私人的關係互相聯繫，關係之緊密是作品敘述重點，其中生死與共，充滿「義氣」的描述，更是讓人印象深刻。

田原在多部作品中，均有著對於「闖關東」的敘述，在那樣一個未完全開發的新天地，人與人之間的扶持更為重要，這在《松花江畔》中表現得更為明顯。

作品中的拴柱子，由「二表叔」王本元帶到東北開荒，但所謂二表叔只不過是沾上邊的遠親，這位好賭的王本元，雖然一路不忘賭，甚至把拴柱他娘給拴柱的路費也賭光了，但卻也盡責的把他帶到東北。到了開荒地，也是他一直帶著拴柱子從燒地、下種一直到收成、打場，好賭、遊蕩多年的他最終是醒悟了，就如他陪著拴柱子賣掉收成的稷子時，想起了家，想著該回去了。拴柱子原本要將第一年的收成全給他，然就在賣掉收成，請了趕車師傅一頓後，隔天一早王本元一個人搭上火車回山東的老家去，連一個大洋都沒有拿。

同時拴柱子到東北，落腳到鴻記煎餅舖，同樣是一表三千里的遠親，然卻不收一分錢的供吃、供住。就作品中所一直強調，當年闖關東的，都是要互相提攜，後來的還沒有開荒收成之前，先來的有義務幫助他們：「誰不知道這闖關東的老規矩，親朋好友還有同鄉，只要投奔了來都得照應。關東吃的不困難，住個三年五年，沒人說半句閒話。還有那些單身漢，開春出去創業，冬天沒有窩舖，還可以回到老鄉親家」（田原，1986b：130），甚而拴柱開荒置辦物品的錢同樣也是煎餅舖借給他的。況且，煎餅舖的大妮，這位樸實的女孩也戀著拴柱。

這種密切的人與人關係之下，疏離是不存在的。當然王二虎對於工人們的承諾，他本可拿到錢後一走了之，但他卻冒險回到那個曾經抓過他二次，由保安團隊控制的工地，將所得來的贖金發給工人以抵日人的欠薪，這是義氣，更是對當時人們之間關係最好的解釋。當小白蛇脫離紅鬍子，想到的就是王二虎，進而投靠他，不在乎年齡的差距而生活在一起。

實際上，田原更在作品中展現對於「現代」的戒心，且一直強調唯有老老實實的直接向土地求生活，才是正當活路。因此，作品中無不透過人物的視角，顯示出對於城市生活與城市文化的戒慎恐懼。

就如在《大地之歌》中，呂安壽要到城裡接在師範學堂讀書的陳長順時，就透過這位闖過關東，曾經歷城市文化的他，描述自己就是不喜歡城裡的一切，以及面對城市文化的不安：

> 漸漸的快到縣城了，老遠便看見灰篤篤的城牆和飛簷城門樓子。呂安壽覺得有點奇怪，每次進城心就像吊在半懸空裡似的。走路、吃飯、睡覺都不自在。說是土吧，並不土。三十歲以前，每年都由關東往返老家祭祖一次。有時經大連、青島坐大輪船。有時自縣城坐火車，經濟南換車到天津，再換到長春的火車出關。曾逛到不少大的地方，但對那些高樓，那些城裡的人的生活方式，那些人的談吐，似乎是另個世界，一個飄浮在茫茫大海的另一個世界。（田原，1978：176）

這在《松花江畔》中一樣可以看到。闖關東的拴柱先是來到了長春，寄住在王本元堂兄弟王本齡家時，拴柱子很得這家老少的喜歡，也想替他介紹工作，讓他留在長春就好，不要到前郭旗開荒去，但拴柱卻不這麼認為：

> 他知道這份難得的好意，不知為了什麼，他怕看那些寬闊的馬路，高得頂著天的大樓，來往的各型車輛，穿著華麗滿嘴嘰哩哇啦所謂城裡人。這一切對他如同相隔萬里重洋，又像被懸上半天空，沒有一點攀依，那怕是一根高粱稭。（田原，1986b：90）

甚而拴柱他娘在他出門時所叮嚀的，依然要他把希望放在土地上：

> 「還有，儘管省吃儉用，不義之財，千萬別伸手，賺了錢就買地，常言道得好，莊稼漢的田萬萬年，生意人的錢當日完……」（田原，1986b：19）

這還不止於此。拴柱子在長春時，王家想留他替他在長春找工作卻不成，問他有何打算時，拴柱子說出他開荒的計畫，留他不成的王家奶奶，同樣贊成他的想法：

「種地，好！」老太太很贊成：「當莊稼漢最有出息。」（田原，1986b：71）

做一位傳統的農人，向土地討生活，對他們而言才是最有出息的，即使他們已經是定居在城市中的人。作品到了最後，拴柱子為了要在開荒處蓋房子，特別到三姓採買木料，沒想到偶遇了王二虎。王二虎離開了前郭旗，小白蛇也脫離了紅鬍子遠離江湖是非，兩人一起生活經營煎餅店，王二虎也對拴柱說：

「記著，你已摸上正路，要走到底。天地下，黃金都比不上泥巴塊，黃金有用完的時候，泥巴塊只要勤翻勤弄，年年給你個豐收穀滿倉。吃不愁，穿不愁，不必擔驚受怕，不必看人家的臉色。」（田原，1986b：701）

同樣是勸拴柱子固著在土地上，只要勤奮，土地自然會給你回報，這樣傳統重農觀念深刻無比。

對「現代」、都市文化的戒心，這在《霧》這個長篇表現得最為明顯。作品中的瑩瑩原只是一個鄉下姑娘，原先跟著同村的秀秀，兩人一起接受陳耘樵額外的補習學識字與算數。但為了逃避母親為她操辦的婚姻，要她嫁一個有錢，但卻不事生產的敗家子，於是陳耘樵介紹她到城裡工廠做女工，並住在陳家，由陳家媽媽照顧。

但在城市的她，經不起工廠胡管事的猛烈追求，甚而也學會說謊，向陳家媽媽謊報自己的行蹤。雖然在離家之前，母親、耘樵、宮大爺等人無不叮嚀：「城裡人心太壞，多加提防」（田原，1973b：243），在胡管事屢屢請客吃飯，送腳踏車、送衣服下，她變了。就如陳耘樵寒假回城時，發現她從穿著到舉止都變了，大方、熱情的模樣，已不再是一位質樸的鄉下大閨女了。城市顯然成為讓她轉變的關鍵。

在過年後，她搬離了陳家，且還慶幸自己如此做，她喜歡過陳耘樵，但現在心思已經在「體貼」、「大方」、「又捨得」的城市人胡管事身上，甚至搬去和胡管事住了。沒想到，胡管事早已有妻小，「幸福」的日子過不幾天，大老婆某日追上門來，瑩瑩才知受騙，且她還不是第一個，早已有許多記錄，而這時瑩瑩更發現自己已懷孕。被趕出門的她，住到傭人劉媽家裡，胡管事也拋下她跑回天津。自己的母親來到城市，反而得到工廠代替肚子漸漸大起來的她工作。

就如陳耘樵回到城市後，知道她的處境，後悔自己帶她到城市來，且安慰說：「都市是罪惡的，人生就如生活在霧裡，看不遠，辨不出方向」（田原，1973b：419），作品名稱《霧》從此得來，讓這一位城裡的年輕人來說這樣的話，是矛盾、也太老成了些，然卻也可以看到田原對於所謂「都市」、「現代」的不以為然，且透過瑩瑩的遭遇來展現出來。

## 第四節　懷鄉——美好歲月的想像

懷鄉，本是一種自然產物，尤其對這些1949年前後來台的人們而言，更是一種集體的症候，且又融入了政治、意識形態，形成了這樣一個特殊現實。雖然這些作品中所描述的，和台灣現實環境並沒有太大的關係，誠如歐崇敬在〈後全球化的華語文學斷裂現象解析〉所說，這些作品對於多數在地的台灣人民是一種「斷裂」：

> 這些作家所描述的愛國懷鄉的大陸情形，對於台灣來講是具有非常斷裂的情形。因為百分之九十活在台灣這塊土地的人民，沒見過這麼大的土地，也沒有辦法到中國大陸去。大多數的人，透過這些文學作品，被移植了一個虛幻的、懷鄉的情感。熱愛大陸這塊土地並不是錯誤的，對大多數的台灣人來講，原來故鄉就是台灣，已經沒有懷鄉需求後，可是由於當代文學的創造，使他們被移植了非現實性的記憶，這又是一種斷裂。（歐崇敬，2011：177）

但從現實面來看，它依然負載了在台灣土地生活的一部分人的心理狀態，更是特定時空下的產物，作品依然是台灣歷史不可分割的一部分。誠如劉心皇在〈懷鄉病〉這一作品中，開頭的前兩段話，就清楚呈現這種樣狀：

> 我脫離了家鄉，像浮萍一樣，覺著飄忽無根，置身於陌生的環境，看陌生人的苦笑，使我憶起家鄉的溫暖！於是家鄉的影子，時時刻刻的跟隨著我，困擾著我；用什麼方法，把家鄉的影子，都排除不掉，白天，影子時常在面前出現；夜裡，更是擾亂著夢魂。
> 「不久，可以把赤魔消滅！便可以回故鄉了！」我有這一份堅強的自信。（劉心皇，1951：18）

本章所討論的田原懷鄉書寫，他透過對於地景識覺經驗的描述，再現出一個北國凜冽的地理空間；透過對於故鄉特殊風物，諸如食物、習俗甚或是舊時的生活細節的描敘，重造出屬於故鄉的生活方式；田原還特意去呈現，當年國家尚未完全統一，且在外有日人侵略，在內各方武裝勢力雜處，卻以私人關係聯繫彼此的前現代樣貌；作品呈現了前現代傳統農業社會人際之間緊密的關係，反嚙常存於現代人心中的疏離感；對於「現代」及都市文化保持警戒，更強調傳統對於土地固著的觀念等等，田原在作品中，為自己與讀者重現一個與台灣現居地——傳統逐漸流失，已然走向工商業化——迥然不同的空間。

　　當然這樣的敘述，並不是單純的一種地理空間的描述而已，就如段義孚所說的，顯明的地理景觀自己就可以替自己做廣告，但：「文藝著作能把人們關心而不顯眼的地方加以照明」，從而使被忽視的地方獲得關注。（段義孚，1998：156）甚而同是人本主義地理學家的麥克‧克朗（Mike Crang）進一步闡述：

> 即文學作品不能被視為地理景觀的簡單描述，許多時候是文學作品幫助塑造了這些景觀。（克朗，2003：55）

就如讀者在網路上所發表的一段話：「我對東北的印象是從小說得來的，早期田原《松花江畔》到近代鍾曉陽《停車暫借問》，對了，還有年少時的電視劇《長白山上》」[11]，這即是一個鮮明的例子。

　　穆雨在評論《松花江畔》、《古道斜陽》時，有以下的說法：

> 田原是丁卯年膠濰之兔，只恐未必親眼見過山東響馬；便是松遼平原的紅鬍子，亦恐多屬耳聞。至少青幫洪幫在關外的活動，必有名無實；洪楊亂後，中原多洪幫自是必然。話屬如此，田原在「古道斜陽」中用成群結夥行為，寫出三教九流在抗戰期間的忠肝義膽。（穆雨，1986：10）

田原在少年時期，有著山東、東北的生活經驗，但是否有經歷如作品中

---

[11] http://mochi1117.pixnet.net/blog/post/163832777- 東 北－哈爾濱。長春。瀋陽。大連，2014/7/13。

所描述的游擊隊、紅鬍子等經驗，穆雨是持懷疑的態度，認為這應是耳聞而來，進而表現在小說中。現實上是否如此，是有討論的餘地，然田原在人物上生動的刻畫，又有著對於各種景觀的描述，加上對於特殊風物、生活細節的細描，卻為讀者成功的再現出一個「完整的」——存在於文學上的故園，除了地理的特性外，還有著純樸敦厚的人情，與現代的、都市的迥然不同的空間。

在作品中看來格外真實的故園，卻是留居在台灣無法再回家，故園人事已非，透過回憶、書寫下所形成。

文學或者是藝術作品，所創造出來的世界，本來就不是現實的直接替代物，誠如柏拉圖（Plato，約 427- 347 B.C.）就直斥藝術是對於理念的模仿的再模仿，而貶低它的價值，但亞里士多德（Aristotélēs, 384-322 B.C.）卻認為，藝術的確是對於現實的模仿，然就如他比較詩與歷史的差別，他認為：「歷史家所描述者為已發生之事，而詩人所描述為可能發生之事，故詩比史更哲學更莊重」（田原，1993：86），歷史所陳述的是特殊的，而詩——文學作品是根據蓋然率或必然率來描述，更具有普遍性質。因此，文學作品所呈現，並不是歷史的真實，但卻是「可能的真實」，更具有普遍性，這也是所謂「詩比歷史還真實」之由來。誠如他以希臘畫家宙吉斯為例，這位以「逼真寫實」著名的畫家，被當時的人們批評他畫中的人物為不可能，然亞氏卻認為：「然可辯稱人們應該像這樣美好，蓋藝術家應該改良他們的模特兒」（田原，1993：200），且認為「不可能」的元素是藝術作品所必須的，但與其是「不可能的可能」，毋寧是「可能的不可能」，藝術家本非機械式的對他們描繪對象進行模仿，亦即在合理的範圍內，進行藝術性改造突破成規，所獲得效果更佳。

就如田原在《大地之歌》中，形塑出一個在太平歲月中，人們應著四季變化，順時而調合的傳統農村生活，而溫暖的人情更是洋溢其中，實是讓人印象深刻。然如果對照近現代中國的發展，在外有外侮，內有內戰不斷，再加上不時的天災，農民還得面對一個又一個背景不同武裝勢力的索糧、攤派，那種「太平歲月」，雖說是一種蓋然性很小的可能，的確，是正如亞氏所說的，「應該像這樣美好」，他成功塑造出一個他理想中的太平歲月下農村。

傳統，並非落後、頹敗的象徵，反而是值得歌頌的歲月，在田原的作品中時而傳遞出這樣的一種訊息。誠如楊明在《鄉愁美學——1949年大陸遷台作家的懷鄉文學》一書所說，許多懷鄉書寫，除了是寫實的呈現家鄉的人、風物等，還帶著明顯的浪漫思維，英雄化的人物、傳奇的情節等，再加上時而自然流露出對於家鄉深摯的情感，從而使得在作品中所出現的過往歲月，甚或是經歷的苦難，也得到昇華、美化。

　　自從五四以來，在知識界、文化界時而強調科學、民主、啟蒙與個性解放等，所謂「傳統」常是被批判的對象，這也表現在文學中，尤其是小說作品。當然，觀照農村所形成的鄉土小說，依然保持著憫人的視角，看待農民的處境；然而對於所謂存在於農村的「愚昧」、「封建」、「迷信」等等，亦採取批判的角度。但田原作品中卻呈現另一種面貌。

　　在《大地之歌》之中，在溫醇和樂的農村之下，陳長順雖然做為一位新式學堂的學生，這原應如同許多近代文學作品，有高度象徵——個性解放、批判傳統的意味，但在作品中，行為卻有著強烈的傳統樣式，他不與城裡的女同學有來往，其祖母時而為他相親，雖然他不贊成，但也沒有積極反對，更不用說會像胡適在《終身大事》那位現代學堂就學女孩般的激烈反抗，完全沒有沾染所謂「城市」氣息，有的是接受過現代教育後的溫文氣質，卻依然保留農民子弟該有的身手，夏季割麥時：「陳長順請假從城裡趕來了。學生制服也沒有換，就在地頭上脫去上衣，把褲子一搶，就著剩下的飯菜，填飽肚皮，要過他爺爺的鐮刀準備下田。」（田原，1978：131）他且還能與家裡的長工三扇比刈麥時搶「頭鐮」——比誰割得快、割得多；呂家菊菊是和自己一起長大的玩伴，長大後菊菊更是將心思全放在他身上，而後，陳家祖母在不斷相親後，透過菊菊的大妗子出主意，由村裡的老石匠做媒，發現在長久一直在身邊的菊菊正是最好不過的孫媳的人選，作品結束在充滿傳統氣息熱鬧而溫馨的婚禮敘述上。但仔細來看，雖然充滿和樂的結局，陳長順和菊菊是早已有深厚的手足之情，但陳長順個人的意願，卻從未在作品中呈現，也可以說田原也不去細述他的心態，而是讓做一個新式學堂學生的他就這樣的接受了，傳統媒妁之言、長輩主婚並沒有什麼不好。

　　而在《霧》中，瑩瑩的遭遇也是個例子，讀書識字並沒有給她帶來

幸福；來到都市的她，從保守的個性，轉而開朗、大方，甚而也敢追求自己的幸福，選擇與胡管事同居，這應是從傳統桎梏中解放的象徵，但卻沒帶來真正的幸福，反而是做為對照的，留在鄉下的秀秀，做為一個溫順傳統的女孩，由家族長輩安排，準備嫁給陳耘樵，幸福反而到來。

而在《松花江畔》上，所塑造出一個豐饒的土地，更是讓人印象深刻。拴柱子開荒第一年，就順利得到十幾大車的稷子，讓他有錢採買木料準備蓋房子，計畫接母親來，甚至也準備成親，雖然辛苦但絕對有希望，且看作品最後的敘述：

> 到了郊外，雪越下越大起來。
> 關東的雪，每年都落著，幾百幾千幾萬，沒有變樣的落著。
> 雪帶來了足夠的雨水，豐潤肥沃的土壤，拴柱心裡愉快的望著天老爺所賜的大糧倉，那片看不到邊，看不到沿的沃野。（田原，1986b：704）

對於這個美好、富饒家園的敘述，洋溢著熱情與希望。

故鄉是美好的，傳統更是要珍惜的，一切苦難在回憶中消逝，故鄉在作品中卻又如此真實存在。法國哲學家布希亞（Jean Baudrillard, 1929-2007），在他著名的「擬仿」論述中，批判在現代科技、媒體下，所再現的事物，在觀眾的接受之下，已比原事物更為「真實」，甚而取代原事物而存在。

當然，布希亞是針對科技、媒體所形成的後現代文化現象來批判，但如果從這一角度來看，田原的這些作品，何嘗不是一種擬仿物，尤其在有家歸不得，家園已非的狀況之下，在環境迥異的台灣，為自己也是為了讀者，描繪出這樣一個屬於傳統的、非現代化的，但卻是土地豐饒的「擬像」（Simulation）世界：「雖然是剛剛收割過，牲口蹄子在黑色的土壤上還能蹈出油來」（田原，1978：133）、人際關係緊密，有別於現代人際疏離的美好家園。

會造成這樣的書寫現象，當然與1949年兩岸分隔的政治因素有關。這一批由大陸來台灣的外省人，來台的生活不適應，多數生活甚至是困頓，對台灣這塊土地又尚未充分瞭解，加上風土、文化上的差異，自然懷念起大陸的生活，從而表現在書寫上。誠如莊文福在《大陸旅台作家

懷鄉小說研究》中所說：「這種普遍的社會心理成了作家創作的重要素材。作家將這種心情化成一篇篇緬懷故鄉的小說，撫慰人們思鄉情緒，也緩和現實生活的不滿」（莊文福，2003：19），再加上時間、空間的距離，更美化了記憶中的故鄉。田原的懷鄉書寫，即是個例子。

　　本章從題材、情節特色與思想表現等方面，討論田原以故園為場景具有懷鄉色彩的作品，田原透過北國環境識覺經驗、故園風物或是食物等的描述，成功重現自己幼年、青少年經歷過的北國空間；對於在作品情節中時而出現的，描述各種武裝勢力橫行、法治未能伸張，以人身關係聯繫彼此，猶如各幫各派稱霸爭雄的「江湖」般，但田原並沒有在情節處理上加以傳奇化，而乃以寫實、生動的場景與動作描述，重現那樣環境下的各種現象，這也是一種對於歷史實況的反映。而這些作品所透露出對於「現代」的戒心，並進而塑造出有別於現代的、工業化的，人們彼此關係緊密的前現代生活型態，則是這些作品讓人印象深刻的思想表現。

　　田原的懷鄉書寫，與諸多來台外省作家的懷鄉書寫脈絡是一致的，同樣是來台後有鄉歸不得，在思鄉情緒下進而寫出記憶中的故園。這些作品中，的確與台灣「此地民眾扯不上關係」，然這些作品並非全然是「白日夢」，（葉石濤，1991：89）它承載了1949年後來台的這一批新移民的心理狀態，書寫的內容有些也如田原相關作品般，反映了歷史實況，從今日的角度來看，這也是屬台灣歷史發展的一部分，是很「現實」的。

# 第四章　田原懷鄉書寫中的人物與語言

　　誠如上文所述，田原豐富的生活經歷，及與人交往時三教九流來者不拘的個性，這全表現在他的作品中。陳紀瀅在田原逝後所寫的一篇弔懷的文章，評田原的小說：「有故事、描寫能力強，結構、人物、語言都非一般作家所可企及」（陳紀瀅，1987：10版），這是懷念田原的文章，溢美之辭難免，但其中強調田原作品中對事物的描寫，對人物、語言的處理，的確是其所長，這也是他作品中的特色之一。

　　本章即以田原以故園為主要場景的這些作品中的人物、語言及相關描寫為討論對象，從而說明田原在小說技巧上，尤其是其人物塑造及語言的處理，是其作品構成豐富閱讀趣味的來源之一。

## 第一節　形象飽滿的各色人物

　　在田原這些以故園為場景的小說中，豐富的各色人物其形象，最是讓人印象深刻，同時也成功的在作品中「動作」（Action）扮演他應有的任務，有幾種類型的人物，特別值得一談：

### 一、灰色地帶中的「英雄」與「非英雄」

　　自古以來，不論中西，出現在小說、戲劇等藝術作品，甚或是現當代的電影、通俗戲劇、動漫上的英雄人物，不知凡幾。崇拜英雄、渴望英雄的出現，是人的天性，這也反映人生存的處境。人的存在，無時無刻不面

臨各種挑戰，人與自然，甚或是人與人、人與社會之間，均是一種微妙的互依，也是互相競爭的關係，英雄的出現，往往是突破這種局面的關鍵，描繪英雄、歌頌英雄，就成為文藝作品中常見的主題。

田原出身山東，而後又多次出入東北，「山東多響馬」、「東北紅鬍子」等常是許多人心中的既定印象，而田原的作品中，的確也有許多以此為題材。諸如《古道斜陽》、《青紗帳起》、《松花江畔》、《北風緊》等，均出現這類武裝勢力及其人物的描述。這些人物以私人關係——義氣做為彼此的聯結，草莽氣息濃厚，面對挑戰卻能專心持志突破困境的英雄氣質，也常可見於作品的描述中，或如《水滸傳》梁山裡的好漢般。同時，田原的這些作品，時而以抗戰的年代做為時代背景。在那樣動亂的年代，英雄，尤其是為國奮鬥英勇的行為，更是做為一個時代的最好的襯托，而出現在作品中。

田原作品中，的確存在有著類似性格的人物，但卻又不是英勇有如神力的傳奇式英雄，更不是有著強有力的行動力、性格高尚，卻因自身性格缺陷導致行動失敗，或者面對不可抗力的外在因素，在一番爭鬥後，仍不得不敗下陣來，諸如此類的「悲劇英雄」。而更多的是穿梭於黑、白之間，處於灰色地帶，為著自己的生存，或為著與人的義氣而活的「英雄」。

就如在《古道斜陽》中，對於熊坤等一群人的形象塑造。這些人的出場，就帶有一點傳奇式的色彩，田原在敘述時，一開始並沒有特意介紹每個人的外在形象，反而去細描他們出現的場景：

馬蹄「得，得……」的響著。
迎著慘白的月色，踏著沙沙的落葉。
偶爾聽到一聲清脆的鞭聲，五匹小川馬成了一長列……。
午夜後的山風，任性翻騰，吹著樹梢，路旁的電線鳴奏著，發出令人心悸的聲音，這群人並不理會這些，風撲過他們身上，再引開去，帶著刺鼻的酒香。
沒有人講話，偶爾馬兒感到寂寞，打著「響鼻兒」。
他們走著不太規則的道路，有時是公路，有時又轉到小山徑，總之，這一帶他們異常的熟。（田原，1971a：19）

這一段充滿影像感、聲音感的敘述，已暗示他們豪放、不拘的行徑，預示了他們往後的行為。

田原對於他們的外型，也有著墨，作品中馬玉被他們救後醒來，以他的視角呈現這些人外在的形象：

> 一個個面無笑容，有的包了紫花布包頭、青布包頭、腰間都帶了短傢夥。兩臂抱在胸前，在火堆後面，有位粗壯的老年人坐在正中，寸許長的全腮鬍子，獅子鼻，發光的一雙圓眼。眉毛濃得幾乎連在一起，戴了頂破禮帽，帽沿被風吹雨淋，向下塌著，穿的粗布短長褲。（田原，1971a：27）

粗獷的外形，也是做為他們個性的暗示。

他們這一群人以保護人們通過受日人控制的平漢鐵路為生，他們看來是彼此生死與共的義氣之交，但田原不把他們塑造成「高、大、全」的傳奇英雄，而是仍有私心、任性的一般人。就如他們一群人休息時，作興賭錢，其中的成員裴摹精，就玩了一手「鬼推磨」、「死包袱」等手法，將好牌砌往邊緣，訛詐自己的兄弟，甚而也會因為賭資，幾乎拿起槍來指向對方。

然他們的確具有某些英雄行徑，他們助人過路，與日人週旋，甚也闖出名號，雖然不是土匪，但腰間仍藏著武器，也不把沿途的軍警關卡放在心上。

在作品中，熊坤做為這一幫人的老大，時而充分表現出這種氣魄，他能鎮住這一群來自四面八方，三教九流的人物，在他手下團結起來；他接受魏大爺的請託，去救被崔三眼綁去的孫子大喜，崔三眼眼紅他們護送過鐵路的「商機」，竟以他們的名號招搖，且利用護路時反綁了大喜，但「取票」時，竟發現崔三眼早把這年輕的孩子凌虐死了，魏大爺隨後也傷心而死，就如作品所描述：

> 熊坤覺得雖與魏大戶素昧平生，但他家遭殃與自己有關，「我雖不殺伯仁，伯仁卻因我而死」。他這種祭奠是出於至誠的負疚和向死去的善良人們再度宣誓，非清償這筆血債不可。（田原，1971a：196）

他就是有這樣的義氣和氣魄,率領這一群人去找這個和日本人合作的崔三眼。他領人過鐵路賺保護費,卻也能「劫富濟貧」:對當官有錢的專員盡量剝削,面對學生、隊伍已被日人打光的軍人眷屬,則不僅保護過鐵路,還保護到目的地。而在各種武裝勢力間遊走,除日本人以外,各方勢力都有交情,就如那個軍隊被打光的黃師長,在驚險過程中通過由二腿子把守的鐵路後,對著他說:「熊先生,你真有兩套,把漢奸治得服服貼貼的」(田原,1971a:228),那個政府某專員,甚也欣賞他,要邀他跟他一起進官場,做個「保安團長」,但他連理會都沒有。

這的確不是什麼大英雄,但在那個動亂年代,遊走於灰色地帶,他有自有的原則與義氣,幫助有需要的人,這也是一種「英雄」。就如上引作品中,熊坤自己所說:「咱們沒吃過公家半碗飯,……」(田原,1971a:576)等等話語,充分表現這位草莽氣十足遊走灰色地帶的人物,也是有一股熱誠的心。

當然,這一群人中的馬玉、張毓棠等兩人,到鄭州尋找崔三眼,以報他假他們名號卻幹綁票之恨,兩人的勇氣和機智,與為人出力的義氣,雖是「小勇」,但卻也讓人印象深刻。田原在作品中,非常擅長塑造這種人物。

而在《松花江畔》中,對於「大青龍」、「小白蛇」等走行於東北的鬍子的塑造更是成功。兩位名滿前郭旗的鬍子,透過拴柱子的視角引他們出場,一出場就充滿傳奇色彩。穿男裝的小白蛇,掩不住她犀利的眼神,在拴柱子的視角中:「他感到那雙眼太黑,黑得像萬丈深潭」(田原,1986b:91),也直接預示這位混跡於一群大男人中的她,卻有著冷靜,甚至是冷酷的性情,與她應付事情的果決。在拴柱子眼中大青龍年紀並不大,卻有著衰老的外表,也暗示混跡江湖的他,已久歷滄桑。他們在保安隊嚴密的盤查下,大剌剌的上、下火車,如入無人之境,更是傳奇式的,田原以充滿動感、聲音的文字來描述,大青龍下火車時的模樣:

拴柱子正要向老頭兒道謝,老頭兒迅速的站起來,向車廂門口走去,腳步輕快,不像剛才進來的樣兒。
火車已經減速,並發出剎車唧唧聲,那個坐在對面的年輕人也站起來了。

「乓！」

突然，車外傳來槍聲，尾音拖得長長的異常淒厲，又害怕又好奇的拴柱子忙用嘴呵著熱氣，抹擦出一片透亮的地方向窗外張望。

窗外雪地中，有五六匹馬，其中四匹騎了人，兩匹馬鞍空著，飛快的隨著火車奔跑。

已經快看見站上的燈旗了，車廂中又灌進來一陣冷風，原來車門已被打開，拴柱子回頭看時，那個老頭兒和年輕人不見了。（田原，1986b：96）

接著兩人就騎上馬，在馬蹄翻起積雪如濃霧中揚長而去，隨後槍聲響起，來自車站的保安隊三十多匹馬追了過去。這又是一段充滿影像感、動態感的敘述，生動的描繪出他們「英勇」的形象。

他們不是什麼正義英雄，但也的確得到一些人的心，他們也架票，卻是「架吃洋鬼子飯的，不惹自家人」，難怪有人認為：「這年頭就是這種人給咱們出氣」（田原，1986b：120）。這些人中，又以小白蛇白玉薇的形象最為突出。

白玉薇在作品中被描述成外表美貌，卻有著超乎年齡的冷靜、冷酷，甚而在有些手段上更是殘酷。為報家仇的她，常是一身黑素服，沒有她這個年齡該有的青春樣貌，但她卻以她的能力，當上這幫人的二當家，甚而在大青龍受傷養傷期間，大小事全由她處理。她率領人馬，親自到馬隊救出因收留大青龍被押的王二虎，且看作品中，對她的一段敘述：

小白蛇吹了一聲口哨，十三匹馬先嘩啦啦衝出營門，沿街飛奔。她帶了另外五個人連王二虎殿後，一面還槍，一面走，同時丟給王二虎一枝馬槍。

來追擊的是巡警隊，他們看兒由那個衛兵領頭。小白蛇眉頭一皺，手腕一伸，沒有瞄準，那小子便向後仰，不動了。（田原，1986b：265）

這種不輸男人的「英勇」，生動的出現在作品中；她殘酷的處理混進幫內，屢次向賀三成等通風報信的四至兒；她為了要報復王二虎被出賣再被賀三成抓走，殘酷的整治出賣了王二虎且幫日人欺壓中國工人的油輾子。

更戲劇性的是，大青龍死後，她理應繼承大當家，但她卻把錢全分給幫眾，利用機會離開了他們，脫離打殺的日子，即使二光頭開槍傷了

她，要逼使她回頭，她依然堅決離開，隨後投奔了在三姓的王二虎，與他開個煎餅店，「過過女人的日子」，真正成為一個精明持家的老闆娘。

在《松花江畔》中，王二虎這位大車店的老闆，也是山東王家人在東北開荒的族長，他不是鬍子中的一員，大青龍屢次邀他入夥，但他就是不肯，然卻與他們保持良好的關係，對大青龍更是義氣，受傷的大青龍就是躲藏在他的車店中療傷，他甚而因此被賀三成抓去保安團中；他以在關外的王家族長自居，對於王家子弟多少照顧，但發現王家子弟中一位新寡的少婦與人私通，卻也義憤率人將這對男女捉住，甚而想將他們填入松花江；包庇大青龍，使他失去大車店，他轉而到八狼屯在日人主事的堤防工程中做工，為人義氣的他，很快的成為工人的頭頭，甚而被油輾子知道他在工人間的影響力與義氣，與他結為兄弟，利用他做為藉口繼續積欠工人工資，得知真相的王二虎，找油輾子算帳，卻被出賣，再度被賀三成擒獲、折磨；被救出的他，得到一筆來自日人的贖款，馬上也轉給工人做為工資等等充滿勇氣、義氣的表現，甚至得到白玉薇的欣賞，當她脫離鬍子，馬上投奔了他。他也不算什麼大英雄，然充滿義氣、勇氣的形象，卻讓人印象深刻，成為作品中重要的人物之一。

當然除了這些具有英勇、義氣的人物之外，田原在作品中更不缺處在這種灰色地帶，兩面逢迎唯利是圖毫無義氣的人物。雖他們有的可以視為「反面人物」，但只不過為私利，為了自己的生存罷了。田原諸多作品都以抗戰的年代為背景，但他不寫大時代義正辭嚴的國族興衰而將人物二元化，反而塑造出一批小人物，來反映處於那個時代下的混亂。這些「非英雄」的人物，適可為代表之一。

《這一代》，做為主人公的羅小虎即是典型之一。這一部作品有著明顯反共宣傳的味道，情節即是圍繞羅小虎個人的遭遇而形成。他失去雙親的愛持，在一個沒有親情之愛下，他怨恨所有對他「不好」的人，他恨對他苛刻的劉家一家人，雖然他們也養了他五年；他在日人底下做工，被日人打，是有恨意，但更夾著懼意，甚而崇拜他們的權勢，就如作品中描述他的心境：「將來一定要有權有勢，就是當狗腿子，有日本人給撐腰，不但不受別人欺侮，而能欺侮別人」（田原，1986a：64）；為了錢、為了生存，他可以當內奸出賣自己的抗日同學；他加入

共黨，做出一連串沒有「人性」的事；為了報復，甚而強暴自己青梅竹馬的小蘭等等惡行，這些描述不脫出一般對於反共文學中，共黨幹部的印象，然羅小虎的「壞」卻也不是天生的，是先缺乏了愛，觀念有了偏差，而被共黨美麗語言所騙，這也讓他最後決心脫離共黨，奔向自由。

其他如《古道斜陽》中，以壞人形象出現的崔三眼，綁了年輕學生魏大喜、又凌虐撕票，讓魏大戶傷心而死，一家在苦雨之中，兩口棺木起行；將銀子推入火坑；又嫖又賭的他，王大少以尼姑庵有漂亮的小尼姑誘他前往，終於因色被擒。

而《松花江畔》，那位做為保安團長的賀三成，及他的手下王江海，同樣也被塑造成這樣的形象。兩人也是鬍子出身，接受招安，由商會出錢當起了保安團，甚至和日本人接上了頭，當上了二腿子，賀三成心術不正的模樣，全在他和小白蛇見面，準備互相交換手中的人質時呈現出來，作品中有這樣的描述：

> 他自斟自酌的灌下一杯，胸中凝聚了一團火，他見過不少少女都沒有白玉薇俊色。由於客廳溫暖，白玉薇面部呈琥珀色。他的目光又遊到胸前，盯著隆起的地方，其中定纏了束胸，要不然……想到這裡，他又灌了一盅。（田原，1986b：513）

理論上，他是做「英雄」事業的，但卻有著這樣猥瑣的樣狀，充其量就是一個拿槍的混混而已。田原成功的塑造這樣的人物，的確，在與小白蛇這般人換人質後，他的隊伍慢慢的被小白蛇等人蠶食，他在驚恐中過日，在日人暫先撤離堤防工程後，失去靠山的他，眼看狀況不對，提升王江海為隊附兼隊長，看似讓出大位，發配王到吉林一趟，王回來時卻發現，賀三成將所有錢帶著，跑了。

而在《青紗帳起》中，則全無上述所說的「英雄」，除了有個性的，老白毛的老婆彭大娘以外，所有的人全都是非英雄化的形象。柳表，按理說他還是這一群土匪的老資格，還是老白毛的乾爹，老白毛正是他帶出道的，但在作品中，卻是在暗處暗算闖關東回來的何老三，被全村的人包圍，還被人在肚子裡放了一槍——以這樣一個「老」混混的形象出現，而受傷後時時叫痛、又揚言要老白毛來報復，更顯示出他的窩囊相；

老白毛，這位在作品中一開始氣勢甚旺，頗有英雄氣概，但耳根軟、識人又不明的他，接納了投奔過來的賀大海，馬上委以重任，隨後卻在賀為他舉辦的壽宴上，被賀大海等設計，全隊被下槍，自己被活埋；朱貴原是跟在老白毛身邊最久的人，但在被老白毛當眾教訓後，活像無賴般嚷嚷，但他的確忠心耿耿，曹、賀等人要對他們下手時，首先就先對付他；傅長喜，後來當上這群人的首領，但不久之前，他不過是一位讀書不成的鄉下小孩；這幫人中，還有一個李師爺，算是這幫人中唯一讀書人，但他的建議，老白毛完全不聽。在壽宴中，他躲在床舖下嚇昏了，保住一命，但一副窩囊相卻也極富諷刺感；曹玉宣，這一位區上來的官，且是老白毛的結拜大哥，從賀大海、李秋林投奔，乃至壽宴上一場戲，全是他設計，目的就是要他的這位「義弟」的命，原因就是要報復當年他下獄時，老白毛不顧道義，對他的妻小不聞不問，讓她們流落關東，至今下落不明；可說是幫裡最富經驗的參謀，但偏偏對賭、酒無法招架的老毛虎；做為長喜同鄉好吃懶做的王仙之，通日語，逢迎拍馬特別在行，土匪、鹽警、日本人，哪有好處就往哪鑽，等等這些人物，這部作品，全充斥這樣「非英雄」的人。雖然以游擊隊抗日為題材，卻是一部沒有英雄人物的作品。

## 二、簡樸、勤奮的農民

農民是過往傳統社會的主體，田原這些以故園為場景的小說，誠如上文所述，對於過往農業社會的人際關係高度懷戀，時而呈現唯有依靠土地勤奮種植才是正路的思想，且對現代都市文化保持戒慎。因此，農民的形象在這些作品也格外深刻，這在《這一代》、《大地之戀》、《松花江畔》等作品尤為明顯。

《這一代》中的陳爺爺就是一個例子，他年輕時到東北糧棧做學徒，受盡了欺負。而後憑了一點積蓄和同鄉的幫助，到松花江畔開荒，後來立了業也成了糧戶，但依然過著簡樸的生活，對於羅小虎更是照顧備至。

在《大地之戀》中，主要人物全是農民，陳長順是個新學堂學生，但操持農事的嫻熟，完全不輸家鄉裡任何人，依然是一位農民的形象。

在這部作品中,所有農民全都是樸實、勤奮的。作品就以描述呂大海在天還沒亮,吹透冷的西北風背起糞筐子出門拾野糞為開頭,而他的兒子呂安壽同樣拾糞甚至起得更早。即使是曾經在關東發了家,擁有許多資產的陳玉章,依然是一早糞筐不離身,仍是一身樸素:

> 陳大爺沒有像其他的老年人,穿羊皮袍子,只著了大藍布棉襖褲,走起路來,脊背很直。兩腳穿了大蒲窩,仍舊很俐落。肩上也揹了糞筐子,邊走邊摸兩腮的鬍子,雖然已花白,看起來仍舊非常美。(田原,1978:11)

這樣勤奮的形象在田原的眼中是美的。這部《大地之歌》,塑造出一個太平歲月下美好的農村,這些農民就是構成的重要部分,有著豐饒的大地,更要有勤奮的農民,才能形成這一美好的景像。陳玉章和呂大海兩個從小一起長大的老人,一見面竟然各以對方的節儉,不願吃好的、穿好的毛病來互相抬槓。陳玉章先是對呂大海說:「你捨得,好,先吃十天白麵餅,給我瞧瞧。」挪揄呂大海的節儉,但一回家看到一盌盌玉紅麵餃子,心中卻不自在,嫌浪費:「一屁股坐下來,沒好氣的對陳大娘說:『那個叫妳今天包餃子』」。(田原,1978:16)這部作品全是這樣的農民,且透過四時變化、農事勤奮的操作呈現。即使是陳長順,夏日刈麥時,他請假回鄉,且還能和家裡長工比賽搶「頭鐮」,打場、鋤草、餵馬等等樣樣都來。

　　農民是樂天、知命的,也如上文所述的呂安壽,不羨慕都市繁華的一切,他們把根固著在自己土地上,非萬不得已遇到大荒年,只好逃荒或闖關東,但老來一定落葉歸根。作品中的陳玉章和呂大海都曾在關東,都是大糧戶,但老了全也把產業賣掉,回到故鄉。

　　這一部把故鄉塑造得如此美好的作品,故鄉是美的,這些農民更是其中必備的條件。

　　而在《松花江畔》中,拴柱子同樣被塑造成一個樸質、憨厚的農民模樣,雖然他只有十來歲,卻擁有超年齡般的成熟和固著於土地的決心。他婉拒在長春王家人老少幫他介紹工作留在長春的好意,堅決要開荒,自己從土地求生活。而在開荒地上,他和王本元兩人,忍受寂寞,

默默開荒,最終幸運之神眷顧了他們,獲得好收成,又為來年的操持立下基礎。

這樣的農民形象,也是田原塑造故園,懷戀家鄉的手段之一。

## 三、各色女人

田原的作品中,豐富的女人形象是他作品中重要特色之一,田原透過對他們的外表、語言、心理以至各種行動的細緻描述,呈現出一個又一個不同的女人形象。這些女人,含括各種不同年齡、階級、職業等,其中又以下面幾種類型,在作品中最為突出:

### (一) 母親的形象

田原在他有關自己經歷的說明中,總是提到自己年幼失恃,父親續絃,自己由祖父、母撫育,這也讓他對於母親的形象,有著特別的感受與想像,從而表現在作品之中。就如在《鐵樹》的後記,就說這部作品是紀念死去的母親而作:「當我不到兩歲時母親便不幸故世,我對她印象模糊,⋯⋯。我崇拜母愛,渴望母愛,下定決心好好經營以『母愛』為主題的長篇小說」(田原,1984:411)。觀察田原的長篇作品,不只這部作品,慈母的形象時可見之,也是作品敘述的重點。

在《古道斜陽》中,以馬玉在路旁瀕死之際,帶起了他的出身。他出生於妓院,母親是個妓女,在這樣的環境長大的他,每每遭受到嫖客及妓院裡其他人的欺負,唯一的慰藉,就是母親對他的愛。就如作品中所述:

> 母親沒有客人,她會將馬玉洗得乾乾淨淨捧著那黑油油的小臉蛋親了又親,親到最後是兩行熱淚。馬玉最初最陪著母親哭,後來看多了,覺得母親流淚有些多餘,最多只用小手指給她揩抹揩抹。(田原,1971a:8)

這呈現母子倆的心酸與無奈。兩人相依為命,受盡那些「恩客」和保鑣在精神和肉體上的雙重折磨,小女人在客人面前不敢稱這是自己的孩子,恩客卻老要馬玉喊他們「爹」、「爸爸」以之為樂;將自己舊紫緞小襖,為他改成長袍,被老闆娘發現,遭來一頓毒打,甚而還被火紅的鉗子,在手臂上烙上黑黃的烙印。這位母親,在夾縫中撫養他,最終死在傷寒的肆虐中。

這種無奈,更突顯這一位小女人做為母親,在夾縫中生存的勇氣。

雖然這部作品主要突顯熊坤這群人義氣、勇氣的模樣，但一開頭這樣的敘述，著實讓人對這一位母親有著深刻的印象。

而在《松花江畔》中，就由一位母親，即將送自己兒子拴柱子前往關東開荒，一大清早起床，為兒子包餃子的敘述開頭。透過動作的細描，配合對於往事的回憶與心情的敘述，細膩的呈現對於兒子即將遠行的不捨，讓簡單細微的動作，全附著上感情，從而也讓原本俐落的手腳變遲緩了：

> 餃子包好了，數了數有七八十個。手腳真夠笨的，當初幾百個水餃，頓把飯功夫就包好了，現在卻一忙就是四更天。（田原，1986b：14）

數個大段的描述，描述這位慈愛的母親，也為所謂「闖關東」之不得已苦衷，做出解釋。

而在《青紗帳起》中，傅東方的母親，則也是另一種慈母的形象。傅東方讀書不成，個頭大的他，在村中同族人的眼裡，將來一定是個不成材的混混，如傅春軒就極力要自己的小孩永錄不要跟這個族弟交往。作品中傅東方的母親當然還是疼自己的小孩，作品描述她找孩子的方式與別人不同，別人是站在外面大聲喊，但她只摸摸索索的，就著常因細故被自己丈夫揍、被大家輕視的東方可能會躲的地方找：

> 如今她又去找了，單純的、焦灼的去找。碰到莊上男女老幼，她也不問。她從日頭偏西找到天亮，也不對人說，是為找兒子忙碌，她在表面上隱藏一切，讓淚水，讓浩瀚、無邊的母愛都顯得呆板而平靜。（田原，1971d：22）

除了她這樣默默的形象外。作品中其他的母親也都是慈愛的形象，以她們各自己的方式，關懷她的孩子。

而在《鐵樹》中，又是另一種典型。這部作品以王春城為主人公，雖然他是一位大學生，但他母親卻先是妓女而後做為老鴇，操此賤業為生，然春城也就是如此長大的。小時他還不懂，但長大後，卻深以母親的職業為恥，上大學後，完全不願回到位於風化區自己長大的家。王春城以自己的頹廢、浪費，甚至是花天酒地加上嫖賭，來做為自己叛逆表現。面對兒子的叛逆，兒子老是以父親是誰來逼問她，這一位王大娘

當然也知道原委，卻依然無限制的供給王春城所有的花用，在自己身體每況愈下的情形下，惦念的依然是自己的孩子，最終甚至賣掉所剩的房子，搭上自己的性命，這位浪子才終於回頭，但王大娘卻已回天乏術。

這作品中的母愛，甚至可以說完全是溺愛，處處表現在這一位王大娘為王春城無止盡的供應上，她認命的說：「當初生下他，沒捏死他，就打定了主意犯這份賤。賺錢，總得找個會花的主，只要他那裡打封信來，要一百給兩個五十。」（田原，1984：5）但這種認命，卻是一種在人生磨難中，所養成不會怨天尤人的習慣，她也沒有因此悲傷、掉淚，就如作品所述：「發現王大娘那油汪汪黃澄澄的臉上，沒有半點淚痕。神情兒，倒很像巷口小廟裡的土地奶奶，坐在白鬍子老頭旁邊，說不出是悲是喜挺沉得住氣的樣子。」（田原，1984：5）這也塑造出這位慈母──或可說一種堅毅女人的形象。

## （二）潑辣的女人

在田原的作品中，有一種女人的形象相當突出，這些女人多年過中年，田原時而透過模擬她們口無遮攔的語言，以及即使是一件小事，也能以鍥而不捨卓絕的行動能力去放大它，來呈現她們潑辣、強有力的個性，這也可以看出田原塑造人物的能力，相較上文所呈現的慈母形象，這又是另一種典型。

在《北風緊》中，作品一開始，就以一位丈夫已在天津另立家庭，自己得靠著房租過活的王大娘的描述起頭。就如作品中所說：「王大娘出了名，有她的特殊條件，年輕時臉蛋兒標緻，中年後有張逢人必罵的臭嘴」，（田原，1980b：1）做為一位中年棄婦，她以堅強的性格活下去，鄰人是怕她吧，孤零零的將她排除在圈外，但她並沒有淒涼的感覺。

作品為讀者展示她的利嘴，就如對於劉家老三，拿瓦片邊走邊畫牆，她推開玻璃：

「狗小三，我看不砍斷你那隻賊爪子！」
「真是有人生，沒人教的貨。」
「也不算計算計，這道牆，要多少磚頭，多少錢。你爹天天賣蘿蔔賣青菜，十年廿年也賠不起。」

「哼，我看是窮急生風，故意教唆孩子胡來。心眼兒天生的壞，看到人家有產有業，眼窩子裡冒火⋯⋯。」（田原，1980b：3）

一連串損人的語言，連貫下來，無怪乎作品要描述那位狗小三，馬上轉頭一溜煙跑了，不敢回家。

心直口快的她，看不慣李大年的老婆（實際上是為了做情報工作，做掛名夫妻），放著家事不管，連喝的水都得自己燒，甚且當著李大年的面，批評起他的老婆起來，且看她的語言：

「又是去看歪脖兒胡，從不管你辛辛苦苦去上班，養家活口。你看，連開水也不燒，飯也不做，地也不掃。」接著一拍掌：「一個大男人家，對這種懶婆娘，得好好的管，別教蹬著鼻子上了臉。」
⋯⋯
「我看你那個婆娘，也不是什末大家閨秀，千金小姐，就憑那張臉，像個青瓦盆，一雙手如同兩把大蒲扇，腳鴨子，伸出尺半長。打那一點琢磨、也不能讓著她，再說，你的才學、人品，比她強幾千幾萬倍。」（田原，1980b：6）

並把自己的關心投注到他身上，使得李大年相當感動，拜她做為乾娘。甚而她看到春英這位姑娘，說要拿功課要找大年指導時，她立刻又有一頓言語：

「妳是睜著眼睛說瞎話，書本都沒拿，憑空問的啥功課。」
⋯⋯
「小丫頭片子，少在我面前耍花槍，我一瞅，就瞧見妳那條狐狸尾巴。」大娘罵罵咧咧向自己屋裡走：「哼！打今晚起，妳給我小心點，這樁事，我管定了，王大年是我乾兒子，誰也不能拿著大糞在他臉上抹⋯⋯」（田原，1980b：15）

作品描述她為大年張羅吃的時，敏捷的行動力：

她走起路來，如同一陣風，呼呼的颳著出去，很快的颳回來。手中拿了兩盤子，一盤子鹹鴨蛋，金黃色的蛋黃，冒著油。一盤子麻油澆香椿芽，香上加香，直漸大年的鼻子尖。（田原，1980b：12）

甚且看到春英這位年輕漂亮的姑娘找大年時,她心裡馬上想,要好好調理她,還想著要撮合她與大年,擠走原來的婆娘魏羮。傳神的語言與行動的描繪,讓王大娘這個形象,突出於紙面上。

在《我是誰》中,作品就由房東太太向主人公催房租的場面展開,苛刻潑辣的語言,隨著她催收的動作而來,吳姓主人公是位學生,家中也算殷實,但因為戰亂,家中的接濟無法準時來,致使欠下了房租。就如作品中的描述:

> 看起來,她把罵人也當成消遣,一大碗麵,在邊罵邊吃之下,連湯都喝光了。跟著走到耳房,一腳踏在門檻上,用手扶著門框,老鼠眼滴滴溜溜的亂轉,似乎在搜集罵人的材料。(田原,1972:9)

田原當然不會錯過模擬這種女人語言的機會,連自己已出嫁的女兒,幫著房客說幾句話,也難逃母親的利嘴:

>「死丫頭片子,沒羞的。這種事也有妳插的嘴,哼,別認為嫁了出去,老娘不敢撕妳,妳要是再出口大氣,不撕爛妳個小浪X,就不配做妳娘……。」(田原,1972:12)

直至他拿出新買幾個月的十二K金的菊花牌名錶,押在她那,討價還價,才暫時解決這一欠租風波。

而在《鐵樹》中的桂香,則又是另一種潑辣的典型。在這一部作品中,桂香和王春城的母親王大娘都是妓女出身,老來兩人相依為命生活在一起,兩人的關係,又像主僕、又像姐妹,有時又像冤家。桂香粗魯的個性和身材,在作品中非常突出的,透過語言和行動的描述顯示出來。

辛辣、無遮的語言,隨時成串、成段的湧出。作品一開始,王大娘常委託幫忙拿錢給春城的老菜瓜,來到王大娘這,和桂香相遇到的場面:

>「誰啊?」嗓門挺衝的問著。
>「我。」
>「我——我,誰知你是那個野種?」
>「老菜瓜。」
>「為啥不早報字號,真是一灘臭狗屎。」

……

開門的女人兩手插腰,就站在他的背後,那身量如同四條裝滿了糧食的麻袋,經過燈光一映,整個一堵牆上全是她的影子。(田原,1984:2)

這是桂香首出場的樣子,就已經把她的個性和身型全呈現出來。她時而和王大娘鬥嘴,每逢胡七嬸為了蜜寶的事來鬧時,也是她出來擋。作品描述了胡七嬸為了蜜寶的事來撒野一陣後,桂香不放過她,兩人打架的場面:

「──」七嬸仍舊不出聲,臉色一變,腰一彎,活像一頭發怒的西班牙牛,對著桂香肥大的肚子就撞。
桂香沒有躲閃,反而肚向前一挺,七嬸摔了仰面朝天。桂香順勢騎在她身上,雙手抓著她那花白頭髮,把後腦杓子當成鐵錘,向方磚地上砸。七嬸疼得想翻身,想掙扎,可惜瘦弱的身子壓了大石塊,動也不能動,但她咬緊牙不求饒,沒多久便被砸的暈了過去,(田原,1984:89)

桂香這種潑辣,甚至可說野蠻的樣狀,透過動作的描寫,完全呈現出來。

她是如此的個性,但卻也是疼愛春城,春城也是她一手抱大的,可說是另一個母親,她的疼愛,當然不是一種慈母的方式。春城讀大學,和其他兩位同學租了一個房子而居,房東是寡婦李太太,有個女兒春蘭。李太太非常喜愛這個年輕人,甚至可說是把他當兒子來看,關懷他的飲食起居,而春蘭更是愛上了他。然春城卻不領情,面對他們的情,卻是冷眼以待,甚至是逃避,時而數日不回租屋處。

桂香為了春城上大學後,自此不回在碼頭邊的家,親自跑到春城的租屋處。潑辣的個性,加上她認為春城之所以變了個人,就是因為迷上了李家春蘭,一場大鬧李家的場面於是上演。她大喇喇的,在春城的租屋處,對著春城說:

「你這幾個月,變化可真大,我一猜,八九不離十,定是碰上了壞娘們。才趕了來一瞧,一點兒也不錯。一條老狐狸帶著一條小狐狸,真是在劫難逃,瞧瞧吧,胃口可真大,三個啊,三個年紀輕輕的小夥子噢!」……。「你處處維護著她們,連阿姨的話也不聽了,這也怨不得你,她們個個裝的像皇后公主,暗底裡可是潘金蓮的小妹子,有那份迷功。」(田原,1984:211)

這種魯直的語言，還不止於此，成串成段的從她口中，衝著無辜的李太太和春蘭兩人而來，甚至還冒出當年當妓女時，從俄羅斯海員中所學的俄羅斯髒言穢語，衝向這對母語，自知理虧的春城，哀求她停止也不行。

兩人吃了一頓飯後，王春城藉機溜了，桂香為了找他，繼續又鬧上春城讀書的大學，粗魯的她進入斯文地，兩者衝突可想而知。

找不著春城的她，洩氣的回到春城租屋處，她把春城的變全怪在房東和這些房客上，加上肚子餓，氣一下全發洩出來，竟大肆打砸，所有陳設、傢俱完全一團亂，可說是全毀了。這略誇張的描述，實也說明這樣一個火爆、潑辣的樣狀。

直到老菜瓜來了，向她說了一段王大娘離不開她的軟話，要她不要管春城了，回家去吧，這時，她才悻悻然的拿起行李回家。但就如作品描述她離開李家前的模樣：

等老菜瓜從外面關好門回來的時候，桂香已喊了部馬車坐了上去，兩眼呆呆的望著李家的樓房。
——我來這一趟算是幹什麼呢？
——難道是拿著把棍子喊小雞嗎？（田原，1984：245）

面對春城的轉變，她實也無能為力，而潑灑了這一頓，這又是為了什麼？

這樣一個桂香的形象，實也是這一部作品最令人著目的一位人物，更襯出春城這一位不顧親情與眾人之關懷的自暴自棄浪子形象。當然作品中的胡七孀，也是個潑辣的女人，但在桂香面前就相形失色許多了。

## （三）寡婦

所謂「寡婦」——喪偶的女人，和「鰥夫」本應是人類社會中平凡的現象，但在傳統的父權社會中，對於寡婦卻有更多的要求，從而使這種身分特殊起來，她不再是一般「人」，尤其屬於人的情感，更是壓抑的對象——被自己，也被別人。

這種壓抑，在過往卻是種美德。壓抑所形成的人性扭曲，往往成為文學描述對象，自古而今，實有不少作品，出現了各種形象的寡婦。

西風東漸，整體社會走向現代化，婦女地位已有許多改變，但根深柢固的傳統道德觀對於寡婦的壓抑，並沒有一下就解除，新舊夾雜的社

會,傳統與新潮並肩的出現,對比於鰥夫,寡婦依然是文學中特殊的人物,然也多了許多可能與變化。

在中國現代文學中,諸如魯迅、沈從文、張愛玲,乃至晚近的嚴歌苓等,均有許多作品,以寡婦做為作品主人公。田原在他的作品中,也有許多不同形象的寡婦。這些寡婦除了有在小說作品上藝術的意義外,同時也反映了如上述所說社會的變化。

在許多作品中,一些年紀比較大的寡婦,都以一種傳統的形象出現,能守貞自節,茹苦含莘的養育兒女長大,可說是符合傳統對於寡婦的要求,就如在《松花江畔》裡拴柱的娘,丈夫在拴柱還小的時候,得了風寒加上辛勞而去世,他拉拔拴柱長大,但不願因想把拴柱留在身邊,而讓他死留在這個已經遭荒數年的故鄉,於是鼓勵他闖關東。她是一位寡婦,更是一個明理的慈母;《鐵樹》中的,春城的房東李太太,同樣也是如此形象,年輕喪偶的她和女兒相依為命,將房子分租給人以此為生,她把房客春城當成自己的兒子一般,像慈母一樣關心這位浪子的飲食起居,面對春城的冷漠甚至是逃避,也不改她的付出。甚至經過桂香大鬧後,春城自覺理虧要搬走,還托人帶話給春城:「請你告訴春城,同船過渡三世修,何況大夥在一起一年多,如果我們母女沒有虧待他的地方,過段日子不妨抽點時間來一趟。」(田原,1984:257)這種慈愛的形象溢於言表。

《青紗帳起》裡的七嬸,也是 24 歲就守寡,丈夫死後認命的守著當時甚至還未出世的小桃,已經十九年:「這真是段難淌的歲月」,(田原,1971d:49)想起死去的丈夫,還是會眼睛濕潤,但卻不敢掉下淚來了,就如作品所述:「一把年紀想漢子哭,別人不笑話,自個也笑話自個」(田原,1971d:48),雖然當年小桃父親死後,五服內的親人都說會找孩子來幫忙他們,但死後第一、二年還有人來,第五年後就剩張嘴了,她曾經為此在丈夫墳前哭過不下數十場,就如作品描述她的苦楚:「當時真想把小桃往她姥姥那裡一送,一根繩子跟漢子去了」(田原,1971d:51),她還是自己辛苦的耕著幾畝地,自己拉拔女兒長大。這位七嬸可說是一種符合傳統道德觀要求的寡婦形象,也難怪在作品中,這位寡婦還想應有人為自己爭取個貞節牌坊才是。

在《青紗帳起》還有一個寡婦——王家小二嫂，也是年輕守寡，寡婦的身分並沒有得到族人的同情，反被村裡大大小小欺負，被同村人嚴厲看管似的，就如她自己向長喜訴苦時所說：「一個年輕輕的寡婦，不管和大伯、小叔子、侄兒說話，都像犯天條似的，個個用紅眉毛綠眼睛來盯著妳」（田原，1971d：180），來自眾人的壓抑，讓她幾乎想一了百了的死去算了，丈夫的親人：「大伯和所有的女兒，像防小偷似的防著她，怕她吃多了，用多了。更像一頭狗，看守著她是否和那個男人飛過去一眼」，（田原，1971d：180）這樣就有機會，把她休回娘家。在集會中，長喜伸出援手，為她和表妹解圍。她心底喜歡身體健壯的長喜，但話始終不敢明白表示出來。長喜當然知道小二嫂的情意，但就如他自己所說：「娶了她，我爹可真不准我進莊上的寨門了！」（田原，1971d：507）這種來自眾人，也來自自己的壓抑，田原透過小二嫂的形象呈現出來。

　　此外，無依無靠的寡婦，對於物質的需求仍然與一般人一樣，然因失去了做為主要生產力的男人，從而使得物質的使用更為節儉、謹慎——或者說是吝嗇，以保障自己餘生無虞，甚或是不顧任何手段，拋棄了體面、道德、良心，只為生存下去，這也是做為一個人面對不利環境時，自然而然的選擇，雖然這並不符合多數人的道德觀。劉驤就以中國現代小說中的寡婦形象，做為研究對象，並歸納出「功利型」、「專制型」、「變態型」等不同類型的寡婦，其中所謂「功利型」，即專指抵抗這種生存困境下的寡婦形象。[1]

　　單單《古道斜陽》中就有好幾個寡婦，張毓棠的寡嫂即是其一。張毓棠的大哥，早年為了保衛地方，犧牲了生命，因此年輕的嫂嫂就守寡。而張毓棠 15、6 歲離家，加入熊坤等一幫，整個張家就由他寡嫂支持。實際上她也是持家有成，精明的她，在這樣一個時勢下，不僅守成有餘，還能繼續買地。但張毓棠受傷回家，她關心的竟是毓棠屢屢聲稱

---

[1] 劉驤相關研究文章，為〈中國現代小說中的功利型寡婦〉，（《忻州師範學院學報》26：6，2010 年 12 月），頁 19-21；〈一曲人性壓抑的悲歌——且說中國現代小說中的變態型寡婦形象〉，（《呼倫貝爾學院學報》4：18，2010 年 8 月），頁 57-59；〈母系"鐵閨閣"中的男權忠臣——試析中國現代小說中的專制型寡婦〉，（《寶雞文理學院學報（社會科學版）》30：5，2010 年 10 月），頁 93-94、103。

的，張家的產業他半份都不要，她要張毓棠：「男子漢說話要算數的」，不僅用家裡的車時要他先說一聲，晚上回家也不開門，要他和長工住在一起。毓棠當然能體諒寡嫂的辛苦，但當她抱怨年時不好、大口嘆氣時，卻發現院中：「糧食囤都有兩人高，一個挨一個，每個最少也有十來石糧食」（田原，1971a：541），誠如這位長工老綿羊所說：

> 「嘿，這下子你可看錯了，你嫂子可真能幹，一把鐵刷子。這些年又是放印子錢，又是放糧食，利上滾利，可精著吶，到時誰要不還，又哭又鬧，不是牽人家的牛，就是要人家的地契。恐怕自你走後，她最少也弄百把畝地。」（田原，1971a：547）

甚至為了怕張家族人說話，自己偷偷透過娘家買地。寡婦對於未來生活的不安全，對於物質的看重，進而以不斷的積累，來做為克服不安的方法，田原成功塑造出這樣的形象。

《古道斜陽》中，還有一個寡婦周破鞋，她被稱之為「破鞋」，也是年輕喪偶，失去經濟支柱下所做出的選擇。作品是這樣描述她的：

> 周破鞋是個風流中年寡婦，四十多歲了還時常擦了一臉白石灰，也不怕燒壞了那張老臉皮。經常的在風窩上貼兩塊小紅膏藥，表示老來俏。姚老六當鹽販子不得意的時候，曾經和她姘居過一段時間。現在的姚老六不是昔日姚老六了，對她已失去了胃口。但周破鞋天生是賤貨，硬抓著姚老六不放，聽說把她那個十六歲的女兒銀子也給賠上了，娘倆同槽。（田原，1971d：159）

當然，田原設計出這樣一個人物，並不帶同情，但在作品中，也說她丈夫死後，佃田被地主收回，全憑拾荒和打點野食，飽一頓餓一頓的活下來，為了生活，她來者不拒，莊內許多男人，都跟他有一腿，藉此得到幾頓飽的，也說明做為一位在舊時代中沒有經濟能力的寡婦，所面臨的生活困境。

《霧》中瑩瑩的母親也是個寡婦，家裡並沒有多大恆產，也是刻苦的把瑩瑩拉拔長大，生活壓力可見。她曾想將瑩瑩許給一個家裡有錢的賭徒，然瑩瑩卻在耘樵的介紹下到城裡工作，以逃過這場婚姻。她何嘗沒有為瑩瑩想，但生活壓力讓她如此思考，直到宮大眼以族長身分出

面,陳耘樵願在城裡為瑩瑩介紹工作,這場婚姻才做罷。生活的艱辛,讓她自然的斤斤計較小氣起來,當瑩瑩回家過年,送給秀秀一雙洋襪、一條毛巾時,卻遭到她一頓排頭:

「你想幹啥,幹啥,賺了幾個銅子,便這麼折騰法,這個破宅子,一畝二分地,是妳爹留下來的,我還要當棺材本呢!」

……

「還沒做錯,把那些好東西,好洋貨,隨手送人,我連破褲子破襖破布頭都捨不得丟。妳送他們幹啥,我們在窮的時候,這些人是給咱們半升糧食,還是碗粥。個個看咱娘倆,像泡臭狗屎,躲得遠遠的」(田原,1973b:311)

但沒想到瑩瑩最終還是受騙,還得這位老母到城裡替瑩瑩工作、照顧已孕的她,好運似乎永遠沒有站在做為寡婦的她這邊。

而在《古道斜陽》中,描述篇幅最多的女人,就是與作品主人公之一毓棠青梅竹馬長大的玉蓮,她也是一位年輕的寡婦。

玉蓮小時父親死去,由父親的結拜兄弟,也即是毓棠的父親張師傅撫養,和毓棠有如姐弟般的感情,甚至也演成男女的感情。但玉蓮很小時,就被自己的父親許配給魏家,因此到了玉蓮十來歲時,即使玉蓮千般不願意,還是被張師傅送回她老家,僱了老媽子照顧她。但玉蓮對於毓棠卻仍有很深的情意,甚至到張師傅死去,在守喪期間,玉蓮甚至提出要和毓棠一起離開家鄉闖蕩天下。然毓棠顧及玉蓮已有婚約,而自己父親又從小灌輸自己「女人是禍水」的觀念,加上黃振山這位長輩出面阻止,雖然自己也是喜歡她,終無法接受玉蓮對他的情意。而後毓棠離家闖蕩江湖,玉蓮嫁入魏家,但不久丈夫卻死了,自己成為寡婦。成了寡婦的她,並不願意成為一位壓抑自己情慾的寡婦,她和崔三眼勾搭上,名聲越傳越壞,直至毓棠回來。

在作品中,她被塑造成為一位名聲不好的寡婦,然卻是一個勇敢的女人,就如她在和毓棠重逢後,她下定決心離開魏家時所說的話:

「我明後天就搬回唐河老家,這一輩子再也不回魏寨。我不稀罕他們姓魏的田產,我也不要這個寡婦的虛名。我還是我。我娘家有田有地有家

有業，為什麼想不開在這裡受罪，擔這些壞名聲？現在日正當中，我指著太陽在你面前發誓，我玉蓮今後是個規矩人，如果再不三不四，天打劈火燒，不得好死！」（田原，1971a：132）

她此後只把心思放在毓棠上，對他勇敢表白，在毓棠腳傷期間，全心全力的照顧他，毓棠這位男人，對她亦有情意，然卻扭捏許多。這一部作品以一群闖蕩「江湖」的男人為主要描述對象，但這一位寡婦勇於追求愛情的形象，她的勇氣更不遜於他們。

而《感情的風暴》故事場景跨越大陸和台灣，故事中的蓁榮，初出場時非常年輕，只有19歲，但丈夫是個軍人已殉職於戰場上，她同樣有著追求自己幸福的勇氣，她比《古道斜陽》中的玉蓮幸運的是，她生活在一個新的時代，從而在走出喪夫之痛後，勇於追尋自己新的愛情。作品以陳青的視角，對於她做為一個寡婦，但活潑、大膽的性格，讓他不以為然，當看到追求蓁榮的胡全清和衣睡臥在她的床上時，有以下的描述：

> 寡婦的睡床，是有著很大的尊嚴的，也是是非之地。雖然胡上尉穿得整整齊齊躺在那裡，在我這守舊的腦子中，總認為不太正常。（田原，1962：68）

這個「我」，可能也是代表一般人對於寡婦的道德要求。陳青總認為，做為一個寡婦的她：「總應要有點愁容」。

她喜歡做為一個軍人的陳青，但因戰亂兩人相隔，來到台灣的她，做為一個歌女養活自己，在兩人重逢後，更是把心放在他身上。雖然經過了一些波折，陳青因傷從軍中退伍，卻自暴自棄，她甚至想以死為諫，勸陳青回頭。作品還是給她一個幸福的結局，她的自殺未成，喚回了陳青，也換得美好幸福的可能。

當然，以上分析只是田原小說中人物的一部分，這些鮮活的人物形象，搭配他對於北方大地的場景書寫，成為這些具有懷鄉色彩作品，最動人的因素之一。

## 第二節　細緻的人物服飾與場景描繪

就如前文所述，田原介紹自己創作經歷時，時而強調《紅樓夢》是最喜歡的文學作品之一，自己的創作也受到《紅樓夢》影響。

然觀察田原的相關作品與《紅樓夢》之間，在題材上卻有很大的差距。《紅樓夢》以滿清時代貴族家庭內的人、事、物，為主要描寫對象，世家大族的興衰，家族內人員的勾心鬥角、男女之間的私情等等，是其中主要的素材。《紅樓夢》主要的情節，不出賈家大宅之外，且誠如作品一開頭就呈示賈寶玉討厭充滿濁氣的男生，就只喜歡見了讓人清爽的女生，在風格上，柔化、細膩之感隨處可尋，這與田原擅長的，描述壯闊的北國風景、灰色地帶草莽人物的江湖義氣，及市井小人物，以及各樣人物紛呈的雜語等等，這種粗獷、質樸的「鄉土」題材與文風，實是差異極大。

但田原會這樣介紹自己受《紅樓夢》深刻的影響，並非沒有道理，《紅樓夢》中，透過人物服飾、言語、動作，及環境空間的佈置、擺設，甚或飲食等細描，做為呈現人物身分性格、呼應情節發展的手段，是在這貴族世家興衰、男女私情之情節之外，最讓人注目的地方，而許多研究者對於《紅樓夢》這樣細描的敘述，早也有許多豐富的成果。就以《紅樓夢》所描繪的服飾而言，除了文字所構成的形象之美外，如趙菲所言，他認為這些服飾的描寫，透過象徵、暗示的手法，在作品中有著，對於人物身分地的象徵、表現人物性格與心理的外化、情節與人物命運的暗示等作用。（趙菲，2012：144-146）

觀察田原的作品，我們也可以發現，田原同樣擅長對人物服飾、場景，甚或飲食等的細描，藉以表現人物身分、性格，甚而呼應情節的發展，這顯然是他受到《紅樓夢》影響之處，在他一向擅長粗獷題材與文字風格中，特別顯得突出讓人注目。穆雨曾評田原作品「粗中有細」，然他所謂的粗中有細主要指田原題材的選擇，既有壯闊、粗獷的題材，也有諸如《男子漢》、《感情的風暴》、《霧》等作品，有著對於男女情愛等的纖細敘寫。然觀察田原作品，這種「細」還表現在對於人物服飾、場景等細緻的描寫，這也是他寫作上的藝術特色，且成為表現人物性格、情節發展的重要工具。

對於《松花江畔》，有評論者認為人物描述的成功，是這部作品最值得稱道之處，且還說：「尤其在人物衣著方面特別講究，不但合乎身分，也合乎當時的時尚」（陳蔚青，1986：11 版）。然如細讀田原相關作品，更可以發現不只《松花江畔》，從他創作早期的作品中，就可以發現田原早已使用此一細描手段，做為他塑造人物的工具。以田原早期的長篇作品，出版於 1962 年的《感情的風暴》即是很好的例子，其中對於蓁榮等人的描述，即充滿了對於人物服飾、空間佈置的細描，且成為他藝術表現的工具。

《感情的風暴》的時空設定在 1949 年前後，場景設定在大陸與台灣間，大時代的變遷，使得蓁榮和陳青之間經歷了相戀、分隔、重逢、誤會、重合的過程。其中蓁榮的人物塑造，尤其讓人注目。

蓁榮一出場，就以活潑的形象出現，然她卻是一位丈夫剛殉職於戰場，年紀僅僅 19 歲的寡婦，外型亮麗的她，不因為喪夫新寡的身分，反而更吸引一群單身漢的注目與追求。田原以多變的服飾，充分的展現她活潑的個性與家世。

首先出現對於她服飾的描述，是出現在陳青一個人在酒店喝悶酒時，活潑大方的她身著「白底小紅花旗袍」，明亮、鮮麗的出現在他眼前。這也是她和陳青有進一步交往的起始點，原先對她身為新寡婦，卻依然活潑不羈的行為頗有微詞的陳青，開始有進一步交往，視角從而也注意到她的服減飾上。作品同時還細述她宿舍的佈置：

> 這一所長方形的單身女人宿舍，……，佈置非常幽雅，但窗簾，落地燈罩，都是大紅顏色，分外熱烈刺眼，使其他的幽靜破壞無疑，我想這也許是她的人生縮影。（田原，1962：78）

大紅色的家飾，突出於房間中，從而再次呼應她的個性。她並不是不為丈夫的死而悲傷，而是因為她身為父母親的獨女，不能將自己所遭受到的痛苦再轉嫁給他們，且她還得繼續活下去，又怕孤獨，所以用這樣外放的行為來排解自己內心的哀傷。

陳青從而有機會來到她家，認識到她的家人。陳青初次到侯家，就以他的視角，描述出侯家的佈置：

地上舖了萬字圖案的厚地毯，牆壁是奶油色，沒過多的陳設，而是在壁爐前，很自然的擺了四張大沙發，和宮燈型的大坐燈。壁爐上面，一副海濱落日的大油畫，壯闊的大海，半輪紅日，映得海浪由大紅、金紅、淡黃一層層的成了金紫，而歸於碧藍。（田原，1962：91）

這也充分顯現侯家富裕的家世與良好的教養。陳青的視角，同時也描繪了蓁榮的母親：

我回頭看見一位五十餘歲婦人，穿了黑色湘雲紗旗袍，黑緞繡黃色花朵的緞鞋，手拿了一個白絹小團扇，團團的臉，佈滿慈祥，我知道一定是蓁榮的母親，忙站起來。（田原，1962：91）

也把這一位舉止高雅、態度慈祥的婦人形態，充分表現出來。

蓁榮並非真的對於丈夫的死無動於衷，當丈夫的傳令兵從匪區逃出，來到家中，將當時殉職的細節告訴蓁榮時，她把自己關在房間哭了一天。陳青到她家中安慰她，看到的是：

她將燈開了，她穿了一脈黑光繡著大紅花的晨縷，長髮披肩，看起來另具一種風姿，介乎仙女與女巫之間，她的眼兒已哭得紅腫了。（田原，1962：109）

黑色底的服飾，直接表現她這時的心情。這也是陳青第一次到她的臥室，兩人的關係顯然又更進一步，作品中還描述了她臥房裡的擺設：

牆壁漆成黃綠色，仍是紅絨窗幔，充滿了青春和火熱的氣氛。在壁上斜形的掛了兩張照片，一是她單身學生裝的，一是他與趙偉強的結婚照。在窗下，擺了一張全金色的梳妝台，梳化椅是厚厚的黃緞繡花的坐墊，寬大的而低矮的席夢思床，湖色的床單，粉紅色的厚絨毯，整個房中找不出一點白的顏色，但所有的色彩，都充滿了火熱與華貴。（田原，1962：109）

在哭泣的身影中，從她房裡大紅色底的佈置來看，依然是位年輕、活潑的女性樣貌，她也沒有打算將自己壓抑的準備。陳青好不容易說服她到外面散步，這時她換了衣服：「她換了一件黑色絨旗袍，在外披了一件黑色大衣」。（田原，1962：110）純黑的服飾，也顯現當下的心情。

隨著兩人感情的進展，蓁榮甚而還幫陳青過生日，當天的穿著更是鮮麗，儼然是女主人的身分：「蓁榮著大紅西裙，一串白色珠項鍊，顯得華貴高雅」，（田原，1962：113）同樣也很喜歡陳青的侯家兩老，也盛裝出席，田原將他們塑造得端莊穩重：

> 先生與老太太都參加這次的宴會，老先生並慎重其事的穿起長袍馬褂，中式的禮服，一掃過去的威嚴，分向每位來賓敬酒。老太太穿的是醬色團花的綢綿袍，在鬢上特別插了一朵紅色的小絨花，慈祥的微笑著。（田原，1962：114）

這樣的穿著除了表示對陳青的看重外，更符合他們的年齡和家世身分。

　　蓁榮心態的轉變，田原也是透過服飾形象做為一種轉喻（metonymy）式毗鄰性的書寫。田原並不完全喜歡她如此活潑、新潮的性格，在他要往南京受訓時，還如說教般，向她說了三點看法，其中第三點：「女孩子愛打扮是天性，過於的奇裝異服了，就顯得有點不莊重，尤其在本市，雖然是世界性的港都，但民風仍很樸實受西風歐雨的影響並不深」（田原，1962：122），直接明示對她個性和穿著上的意見。喜歡陳青的她，顯然「女為悅己者容」做出改變，當陳青從南方受訓回來之後，看到的蓁榮是這樣的形象：

> 過去燙的如波浪起伏的長髮，現在結成兩條黑油油的大辮，面龐消瘦，微顯蒼白，沒有施一點脂粉，穿了一件藍布旗袍，一身樸實無華，一絡留海髮歪在一邊，似是在床上休憩剛起。（田原，1962：126）

這樣的形象，和前述的活潑的裝扮，實有很大的差異，也代表她的改變。

　　兩人因戰亂而失散，再因勞軍活動而重逢：「一位穿著淡綠繡白梅花旗袍的歌星立在台中」（田原，1962：154），這時的蓁榮已是台灣的紅歌星「浮雲」。數年不見，更為成熟的她，做為一位舞臺上的歌星，她的穿著更是多變、新潮，就如當陳青來台休假時，蓁榮出現在機場接他時：

> 下來的是一位穿了淡藍色瘦窄綢質長褲，淡藍色琵襟短衫，馬尾型的長髮束一條淡藍色絲巾，戴了副金邊的太陽眼鏡。（田原，1962：192）

而從她住屋的佈置，也反映她的轉變，新潮不失典雅的佈置，加上數幅意境清遠的貼畫，成為她客廳的主體：

> 走進客廳，地板刷得晶亮，正面是藍色的三人沙發，對面的一對單人沙發，當中是兩層調色版式的茶几，一盞湘竹綠罩的落地燈，燈旁是電唱機，唱機上面放著長頸碧色花瓶插了一束櫻花，牆上掛了四幅剪貼西畫，一幅「海上揚帆」，一幅「茂林」，一幅「綠野教堂」，一幅「雪夜行車」我愛後的一幅，遠村被雪遍蓋，大地一片白色。唯有公路上一盞淡黃的路燈，映著車夫與馬車，印在雪地上孤寂的影子。（田原，1962：196）

同時她臥房的佈置，也從在青島時期，做為一位活潑、大膽的年輕寡婦時的大紅色調，一改為粉色調，熱情雖已消退，但依然保有女性的綺麗：

> 房間僅有六個塌塌米大小，放了一張單人沙發床，粉紅色的床單，粉紅色的棉被與毛巾被，一雙枕頭也是粉紅的，床頭櫃上，古花瓶式的抬燈裝了粉紅燈罩，長窗上掛著的粉紅色窗簾，（田原，1962：202）

私密臥室的粉紅色調，似乎也暗示這位女主人公對於愛情的渴望與想像。的確，田原也設計了蓁榮和陳青兩人舊情續燃，更透過陳青的視角，呈現蓁榮的魅力：「她換了一身白緞胸前絨藍花的睡衣，睡衣的腰帶，束得緊緊的，更顯得纖腰一握，和胸部豐滿」。（田原，1962：192）陳青原因為胡品清，這位先前曾經緊追蓁榮的好友的死，讓他不能完全接受蓁榮的情，這時他也釋然了，全心接受她，而這時的蓁榮更是一改在舞臺上的濃妝形象，全然是一位沉醉在愛情中的女人形象：

> 蓁榮像一朵綻放的鮮花站在那裡，鵝黃色西式的衣裙，臉上仍沒有半點脂粉，嘴上塗了一層薄薄的唇膏，（田原，1962：207）

兩人一起到中南部遊玩時，田原更有這樣的形象設計：

> 一會出走來，深藍色緊瘦西褲，白紅相間的粗線茄克，裡面是藍薄絨線衣，掛了一串白色項練，藍色寶石耳環，頭上藍綢頭巾，藍色的太空鞋，完全是一付野外旅行打扮，顯得俏麗活潑，像正在讀書的女孩子，給人的印象，是清新無比。（田原，1962：227）

清麗、愉悅之感,全由這些服飾上表現出來,重拾愛情的她,讓人看來無比快樂。在愛情穩固之後,更是一幅安然、恬適的模樣,就如作品中所說的,「一派主婦模樣」:

> 今天蓁榮穿了件黑藍相間旗袍,藍緞繡白花緞鞋,另用一條緞帶,將長髮鬆鬆拴著,一派主婦樣兒。(田原,1962:245)

這些主人公的服飾當然也都是田原幫他們「穿」上的,居家擺設也是他佈置的。單以蓁榮的服飾來看,不僅在在形式上細描——旗袍、西式裙裝、長短衫、褲裝、襖、襪等,還有各種顏色、花飾、材質——毛、緞、綢、絨、紗、棉等,加上各種鞋類、佩飾、髮型,更重要的,且透過這些服飾、佈置的書寫,成為塑造人物個性,表達情境轉變的工具,呼應了情節的發展,更讓人印象深刻。田原細描的功夫,從而使得作品更富表現力,從《感情的風暴》這一部作品,即可見之。

這種表現方式,在其他作品中也是可以看到。就如在以幾位行走於灰色地帶,充滿許多英雄行徑人物敘述的《古道斜陽》中,對於人物服飾等的細描,也是田原據以呈現人物身分、性格的工具。就如馬玉倒臥路旁被救,醒來看到這一群人時:

> 一個個面無笑容,有的包了紫花布包頭、青布包頭、腰間都帶了短傢伙。兩臂抱在胸前,在火堆後面,有位粗壯的老年人坐在正中,寸許長的全腮鬍子,獅子鼻,發光的一雙圓。眉毛濃得幾乎連在一起,戴了頂破禮帽,帽沿被風吹雨淋,向下塌著,穿的粗布短長褲。(田原,1971a:26-27)

這樣的描述,全把這一群人的不羈的性格——「江湖」氣全表現出來。

而玉蓮這一位作品中,做為一位名聲不好的寡婦,透過崔三眼的視角所呈現的樣貌:

> 這次可真看清了,鄉下人做衣服,不時興剪出腰身,但那件單薄的竹布掛子,映著日影兒,顯得腰真細,大概有一握。在腰的上端,已開脫了少女的束縛,除了束胸,不再強力硬壓得扁平,而是任性的發展,高聳得幾乎突破那薄衫,一動還顫顫巍巍地。臉兒是標準的瓜子型,正用細

小的牙齒咬著下嘴唇，裝著挑花線，梳得整整齊齊的元寶髻，在髮角插了一朵白色的小絨花。非得說明她的身分，是已出嫁的女人，帶考正增添了幾份俏。（田原，1971a：97-98）

從她的服飾，進而帶出她的身型體態，再描繪出他的髮型、佩飾，呈現出寡婦的身分，又透過崔三眼這位無賴的視角，也注定玉蓮絕非是一位傳統道德觀下的寡婦。

而崔三眼這位壞事做盡好色又無賴的他，他所穿的服飾，也反映了他的性格：

他經常穿了一身發光的綢子衣服，掛子長長的蓋在屁股以下。褲管卻很寬，紮了腿帶，活像個大年夜掛在院中的大燈籠！白洋線襪子，雙樑千層底鞋，油頭，臉上擦了香噴噴的雪花膏，（田原，1971a：96）

這樣的服飾，表現了他流裡流氣的樣子，也無怪乎自己會死在自己好色的個性上。

作品中馬玉和黃毓棠，為了追查崔三眼的下落，來到周姓一家富戶中，周家還幫他們倆換裝，所謂「人靠衣裝」，兩人透過服飾的改變，轉換成一對商人與學徒的模樣，來到崔三眼時常出沒的地方。經過這樣的裝扮，一改原先浪跡天涯、不拘小節的外表，田原在作品中從頭至腳，幫他們裝扮：

馬玉是灰色大禮帽，黑色哈達呢夾袍，藍色綢袍罩，外面是真貢呢馬掛，小口袋與衣扣間有條粗金錶鍊，掛著金殼的打簧錶，雪白的袖口翻在外面三寸多，下面線春長褲，白洋線襪，禮服呢皮底便鞋，黑絲腿帶結成蝴蝶結。（田原，1971a：263）

這樣的裝扮使馬玉變成一位有錢的小開、大掌櫃，而：

張毓棠是一襲青布夾袍，外面陰丹士林大褂，黑色洋布褲，白布襪，小圓口千層鞋底，老老實實紮了兩寸多寬的腿帶；推了小平頭，戴的是紅頂瓜皮帽，特別選了個帽殼深些的，照樣將手槍放在裡面。張毓堂這身穿著加上黑油油的一張健康臉，顯得像個忠實、年輕的小學徒。（田原，1971a：263）

兩人從外形粗獷的化外之徒，瞬時變成財富、教養均備的小商人，再加上馬玉會說日本話，竟也能在日本佔領區中坐頭等車廂，得到不受盤查的禮遇。

　　玉蓮在與毓棠相遇後，自此決定離開魏家，也收斂自己過往的行為，將心全放在受傷的毓棠上，從她要去趕集時服飾上，也看到一身樸素、深色底的裝扮，這也表示玉蓮的決心：

> 她忙著梳好了頭，換了一身華絲葛短襖褲，紮了黑絲窄腿帶，白洋線襪，藍緞繡花布底鞋，雖然一切停當了，她還是站在鏡子前面，前後左右照個遍，仍不放心，又用尖尖的手指，輕輕的按了按腦後的小圓髻。（田原，1971a：590）

而接受玉蓮照顧的毓棠，也一改過去不羈、行走江湖時的裝扮，成為一個穩重的男人：

> 黑色的長袍，黑色的棉褲，黑色的腿帶，雪白的襪子，雪白的千層鞋底的禮服呢鞋，（田原，1971a：590）

而在過年夜，兩人的關係、感情，更進一步，毓棠且從先前的壓抑釋放出來，他也決定接受這一份情愛。這時新年的、自己的喜氣，也從服飾裡反映出來：

> 張毓棠在門口看了一陣子熱鬧，才掩上大門回到自己房裡，一看炕上擺了整齊齊一疊新衣服。黑直貢呢面棉袍，藍色閃光緞袍罩，黑色哺花馬褂，黑色的綿春棉褲，紫腿帶，白羊毛襪，（田原，1971a：599）

端莊的傳統家居服裝，更讓人有著安定感，這也是浪蕩江湖的張毓棠心裡的另一種渴望。而玉蓮的穿戴，同樣充滿喜氣：

> 現在她穿了一身紫緞緊身襖褲，紫色穿在別的女人身上，充滿了俗氣；在玉蓮身上，卻顯得高雅和襯出皮膚的細緻與嫩白。
> 她的頭髮重新梳理過，又黑又亮又妥貼，在小髻上還插了朵紅絨小花。微鬆的兩鬢髮絲，將耳朵遮了一半。帶了長長的銀耳墜，搖搖擺擺輕輕的碰著粉紅色的面頰，既輕盈，又活潑，活像清明節的鞦韆架。……

> 她先坐在床沿，慢慢彎起腿，脫去腳上紅面繡著大金鳳凰的花鞋。（田原，1971a：603）

而這也是這一部作品中，最讓人感受到幸福的片段，只可惜的是，這種安適感，終不能制住毓棠躍動的心與對於兄弟的義氣，當他知道熊坤等一群兄弟，被圍困於大王寨時，他堅決趕去赴險，最終同死於此。

除了這幾個主要人物的服飾外，作品中還對到茶園裡唱書的小黑驢等人的服飾及神態有著傳神的描寫，就如對於「大西廂」中，旁邊接腔的小紅娘的丑角神韻：

> 小紅娘四十來歲，剃了個青蘿蔔頭，一臉的大黑麻子，穿了黑夾袍，腰中束著條大紅巾，正學小丫鬟扭扭捏捏，漫聲相應對答。（田原，1971a：299）

或者如對於唱「小寡婦上墳」的小黑驢：

> 她穿了陰丹士林長袍，白洋線襪，繡花平底鞋。旗袍的脅下，掖了條粉紅色的小汗巾，手持檀板。
> 等弦子過門拉完，她又輕輕彎腰，稍微寬大的旗袍並沒有埋沒了她苗條的好身段，豐滿的胸脯，窄窄的腰身，在起伏之間都展現出來。（田原，1971a：301）

這種敘述生動傳遞了被描述的身分、體態，這也是田原書寫的特色之一。

而在《松花江畔》中，屢屢透過拴柱的視角，呈現闖關東各色人的樣貌，其中對於服飾的描寫，也是重點。他做為一位純樸農民的形象，也從衣服中看得出來了：「老藍布棉褲，黑棉布襖，已經很舊了，但沒有補綻」（田原，1986b：15），這也是他唯一一套整齊的衣服，為了出門才穿。當然關東的冷，屢屢出現在敘述中，關東冬衣的樣貌就成為表現這種冷冽的工具，這時而出現，如：

> 兩個男人戴上狗皮耳護四塊瓦棉帽，穿上大棉袍，繫上布紮腰。腳上是厚氈襪外包烏拉草，草外又是用一層青布包紮後，穿進烏拉靴裡，再抽緊牛皮帶子和紮了短裹腿。（田原，1986b：631）

這種從頭上帽，到身上的袍以至腳上的鞋，無不呈現這種氣候的冷冽。

而在表現人物上，另他初到長春寄住在王家時，這家原本貧窮，靠著王本齡在長春從小在俄羅斯人開的麵包店當學徒開始，有個工作，才略有好轉，王本齡拘謹、節儉的個性，就表現在他的穿著上：

> 看進來的這個人，同王老太太差不多，身材粗矮，著了一件褪色的布面老羊皮大衣，黑棉褲，一雙大氈靴，靴底用牛皮補過，沾了不少灰垢，整個身型，加上又厚重又笨重的衣服，粗腫像得像口大水缸。（田原，1986b：79）

在王家借住時，來了個客人少麟和她太太，他自己開工廠，專門和外國人做生意，是個精明的商人，也是一幅城裡人的模樣，且看從拴柱的眼中，他們的形態：

> 棉布門簾一掀，進來兩個人，拴柱子覺得眼前一亮，走在前面的是位二十多歲的少婦，穿了水獺皮領大衣，帶了桶形長毛帽，臉兒口中泛紅，眉描得又細又長，眼睛不大卻黑眼珠多，白眼珠少，顯得很靈活。臉龐已經夠白夠紅的了，兩腮卻塗上杏黃色的胭脂，掀動著小巧嫣紅的嘴巴……。
> ……這時少婦也脫去大衣，裡面是閃緞旗袍。（田原，1986b：79）

貴氣的服飾與細緻的妝扮，充分顯現她的身分。而對於少麟這位商人：

> 隨在她身後，是個中年男人，穿了大衣，脫去大衣，裡面是厚呢料西裝。團團的臉上，戴了金絲眼鏡，一手提了黑漆烏亮的大皮包，一手拿上鑲著銀手把的司蒂克。（田原，1986b：79）

是一典型城市商人的模樣，身分與氣質已隨這些服飾描述展現出來。他來王家，想向王本齡遊說要他接手他手中的乳牛，但被王本齡乾脆的拒絕：「因為交情夠，我才不要。」碰上釘子，也不再多留王家，馬上找個藉口離開王家，這種市儈模樣表現無遺。

拴柱到了前郭旗後，寄住在鴻記煎餅舖，大妮是老闆娘唯一的女兒，雖是生意人，但仍是質樸的農民個性，拴柱第一次看到她時：「大妮藍布棉袍下面，露出一截著了衛生褲，褲外套了紅毛線襪子，繡花棉鞋，可能天天圍著鍋台轉，繡花棉鞋上一層油垢」（田原，1986b：107），簡樸的服飾，加上如畫龍點睛般的「一層油垢」，將她的身分

表現出來，也暗示了她工作的勤奮；當她要和拴柱到扶餘辦年貨時，她穿著：「紫色閃光緞袍，再穿上爹在世買的那件黑呢皮領子大衣，腳上是半高翻毛口皮靴」（田原，1986b：124），做為一位年輕女孩，她依然是愛美的，但如此「盛裝」，依然是樸質的樣貌。作品中還透過對闖關東發家有成的劉家人物服飾的描寫，隱喻了關東的富饒，就如拴柱在到達前郭旗，透過他的視角，描繪出劉太太與少奶奶的服飾與神態：

> 這時劉太太從裡面迎出來，從面跟了四位少奶奶，分別穿了黃鼠狼、樺鼠子、銀鼠子、玄孤各型各色名貴大衣，兩手插在同樣毛貨的「手籠」裡。只看見一片黃黑色、灰色，發亮的皮貨，雪花兒落上去都不沾。（田原，1986b：158）

高價值的皮貨，傳達了這家人富裕的資訊。

作品中的王家少婦，是丈夫剛過世半年多的新寡，然當拴柱送來「小豆腐」時，對她又有這樣的描述：

> 門兒開了，拴柱時看到一位二十郎當歲的少婦，穿了銀鼠坎肩，藍緞子棉襖，黑腿帶白毛線襪，藍色繡花鞋外面套了雙大氈窩。
> 頭髮光滑黑亮，梳了個元寶髻，臉兒白中透紅，如同熟透的蘋果。耳朵上戴了小長串的銀墜子，搖晃著，顯得非常俏。（田原，1986b：142）

風情外露的她，也預示了她這個寡是守不下了。果不其然，就在一個王家族人婚禮的夜裡，被王二虎發現她暗結珠胎所產生的體態變化，而後和李黑子兩人被王家族人捉姦成雙。當然做為另一個事主的李黑子，是玉合順糧棧的三掌櫃，從他的穿著也可以看到他的身分，也與作品中一些底層人物明顯不同，就如他到車店拜年時的穿著：「李黑子脫去土耳其帽，又脫去去獺皮領，狐狸脊子火紅色的大氅，裡面是直貢呢馬褂。藍緞圍花絲棉袍。」（田原，1986b：153）

在作品中具傳奇性格的大青龍與小白蛇，同樣也是由拴柱的視角帶出場，他們在火車上偶遇，小白蛇男裝俐落的英姿出現在拴柱眼前：

> 坐在對面隔間是在前一站上車的年輕人，戴了貂皮帽，狐狸大氅，雪亮的長筒馬靴，混身顯得很輕巧靈活，不像門口那個老頭兒那麼臃腫。

> 年輕人帽子戴得很低,耳扇遮起大半個臉,也看不見眉毛,嘴上戴了口罩,只露一雙眼。(田原,1986b:90-91)

如此英姿,也讓她混跡男人堆中,卻也能讓這群男人折服,合理了許多。拴柱且還看到他手指還戴了個玉石板指,皮膚嫩薄,就男人而言過於纖巧,實也對於她女性身分的暗示。

而豪氣的大青龍,比較慢上車的他,則顯然又是另一種模樣,

> 雪花拍去了,拴柱子看清他穿了件又髒又破的老羊襖,圍了醬紫色破舊毛線圍脖。黑棉褲,棉花用得太多,粗得像兩條裝了高粱米的口袋,小腿上裹了灰氈綁腿,著了革烏鞋。那雙牛皮縫製而成方不方圓不圓的革烏鞋外面,沾滿了雪也沾滿了污垢。(田原,1986b:90-91)

粗獷的衣著,和小白蛇清爽俐落適成對比,暗示一粗率一精明的個性,也共同形成他們傳奇行為的一部分。

而小白蛇的服飾,在作品有數次的變化,除了上文所呈現的英姿煥發的男裝外,其他時間出現,無也不表現出她冷酷的個性,與在一個男人土匪堆裡打滾的能力。當她教訓因做為大青龍的守護,卻迷糊睡著的幫裡老三時,她是如此穿著的:

> 二當家的穿了一身黑,窄窄的黑棉襖,黑夾褲,窄腿帶白襪子薄底小圓口鞋,戴了頂氈帽,提著馬鞭子。(田原,1986b:266)

男性化的裝扮,加上一身黑,冷酷、嚴厲的樣貌,讓這位老三挨她一巴掌時,立刻頭腦清醒,滿臉羞愧。而在與賀三成等,互相交換王二虎與油輾子時,一副帥氣、嚴整當家的氣勢:

> 她沒有穿「民裝」,而是戴了格子布鴨舌帽,穿短大氅,對襟黑綢褂,古銅色呢子馬褲,雪亮的長統馬靴,脖子上圍著黃絲綢圍巾,看樣兒乾乾淨淨沒帶傢伙。(田原,1986b:511)

俐落的裝扮,成為這次行動最好的陪襯。這使得原先帶卑瑣心態看著她的賀三成,隨後她一句:「這筆賬就結到這裡,另外的另外算」(田原,1986b:520),竟成賀三成日後的夢魘。

就如前文所述,《青紗帳起》中全是一些處於灰色地帶中的「非英雄」人物:「就這樣,把這些拉桿子失敗了的,吸大煙被通緝的,偷雞摸狗在家鄉蹲不住的破銅爛鐵,全收容了來」(田原,1971d:129),而這種民不民、軍不軍、匪不匪的模樣,也充分表現在他們的穿著上:

> 這個節令,大早起來,年紀大些的,多是一件「橛臀子」小棉襖,藍色夾褲,年輕的,短短的黑布褂子和夾褲。但這些游擊隊,大部分穿了黑洋布夾褂子,褂子的長度到屁股以下,做得窄窄瘦瘦。前面的密排扣,沒有二十也有十七八。下面卻是大腳褲,白洋布襪,紮了窄腿帶,千層底薄鞋,帶了鞋絆子。(田原,1971d:384)

如果是軍的話,該有個嚴整的制服,但卻各色各樣;是匪的話,該是那種不修邊幅的粗獷氣,但卻又學軍人去綁腿;是民的話,為了勞動,應是粗衣短褐,但卻又是窄瘦的褂子,搭大腳褲等等,這樣混雜的服飾,適也說明這些游移於灰色地帶的游擊隊性質。

這其中,穿著比較像一回事,是這群的首領老白毛,但他初出現在作品,一身:「黃綢褲褂,小圓口皮底鞋,狹長的臉上戴了墨鏡,雪白的頭髮理成小平頭」,全無所謂「英雄」氣概,反像是個鄉間的暴發戶,土匪出身的他,也想學軍官的派頭,就在自己的壽宴上,似乎是盛裝出現,但:

> 看得出來,軍裝是新做的,四個疊縫吊袋,前襟長後背短,露出屁股一大塊,黑色的武裝帶和小佩劍,大耳朵馬褲,賊亮的黃色長筒馬靴,走路後跟提不起來,馬刺拖得唏哩嘩啦響。
> 他那沾滿了煙膏的雙手,帶了白色手套,軍帽卻交給傅長喜拿著,沒戴在頭上。雪白的髮絲,因為理成小平頭的關係,顯得年輕了一大截子。老白毛穿軍裝又沒有披小褂,撒拉著鞋方便。致使一雙手,這裡摸摸、那裡挖挖,不知道自然下垂好,還是交叉抱著肚皮得體。(田原,1971d:210-211)

軍服本應服貼,才顯得英姿勃發,但不合身的軍服,加上老白毛初老的形象、走路拖鞋跨等並非俐落的動作,且平時又沒軍人嚴整的習慣,整個裝扮就是讓人看得不對,但這也讓他得意忘形的模樣充分表現出來,也為壽宴後自己的悲劇寫下序文。

而從一位農民一轉而成為司令的長喜，田原也從服飾來說明他的純樸，並沒有因為當了「司令」，而成為一個浮誇重排場的小軍閥樣：

他偷偷溜了長喜一眼，一身破夾襖褲，肩頭上、拐叉上四塊大補綻，並沒有穿綢穿光，或者後面跟十幾個紮了九龍帶，揹了盒子砲的護兵。（田原，1971d：417）

除此之外，作品對於幾個次要人物的出場，均也透過服飾的細描，呈現他們的身分和性格。如傅東方的爹，一位標準農民形象的二禿子：「光禿禿的腦袋瓜，鼻子嘴都擠在一塊兒，生怕多佔了地方。赤著上身，藍布褲子破得只差屁服蛋兒沒露在外面。右手拿了半截扁擔，左手卻扯著一個孩子的耳朵」；（田原，1971d：7）而王仙之這位在村裡不事生產，且有著逢迎性格的小無賴，答應幫七嬸人打場，結果出現的衣服竟是：「淺藍洋布褲褂」，細長的手指，還夾著煙捲兒，顯然就不是一位苦幹的人；七嬸的女兒，正值天真美麗的年齡：「小桃兒一身月白色衣褲，還把頭髮梳成兩條辮兒，結了同色蝴蝶，垂在胸前，那才真的俏呢」（田原，1971d：54）；老白毛的妻子彭大娘，有著不輸男人的英氣，與爽朗的個性，在老白毛的壽宴，這種大喇喇的性格也表現在她的穿著上：「彭大娘的大蒜鼻子，數不清的黑斑，以及今晚一身刺眼的紫紅色衣裙，還有叮叮噹噹響個不停，戴在手腕上的金鐲子和玉石鐲子」（田原，1971d：211）；長喜投靠鹽警隊，首次抓到私鹽販子，將他領到師爺處處理時：「到了師爺住所的門前，看到兩個粉頭，穿了綠綢褲、紫光襖，外是寶石藍繡牡丹的長坎肩，家裡不蹲，偏偏坐在門口百子上。煞有介事的納鞋底，一個針腳，有山藥豆大，針腳與針腳間有寸把寬」，（田原，1971d：327）大綠、大紫的服飾，刺眼得有如她們做為姘頭的身分；壽宴裡唱小旦的：「艷福今天穿了蘭綢長衫，留了大背頭，頭上抹了生髮油，梳得光亮」（田原，1971d：202），而唱書的兩位閨女：「一高一矮，著了月白色洋布褲褂，梳了烏油油長辮，辮腳上拼了一大紅蝴蝶結，向這邊走來」（田原，1971d：203）；當私鹽販子，後來被長喜收留的，年輕的傻二蛋，「破小襖，藍粗布褲子」，也呈示出他貧窮，農民出身的身分；喜歡長喜的寡婦小二嫂，送了一套衣服給長喜：「一雙黑緞面千層底鞋，一套雙龍細布褲褂，鞋面薄，鞋底軟，活兒相

當細緻」（田原，1971d：283），這當然不是軍服，當也是希望長喜脫離這種打殺的日子，跟她一起過平實的日子，透過這身服飾表現出來。

當然，作品中各種武裝勢力是敘述的重點，同樣也由不同服飾、裝扮帶出他們的身分差異，就如王仙之第一次看到老白毛的手下時：「馬上坐了十五六歲的小孩子，戴著斗笠，穿了灰軍裝，揹著鬼頭刀，腰中插了一支二把匣子」，（田原，1971d：85）這也充分顯示出這一群搭幫的人，匪不匪、軍不軍的模樣，顯然與鹽警「紫花布制服」有所差異。這些勢力中，又以老白毛人、槍最多，但也引起附近其他勢力的眼紅，在他壽宴身旁的護兵，也可看到他這樣的「氣勢」：

> 護兵一律都穿黑色褲褂，小掛子下襬長得搭拉到屁服蛋子下面。
> 每一位身上都是三大件，『馬牌子』或『衝鋒式』，上了『頂門火』。在九龍帶皮環子上面，還有點小零碎，一邊插了槍探條，一邊掛了把能制筷子又能開罐頭的洋刀子。（田原，1971d：210）

為生活所逼而做為私鹽販子的這一群人，也可以從服飾上看到他們生活的苦楚：

> 叫韓興堂的穿了夾褲，蹶臀子小棉襖，上面全是白白的城浮土。其餘的三位都是三十四五歲，滿頭風霜，棉襖上補綻落補綻。……。
> 站在門口一位拉著架式，準備溜的年紀輕輕，二十出頭，穿了件新布做的密扣小棉襖，一臉愁容，也一臉憨相。（田原，1971d：316）

而田原更透過對於日人形象的描繪，帶出他們嚴整的紀律：

> 看到一個戴了鋼絲邊眼鏡，穿了派絲西裝，白衣領翻在西裝領口外的日本人走在前面，身後跟了位黃軍服、尖帽、紅皮靴、跨刀的年輕日本軍官，仰頭挺胸脯，目空一切，腳下發出『跨——跨——跨——』很有節奏的聲音。（田原，1971d：325）

這也是一種隱喻，七拼八湊的游擊隊所面對的，竟是這樣有著嚴整素質的軍人，這也是兩國國力的差距，也難怪作品描述了長喜初見這些日人時，感到頭皮發麻。

充滿對於過往太平日子美好想像的《大地之歌》，這一部作品中的

人物，主要都是農民，樸實的樣狀也透過服飾表現出來，即使是天氣寒冷的早晨，也不過就是一件「羊皮袍子」外面紮上粗布腰紮就出門幹活。作品中最具有青春氣息的就是呂家菊菊，但依然儉樸：「菊菊進來了，新梳過的粗粗大大黑黑亮亮的辮子，一身合適的青底白印花布裌襖褲，撇著腿，白洋線襪子繡花鞋」，（田原，1978：229）而這也是這部作品中最「華麗」的服飾了。

而在《鐵樹》中，這部作品的時空，設定於新舊交雜的三〇年代，做為浪子的王春城，有著新式的派頭：「一身派立絲西裝、紅領結，皮鞋上沒有灰塵，走起路來腰桿兒筆直，甚至膝蓋很少打彎，完全是英國紳士風度」（田原，1984：15），然也是為了這種體面，而以自己的母親、自己的出身為恥。

當王大娘和桂香等送蜜寶到舞蹈班習舞，藉以培養她當舞女的本錢時，對於這位班主任有這樣的描述：

他留著長髮，脖子上圍了條粉紅色長巾，緊緊的套頭白衫，窄窄的棘子布西裝褲、雪亮的大皮鞋，鞋底薄的如同馬糞紙。
他先對王大娘一哈腰，手向後一甩，這不知是那國禮節，眼睛卻飄向蜜寶。王大娘一眼就看出他白眼珠多，黑眼珠少，眼眶成下三角型，是個色狼。（田原，1984：33）

這種浮誇的新式裝扮，田原明顯是沒好感的，這也與他作品中時而出現對於「現代」的警戒心是一致的，也透過對於服飾、言行的好惡表現出來。

被當搖錢樹來培養的蜜寶，她的美，也從服飾和動作看出來，就如她在跳舞時：「蜜寶著了荷色半月形下擺的短襖，湖色長裙，隨著圓舞曲的節拍，邁著輕盈的舞步，就像燕子擦過水面又穿入柳枝，那末活潑，那末巧嬌」（田原，1984：54），也無怪乎入行不久的她，迅速成為舞廳中的紅牌。

而做為蜜寶的英文、禮儀老師的吳溫蔚，在蜜寶的眼裡是一位正派人物，然當蜜寶到學校找他時，看到他正要出門：

吳老師穿了一套藏青色的新洋服，大分頭搽了不少油，蒼蠅在上面都站不住腳滾下來，皮鞋上除了遮灰布，露在外面的皮革烏黑賊亮，（田原，1984：102）

一副嚴整頗有派頭的樣，但實際上也預示這位「老師」，也是個虛有其表空心老倌，利用蜜寶對他的信任，還向她以投資生意的名義要錢，甚而還利用機會佔她便宜。

《鐵樹》的主要人物中，並沒有多少個正經人，主人公春城的母親曾經有過三段婚姻，最後一個王狗子，也不是什麼好人家，在春城小時的視角，是這樣一個的人：

——被稱王老大的王狗子，夏天蘭綢褲褂，冬天直貢呢，向不穿長衫，衣裳都是好料子，可是他不愛扣鈕釦，就是扣，也留下兩三個。
——他愛戴白色草帽和灰禮帽，進屋從不摘下來。（田原，1984：145）

他的確是個有錢人，母親也是因為錢和他在一起，然從他的衣著來看，雖然材質高等的綢料，卻不愛扣鈕扣，暗示他依然不是什麼正派人物。

而在《我是誰》這部具有諜戰色彩的作品，同樣也有不少利用服飾對於人物性格、身分的描述，及對於場所佈置的細描。就如作品主人公第一個工作，是在「齊魯日報」當記者，一身打扮頗有記者樣子：

不管怎樣，我總算有了職業，而且頭戴狐皮帽，灰圍巾，駝絨袍子，西裝呢褲，翻毛靴子，在衣襟上特別插了兩三枝鋼筆，和別了一枚小證章，表示咱是記者，無冕皇帝。（田原，1972：33）

這一身瀟灑樣，給後來和房東女兒，已嫁給一個啞子為妻的秀英，產生的一段戀情成為合理，他也因此被送入警局。原該被法律懲罰的他，竟被吸收為情報工作人員，南下受訓，而又被派到東北工作，再任記者。他成功接近父親在偽政府裡當高官的同事秦燕。他受邀到她家參加她盛大的生日宴會，他穿著：「藏青西服和大衣，配著新理過的頭髮，刮過的臉，雪白的衣領帶」，（田原，1972：119）也透過他的視角，帶出這位在偽政府內工作的秦祕書居室的豪華，也充分顯他的地位：

正廳是座俄式建築，處處顯得像俄國人那種粗糙與詩張，長長的高大月臺，兩面各有六個雕著花紋的電燈柱子，窺形的圓門內鋪著深黃色的地毯，進入廳內，裡面開了熱水汀，溫暖如春。兩旁都是高背沙發椅子，四週卻掛了不倫不類的中國字畫，與俄式建築極不協調。當中一盞豪華

的大吊燈,燈下長長的西餐檯,鋪了猩紅檯。兩盞古希臘式的燭架上面插了白色蠟燭,因未入夜,未曾點燃。(田原,1972:119)

這種不中不西的組合,也顯示當時東北局勢的複雜。

這部作品處處顯現情報工作的複雜與偽裝,就如在秦燕身邊的女傭巧雲:

很俏麗的小女傭走過來,著了深藍西裙,白圍巾,在背後打了一個大蝴蝶結。長長的頭髮,紮了兩條黑油油的大辮子。(田原,1972:120)

年輕、俏麗的她,竟也是中央埋伏在此的工作人員。而秦燕,在她生日宴會華麗的穿著:

她穿了深紫繡著白與玉花蕊的和服。深紫是難看的顏色,白與黃色在深紫上襯出來,極端的刺目,顯眼而不調和。可是穿在秦燕身上,便具有不調和的美,充分的展露出她的膚色白潤,(田原,1972:121)

身穿和服,她的政治傾向再明顯不過,同時她也不是一個單純的女記者,更是日本黑龍會下屬女特務。

這一部作品,一方面利用服飾塑造出俊男美女的形象,且在這些形象背後,各自隱藏另一身分。這是如本節所述,田原擅於利用服飾、場景的細描,呈現人物性格、情節氛圍的特色之展現,這種細描巧妙的融入在他多數作品粗獷的題材與文字風格裡,「粗中有細」不僅展現在題材、情節的選擇上,更表現在服飾、場景的細描上。

## 第三節　雜語紛呈——田原作品中的語言

語言使用的精采多變、人物口吻的模擬肖形,及大量俗語、隱語、黑話——亦即諸如鬍子、土匪等常使用「專業」行話等的採擷,是田原長篇作品最讓人關注的焦點,就如以下幾位評者的看法:

他能活脫脫的把那些語言,使用在那些人物的口中,紅鬍就是紅鬍、莊稼漢就是莊稼漢、地痞就是地痞,一張口,不必借助描寫,就知道說話的人是誰。(姜穆,1987a:45)

透過人物口中出現的大量俗語、歇後語等，也是引起閱讀趣味的重心：

> 作者在文中用了許多歇後語，雖然不免有些低俗，可是，假如把這些俚俗之語刪掉了，讀起來就不夠味了。（陳蔚青，1986：11 版）

而穆雨且在評論田原作品時，特別將田原擅長使用隱語、諧語、方言及以譯音外語的文字使用，以許多篇幅加以談論，並且視為田原作品最重要的特色之一。甚而論者在分析《古道斜陽》時，且說這部作品：「最可議論的是語言的使用，最突出的也是語言的使用了。這也是田原小說的特點，及他個人的長處」（金蕾，1971：656），則同樣說明了田原語言特色。

小說，尤其是長篇小說本來就是一種語言藝術，也是各種文類中，語言形式最為複雜的一種，就敘述的觀點來看，就可分成敘述者的語言、人物的語言；而就形式的觀點來看，以及文學的各種體式，諸如書信、詩歌、戲劇對話體，乃至各種成語、套語、俗語等均可以出現在小說中，再加上整體形成的藝術有機體，所構成作者的獨特風格等等，全都是小說語言藝術的一部分。

這就如俄國文論家巴赫金（Бахтинг, Михаил Михайлович, 1895-1975）所說的「雜語」，也是長篇小說最重要的藝術特色：「長篇小說作為一個整體，是一個多語體、雜語類和多聲部的現象」（巴赫金，1998：39），這也與其他文類的「修辭」有很大的不同，因此，長篇小說的「修辭」──語言的藝術特色，並不單建立在獨立的文字美感的呈現，而是服膺於長篇小說中不同語言層次，而各有不同的規律。且就如他所說，長篇小說的語言修辭，可以分成幾種類型：

（1）作者直接的文學敘述（包括所有各種各樣的類別）；
（2）對各種日常口語敘述的摹擬（故事體）；
（3）對各種半規範（筆語）日常敘述（書信、日記等）等的摹擬；
（4）各種規範的但非藝術性的作者話語（道德的和哲理的話語、科學論述、演講申說、民俗描寫、簡要通知等等）；
（5）主人公帶有修辭個性的話言。（巴赫金，1998：40）

而將這些不同類型的語言組成一個有機的統一體，這即是做為一位長篇小說作家最重要的地方。

本節即以田原的長篇小說的語言為討論對象，他作品中豐富多語現象，除了融入大量隱語、諧語、黑話，又有各種人物精采肖形的語言，從而在他作品中，形成雜語現象，並折射出田原個人語言使用特質，這成為田原作品顯著的特色。以下將從幾個方面來談：

## 一、模擬肖形的人物語言

前文已述及，飽滿且多樣的人物類型，是田原小說重要的特色，而這種特色的形成，除了有他對於各人物動作（action）──外部的、心理內部的入裡的描寫之外，田原對各類人物語言的傳神模擬，更是原因之一，這可以從他作品裡各人物的直接話語中，找到許多例子。

首先，在《古道斜陽》、《松花江畔》、《青紗帳起》中，諸多處於灰色地帶，及底層的下流人物，是田原著力甚深之處，而言如其人──他們的語言成為塑造形象、表現性格的重要工具。

就如在《古道斜陽》裡的黃振三，他的形象即是透過他的直接話語所形成。他早年也曾行走江湖，但如今老了，生活過得清苦，但還保有著倔強氣，他尤其反對姪子毓棠再去找寡婦玉蓮，更不願接受住在同寨的玉蓮資助，諸多話語一再顯示這個倔強、孤傲老人的模樣，當毓棠提到住在魏寨玉蓮時：

> 再說，老叔可惱。你在外面怎麼跑的？難道越跑越沒有出息？玉蓮那丫頭，兩年前追得你無處躲無處藏的黃花大閨女你不要，現在成了一盆爛髒洗腳水了，你卻跑去將就她，到底你的見識長到那裡去了？（田原，1971a：88）

他甚至說：「滾！滾！我不要聽，你進魏寨非從我門前走不可，我啥事不幹，就等著你，只要你邁向寨門洞，我就用扁擔敲碎你的膝蓋骨，我說幹就幹，別以為你爹死了，沒有人敢管你，不信就試試老叔的厲害。」（田原，1971a：92）當然，他當年行走於江湖熱情依舊在，他特別叮囑

毓棠等要解決崔三眼的事時，切不可在魏寨中，以免連累這些累世住在這裡的一群人，且為了解決魏家綁票的事，更顯現一股老當益壯的豪氣：

「毓棠，你回去同什麼老大熊坤說，我衝著你，憑著我這張老面皮，這樁子事我管了。不過你得說清楚，我不是為了巴結你們，更不是為了討王豐江那小子的好。我是我，我這輩不看誰的臉色，我這輩子不受誰的濟，你明白麼？」（田原，1971a：158）

而當他到周破鞋家，一探被綁的肉票情況，但卻發現為時已晚，回程時心情低落的他，還被墳堆絆倒，連串的髒話，也把他直爽的個性表露無遺：

「娘個 x 的，拖個啥勁，老子還有卅年大壽呢！」
……
「操他個小舅子的，怎能這麼弄呢，我要 x 死你姐姐那個小血 x……」
（田原，1971a：167）

當然，前文已述及做為一個寡婦的玉蓮，她大膽追求情愛的個性，甚至可以說是刁蠻，也從她的語言中清楚呈現出來，她絕不是一般道德規範中的寡婦，她會和崔三眼勾搭上，也並不讓人意外。就如她怨恨黃振三，對他和毓棠事的阻攔，她大膽的在毓棠前吐露：

「要是沒有這個老東西當初出來搗亂，我們早已在一塊。說句不怕臉紅的話，我也不必守寡，過這種人見人罵，不死不活，沒有指望的日子！」（田原，1971a：129）

他更批評毓棠的「膽小」：

「你是個男人啊，男子漢大丈夫，闖過江湖，見過世面，膽子小得像隻老鼠，這個也怕，那個也怕，甚至對那個黃土已埋了的半截死老頭子也怕，你害怕還有個完沒有？」（田原，1971a：129）

在文中更有她大量的直接話語，呈現出這樣一種形象，她認為他連一點長輩情義都沒有，兩人住在同寨，卻沒有正眼看過她一眼，更甭說是照顧，簡直是陌路人，根本不像是和她父親有拜把之交的長輩，甚而她說

出：「哼！他瞧不起我，我也犯不著看得起他，要是有一天他死了，姑奶奶要是給他買個棺材，我就不是人養的！」（田原，1971a：130）

此外，作品中也有一些游移於不同勢力間的人，或許只為了生存，就如投靠於日人底下，當個「和平軍」小軍官的賈太郎：「賈太郎是屬於特奇的一類，混身找不出一根硬骨頭兒。對日本人，對有勢的中國人都不得罪，活在夾縫裡，活在蝙蝠的族類裡」（田原，1971a：182），田原也讓他直接說話，呈現他卑屈猥瑣的模樣，尤其面對熊坤這群人時，更是如此。且看當熊坤一行人來到他「防區」時，他的語言：

「我算計著大爺也快要來了，其實您派位兄弟來打個招呼就行，何必親自出馬呢？」
⋯⋯。
「嘻，嘻，就是缺錢，我九十九個腦袋也不敢向大爺伸手，除非，除非，」
⋯⋯。
「大爺賞下來」（田原，1971a：182）

當熊坤要他打電話，引誘賈太郎出來時，認為茲事體大的他，搬出80歲的老娘來了：

「那怎麼行，大爺，不止你敲了我的飯碗，還帶著要了我的小命。他們一查是我打電話相約，我全完了，我那八十歲的老娘也得活活餓死。我是個孝子啊，你是江湖上有名的舵把子，總不能存心逼我走這條路，大爺，我求您。」（田原，1971a：185）

擅長描述三教九流人物的田原，更是透過賈太郎與中隊長的電話對話，呈現這些兵油子形象：

「我想，我想請貴隊的崔分隊長講話。」
「有啥好事？」
⋯⋯。
「在賢明的隊座面前，我也不敢說假話。我們這裡有賭局，挺大的，並且還信陽州來的妞兒，水玲玲的好得很。」
「只找他，不約我啊，操你奶奶，明天我同你隊長三麻子一說，不撤你

小子職,查你的辦才有鬼呢!」
「隊座,何必呢,我不是不想請,是搭不上頭,你是大尉中隊長,我是小少尉分隊長差一大截子呢!」
「哈!哈!哈!」……「小賈,你的嘴定是狗幾巴蜜做的,說的話,使人聽了舒服。請你放寬心,我不會找你麻煩,誰要是找就是狗娘養的。不過,崔三眼已經離隊了。」(田原,1971a:187)

流暢、淋漓的語言,把這些兵油子的口吻完全再現。

這部作品,除了以上所舉的人物外,其他諸如商舖掌櫃的見多識廣、小生意人的錙銖必較、市井無賴的粗鄙猥瑣,無不對他們的語言有傳神的模擬,且同樣在其他作品中可以看到。

在《松花江畔》中,幾位讓人印象深刻的人物,語言更是直接呈現他們性格最好的手段。就如王二虎這位充滿義氣、直爽,也肯照顧人的車店老闆,在作品中以和店內雇員、學徒聚賭時的滿口髒話,做為他的初登場,他表情嚴肅,但和他賭的人卻高興無比,他是故意輸給這些人的且故做樣子,這些髒話一方面顯示他的直爽與一激即起的脾氣,更顯示他與同是一群出賣勞力的下層人物中的親和性和領袖性。就如當趙宗之要和向僱車時他說:

「你要僱,就沒空。」
……
「你笑啥,你就那麼看不起人,在咱老家牲口大車不都隨便借。老趙頭,你是不是有幾毛錢燒的睏不著。」(田原,1986b:151)

要「僱」不成,還得加上訓詞,免費借倒可以,這也成為他個性的代表。當他知道同是土家的大玉的寡婦,偷人且珠胎暗結,更是氣結:

「為啥!為啥!」
……。
「為啥在我腳底下,都看不清楚,難道瞎了一雙狗眼,x他的祖奶奶的!」(田原,1986b:171)

二馬虎回話,正當氣頭的他,回過去又是一句:「你娘的耳朵塞了狗毛啦!」(田原,1986b:171),回到車店,做為在關東王姓族人族長身

分的他，更在族人面前，成串髒話，是顯示他的怒氣，然也表現了他來自底層的性格。

大青龍因遭暗槍受傷，前來車店養傷，幫裡的老三，處處小心，但他依然豪長的說：「……。不過，還那句老詞：在我王二虎眼皮底下，沒有人敢！」（田原，1986b：192）甚而當這位老三過份小心時，他甚至對人見人怕害怕的鬍子，直批一頓：

「老三，你這是幹啥？嗯，你以為這樣就平安無事，我看你越提三防四的才會真碰到鬼。」
……
「你把我當成什麼人？」
……
「我雖不是『道上』的，江湖義氣卻懂得，你們大當家的和我有廿年的交情，有難來投奔，在這個地界一切都由我。」（田原，1986b：193）

他的語言處處呈現這種豪氣。而當他被賀三成抓進保安團，被小白蛇等人救了出來，但大車店產業也就沒有了，他還豪氣對他們說：「說這幹啥，你看見誰把銀子錢帶進棺材？你見誰坐著自己的馬車去酆都城？咱還不老，從頭再來過。」（田原，1986b：269）此等義氣與豪氣，比作品中的鬍子更讓人印象深刻。

而與之對比的，就如作品中大青龍的話：「是不是那個專捧東洋鬼子屁股，有五六個婆娘的大煙鬼？」（田原，1986b：437），那位油輾子尤玉軒。為清水組合工作的他，為了要控制工人，特地拉攏王二虎，但後來發現他不受控制時，又將他出賣給賀三成為首的保安團，但仗日本人勢的二腿子形象，極為鮮明。而他被小白蛇抓來，做為交換王二虎的人質時，面對小白蛇等人的問話及暴力拷打，有以下連串話語：

「我是清水組合的高級職員，也算半個東洋人，名字叫做重光利豐，我們的領事館會找你們政府的麻煩，那個時節一定會動大刀槍，像打圍似的趕……」
……
「咦！說起來都是攀得上的朋友，爺們您何必這麼兇呢？想當年我認識老帥底下的紅人不少，就是駝龍師娘咱也伺候過，不管那個路數，水流

千宗歸大海,何必不賣點『流水』。」

……

「各位爺們,手頭如果不方便,大家不是外人吩咐。」……「請各位鬆鬆綁,拿筆硯來我寫帖子。」

……

「嘻嘻,我不算有錢的主。找了來,大小也是個『財神爺』,能不能優待一點。別教我蹲『黑窯子』,別綑我,絕對不會跑。嘻嘻,馬馬虎虎,優待一點,嘻嘻!」(田原,1986b:440-441)

這些話語,先有著二腿子仗勢的倨傲,但在暴力之下想攀人情卻又不成,瞬時又轉成在人籬下的卑屈,田原將這過程透過直接話語完全呈現出來。

小人物的義氣,還可以從王二虎的姪子二馬虎中看到,當他到保安團隊部看到被拷打得不成人型的王二虎時,竟然不怕這些兵油子的惡勢,爆發一連串的語言,雖然身體也因此受折磨,然這些語言充分表現出他的勇氣:

「錢使過能,商會會長的人情託過啦,你——你——你們簡直不是人!」……

……

「大不了是個死!」

……

「二大爺,你放心,只我死不了,定給你報仇!」

……

「俺要你的命!」

……

「俺當了鬼,也饒不了你們這些狗雜種。」(田原,1986b:496-498)

這和油輥子更是完全不同的類型。

當然,在作品中具有神祕、傳奇性的小白蛇,田原將她塑造成一位性格冷酷、處事冷靜的人物,而她的直接話語,卻也處處簡短有力,完全呈現出她的個性。就以她在大青龍死後,發配後事時,面對一群大男人,她的話語簡潔有力,她主張不發喪,但眾人,尤其是二光頭更是不服,她先是勸,而後強硬的堅決自己的主張,震攝住場面:

「我知道各位的心意，」……「恨不拿出自己的血當油漆，來漆大當家的棺材。大當家的生前厚道，待各位有恩，我白玉薇所受的恩惠比起諸位來要深得多，我這麼安排有另外的打算，姓白的不是天生的狼心狗肺。」（田原，1986b：668）

面對主張拚的二光頭，她解釋說：

「你把王江海看成窩囊到了家，目前他幹別的不行，乘著大當家的死了，虎威倒了，發起清鄉報仇，那些各縣的保衛團，甚至佐佐木都會策動東洋紅帽子聯起手，湊幾千人，把申家屯子圍上幾天幾夜。那時節，我們是把棺一丟『出水』，還是同歸於盡。」（田原，1986b：668-669）

最後依然無法勸服二光頭，她低沉的說：

「二光頭」……「我姓白的並不是今天才當家，你少給我拿蹺！」（田原，1986b：669）

這狠勁，從直接從這簡單的話語中帶出來。

在《青紗帳起》中，更是透過淋漓的直接話語，展現這些出身底層，甚至可說是下流的人物身分特性。

就如那個油頭粉面、逢迎於各勢力的王仙之就是個典型。在莊內他就以不成材聞名，他主動去幫七嬸打場，卻說多動少，專和七嬸的女兒動嘴巴，就如作品所說：「現在飯飽了，心也舒暢了，老習慣也恢復了」（田原，1971d：61），躲在樹下向小桃兒調笑：

「你不打場了？」
「這麼熱的天，妳捨得我去拉石滾子？」
「再沒遮沒攔的瞎扯，我可要回去了。」
「妳走我也走。」
「去那裡？」
「關老爺廟檯子上睏覺。」
「這裡的活呢，整弄了一半就罷了？」
「有人不承情，何必白搭工。」（田原，1971d：61）

他因假用老白毛的名義發黑帖，被同村的王大長警告逃到鹽警隊，但就如作品中所說的：「有年輕女人的地方，就有王仙之那隻大綠頭蒼蠅，死釘在那裡團團亂轉」（田原，1971d：287），說的話當然也沒有辦法正經了：

「喲喲！大熱的天，快歇歇晌，到陰涼地，拉拉話」……
「妳看，妳看，皂角水把手都泡粗了，俺有多心疼」……（田原，1971d：287）

這種無賴氣再明顯不過了。略懂日語的他，竟也成為鹽警和日本人之間的橋樑，一下子又成了二腿子，但鹽警隊的隊長，要他不可將他所安排的事告訴日人，他竟然馬上就是噗通跪下，說：「大隊長，你是我衣食父母，再造爺娘，我姓王的要是有半點失神對不住您，天打雷劈火神燒……」（田原，1971d：356），軟骨頭的樣子，竟也讓作品中的長喜看不下去。他看日本人即將來，向著借錢不著的鹽警司務長，有一連串仗勢的話：

「娘個Ｘ的，你是狗眼看人低，為啥我借一塊給我五毛。」
……
「權，屁權，屁權，雞巴權。姓洪的，照子放亮一點，馬上皇軍一來，我第一樁事，便開革你。」
……
「馬路野郎！」
……
「姓洪的給我小心！」
……
「老子不灌你洋油，辣椒麵，是大閨女養的！」
……
「不要笑！」……「出不了三天，我要你們哭！」（田原，1971d：346）

這鮮活生動的話語，也把王仙之這種性格表露無遺，直至長喜要帶隊離開鹽警，不願同村的他，留下來為禍別人，也為禍自己，他要老毛虎把他灌醉後帶離，王仙之一番醉話：「……不是對著你嘴瞎吹，我認識

的日本朋友,比天上的星星還多,我的日本話,比啥晚稻田大學堂的學生還打腰。他娘的,再過年把,連這裡的鹽警大隊長,看著不起眼,得到縣城,弄個縣長當當。那當口,老毛虎,你想幹啥?」(田原,1971d:364),更顯露出他的浮誇。這部作品中,就以王仙之的形象最為顯著,直接話語的描述,當是主要原因。

另外,對於在作品中的土匪頭老白毛等及其手下若干人,這些人的形象,也多由許多直接話語所構成。在作品中,老白毛接受了賀、李等人的投奔,卻疏遠了朱貴及師爺等人,更因細故處罰了朱貴,朱貴心裡實不是味道,反而自綁請罪來了,以下摘錄他們的對話,略去描述話語:

「幹啥?」……。
「我活夠了,請大當家的槍斃!」……。
「你以為你是塊寶,我捨不得斃你!」……。
「就是小的不成器,才不想活,唼唼……常言道:『人要臉,樹要皮』,大當家的守著那麼一夥人,當場剝了小的臉皮……」
「那不叫臉皮,叫揭痂疤。」
「隨便大當家的你說,總之小的這顆熱氣騰騰的心,變成了上霜的驢屎蛋子。『人爭一口氣,佛爭一爐香』……。」
「想同我比劃比劃?嗯?」
「小的就是下一輩子也不敢,」……「梆子不敲不響,話不說不明,我朱貴個頭兒不算矮,歲數也三十好幾,大大小小也算是個分隊長……」
「分隊長長又怎麼樣?是我封的。可以撤下來。」
「大當家的,別說你可以去掉這個狗打屁的官銜,就是要小的命,也不能打尿戰,千萬句話歸一宗,咱朱貴活夠了,啥也不在手,任砍任割聽便!」
「為人不做虧心事,半夜不怕鬼敲門,你朱貴跟我十來年,幾根腸子我都清楚,你要是沒有鬼,說你幾句也犯不著瞎撇清!」
「大當家的說的全對!」……「你老人家不提,我還忘了,算算我打十六七歲跟著你,子彈縫子裡鑽,炸彈堆裡面滾,總算沒有丟掉這條小命,也沒裝個孬,替你老人家丟臉。如今不知那裡吹來一陣邪風,把過去那點芝 菜豆大的功勞,全泡了湯,想想,也真——嗚——嗚——嗚。」
……。

「起來,滾出去!」

……。「叫我滾也中,我是活著跑進來,挺屍出去!」(田原,1971d:146-147)

兩人的對話,一方面交待彼此之間的關係,但也看到朱貴忠心卻也愚誠、魯直的性格,還帶了些無賴氣,且更表現了老白毛識人不清,連自己的老夥伴也懷疑起來,預示自己的禍事。他們都是做「英雄」事業的,但從對話中顯然看不到該有的英雄氣息。這也是這部作品最讓人注目的地方,類似片段舉不勝舉。

或如老白毛髮妻彭大娘的豪氣爽直,就如當她預感老白毛出事後,對眾人說:「有各位至親好友,生死兄弟。我們不該栽的時候栽了。你們放心,不管他是狗雜種的玉宣,王八烏龜賀大海、李秋林,得意不多久。老娘不是好惹的,老娘這幾年閒夠了,老娘愛亂來,這可找到主,找到碴。老娘不把濱海區,淌成一馬平川,不是人生父母養的,老娘……」(田原,1971d:259);在土匪圈打滾久的老毛虎,雖然經驗頗豐,但畢竟底層出身,連教訓別人時也是粗話連連,就如他在教訓王仙之時:「狗入的,你是有膽量,還是有腦筋,還是有門道。我看你一樣都佔不上。淨是『見了丈母娘耍雀子——硬充屌能』,今兒個,丟人顯眼加砸鍋了吧,一把魚刀子,一穿兩個透明窟窿,也不過流酒盅血,你他娘嚇得屁滾尿流。」(田原,1971d:412)等,他們的性格全也展現在他們的話語中。

而在《北風緊》、《我是誰》、《鐵樹》中,幾位有個性的女人,她們的語言也相當可觀,她們的性格也全由語言塑造出來。

田原擅長描寫這些口舌伶俐的女人,就如《北風緊》裡,那位房東王大娘,上文也引述了她的許多話語,尤其是用來罵人的部分,但這位房東王大娘,依然有她熱心的一面。《我是誰》中,同樣是房東太太的語言,更是刻薄犀利,而《鐵樹》中那個桂香則更不在話下了,作品中的胡七嬸,同樣也是嘴上功夫了得的老鴇,就如她和桂香大戰一頓落敗回去後,找兩位打手想要來報復不得時,也有成串的咒罵語言:

「狗屁!什麼好男不跟女鬥,摸摸良心看,端的誰的飯。」

……

「王狗子的屍骨早已爛光了，還念著他，放你娘的狗臭屁，她也不是王狗子的明媒正娶……」

……

「想在五馬路混，就得過去把兩塊爛貨收拾光，打官司，坐大牢，我去頂。」

……

「去你娘個蛋，滾！滾！你們這種忘恩負義的貨，不出三天就餓死在馬路邊上……」（田原，1984：91）

老來兒子還引以為恥的王大娘，許多的話語，也相當讓人注目，尤其在「教導」蜜寶時的話語更是如此：

「在這種場合，不是愛鈔，就是愛悄，他年紀不輕，人也不帥，有自知之明，等看妳不要錢他會轉著彎想，懂嘛？」

……。

「那個時節，他吃足了妳的氣，還以為妳是誰家的高貴小姐，忘了妳的身分，只知一個勁的猜摸妳的意思，等到弦快要拉滿，娘會告訴妳，怎末吃他。」

……。

「十塊八塊都要的姑娘，一輩子住不上洋樓，坐不上汽車。」（田原，1984：73-74）

一方面她暴露歡場中生活的潛規則，也呈現她的久歷滄桑。

除了上述的各人物語言，在各作品中，實還可以找到許多其他的例子。田原描寫三教九流各類人物，語言的模擬肖形的成功，是主要原因，也是田原作品中重要的特色之一。

## 二、諺語、歇後語及黑話

在田原的作品中，可看到大量的諺語、歇後語，或者是鬍子、土匪等江湖黑話的使用，這也是田原長篇作品雜語現象中的一個特色。

諺語、歇後語、成語和其他慣用語等均為「熟語」之一種，是人民經過生活實踐運用，所產生的語言現象，如果從修辭來看，這些熟語充

分利用語言的韻律與變化，諸如諧音、隱喻的相似性、轉喻的相關似，甚或是拆字（如，丘八：兵，雙山：出）等格，在音韻上或有押韻，形態、種類相當豐富，更顯現活潑、不拘的民間性格，可說是一種民間文學的展現。

在司馬中原、李冰、端木方等軍中出身作家的作品中，即可看到他們大量使用這些語言，這也是構成他們作品鄉土情趣的主要因素。

觀察田原的作品，在他大量以北方故園為場景，以游移於灰色地帶的底層人物為主人公的《古道斜陽》、《松花江畔》、《青紗帳起》等作品，這些語言更是常見，常做為他們出身底層的人物身分、性格的表徵，也讓這些作品的鄉土味更加濃厚。

在《古道斜陽》中，就分別有以下的諺語、歇後語的應用：

張毓棠嫌路倒在旁的馬玉髒，老大熊坤馬上一句：「算了，你別屎殼郎子滾驢糞蛋子臭美了，整個秋天沒洗一次澡，也乾淨不到那裡去。」（田原，1971a：24）[2]。

做為偽軍軍官的賈太郎，面對熊坤解釋自己身不由己時：「日本人吃高梁米，沒有法子。」（田原，1971a：62）[3]。

同是偽軍的中隊長，對賈太郎的客氣問候，回說：「x你奶奶，上午還碰頭，你是壞天氣趕果市，少賣這些臭酸梨（禮）。」（田原，1971a：187）且罵他：「你真他娘的棺材裡伸手，死要錢的貨」（田原，1971a：189）。

或是孤僻獨居的黃振三，不要人們的關心，直說：「我是溺尿不用手扶，不管你的屌，少在門前吆喝。」（田原，1971a：510）

或有許多較為常見的：「你要去還不是肉包子打狗，有去無回，連本都撈不回來」（田原，1971a：290）；「你別門縫裡看人，把咱河南人看扁了」（田原，1971a：259）；「咱們總不會在未打雁之前，被雁

---

[2] 屎殼郎滾驢糞蛋，一般解成「走回頭路」，田原在此可能誤用。「屎殼郎戴花」，才是解成「臭美」。

[3] 在當時國人的心中，日本人生活條件遠高於中國人，都以細糧米食為主食，日本人吃高梁米，一方面指運氣不好倒運了，另也表示實是不得已的狀況。

給啄瞎了眼睛。」（田原，1971a：272）；「咱們倆是半斤八兩，忘八打鼈子一路子貨。」（田原，1971a：427）；玉蓮罵小傻子晚上不睡覺跑到外面賭錢：「才十六歲的孩子耍錢還不算壞事，怎麼才叫『頭上生瘡腳底流膿』，壞透了。」（田原，1971a：593）等等。

這些語言全出於這些行走於灰色地帶，具有草莽性格的底層人物，或者混跡於軍隊中的兵油子之口，部分語言實可說粗鄙，但也恰如其分表現人物的身分、性格，這也是田原作品流暢、口語化的語言風格中，一個重要的特色。

這在《松花江畔》中更是明顯，諺語、歇後語使用得更多：

拴柱子到了關東後，一位老頭勸誡他關東到處是機會，但也要會節儉。貧困出身的他，當然懂得，他自信不會：「好了瘡疤忘了疼楚。」（田原，1986b：48）

就如趙宗之勸誡糧棧的三掌櫃李黑子，他也是煎餅鋪的客人，不要與死去的王大玉的媳婦有太多牽扯，卻反而遭到語言排頭，他生氣得想告訴李黑子：「豬八戒摔耙子，不伺候（猴）了」。（田原，1986b：140）

當拴柱子得知趙大嬸借得資金後，開荒計畫有望，呲著牙對大妮笑，她也跟著高興的說：「還沒上草料呢，撒的什麼歡」（田原，1986b：284）。

王本元因大青龍在車店療傷之事，被賀三成抓去逼問，挨了一頓打，甚而想就此加入大青龍一夥算了，但最終沒去，因為就如他所說：「不去最好，『瓦罐不離井沿破』，總有一天不是被人殺，就是坐牢。」（田原，1986b：296）。

眾人談論到王二虎被保安團賀江龍抓去一事時，有人就說：「那些傢夥，雖然是『禿子打傘——無髮（法）無天』，王二哥為人卻是『啞巴打孩子——沒說的』……」（田原，1986b：328），批評了保安團，也讚許了王二虎的義氣；描述做為日本人走狗的油輾子時：「土地爺放屁，十足的神氣」（田原，1986b：342）。

油輾子為了拉攏王二虎，特別向他說：「人心總是肉長的嘛，我——

我也是端人家的飯盌，『日本鞋——沒法提』」（田原，1986b：344），以表示自己的苦衷；油輾子對於工地不發工資，是為了要投資開荒，好讓大家賺取更多的利潤，但王二虎卻認為，沒有拿到錢，就是：「叫化吊膀子——窮開心」（田原，1986b：373），更認為他們應聽工人的意見，不能：「剃頭擔子——一頭熱」（田原，1986b：373）。

油輾子面對王二虎的倔強，無法配合他行事，送他賭、嫖也不成，認為他這個人：「狗啃月亮——不知從那下嘴」（田原，1986b：381）。

老工頭為了拿不到工資一事，勸王二虎不要把日本人的開荒計畫想得如此單純，不要被他們騙，說：「望你千萬記著，『別駝子翻筋斗——兩頭不著實』」（田原，1986b：388）。

工人何發，期待工錢發下，拖著病弱的身體找王二虎，王二虎以為工錢早已發下，反問其他人呢，何發罵著說：「爺倆比傢夥，一個屌樣子」（田原，1986b：396），大家都沒有拿到工錢。

白玉薇責怪看護大青龍的小黑子守護不當，罵了他一頓，冷酷又有威嚴的她，如果這時再多看小黑子一眼，就如作品中所說，小黑子一定會：「老母豬篩糠」（田原，1986b：431）——因驚懼小白蛇的威嚴，身體會抖摟個沒完。

當保安團眾兵，因不知如何對待王二虎，被賀三成不明所以的罵了一頓時：「個個變成『磨道的驢——只聽哈呼』沒主張。」（田原，1986b：493）。

二馬虎去看被賀江海執去的王二虎，因王二虎被虐，為他不平，反遭一頓打，王江海在施刑時，還輕蔑的說：「我得和你說明白，咱們是『司務長打當夥伕的爹』公事公辦。」（田原，1986b：499）

王二虎拿了日本人賠付的贖金後，準備以此發給工人時：「表大爺有錢，可是『老媽子抱孩子——人家的』」（田原，1986b：535），要拴柱把心放在土地上。

油輾子被整弄得不成人型，但他弟弟馬上取代他的位置，繼續做日本人的走狗，油輾子不是味的說：「小子，還是你成，屎殼郎爬掃帚——飛上高枝兒啦！」（田原，1986b：550）等等。

賀三成和王江海在交換人質之後，情況丕變，做為「保安團」的自己，人馬一天天被小白蛇等人吃掉，尤其王江海更是心憂，但賀三成一副清鬆樣勸他：「別像寡婦死了兒子，一副沒有指望的樣兒」，但王江海不贊成他這神情，「彷彿『吃了燈草灰——那麼輕巧』」（田原，1986b：591）。

　　其他常見的諺語，如：「老王賣瓜，自賣自誇」、「狗咬呂洞賓——不識好人心」、「虎行千里吃肉，狗行萬裡吃屎」、「你是不見棺材不掉淚」、「人爭一口氣，佛爭一爐香」、「天堂有路你不走，地獄無門自來投」等，也可見於這部作品中。

　　從以上的摘錄可以看到，除了少數的，做為作者的描述話語外，多以人物直接話語的方式出現，當也是表示人物身分、性格的一種手段。

　　而以一群不匪、不軍、不民的游擊隊為背景的《青紗帳起》，全也是一些具有草莽氣息的人物做為主要描述對象，當然也不缺這類的語言。

　　就如，在老白毛的壽宴中，一個老兵油子，面對滿桌子的菜，卻還不能動口，有人就說在等那些地方的士紳，他忍不住就來了一段：

「那些狗打屁的長褂子不是都來了嘛。」……
「平素看見大當家的，不是夾著卵子連大氣不敢吐，就是溺了一褲襠。今晚可見了丈母娘梭雀子硬充屌能，那有那麼多的廢話扯，呸！」一口濃痰吐在地上。（田原，1971d：201）

鮮活的語言，加上動作的描述，把老兵油子粗鄙的脾性表達無遺；老白毛的師傅柳表，非常想要所謂「區長」的位置，但老白毛卻有意讓地方士紳王本懷來當，柳表不服的說：「王本懷是什麼東西，也只有『王八買菉豆』，瞅著順眼」（田原，1971d：155）。

　　長喜率鹽警首出任務，來到馮台，打算就等在這，讓私鹽販子自投羅網，莊上的主事者馮三很不屑的說：「簡直是癱子打圍，坐著吆喝嘛！」（田原，1971d：306）；或是老毛虎約柳表在平日不開城門的北門外相見，讓：「柳表認為這真是『瘸子屁股邪門兒』。」（田原，1971d：517）

作品中的老毛虎是這幫人中年紀最大、最有經驗的，但個性也是魯直、粗率，田原讓許多的這類的語言由他口中說中，就如當老毛虎跟著長喜準備進入一個陌生的村莊時，小癩痢往前探消息，連姓都沒有問，卻說莊上有個挺俊色的年輕人，他心裡就暗罵：「那有這種幾八剝皮——的嚕囌貨」，（田原，1971d：372）沒問到正事，卻直說一些沒用的。接下來他直接跟著長喜進莊，王仙之卻認為老毛虎也是跟著不要命，老毛虎反罵回去：「你才真是『望鄉臺上唱梆子腔，不知死活的鬼！』」，（田原，1971d：374）且認為王仙之這種無賴有以下評價：「他認為這種貨，等於『趕麵梗吹火』永遠是一竅不通」（田原，1971d：374）；他與王仙之就是不對盤，就找一些損人的話對著他：「人啊，做好做壞，都得有本錢。我看你仰著腳下蛋——好笨的雞」、「鳳凰落在兒巴上——不看鳥，就看你這個屎架吧。」（田原，1971d：411）王仙之當然不服老毛虎這樣損他，他也回他一句：「殺人不過腦袋瓜子著地，你又何必『買個銅盆捲邊兒』，一個勁的損。」（田原，1971d：412）老毛虎又是一連串的話語回他：「你是上門不認娘舅，我和你小王八提的完全「南山頂上滾轆柱，石（實）碰石（實）。下雨陰天你算不準，自然填幾個『食八』『食古』該有數。別再胡想八想，『屌頭打鑼，憑塊肉』。聽不聽，耳朵長在自己腦袋上，我這些話，是派了『交情』的。」（田原，1971d：413）連串的諺語、歇後語，加上不時出現的髒話，更讓老毛虎的形象鮮明起來，也成為長喜等主要人物以外，最讓人注目的人物。

　　軍師李永江這幫人中，是稍有一點墨水的，但對於先前自己得不到信任，諫言、建議無法產生作用，使得老白毛無法躲過災難，頗有感慨：「當初，我要具諸葛先生一半，大當家的豈能落得這種地步，我是梁山泊的軍師——無（吳）用。」（田原，1971d：390）

　　而以城市為背景的《鐵樹》，也有桂香這種粗率個性的人，她去學校尋春城不得，向著門房又是一頓話語，甚而也來了一句歇後語：「你又說這說哪，不是姑奶奶嚕囌，你是『肉鍋裡煮窩窩頭——混球溜尖帶大眼』！」（田原，1984：225）直罵人混球了。但這位門房陪著笑臉，實也無能為力，但桂香認為，春城是學生，學校的所有人都得負責，還說：「姓吳的，你少給我撇清，其實我是『寡婦對著夜壺哭』比你還苦！」（田原，1984：226）這粗野的比方，完全符合她的個性。

除了諺語、歇後語等熟語的使用外，在田原的作品，還可以看到東北鬍子，或者山東等地土匪等常使用的「黑話」、「江湖暗語」，這種語言出現在作品中，也形成他們身分的標誌。這屬於隱語的一種，產生的原因有許多，任何行業、團體都有可能產生各自的黑話體系，目的或是增加組織的神祕性，同時也是對於成員身分識別的象徵，就如在《古道斜陽》中，那個崔三眼落入張毓棠為他設的圈套時，崔三眼還不知對方是誰時，就講出一堆黑話，來表明自己也是道上人物以來避禍，就如作品所描述：

崔三眼想，這下子可真掉在天羅地網了。
他忍不住又叫道：
「鼓不打不響，木不鑽不透，我也是道得出字號的人物，明人不作暗事，有指教請說明白，小弟在家姓崔，出門姓潘。」接著用「春典」、「徽宗語」（註：黑話）說了一堆。加上帶「盤道」。（田原，1971a：433）[4]

而黑話的產生，另也是避這些幫會、江湖人物所憚忌的忌諱，而形成一系列另有其義的隱語系統，這即是所謂「黑話」。

在《古道斜陽》中，馬玉到妓院中，張毓棠恭維他對妓院似乎很熟，卻勾起自己小時在妓院長大不好的回憶。接著有以下的描述：「這是一句恭維話，在有錢的闊少聽起來，會有些飄飄然，表示自己家中有的是造孽錢，五六歲便跟著叔叔伯伯『喝片』（不出錢之意），『打茶圍』，十幾歲便兼了這裡面的老手。」（田原，1971a：330）[5]「喝片」、「打茶圍」均屬妓院行業黑話。裝成掌櫃的馬玉在妓院中，茶房想幫他們拉皮條，幫姑娘們「點紅蠟燭」。所謂「點紅蠟燭」，就如作品中所描述，妓女以「原裝貨」的形象：「先談好價錢選個日子，你擺酒席，她穿新娘子衣服，點大紅蠟燭，她一個人拜天地，然後以小老婆禮節向你磕頭，請客，入洞房，就是這末回事。」（田原，1971a：357）這是屬於以局部代表全體——轉喻式的黑話。

---

[4] 「春典」：指江湖暗語。「盤道」：原指曲折小路，後指在陌生環境中，遇到來歷不明之人，使用江湖套語，盤問、考詰對方。作品中所謂「在家姓ｘ，出門姓ｘ」，也是「江湖」習慣，也是黑話的一種。

[5] 打茶圍，指在妓院與人品茗飲酒作樂之意。

馬玉和張毓棠為了找崔三眼來到鄭州，卻苦無門道，其中提到可找黃孤拐幫忙，張毓棠即說：「他是個幹『扯旗』的」（田原，1971a：376）。「扯旗」，意指他曾也是土匪、流氓等流；張毓棠要馬玉到賭場等找崔三眼時，「照子」要放亮一點。

當他們找上黃孤拐時，從他的語言即可看出他江湖客的身分：

> 「開口曰江，閉口曰湖。江湖者漿糊也……相對言尖，尖著非相也……唉，這年頭兒『星』（註：尖即真，星即偽。）的人太多了。像我和振山兩兄弟，雖然廿多年沒見，隨時都摸著棺材板的人，仍舊朝夕念念不忘，這就是夠尖的情份。」（田原，1971a：398）

對於東北鬍子有許多描述的《松花江畔》，更有許多黑話的例子。就大青龍一夥人，談論到四至兒情況時，就有許多。大青龍提到四至兒：「十七歲『隨龍』」，要大家不要對他起疑心。

大青龍準備從劉家寨起隊時，很有氣勢的大聲吩咐：「『開龍門』、『挑』」（田原，1986b：252）[6]。

他們救了王二虎，但四至兒並沒有隨隊回來，小白蛇很自責的向大青龍說：「把四至兒給『飄』啦」，但大青龍認為四至兒：「一定是自己『絜』了自己」，不過小白蛇仍然負責的說：「大哥，我領『規矩』」。（田原，1986b：270）[7]

大青龍寄住王二虎家療傷期間，就如他說的：「我再在這裡住一個月，所有的人都滿口黑話了」（田原，1986b：221），他使用黑話的習慣影響了大家。大青龍問王二虎今晚吃啥，王二虎說：「『翻張子』（即餅）包合菜，行啦吧」（田原，1986b：215）；大青龍要王本元留下吃飯，王本元也回以黑話：「我吃慣了『星星散』（即米飯）」；（田原，1986b：221）他自己解釋中槍的過程，其中也是黑話連連：

> 「大前天本來想『挑』啦（註：即起隊），胡家屯子的老東主，定要我去吃『漂洋子』（即水餃），到了晚半晌，咱就一個人去啦，又吃又喝的。酒醉飯飽，等騎著馬回來，離胡家屯十幾裡，便碰上了。王八犢子們很在行的先把我的馬幹啦。」（田原，1986b：199）

---

[6] 開龍門：打開寨門，挑：起隊出發。

[7] 飄：散失，絜：自我犧牲，規矩：處分。

四至兒實際上是賀三成派來大青龍這臥底的，小白蛇後來察知，四至兒卻還敢回來，被大夥執住，免不了一頓打：「只要他一開口，過來不是一頓『鍋貼』，就是『紅燒肘子』」（田原，1986b：465）[8]。

　　油輾子被小白蛇等綁後，先以自己和日本人的關係威嚇不成，後來又軟化攀交情，想求得釋放：「咦！說起來都是攀得上的朋友，……，不管那個路數，水流千宗歸大海，何必不賣點『流水』。」（田原，1986b：441）[9] 賀三成向商會主席黃廣豐報告，小白蛇等提出交換人質的條件，面對黃的質疑，他回說：「沒錯，他親自派的『扯線兒的』，還把四至兒也『廢』了，送回來。」（田原，1986b：488）[10] 當他們得知交換的對象是王二虎時，賀三成趕緊要手下：「快！快去看看別『格』了」；（田原，1986b：492）[11] 而交換人質時，賀三成要先看被綁的油輾子，但被看守的人阻止：「隊長你也是『棵』上的，規矩總沒忘光，起票只能聽『聲』，不能先照面。」（田原，1986b：516）[12]

　　其他黑話諸如「起票」（取回被綁票的人質）、「窩票」（藏匿人質）、「架票」（綁架人質）等，小白蛇要人準備「黑窯子」（關押人的地方）、「黑狗子」（著黑色制服的員警）、「紅帽子」（戴紅色帽子的日本兵）、「海葉子」（信件）、「放『料水』」（放哨）、「躺橋」（身體躺平）、「黑飯」（鴉片）等等，均出現於作品中。

　　而對於武器，這些人也有許多特別的稱呼，如「寶蓋子」（日本三八式步槍）[13]、「八音子」（一種八連發手槍）、「自來得」（一種自動手槍，又稱「盒子炮」）[14]，「崽子」（子彈）等。

　　這些語言的使用，直接呈現這些人的身分，不僅是一種展示而已，

---

[8] 鍋貼：打耳光，紅燒肘子：以手肘擊打對方。

[9] 流水：人情。

[10] 扯線兒的：送信的人，廢：殘虐身體。

[11] 格：死。

[12] 棵：指同是鬍子出身。

[13] 日本三八式步槍槍機上設計有特殊的防塵蓋，因此又被國人稱之為「三八大蓋」、「大蓋子」、「寶蓋子」。

[14] 自來得，又稱「盒子炮」、「駁殼槍」，為一種德製自動手槍，我國也曾經仿制，曾廣泛時使用於民國初年各軍閥部隊，在抗戰時期，國軍、八路軍各部隊亦大量使用。

更是顯露那種特定環境中某一群人的語言習慣,也是增進閱讀趣味的藝術手段。

## 三、陌生化具諷刺性的外語譯音

田原青少年時期,生活的地方主要在山東、東北,這兩處又是日、俄等外國勢力競逐的地方,尤其是日本人,透過不平等條約、日俄戰爭、一戰和約的戰利等等,長時期經營東北、山東青島等地,甚而九一八事變後,侵略東北,扶植成立滿州國,將整個東北變成日本的附庸,而1937年全面侵華後,山東省也是日人首要目標,在這樣歷史背景下,田原這些以當年情境為背景的小說作品,也反應了這樣的時代現實,利用語言的雜語——使用不少的外語譯音,表現在作品中,一方面是表現那樣的特殊時空,一方面也是塑造人物、表現人物性格的藝術手段。

以一群護衛人們通過日本人所控制的平漢鐵路的草莽英雄為背景的《古道斜陽》,就有著許多日語譯音的書寫。作品中描述馬玉、張毓棠兩人乘火車往鄭州,在火車上遇到護路隊的隊員盤查,這些隊員本是中國人,但為日人做事,作品有這樣的描述:

> 「糊塗。」對方生長了,一張口就像日本鬼子說中國話,舌頭不能打彎。誰也想不透,小日本鬼子沒有長副好舌頭,把中國語學得同中國人一樣。但原本是中國人,也受了感染。(田原,1971a:249)

學日本人說話,是一種轉喻,也指這些為日人做事的漢奸,其輸誠的對象已是日本而不是自己的祖國。日語還沒學成,但語法已被日語滲透。這些護路隊員想搶一位女小販的雪花膏,小販哀求卻不得:

> 「糊塗的女人,」對方心狠力氣大,一下子將雪花膏搶回去:「這個——我的——大大喜歡的有。」並順手給女小販一槍托:『明白,哽,你的可明白?哽!』(田原,1971a:249)

這種非中、非日的語言,一方面表現這些人物的身分,當然諷刺了當日本人走狗的這些人。當小販死命抱住護路隊員,想要回她的東西時,這些人亮出武器,並使用暴力對付了這手無寸鐵的百姓,還說:

「妳的——不想——活的有？八個壓路！」他大概惟恐對方聽不懂日本鬼子的國罵，忙加註釋：「混蛋東西，你這個臭婆娘，再不老實，要你娘的小命！」（田原，1971a：251）

另外，做為偽和平軍軍官的賈太郎，和他上司的對話，也是如此：

「毛細、毛細。」……
「毛細、毛細，阿那他哇，口那哇得死割。」
聽筒裡傳來粗野的回聲，熊坤坐在一邊都聽得見。
「賈太郎，是你這個狗操的吧？」
「隊座，隊座，嘻嘻，你好吧，夫人好吧，小弟、小妹妹們好吧？」（田原，1971a：186）

這也把這些二腿子形象「丑」化，極具諷刺性。

田原使用譯音來指物揶揄，穆雨在相關評論即已指出，就如他所說：「田原譯日語，其間有懷恨日本侵略徑為，用字挑得尖酸，如『夭』或『老』。至乎音譯英文字眼，因近年媚外心理，取字近乎諧趣兼奚落崇洋心理」（穆雨，1986：27），這的確也是他譯音用字時一大特色，就如《古道斜陽》中，從馬玉的視角看日本人，也說出他們當年趾高氣揚的情況：

再不然用釘滿了鐵釘的鞋子沒頭沒腦的把人當皮球踢。那鐵釘鞋踢在臉上，立即血湧了出來，被踢的人還不住彎腰鞠躬。
「太君，夭老細！」
「八割！」鬼子不知那裡積下來的怒火，總消不盡。
「哈一，夭老細。」
挨揍者承認自己混蛋，而且說罵他混蛋的人「很好」。（田原，1971a：51）

這在《這一代》亦是如此。作品中透過細微動作的描寫，加上一句日語的「是的」，將小虎屈服於日人權威下的樣狀表露無遺：

他忙向前跑三四步，躬著腰，不住的點頭，說著「哈以」（即「是的」）……（田原，1986a：60）

而後,日人小川誤以為小虎在笑他,隨手就是一杖,打得小虎滿地滾:

> 「八哥(即混蛋)!」小川聽見小虎的笑聲,過來就是一手杖「你的什麼意思,看不起我的有。」……。
> 「太君(即官長),」周工頭見小虎打得可憐,忙過來請求:「他的大大的不好,請你原諒。」
> 「八哥!」小川對著周工頭的笑臉,就是兩記耳光「你們統統不好的有!」……。(田原,1986a:60)

這也充分表現日人的跋扈,與在日人暴力下討生活的無奈,這幾句日語譯音、日語法漢文,起著畫龍點睛之用。

《鐵樹》則又是另一個有許多外語譯音文字的作品,同樣的展現了田原充滿諧趣、諷趣的用字。就如作品中那個在洋行任買辦的王喬治,在舞廳裡認識了蜜寶,看似高尚出身的他,卻和一般好色的舞客沒有兩樣,他和蜜寶首次交談,對蜜寶如此說:

> 「聽你的談吐,似乎受過高等教育,『陰溝流水』你一定說得非常流利。」
> 「我,」又是甜甜的一笑:「『死烤稀』」。
> 「噢!『王豆腐』,妳會英文還會日本話,真是位才女。」
> ……
> 「你很『尖頭饅』」。
> 「謝謝賞識,你那銳敏的雙眼,就像我的『保死』威廉樣,看出我所擁有的一切特點和長處。」(田原,1984:55-56)

夾雜的英文、日文,顯示他買辦的身分,但田原使用的譯字,卻充滿諧謔與諷刺。當蜜寶轉抬到別人的桌子時,他更色迷心竅,田原有這樣的描述:

> 喬治的心中開始熱血激盪沸騰,如戰馬奔跑,桌邊只有一枝司蒂克,要是變成長劍,它要和這臭小子,守著所有男女來個決鬥。(田原,1984:57)

他把棍棒譯成「司蒂克」一方面產生陌生化的趣味,同樣也對這位洋買辦嘴臉的諷刺。

《鐵樹》的桂香的粗鄙，是作品中最讓人印象深刻的人物，不僅動作粗野，嘴上功夫更是可觀，做為妓女出身的她，田原還讓她數次展現她從俄國水手學到的諸多髒言藝語，更完全展現她的性格。這些俄語譯音，也起著陌生化的趣味。就如春城逼問他的親爹是誰時，她使用常用的招數以求脫身，說：「我要『司拉乞』！」（上廁所）而她的粗野，完全展現在對春城房東母女倆身上，她以難聽的字眼夾雜俄語，衝著她們倆，以下摘錄片段：

「春城──春城，喊的多親熱，哼，春城是妳叫的，」接著拍拍凸出的肚子：「老娘『尖針穆撓個』（註：俄語錢多多）不吃妳們的臭豬食。」
……
「別慌，」桂香推開春城的手：「阿姨還有第二件事要問她呢？她說她是正當人家，嘆道咱們天生是賣『拱克』[15]的？」
……
「你看你看，我好好的一個孩子，被妳們給掏成空壳子。還說我鬧事，這回咱是豁上了，妳自們兩個要不給我『巴杓』（註：滾），我就要妳們好看！」
……
「妳為啥對人家說那些老毛子髒話？」
……「小渾球，你又不是不清楚，阿姨的盤兒雖不怎麼的，想當年可真姘了不少白黨的『格必丹』（註：軍官、隊長）」
……
「『打碎蛋寧！打碎蛋寧』」（註：再見。）（田原，1984：222-223）

　　這些關鍵字的俄語，一方面產生陌生化的作用，避免直接的展現，就如「天生賣拱克的」，將拱克還原為中文語詞，就太直接了過份粗鄙，文學的美感喪失殆盡，此時代以俄語「拱克」，除了交待了這位妓女的過往及個性，更多添閱讀上的趣味。

　　除了桂香，作品還描述了白俄工人來到這一區找女人的片段，俄語的譯音，也表現這個碼頭人馬雜遝的樣貌：

---

[15] 拱克：俄語，女性私處。

「扶拉扶拉毛史哪!」
「尖針打歪。」（拿錢來）
「打歪!」（給）
「──」……女人氣了,大聲罵起來:「爛『灰』、爛『灰』」（男人的那東西）。
「臭『拱克』臭『拱克』」（女人的那東西）老毛子同樣用半中半俄的句子回罵。
……
「媽達姆那西?」（女人有嗎）
「那西,穆撓個。（有,很多）尖計打歪。」
「轟特!」（沒有）
「──」瘦男人也火了:「巴杓──巴杓!」（註:滾）（田原,1984:297）

而看這些譯音字的使用,顯然不是所謂「雅」,全帶有戲謔、調侃的意味,就如作品中使用俄語「星期五」的譯音一樣:「襪子擱在鞋裡頭。」（田原,1984:298）

此外,作品中描述了春城搭上一個舞女花戀,花戀甚而還使用王大娘給春城的錢置辦新居,儼然成為女主人樣,她向著春城說:

「你是我的漢子啊,這是你的家啊!」
「今後別叫我『漢子』」。
「叫你老爺,爺,還是洋派『埋地兒』、『打兒靈』。」（田原,1984:383）

這譯音用字的方式,同樣也與上述相同,亦是戲謔、諷刺的。

## 四、折射個人特質的雜語

從以上對於田原語言的討論,在他對於人物,尤其是一些底層、具有草莽氣息人物肖形的語言設計,及好用各式諺語、歇後語等熟語,且採擷應用了許多鬍子、土匪等江湖人物的黑話,又有著具有戲謔、諷刺的譯音用字等特色,可以發現田原整體文字,除了軍中作家時有的敦厚、質樸的風格外,諧趣橫生可以說是他文字另一個重要的特色,穆雨從他作品中舉出許多例子,認為他文字富有諧隱之趣,則是一語中的。

也可以說在他長篇小說雜語並陳的文字中，折射出此一個人特質，成為他作品中重要的特色。

　　長篇小說本就是一種雜語交互作用的文體，一位優秀的長篇小說家，更要在作品中會安排各種不同類型的語言，以此做為一種藝術性的手段，且誠如巴赫金所說：

> 創作長篇小說的散文作家，不從自己作品的雜語中抽除他人的意向，不破壞在雜語背後展現出來的那些社會思想的不同視野（大大小小的世界），他把這些視野都引進了自己的作品。小說家使用已經帶有他人社會意向的詞語，迫使它們服務於自己新的意向，服務於第二個主人。所以說小說家的意向是折射出來的，而且隨著雜語中折射語言在社會思想上的親疏、距離的遠近、客體性的強弱不同，折射的角度度也有不同。（巴赫金，2009：81）

也就是說，在呈現這些雜語現象時，作者雖不會抽除作品人物自己的思想，然實際上，這些做為人物——第一個主人的語言同樣也是作者所設計，目的也是為了作品而服務，不免也揉入了作者的思想——第二個主人，就如巴赫金所說的也是個人思想的一種投射。

　　《古道斜陽》裡，為日人工作，做為偽和平軍分隊長的賈太郎的形象及其語言就是很好的例子。

　　做為一個大家認為的「漢奸」，從他的許多直接話語，可以看到他逢迎於各勢力時的想法和作為，就如他和熊坤見面時，對他的語言和動作有許多描述：

> 「等候候您老的大駕很久。」賈太郎「叭」的一聲碰了一下馬靴後跟，然後又拱拱手：「裡面請。」
> ……
> 「這瓶酒是大日本軍曹重光三郎送的，我平時都捨不得喝，專為留著招待大爺你這位貴客。」
> 「有什麼好，還不是酸啁啁的。」……。
> 「聽說，酒很營養呢，嘻嘻！大概同吃藥一樣，好藥多是難下口的，嘻嘻。」
> 「你就留著自己喝罷。」

「謝謝大爺的賞賜，嘻嘻。」（田原，1971a：180-181）

軟骨頭的樣子，實在讓人印象深刻，這些話語，除了表現了賈太郎這種性格，實也折射出田原作品時有的諧謔特性，將這位人物「丑」化了。他的確愛錢，也是為了錢才幹漢奸，但他不愛日本人發行的「準備票」[16]，而愛現大洋：

「當然是鋼洋好，嘻嘻」……。「日本人，人小鬼大，專走邪道成不了大氣候，誰要那些紙。」……「大爺一向待我好，我才說真心話，可千萬別張揚出來，要是傳到日本人耳朵裡，嚓！」……「那軍刀鋒利著呢，不是我掛的那種土貨。一刀下來，連皮都不留半韭菜葉。」（田原，1971a：180-181）

這也忠實的反映出這人物的性格，與當時在日本侵略者底下討生活者的心態，也呈現出田原作品語言的特質，當然也隱含了對這些漢奸的批判，特別是為這樣的人物所設計的動作和語言。當然這僅是田原作品中眾多例子之一。

就如《這一代》中，做為共黨女幹部的「藍狐狸」的相關語言也是個很好的例子。且看羅小虎初次與藍狐狸見面時，做為上級的她對羅小虎所說的話：

「這樣好了，你住在此地，一面工作一面學習，你要知道，你的鬥爭經驗差的太遠，就必須先從長期工作開始。第一點『要立住腳』，取得任何人的信任使敵人不懷疑你。第二點『擴大效用向上爬』，在學校裡功課要及格，才有足夠的時間從事工作。第三點『多交朋友』即爭取群眾，這也得按著步驟進行，不是見人就動感情，像野貓叫春。而是把他們當為有效的工具。認識他們的方法：『架橋』由借用小物品，順便談談，拉攏友誼。久了便『測驗他的政治立場』。在輕描淡寫談話中，看他是對我們有好感的，還是反對的，或是對中央政府不滿的。根據這點，再確立『爭取的路線』，屬於長期感應，還是短期運用。最後，便是考驗他對你的感情深度，會不會聽憑你的運用，和會不會出賣你。」（田原，1986a：153）

---

[16] 抗戰時期，日人扶持的偽「中華民國臨時政府」於北京設立的「中國聯合準備銀行」發行的鈔券。

這語言顯然是經過特意設計的,加入了共黨幹部時有「專用」語彙:「鬥爭經驗」、「爭取群眾」、「政治立場」、「爭取路線」等等,又有著「逐條工作指示」,加上心機鑿鑿的內容,透過這樣的語言,形塑出這一位共黨幹部的形象。但這些語言也是經過做為作者田原的組織而成,揉入了田原的意識,服務於田原的目的。《這一代》是田原唯一比較明顯具反共意識的長篇作品,藍狐狸的精明、能幹的形象,反而是用來批判共黨分子的「壞」,上述的語言,正好具有這兩面作用。

她要羅小虎學「壞」,因為這樣才能抓住人的弱點,她還說:

「人類都向下坡來的弱點,學好不容易,學壞一指點就通。我們必須利用這些弱點,使他們放棄了道德、禮教、和自尊,才能聽我們運用。所以我們的幹部,對這些事情,不但要懂而且要精,因為『精』,方能引導他們和『投其所好』」。(田原,1986a:158)

這些語言同樣有以上的作用,一方面模擬了共黨分子的語氣,但又服膺於新的目的——暴露共黨分子的「惡」了。不過也因這個目的過於急切,作者的意識實也掩蓋了這些雜語的原初社會情境與其意向,就如這位藍狐狸為了教「壞」羅小虎,就有以下描寫:

「沒關係嘛」她說著喝了一大口,向小虎招著手,要他移近些。突然藍狐狸把小虎抱得緊緊,嘴對嘴把酒餵在小虎口中。(田原,1986a:159)

與其說是一位共黨女幹部,不如說是歡場中的酒女形象了,不僅「惡」化,更是「醜」化。

但除了《這一代》之外,在其他諸多作品中,可看到田原成功的運用各型語體、語言,做為其表現工具,也明顯的呈現田原個人特色。

這在《松花江畔》中,幾封由保安團賀三成與大青龍、小白蛇兩幫人馬間的書信來往,表現得更清楚。就如在大青龍中暗槍受傷後,到王二虎的車店療傷,小白蛇寫了信給賀、王兩人:

姓賀的、姓王的：
　　我大哥大青龍已經死了，血仇血償，小心你們兩個的狗命！

白玉薇親筆<br>（田原，1986b：248）

這信簡單明瞭，當也顯現白玉薇的個性。但也因這信紙用的是王二虎車店的帳簿，讓賀等人知道，大青龍就是躲在那療傷，並且猜測他並沒死，只是傳死訊以掩人耳目而已，於是更將王二虎抓去，並寫了封信給大青龍。以下摘錄部分信件內容：

天公仁兄大鑒：
　　咱們是好弟兄，何必而這一套。
　　你沒死，你在王二虎店中養過傷，現在你又裝死，別笑掉老朋友的大牙。
　　你猜我怎麼知道，……。（略）
　　你看這有多好笑，你就在前郭旗，我們哥倆未能來拜見。未能請人給你治傷，失禮之處，還請多多擔待。
　　現在我們把你的好友王二虎請到隊部裡，……。
　　……。
　　你死不死，你知道，我知道。
　　附上你寫給我們的信，附上你的血衣。……。
　　不管怎麼說，都是十幾年的好哥們，別耍花槍，希望你找個時間聚聚，我哥倆惦記你，王二虎更惦記你。
　　順便代問
　　嫂夫人小白蛇安好！

弟賀三成 王江海同敬啟<br>（田原，1986b：246-247）

以形式來說，是個格式相當得體的書信，但從內容來說，則顯現了賀三成等人卑鄙性格，尤其信末「代問／嫂夫人小白蛇安好」，更將他們的輕薄的嘴臉展露無遺，田原成功利用這書信體──雜語形式的一種，做為增進作品藝術表現的手段，但另一方面，田原諧趣、諷刺的文字風格，又透過這信件展示出來。

　　王二虎是被救了回來，但去堤防工作時，再度被賀三成抓去，小白

蛇接著抓來油輥子,透過商團會長出面,要來交換人質,這時小白蛇以大青龍名義也寫了封信給賀、王兩人:

三成、江海二兄台鑒:
　　相違已久,甚為悵念,近維公私迪吉,為禱為頌。
　　敬陳者,茲有小事一樁,煩勞清神。
　　貴隊逮去王二虎君,弟萬虎無奈請來尤總工頭,事非得已,尚望海涵。
　　此事解決甚易,一請先放王二虎,二請轉告佐佐木贈送一萬八千元,弟當把尤先生胡侖個兒壁還。
　　念及昔日哥們相知殊深,為慎重計,望請玉合順大掌櫃即商會會長黃先生出面鼎助。黃先生為弟輩之鄉賢。年「高」德邵,如能破格出山,弟當遵命辦理。
　　如兄等無此誠意或煩不動會長黃先生,此事則難相商矣。
　　萬一有不良變化,其罪在兄等,如膽敢割掉二虎之鼻,弟當挖尤君之目。弟一向言出如山,絕非笑談耳。
　　時值秋歲關外風寒,望兄等保重,順頌
時祺
　　　　　　　　　　　　　　　　　　　弟大青龍拜啟
　　　　　　　　　　　　　　　　　　（田原,1986b:487）

這信與上引剛好成一對,以牙還牙、以眼還眼的報復氣息濃厚,同樣在莊重的書信體格式上,卻帶有諧謔、諷刺的文字風格,這又是田原個人風格的一種折射。

　　當然,敦厚的文字敘述,是田原基本的文風,也是他作品雜語構成的重要部分,尤其在他懷鄉性質濃厚《大地之歌》,或者在《松花江畔》裡,以拴柱為中心的視角出發的敘述中,更是如此。

　　《大地之歌》裡,所有的人都是農民,作者的敘述、人物的話語,無不顯示農民敦厚、質樸的性格,就如前述的,田原語言時有的諧隱、諷刺風格,在這部作品中並沒有出現,這也折射出作者個人對於想像中的太平歲月,美好農村的期待。這從作品一開頭的敘述中,即可看出:

　　天還沒有亮,呂大海便從熱被窩裡爬起來。穿上老羊皮袍子,外面紮上

粗布腰紮，取下掛在牆上罩了棉布罩子的畫眉鳥籠。打開房門，迎面一陣不得透骨的西北風，嗆得他咳嗽了一大陣子，吐了幾口濃痰。然後在豬圈摸到糞筐子，揹上肩頭，開了小角門，走上大街。（田原，1978：6）

或者是對於農村家庭裡生活動作的質樸描述：

穿了藍布印著白花棉衣褲的孫女呂菊菊，從裡屋走出來。打開鍋蓋，白茫茫的水蒸氣立即瀰漫全屋。菊菊在熱氣騰騰的鍋裡，裝了兩大盌小米粥。父子倆便就著鍋台，兩手捧盌，也不用調羹筷子，唏哩呼嚕喝起來。（田原，1978：6）

這樣的文字是這部作品的基本風格。

《松花江畔》雖然有許多篇幅圍繞在那群鬍子與保安團等不同武裝勢力的糾葛上，但以拴柱一線，描述他從山東到東北開荒等情節，依然有著如《大地之歌》般，敦厚、質樸的敘述。作品一開頭，拴柱的母親，在出發當天為他準備早餐的敘述，即是最好的例子：

雞才叫頭遍，屋裡黑得伸手不見五指，李大娘便摸索著從坑上爬起來。她悄悄的穿好衣服，輕輕的下地，上了歲數的人，一離開被窩，嗓子眼便癢絲絲的，一大塊粘痰阻在那裡，非要咳嗽一大陣不可。她強忍著，怕驚醒睡在西屋的兒子。（田原，1986b：1）

自此而後，隨著這位質樸莊稼漢拴柱視角所出現的，全都是這樣的風格，全無上引諧謔、諷刺之感，描述拴柱的文字更是如此。拴柱原本要把第一年的收成全給帶他開荒的王本元，好賭的他痛悔這些年時間的浪擲，在這一段開荒、打場的時間裡，他決定要回家了。就在收成、賣完糭子後，趁拴柱子還沒酒醒，一個人搭上火車回關內去，拴柱醒來拿著錢追到火車站：

拴柱一看來不及沿著馬路跑，想越過荒地直奔車站。荒地上有半尺多深的積雪，下面又是茅草，腳用不上勁，越著急，跑得越慢，還摔倒了，摔倒又忙爬起來。
……。
「表叔！等一等！表叔！等一等！」

……。
拴柱呼叫的喉嚨嘶啞了,乏力的臥在雪地上爬不起來。
突然有股溫熱的氣息撲在臉上,抬頭一看,原是那條大黃狗。大黃狗搖著尾巴,並用舌頭舔他的臉,不知甚麼時候,滿腮滿臉都是淚水。(田原,1986b:647)

這段質樸、溫情的敘述者話語,可說是對於拴柱來到關外,接受到眾人的幫助後,充滿感恩之情的寫照。對農村、土地強烈感情的他,對於傳統人際關係的懷念,充分表現在這樣的書寫上——這些文字也折射出田原個人的思想。

　　本章以懷鄉書寫中的人物與語言為討論對象,而人物的塑造、語言的描模,是田原作品藝術性最可觀的地方,從本章所討論他以故園為場景的作品中即可發現此一特色,在本書後文亦會討論,在他以當代台灣社會為背景的作品中,亦是如此。
　　形象飽滿各色的人物,諸如在當年北方各武裝勢力縱橫年代裡的各種「英雄」、「非英雄」,抑或是各樣不同形象的女人、純樸的各樣農民,以至是新式學堂的學生等等,無不鮮活的出現在他的敘述中;他且擅長對於人物服飾、場景佈置的細描,成為表現人物性格或處境的最好工具;他出身北方,對於北方底層人民習用的語言之熟稔,充分展現在他的作品中,其中方言、行話、黑話、歇後語、俗諺,乃至公文、書信體等各色雜語紛呈,一方面是他做為表現人物的工具,但也折射出田原個人質樸敘述中亦略帶著諧謔的語言風格,而這也是田原作品藝術性另一個重要的特色。

# 第五章　不太成功的本土？田原的台灣書寫

到目前為此，我一共出版卅二部作品，以地域為背景來說，大體來說可分為兩大類型，一是北國，一是台灣，在北國我受過貧窮苦難，台灣則是我居住最久的第二故鄉。（田原，1987：193）

出身軍中的田原有著許多懷鄉書寫，在許多史論中，也常被視為軍中作家、懷鄉作家之列，但田原同樣也有不少以台灣為主要場景的作品，這些作品且以長篇為主，中、短篇亦有一定數量，這是其他類似背景出身的作家少見。葉石濤在《台灣文學史綱》中，評述軍中作家時，特別提到田原，且說：「田原曾試圖把本土生活的題材納入小說裡，但不太成功。」（葉石濤，1991：99）然這也讓人不禁思考，這些作品為何不太成功？又果真不成功？

田原這些以台灣為主要場景的作品，即是本章討論的重心，將先從題材的分析，說明田原因生活經驗的不同，所形成書寫成果的差異。其二，如本書前述，田原擅長描寫各色人物和他們的語言，這種特點同樣也出現在這些以台灣為主要場景的小說中，本章也將專節分析，田原是如何呈現這些人物。田原擅長描繪底層人物，模擬他們的語言，但做為一位北方人，雖也使用了本地語言裡的髒話做為表現人物的工具，他卻無法完全跨越語言的隔閡，從這角度來看「不太成功」是成立的。其三，田原不擅長描寫台灣的農村，但對台灣都市或都市邊緣人們的生活有著細膩的觀察，但這些人物、所描述的生活方式卻也非現代意義的「市民社會」，以來自傳統

的語彙——「市井」名之或更讓人心領神會，田原即對這樣的市井社會，從各種不同型態的生活空間以至飲食等，有著豐富的描寫，這也是這些作品的特色之一。

　　田原這些作品的存在，實也超脫對於軍中作家、懷鄉作家的一般印象，所謂的「不太成功」，從以下的討論中可發現，乃屬於生活、視界上的差距，這些作品對於當年變遷的台灣城市庶民生活樣貌，有著豐富的記敘，全然也是台灣經驗之一種，從這個角度來看，卻是成功的。

## 第一節　視界的差距

　　1949年兩岸對峙確立，島內湧入以百萬計而後被稱之為外省人的新移民。這是台灣史上又一次的移民潮，與十七、十八世紀以閩、粵籍為主的農業移民有著很大不同，移民的省籍遍佈中國各省，而且身分類別與本地已經「土著化」[1]，以農民為主的先輩移民後代差距更大。

　　黃仁宇在他的相關著作中，以立字做喻，他認為以蔣介石為代表的國民黨，建立了中國現代的上層組織[2]；以毛澤東為代表的共產黨透過土改等手段，重組了中國現代的下層組織[3]；台灣同時也透過土地改革和地方自治的展開，完成下層組織的重組，再加上以服務、經理為主要功能的中間階層的建立，如立字左右兩豎筆與上下層組織形成如立字般的結構，從而完成現代化的轉型。不管是台灣或者中國，都經歷此一重組，才得以走向現代化。

　　1949年移入台灣的外省移民，不單單是一種人口移動，更是上述「上層組織」的移入，直接取代了1945年後離開的日本殖民統治者所建立的上層機構，這也是為什麼許多人心中會將外省人與「軍、公、教」畫上等號的歷史因素。

---

[1] 詳細論述可見，陳其南：〈土著化與內地化：論清代台灣漢人社會的發展模式〉（《中國海洋發展史論文集》，台北：中央研究院三研所，1984年），頁335-336。陳其南在本篇論文中，透過十九世紀中葉台灣分類械鬥形態的改變，以在地的地緣所形成新的宗族團體及祭祀圈等，說明清代台灣漢人社會的「土著化」。

[2] 舉凡與統治有關的組織，諸如行政體系、官僚體系、軍隊等等。

[3] 泛指與一般民眾與組織、聯絡一般民眾有關的機構。

這批新移民來台時，台灣早已無田可墾，大多數自然也不會定居在當時的農村中，各大都市及其邊緣，成為他們來台後主要居住地。加上職業類別的差異，諸如為安置軍中的中、下級軍士官，而後形成「眷村」；散居到全台各地的公、教人員，或有單位提供集中住宿，或有賃屋而居者。很顯然的，這一批新移民，不僅是省籍、語言與本地住民有著差距，就身分、職業類別，及居住地與生活環境亦常是迥然有別，更不用說這一批新移民所歷經的國共內戰及離散過程，與台灣本地住民曾被日人統治的生活經驗，兩者之間的差距，不僅是不同，甚至可以說幾乎沒有交集，彼此的認識是有，但要說到「瞭解甚深」可就不容易了。加上光復初期國府統治種種失當作為，終引起二二八巨禍，而後政府以高壓的方式平息此事，然在這樣的情況之下，外省人與本地族群隔閡的存在已無可避免，歷史也告訴我們，這得靠長時間來消弭。

　　小說雖說是一種虛構的文學作品，但不管是作品中的題材、語言、人物等，無不立基於作者的生活經驗中提煉而出，以至於在許多的小說研究、評論中，常致力於發掘、比對作品裡所展現的情節、人物，與作者本身之間的關係，在《紅樓夢》研究中的「考證派紅學」即是最好的例子，除了考證作者、時間、版本外，甚而將作品視為一種「自傳」。雖然將整個作品視為作者個人生命史的展現，逐一對照、考證，實也超出文學討論之外，但這也為大家展示作品與作者本身經驗的密切關係。

　　觀察做為一個作家的葉石濤，其作品題材自然也反映他的生活經驗，從他戰前充滿「浪漫主義」色彩的作品開始，表現出他做為一位地主家庭出身的文學青年趨於浪漫、耽美的性格，此後的作品，題材轉而面向現實，或有一連串以台灣歷史事件為主題，或以自己幼年、青年生活為背景，或在作品中呈現台灣現代諸多政治事件。

　　余昭玟《葉石濤及其小說研究》，將葉石濤小說作品，按時代背景以及他個人的遭遇，區別為四個階段，分別以一、「愛情」——1940-1945，二、「悲憫」——光復後到他入獄前，三、「佯狂」——六〇年代末復出文壇，四、「抗議」——八〇年代後等，做為他不同時期主題的特色。從余的研究中，也可以看到，雖然每部作品都有各自的題材，卻也看出個人生命經驗在其中的折射。

誠如余文中所說,雖然葉石濤反對這種作者自我投射的小說,但:「事實上,只要對葉石濤的身世背景稍有瞭解,讀他的小說時就會發現其中有很多他本人的投射。有些劇中人物完全符合他本人的身世」(余昭玫,1990:183),做為地主家庭子弟出身的他,作品的視野反映他所熟悉的人、事、物,也是再自然不過的,就如余昭玫在分析葉石濤作品的題材、視角特色時就說:

> 不過也因為葉石濤寫的都是他最熟悉的人物,所以他的小說主角都是地主階級的小知識分子,他很少刻畫農人、工人的生活,沒有寫過真正的農村,有的只是荒村,譬如像「烏秋村」系列的小說。忽視了當時佔人口百分之八十的農人、工人,似乎是一大缺憾,但葉石濤原本就是世家子弟,他並不瞭解農村真正的生活。能避免這種題材,也是聰明的作法。畢竟他已經重現了府城大戶的生活面貌,這成為他小說的獨特處,在台灣小說史上別立一格。(余昭玫,1990:184)

當然葉石濤的作品中並不是沒有農民與農村,也如〈收田租〉透過主人公和他「康姑」下鄉收租不成,反倒聽到佃農們為了生存殺女嬰的情事——將新出生的女嬰,灌一匙米酒——反映了佃農生活的困苦,然與日治時期前輩作家,或者鄉土文學時期諸多作品,深刻描述農村問題、農民生活,是有差距的。也可以這麼說,即使是台灣土生土長的葉石濤,也未必能在他的作品中,完全呈現不同形態下的台灣。

在此不禁要思考,葉石濤評田原後期以台灣本地為背景的作品「不太成功」,這觀點究竟何來?乃藝術上的問題,或者乃對於「本土」認知的差異,也因個人的視界差距下所形成?

在 1978 年,葉石濤接受彭瑞金、張良澤的訪談,談到有關外省來台第一代作家,以朱西甯、司馬中原等為例,以「反應台灣社會」為題,有以下的談話:

> 彭瑞金:……,您認為他們的作品裡反映了台灣這個社會嗎?
> 葉石濤:……,當時他們這類型的作家來台不久,他們來到台灣的生活圈子不離軍隊或黨政府機構,始終依附在政權上的,他們沒有機會和真正的台灣民眾接觸,無法瞭解真正民眾的生活、意願,既無法瞭解台灣

的過去,更不懂得台灣的現在,因此他們無法寫這種背景的作品。……,不管是朱西甯或司馬中原,他們作品中最好的部分就是大陸農村為背景的作品。……。(葉石濤,2008:292)

如果以上述的角度來看田原的相關作品,我們可以發現「生活圈子不離軍隊和黨政府機構」、「沒有機會和真正的台灣民眾接觸」、「無法瞭解真正民眾的生活、意願」等並不完全適用。

田原出身山東省,幼年與青少年期間,曾生活於東北等地,他的作品中也反映了他的生活經驗。但同以農村經驗來看,田原在他諸多懷鄉作品中,如《大地之歌》、《松花江畔》等農民是作品中的主人公,也描述出他們質樸、執著於土地的一面,然他以台灣本土為題材的作品,除了《青色年代》外及少數短篇,不再見農民出現,這當然與來台後,做為軍人身分的他有密切的關係,他並沒有深刻接觸台灣本地農民的機會,自然無法在作品中表現出來。

《青色年代》這部作品,是田原少見出現對於台灣農民敘述的作品。田原以台灣某地的農民林家翻新房子破題,帶出國民政府來後,日子好過,還剩了錢可以修房子,這顯然有種某種宣傳意味,是擬寫實的。作品裡的確充斥許多宣傳般的話語,就如作品裡描述林家本是李家的佃農,但如今林家子弟卻和李家小姐談起戀愛來,其中林家小女兒幸方和母親阿呆及祖父間有著這樣的對話:

「胡說,」阿呆白了女兒一眼:「李美麗怎麼會看上你哥哥,她爸爸李火財過去是大地主,我們當過他的佃農,雖然他比別的地主講理,地主總是地主。就現在他田地少了,他還有什麼台糖公司、水泥公司的股票。自己又開著醫院,怎麼會同咱們來往,快說?」他緊張的搖搖女兒的手臂:「是不是你那個傻哥哥,打人家主意。我要告訴他趁早死了這條心,省得將來弄得神鬼不安。」

「阿呆啊,」老祖父搖了搖手:「你怎麼還是那副死腦筋,現在是什麼年頭,這是中華民國,老百姓當道啊。不是當日本鬼子的順奴。分什麼貴族,皇民,士紳,賤民。前年老鄉長競選時不是說過,什麼大家一律平等。李火財有女兒,我們家中有男孩子,就可以碰運氣,有緣就娶過來,沒有緣,或者女兒身體差,咱們還作興不要呢。」(田原,1965a:15)

從這段來看，除了隱含了對於政府「德政」的歌頌外，卻也平面化、單純化了農村裡的人際關係，土地改革果真打破原存在於農村中的階級結構？失去土地的地主和得到土地的佃農自此平起平坐？田原顯然未曾深入觀察台灣的農村，也不擅於處理台灣本土農村的題材，無怪乎對於台灣農村的樣貌，只能有著許多「官式」的話語，諸如透過林家大兒子的視角，描述目前家中處境的一段話：

「我看你是窮漢得了一條牛，半夜三更起來數牛毛，捨不得用啊。」他承認父親這個譬語是對的，他知道現在家中有了錢，從三七五減租，到耕者有其田，公地放領，土地總登記種種措施，富了起來。可是沒有想到今天要蓋一所像樣的屋子，雖然別人是大動了土木。他也曾在深夜偷偷同老婆講：「這些人剛剛不討飯，便把打狗棍子給扔了。」（田原，1965a：3）

當然更不用說，在台灣農村為主要場景的各段落中，還出現許多北方的口語、俚語，雖說田原的語言常為許多評家所欣賞，然他對於本地語言的掌握顯然不足，這當然是田原在描述台灣農村、農民時的侷限。所以整部作品，也只能透過林家子弟健雄入伍後，軍中生活的描述做為作品的重點。這可以說完全符合葉石濤對於軍中作家作品特色的描述。

也如田原另一個短篇〈田原之夜〉，也是以台灣本地農村為背景，描述一位年輕的農夫，因為政府的土地政策受益，讓自己從佃農成為小自耕農，也娶了媳婦，孝順的媳婦還主動接來與大兒子媳婦處不好的母親，一家人過著幸福的日子。這作品顯然是在贊揚政府土地政策，林阿木一家能有自己的土地、蓋自己的房子，還娶了媳婦，全是這政策下的成果，相當具有宣傳意味，自然也無法透視隱藏在土地分配之外，台灣農村、農業在現代化變遷壓力之下，日漸弱勢的事實，這當然也是田原的侷限。

然除此之外，田原其他以本土為背景的作品，就有各種不同的題材和描述。這些作品有長篇小說，其他中短篇這類作品數量更是可觀。以下將簡述這些作品的題材。

《朝陽》（1964），原連載於《文壇》雜誌，後由文壇社出版，曾

獲「文協獎章」、1983年得「吳三連文藝獎」。作品描述黃玉峯一家由大陸來台後，在台灣做生意，進而與本地人互動相處的情況，同時也敘述了這一家人在台灣生活情形，觸及了兩代之間價值觀差異所形成的衝突。台灣五〇年代商業活動及地方選舉的進行也成為作品重要的素材。

《嘆息》（1967），以一個基隆都市底層的家庭為敘述對象，在不和諧家庭成長的寶香，先是投靠外祖父，而後想獨立生活，卻不慎被騙墮入花街，其後雖有機會脫離，然因金錢、感情、家庭等因素，依然在暗夜中討生活無法自拔。作品中對於台灣都市底層人民的生活困境有許多描述，而對於暗巷裡生活的人們，更有深刻的描繪。

《遷居記》（1967），這為「省政文藝叢書」所作，作品中以一位屏東議員王化南的視角，透過一次一次在台灣各地的搬家，描述變遷中的台灣，庶民生活方式及其價值觀的改變。

《圓環》（1968）以五、六〇年代的台北為背景，且有對當時寄生於都市中的黑社會、惡勢力有許多描述，其中，亦批判當時曾引起熱烈討論的養女風習。

《雨都》（1971），以一個在台灣某都市生活的秦姓外省人家庭為主要對象。男主人公忙於事業，也忙於夜裡的花花世界；女主人除了一張利嘴外，卻常身陷牌桌無法自拔，家事全委由傭人料理；唯一的兒子學業無成，又誤交損友，甚而逃家。作品主要描述這種現代社會下，都市裡家不家的樣貌。

《男子漢》（1971）以主人公大牛到一大戶人家應徵三輪車夫開始，故事中的人物，全是一些小人物：酒家女麗娜，同樣在幫傭的張嫂等，大牛靠著自己的努力，從三輪車夫，最後竟能自己開店。

《四姐妹》（1973），也是為「省政文藝叢書」而作，以四位分別來自本省不同鄉村到都市工廠工作的女工，同租一屋，進而結為異姓姐妹的故事，在作品中寫出女工的感情生活與這些女工對於未來生活的憧憬，更寫出在那個由農業社會向工業社會轉型時的社會百態與人們心境的轉變。

《明天》（1973），以五〇～六〇年代的台北為主要場景，主人公

儲強是一位大學生，靠著踏三輪車半工半讀在大學就學，也因這樣自食其力的精神，完成學業，雖然找工作時略有波折，但最終能找到一份發揮自己所長的工作，甚也得到愛情。

《差額》（1986）為田原最後一部長篇作品，則是以台灣七〇～八〇年代為故事時間，以一位曾經風光一時的建商，在事業失敗之後，意欲東山再起卻又不得的過程為主要情節，商場上的險惡，錢慾橫流的景觸，不時出現於敘述中，台灣經濟起飛後的正面作用和負面效果，全是作品主要素材，這部作品也被譽為台灣「商戰」小說的代表作之一。

這些作品的場景，均是台灣當年處於現代化變遷中的各都市邊緣，雖然沒有農民的，但也有著軍人、學生、勞工、女工、各色商人、公務員，甚或是都市中的小混混、酒女、妓女等等諸多社會底層人物，而人物的省籍顯然也是多元的，有在地的本省人，更有許多以外省人為主人公者，這也反映了1949年後台灣社會的現實狀況。

「本土」（native）一詞，無可否認的在台灣是一個高度政治性的語詞，本來就是建立在與「外來的」（exotic）、「他者」（the others）之對立下所產生，葉石濤在〈台灣鄉土文學史導論〉所高舉的「台灣意識」，並建立在「反帝、反封建」的共通經驗上，且絕不是站在統治者意識上所寫成的。

然這樣的理論，是不是也把原本應也屬於台灣的某些部分割捨去？諸多評論家所強調的，立足台灣、立足現實，但就如田原或其他外省籍作家，雖然受限於生活經驗，他們無法深刻描述本省籍同胞尤其是農民等，也無法瞭解過去台灣歷史發展所刻下的印痕，但他們描述許多外省人離散來台的生活及心理狀態，這難道不是屬於台灣？就如龔鵬程所說：

> 何況，所謂社會現實，為何僅能指台灣省的土地和人民？兩百萬軍民來台，在台灣居處、思考、活動，本身不就是台灣社會現實嗎？描述這些人的思維活動、生活狀況及面對之時代問題，本就不是寫實的嗎？在當時，台海戰爭仍在進行，國際對抗形勢和台灣的生存危機，都逼使部分作家真誠地探索究竟要不要反共、和如何反共的問題。當時的懷鄉憶舊文學作品也因此而成為一時代真實的反映，從寫實或現實主義的立場看，恐怕反倒是應該肯定的。（龔鵬程，1997：56）

葉石濤在他小說作品中,也描述到1949年後來台的外省人,就如他在「潘銀花系列」作品中出現的軍人,作品深富諷諭性,描述這一群「外來者」與這裡土地的關係,或者出現在描述「白色恐怖」經驗,代表外來統治者的形象出現在作品,然也僅止於此。

　　受限於視界的差距,就如田原無法深刻描述台灣的農村、農民,葉石濤同樣無法瞭解,或者在作品呈現這些來台外省人的生活樣貌與心理狀態,從而也表現在評論中。

　　台灣在戰後歷經激烈的現代化變遷,在1963年工業部門生產淨額已超越農業,1973年工業部門已是農業部門三倍,到了1980年差距更已達四倍;[4] 農業人口在1986年時,已減少到22%,農村甚或農民,已不是台灣社會構成的多數。表現在文學上,除了鄉土文學興盛時期諸作品外,許多作家的視野早也離開了曾經在台灣社會佔有重要地位的農村和農民,都市生活才是他們所熟悉的。

　　2002年葉石濤受邀赴日訪問演講,回台後曾接受採訪說明赴日後感想。他認為台、日、中戰後五十幾年來的小說有一個共同特徵:「就是以都會為小說舞台的居多」(莊金國,2002),且認為諸多年輕作家,多數生長在都會,生活空間侷限,時而追求那種心靈深處未開發的潛藏意識,但有時過分鑽牛角尖的結果,反而錯失廣大的土地和人民的生活現況,他強調向台灣歷史討題材的重要,且如這篇訪問所記:

> 台灣人都居住在都會嗎?葉石濤質疑,否則小說中怎麼不見農村、漁村和高山、海濱,這些土地上的居民,每天演出悲歡離合的故事,更能反映現代台灣人為生存而奮鬥的精神,可惜很少被寫進小說世界,這是作家窄化自己,放棄了以大自然為背景的小說情境。(莊金國,2002)

這也可顯見葉石濤對於鄉土題材上的偏愛,他所著重的是農村、漁村等傳統生活方式下的台灣鄉土,也無怪乎時而以來台外省人為主人公,多數描寫都市社會底層各色職人的生活樣狀,甚或是現代都市商業活動等的田原作品,會以「不太成功」評之。

---

[4] 相關資料見主計處編:《中華民國國民所得・1981年》,頁27:「表9　國內生產淨額各業所占百分比」。

而本章以下各節，除了分析田原以台灣為主要場景的作品之外，從而也要說明「不太成功」，問題並非全部出在文學的藝術性上，評論者個人的視界差距，也是原因之一。

## 第二節　語言的隔閡

在前文已說明，田原擅長透過模擬肖形的語言，表現三教九流的各種人物，或是粗獷、豪氣的「鬍子」、粗鄙的兵油子、潑辣的女人、鄉村裡的士紳、農村裡質樸的農民等等，或描述他們引用歇後語、諺語等的習慣，從而讓作品裡的語言格外生動，這也是田原作品的特色。

然這是他以自己幼年、青少年時期生活過的北方大地為背景所寫成，當他描寫的視角轉向以閩南語、客家話甚或是原住民語為母語的本土民眾，他這種鮮活的語言特色，便無從發揮了，語言的隔閡——對於本地民眾習用的語言不熟悉，當然是主要原因。

就如在《朝陽》，這部描寫不同省籍人們相處情形的作品中，田原讓黃玉峯的房東——這位本省籍的建商，有著「賴添丁」的名字，顯然是想掌握台灣人取名的習慣，但就如以下的描述：

「聽說黃先生在上海經營三個大工廠，」賴添丁用半生不熟的國語說：「生意很多。」（田原，1970：65）

田原卻無法在作品中表現出「半生不熟」，文字所呈現的，卻是流利、思路清楚，且顯然是標準國語的語言。賴添丁有意找這位來自上海的大商人，一起投資做營建的生意，作品如此描述：

「現在在台灣，建築業很發達，」賴添丁用那種平板的聲調解釋著：「第一、二次世界大戰炸毀的房舍工廠要重建。第二、局勢很安定，不管本省人與大陸人都要增建房舍。第三、省府推行三七五減租，聽說接著要實施耕者有其田，農村生活改善，逐漸繁榮。將來營造商的發展是不可限量的。」（田原，1970：65）

這些語言顯然是流利的，卻也無法表現在光復後剛學國語不久，一位本省籍建商應有的語言特色。

當然這不是單例，田原以台灣本土為題材的作品中，有關台灣本地人的描寫，都有這樣的問題，上引《青色年代》充滿對政府政策高度肯定的話語同樣也是如此。語言對於小說的重要，自不待言，尤其方言適度的使用，更是作品鄉土性產生的重要因素。這在中國近現代小說中，有無數例子可舉，如沈從文作品中的湘西方言、老舍作品裡的北京土語、李劼人作品中的成都方言，以至台灣日治時期的賴和、楊守愚、蔡秋桐使用台灣話文，黃春明、洪醒夫、吳錦發等諸多鄉土小說時期重要作家，無不在他們作品中，重現這些庶民話語。田原在懷鄉小說，讓諸多北方鄉土人物生動、鮮活的出現在讀者眼前的語言描摹能力，卻無法表現在這些以台灣為主要場景的作品中，做為北方人出身的田原，對於以閩南語為主的本地語言的隔閡，當然是主要原因，從而也讓他作品失色不少。

　　就如《嘆息》中，主人公寶香的母親敏子，出身新竹本地大戶家庭，她嫁給了基隆一位碼頭工人，卻因丈夫好賭，家庭狀況極差，與丈夫的爭吵成為家常日行的公事，《嘆息》就是由敏子一連串的罵聲展開：

「該死的，
砍頭的，
不是人：
畜生！
你還有臉活著啊──窩囊廢！」（田原，1981：1）

連接的是以旁觀視角的動作描述，但田原還是不厭其煩的，將整串罵人語言接續的呈現出來：

「姓林的啊，
老娘是前世該你，還是欠你的，你這末整我們！
你裝死啊；
海沒蓋，為啥不跳？
房後的石頭夠硬的，為什麼不碰死？
死，死，死，你該挺屍了啊！」（田原，1981：1）

「你死了啊？
你聾了啊？
泥人還有股土性，
橫看豎看你都不像個人。
老太爺，不是奉承你，你可真能幹。
從新竹到基隆，除了你，找不出第二個敗家子！」
……
「敗家子啊，
你這該殺該刮的敗家子！」（田原，1981：3）

透過這樣的描述，一位無力於丈夫好賭、不顧家，但嘴上絕不失敗，在都市底層生活的婦女形象躍然紙上，這當然不是什麼溫柔嫻淑的賢妻良母，卻生動不已。

然細看語言，再比對作品設定人物的背景，則明顯有問題。會使用這樣語言的人，應是以國語為母語、日常用語的中下階層人士，與作品設定本省新竹大戶家庭出身、家職畢業的女性身分並不符合。

同樣是描述本省籍鄉下婦女潑辣的形象，本省籍作家林鍾隆的書寫可以做為比較。林鍾隆為桃園客籍作家，雖然也屬於戰後語言轉換世代，他除了克服語言的轉換，成功地以國語寫作，且在作品中時而雜入客語，更增添了鄉土氣息。就如他《梨花的婚事》裡的鳳枝就是一例，《梨花的婚事》並不是方言小說，但林鍾隆適度雜入客語，成功的表現這位有著強悍個性的客家婦女形象。在作品中，個性溫和丈夫對她屢屢喜歡管「外面的事」有所不滿，她和丈夫間有以下的對話：

「看樣相就知道了，還問什麼？」……。
「不要去啦！你去了只有跟人家吵架。」
……。
「跟人吵架，也隨你被人欺負好！」鳳枝說。「走開一點，攔什麼！」
「自己的事情做好一點，早一點給人吃飯，不會每天七暗八摸（客語，太晚），我就謂你會啦！（我就稱讚你能幹。）」制止不住太太，李順成只好曉喻她。「家裡面的事情替我管好一點，外面的事情，怎麼要你管？」
「你如果成人（像個人），何必我管？」鳳枝委屈不平地。「就是你不

成人,我才可憐,裡面的事做不了,還得管外面的事。」(林鍾隆,1969:74)

她一棒打死了啄食自己田裡稻穗的雞,這雞是屬於村內大戶人家孫思明所有,兩人起了衝突,做為男人的孫思明,還動手打了鳳枝,以下摘錄林鍾隆為鳳枝所設計的語言:

「是你的,就拿回去,稻子收割以前,不要再放出來損人家的稻子,哪還有怎麼樣!」
……
「你是有讀書的人,叫關雞關鴨,你偏關不起來,和沒知識的人一般見識嘛!」
……
「你敢打我?男人敢欺負婦人家?損人的東西,還比人家凶,你逞什麼勢?讀書讀到哪裡去?我不怕你有什麼勢可逞。我鳳枝雖然是女流,沒好給你欺負的!要打就再打嘛!」
……
「x你媽!你竟敢欺負人這麼厲害!」
……
「走開!我不怕他,拚死也要跟他拚!放開!」
……
「不放你過去的!姓孫的!不放你過去的!我鳳枝仔沒好給你欺負!」(林鍾隆,1969:82-83)

林鍾隆為桃園客籍作家,整個語言看似國語的,但如果以客語來唸讀,則更能表現出這其敢於挑戰大男人的潑辣形象,鳳枝即以這一連串的語言,形象鮮活了起來。

而後,鳳枝又和阿碧雲為了在池塘堤邊掘土種菜的事起衝突,這一次鬧到派出所,阿碧雲在孫思明的慫恿下備妥傷單要控告鳳枝傷害罪,在派出所面對警員的訊問及走出派出所後,又有以下的語言,同樣把她潑辣個性表現無遺:

「那個夭壽絕代的,沒有的事,她做話來講。」
……

「那個掉下巴的,王巡查,你不要信她的一張嘴屁股亂瀉。是我拔掉她的菜,她拿起鋤頭要打我。我幹她x,好敢講假話!」
……
「阿桃哪有看到!她那時不知道在哪裡,周圍沒有人,只有我老的(丈夫)和我的兒子坤土在隔好幾塊田那邊做工作。」
……
「幹他x!王巡查偏他們。我一講話,他就叫我不要講,要他問才可以講,豈有此理。」
……(林鍾隆,1969:141-142)

同樣是潑辣的形象,但這些語言,顯然和上引田原有著明顯的差距,林鍾隆雜入本地語言的語彙、語法,成功的表現了台灣鄉下女人強悍、潑辣的形象,這也是做為一位北方人出身的田原沒有做到的。

田原的《四姐妹》,作品裡也都是以本土出身的底層人物做為主人公,其中以出租給來都市工作少女的「三福公寓」管理者寡婦「罔市嬸」——顧名思義,顯然是本省籍的中年婦女。在作品中,個性外強內軟的她,對於三福公寓的管理,有著嚴格的規定,目的卻也是要來保護這群來自鄉村的少女,避免她們在沒有父母照撫下的都市中受人傷害。誠如上文所述,田原十分擅長描寫這種類型的女人,罔市嬸對於房客嚴厲中帶有關懷的形象也讓人印象深刻,不過細看田原對她的語言設計,則依然跨越不了語言這道鴻溝。就如作品中的春綢來到都市工作,在兒時玩伴張玉的陪伴之下,來到三福公寓看房子,罔市嬸只準春綢上樓看房子,嚴禁張玉跨門一步——這是她設下以保護公寓內女孩的嚴格規定,面對初次見面的春綢,罔市嬸就有以下語言:

「不是我年紀大,古板,嚕嗦,是年頭兒變得太不像樣子,有些男孩子要多壞有多壞,專逗女孩子,逗上手就甩開。有些女孩子。就那末六神無主,甘願上鉤。我這老婆子贊成來真的,別來假的,要守住這塊乾淨土,免得妳們這離父母的女孩,到城裡來吃虧上當。」(田原,1973a:10)
「還有,別輕易收男人的東西,這叫釣魚要餌,偷雞要撒米,像樓下那個孩子,定會這一套,不是我愛破壞,小心,上當的機會總是少。」(田原,1973a:11)

從文意來看,的確是表達出來這位寡婦,想要保護自己房客的熱心腸,然這語言的設計,顯然和一位本省籍中年婦女所習用的語言,有著明顯差距。

田原當然瞭解這種語言的差距,甚而他在作品中,也以之為素材。在《明天》這部作品中,儲強是外省子弟,但從他父親死後,便在一位本省人家中租房而居,和房東太太吳嬸的女兒阿呆從小一起長大。吳嬸有意撮和他們倆,然儲強以學業在身婉言拒絕,和吳嬸之間有著以下對話:

> 「我再問問你,誰要是娶了阿呆,會不會後悔」……。
> 「不會,不會,阿呆沒結婚前是個能幹的姑娘,結了婚是狗咬鴨子呱呱叫的主婦。」
> 「你說什麼?」……「阿呆雖然不頂漂亮,不至於像鴨子像豬母啊。」
> ……
> 「這是我們家鄉一句俗話。」
> 「你沒好話。」
> 「阿嬸,這的的確確是句稱讚人的話,意思是狗去追鴨子,鴨子嚇得一面跑,一面呱呱的大叫。『呱呱』在我們家鄉是好的意思,就等於本省說『卡水、卡水』一樣。妳到我們家鄉說『卡水』誰也不懂,要是說『頂呱呱』誰也瞭解是指好得不得了。」
> ……
> 「至於說什麼『豬』,那不是指『的麼』是指一家之主的太太,就是進了門,全部當家,所以叫主婦。」(田原,1973c:27-28)

吳嬸無法瞭解歇後語,且把「主婦」當「豬母」,而誤解儲強的意思。田原把這種語言誤解做為素材,也不無暗示自己與本地語言的隔閡。

這種語言隔閡時也出現在他的作品中。就如在他的短篇〈原則問題〉中,敘述幾位來台的山東同鄉,共同僱用下女——傭人來料理他們日常生活瑣事,這於這位「阿巴桑」,作品有著這樣的描述:

> 把新下女帶回來,以我那半生不熟的閩南話,交代需要先做那些事情,……。梅生也起床了,又犯了老毛病,與阿巴桑談話,……。阿巴桑對他哇啦哇啦得又急又快的山東話,一個勁的搖頭說「五隻羊」而且面露不豫之色,嫌她阻礙準備早餐。她心裡可能想:「這是那裡來的一個瘋子。」(田原,1975c:125)

接著第一人稱的「我」,應室友翻譯閩南話的要求下,說出自己閩南語的程度:

> 「我的閩南話,只會說說『呷 』『踢拖』『愛睏』『五隻羊』,你逼我,也是『沒法哆』。」(田原,1975c:125)

其間的隔閡想見。

實際上,田原是有嘗試以本地語言,來表現人物性格的,就如在他的作品中,時而出現出自許多底層人物的閩南語髒話,如在《圓環》中,胡太郎興奮三個人的結合,準備開新酒家:

> 「對!幹你娘!」胡太郎直著脖子高嚷:「三位一體,就同桃園三結義,劉、關、張。」
> 「我怎麼配?」胡旺喜心頭的說。(田原,1968b:78)

或是在《嘆息》中寶香誤入私娼時所聽到的:

> 她希望車夫走得快些,偏偏車子無法踏快,耳朵中塞滿了「夭壽,哭伯,幹你娘,幹你老母xx……」各類粗俗的罵聲,被罵與罵的人都有副好性格,誰也不惱,不動武士刀,粗嗓門,笑成一團「和氣」。(田原,1981:145)

或是在《男子漢》中,描述開妓女戶的大塊到市場後,看到一位殺豬的朋友:「兩人親切的,一口一句『幹你老母』和『宋歪歪』談起來。」(田原,1971c:243)等等,看來擅於觀察底層人物的他,也深諳本地髒話的使用時機,就如他在《男子漢》中所說的:「『幹你老母』!／這是句運用得最廣泛的詞兒,代表喜悅,代表興奮,代表親切,終極目的代表光火『修理』人。」(田原,1971c:107)

田原被許多評論者以「鄉土小說」見長,當然這種鄉土,顯然是屬於他自己故鄉北方大地的農村、鄉土,遇到屬於台灣的鄉土,尤其是農村、農民等題材,或是本土的社會基層人物,顯然是跨越不了語言所構成的鴻溝。

馬森在許多論述中[5]，強調文藝作品中語言的使用，尤其是做為表現人物地域、階級出身等，在標榜「寫實主義」的現代戲劇、小說作品中之重要性，他特別舉出，李劼人以清末民初四川成都社會、政治發展為背景的三部曲──《死水微瀾》、《暴風雨前》、《大波》；老舍以北京人力車夫為背景的《駱駝祥子》等，之能避開「擬寫實主義」的窠臼，成為符合寫實主義精神之佳作，原因一方面是李劼人、老舍個人在書寫上，對歷史社會有著細膩的觀察，對於書中人物所處的環境有著寫實刻畫，且在思想上不為任何主義、任何思想服務之外，更重要的是，他們倆在人物的直接語言設計，各自使用成都、北京的口語，成功的描摹各色人物，增加人物的生動性，更是他們作品最值得稱道的地方。

　　對做為寫實主義的擁護者的葉石濤，從語言的角度來看，評論田原以台灣本土為背景的作品是「不太成功」，的確是成立的。

## 第三節　三輪車末年的各色人物

　　本節以「三輪車末年的各色人物」為題，是從田原這些以台灣為題材的小說作品的時代背景與人物特色中取擷而來。

　　觀看田原這些以台灣為主要場景的作品，首先讓人印象深刻的，就是出現在作品中各色各樣的人物形象，然這些卻往往有別於許多本省籍作家作品中的人物。回看鄉土小說興盛的年代，作品裡的主要人物往往是農民、勞工，而農村、工廠等農民勞動、勞工工作的實況，是作品主要描述對象。

　　田原的作品並非沒有農民形象，然就如同葉石濤所說「但不太成功」，畢竟長年在軍中，雖然隨著駐地改變或任務曾到過台灣各地，但並無法與台灣本地農民有長時間相處的機會，對於台灣農村生活、農民處境並無法深刻描述，這是種隔閡，前文已有論述。

　　然就如田原作品中時常出現的三輪車，這一個在戰後到七〇年代

---

[5] 這些論述如〈中國現代小說與戲劇中的「擬寫實主義」〉，《馬森戲劇論集》；〈中國的大河小說──李劼人的三部曲〉、〈幽默與寫實──老舍的小說〉，《燦爛的星空──現當代小說的主潮》等。

間,做為城市區域重要的十足庶民性格的小眾運輸工具般,田原擅長將那個年代,在都市底層的各色人物,表現在他的作品中。

三輪車——以人力踩踏,與一般二輪腳踏車類似的鏈條後輪傳動,做為一種運輸工具的三輪輕型車輛,引進台灣的時間約在二戰之後,並逐步取代另一種以二輪為主,由人力拉行,或有另稱「黃包車」、「東洋車」的人力車,在當年台灣汽車、摩托車尚未普及的年代中,成為城市、小鎮中重要的小眾運輸工具。從事此業者,當也是城市裡的中下階級,因投入門檻低,不需要高額的資本、亦不必有專門的技術,只要具有體力;而消費者,亦是城市中的中下階層,三輪車自也成為台灣城市庶民生活中重要一景,也可以說是庶民生活的一種符號——高度的庶民性也是它重要的特徵。

然隨著時代變遷,三輪車雖然便宜,且可輕易深入大街小巷的特性,在汽車、摩托車等機動運輸逐漸成為城市交通的主流時,或也是在「現代化」的氣氛下,人力三輪車逐漸被認為該汰除的對象,雖然有許多三輪車加裝小型汽油引擎,改善運輸條件,但這種改裝增加了速度,反引起更多安全上的疑慮,當局更是加以禁止。

何凡當年在聯副的專欄「玻璃墊上」,即時以三輪車為題行文,或在〈自殺座位〉中,從美國的汽車文化起興,認為:「三輪車能存在多久也是問題,台灣在工業化的進程中,以其他進步的交通工具替出這一筆人力,使用於建設方面,是很值得考慮的。」(何凡,1954:6版);在〈慢車情調〉中,又再次主張這種「進化」的必要:「兩輪的人力車才是真正落伍的、不人道的交通工具,現在已經被淘汰了。就是三輪車將來也會有更好的代替品,而使那些年青力壯的車夫從事更有意義的建設性工作。」(何凡,1954:6版);在〈「說山」後記——談輔導三輪車夫轉業〉一文,對當年淘汰三輪車呼聲裡,許多人為付出勞力的底層三輪車夫發聲,認為沒有全面禁絕的必要時,但他繼續持「進化」的觀點,認為這種純靠人力的交通工具,是一種對於人力剝削的不人道行為,淘汰三輪車,可以釋放出更多的人時,投入更多的建設事業中:「所以我們主張台北市應當切實的把公共汽車辦好,把小巷修好,而逐漸減少了三輪車的需要量。同時透過國民就業輔導中心一類的機構,為三輪

車夫找各種『新而且好』的職業（可以就中訓練出一批司機或技工，以服務於擴大的公車線上），並訓練他們有一技之長，以補足需材孔急的各項技工。三輪車夫工會也應當為會員做些光榮轉業的輔導工作，目前這種吃不飽、也談不上父傳子繼的工作，不是長局，也不值得留戀下去。」（何凡，1956：6版）等等，何凡的言論，或也代表當時官方，甚或是中上階層的看法，也是當年輿論中，禁與不禁之間，兩種不同看法中爭論的重心。

從事實來看，三輪車的確被時代淘汰了。有關三輪車的管理，就台北市而言，於民國59年展開收購政策，預計三年內完成，而後又延三年。民國65年9月1日，台北市全面禁止人力三輪車通行，三輪車在台北市也正式走入歷史。其後在台灣各大城市，也逐漸被汽車所取代，加上一般民眾開始以摩托車代步，人力三輪車從而消失在人們的視野中。

如今三輪車反而如「文化進化論」（cultural evolutionism）中所謂的「殘存」（survival）般，成為人們懷戀過往生活的替代物而存在現今的社會中，諸如北部的淡水、高雄的旗津等觀光地區，三輪車成為另一種觀光特色；或在台灣各地的廟會中，各寺廟活動的主事者，坐在書有「大總理」、「董事」等等頭銜的三輪車中，象徵著這些頭銜在過往台灣移墾時期，所曾擁有過的權勢與輝煌。

本節名有「三輪車末年」，一方面乃指田原的作品時而出現三輪車此種交通工具，另一方面亦指田原作品所反映的，也是五〇～七〇年代間台灣的現實現象，正與三輪車存在的時間相符。而三輪車高度的庶民性，正也與田原擅長表現的市井庶民，性格相符。

在田原的作品中，除了時而出現三輪車做為交通工具外，有許多主要人物，即是三輪車夫，就如在《遷居記》裡六張犁社區裡的臭嘴；《明天》裡的主人公大學生儲強，他課餘拉三輪車賺自己的學費，成為放下知識分子身段、自食其力的象徵；《男子漢》的主人公大牛，沒有一技之長的他到台北第一個工作，即是應徵為主人家踩三輪。

不僅是田原，許多同時期的作品也時以此為題材，並以這些三輪車夫為主人公。就如端木方《七月流火》中的主人公承先，即從擺地攤開始，而後以踩三輪為生，最終跟隨政府的政策轉業計程車；劉枋《坦

途》也以三輪車轉型計程車為題材,作品中的主要人物也全是三輪車夫等等。

田原作品時而出現三輪車,做為一個特定時空下的產物,具有豐富的象徵意義,他描寫那時代的人與事,也可以這麼說,田原寫出了台灣現代化變遷中的庶民生活景象與各色人物。這可從以下幾個方面來看:

### 一、庶民社會的眾生相——人物的多樣性

雖然田原自稱受到《紅樓夢》的影響,前文即以他服飾、場景的書寫為例,說明田原也擅長使用如《紅樓夢》般,透過對於人物的服飾、場景等細膩的描繪,呈現主人公身分、性格,或是暗示當時處境的手段,在這一點上的確是可以看出對田原書寫的影響。

《紅樓夢》寫的是世家大族,雖然在金玉的外表下已有頹圮之勢,然畢竟是貴族之家,總撐得起貴氣的金縷衣,在作品中有的是不為生活奔波的閒情逸致,美食、名酒、華服、庭園、詩詞、酒令等斑斕豪華的構成日常生活景觀,陪伴大觀園裡的俊人佳麗。

但田原以台灣為主要場景的小說作品,在人物設計上顯然和《紅樓夢》有著完全不同的類型,主人公既不是達官貴人,更不是不食人間煙火的美女俊男,多是得為生活奔忙,生活於都市與都市邊緣的市井小人物,這也是田原以台灣為主要場景的作品,另一個重要的特色。他極擅長把三輪車即將轉型、台灣正面臨激烈現代化變遷的年代中,都市市井基層的各色庶民人物,做為他作品中主要角色,透過描述他們的語言,刻畫他們的行為,展現這種當然也是屬於台灣的庶民畫。這些人物之多樣性,實讓人印象深刻,諸如:三輪車伕、學生、傭人、小公務員、各色的小生意人及鉅賈、出手闊綽的公子、在黑街暗巷及酒國歡場討生活的女人、老寡婦、年輕的夫妻、愛挑是非的婦女、逞兇鬥狠的黑色人物等等。

田原是位多產的作家,出現在他作品中的人物更是繁不可數,在此可舉《遷居記》為例,其中出場的人物身分、職業的多樣性,就是田原作品人物多樣性的典型。

《遷居記》情節以一位屏東議員王化南,以因事業所需在台灣各地

遷居的過程做為背景,透過他的視角,描繪當年台灣變遷中,庶民生活的樣貌。依他所遷居的地方,做為主要的人物,出現在作品中的就有:

（1）在他屏東家鄉身旁的親人:自己當議員也經營事業的王化南、學裁縫的女兒美麗、還在讀大學的兒子武雄、做為一個標準主婦的太太珠妹。他堂弟以開酒家為業的王化柳、化柳的養女阿嬌。

（2）在台北六張犁公墓下的社區:唱歌仔戲的阿巧;賣湯圓的老周夫婦;拉三輪車的臭仔和他的老婆胖婆,他們還有十一個小孩;住在社區外半山坡上的黃醫生,算是這裡社經地位最高的。這些都出現在作品的敘述中,作品裡還刻意呈現這裡「人馬雜遝」的樣貌,當此地大拜拜時,入鄉隨俗的王化南也請了三桌,請的客人就有:「拉三輪車的臭仔、賣湯圓的老周、開計程車的魏五、撿字紙的劉天和賴阿才,還有衛生隊員范姜新玉,修理沙發的胡一雄,賣水果的老陳,賣愛玉冰的李黑球,黃醫生。」（田原,1967:67）

（3）松江路的公寓:幾個大學生;男的忙於事業,女的忙於打牌,不顧小孩的年輕上班族曾家夫婦,與他們的傭人阿香;沉浸於輝煌過去的老婦人唐女士;當舞女的徐菊妹。

（4）長春路的平房:這裡的住戶,顯然都有一定的社經地位,住的也都獨棟平房,並且有著各自的下女——傭人,阿呆、春子、娟娟等等,每人每天對自己雇主及家庭品頭論足成為重要事項。

（5）天母的洋房:以外僑為主,約翰、瑪麗、湯姆、安娜等——生活洋化的中國人是他們主要的鄰居;開「海倫」商店的本地人趙長水一家,他原是泥水匠出身,妻子是工廠裡的女工,後來接受海倫女士的幫忙,開了商店。

這些多樣的人物,全出現在《遷居記》中。《遷居記》在藝術性同樣許多可議之處,隨時可見透過王化南口中所說的,具有強烈化民成俗的責任感、正義凜然的話語,是其中主要的問題。就如他要化柳的養女阿嬌,切不可抱怨自己的生父母薄情,而不願回去,就有以下的話語:

「世界上任何事都可以選擇,妳可以選擇朋友,選擇丈夫,選職業。有一樣妳卻永遠無法選擇,那就是的親生父母,他們再錯誤,總是你的父

母,不可怨恨他們,要好好順他們。這是我們多少年代傳下來的美德,五千年中國文化永遠不墜,……」(田原,1967:36)

這顯然是「天下沒有不是的父母」的演繹,教訓意味極濃。在六張犁時,和他們鄰人所說的話:

「工業社會生活形態複雜,競爭的也激烈,大多數人們沒有恆產,沒有根基。必須天天兢兢業業去經營,勤儉苦幹。同時也要注意處好鄰居間關係,都市裡面寸土寸金,都是小門淺戶。睦鄰非但中國人的美德,而且對於每個人的心情也有很大的益處……」(田原,1967:77)

這在本作品中實不勝枚舉,對於每個他所不滿的,現代社會中所出現的各種現象,都有一番教訓的話語,用「說教」名之也不為過。

他利用他慣有,略帶諧謔的語言,深刻描繪這些社會底層人物的說話、行為方式,卻又足以讓人拍案稱絕,這些人物不是只有出場而已,更是生動的活在作品中,則是作品最讓人注目的地方,這在下文會繼續討論。

而其他長篇,同樣也以各類型的基層人物,做為主人公。如《朝陽》中有自上海來台的外省家庭,和本地以營建為業的本省家庭,彼此之間的相處情形是描述重點。

《圓環》裡,在圓環開麵店的才添老爹和他孫子火土,與逃離養家被祖孫所收留的玉妹;在圓環外表是開冰店,實際上靠著放貸、做人口買賣仲介的劉寡婦;喜歡火土,父親是黑道分子胡太郎的阿銀;出獄後想洗心隔面的更生人李火旺;想開設新式大酒家的生意人李長榮;酒女小娟、小秀子;員警傅巡佐;一群黑幫小混混等等,構成田原描繪台北圓環小生態的主要分子。

《嘆息》作品的主要人物,且是碼頭工人、嘴上功夫驚人的婦女、剝削女人的老鴇、兩種完全不同形象的員警等等。而做為主人公命運坎坷的寶香,她做為一位初中生,因家中無法讓她升學,先是被騙失身,隨後到瑞芳黃阿姨家幫忙賣麵,隨後因黃阿姨南下,進入了冰果室工作。然一場車禍,讓她失去工作又負債,最後竟淪為一位賣身的妓女。

《男子漢》是受僱於有錢人家做為一位車夫的孫大牛,和他一起

為主人工作的幾個傭人張嫂、秀秀同是作品主要人物。主人家的商人樣貌、女兒的嬌縱、太太的慵懶等等也出現在作品的描述中。而後她認識了活潑的酒女麗娜，在她的幫助之下，合資經營當鋪。

《雨都》裡有著做為一位企業高階經理人的秦龍，以及賦閒在家無工作的老婆月華，與仍是位學生，但毫無主見，時而被朋友牽連的兒子飛熊；做為秦龍紅粉知己的酒女荷花，也是她最後拉了即將沉淪的飛熊一把。

《四姐妹》則又是另一個有著大量不同職業、不同類型，且多是社會底層人士為主要人物的作品。長得高大，甚可說醜，在洋裁店工作的林春綢；修指甲為業的李鴛鴦；賴美代則是先在委託行當銷售員，而後為要想辦法幫家裡多賺點錢，而下海當舞女；還在夜間部讀書，且在電子工廠當女工的陳美美等，都是由鄉下來都市工作的女孩。做為「三福公寓」管理人的罔市嬸，在作品形象也非常突出。而每個女孩都有自己的愛情與夢想，圍繞在他們身旁的男性，也各形各色。真誠幫助美代的作家六橋；做為一位年輕、事業有成的小開張玉，對自己青梅竹馬的春綢，深情如一；做為一位西餐廳侍應生，但為了面子，冒充是位記者的李鴛鴦的男友小王。

而以商場爭鬥為主要題材的《差額》則充斥著各種不同類型的商人，和圍繞在這些商人週遭的各色人物，這在後文會繼續討論。

觀察這些來自社會底層的人物，描寫這些人物各自不同的職業、生活方式，乃至心理狀態，這種豐富多樣，是田原以台灣為主要場景的作品中最重要的特色之一，這各色人物，的確也曾經生活在當年變遷的台灣社會中，他們或許平時不會特別引人注意，然田原成功的以他們為主人公從而出現在作品裡。

田原的長篇創作，就如前文所討論的或有許多以自己故園為背景的懷鄉之作，他的中短篇則幾全以台灣為背景，除了《錘鍊》基本以基層軍士兵為主人公外，其他描述的是生活在都市及其邊緣的各色人物。

以下將田原中短篇作品（以台灣為背景者）主要人物職業類型表列如下表1：

表 1　田原中短篇作品的主要人物職業類型表[6]

| 書名 | 篇名 | 主要人物職業 | 其他 |
| --- | --- | --- | --- |
| 辦嫁粧 | 最後的愛情 | 公司職員 | |
| | 牛氏外傳 | 賣黃牛票者 | |
| | 第一線 | 戰地記者 | |
| | 被征服的一群 | 基層公務員與其眷屬 | |
| | 清廉 | 公務員 | |
| | 辦嫁粧 | 鄉下茶室經營者 | |
| | 酒女 | | |
| | 寶二爺 | 公司職員 | |
| | | 畫像店店員 | |
| | 終身大事 | 一群公家單位工作的光棍 | |
| | 苦盞 | 公務員 | |
| 錘鍊 | | | 短篇集，作品中的主人公，均以軍人為主。 |
| 泥土 | 老鄉親 | 軍人 | |
| | 小強與三輪車 | 學生／三輪車夫 | |
| | 大作家 | 作家／小公務員 | |
| | 旅長 | 軍人 | |
| | 冬意 | 退休公務員 | |
| | 老來紅 | 開雜貨店小生意人 | |
| | 爬梯記 | 公司職員 | |
| 春遲 | 扭轉乾坤 | 軍人 | |
| | 老機工長 | 軍隊中老機工長 | |
| | 女友梅子 | 傭人／小職員 | |
| | 車上 | 工廠工人／車掌 | |
| | 緣定再生 | 小職員 | |
| | 老岳母 | 家庭主婦、教師 | |
| | 張大嫂 | 家庭主婦 | |
| | 車禍 | 學生 | |
| | 雨過 | 公司職員 | |

---

[6]　少數作品以大陸故園為場景者不記。重複收錄者以第一次出現為主，不再列入。

表 1　田原中短篇作品的主要人物職業類型表（續）

| 書名 | 篇名 | 主要人物職業 | 其他 |
| --- | --- | --- | --- |
| 迴旋 | 愛情何價 | 公司職員 | |
| | 黑街 | 黑道人物／員警 | |
| | 黃梅 | 煤球店員工 | |
| 天盡頭 | 天盡頭 | 公司高級職員 | |
| | 擠 | 公司職員 | |
| 田原自選集 | 柳儀與纖纖 | 傭人、失業者 | |
| | 心機 | 公司高級職員 | |
| | 原則問題 | 小公務員、職員 | |
| | 錯戀 | 公司職員 | |
| 田原短篇小說集 | 愛似浮雲 | 單身職員、傭人 | |
| | 農村之夜 | 農民 | |
| | 賊 | 員警 | |
| | 情陷 | 小職員 | |
| | 愛與義 | 軍人 | |
| | 善意的安排 | 軍人、學生 | |
| | 終身大事 | 軍人、民意代表 | |

　　表 1 所列，僅是主要人物，還無法含括所有出現在作品中的人，然也可發現，各色基層人物才是他所關注的。

　　作家盧克彰，對於田原小說中的人物塑造有以下的評論：「他的筆觸遍及社會每個角落以及各色各樣的人物，他的每一部小說，就是每一個社會的縮影。」（盧克彰，1966：25）他作品中所呈現的人物多樣性，顯然也被盧克彰所注意到，甚而他將田原比擬為「中國巴爾札克」：

> 說田原是中國巴爾札克，並不過份。巴爾札克以其閃爍才華，寫出十九世紀前期巴黎各階層人民的生活。同樣的，田原運用淳樸寫實的筆法，刻畫了目前的社會形態。他的取材和技巧，也多半受了巴爾札克的影響，不過田原已擺脫了寫實主義初期那種晦澀累贅的景物描寫（盧克彰，1966：25）

巴爾札克以他雄偉鉅著《人間喜劇》為讀者展現十九世紀各階層人民的生活百態，人物繁多，刻畫之細，涵蓋 137 部作品中，各類大小人物共

有六千人之多,且可以追溯出血緣關係的人物就有一千多人。(甘佳平,2011:81)雖然田原的作品數量且不及巴爾札克,各作品中的人物基本上是獨立的,田原並沒有如巴爾札克般利用「人物再現法」(le retour des personnages),(甘佳平,2011:81)讓不同作品中的人物彼此產生聯繫,但田原作品中出現人物之多,樣貌之繁,與貼緊當時變遷中台灣社會的寫實手法,盧克彰以「中國巴爾札克」喻之,是有一定道理的。

當然,田原不只是讓他們出場而已,更重要的,他描繪他們的樣貌、轉述他們的語言,進而分析他們的心理狀態,展現屬於當年台灣社會基層民眾的眾生相,這也是他這些作品最有價值的地方。

## 二、失落的「貴族」(？)

> 他今天似乎特意換了套衣服,上衣是半毛半棉的長袖襯衣,領口已洗破了。下身是大褲腰細褲腿的日式西褲,赤腳穿黑膠鞋。尤其那根皮帶,有很多地方磨破了,打個呵欠,就有斷的危險。(田原,1970:64)

以上是摘自田原的《朝陽》,黃玉峯是離散來台的原上海大商人,向本地人賴添丁租屋而居。某日賴添丁上樓到房客客廳中,想要和黃玉峯合作做營建的生意。這段話語,是透過黃玉峯的視角所顯現出來本省商人賴添丁的形象,這段文字有著田原時有的諧謔風格,也成功傳達做為本省人賴添丁「土氣」、「小家子」的形象,雖然賴添丁是為了和他談合作生意的事,已是「盛裝」而來。

作品中的黃玉峯顯然是有種「優越感」的,作品裡還有其它許多段落,同樣以他的視角看待賴添丁:

> 黃玉峯說完了,一腳踏進那泥濘的小巷,他對房東賴添丁的印象,感到同小巷那股氣味一樣噁心。賴添丁,生得粗黑乾枯矮小,腦袋上稀疏的幾根黃白相間的頭毛,一雙小眼常常眯成一條縫,塌鼻子夠難看了,偏偏鼻子斜對著天,似乎有出不完的冤氣。(田原,1970:6)

賴家勤儉持家,但在黃玉峯的視角中,卻是小家子氣:

> 進了大門,用三夾板夾得十蓆大小的寫字間,擺了兩張破爛的寫子檯。

一部電話機,大女兒賴雲秀身兼會計,出納,下女三職。另外是兒子賴大木,主管工程設計,倉庫管理,帶監工及催帳。(田原,1970:7)

黃玉峯甚至批評這樣:「簡直是全家大合唱、沒有氣派、不成體統。」(田原,1970:7)他想不透,按照賴添丁的身家,怎麼會是如此窮酸氣:

就單拿房東賴添丁來說,按照現在的行情,他應該賺了一筆錢。但從來沒穿過整套的西裝,出門騎又破又矮的腳踏車。一棟樓房要押租出三分之二。一家人擠在底層,沒有一間客廳,更談不到陳設。尤其那掛著大招牌的寫字間,簡直無法與上海時自己的門房相比。他不知賴添丁賺錢是為了什麼。他也覺得本省人心也怪,像這種破落戶似的營造商,居然生意那麼好,……(田原,1970:70)

然這部作品所呈現的黃玉峯的形象,反而是要來批判它,刻意描述出土氣的台灣人形象,卻是作品中所要稱許的。

誠如上文強調的,1949 年後移入台灣,而被稱之為「外省人」的新移民,雖然本身的職業、身分類別,上自達官巨賈,下自兵丁走卒,各形各色,然在歷史與政治的多重原因之下,同樣也是這一群移民的一批人,部分遞補了日人離台後所留下的上層組織空缺,對於台灣本地人而言,這一批新移民無異於另一批「統治階級」,且在文化資本、社會資本的多重優勢之下,1949 年後一段不算短的時間內,相對於本地早已土著化且歷經日人統治的老移民後代,部分外省人在台灣諸如政治等場域(field)中,實佔有一定的優勢地位,加上對於本地的歷史、原有社會結構並沒有十分瞭解,對於接受日治時期教育的台灣民眾,更有所謂「奴化教育」之說,從而也使得部分人在看待台灣本地人時,存在一種莫名的優越感,或者是這麼說:從台灣人的視角、感受來看,部分的外省人的確讓人如是觀。

《朝陽》中的黃玉峯、胡大有即是這種人物的典型,田原將他塑造成一位離散來台,卻顯然只是拿台灣當跳板的投機商人,來台灣卻看不慣包括房東在內的所有一切,連食物更是他挑剔的對象,永遠比不上自己曾翻雲覆雨的上海:

> 「台灣這地方，真沒有意思，麵包沒有沙利文的好，火腿有股怪味，牛奶比不上冠生園，就連雞蛋也不地道，吃早點等於活受罪。」
> 「這地方是差勁，我要旅館每早給我準備銀耳燕窩粥，他們都很為難似的，」胡大有不勝感慨的說：「有錢吃不到東西，在上海不成大新聞。」（田原，1970：9）

而他們出手闊綽，到處尋找投機生意的機會，在這樣的時局中，依然逛「百樂門旅社」──夜總會，還勸無聊的太太們去打牌，打發時間，免得在家對自己嚕囌。田原顯然把他們塑造成一群，與本地人完全不同的落難「貴族」形象，就連自己的兒子和房東的女兒之間的戀情，當然也是反對的。

這種形象並不是孤例，雖然來台外省人各形各色，但出現在諸多文學作品中的人物，卻時而強調在大陸時期有著輝煌的家世與萬貫的家財，或是顯赫的地位──非富即貴的形象。

就如白先勇《台北人》中有將軍、將軍夫人、高階知識分子、社交名媛，即使是做為小人物，卻也都有赫赫背景的倚靠。而在「省政文藝叢書」，這個由當年省新聞處以邀集作家方式，書寫在地的故事所形成的作品集，因為當時文學場域的特殊性，卻也成為許多外省作家書寫台灣經驗的機會，其中來台的外省人也往往是作品描述對象，其中許多的人物，亦不忘提起過去的輝煌。

如南郭《春回大地》中，做為主人公的潘氏一家人，是四川本地的「大紳糧」[7]，潘老太太在離散時，依然有著大戶人家的派頭，作品透過潘家媳婦嫁來時，描述潘家：

> 潘家家財百萬，門第很高，按照常理來說，她嫁過去一生一世只有錦衣玉食，榮華富貴，……，潘德昆本人清秀英俊，風流瀟灑，他模樣兒長得好，心地更是一片仁厚，仗義疏財，一諾千金，二十多歲就成為重慶袍哥組織裡面出了名的舵把子，提起重慶市的潘德昆，錚錚響的人物，硬是誰人不知，那個不曉？
> ……毓英娘家遣嫁的奩資足有八八六十四抬，男方的那座八抬花轎，

---

[7] 即大地主之意。

蟠龍繡鳳，居然是全部新製的豪華交通工具，總才只用了那麼破題兒第一遭而已。（南郭，1965：60）

而當潘家媳婦來台後，要去外面做生意養家時，潘老太太卻反對，媳婦卻回以：

不過你老人家也應該明瞭解一下外邊的情形，每天晚上經過我們這裡喊賣茶葉蛋的老頭，他從前在大陸做縣政府的科長，靠我們右首那家種菜的王家，父子兩代，老王先生做過省政府的廳長，小王先生在大陸上當過團長，王老太太六十幾了，天天自己拔草捉蟲施肥料，小王太太清早五點鐘就跟她先生挑起兩擔子鮮菜，到照安市場外面一頭一尾的擺起兩個攤子賣！（南郭，1965：153）

這全也是些離散後，如今似乎落魄的模樣；鍾雷《小鎮春醒》裡的林道新：「在大陸的時候，他也曾經做過不大不小的『官』兒」（鍾雷，1966：11），如今和自己當年的侍從官，在台灣一個小鎮開花園為生；楊念慈在這部充滿他個人經驗投射的《犁牛之子》中，主人公也叫楊老師，他在勸說作品中的本地林姓地主接受政府土地改革政策時，講到自己的過去：「不光你一個人有田地，就像你這樣的村子，不瞞你說，我老家一共有三座，獨丁單祧，全是我一個人名下的產業，祖傳的良田四十八頃，……你替我算算有多少吧！」（楊念慈，1967：85）；盧克彰《曾文溪之戀》裡的周紹琪，是將門之後，父親是位將軍，如作品所描述：「他從前被老媽子勤務兵侍候著的風光，現在呢，落得跟自己一樣，一千二百塊錢一個月的小事務員」（盧克彰，1974：132）等等。

然這些作家除了展示這些過去「優越」，目的又是何在？

歐陽子在《玉謝堂前的燕子》這個評論白先勇《台北人》的專書中，就認為白先勇筆下的這些在台北的外省人，無法擺脫過去，正視現實：

《台北人》中的許多人物，不但「不能」擺脫過去，更令人憐憫的，他們「不肯」放棄過去，他們死命攀住「現在仍是過去」的幻覺，企圖在「抓回了過去」的自欺中，尋得生活的意義，如此，我們在《台北人》諸篇中，到處可以找到表面看似相同，但實質迥異的佈設與場景，這種「外表」與「實質」之間的差異，是《台北人》一書中最主要的反諷

（irony），卻也是白先勇最寄予同情，而使讀者油然生起惻憐之心的所在。（歐陽子，1976：10-11）

然田原在《朝陽》中，除了展示他們這樣的出身外，更透過第二代的踏實和以房東為代表的本省人士的質樸生活，做為鮮明對比，顯然對於這種存在於如黃玉峯等人不願正視現實，又保有這種「優越感」的批判。

黃玉峯的大兒子學智畢業後，自願分發到山區學校服務，並不顧家人反對下，和房東小姐雲秀結婚，幸福、努力的實現他們的理想；二兒子學仁進軍校，三兒子學勇用心在學業上，不倚賴家裡的幫助，半工半讀完成學業；賴添丁踏實的經營態度，不僅為他贏得生意和眾人的信賴，大家還公推他競選省議員，且順利當選。

田原顯然使用「詩的正義」（Poetic justice）讓黃玉峯得到報應，抱持這種優越感的他，不願面對現實踏實的生活下去，他希望時局越壞越好，這是個賺錢的好時機，先是投資地下錢莊，被自己一手提拔的金水捲款而去；投資百貨公司，但又嫌錢賺得慢，轉而花大筆錢競選議員，結果以極低票落選，從而也將自己從上海帶來的資金虧蝕一空；使用手段讓黑道出身的陶天六出面當老闆且吸收遊資，自己再將公司掏空，到台南另起爐灶開委託行，結果被陶天六的黑道朋友胡永貴等人追來，差點惹上殺身之禍；而後反利用他們到香港、琉球走私，最終事發進了監獄。

《朝陽》寫於1962年，據田原自己所說，是他病重幾至死亡：「我想我在死前應當寫個像樣的長篇」（應鳳凰，1987：247），在高雄第二總醫院的病榻中完成。田原在這部作品中，顯然有著明顯的思想企圖，他透過黃玉峯／賴添丁，這種房客／房東、外省／本省、過客／本地人等符號的建立，呈現在五〇年代外省人和本省人相處的情形，也是當時台灣族群關係的一種隱喻。作品從一開始的互有成見，而到最後透過雙方兒女的婚姻、第三代的出生，加上玉峯本人入獄後悔悟，假釋後全家與親家大團員，這樣一個充滿通俗劇模式的結局中，希望本省、外省人互相瞭解、和諧相處的意味實是明顯。作品最終，黃玉峯在酒酣耳熱之際一句：「想當年我在上海的時候」卻被他太太使了眼色，怕他又把過去的輝煌掛在嘴上，但玉峯卻是一番檢討自己，還說：「今後要向親家學，三條大路走中間，光明正大求心所安。」（田原，1970：518）

這種「優越感」早已不在,正視現實,虛心的面對賴添丁——做為本省人質樸、正道的處世做生意之道,更是作品最後所要表達的。

　　田原做為軍中作家出身,如同本書前文一直強調的,他的作品並沒有激烈的反共話語,沒有謾罵,更沒有「歌德式」的口號,雖然作品有著許多「正面」的思想,這也是他做為一位軍人特質的反映。而在題材上,他的作品也很早就開始反映台灣這種特殊的族群關係,《朝陽》即其中一例,他也透過作品中的人物,去展示所謂外省人的優越感,然展示的目的卻是戳穿它,並屢屢強調面對現實的重要,更不可小看看起來所謂「土氣」、「小家子氣」的本省人。這顯然與同樣描述來台外省人形象的《台北人》有著不同的旨趣。

　　也如南郭在《春回大地》中也可以看到,作品透過潘家媳婦的口,描述本地人潘家房東家裡殷實,卻生活儉樸,全家勤奮:「她有錢的很……,人家有那麼多的財產,可是家裡連一個工人都沒有請。……,她家裡有十一口人……。大的下田,小的讀書,最小的女兒十三歲,小學快畢業了,每天放學回家,一擱下書包就去餵雞餵豬……。那個老太婆更是了不起,每天天不亮就起床,一直要做到深更半夜,下田使力,樣樣都來,……。」(南郭,1965:155)實也明示,要在此地安適生活,唯有放下心中輝煌的過去,面對現實——本省人的勤奮、踏實;適可成為學習對象。

　　就如羅盤的《高山青》,這部作品有著許多本省人、外省人與原住民,做為作品的人物,其中透過一位在學校校長的口,甚而還有這樣的話語,要來自大陸的外省人切不可有所謂「優越感」:

「我覺得本省同胞,年長的一代,或則他們受教育的機會太少,或則因受日本教育拘束了他們的思想,狹隘了他們的胸襟,但是,新生的這一代,知道發奮圖強,領悟力很高,是非常可喜的,應該刮目相看。我們不可以有太多的優越感。目前來自大陸的人,多少都犯有這種錯誤。」(羅盤,1973:125)

當也是另一種警惕,然所謂的「受日本教育拘束」等等,實也是在對於本地歷史、社會狀況不解下的另一種誤解。

《朝陽》是田原第一部得獎的作品，嚴格來說，人物有明顯類型化、刻板化的現象，思想企圖也明顯外露，在藝術性上是可議的，然回到當時文學場域，反共懷鄉創作熱潮還在，台灣現代主義文學初露其鋒蓄勢待發，然誠如後人對反共懷鄉、現代主義文學的創作，不紮根於台灣現實的批評，《朝陽》以來台外省人與台灣本地人互動做為主題，是當時以此為題材的少數長篇作品，尤其描寫某部分外省人的心態、視角與其轉變，寫出了台灣現代史上族群關係、人口變遷最重要的現象，這無疑是現實的，更是很「台灣的」。

　　現實上並不是所有外省人都是這種具有優越感的失落貴族形象，田原並沒有都以這樣的人物為主人公，但也寫出許多外省人當年的「過客」心態：

> 有三十八年，許多來自大陸的人，有錢的租屋而居，不買房舍。無錢的怪老人，因陋就簡，只要能遮避風雨就行。因為大家都沒有久住台灣的打算，認為很快的就會反攻大陸，更不是像八年抗戰拖得那麼長，這種焦急的回故鄉的想法，這種樂觀的打回去的信心，直到民國四十年以後。才漸漸的感覺到反攻還有段時日，忙回過頭來正視生活議題。有些人的錢已消耗光了，不得不找個小得可憐的職位糊口。縣太爺變成了僱員和門房。甚至一位幹過游擊隊司令當百里侯的劉先生，開了家豆漿店，因生意興隆而洋洋自得。（田原，1968e：216-217）

但也如上述的，當時間逝去回頭正視生活議題時，已時不我予，過去的輝煌，已比不上眼前的溫飽來得重要。

　　描寫底層人物是他的特長，做為他作品中的主人公，許多在台灣社會底層生活的外省人，是他用心著墨的地方，當然這些人更不是什麼貴族，更不存在什麼優越感，或仍有懷鄉之感，不過是人之常情，但既沒有輝煌的過去可資懷念，面對眼前的柴米油鹽才是重要的。在《朝陽》中，一開頭即描述當年主要是來台外省人聚居地的中華路鐵路兩旁的模樣：

> 三輪車由開封街一轉彎，便是中華路，中華路鐵路旁活像鄉下趕野集，小竹棚子一所連一所，還有破帆布搭的只能遮太陽，四面不擋風。裡面住著男女老幼，說話南腔北調，有的賣早點燒餅油條，有的賣稀飯餛飩。年紀大些的披了件破夾襖，在亞熱帶的台灣，看來有點好笑。由他們的

穿著,黃玉峯覺得似乎沒有一個體面人,不知他們為什麼也怕共產黨,這真是件怪事。(田原,1970:7)

而在這樣描述裡的人,更不是什麼「貴族」了。

除《朝陽》外,在長篇中,如《男子漢》裡,先是幫人踏三輪車,而後酒女麗娜聘僱經營當鋪的河南人孫大牛;《明天》裡,也是踏三輪車的儲強,他也是外省子弟,父親死後,一直就住在本省人開的三輪車店裡,半工半讀完成大學學業。

而在中短篇中就更多了,以賣黃牛票為生的、中低階軍人、[8]小公務員、眷村裡的太太、商人、小生意人、以賣人像畫為生的小畫家、公司裡的小職員、還在就學中的學生等等,當然在作品中,他們也早已和本地人生活交融在一起了,與同樣辛勤本分,在都市或及其邊緣生活的本省人,除了在文字上無法完全表達的口音外,實也無法再分別其差異了。

## 三、各行百態

都市,是現代化的結果,更是現代化的象徵,大量人口高密度的聚集,所衍化出的各種職業型態,與傳統農村單純的工作類別迥然不同。文學是一個社會的上層建築,理應會反映社會型態的轉變,但回顧台灣文學發展歷程,早年台籍作家受限於語言轉換而噤聲;五〇年代諸多作家忙於國家大義;六〇年代受現代主義思潮影響而崛起的作家,更專注發掘人內心世界的徬徨無依,當年現實中屬於庶民/市民生活的台灣,並沒有多少作家加以關注,這一直要到鄉土文學興起,人們的視角回到現實的台灣,這種情況才有所轉變,農民、漁民,尤其是生活都市中的勞工、上班階級等等,才躍為作品中的主人公。

田原是戰後台灣文學發展歷程中,最早以都市中的各職業人士做為作品主人公之作家之一,他和六〇年代末期開始崛起的,以本省籍為主的作者群擅於農村、農民的書寫,描述農業活動、鄉村民俗有很大的不同,他筆下的,顯然乃以當年發展的都市或其邊緣為主要場景,人物是有著不同分化的各色職業者,他描寫他們的工作、心理,進而帶出也是

---

[8] 如在短篇集《錘鍊》中,大部分的作品均以軍人或退役軍人為主人公。

純屬於台灣的庶民生活樣狀。在他的作品中，尤其以下幾種職業類型最為突出：

## （一）小生意人與勞工

田原在作品中，對於都市中的小生意經營者與勞工有著不少篇幅的敘述，多數都以正面的形象，去描繪他工作的情形和心理狀態。當然田原作品不乏有著翻雨覆雨能力的大商人形象，但這容後再述。這些小生意人和勞工，常是作品裡的主要描述對象，這在前文已有些許說明，以下將也從田原作品擇例說明。

〈牛氏外傳〉（田原，1965b：18-41）乃以一位黃牛票的業者做為第一人稱所寫成，寫他入行的經過，甚至成為牛頭的過程。

票券黃牛的形成其來有自，當因都市化的社會市民娛樂等需求的增加，而自然形成。黃牛透過人力（排隊）的付出，增加取得票券的機會，介入正常的票券供需關係中，藉以轉售獲得差價而得利。在台灣五〇～六〇年代，娛樂業發展並不多元，觀賞電影成為市民娛樂的主要選項，盛極一時的電影街也形成於當時，熱門時段、熱門電影一票難求成為普遍現象，自然也提供黃牛生存的機會。雖然黃牛的存在，被視為非法，在當年「違警罰法」還存在的年代，一旦被員警逮獲，是可被處以罰款，且可以未經審判直接處以拘役，甚而有送管訓的案例。然除卻違警的風險，利之所趨，加上投入門檻不高，投入黃牛此業，有許多都是弱勢者，只要票券的需求存在，這也無法禁絕。

五〇年代，台北市電影票黃牛橫行，是當年社會版新聞的常客，這可見當年報紙新聞：

> 按「黃牛」之為物，原是應時而生的第三百六十一行，這與社會習見小偷、乞丐，實在並非同出一源。由於官價與市價脫節，自然的供求關係不容許公開調節，才有金鈔黃牛的出現。由於戲院賣票沒有一個合理的辦法，守秩序的觀眾往往被擠得買不到票，才有戲票黃牛的產生。乃如今不去正視形成黃牛客觀需要的種種不合理因素，而只著眼於黃牛之「抓」和「送」，則利之所在，春風吹又生，新黃牛必然源源而繼。
>
> 再說，黃牛並非個個是遊手好閒的光棍一條，他們雖然行為違法，但並未非法強買強賣，與地下錢莊，私梟單幫非可等量齊觀，千辛萬苦以博

蠅頭之利,也是為了一家數口,如今把他一個送進了遊民收容所,他的一家大小吊在西風口裡,又何能謂事理之平。(霜木,1951:8版)
本市各電影院門前活躍的黃牛,並不懼怕因兜賣黑市票而關進收容所,依然藐視法令照樣售賣黑市票,七日晚上八時許又有黃牛楊德山(廿七歲河南人),與邢天道(廿六歲,浙江籍)二人在大世界門前向客人交易黑市票時,本市警局第四科經濟警員捉到,帶局訊問承認不諱,於昨天下午將黃牛二名送往遊民收容所管訓。(聯合報,1951:7版)

這兩篇出現於同一天報紙,也可猜見黃牛此一行業「橫行」之狀況。

在〈牛氏外傳〉中,即塑造此黃牛的形象,主人公是一位來台的外省人,但找工作一直不順,已到山窮水盡的地步,幾成一位露宿街頭的流浪漢,就在自己打算花盡所有的錢,明天餓死也安心的狀況之下,買了一張電影票,沒想到被在後排隊未能買到票的年輕人要求下,讓售影票得現,且還得一筆不少的賞錢,這讓他發覺這有利可圖,自此踏入了黃牛業,甚且和同是黃牛的本省女孩惠美結婚,因為有組織領導的頭腦,當起一班黃牛的班頭,率領他們轉戰台北市各個電影街。作品中,透過這位黃牛的自述,將黃牛的生態、圖利的方法、與員警的「作戰策略」,一一的表現出來,儼然是一部黃牛寶典。

田原透過他的文字,生動呈現黃牛這一行業的形成、生態,也可見他觀察社會之深。雖然這部作品之末,因員警嚴格取締,黃牛生存不易,妻子惠美提議私宰耕牛圖利,因主人公不願去做這個違反刑法的事,甚而要和她離婚,這樣「正面」的敘述,然田原觀察社會基層人士各行各業的運作,進而表現在他的作品中,這部作品即是鮮明一例,也是當時社會現象的直接反映。

〈老來紅〉寫一位在都市邊緣經營小商店的生意人,原本老實本分的他,臨老入花叢,在一次與朋友酒家喝酒的場合,墮入由酒女阿香一手設計的溫柔陷阱,以與表哥投資開味精工廠為由,讓他賠掉一生辛苦積累起來的錢。當然這部作品,也有著某種喻意,暗示人應知足、本分,更應在有一定積累之後,提防任何陷阱,否則辛苦一生的積蓄,隨時可能瞬時成空,帶著懲勸的意味,不過作品中,對於市井小生意人的形象、心態、行動,卻有不少的刻畫,主人公胡才貴夫妻刻苦、勤儉,

嚴以待己的小生意人形象生動不已。作品首先描述他們在都市發展變遷中，原先處於邊緣位置的店，如今是熱鬧的地方，所賣商品無所不包，而他們節儉的模樣，田原更以他慣有略帶諧謔的語言描述出來。如描述胡才貴的老婆的穿著：「腦後胡亂挽了一個核桃大小的髻，一件洗得藍色消褪，日日見白士林布旗袍，一看就知道大陸帶來的古董，而且四季很少更換。」（田原，1967：164）主人公才貴的樣子：「胡才貴自己也身兼數要職、戶長、經理、夥計、外帶運貨的力伕和推銷員。」（田原，1967：164）且：

> 一年三百六十五天，難見菜碗中有片肥豬肉，多是白水煮青菜，上面滴幾滴油星。如果秤米的時候，落在地上幾粒米，兩個人會忙不迭地伏下去，一粒一粒的拾起來，將塵土用力吹乾淨之後，放進米箱之中。（田原，1967：164）

而他們對待自己的小孩亦是如此，作品中還特別描述了三個小孩，儉僕到接近苛刻的穿著，這也是他們能略有積存之道，且他們做事商業信用不錯，但拒絕親朋好友的借錢更有一套，這也是他們成功處，雖然才貴最終過不了色字一關，但作品也把小生意人的精打細算，與勤儉積存之道描述了出來。

　　這些人物出現在作品，不僅只是出場而已，對他們的工作形態，也有寫實的描述，就如在《四姐妹》中，在理髮店幫人修指甲的鴛鴦，其工作細節的描述：

> 她首先用小剪刀把客人的指甲，輕輕剪，修得短短的，圓圓的，整整齊齊，然後用小銼刀，磨得很光，再把手指泡在肥皂水裡，然後再用方頭鈍刃小刀，修整一次，接著清水洗手，熱手巾擦乾，塗在手上一點油膏，按摩一番，工作才算完成。（田原，1973a：61）

或描述賴美代在委託行的待人接物，及為了錢下海短暫當舞女的過程；在《圓環》裡，玉妹來到圓環這個米粉店時，對於火土煮米粉的動作：

> 火土不放棄最後的一次生意，用鐵叉將火通旺，拿了一把米粉，放入竹篾，伸進滾開的通型鐵鍋裡燙熟了，倒在碗中，再加外加了一杓豬骨湯和一撮味精。（田原，1968b：3）

對工作細節的描述,這在田原的作品是常見的。

此外,「下女」——家庭女性幫傭是另一種時而出現在田原作品中的人物。

聘僱女性家庭幫傭,在五〇年代台灣社會中,尤其是許多來台外省人的家庭中是相當常見的,這當然也是職業類型、經濟情況差異下所產生,被聘僱的對象,也往往是本省籍的女性,這在當年都市女性勞動人口中,佔有一定的比例。

下女一詞,許多人認為源自日本殖民文化下的產物,原詞乃「下女中」,而後被簡稱「下女」,就如田原在〈女友梅子〉中所描述:「『下女』這個名詞可能是東洋玩藝,喊起來,總感覺得對女性同胞不夠尊重」(田原,1968a:70);梁實秋之女梁文薔,在描述自己家庭與傭人的關係時,也說:「『下女』一詞是台灣特有,我家雖也入境隨俗,學會說『下女』,但在『下女』面前從不用這麼貶人的稱呼」(梁文薔,2007);在五〇年代的報紙副刊上,還有篇〈下女頌〉,且說:「在內地沒大聽到『下女』這個名詞。/來到台灣,才第一次聽到『下女』這名詞。學校裡有下女,大戶人家家裡有下女,下女到處可見,人們口裡也常呼曰:『下女』。」(秋,1953:6版)此篇文章還特別說明其勞動精神之神聖,何「下」之有,並且認為:「日本人給造下這個惡名,該不要了」(秋,1953:6版),雖然本地常另有一詞「歐巴桑」用來指稱女性家庭僱傭,不過此詞還帶了年紀上的意義,使得下女一詞依然被約定俗成,很長一段時間,在文字上普遍用於當時這些家庭女性幫傭勞工上。

田原作品中出現的下女的敘述,實也是五、六〇年代台灣都市家庭勞動市場現象的反映,也是當時台灣往工業化轉型,農村人口往都市移動謀職的現象之一,直接以此為主題的就有〈女友梅子〉(《春遲》)、〈愛似浮雲〉(《那一半》)、〈原則問題〉(《廻旋》)、〈阿秀〉(《田原文集》),其他在長篇《男子漢》中出現的秀秀、張嫂等亦是。當然,田原主要是從雇主的視角來看待這種關係,但也能從這些被僱者角度,描述他們的心態與行動。

〈女友梅子〉以一對上班的夫妻,在精打細算後,決定還是聘僱一位傭人來打理三餐和家務,雖然他們原先沒有聘僱的經驗,卻早已聽說

所謂「下女寶典」——亦即傭人對於工作環境的要求，換句話說就是怕找了一位要求多、難管理的下女，因此在介紹所格外慎重，找了一位其貌不揚的女孩梅子。然這女孩出乎意料的，將家務料理得很好，正當他們決定要在年底加她錢時，梅子卻反而要向他們辭行，原來她是一位孤女，台中鄉下來的她，在高女夜間部半工半讀，但工作的工廠關門，她只好休學來幫傭，現已存夠錢，決定回校讀完書。夫妻很懷念梅子，先生還叨念如果有兒子，可以娶小梅。

這短篇一方面說明當年僱傭市場，能雇得起傭人的，不一定全是大戶、有錢人家，上班族夫妻也可能有聘僱的需求和能力，另一方面也直接展現這種雇主心態——會認為傭人不夠勤奮、嫌薪水低，甚至還怕他們手腳不乾淨。

樊洛平在《當代台灣女性小說史論》一書中，對於五〇、六〇年代台灣女性作家的創作，常以自己家常生活、婚姻狀況為題材，缺乏「戰鬥色彩」，甚而被稱之「支流文學」，在文中且指出：「六〇年代，又有人以『下女作家』的惡意綽號，來指責台灣女作家描寫身邊瑣事和下女問題」（樊洛平，2006：5），然以現在的視角來看，這樣的書寫正好是當時台灣都市人口、族群、社會、經濟現象的直接反映，是相當寫實的，的確有許多在都市生活的外省家庭有聘僱家庭幫傭的需求，比一般台灣本地人較為穩定的經濟來源，也讓他們有如此的條件，同時不是只有女性作家會關注這議題，田原即是個例子。[9]

在當時的報章，由何凡所寫的專欄「玻璃墊上」，即屢屢以「下女」為抱怨的對象，就如在〈恨身非我有〉即從外省人吃便當一事談起，先引東坡詞〈臨江仙·雪堂夜飲醉歸臨皋〉中「夜飲東坡醒復醉，歸來彷彿三更。家童鼻息已雷鳴。敲門都不應」起興，然後就抱怨起下女來了：

> 有「家童」供差遣，雖然「敲門不應」，但是比台灣下女的漏夜不歸，要主人天天等門的情形當勝一籌。（何凡，1954：6版）

而在另一篇〈梁先生的下女〉則更直接寫明台灣傭人的難相處：

---

[9] 王拓的《金水嬸》從受僱者的視角，剖析存在其中的社會、家庭問題，亦是另一例，

談到台灣的下女問題，大家有一個共同感覺，就是無論你商量巴結，也無法跟他們發生感情。被她們拋棄是時間的問題，差別祇在來早與來遲。外省住戶必須有此心理基礎，才不致被整得血壓增高。舍下是朋友中下女最少變動的一戶，這大約是因為家裡有一位「半山」的查某，[10]言語相通，不太被見外。此外還有：房子小，便於打掃；孩子大，皆能自立；附近有夜市，可以「剃頭」；而巷外常唱草台戲，更為各位「觀光」女士所欣賞。饒是如此，不久以前，一位呆了四年多的人，還是鬧情緒走了。看起來，彼此沒有什麼不愉快，祇是呆膩了，要換換空氣，緣盡於此，那祇好請便吧！
台灣光復已十四年，我樂意知道，在台北的外省人家庭中，有幾戶所請的下女服務超過十年？其原因何在？我希望這類家庭的主人說說他們的待人之道，以供萬千主人的反省與參考。幾乎是你和世界上任何人皆能發生感情，建立友誼，但是台灣下女例外，這還不是一個值得研究的社會問題嗎？（何凡，1959：7版）

與其說這帶有族群優越感與階級偏見，不如從經濟上僱傭對立的關係出發來解讀——雇主要求能以最低的支出得到受僱勞工最高的勞動付出／受僱者要求更好的工作待遇與環境——是雇主心態的直接展現。

田原的作品，當然也有類似的抱怨，不過多能更正面的看待這些勞動者——作品中出現的傭人，多是一些勤勞本分的形象，部分還增添了浪漫的情節。

在〈愛似浮雲〉所寫的亦是和傭人之間的關係，作品以第一人稱以雇主的視角寫成，張媽是主人公所僱之傭人，然就如作品所述：「她在我家幫傭五年多，彼此相處得實在好，她幾乎當了整個的家。」（田原，1968e：3）作品還透過描述張媽軟硬兼施要這個北方人出身，不愛洗澡的主人公洗澡一事，說明兩人關係，超越一般主僕關係，更像長者對於晚輩的照顧，她兒子因主人介紹進屏東分公司學習，得一技之長而有了穩定的工作，如今兒子結婚、經濟自立，她可不用幫傭來養家了。她在雙方都不捨的情況下離開，但為回報主人家，她將自己妹妹的小孩阿秀介紹來代替她的工作。這一位高階經理人，而後知道阿秀高中讀了

---

[10] 按：當指林海音女士。

一年，且資助她商職讀夜間部；另僱一位傭人銀子以減輕她的負擔；鼓勵她寫作，且還獲得刊登。後來竟也發展出男女感情來，且還訂了婚，計畫要讓阿秀讀到大三後，才正式結婚。然他的詩人朋友小周從香港到來，自己又臨時到西德出差一段時間，他讓這位詩人住到家裡，沒想到兩人共同的詩人氣質將他們吸引在一起。在德國得知此事的他，反倒祝福兩位，還將台北的房子和一筆錢送給他們，並要阿秀完成學業，自己一個人則留在德國。而故事就結束在德國鄉間冷冽的冬景上。

這個作品呈現的，主人公與張媽是一種高度理想性的僱傭關係，而後對於阿秀，情節上更似灰姑娘傳奇；面對阿秀的移情別戀，所展現的寬容大度，更超越了一般人的正常反應。這種理想的僱傭關係，實也和出現在眾多作品中的「抱怨」有明顯的不同，或許也是田原刻意設計出來做為一種對比，但也可以說加入了浪漫的情懷，不是寫實而是擬寫實了。

而〈原則問題〉則也顯現了，由幾個外省單身男性，共同聘僱一位傭人來處理他們日常生活瑣事的聘僱型態，同樣展現的是身為雇主的精於計算，對於所聘僱的傭人，做為作品人物之一留洋歸國的「梅生」有諸多「原則」上的要求，「原則問題」篇名即由此而來，原來對於傭人有著近乎苛刻的想法的梅生，卻被這位「阿巴桑」的表現折服：「凡事不必吩咐，處理得井井有條，該刷的刷的，該洗的洗。裡裡外外一塵不染。她所做的工作，早已超過了梅生的要求，最妙的是她與我們住在一起，打破了梅生想按上工早晚，扣工資的計畫。」（田原，1968d：99）

而在〈阿秀〉中，故事的主人公未婚的張希彥是一位公司的高級職員，好吃的毛病，讓他無法與所僱的傭人相處很久，大多是受不了他對食物的要求，時而就自動離職了。而後，介紹所介紹了一位年僅 16 歲的小女孩，老張以姑且試用的態度留了她下來，但沒想到她菜燒得非常好，一問之下，才知她家本就是開餐館的，不過也僅止於此，冷冷的她，始終不願說出自己的過去。阿秀將家整理得井井有條，轉眼過了二年，因阿秀的廚藝，吸引眾多老張辦公室的光棍，常藉名目來打牙祭，且還質疑老張面對這麼好的女孩，老張自己卻不動心。兩人終於互相知道彼此單身的原因，就在互相說道「其實世界上好男人很多，不必那麼偏激。」「這句話還是留著勸你自己吧！」「世界上好女人也不少。」（田

原,1975b:182-183),在一縷微笑後,留給雙方未來的可能。這個故事,也是雇主和傭人情節中,加入浪漫的情懷。

從田原這幾篇專以「下女」為主題的短篇中,可看到雇主、傭人雙方全然正面的形象。而在《男子漢》中,幾個做為主要人物的,全也是在都市基層生活的人,其中孫大牛、張嫂、秀秀全是一位高階經理人所聘僱,服務於他的家庭中。秀秀相較於前述作品,或者同作品的張嫂和孫大牛,都是個對比,就如孫大牛剛到這家時對她動作的描述:

> 他伸手按第三次電鈴,按得長長的,試試到底有沒有人在家。
> 這次有動靜,先是聽到一陣拖鞋聲,由遠而近,接著傳出尖細嗓門。
> 「啥郎?」
> 「哇!」
> 「你係什麼郎?」
> 「來應徵的三輪車夫。」
> 「大清早吵死郎,夭壽!」(田原,1971c:6)

加上要上工前,好整以暇的化妝等等,傳達了「懶」的模樣,這顯然不是一個理想中的傭人,且還對孫大牛進行「職前教育」:「在這裡一共有三個傭人,張嫂管洗衣服燒飯,我專管伺候先生、太太、小姐,收拾她的房間。你將來拉三輪車。這一年多來,都是多幹一樣事,多加一份錢,我得和你說清楚!……。你全得聽我的,要不然就幹不成。」(田原,1971c:10)這可說是當時某些雇主心中「難相處」的典型。而男子漢即以這些人工作的細節出發,透過描述在一戶有錢人家庭中所產生種種瑣事,直接將現代都市中家庭的狀態與變態呈現出來,而這些底端的傭人更成為故事的中心。張嫂辛勤工作,是個會治家過日子的女人,和大牛合開服裝店,雖然曾引起她不成材丈夫的誤會,但誤會終得化開;孫大牛人如其名,不管是當傭人踏三輪車,或是開當鋪,或是服裝店,同樣是兢兢業業本分踏實。

《雨都》作品一開頭,即是傭人阿蘭和女主人家秦李月華的互動開始。面對胖女主人的滿口牢騷:「你真不懂事,不知道我待你有多好,不知道我頭疼要睡覺,想想看,問問那家的電視可以由下女任意開,任意守在前面……」(田原,1971b:4),她總是來個充耳不聞相應不理,

就如作品中所描述：「頭家娘愛罵人，盡情盡力去罵吧。罵得口乾舌焦，自己去倒冰水，那時我阿蘭姐可要睡了。她伸了伸紫紅色的大舌頭。」（田原，1971b：5）且如對門的下女阿珠問她為何能受得了這樣的主人家時，她的回答：「有什麼受不了。……哼！我把她看成瘋狗，只要躲得遠遠的，就咬不著……」（田原，1971b：5），這些話語，也充分顯露出聘僱雙方的心態和形象。

　　田原對於這些基層勞動者，多以正面的形象的描述，描述他們的本分、辛勤，或許帶有些理想性，但實也是整個社會諸多默默無名的小生意人、勞工的典型，也是他們在支撐整個社會的運作。田原時以正面的角度去描繪這類的人物，顯然也是有喻意的。

## （二）軍、公、教

　　史學家黃仁宇在論及歷史發展時，主張要以「大歷史」的視角，看待歷史的進程，並認為歷史有其「長期合理性」，並不因少數個人意志而移轉。除了此一主張外，黃仁宇對於中國社會結構的組成與現代化的轉變，從他親身的經驗出發，以「立字」做喻，做為觀察現代化的指標，更值得注意。

　　黃仁宇常以「潛水艇夾肉麵包」（潛艇堡）形容傳統的中國社會結構。傳統中國社會，有著一個大而無當，由知識分子為主體所形成的統治機構，與龐大的、以農民為主體，以人身彼此親疏、遠近關係為連結的下層組織，分別猶如夾肉麵包的上下兩片麵包。在傳統中，只能靠著各農村中的縉紳系統藉以溝通上下，舉凡徵稅、勞役、保防等等無不透過縉紳行之，甚或這些縉紳在地方中，還擁有一定程度的法律裁判、調解權，然這一縉紳系統，在兩個龐大的上下層組織中，卻猶如潛水艇夾肉麵包中一片薄薄的肉片，在這樣的社會結構之下，僅能以極低的效率，簡單、均一、雷同的要求，做為維持社會穩定的要素，黃仁宇以農業體制名之。這種體制在傳統農業社會或能勉強運行，但一遇到現代化的壓力，就不免捉襟見肘，完全無法應付，勢必進行一番改造。

　　就如上文時而引舉的，以蔣介石為首的國民黨，建立了中國現代的上層組織，這猶如立字上面的一點一橫；毛澤東透過土改（國民黨來台後也透過土地改革）重建了現代的下層組織，這也如立字下面的一橫。

更重要的，在這兩者之間，重新構建了以服務、經理為目的的中間單位，舉凡與人民相關的各種機關、團體，甚或是律師、銀行，取代了過往的縉紳系統，成為立字支撐上下兩橫的兩個豎筆一般，其功能對比於過往潛水艇夾肉麵中的薄薄一層肉片，更形重要，且是現代多元分化社會的重要倚靠。

這些中層單位，與現代人的生活密切相關，平時可能不會特別感覺到他們的存在，但一旦出現問題，就會馬上讓人感覺不便，因為這早已是現代人生活方式了。

田原常以這些軍、公、教人員為小說中的主人公，一方面是自己身分、族群、生活經驗的投射，自然的反映在作品中，從另一個角度來說，他也寫實的反映現代社會這種「立字」中間單位的重要性，正也是這一群人，扮演著做為現代社會所需要的服務、經理工作，維繫國家、社會的正常運作，以他們為主人公自是再正常不過。

首先，田原做為軍人出身，也如葉石濤對軍中作家的評語，的確也有許多以軍中人、事為背景。在長篇中，如《感情的風暴》就以做為軍人的主人公，從大陸來台前，以至來台後，先後與兩位女子所發生的兩段感情為背景寫成，軍中的生活也成故事敘述的一部分；《青色年代》，雖然以台灣本地農村生活描述為起頭，然整個作品乃主要描述入伍服役的本省農家青年林健雄與陳天送在軍中的生活、與在金門的作戰經驗為主。

當然，做為一位軍人作家，田原同樣以高度正面性的看法描述軍中的生活與軍人。然值得注意的是，田原以北方故園為場景的作品中，同樣有許多軍人的形象，然與其說這些是軍人，不如說是「兵油子」，有些更是兵不兵、民不民的模樣，行事像是不受法律限制的「匪」[11]。

史學家黃仁宇就以他在抗戰時期在國軍單位任下級軍官的經驗，點出了中國軍隊的前現代樣狀：

> 十四師接兵隊「接收新兵」的經驗，則是捉來的壯丁，禁閉在一座廟宇之內，待積得總數，再行軍去雲南。所被拘捕頂數的壯丁，不是已經接受頂帶的費用，事前就打算逃亡的投機分子，就是不知抗拒、無人頂

---

[11] 這可參閱本書第二章第二節相關的分析。

替的白癡。而且捉過又逃,逃過又捉,連原來派去的鎗兵,也有逃亡情事。且冒雨季行軍至雲南,路上又無醫療食宿的接應。師管區說它已撥補十四師壯丁二千五百名,也無人能說實際有若干名。只是除了逃亡、病倒、拖死、買放之外,到師部不及五百名,而且大部係痺癱殘疾,不堪教練。(黃仁宇,1988:256)

所謂「接收新兵」,實無異於傳統的「捉壯丁」,他還引杜甫詩〈石壕吏〉「暮投石壕村,有吏夜捉人」來喻之,這現象到抗戰時千百年來竟然沒有多大的改變,而士兵的素質更有如下的描述:

我在他的軍隊裡當排長,[12] 只有三十六個士兵,我晚上常睡不著覺,只怕士兵將機關槍盜賣與山上的土匪,同時偷吃老百姓的狗和玉蜀黍,因為他們貪吃生病,一病就死。(黃仁宇,2004:154)

當時大家的確都知道是在打仗,有一個共同的敵人日本,但彼此之間的聯結,並不是同仇敵愾的現代民族意識,也沒有明確的個人權利與義務,維繫的仍是傳統的人身關係,軍隊——一個有現代化外衣的組織,卻有著前現代的實裡:

可是此外個人的權利與義務、責任問題、如何分工合作、紀律之重要種種抽象的觀念,全部說不清也講不通。那我們部隊裡靠甚麼維持?其答案乃是群眾心理、傳統意識型態、仗義氣、講面子、士為知己者死、原始英雄崇拜。要是排長能壓制班長,其他士兵就懾服於排長,要是班長盛氣凌人,反而欺負排長,則軍隊裡的重心已不同於表面上的編制。(黃仁宇,2004:121)

演員李立群在轉述父親所回憶的從軍生涯時,同樣也類似的敘述。他在〈另一種黃昏〉中,透過父親的回憶,先是敘述了當時中、日兩國現代化程度的不同,而表現在軍事上的差異。日本士兵訓練紮實、裝備精良,有著為天皇盡忠的思想,更有著相對健全許多的後勤、動員能力。就如文中所說,當時國軍的基層連隊,員額不足乃為常態,各級長官甚還有「吃空缺」——浮報員額的陋習,無論裝備、組織、人員訓練、乃至思想,雙方差距實不能以里計,就如文中所描述的:

---

[12] 按:「他」指前總統蔣介石,抗戰時期時任「國民政府軍事委員會」委員長。

中國守軍這一連,是關係不好的那種連,全連官兵不足九十人,只有連長本身和一個排長,七個班長是能打點仗,全連一挺重機槍都沒有,……;士官兵都穿草鞋,士兵的長褲只到膝蓋,以下就打綁腿,軍毯在油燈底下看都能透光、夠薄。……,「國家民族」在他們腦子裡僅只是個口號,連長才是他們真的患難與共的「大哥」。(李立群,2008:130-131)

而田原在這些以台灣為主要場景的作品中的軍人,卻展現完全不同的樣貌,嚴整的紀律與制度,良好的訓練與明確的思想目標,雖然也是帶著明顯理想性的擬寫實書寫,但兩者書寫的差異,說明了軍隊現代性的確立,而不再是過往以人身關係連繫彼此、沒有明確思想目標的前現代模樣。這不可同日而語,這並不只是單純田原做為一個軍中作家,以「政宣」的角度,從正面的方式來描寫軍人,實際上也是現代性轉型現象的反映,所強調不再是個人人身關係的連結,而彼此的關係,也是建立在個人職務上的權利與義務上,同時對於軍人這個工作,有著明確的目標與榮譽感,兵油子形象完全不再。

在《青色年代》中,描述了林健雄、陳天送等本地青年,入伍服役的情形,尤其陳天送入伍後,經過軍中訓練之後,一改原先的紈袴氣息,而後竟也能在金門服役時,於崗哨中獨自對抗上岸的水匪而負傷,這與他先前的樣貌大不相同,展現了從一位普通百姓,轉變成為一現代化的軍人,甚而他和林健雄都決定志願留營服務——當然這又帶有些浪漫、樂觀的擬寫實了,然作品中對於軍隊內部組織的運作、部隊訓練的過程,以至長官部屬之間的關係,則全然反映上述的改變。

田原在他的短篇集《錘鍊》中的作品,則全是以軍人為主人公,有的寫軍人之間相處的義氣,如〈根基〉、〈決心〉、〈夥伴〉等,看似還保有在強調人際關係連結的舊習慣,然也同時強調這種關係的轉變。就如〈夥伴〉中,描述了胡壽臣這位軍人的轉變,他與作品中的敘事者(時任副連長)結識於抗戰末期,是補名字當兵的,早有行伍經驗,顯然有著兵油子的習氣,在部隊中小錯不斷,他自己就曾向一群新兵傳授自己的經驗:「當兵就是這樣,天天哈哈笑,兩飽一個倒(即睡)。大錯不犯,小錯不斷。」(田原,1980a:42)然副連長卻也利用他的這樣的江湖氣息,讓他主辦伙食,竟也完成了工作。而後,副連長指派他

受訓,從他的回話中,也可以看到他充滿江湖氣息——強調彼此的人身關係,而非職務上的權利義務——的一面:

>「好吧,」他有點無可奈何的說:「為著您副座的面子,我去受它半年洋罪。」
>……
>「副座,我知道你是一番好意,同時這半年多來的關照我也瞭解,承蒙您瞧得起我,請放心好了,我到軍士隊絕對好好的混,不給您丟人。」(田原,1980a:46)

從上引的「面子」、「看得起」、「混」等字眼,即充分表現出他這種性格。但他受訓後安然回到單位,且考了個第三名,從士兵升上班長,就如作品所敘,油條氣似乎給訓光了,之後還幫忙解決了即將升任副營長的敘述者,在連上任內所虧欠的公款,讓他安然赴新任,甚而後來到了台灣,竟也在民防部隊官拜隊長。顯然他也從舊時代的兵油子,轉化成具有現代性的軍人了。

而在〈悟〉中,作品透過一位胡廠長的離任外就歡送的場面,帶起這一位廠長,既能遵照制度的進行廠務主持,也能私下關懷一些需要幫助的眷屬,公私得宜,讓他受到部屬的尊重與愛戴,進而辦好了工廠。其中對於軍隊內主官輪任制度的建立,對部隊的影響,則有以下的敘述:

>自從軍中實施主官任期制度以來,人們對主官的更易,並不太關切,除到了時候,各部門造三份移交清冊之外,整個工廠,似乎沒有多大變化。過去,許多廠長任期甚久,同每位官兵技工都有深遠的歷史,有好處,也有壞處。那便是,因為感情因素太深厚,時常是非不明,甚至因爭寵現象,而產生許多糾紛。
>現在的制度,彌補了以前的缺點。但是,官兵與廠長之間,似乎沒有昔日親切,保持彼此制度上的禮貌,很難達到交心的地步。(田原,1980a:91)

這顯然也是如上述的,一種現代性的展現,長官和部屬之間的連結不再是彼此的人身關係,而是職務上的權利與義務。

而在〈肝膽相照〉中,王金成也是一位久歷行伍的軍人,在往年不

講學經歷,還可以靠自己不怕死的衝勁,從士兵升到排長,但到台灣後,講求制度與訓練經歷,自己年紀又長,當不了排長,只能當個營務官,但仗自己久歷行伍的經歷,不與人協調我行我素,在單位中成為「聾子的耳朵」——擺在那裝樣子。某日新來一位上校處長主官,沒想到這竟是王金成當年一個棚子當兵的,還是換過帖磕過頭的兄弟排行「老九」,他自己想著靠這個關係時來運轉,沒想到卻是碰一鼻子灰,做為處長的老九,卻不為所動,他終於忍不住,衝到處長室,要他調個好職務給他,處長以「不合規定」回拒,完全遵守制度的態度,更讓王金成氣結不已:

「不合規定。」
「是不是他們說了我的壞話」王金成按捺不住的叫起來!「他們說我飯桶膿包,你也相信。我們十六七歲在一起當兵,我幾根筋骨你都知道得清清楚楚。到底是聽信誰的。」
「我誰都不聽信。只聽制度。」(田原,1980a:167)

當然,其後還有許多義正詞嚴的話語,勸勉王金成接受訓練,作品最後還很戲劇性的,王金成終於醒悟了,還決定「學習堅忍和一切從頭作起吧!」這樣高度理想性的設計,這些話語實在已接近「宣傳」。

在《錘鍊》中的短篇,基本上都有如上述的理想性表述,從藝術性的角度來看是有問題的,然這也呈現了如上文所說,軍人與與其組織的現代化轉變——至少是在理想層次上的。

田原作品中對於教師的描繪顯得更為正面,如在《朝陽》相較於做為父親這樣一個市儈商人形象,大兒子學智卻願意做一位教師,到偏遠的山區服務,形象全然是正面的,且和追隨著一起上山的雲秀,夫妻兩人在山上除了教育外,做了更多的事——參與輔導山地同胞衛生、就業指導等等工作,儼然成為政府施政與原住民之間的仲介——如上引黃仁宇所說立字兩豎筆一樣;《嘆息》中,做為主人公寶香導師的胡老師,他不斷鼓勵寶香升學,甚而多次訪問林家,勸說她家長答應,循循善導的形象極為正面。

相較於寫軍人角色的現代性轉變、教師的恪盡職守,田原對於公務員的描寫,就多元了一些,不僅寫他們的工作,也寫他們個人的形象——包括負面的。

〈被征服的一群〉寫一群大大小小的官員們，同住一個眷區，然太太間合縱連橫，又彼此爭鬥，讓他們這群「官」們，頭痛不已；〈終身大事〉則寫一群同單位的公務員，都是些老光棍，其中胡大雲還為自己的終身大事，奔波於台灣各鄉村忙著相親，卻依然無著落，這些都以他們的外在形象，無關公務運作的角度來書寫。

而在〈清廉〉中，就直接觸及公務單位貪汙與任事態度的問題。作品以某個公務單位物資局的人事興替起興，面對金錢的誘惑，這個單位的主管都沒有好下場，不僅任期超過一年者已是少數，且往往以進監獄為結局。某日來了一位新進的局長，誠如文中所描述，並非能力上多好、勇於任事，反而是處理公務時，雖然列出各種意見，但：「意見眾多，絕無主見，主見留由頂頭上司來用紅筆圈」（田原，1965b：119），這成為他升官之道。他到這個新單位後，特別選了一位吳從雲，這位看來不起眼甚至可說是猥瑣的老科員，服裝穿得破爛不說，還整天哭窮，但也從沒有上過公堂出過事的他，做為物資科長。新任的局長約見他，他竟說最大願望就是每個月能加50元，這種清廉的形象，搏得局長的信任，翻身成為局裡的紅人。

田原在此又使用他擅長對於服飾、姿態細描的技巧，描述這位「清廉」的公務員的外在形象，從而得到新局長賞識的吳從雲：

> 吳從雲一年四季只有兩套衣服，冬天是黑斜紋卡其布的中山裝，兩個袖口，磨得光可鑑人，而且毛了邊，像木匠的一把長短不齊的破鋸齒。……（田原，1965b：120）

而他細微小心搓香煙的姿態，也成為他小心、節儉到自虐的生活方式的轉喻：

> 平時吸煙，總是「紅錫包」[13]，而且也不讓別人，一隻手伸到褲子口袋裡，挖索半天，拿出支又皺又彎的香煙，小心翼翼，用兩手搓一搓，還捨不得在桌子上敦一敦，怕短了半截不便點火，狠狠的吸入肚中。停半分鐘，稀薄的煙，才從鼻孔中緩慢的竄出來。（田原，1965b：121）

---

[13] 按：應是菸酒公賣局出品的「新樂園」香菸。「新樂園」有著紅色的包裝，以價廉味道濃烈著稱，在勞工、農民階層深受歡迎。

而局長約見他時的動作,更把他這種窮酸公務員的模樣表露無遺:

> 吳從雲來了,一付戰戰兢兢的可憐樣兒。讓坐再三,滿嘴回答不敢,最後蹲著沙發邊算是坐了。兩隻手卻不停的搓著,眼睛望著自己的鞋尖,活像個有罪不敢抬頭的小可憐兒。(田原,1965b:121)

吳從雲當上了物資科的科長,經過一年,沒有想到大出局長的設想,也被密告了,說他在天母一帶蓋了許多房子出租謀利,且還是某貿易公司的股東。局長親自找他來談,他很鎮靜的說,的確有這回事,但業主並不是他,而是他的表弟,他還親自帶領來查案的張專員等,去找這位表弟和公司,並把所有股票拿出來驗證,證明公司的確不是他所有。一陣風波過去,王局長還特別設宴替他壓驚。

然事實上,這個清廉形象背後,那些公司、房產的幕後資金來源,全是吳從雲用他清廉的形象,默默的搞黑錢而來的,但全登記在自己的太太和表弟名下。

作品到最後,以他的太太和表弟主動拆夥並捲走大部分的錢做終,看似一種詩的正義,然文末敘述他因受此打擊一病住院,局長親來探視,等局長走後,對他的「廉潔」還有一番勸勉,反倒讓他馬上從床上一躍而起,「自己並沒有絕望,廉潔的聲譽,就是好本錢」(田原,1965b:143),思想日後錢應該保在自己身上才可靠。

當然這個作品中,對於公務員的形象反倒是有負面的批評,尤其諸如王局長的升官,非因他的能力與才華,而是他凡事不敢承擔,推給上司決斷的作法;來查案的張專員,並不是勇於任事、積極查弊,只是因循辦理,「輪到」而已,就如作品中描述王局長想控告舉發人誣告罪,和王專員有以下對話:

> 「已經快十二點了,請賞光便餐。」
> 張專員推辭了一下,結果還是下了汽車。
> 便餐的菜比大席還豐盛,王局長還一直說是沒有菜,吃的是陳年三星白蘭地。三杯下肚,局長表明自己的意思。
> 「為了挽回本局的聲譽,和安慰吳科長意外的精神損失,我想控告原檢舉人的誣告罪。」

「很可惜，」張專員嘴中含著一塊芙蓉鳳翅說：「原檢舉函沒有具名，是封黑信。」
「不是匿名控告不受理嗎？」王局長驚奇的問。
「我們那裡是排定次序，輪流在外面處理案件，輪到兄弟，不得不來。」
「哦，」這聲哦，代表局長完全領會。是出差費問題。（田原，1965b：133）

這段描述，充分暴露現代官場上因循，看似有著各種防弊的程式，但依然產生一個外表清廉，實則貪汙不已的官員。而這些批判，更可視為對於應是做為國家、社會中堅的公務員的期待。田原長年在軍中與公務體系任事，這些作品當可視為是他此經驗下的投射。

在大陸時期曾有警察工作經驗的田原，員警常也做為次要人物出現在作品中。就如在長篇《嘆息》中，寶香被挾入私娼中失身，逃出後由當地警員處理一段，即有不少鋪敘。做為與民眾直接來往的他們，田原並沒有以全正面的角度去描述，而是將他們基於工作需求，身處黑白交雜之地的曖昧表現出來。

就如寶香父親找上警局要他們處理此事時，作品所描述其中接待的員警，以司空見慣的態度、不帶表情的方式承接；負責承辦的張組員：「帶有七分職業性的機警，三分蠻不在乎的流氣」（田原，1981：196），問寶香話時，一本正經不留餘地的直問細節，面對家屬的氣急敗壞，他反而說：「不過，我們辦案，就事論事，不聽片面之辭。」（田原，1981：197）這件案子，發生地乃另一個派出所吳警員的管區，吳警員看到這一群人來到派出所，面對張組員陳述是「獨眼」幹的時，還一時支支吾吾，但張組員隨即有下列一段話：

「真人面前，不要耍這一套，四天前我還碰見你同他在一起吃花酒，你一直向我作揖。今天狗鼻子插蔥裝蒜，這管區你管了五六年，何必一定揭底牌，老狐狸也能迷住你啊……。」（田原，1981：201）

原來，這位吳警員跟逼良為娼的這群人早有相識，和其中的張阿緞更是相好，其後，這也將警員與地方人物摻雜交錯的樣貌表現出來。一群人到了私娼處，這位吳警員甚至還有意無意的透過拍門暗示警方到來；當

張組長破門而入,物證呈出,讓獨眼家等人無話可說時,吳警員卻在旁鼓吹林家與他們合解,這惹得張組員生氣起來了:

「吳警員你還想幹不幹?」
「隨便聊聊有啥關係。」
「你穿著制服來服勤務,可以隨便亂扯的?」
「現在也就是就事論事嘛,本來有些強姦案打到法院,在外面一調解,遮羞費一付,煙消雲散。你看苦主也真夠的了,何不替他們想想,給點實惠,公私兩便。」
「強姦案是告訴乃論罪,當事人監護人可以自動撤銷,逼良為娼直接危害了社會安全,我們身為員警人員理應依法送地檢處,處理方式根本不相同。」
「其實還不是差不多,何必死啃法律條文。」(田原,1981:210)

從以上對話,也明顯看出做為直接面對人民的公務員的兩種態度。甚且,林家決定依法處理,不與他們合解,全部的人將解送警局之際,忽然來了一個帶照相機騎速克達的青年,似乎和吳警員熟識,兩人不僅攀談了一會,且在張組員不耐怒吼吳警員上車時,也緊緊的跟在車後面。這位青年,原是一位記者,竟將此一事件,以「花案」的方式繪聲繪影加油添醋,甚至將寶香的個人資料、父母姓名、家庭位址全部在報上登了出來,讓寶香受到二度傷害,根本無法在基隆繼續待下去。獨眼在警局因合解不成冷冷說的一句話:「你們這種鬧法,把我們弄慘了,也不見得佔便宜」(田原,1981:216),竟以這樣的方式成真,這也預示寶香日後坎坷的未來。

這位吳警員的行為顯然是負面的,田原並沒有掩飾,也直接呈現做為一位民眾直接關係的公務員,在公私之間如果稍有偏差,對人民影響之大,作品所描述寶香的悲慘遭遇即是個例子。

相對於《嘆息》,同樣描述社會底層黑暗面的《圓環》裡出現的員警形象就正面多了。作品在這龍蛇雜處圓環附近派出所任職的傅巡佐,個性耿直的他,卻也相當親民和善,尤其關心出獄不久在冰店工作的李火旺,且對準備大張旗鼓開酒家的胡太郎隨時監控,又把所內名聲不好的劉警員報調到花蓮去,整頓所內的人事。胡太郎找了傅的小同鄉去疏

通他,反吃了一頓排頭。於是胡太郎等人具狀檢舉傅巡佐有不法的行為,企圖滅他威風。但在分局長、局長的信任之下,反而支持他對胡太郎等人有關販賣人口等惡行的掃蕩,且終獲成功等。這當然也是高度理想性的情節設計。

《男子漢》中,主人公孫大牛在當鋪工作的街上,亦有個管區金巡官,同樣也以正面的形象出現於作品中。新官上任的他,妥適處理孫大牛原在蕭家工作時的摩托車竊案;回拒了「百合花」老闆恐因自己販賣人口即將事發的賄賂;管區內的商家為了中秋節表示點「意思」,當鋪中的另一個職員水田,集合本地的商家聯合送上禮品,沒想到金巡官竟邀集這些送禮的商家,一起「看電影」,利用電影散場時間,一一點名商家「上台」公開領回自己送的禮金、禮品。這位金巡官的正面形象極為顯著,在作品中還有一段正義凜然的話語:

>「各位,非常抱歉, 誤你們過節。不過,有些話,非得向大家說明白不可。」他的姿勢一改變,兩手按在桌面上,身子向前微傾:「我姓金的一輩子討厭送紅包和送禮,這些並不真正代表情義的陋規陋習。本來我可以當時退回,我怕大家誤會,退了張家的,說不定暗中收了李家的。因為李家的錢多、禮厚。乾脆請大家來面對面,點清楚,拿回去。
>說到這裡,身子挺直,兩手插腰。
>「我這麼幹,不是為了自命清高,……(略),紅包再大,輪不到我姓金的,」他的悶火上來了,……(略)
>「不管你是經營那行那業,按照規定,正正當當的來。誰要是犯法、玩法,該怎麼辦就怎麼辦。話先說到前頭,別那時候罵我六親不認!」接著手一揮:「現在,請大家回去!」(田原,1971c:221)

這位金巡官的形象,在田原所有描述員警的有關作品中最為突出,雖然看來是極為正面,似有過度理想性之嫌,然透過對於他動作(action)的描寫——處理各種事物的手段和他的心境,也成功的塑造了這一位公正不阿形象的員警。

在〈黑街〉中,以黑幫的活動與員警之間的角力為主要題材,作品中的黃警員也是以剛正不阿的形象出現在作品中。剛調此地的他,黑幫人物親自來「拜碼頭」,卻被他義正詞嚴的駁了回去,就如作品中,他

面臨黑幫口語的威脅，所說出的充滿正氣的話語：「也許我會陳屍在淡水河，但是另一位警員接著便會派了下來。這個世界上，從沒有聽到流氓殺光了員警，黑勢力代替了所有一切法律。」（田原，1968d：45）作品也很正面的結束在黑幫眾人悔悟的場面上，是顯得過分樂觀、理想化，也顯得太一廂情願，但田原高舉做為與人民第一線接觸的員警之重要性，則與上述所引各例的脈絡是一致的。

　　短篇〈贓〉則以員警為主人公，以第一人稱的方式表現一位新調任xx鎮任主管後的種種行事。作品裡的「我」，對自己妻小嚴格要求，切不可收禮；到任後回絕所有地方人事的洗塵邀宴。他被警告這樣的做法會被地方人士孤立，工作會受到阻礙，但正直守法的他依然故我。這個小鎮，以龍眼和筍乾為兩大收入，是富裕農村，但也有高達四十幾家的特種酒家。就如作品中所說，做為派出所主管的他，無權否決酒家的申請，但：「為了少害人，我想出一種變通的辦法，就是嚴格的執行衛生檢查，不合標準不加改善，即報請勒令歇業。和對新酒家申請時，仔細審查合格後再行轉報，採取一種限制作用。」（田原，1976：151）並以衛生條件不合為由，否決當地人蘇阿火四家酒家的新申請案，但也因此被人聯名告到局長那。然也因他適巧遇到來向蘇阿火索討賣女兒入酒家未付的欠款，讓他掌握了蘇阿火販賣人口的證據，從而將他法辦。這個作品當又是另一個正面、理想性的員警典型。

　　軍、公、教等，做為現代社會立字結構重要一環的他們，其存在的重要性無庸置疑，田原屢屢以他們為主人公，描述他們的工作，以不同的角度塑造他們的形象，當然這些人物，並非只有出現在田原作品中，就如有著基層教育界背景的鍾肇政、葉石濤、李喬、林鍾隆、張彥勳、江上等省籍作家，都曾在他們的作品中描述教師這一行業，更不用說許多軍中出身的作家群，軍人更常是他們筆下的主人公，但能夠從不同的角度、不同的類型來描述這一群人，且有大量作品，田原顯然是其中最突出者之一。他寫現代軍人的積極奮發，迥異於舊時代軍人的兵油子氣息；寫各種不同形象的公務員、員警，其中雖不免帶有許多高度理想性的擬寫實樣貌，但也在作品中表現出這群人在現代社會中的樣貌與重要性，這也成為擅於表現各種人物類型的田原的一個重要特色。

當然田原作品中值得說明的人物類型並不只本節所說明的，其他諸如都市雜院中的婦女，與她們之間的互動；做為商業時代的職員等；可說是有都市裡必有的如酒女等特種行業從業人員等，亦或是黑道人物等，全也可看到田原對他們深刻的描述，這留待本章末節及下一章專門論述田原對於都市商業活動、商人形象時，再加以討論。

## 第四節　庶民空間與市井敘述

且如《松花江畔》、《大地之歌》等充滿鄉土氣息的作品，但田原卻不擅長描述本地的農村、農民，這當然是生活經驗差異下所致；因語言的隔閡，他也無法傳神模擬以閩南語或客家語為主要語言的本地民眾口吻，這當然是他的侷限。然也因是這種差異，從本章各節的論述中，也可以看到，他對於都市及都市邊緣各色人物豐富的刻畫，且對他們的生活，或以國語為主要語言他們話語的精采描摹，這對比於同時代的其他作家，可說是最突出者之一。

但放到以戰後台灣文學發展歷程來看，田原這類的書寫，和所謂「都市文學」卻有許多差異。

就如羅秀美在他《文明・廢墟・後現代──台灣都市文學簡史》中，對於都市文學有許多闡釋，他採用了英國約克大學學者西蒙・派克（Simon Parker）對於都市經驗在「四C」[14]上具有普同性的看法，並參酌鄭明娳較早提出對於都市文學廣義、狹義的定義，[15]提出他對於都市文學的定義：「是指以描繪都市生活經驗（前述「四C」）或理念，或逕將文本場景放置在都市裡（甚至將都市視為前景，而非背景）的文學作品。這些文本往往具有高度的都市意識，特意描寫都市與人╱自我的關係。」（羅秀美，2013：18）且他也採用鄭的看法，因為八〇年代作家創作意識改變，「當代台灣都市文學的概念，應以八〇年代為真正的都市文學的起點。」（羅秀美，2013：18）

---

[14] 文化（culutre）、消費（consumption）、衝突（conflict）、社區（community）。

[15] 「廣義的都市文學包含兩個層次，以城市生活為描寫題材的市民文學，以及掌握社會變遷並運用新的思考方式創作的狹義的都市文學。前者是因應工商業社會發展、城市興起而導致文學題材的轉變，它主要反映城市化後的社會變貌。」見，鄭明娳：〈知性與立體的鋪陳：關於「都市散文」〉，（《自由青年》82：3，1989年9月），頁21。

而田原以城市及其邊緣為背景的相關作品,顯然和上述理論並不合用。一方面是時間的差異,田原作品的時間背景,如同上文所述的,是那個三輪車依然盛行的五〇～七〇為主;田原作品裡,並不描寫有序的現代化辦公大樓,也不是亮麗中產階級住宅大樓裡光鮮的生活,雖說是都市,卻是都市底層或其邊緣,人物更不是貴人、巨富,也無展現所謂的「都市意識」,而是如上節所描述的各色職業的小人物,因此將其歸類為「都市文學」是有問題的。

　　台灣／中國,在現代化的進程中,並沒有很早即發展成具有高度資本主義化,大量工業、商業人口聚集,且獨立形成特有生活形態、人文樣貌的現代都會樣貌,尤其在現代化變遷過程,所形成的各個大大小小的都市,雖然有著都市之名,然其實質內裡,卻是一個個小型的街坊所形成,雖有別於農村的生活型態,卻也是傳統與現代互相雜揉。

　　看田原以台灣為主要場景的作品,即可發現這些作品的背景,不是農村,其所描述的空間,的確是人口群聚的街市樣貌,但也不是光鮮亮麗的現代都會,如從所描述的生活空間、生活方式與人群結構,以「市井」一詞名之,可能會更讓人心領神會。

　　市井一詞自古有之,[16] 做為商業交易地點,亦泛指城市中平民的住地,就成為市井一詞最早的意義。城市裡,人民脫離了基本的農業生產,人口的聚集形成了職業的分化,進一步刺激商業活動的熱絡,造就初步的資本累積,又再回頭影響各行業的興盛,甚而造就純粹消費性行業的形成,從而也產生依此而生的各色人物,這些人物甚而可能完全不事生產,只以提供城市某種所需的功能性而存在。研究者周時奮在他《市井》一書中認為,就中國古代而言,宋代是市井文化發展的一個關鍵,街坊制的瓦解,提供消費經濟的發展,甚而也將市井由原先單純的人口聚集、商品交易之地的意義,轉化具有獨立的社會階層意義:

---

[16] 或如《詩經・陳風》:「男女棄其舊業,亟會於道路,歌舞於市井爾。」此之市井,即為人口聚集的街市之意;《管子》中:「處商必就市井」,則將市井與商業活動拉上等號,也說明了市井,除了人口結構,在經濟活動上異於傳統農村之處;《孟子》中有:「在國曰市井之臣」,原指去官而居於都市者,稱市井之臣,實也是眾多庶民之一種;《刺客列傳・史記》中,聶政自稱:「政乃市井之人」,則亦指居住於城市中的平民。

> 宋代市場的一個關鍵性的變化,是商業不僅僅侷限於貨物交易,這時候還出現了純粹為消費服務的新行業,如勾欄、瓦子、妓院,而且有大批「遊手浮浪」的小工小販及閒人依託市場而形成。(周時奮,2003:25)

他們在中國古代,成為有別於農民依託市井而生存的社會階層的,就如此文中所說:「至於有無資產、資本、貨物已經不是主要因素。只要市井存在,他們就能夠通過賣貨、賣力、賣藝、賣色、賣智、賣乖、賣巧甚至賣勢、賣惡、賣命而生存下去。」(周時奮,2003:25)

因此,在吾人的認知中,「市井小民」、「市井人物」成為一種具有特定意義的語彙,一方面指乃居住於人口密集,城市地區中的人民,同時也指非直接從事農業生產,但也不是達官、巨賈,反而多指社會地位、經濟能力一般,在都市中從事商業、小型手工業等各種職業的這個階層。這和中國長久以來,與以儒家思想體系主導意識形態的知識分子所代表的菁英階層,不論從生活方式、嗜好、娛樂乃至思想等,顯然有所區隔。從以士大夫／知識分子為主的菁英文化視角來看,市井所代表的是鄙俗的,與菁英文化是對立的。

從這樣的角度來看,這種「市井」和現代意義的「都市」亦是有所不同,同時「市井」和所謂具有現代意義的「市民」(citizen)、「市民社會」(civil society)等亦有所差距。

市民社會的概念來自西方,可追溯至希臘古典時期,並帶有文明社會、政治社會、公民社會等涵義,[17]且顯然與「蒙昧」、「原始」、「野蠻」的社會是對立的,而「市民」也非單純空間上定義指居住在都市的住民,而是乃指享有公民權、財產權的自由人,且如方朝暉在〈市民社會的兩個傳統及其在現代的匯合〉一文所引述,市民是和文明、進步聯繫在一起的:

---

[17] 相關論述可見馬長山:《國家、市民社會與法治》,北京:商務印書館,2002;張榮洁:〈「市民社會」的理論和現實〉,(《廣西民族學院學報‧哲學社會科學版》27:6,2005年11月),頁111-113、198;胡健、董春時:〈市民社會的概念與特徵〉,(《西北大學學報‧哲學社會科學版》35:2,2005年3月),頁113-116。

在古希臘羅馬時期，人們習慣於認為那些遵守市民法（jus civile）生活的市民們過一種高貴、優雅、道德的生活，因此城市或市民生活本身就是和野蠻人相對照的文明的象徵，（方朝暉，1994：83）

而後或也強調市民的政治含義，並且說市民社會：

它是一個從一開始就試圖擺脫王權、教會和領主等一切外部政治勢力的干預並試圖結成自己公社的階層，（方朝暉，1994：100）

則也高舉此一階層自覺的政治意識。

　　從以上的討論，「市井」和西方意義下的「市民社會」的內涵有著顯見的差異，這當也標誌著台灣／中國對比於西方現代化歷程上的差距，隨著現代化發展，當代的台灣／中國或也可說正邁向市民社會的發展中，進而發展出有著高度自覺的市民意識的新型態，然這也需要時間。

　　因而肖珮華在他《中國現代小說的市井敘事》一書中，認為因應現代化後進地位的中國國情特殊，提出一個概念，區別了「市井」和「都市」：

「市井」與「都市」是兩個既有聯繫但又有區別的概念，它們具有不同的文化內涵。「市井」，一般指下層市民生存居住的小街小巷小市，在中國土地上星羅棋布的城市或城鎮絕大部分是「市井」，「市井」是中國城市或城鎮的重要構成。（肖珮華，2008：1）

　　嚴格來說，「市井」和「都市」並非絕對二分，然肖珮華此一看法直接反應社會發展差異下對於人口聚集地生活形態表述的不同。而表現在文學上，則顯然與「宏大敘事」也不同，把看似「最沒價值的市井日常生活流程」展示在文學作品中，（肖珮華，2008：51）卻也是許多以市井生活為題材的敘事文學作品的特色。

　　這種將市井生活、市井人物做為描寫對象的，也是自古有之。唐傳奇或有從市井青樓酒坊取材；本身就是市井產物的宋話本，作品主要場景也是市井的，描繪的也是市井各色職業人士；《三言》、《二拍》更是展現了明代經濟發展下，各色市井人物與其生活；《金瓶梅》在情慾敘事之外，雖寄託於宋代，但實對於晚明市井生活、時尚有著深刻描繪；

有清一代，繼承《金瓶梅》等敘述風格，而有所謂「世情小說」，同樣亦多以市井生活為背景。

而進入廿世紀，也如老舍所描繪的北京胡同、李劼人作品裡的成都生活，乃至張愛玲筆下的上海，無也不是以市井生活、各色市井人物為主要描述對象。這些作品主要不是寫歷史興亡的大敘事，有的是對一般庶民生活的描繪，與隨之而來情節上的悲歡離合。

可以這麼說，田原以台灣為場景的作品，絕多數描寫的即是市井生活百態，裡面所展現的人物，也是一般市井人物，和所謂「市民社會」有所差距；這些作品描述他們的動作、語言，甚或他們的飲食等等生活面，這也與八〇年代興起的「都市文學」，自覺的以現代都市景觀做為背景，以現代都市人群為描述對象的小說作品，也有些許不同的。田原作品，更是展現在現代化變遷中的市井生活樣貌。

田原所呈現的是市井庶民生活中各種不同的空間形態，有的是純粹物理性質，對於感官所及的空間感知的表述，有的是對於實際存在於其間的人們與其生活、活動的描繪。且如列斐伏爾（Henri Lefebvre, 1901-1991）所說的，空間是一種社會的產物：「空間裡瀰漫著社會關係；他不僅被社會關係支持，也生產社會關係和被社會關係所生產。……。空間是社會性的；它牽涉到在生產的社會關係，亦即性別、年齡與特定家族組織之間的生物──生理關係，也牽涉到生產關係，亦即勞動及其組織的分化。」（列斐伏爾，2003：48）構成市井各種形態表面的物理空間之外，構成空間的整體因素，還有因族群人口、各種生產、經濟活動，乃至於人們各式的行為，而形成各色各樣的空間。

在田原的作品中，可以看到這種對市井中不同空間形態豐富的描述。這可從以下幾個方面來看：

## 一、「市井」：都市底層物理空間結構的呈現

市井一詞，做為人口聚集的空間及商品交易之地，其空間結構迥異於農村。市井一義，雖然有後人認為乃古人「因井為市」，是為取水方便因此成為人群聚集、商品貿易的地方，然此說恐有附會之嫌。市井之「井」，與其說和設井取水有關，不如說是人口聚集、街坊縱橫的城市

空間結構象形,來得更為貼切些。就如同研究者所說的:「『井』理解為一種早期的居住點,而且是一種四面八方相通、交通比較方便的居住點,那麼『因井設市』的問題就說得通了。」(魯威,1993:3)

田原以台灣為背景的作品裡,除了《青色年代》觸及台灣農村之外,其餘全以當時現代化變遷中的都市及其邊緣為主要場景,出現在小說中的物理空間描述,當然不是所謂現代化大都會的模樣,更不是他以故園為背景的北國農村場景,而是做為庶民集聚的市井空間的呈現。田原對此有豐富的描述。

在《朝陽》中,即以主人公的視角,看待台灣鎮、市中常見的「深間」長條式格局街屋的建築:

> 狹窄的長條型的樓房,只前後有窗。光線陰暗,白天也得開電燈,更談不上什麼空氣對流,連上海的亭子間都不如。(田原,1970:70)

或者在《嘆息》中,從基隆來到台北想要找工作的寶香,被火車站前的仲介帶到一家經營應召特種行業的店時,對於空間的描述:

> 三輪車到了北門,轉進了一條整齊的小巷,兩面都是高大的樓房,寶香更加放心,知道絕不是那種永生難忘的基隆陷穽。
> ……。
> 車子在一棟磁磚二層樓房前停下車,阿貴付過車錢,帶寶香走進去。大門是大開的,進門是大廳,正中供了財神、觀音混合在一起的畫像,兩旁對聯鑲了玻璃框,長條几幾擺了水果香煙裊裊。條几前面是大紅漆方桌,兩邊四把老式椅子,除此沒有別的陳設。
> 阿貴帶她繼續向後面走,後面院落不太大,有日式的假山和小盆景。樓房凹字型,一邊是廚房和洗澡間,……。
> 寶香隨著阿貴走進臨後門的一間房子,裡面粉刷成玫瑰色。擺了酒櫃,電視機、絲絨沙發,牆上卻掛了兩張不倫不類的裸體照。茶几上有電話,像個客廳,寶香有些奇怪,第一次看客廳擺在後院裡。(田原,1981:380-383)

這也把當年台灣各市、鎮地區常見的「深間」式市井空間格局表現出來。

而在《遷居記》中,隨著主人公在台北各區搬遷的結果,也正好呈

現這不同的空間樣貌。主人公剛從屏東鄉下遷到台北第一個落腳處,是台北六張犁公墓的山腳下,當年這還屬於台北市的邊緣地帶,住的也全是在都市中討生活的各色人物,作品是這樣呈現此地的空間:

> 過了小水泥橋,僅僅一條小泥路可通,下雨陰天,非但泥濘而且雞鴨豬的排洩物,也都漂到路上。(田原,1967:39)

而這部作品最讓人印象深刻的,與對於庶民生活的描述,即在此空間中展現。而後又搬遷到松江路一棟新式的國民住宅型公寓,看似有著良好的規劃的空間,就如作品中所說,連排水溝、垃圾櫃、停車場都安排得很好,然人際關係卻也從以往平面式的熱絡交流,雖有公用的樓梯,但各走自己的門,成為垂直式的冷漠疏離。同時,這看似現代性的轉變,過往市井生活的雜亂,卻依然在此重現,全沒主人公所預想「高雅」的生活環境。就如作品中的描述:

> 松江路的公寓式國民住宅,外表的確高尚。出入巷子中的人們,雖無汽車代步,卻也衣冠楚楚,沒有半個粗人。他想晚上六七點多鐘以後,每家的燈光射在各色各樣的窗簾上顯得多采多姿。從視窗透出播放古典名曲的聲音,巴哈的聖母頌或者是修貝特的小夜曲。
> ……忽然對門鄰冒出「阿哥哥」音樂,可能是唱片,開到最大的音響,連大貝斯聲音「咚!咚!」都如同雷鳴。(田原,1967:105)

這顯然與理想中的現代都會空間樣貌還是有段距離。

而以台北某一個圓環為背景的長篇《圓環》,作品一開頭,即是對於這一市井空間的描述:

> 圓環──像一條八爪魚,環繞在四週的街道,有如魚的長足。
> 圓環──每當華燈初上,一切景色都呈現出繁華和熱鬧,使人們忘卻在白天所見的低矮竹棚,還有那昨夜攤販們遺下來的紙片碎屑,同樣也掩蓋了虛偽和醜惡。到處都是帶笑的面孔,和為表示誠實不惜把八代祖先拿來賭咒的小販。人們用少數的錢買到好的東西,同樣的也用多數的錢購入最劣的物品。
> 到處是女人尖著喉嚨討價還價的聲音,到處是刺耳的麥克風傳出削碼、對折、還本、半賣半送的吼叫。(田原,1968b:1)

田原對於舊時記憶中農村的依戀和都市空間的嫌惡,全也表現在這一段話中,這後文會再加以討論,這段文字呈現了市井空間的特性,而故事也在這樣的空間中展開。

在《男子漢》中,同樣亦由這樣的市井空間開頭:

> 太陽高掛在空際,照射在十二層大廈的脊背,一個都市,經過短暫的夜晚,又懶洋洋的復活了。
> 最先從寂靜的街道走過的是來自四鄉的小販……。接著伴隨都市復甦的專拉夜市生意的三輪車夫,……。
> 有個穿著入時的女人,面部仍殘存著隔夜的化粧痕跡,站在觀光旅社的窄門裡,……。
> 報童跨下的鐵馬,……。
> 豆漿攤子上擠滿了人,……。(田原,1971c:1)

而這個故事裡的主要人物,是由傭工、商人、主婦、酒女、遊手好閒的男人等市井人物所構成。或者如作品中的大牛,在被辭工後,隨意晃蕩於街頭,晚上就住在便宜的旅館,作品中對這樣的空間亦有一番敘述:

> 簡陋的小旅社,都是一個格式,用甘蔗板隔成一人多高的板壁,上半截空的地方,釘了木條,交岔成菱型方塊。兩房之間掛了一盞鬼火差不多的電燈,板壁之上,塗了一碰就沾到身上的白粉。
> 房間中沒有床鋪,拉開唏哩嘩啦響的薄門,便是榻榻米,掛了與房間同樣大的蚊帳,天氣熱死人,那條「申甲由」的被帳子也得堆疊在那裡。
> 枕頭是塑膠製品,紅鮮鮮的發著亮光,裡面硬的像塊石頭蛋子。(田原,1971c:104)

而主人公孫大牛在酒女麗娜投資的當鋪當店員,店就開在市井風化區的巷子中:

> 走出當鋪大門,便是又窄又潮濕七拐八彎的小巷。
> 小巷兩旁的房舍,低矮而古老的紅磚瓦房,高台階,窄門口,上面掛了不倫不類的招牌和特殊的標誌「綠燈」。
> 招牌幾乎是一個樣兒,白底紅字,寫的不外是「夜來香」「美鳳」「萬花園」「滿春園」……

> 現在正是夜市開始，招牌的燈亮了，綠燈也亮了。胖胖瘦瘦黑黑白白的女人，臉上都擦得如同歌仔戲中的旦角，鼻子雪白，兩腮血紅，眼圈烏黑倚著門框，或坐在椅子上，機械式的喊著：「來，來坐！」（田原，1971c：104）

田原對這類市井空間的觀察顯然相當細微，雖然在敘述上有其慣有略帶諧謔的口吻，而這些的確也是當年台灣現代化變遷中市井空間的寫照。

在《四姐妹》中，幾位故事中的主要人物，是住在都市的分租公寓中，這也是都市中習見的庶民場景，這個由罔市嬸所管理的公寓，主要租給由鄉村到都市工作的女工，租金便宜，但也相對簡陋、逼仄，當春綢這個鄉下來的女孩，去看這個位於巷子內的老公寓時，她先看到三樓的「套房」：「裡面只有六個榻榻米，隔成了客廳、臥房，還帶衛生間，小得幾乎轉不開屁股。」（田原，1973a：11）如此的空間要價每月一千五百元，春綢認為這對自己太「大」了，也太貴了，罔市嬸轉帶她到四樓，由四個床舖構成的房間，她可以分租一個床舖：

> 四樓的房間，從外面看與二三樓的一般大小，可是罔市嬸打開一間，春綢一看，裡面擺了兩張上下層架子床，床中間僅僅容許一個人通過，另外便是用大花塑膠布隔出來的洗澡間，此外，連隻小桌子也擺不下。雙層舖的底層，都擺了衣物有人住，只有上面一層還空著。春綢問：
> 「多少錢一個月？」
> 「五百元」（田原，1973a：13）

這個空間描述，適也呈現這種分租房的特性，這也是當年許多由鄉下到都市工作的底層勞工，所曾經歷的市井空間感受。

這樣的空間描述，和日後許多都市文學作品是有所差距，並沒有整齊有序的現代都市空間想像，也無華麗、優雅的消費空間描述，或是時間背景不同，但也是視角的差異，田原觀察的重點顯然是在這些庶民市生活空間上。

## 二、生活的空間——都市雜院的庶民生活與庶民話語

田原在《遷居記》及許多短篇中，時而以市民集居的雜院為主要場

景，或是軍、政機關的集體眷舍（或可稱之為「眷村」），或是夾雜各種都市各色職業人士的集合住宅、住商混雜的市井街坊等等，這些實也是眾多在都市生活的市民主要生活起居的地方。

　　田原的作品中的確有幾個短篇乃以軍、政機關的集體眷村為主要場景，然這和後來興起於八〇年代後，以眷村第二代為主的作家為創作主體的「眷村文學」有著明顯的差異，這些作品既不回憶，也不寫離散，也沒有認同的徘徊，反而寫的是現實的柴米油鹽及人們的互動。同時，這些也僅佔田原作品中的少數，他寫的更多的是不分省籍、族群一同生活在都市底層的庶民生活，這也是他作品重要的特色。

　　做為一位軍中出身、1949年後來台的外省籍作家，他也曾住過眷村，然他作品中所呈現的，超出許多人既定印象中的竹籬笆之外，他觀察當年現代化變遷中的都市底層人民生活，相當細微且深入，尤其表現在作品中，對於都市內市井街坊生活、庶民話語的描述，更值得一談。

　　在《遷居記》中，透過主人公王化南多次的搬遷，也帶出各種不同地點各色人們的生活樣貌，也寫出他們的語言。他尤其擅長描寫雜院中的婦女，也如上引省籍作家林鍾隆對於農村婦女們互動的描寫一般。

　　作品中，王化南一家從屏東搬家到六張犁山腳下的雜院社區，除了半山坡一家小洋房住著一位在公立醫院上班的黃醫生外，其它全是各色小販、拉三輪車的、唱歌仔戲的與一班家庭主婦。就如作品描述，他們搬家當天，一班婦女便以各式猜測性的閒言閒語來歡迎他們，其中尤其以拉三輪車的臭仔他老婆胖婆、阿巧等形象更是突出。作品透過對她們外型、語言、動作的描述，呈現這些社會底層婦女的形象：

> 「我看，」一位身材矮胖，把一隻大奶子露在外面餵孩子的中年女人撇撇嘴：「我看一定做生意做垮了，偷偷的到這裡躲債。」（田原，1967：41）

然她也主動發聲要幫忙，也是藉機搭訕，後來也是她第一個進入王家打探虛實，在一陣閒聊中，王家女主人恭維她生了這麼多小孩真有福氣時，這位婦女談吐大膽的形象，透過語言呈現出來：

「福氣,是賤福,都是那個死鬼,白天拉三輪車還不怕累,晚上動手動腳。我說算了算了,誰知一碰就是一個。太太,你知道我有幾個孩子?」她的大嘴一裂,紫色的牙根和黃色的牙齒全部露出來,有些厭惡也有點得意的說:「不多,整整十一個。」(田原,1967:41)

這位胖婆,口舌功力驚人,先是在王家批評這個社區是鬼地方,住的全是開計程車的、擺地攤的、撿破爛的、撿字紙的,也批評那個醫生愛錢等等,但一出王家門,面對其他社區婦女,卻也是馬上批評王家:「這家人是吹牛大王」、「生意做垮了躲債。」等等。當然,這類好嚼舌根的婦女她並不是唯一,隨著胖婆離開,唱戲的阿巧也進王家門來,一陣話語後,馬上也批評起胖婆來了:

「大塊來過了?」
……
「這種毛病大塊還沒有,她是一個長舌頭,愛探聽東家長,西家短,很多人家吵架打架,都是她挑撥的。有一回,人家氣了,把她按著狠狠的打了一頓。沒有一點用,不出半天,她把打她的兩家人挑得互相打起來。」(田原,1967:49)

甚至進一步開始揭胖婆的底來了:

「大塊這個人壞透了,原先有丈夫,在中華路開小飯館。丈夫長得又小又乾又瘦,她看上常去吃飯拉三輪車的臭仔,兩個人先是偷偷摸摸。後來也沒有離婚,便和臭仔同居了。」(田原,1967:50)

就在同時,離開王家的胖婆,因自己的小孩在賣湯圓老周的攤車旁拉屎,孩子不懂事亂摸亂動弄髒了攤車,和老周吵了起來,女主人公見狀去勸合:

「大家都是好鄰居,遠親不如近鄰,每人就少說兩句。」
「老太太妳剛搬來,不知道這個女人有多壞。」老周總算找到人訴苦。
「你更不是好東西!」胖女人一向嘴頭子不饒人:「湯圓裡面有加地瓜粉。」
「妳妳——妳胡說。」老周真急了要揍人。

> 珠妹緊緊按住他,怕打出人命,向房裡推,老周總算給珠妹留面子,邊向房中走,邊發狠,罵著成套令人臉紅的下流話。(田原,1967:52)

這當然不是什麼高雅的場面,十足的市井味。田原在這部作品充滿「化民成俗」的使命感,屢屢透過主人公們說出一些充滿理想性的話語,然另一方面卻也直白的描述這些屬於底層市井百姓的生活、語言,婦女嚼舌所惹的是非,夫妻間的吵架、打架,全也在這作品中呈現。

王化南為社區環境盡心的苦心,當然有人不領情,胖婆就是其中之一,當王化南一陣「宣講」後,胖婆和阿巧間有著這樣的對話:

> 「哼!現在沒到選舉的時候,天天聽他講的什麼演。」
> 「王議員說的很有道理。」
> ……。
> 「你是不是看上他啦?」
> ……「阿臭嫂,我雖然不是什麼貞節烈女,妳也不能用這種話來堵我。」
> 「怎麼樣?」……「我早就看出來,妳看上人家年少的,年少的看不起妳,現在回過頭來喜歡年老的,要不然,妳怎麼處處維護他,說他說的每句話,都是至理名言。」
> ……。
> 「阿臭嫂,我沒有惹妳啊,妳─妳─妳是什麼意思?」
> 「我也沒惹妳啊!我也沒有別的意思啊!我長一張嘴,就皇帝也不能給我封起來。」
> 「你會說,可以隨便說,希望別拉扯上我。」
> 「怎麼,小姑奶奶!你的身分不同是不是?天下第一名歌星,家世好是不是?妳爸爸有四個老婆,」……「一個都養不起。」
> 「妳──妳別攀扯上我爸爸。」
> 「攀扯又怎麼樣?我說的還是假的啊,妳別給那老頭子爭臉面了,他什麼時候管過妳。」
> ……。(田原,1967:78-79)

她們不暗中勾心鬥角,取代的是土俗的語言直來直往,這絕不是什麼溫柔敦厚,卻也是將這樣雜院中婦女的口舌是非完全呈現出來。

這個社區不是高級住宅區,雖然因口舌而起的爭執、夫妻吵架等等

無日不有,卻有著濃濃的人情味。當王化南要搬離,一些鄰居全部來幫忙,且一個一個爬上卡車,一路幫到新居地,還讓人以為這家是個有錢人,竟找如此多的工人來搬家。且看作品的描述:

> 七手八腳勤快的動作下,一切安置好了。來送行的鄰居們要告辭。王化南看看手錶,已到用晚餐時間,家中準備來不及。要請他們去飯館,誰知道這些壯漢們一聽,一個個活像小偷碰到員警,腳底抹油跑得只剩下武雄捉住的臭仔,王化南拉住的老周,還差點兒把兩人衣服撕破了。(田原,1967:96)

倆人很不好意思的在王化南半拉半抓之下留了下來,卻堅持不去所謂飯館,路邊攤子才是他們的最愛:

> 切了半隻鴨子,兩條魷魚,一塊豬肉,幾節香腸,弄了滿滿的三大盤。另外要了四瓶紅露酒,兩位客人一看,都高興了。(田原,1967:97)

這也是市井家常生活味十足的食物。

主人公一家多次搬家,正好也成為各種不同市井生活的呈現。相較於六張犁的鄰居都是一些小生意人等,在松江路上的國民住宅,鄰居有學生,有剛下班回來「便開始砌城牆」的職業婦女、孤僻的老女人等。田原在這裡,則描述各種「聲音」,顯示這裡的生活實況,有大學生徹夜開「排隊」(party)的「阿哥哥」音樂、有「對面的二樓窗口傳來歌仔戲聲音」、「在底樓還有一家可能是大陸人,有戲癮,放的是金少山的『盜御馬』、『黃鐘大呂』,比裴盛戎鼻子哼,好得太多了。但在本省同胞聽起來,活像汽笛鳴動,一點兒也不好聽。」(田原,1967:108)。接著還有三樓,因小孩溺床,大人咒罵、小孩被打哭泣的聲音,田原以連續性的充滿感官識覺的文字,「熱鬧」的展現公寓內的生活——一個由聲音所構成的世界,描述屬於庶民的生活也成為這個作品最讓人印象深刻的地方。

這種市井雜院的生活,雜院內人與人之間的相處,常可見於田原作品中,就如上述,有幾部作品即是描寫軍、公人員眷村的生活。就如在〈擇鄰〉中,作品即以:「提起眷村,張德平不禁直搖頭」(田原,

1980a：127）為開頭，描述因為自己太太在眷村內與其他婦女們相處不順甚而衝突，不得不屢次搬家，作品即以再次的搬家描述起。

眷村乃台灣戰後社會發展上，一個具有族群、社會、文化等特殊意義的空間，如今在許多以眷村第二代所書寫的文學作品，呈現出許多眷村生活的樣貌，做為眷村第二代，在今天眷村陸續走入歷史的事實之下，出現在敘述中的多是以回憶方式，描述當年在眷村中的生活，人情的溫馨、對於舊居的依戀時而出現在敘述中，有著許多情致與敦厚。然田原對於眷村的敘述，則不是如此了，他直白、寫實的寫出來自不同身分、階級的人們，在眷村生活的情景，尤其是女眷們彼此之間的互動，更是田原書寫的重心。

在〈擇鄰〉中，主人公的太太在舊眷村屢屢與其他同村的婦女起衝突，甚至是動手打架，如作品中所述，剛結婚時的太太不是這樣子的，但搬到 xx 眷村跟著同村牛嫂交往後開始轉變，成為一個屢屢和人起衝突的戰將，他為了她，已經搬遷過三次，這次新搬到這眷村來，苦口婆心勸太太，反而還被回嗆：「住在這種地方，就得發狠，兇一點誰也不敢找上門來欺侮。」（田原，1980a：128）但來到這個新村，迎接他們的卻是一群搶著幫他們搬家具的女人、小孩，且立刻有人引領他們認識這眷村的種種生活設施。而和一般眷區熱鬧鼎沸不同，早上各家都是靜悄悄的，這位太太反倒希望有人找她聊天，甚或打麻將。不久後，來的卻是要找她一起結髮網賺點小錢的黃太太，或是來找她繡檯布的劉太太。威風慣了的她，想要挑釁卻沒人搭理，而後自覺生活清淡，最後居然也跟著大家做起小手工藝來，賺點小錢貼補家用。甚而，在自己先生出門受訓的這段期間，自己忽然肚子痛了起來，送去醫院經診斷是盲腸炎，也是眾太太們將自己的手飾等摘下送當舖，籌錢當住院費。這位張太太的確被他們所感動，自己也說以前在其他眷區的生活不是這樣，但劉太太卻也對她說，以前這個眷區也是如此：「大家閒著沒有事，惹事生非」，也經歷過一些事，大家覺得不能再這樣下去，改變了自己，找點副業來幫助家用，也開始互相幫助，不到半年，一切也都改變了。

這個作品有著很理想性的收尾：「我真希望其他的眷區也學學，這不僅是我們相處得愉快，就是先生們也感光彩。」（田原，1980a：

136）然在這美好結局中，卻也透露眷村並非是如今許多人以為同質性非常高的「共同體」。就如同研究者所說，在當年時空環境之下，眷村似乎在國家機器操縱之下，形成與外界殊異的「共同體」——「我們」，但：「這名之『我們』的一群人，事實上卻是來自中國境內各地的大江南北、操持不同的鄉音、隸屬於不同的軍階和軍種、擁有不同的生活風俗和習慣」（趙慶華，2007：147），從田原的作品中，也時可看到這樣的差異，進而在女眷間擴大成糾紛。

　　田原自己就有以下的說法，當年在領得一些稿費後所做的事，就是搬離眷村：

> 第二件事是我積蓄了一點稿費，再向長城出版社的沈秋和、文壇社的穆中南兩先生預借了數千元，在永和秀朗路買了間破舊小房，搬出了是非多多的眷村。（田原，1981：8版）

這在其中作品，同樣也看這樣的敘述。對田原而言，眷村的生活並不是他理想中的生活方式。

　　〈被征服的一群〉（田原，1965b：82）寫一群在同一公務單位服務大大小小的官，也生活在同一眷村中，然全是乾綱不振，而太太們在眷村們更是合縱連橫，有時是牌搭子，轉眼卻可能翻臉馬上打起架來。

　　這其中也敘述到流行在眷村中一種普遍性的娛樂——麻將，這在許多介紹有關眷村文化中的文字中，每每成為重要關鍵字，就如同以下一篇在網路上說明眷村婦女生活的敘述：

> 打麻將對眷村的婦女來說，生活上的意義大於賭博的意義。因為丈夫長年在外，一家的重擔、照顧孩子的責任，全需眷村婦女一肩扛起，內心的壓力、鬱悶可想而知。麻將的聚會，不僅提供婦女寄情娛樂的消遣，也提供了壓力宣洩的場域，讓所有的煩憂、不滿，都在嘩啦嘩啦的麻將聲中得到抒解。[18]

以今日的角度來看，打麻將的確是有著社會功能意義，然回到當時時

---

[18] 摘自網頁：http://women.nmth.gov.tw/zh-tw/Content/Content.aspx?para=56&page=0&Class=26，2015/3/26。

空，對於男主人而言，卻往往是一種困擾，一來這畢竟是有輸贏的賭，對當年待遇菲薄的軍、公人員來說，往往也是一場冒險。二來也依此而生許多糾紛，在家庭中的與人際間的。田原在這個作品，用他充滿諧趣的文字，呈現這種現象，當然也是一種男性視角的。

作品中幾位眷村婦女全沉迷於方城之戰，以至家務全落在男主人的身上：「這是實在話，八小時辦公。看不完的公事還要帶回家。家裡早、中、晚三餐的飯碗等他洗，垃圾等他倒，馬桶等他刷……」（田原，1965b：82），就連吳姓主人公要泡杯茶，但昨晚睡前才裝滿水的熱水瓶卻沒有水，「一回頭，看見盆中太太換下的紅色內衣，恍然大悟，原來天亮時，從戰場歸來的太座，用熱水滌洗征塵。」（田原，1965b：82）；新搬來的馮家太太，一早站在門口面向四方，指著在他門前的糞便破口大罵，但先生提醒他糞便是自家鴨子傑作，她還繼續罵：「嗨！你們都是瞎子，都是聾子，也不知道出來告訴老娘，害得老娘大清早叫得口乾舌燥」（田原，1965b：85）。

而吳姓處長的太太要他去借錢，讓她下午來翻本，她且恭維新搬來的馮太太罵人的技巧，兩人還組成「攻守同盟」並相約打麻將去。然吳、馮兩人的太太卻因輸贏在牌桌上翻臉，從口舌之戰，形成了動手的全武行，雙方的丈夫勸阻不成，反被拖下去參戰，倒成為兩個男人的戰爭。這個作品最有趣的地方，就在描述既是同事又是鄰居的兩位，手拿「武器」對峙的場面，但兩個中年男人只是叫陣、對峙，惹得圍觀的鄰居大笑：「看得人哈哈大笑，督戰的人氣得靠在牆角上幾乎暈過去，她真想不到男人這麼沒有用，早知如此，真不該嫁這種膿包。」（田原，1965b：100-101）

這荒謬的場面一直等到職務比他們更高的機關某長出面，喝止這兩位部下，並訓斥他們一番「大道理」後才結束：「你們睜開眼睛看看自己的太太這副模樣，慚不慚愧。身修而後家齊，家齊而後國治。你們連自己太太都管不好，還成什麼體統。……」（田原，1965b：101）但沒想就在同時，作品卻又有以下的描述：

「曉園，」突然巷口傳來一個女人尖銳的聲音：「還不快回來，三缺一就等你一個個了，聽清楚了沒有？」

某長可能養成了習慣，一聽這聲音，脖子很自然的一縮。
「來哉！來哉！」一溜煙的走了。（田原，1965b：102）

諷刺的是，這位某長剛才還是一副義正嚴詞，要這兩個部下得管好自己的太太，做好齊家的功夫，轉瞬間卻也是如此。

田原這些充滿諧趣的文字，雖然帶有濃濃的男性本位視角，卻也寫實呈現眷村生活中的另一面。

當然以上所述的眷村生活是一種，田原在其他作品中所呈現又是另一種。在短篇〈張大嫂〉中的男主人公是個典型的大男人主義者，作品是這樣描述他：「在眷村中素以發揚『丈夫正氣』所標，絕不抱孩子，廚房中沒有水，便等著天上落雨，別想要他伸手提一桶。」（田原，1968a：119）然人稱張大嫂的他太太卻是一位勤奮、節儉的主婦，為了改善生活學洋裁，在眷村中也做出口碑，每當家人早已入夢鄉時，她還繼續踏著縫衣機。旁人要她得好好教訓自己這位偷懶的先生，但她同情丈夫目前的游手好閒，認為是他心情不好所致，她以柔克剛，後來先生也銷了病假，正式上班，且自己利用家裡附近空地種菜、養豬，甚且在眷村中辦起小飯館，全也是她一人操持，努力的做丈夫的後盾。這當然又是描述眷村生活的另一種樣貌。

這種都市雜院、集合眷村生活的描述，當也是田原生活經驗的投射，且從台灣社會變遷來看，這也是相當寫實的。

### 三、物慾消費的空間

在《雨都》中，主人公秦龍屢屢以應酬上酒家為由遲歸，在作品中有以下的描述：

這些年，秦龍似乎三天兩頭泡在酒家裡，說是為了公務應酬。
秦龍說：「台灣的酒家如同四川的茶館，是正當而公開的社交場所。」
茶食，在她家鄉到處都有，男人天天必去的地方。她感覺到酒家無法與茶館比，茶館純樸，第一沒有堂客。第二，不用花大錢。第三，坐上癮也不會傾家蕩產。
酒家就不行，經過聰明人改良的酒家更糟。她聽「間歇性」的牌太太說：「如今的酒家是綜合藝術。喝酒、跳舞、聽唱歌、糟蹋女人，樣樣俱全。」

秦李月華一聽就懂：酒家包容了「菜館」、「舞廳」、「歌廳」、「北投」所有的特色。（田原，1971b：22）

城市，做為現代人群聚集的生活空間，商業、服務等乃城市中主要的產業，各種消費成為城市人們主要的行為，為基本生活的食衣住行而消費、為休閒而消費、為了各種慾望而消費，甚或如布希亞（Jean Baudrillard, 1929-2007）《消費社會》一書中所說的現代人們為符號、某種象徵意義而消費。做為現代社會分工體系中，城市從另一個角度來看無疑是消費的象徵，是物與慾橫流的空間。田原在他的作品，有許多深刻的描述。

首先，在田原作品時而出現對於酒樓、酒店等，夾雜食、色等消費空間等活動的敘述最讓人印象深刻。這種市井裡諸如此類的消費空間，早已可見於諸多文獻甚或文學作品的描述中，這實也是做為人口聚集、商業活動繁盛的城市地區必有的現象。

就如孟元老在《東京夢華錄》〈酒樓〉、周密《武林舊事》〈酒樓〉對於南宋官辦酒樓「和樂樓」等，有豐富的描述；雖然故事時常依託前朝，然實際上卻往往呈現明代社會樣貌的《三言》、《二拍》中，亦有不少有關酒樓文化的敘述，就如在〈「三言」「二拍」的酒樓敘事〉一文中的統計，作品中出現酒樓描述的，《三言》是32篇，《二拍》是28篇之數，如果還加上具有同樣功能的客棧、茶館、驛站等等，數量就更多了。（張岳林、劉亮，2014：104）這些酒店還不僅存在於大城市中，在明、清社會中，人口增加，促進商業發展，也帶動人口流動，這些酒店等也出現在人口、貨物集散之地的交通動線上，在《醒世恆言》〈劉小官雌雄兄弟〉中的劉德，即因住的鎮就在交通輻輳的運河旁，因此夫妻倆除了田地外，也就自己的房子，開了小酒店。

酒樓文化是傳統市井文化的一部分，並也有其社會功能意義，做為人際來往、市井各階層娛樂的作用是相當顯著，然也不可否認，其中存在其間半公開的情慾消費，也是它的功能之一。就如論者在研究明清兩代有關城市內酒樓、酒店等消費空間時，就認為隨著商業活動的增長與經濟的活絡，酒店的功能逐漸超越於日常性的飲食，社交性日漸凸顯，且：

更添加了聲色之娛,「有清唱妓女伺候」、「清唱取樂」。像這類的酒店更突破了酒店的基本性質,另外在「非飲食」方向發展,這種發展的結果使酒店除了飲食外,更具有娛樂功能,甚至其娛樂性可能更掩蓋日常性飲食功能。(王鴻泰,2000:1-48)

而在台灣,這種市井酒樓文化起源較慢,在日人治台初期,台南府城、台北艋舺雖已有酒樓設立,但數量較少,隨著日人治台時間愈久,各種酒樓也在各城市中興起,[19] 從而也讓原本台灣精英階層,以具有私人、封閉性的場所——「花廳」做為飲宴、社交場所,轉移至這種具有開放性質的酒樓中,也因酒樓的開放性,酒樓並非精英階層所專擅,被納入殖產興業體系的台灣,經濟活動日漸活絡,小商人、小地主階級的興起,這些人也成為酒樓的消費主力之一。

且如上文所述,這種酒樓除了原本飲食的功能性外,非飲食的功能也極為顯著,這在台灣的酒樓文化中更是明顯。在日治時期,各地興起的酒樓,逐漸成為一種多功能的公共空間,尤其許多酒樓,還擁有可供多人聚會的大型空間,甚也成為各種會議、展覽活動的舉辦之地:「酒樓事業的興起不僅大大擴展公共飲食場,也創造了新的社會、文化活動空間。」(曾品滄,2011:89-142)於是名流人士的聚會、詩社的擊鉢吟詩、文化團體的集會等等,竟也都是以酒樓為主要場所。就如1911年梁啟超應林獻堂之邀訪台,台灣父老百餘人於台北「東薈芳」旗亭開會歡迎,席間梁啟超還即席發表四首律詩,其中的文字:「萬死一詢諸父老,豈緣漢節始沾衣」、「破碎山河誰料得,艱難兄弟自相親」等,契合了當時身處異族統治下台灣人民的心:「這都是抓到父老內心的癢處」(葉榮鐘,1967:5版),迅速傳誦全島;蔣渭水先生多次在「江山樓」接受同志舉辦的洗塵與入獄餞行餐宴;[20]「蓬萊閣」且做為文人

---

[19] 相關研究均指出,在日人治台之前,台灣各城市少有綜合食、酒、各種娛樂等的酒樓設立,日人治台後,隨著日人飲宴的需要及城市商業的發展,才如雨後春筍般於各城市間興起。這可見,曾品滄:〈從花廳到酒樓:清末至日治初期台灣公共空間的形成與擴展(1895-1911)〉,(《中國飲食文化》7:1,2011年),頁89-142;蔡明志:〈台灣公眾飲酒場所初探:1895-1980s〉,(《中國飲食文化》7:2,2011年),頁121-167,等論文均持此種類似看法。

[20] 〈江山樓、蓬萊閣——早期台灣的酒家文化〉,摘自網頁:http://taipeisomethings.blogspot.tw/2012/08/blog-post_1598.html,2015/3/31。

重要集會的場所，1927年3月12日曾舉辦孫中山逝世紀念會，1929年台灣工友聯盟在蓬萊閣舉行成立大會等。

當然這些酒樓其中且存在各種娛樂、情慾消費，有女侍陪飲自不待言，許多酒樓聘有梨園從事表演，以娛酒客；藝旦不僅講究姿色，更重視文學、才藝的訓練，且能與文人相互唱酬，「藝旦戲」且也成為酒樓文化中的一部分。在日治時期的《三六九小報》、《風月報》等刊物中，且有〈花叢小記〉等專欄對於藝旦的介紹當也是此文化下所致。而民間有俗諺：「未看見藝旦，免講大稻埕」也說明當年此行業在城市的盛況。

1945年台灣光復，政權移轉，國民政府對於酒樓的管理方式與日本殖民者大相逕庭，原本在戰時各酒樓早已因物資缺乏、經濟困頓經營大受影響，戰後雖也曾重新經營，但做為社會文化公共空間的功能迅速消失。國民政府延續於南京時期的禁娼政策，認為有台灣酒家、酒樓內中的女侍陪飲多為變相賣淫，將其視為性工作者，且是日本文化餘毒應予去除。旋於1946年執行禁娼政策，當年6月公佈「台灣省各縣市旅館飲食店侍應生管理辦法」，所有女招待均轉業為「侍應生」，並應著白色制服，不得著旗袍或其它紅綠衣服。1949年另頒法令，原本的酒樓等餐娛事業，須更名為「公共食堂」，另外部分縣市則核准有等同公娼業的「特種酒家」設立；1956年3月原「特種酒家」法令廢止，所有特種酒家或改為純粹提供餐飲的「公共食堂」，或改為妓女戶；1962年法令再變，規定所有有女侍應生服務的公共食堂，一律稱「酒家」，沒有女性陪侍的改為飲食店，自此在台灣而言，所謂「酒家」成為專指「提供酒菜、陪酒服務」一類場所的正式名稱。[21]而在許多台灣人的認知中，「酒家」一詞也不專指酒食的消費，更是情慾消費場所的同義詞。

食、色本是人性。在酒家宴客，藉由酒酣耳熱又有美女陪侍之際，就許多商人而言，是他們擴展社會資本、談成生意的一種必要過程，是再「正當」不過的。「上酒家」總是充滿許多綺色的想像，甚或曾也有「風雅」之號，然在這種酒家文化背後，非自主的性剝削問題卻也未曾

---

[21] 上述各法令可細見於陳玉箴：〈政權轉移下的消費空間轉型：戰後初期的公共食堂與酒家（1945-1962）〉，(《國立政治大學歷史學報》39期，2013年5月)，頁186。

間斷，尤其當年伴隨在酒家文化的養女現象，所形成的社會問題，卻也無法讓人忽視。

田原乃1949年後來台，所接觸到已是喪失社會、文化公共空間功能的台灣酒家，已乃純然做為城市中食、色的消費空間。他許多作品中時以酒家做為故事場景，做為一位軍中出身的作家，他多是站在批判的角度來看待這樣的文化。

在《朝陽》中，主人公黃玉峯即是酒家的常客，為了競選議員，更在「紅玫瑰」酒家內一個足足有34個榻榻米的房間宴請一班人，就如作品中所說：「這地方再改再變再豪華，總保留著榻榻米風格，沒有榻榻米，滾打跌撲都不方便」（田原，1970：176），這也直接明示酒後在這個場地可能有的放浪形骸。田原在描述中，先是描述場地的豪華、接待小郎對有錢客人的卑躬曲膝、侍應生──酒女的嬌艷千姿，繼而對於這個由酒客、酒女、大班、小弟（小郎）所構成的小生態，其中的互動，成為田原描述的對象。

黃玉峯一進酒家，就指名要點當紅的小紅坐陪，大班透過小郎拿到一筆小費，轉身要到其他房間叫小紅時，有段精采的描述。對於需要逢迎奉承於酒客之間的大班，那種有如「變臉」的應對功夫：

「董事長，」大班也不甘寂寞，表演一番：「小紅有客人，沒關係，我去商量，絕對不會教他兩面跑，陪到底。」

⋯⋯

胡大班興高采烈的到小紅當番的房間門口，立即臉上變成死寂的哭相。用指敲敲板壁，停了一下，走進去，對著客人，茶行的劉老闆，就是鞠躬。

⋯⋯

「對啦，」大班哭唏唏：「那位先生可能在別家吃醉了，指名要小紅，並且一分鐘都不能等。剛才我一解釋，照著我的屁股就是一腳。」他忙用手揉著自己乾瘦的屁股，呲牙裂嘴。（田原，1970：178-179）

而那位也深諳酒國規則的劉老闆，也乾脆俐落：

「是不是有人叫小紅？」劉老闆倒很乾脆。

……

「我結賬!」

劉老闆對這一套他太瞭解了,卅年前,他可能因此大打一場。卅年後的今天,把此事當成消遣,消遣就是為了樂子,不吃這份飛醋。(田原,1970:179)

田原更細描小紅和酒客劉老闆的細微動作,在酒精揮發時的虛情假意表露無遺:

小紅也乘機上洋勁,一面埋怨大班不會辦事,趕走了他的恩客,一面給劉老闆拿外衣,穿好,並向懷中一倚,準備撒個嬌。劉老闆沒準備這一手,人老力衰,差點摔倒榻榻米。好在胡大班眼明手快,來了一手撐泰山。劉老闆並不生氣,乘機香了個面孔。(田原,1970:179-180)

而大班和酒女之間的微妙關係,也透過許多小動作的描述和語言的呈現,表現出來:

劉老闆走後,小紅拿出小鏡,重施脂粉,再塗口紅。急得大班直叫:「姑奶奶,快些好不好,已經夠漂亮了。」
「漂亮不漂亮,又不是給你看的。」紅姑娘有紅姑娘脾氣,不買大班的賬。
總算收拾好了,大班活像捧著雪球兒,近了怕化了,遠了怕溜了,小心翼翼送到大房間門口。(田原,1970:180)

　　黃玉峯所宴請的,是「紅樓幫」老大陶天六等一群人,目的想利用他們來為他助選。一群人進入酒家,就如作品所描述,酒家不是講君子、學客氣的地方,又吃又喝之餘,還左擁右抱。當已經鬧了一個小時後,每個人已醉得東倒西歪時,所謂「正事」——幫忙選舉之事,最後才拿出來談。

　　田原顯然是瞭解這種屬於市井生活一部分的小生態,以大段的、細膩描述其間的互動,雖然它的確不高雅,然這也曾屬於現實台灣的一部分。

　　而在《圓環》中,類似的場景再度出現,作品中東榮行的小老闆李長榮想拓展自己的生意版圖,於是在圓環的「上林酒家」,宴請在圓環一帶出入的黑道人物胡太郎。當然,這些「正事」同樣是在杯觥交錯之

後，才正式展開。李長榮接受胡太郎的建議，準備另開一家規模更大的觀光酒家，並且邀胡太郎任總經理。然在這冠冕堂皇「正事」的內裡，卻是在酒家內，酒、食與色糾纏、混雜不分的消費。田原又再次從酒家外表、從業人員的動作、酒客的行為等細描這種酒家文化。

其中就如酒客、酒女之間狎昵的互動，以及酒女應付酒客灌酒的對應之道：

> 胡太郎沒有回答，一走上榻榻米，便向年紀只有十七八歲，生得單薄而娟秀的女孩的臉上撐了一把。
> 「寶玉，妳的臉越來越嫩了。」
> 「哽──」寶玉白了他一眼，哽字尾音拖得很長，就像在唱歌。
> 胡太郎樂了，一巴掌輕輕的打在寶玉的臀部上，哈哈大笑起來。別人也跟著笑。那笑聲中，充滿了衝動性的粗野。
> ……。
> 酒女小娟坐在胡太郎的大腿上，寶玉則挾在腋下，伏在他的胸前，她低聲的講，輕浮的笑，胡太郎向她們灌了一杯杯的啤酒，……。她們醉了，跑出去吃解酒藥，或到廁所，用手指探探喉管，吐一陣，回來再喝，那五十元當番錢，得來並不容易。（田原，1968b：62-63）

幾人在圓環的上林酒家喝得不過癮，繼續另一家再喝，李長榮、胡太郎、上林酒家的經理胡旺，在酒酣之際更說要為未來的酒家事業，三人要如桃園三結義一般「三位一體」，並真的以「大哥」、「小弟」互稱起來。隨後，他們來到新北投，早年的北投地區酒家等行業興盛，如作品所說的「人們一提到北投便想到慾與酒」（田原，1968b：62-63、79），更是十足的食、色消費空間。他們在新北投，高談未來生意的前途，但且如以下描述：

> 後來看到自己女伴脫去衣服的胴體，便題目一轉。李長榮說阿嬌瘦得像塊排骨。胡旺哈哈大笑道，剛才眼花，選了塊紅燒肉。胡太郎非常得意，說選了個肘子，全是精的；不過根據相書上講，這個女人有點兒不太主貴，會沖好運。
> 最後，三個人隔牆一計議，可以相互抽籤交換。女人像無主的貨品，她們被大換班了。（田原，1968b：62-63）

更將「酒家」裡情慾消費以女性做為消費對象的本質，完全呈現出來。隨後他以隱喻式的「黑暗」、「醜惡」等詞形容北投的地景，來為這段描述做結。田原顯然是批判這種現象的。

就如在《遷居記》中，主人公屏東縣議員王化南住在潮州的阿柳，就找上這位當議員的堂哥，想要藉他之力申辦新的茶室、酒家，他甚而也預備將自己的養女阿嬌押給台北酒家。在這部充滿正面、道德化語言的作品中，就對此有不少的批判，就如透過阿嬌的視角，描述自己養父：

> 去酒家喝酒能解決任何問題，這一點她很清楚。因她的養父接洽生意，調停糾紛，都是到這種地方。……。還有每次去都是喝得醉醺醺，有時一連四五天不回家……。回來的時候，面色白中透青，眼圈一片烏黑。襯衣領上全是發黃發黑的汗垢和口紅印子。丟在洗衣盆子裡，明明母親看得清清楚楚，卻悶聲不響著地洗滌。……，過不了幾天仍是髒兮兮的回來。這幾乎就是父親的全部生活方式。（田原，1967：6）

而王化南又進一步批判伴隨而生的養女文化：

> 有些人不是窮得非賣女兒不可，卻把親生女兒送給人家當養女。就像阿嬌他生父，在潮州街上開三個老店。生的女孩給人家，又把人家的孩子弄來當養女。我猜不透他們這些人的心，是肉的還是生鐵鑄的。（田原，1967：11）

除了《遷居記》這個作品中差點被送入酒家的阿嬌是養女，在《圓環》中那個逃到圓環被才添爺孫收留的玉妹也是養女。

當然，注意到養女問題的，田原只是其中之一，五〇年代興起的以女性為主的作家群，受過一定程度現代教育的她們，更是關注此一現象，從而也成為她們作品的題材。就如1950年的婦女節，林海音在中央日報發表〈台灣的媳婦仔〉一文，批判了台灣的養女文化，此篇文章引起了熱烈的回應；謝冰瑩的《聖潔的靈魂》、《紅豆》、張漱菡〈阿環〉、林海音《玫瑰》全也以此為題材。其中，繁露以此社會現象，以高雄燕巢為場景所寫成的《養女湖》，因為故事的動人所形成的藝術力量，引起社會強大的迴響：「使它成為這類題材中反響最強烈的一部。」（樊洛平，2006：58）而這個虛構的故事，卻讓現實的場景——一個位

於高雄燕巢鄉的泥火山湖,從此成為熱門的觀光景點,至今仍然吸引許多遊客探訪,也可見此影響之大。

此外在《雨都》、《男子漢》中,同樣有著對這種食、色消費空間的描述,相較於上述基本上都以第三人旁觀者的角度描述這些現象,這兩個作品讓這些酒女們自己說出在這樣一個消費空間中,自己的角色和心態,這也讓她們的形象鮮明起來。

《雨都》中的秦龍是一個公司的高級管理級職員,然自從他升任這個職務後,卻三天兩頭泡在酒家中,藉口當然是為公務應酬,秦龍且說:「台灣的酒家如同四川的茶館,是正常而公開的社交場所。」(田原,1971b:21)甚而在太太月華質疑聲中,秦龍是以如此的話回她:「明天,我就不上班,這家庭擔子我也挑夠了。妳以為我到酒家有多舒服?凡夫俗子,下三爛灌我的酒我也得喝,我有胃病,我有身分,我受過高等教育,但為了飯盌,我的、妳的、兒子的飯盌,有什麼法子。」(田原,1971b:22)當然,這也是許多上酒家的男人共同的理由。

事實上,這位秦龍在「美人座」酒家,已有一個可以自備鑰匙自由出入她家的老相好酒女荷花,而秦龍和荷花的關係,雖是熟客,卻也是依然建立在消費的關係上,作品中的荷花就有以下的話:

>「酒女和熟客,總會有些傳言。」秦龍並不在意。
>「為什麼不消除這些傳言,第一你不是個雛,跑到酒家來談戀愛,找老婆。第二,我打了主意,賺錢,賺錢,不零售和批發感情。第三,你有錢,哪家酒家都可以去,酒女就會奉承伺候你。我呢,在台灣在高雄在任何地方,都是撈,沒有啥不同。」(田原,1971b:75)

這種直爽的語言,不止於此,就在秦龍看著她在家吃稀飯就當作一餐時的情景,有以下對話:

>「沒看過妳們生活另一面的人,永遠猜不出,客人請用晚餐不去,卻在家裡喝幾盌稀飯上班。」
>「這和另外一件事相同,家裡逼著要錢明明拿不出來,卻情願回到樓上守空房,不鬆腰帶。十個男人九個賤,不如此騙不到你們的大錢。」
>「妳高中畢業,談吐何必粗俗。」

「副理,啥時候聽說,酒家是培育淑女的溫床?又何必假惺惺!」(田原,1971b:75-76)

田原沒以浪漫化的方式,設計這一位在酒家討生活的酒家女形象,反而透過這種直白甚而近乎低俗的語言,直接呈示她的心態,也直接為讀者展示在那樣環境中的運作邏輯。

而對於酒客、酒女間在酒酣耳熱時的調笑,田原更用近乎戲劇性的手段,描繪看似熱絡卻又充滿虛情的場景,《雨都》中即有這樣的片段。作品中有位日人松本之助宴客一段,秦副理也想藉此機贏得合約,荷花也入席炒熱場面,在席上因眾人皆知荷花與秦龍的關係被稱之為「秦大嫂」,而有以下場面的描述:

「敬敬你的他!」松本一縮脖子。
「不敬了,我們剛辦過離婚手續,井水不犯河水。」荷花笑得身顫動:「為了表示大度,秦先生,秦副理,你隨便吃菜,隨便喝酒,別客氣,來啊!」
她真挾了塊龍蝦塞在秦龍嘴裡,秦龍閉上眼睛,裝出失戀樣兒,委委屈屈吃下去。本來酒女歡喜狂笑,有幾個按著肚子在沙發上打滾,旗袍下擺抖落下來,迷你裙顯得更短,松本藉笑發瘋,拍打著那些肥腿。(田原,1971b:83)

各人的語言和細微的動作被描述出來,更讓藉酒狂亂的場面幾乎破紙而出。

兩人之間關係,誠如作品中描述酒宴結束後,秦龍私下輕聲一句要不要來接你,荷花回以:「別躭誤我賺錢。」,瞬時讓秦龍從酒醉中清醒不少,將兩人看似特別、親密的樣狀,打回原型,情字的背後,金錢所構成的消費關係才是重要的紐帶。

作品將荷花塑造成世故、手段高明的酒女,賺錢是她最重要的目的,時而表明自己與秦龍乃建立在金錢消費上,純粹逢場做戲的關係,作品時而透過她自己的話語,表明這一切,以下摘錄她的直接話語:

「我早就說過,這輩子開了釀醋工廠,也不會逼你妻子打翻醋罈子。」
……

「因為我做遊戲。」
……
「何必苦惱自己，這世界上，『真』是最珍貴的東西，可是把真擺在男女間的感情上，卻是糟的選擇。」
……
「……我的職業，我的環境，不容許我太認真。」
「說得難聽些，是種交易。」
「當我們笑著談話時，你不會這末想，等我們不愉快時，在你腦際立即閃出，何必認真，我曾付過錢，誰不欠誰。」（田原，1971b：167）

這些語言將她的形象完全托襯出來，田原擅長人物語言描繪，又再次呈現出來。雖然她把自己的立場說得清清楚楚，然卻也是她在秦龍的兒子秦飛熊出事時，收留了他、訓斥了他、即時拉了他一把，讓她在這種職業性的世故形象之外，更多了屬於人真摯的味道。

而在《四姐妹》中，那位原本做一位委託行銷售員的美代，因為媽媽屢屢來信要錢，自己在委託行的薪水又不多，最後甚而到舞廳當舞女，田原細描了舞廳的佈置，更描述建立在消費關係上的大班、舞女和舞客。作品中那位和美代熟識的作家劉六橋來到舞廳，想要看一下美代在此的工作情形，其更想勸她及早脫離此地，但就如其中所描述的，來到此地沒有消費——付出錢是走不成的，另有目的的他，對於大班小馬「塞抬子」，他無法拒絕，只能照單全收：

「好吧，小媽，我捧你的場，你也別把我當獸子，拚命塞抬子。」
「劉先生放心，對別人我會……對你這種老好人，我那樣做喪天理。」
「這是文文，這是小珠，」……
……
小馬又過來了轉走了文文，倒來了秀秀、燕燕。
劉六橋心裡有數，照單全收。小馬說：
「借地方坐坐！」
「——」六橋一擺手，表示不在乎。
小馬二度走後，他感到好笑，「這地方能借著坐」，按節算錢。可是，他不塞五百年不來一次的客人抬子塞誰呢？塞常客，人家答應嗎？還會常來嗎？（田原，1973a：177）

就如田原對劉六橋心態時的描述:「雖然有人把舞廳當做『人間樂土』,他卻看作罪惡深淵,在歡笑後的陰影裡,不知有多少辛酸。」(田原,1973a:177)田原寫實的描述這些消費空間,呈現內部的細節,然卻也是深不以為然。

田原是時而以這種酒家、酒店做為故事中場景的一部分,實也是反映現實台灣市井生活,的確有部分人是以這樣的方式在過日子。

除了酒家等空間敘述外,田原對於市井中單純做為飲食空間的敘述,當然也是不缺的,且從空間結構、人物互動,乃至其間的人們的言語、動作,同樣有著寫實、細膩的描述,在《差額》中,對於主人公老情人芒市所經營的「66海鮮餐廳」的描述,即是一例。

作品中主人公侯西峯曾兩次到這個海鮮樓,但都不是為了敘舊情,第一次是為了借錢,第二次是東山再起有望,邀了昔日工作夥伴齊聚餐廳聯絡感情,再來更向上次借錢無著的芒市示威。

作品中的66海鮮餐廳位於台北市西區,坐落於一個曾經繁華一時如今平淡的商業區內,五層樓的餐廳入夜後在此地獨樹一幟,作品一開即如廣角鏡頭一般描繪了它的外型,接著更進一步以豐富的感官識覺,描述餐廳的繁忙雜遝。就如主人公進了大門之後:

> 西峯沒有嗅到撲鼻的香味,而是滿頭蓋臉的奇腥,原在一樓造了七八個大池子,裡面全是活蹦亂跳的海產。
> 腳下是紅色塑膠板鋪地,濕濕的,油膩的,滿眼是圍在桌上擁擠的人群,如同早上四五時的中央市場。還有穿了寬寬大大紅色旗袍不像旗袍的服務生,⋯⋯,端了剛出鍋的菜或收了殘羹的盤子,匆匆忙忙在人群夾縫中穿梭,開汽水的聲音,配合得恰到好處,如同爆竹響成一片。(田原,1986c:28-29)

這個海鮮餐廳一、二、三樓做散桌生意,四、五樓有合板隔成的活動房間。而做為一位商人,他馬上聯想到的是這樣的生意,究竟是如何:「他感到芒市是成功了,小吃部很少人欠帳,收取的現金比率,一定比簽單多,以現金折銀行利率,西峯內心透明的想,這是個好買賣。」(田原,1986c:29)且也幫她算計起來了:「有這麼好的生意,應當去請教專

家，最低在大眾化之外，四五樓設五六間豪華房間，菜每桌最低消費兩萬以上，以五個房間算，加上酒、汽水、服務費一成，一天中午晚上下來卅多萬至四十萬不會少，比一二三樓忙成一團賺得多了。」（田原，1986c：34）

而他老情人的芒市，做為餐廳的頭家娘，她還得應酬客人和客人拼酒，她不斷被服務生的尖叫呼聲，叫離獨自一人坐在乾貨倉庫前的西峯身旁，在西峯和其他客人之間來回不停奔走，更顯得這空間裡的忙亂，就如作品描述她在空檔中，回來陪西峯時所說的：

「這一場轉下來，幾個房間都得走到，又是紹興、陳紹、啤酒、愛克斯歐、馬祖大麵，七七八八不知灌了多少杯，」她晃著站起：「當老闆是不容易混的，您看咱這些酒量還可以吧……噎！」（田原，1986c：37）

從一開始芒市久未見面的熱情，隨著與客人拼的酒發酵，一直到晚上九點，已經是醉得無法自顧的模樣：「芒市回來了，是被秀美和另外一位男服務生扶回來的，衣衫不整，半露雪白的前胸，她是醉了。」（田原，1986c：38）田原透過對於芒市行動的描述，成功且寫實的呈現出這餐廳的忙亂。

西峯並不是要來敘舊情，而是來借錢且是一大筆，但芒市卻非他想像中的風塵俠女，而已是精明能幹的女老闆，三五萬是她願意拿出來的錢。西峯在娜娜等人的幫助下，和債權人協商，解決了部分問題，也有了新工作，看似有東山再起的希望，他邀集了過去一起工作的工頭，又再度來到 66 海鮮樓，就在酒精的催發下，就如作品所說的「往事滲了汽油，開始爆了。」（田原，1986c：130）西峯甚而也將自己這一陣的不得意，全發洩在這場面上，倒楣、受氣的，即是這位老情人芒市。

田原大段的描述這整個場面，作品中的兩人先是互揭瘡疤，先前借錢一事和陳年往事全成為材料，隨後西峯更大罵芒市的出身，且擺他一道，芒市無限委曲，且如作品中的描述：

「妳──妳──請妳媽個蛋！」西峯拿出一大疊千元大鈔，照芒市的臉上摔過去，鈔票散了一地：「老子──老子有錢，不──不少妳這個臭女人的分文。」

芒市一屁股坐在地上搗著臉哭出聲，她做夢也沒料到西峯會這樣對她。西峯這時感到無比的痛快，憂悶、委屈、失意，全發洩出來，「鬧——還要鬧」，腦子裡充滿了鬧，一個勁的鬧下去。（田原，1986c：131）

而後芒市的弟弟找來幾個大漢，和西峯的老夥伴一干人對峙起來，頗有大幹一架的意味，但這時芒市一把鼻涕一把淚，哭求西峯說自己創業不易，要他放過她，甚而是跪了下來。這一跪，卻也讓西峯自己當年也曾經多次向人下跪，在下意識扶起芒市時，因力氣不夠，芒市順勢伏在他的腿上，哭的聲音更大，且如作品描述：「他感到自己眼睛也發癢，他不後悔，只恨自己在這個當口會流淚，氣得拿起公杯，喝了一杯紹興。」（田原，1986c：132-133）

這個場面的確不高雅，然卻是這類消費空間可能出現的場面，前文就曾述及田原擅長描述動態的場面，他透過每人動作、語言、心態的細描，寫實的呈現屬於市井消費空間的一景。

除了酒家、酒樓等這類食色消費空間出現於田原的作品中外，對於在市井中，從事性工作的妓女及其相關人員、場所等，也有許多描述。相較於酒家、酒樓，還有著社交意義的包裝，這些場所則是直接不折不扣的情慾消費空間。這種情慾消費場所——妓院、應召站等，同樣也是自古有之，本源自人性，也是市井文化中的一部分，甚至是不可或缺的。

娼妓的起源很早，在歷史還有幾種不同類型，有的是屬於王公貴族、達官富人的私人財產，有的是屬於「官妓」、「營妓」等「官娼」，當然最多的還是屬於市井中的娼妓：「而且從它產生之日起，就與市井聯繫在一起」（魯威，1993：274），這也是商業活動發達下的產物。在諸多文獻、傳統文學作品中，早就有許多記載，而時以她們做為主人公。即使進入了現代，這種現象並未因此而消失，反因經濟的發展、人口的聚集，不減反增。就如王書奴在《中國娼妓史》一書中，對於民國17年後的上海娼妓的描述，在當時附近各省市陸續廢娼的情形之下，上海更成為附近各省市妓女的「逋逃藪」，而且各種有女陪侍的行業，或者其它娛樂業女從業人員，只需要金錢手段，亦可能從事此業，無不如變相賣淫。就如文中所說：「有老上海說：上海公娼以及私娼變相娼共計有十二萬人，這個統計雖不中亦不遠了。」（王書奴，1934：332）

王書奴在書中所主張的，乃支持國民政府在二〇年代末期所推動的廢娼、禁娼的政策，當然在這性產業中，所產生諸多壓迫、剝削、暴力等問題的確無法讓人忽視，然這種現象的存在，乃自古至今、不分中外，該以何種態度視之，的確是一個大問題。

　　田原在他的作品中，也時而以台灣本地的這種現象做為題材，描述她們的生活與心理，與這個行業的生態，這也是對這種市井現象的現實反應。而他所注意到，更是那些游移於法律之外的私娼。

　　國民政府來台後，執行延續在南京時期的廢娼政策，但不僅未能消滅娼妓業，反倒因缺乏管理，導致性病蔓延等副作用，而後部分縣市以「特種酒家」名義，核發執照，成為變相合法的公娼業。1956 年，省議會通過「台灣省管理妓女辦法」，雖然法條內容強調要在一定期限內，輔導性工作者「從良」轉業，然這也成為台灣合法娼妓——公娼的法源依據。然這還是還在法律規範之內，和歷史各期時期一樣，法律無法照撫下的性產業——私娼，也同時存在於市井中。田原的作品，即對此有許多敘述。

　　在《嘆息》中，家住基隆的女主人公寶香生長在一個不幸福的家庭，在一次母親對她的暴力之後，她茫然的離家出走，想自己找工作養活自己，但許多的職業介紹所卻都要先繳介紹費，沒有錢的她只得吃閉門羹，而後被一家冰店所收留，沒想到這家冰店只是個幌子，實際上卻是個私娼，她在暴力的控制之下，求救無門，初夜以四千五百元的代價被賣給了嫖客，失了身。

　　作品中對於私娼的空間，有許多描述，就如寶香從冰店被騙到這裡時，以她的視角所呈現的：

車子離開冰店沒有許久，便轉入一條黑巷、兩旁都是低矮的房舍，泥濘的小道。沒有街燈，窗中透出昏黃的微光映著街心，一團團爛泥，一堆堆垃圾。
……。
黑巷真夠長的，走到快要盡頭時一轉，又是一條同樣的巷子，比前條還要窄，還要黑，還要髒。……。
……。

房中也真夠黑的，一盞五支（按：燭）光的小燈泡，懸在大門內。……。
……。
進門是個長長的房間，奇異的用甘蔗板隔成無數一席大小鴿子籠般的小間，每間沒有門，掛了印製低劣的門簾。寶香覺得奇怪，許多房間發出嘭嘭通通和脖頸被勒緊似的呻吟聲音。（田原，1981：144-147）

從以上的描述，所營造出來氣氛，很顯然是這種市井私娼處境的直喻，如此直白的描寫，當然也呈現田原對此的不以為然。

　作品中對於私娼頭家娘張阿緞也有許多描述，描述她在誘騙寶香到店裡工作時的甜言蜜語，也描述她駕馭一群靠著她生活的男人的潑辣勁，而在向寶香「勸說」乖乖留下「工作」時，且將她靠著剝削其他女性得利為生的本質，與她的價值觀等，全展現無遺：

「寶香」……「你是讀過書的聰明人，捨不得你做飯當下女，我曾經對你說過，要給你件最輕便，最賺錢的事做。」
……。
「這裡叫私娼寮，就是男人來送錢的地方，你需要錢，咱們按規矩四六拆賬，我不欺負你。到了開學的時候你就走，也不會對外張揚，這裡常有好人家女人來，不對外說，誰也不知道。保你在這二個月暑假裡賺四、五千元，不過開彩的錢，我多拿點，這也是規矩。」（田原，1981：150）

而當寶香嚴拒，並急著往外逃時，她對被保鑣抓住掙扎不已的寶香說：

「這又料到後輩子變成什麼樣，錢總是好東西，穿得好，吃得好，身上有錢，照樣可以大模大樣坐觀光號火車，沒有人敢看不起你，聽話，留下來。」
……。
「……。除了錢別的我不多用半點心思，你這讀書人，可真糊塗，你聽誰說過：私娼寮老鴇娘修成正果。我們只圖眼前，不管天堂大門朝東還是朝西，地獄深到幾千層。」（田原，1981：152-153）

這也直接說明了此一行業存在，除了源自人性的色慾需求，錢──做為一種利益化後的結果，終是它運作的邏輯。寶香哭求放過她，並說自己有個有錢的外公會拿錢來，但張阿緞有著以下的話語：

「……。在基隆碼頭我混了半輩，別的不懂，這件弄得清楚，販賣人口，逼良為娼，只是幾年徒刑，把你留在這裡，要你外祖父拿錢來贖，便成了綁架，那罪可大了，非槍斃不可。……，我張阿緞這些年開私娼寮，除了妨礙風化，被員警不痛癢罰了幾個錢之外，還沒有上過法院，正式打過官司。」（田原，1981：153）

田原透過她的話語，似乎也暗示法律上的不足，讓她有恃無恐。

當年這類問題，在五〇年代屢見報端，且如上文所曾討論的，「養女」也是此一結構下的關鍵字，當寶香誤入這個掛羊頭賣狗肉的冰店時，張阿緞問她的話中就有一句：「是不是養女？」，就如以下報導：〈養女被迫賣淫向婦女會呼援〉（聯合報，1951：7版）、〈流不盡的養女淚〉（聯合報，1951：7版）、〈年華方逾二八身遭三次販賣〉（聯合報，1952：6版）、〈明珠埋沒煙花巷鴇母虐待撕衣裳〉（聯合報，1952：4版）、〈三千元典來錢樹子 五分利限交十個人——誤認非人村姑竟入火煉獄 泣告警伯惡鴇母難逃法網〉（聯合報，1953：3版）等等，也可見這乃是當時台灣社會引人注目的社會問題之一，田原以此為題材，當也是對此問題的直接反應。

而在《嘆息》中，情節且有轉折。誤入私娼寮的寶香，在逃出之後，被新聞記者以「花案」的方式報導在新聞中，讓她無法在基隆立足，從而到瑞芳幫忙黃阿姨賣麵，但家裡卻又連續出狀況，父親病倒，妹妹小學畢業也無法升學，母親也想到台北當下女等等，黃阿姨原本想資助寶香繼續升學，但這一來寶香已無此心思，只想到賺更多錢，終而離開瑞芳回到基隆，尋找更多的機會。然一場車禍讓自己的腳受傷，再度讓寶香陷入困境，甚而得靠父親賣血才得以付醫藥費，這讓她家欠上一筆債，她找上她在麵店認識的酒女秀花借錢，但家裡的困境並沒有解決。最後，在自己腳傷未完全復元的情況下，到了台北，然這也讓她再度陷入另一個火坑。

她在火車站遇到人力介紹所的人，被帶到經營應召站的胡查某的店裡。這裡與她在基隆的遭遇不同，這裡不是用暴力脅迫女孩，全是自願的，寶香原先也試著找其它的工作，但全不順利，能找到的工作，只能養活自己，更不用說要來還債。最後，她終於答應下海應召：

寶香認為自己下海,是為了破碎的家,盡點力氣,出於自願,出於無奈。她開始原諒自己,又有點不好意思,當初來時,自命清高說只住三四天,誰知最後也留在這種場合裡。(田原,1981:401)

當她第一次接受應召時,作品描述寶香的心理活動:

走xx旅社門前付過車錢,略微遲疑了一下,心中開始難過起來。這與基隆有什麼不同,同樣的出賣靈肉,走向屠場,所差異的,僅是被迫和自願而已,所謂自願是為了太多重壓相逼,不得不走這條路子⋯⋯。(田原,1981:401)

她最終走向了這條路,做為一位在市井中討生活的應召妓女。

她一開始的確無法融入這個環境,也會對其他女孩粗野的言行不適應,她得了一個「女聖人」的綽號,然就如另一位應召女麗玉對她說的:「再過兩三個月,妳同我們一樣,凡事不在乎。」(田原,1981:427),在金錢需求意念的腐蝕之下,她似乎也適應這樣的生活了。她看到當時在麵店認識的一位大學生陳正雄,這時另有女伴在旁;酒家女秀花,卻已是肝病纏身,最後回到南部去了;回基隆一趟,看到的是略有好轉的家,家人看到她拿錢回來,雖不問她錢的來源,卻有著盡在不言中的默契,父親眼神中更多了愁悶和冷漠。回到台北後,她稍微變了,並還能勸懷有孩子的麗美要看得開。

在許多傳統小說中,時而有妓女和公子之間的浪漫愛情,這部作品看似也有這樣的元素。然和春根交往的浪漫,卻不敵他父親對她身分知情後的阻撓,甚至不惜要春根退學,強帶他回南部。而後寶香只能利用時間南下和他偷偷相會,甚而成為北部賺錢,到南部陪他的模式,而且她發現她懷孕了。

這個作品並沒有浪漫的結局,就如作品最後描述,自己的好友酒女秀花死了,但並沒帶給寶香更多的激動,對於目前生活的麻木,讓她無暇、無心再思考,自己在回台北的火車上:「火車又在吼叫了,她懶得看下一站是什麼地方。」(田原,1981:564)以這樣的茫然做為結束。

沒有對於妓女、妓院浪漫的想像,只有現實問題的展現,是田原《嘆息》所呈現的,而前後情節的對比,不僅是做為曲折的展現,也透過主

人公寶香的遭遇,直接呈示這些性工作者,從一開始的排拒,甚是有計畫的決心——「只做多久就好」,而到最後因為金錢等種種因素身陷此境無法自拔的模樣,就如其一位應召女說的:「哼,每個人都這麼想,先是住兩三天,接著便是馬馬虎虎混一個月,幹你老母,混著混著就不想走了。」(田原,1981:393)

　　這個作品時而對於這種市井中的私娼、應召站等,或對其空間、經營模式,或是老鴇的形象及她們的語言,及性工作者形象、心態,甚至是嫖客的形象,有著寫實的描述,實也田原的明顯特色之一,也少見其他作家能以如此的方式,細描這種市井中實為常見,卻也讓人不得不側目而視的現象。且如以下透過寶香視角所呈現的:

　　她穿好衣服,走下樓梯,老闆娘正與穿著西裝,留著小平頭、身軀高大的中年人聊天,有說有笑的。看見寶香進來,那位男士便將茶几上一封厚厚的信,裝在口袋裡向老闆娘告辭,並很熱情的與老闆娘握手:
　　「一切放心,有個風吹草動,我會先打電話來。」
　　「多謝,多謝。」老闆娘很男性的搖撼著對方的手。(田原,1981:393)

「西裝、小平頭、身軀高大」顯然讓人聯想是某體系的公務人員,而「厚厚的信」更是「紅包」的隱喻,這種隱諱式的書寫,加上上文也敘述到,寶香在基隆陷入私娼陷阱中時,那位吳警員和私娼之間的關係,也不無暗示現象背後,公務體系內的人的包庇,所產生的金錢共生關係,也是各私娼在政府明令禁絕的情況之下,依然能生存的主要原因,而田原顯也是將這種現象視為一種社會問題來書寫。

　　而在另一中篇〈辦嫁粧〉[22]則又是另一種樣貌。作品的主人公阿玉,家住花蓮某鄉下小鎮,為了辦自己的嫁妝——因為自己的父親曾經為自己的婚姻立下條件,必須要有三萬元的聘金,甚而自己也成為村人口中的「三萬塊」。然自己在永華紙廠上班認識的劉春才,兩人相戀後,竟也拿得出三萬聘禮和八百斤禮餅,然附帶的條件卻是陪嫁不能太寒酸。

---

[22] 原收於同名小說集《辦嫁粧》,高雄:長城出版社,1965,頁145-189。亦收錄於《田原自選集》,台北:黎明文化事業,1975,頁131-176,然文本已有諸多刪修,但基本結構未變,本文合併討論。

在小鎮引人注目的訂婚禮之後，阿玉隔天上班面對春才卻是一夜沒睡好紅腫的眼睛，即是為了將來結婚時得有一份讓人看得起的陪嫁而發愁，雖然春才一再表示不在意，然她終於對他說，婚禮多等一年好。

然她卻在火土嬸一句：「我全套賠（按：陪）嫁都是自己掙來的」（田原，1965b：163），加上在小鎮裡茶室工作的秀妹所說：「只要將來回到家，穿得漂漂亮亮，帶了大批錢、手飾、衣服，人們照樣看得起我。丈夫家的人家會歡天喜地。」（田原，1965b：165）她辭別未婚夫，相約半年後回來，一到台北，在旅社的下女介紹之下，進入了中山北路「洋裁店」（實際上經營地下應召）工作——搭著三輪車來回於台北各旅社間，當起應召女來。

田原寫這個故事，並非完全虛構，類似的情節，也曾出現在當年的報紙社會版面中：

> 黃金菊又說：……是為了家庭貧窮，她早就想到平地去尋取較佳的生活，所以她於離婚後，就向父母請命下山，去做下女，父母答應了，她承其姊妹的介紹，跑到基隆市當下女，雖然日日要給主人燒飯，洗衣服和打雜，但她覺得生活得很愉快，就在基隆市，有個平地青年和她談戀愛，她已許身於他，準備嫁給他，但是她因身邊沒有錢可買嫁妝，所以偷偷的跑出來賣淫，以期換取嫁妝，好嫁郎君。（聯合報，1953：4版）

田原的這個作品多了許多轉折。在家鄉，春才就一直要介紹一位長輩陳伯伯給她認識，並一直稱讚這位長輩為人正直道德高尚，家庭幸福生活美滿，且從不上酒家、茶室等的，並要阿玉到台北後要去找他，但阿玉並沒有放在心上。阿玉到了台北，第一次遇到的客人，是一位上了年紀的人，自己說叫李東郎，他很快的成為阿玉的熟客，且出手大方。阿玉向他要了一架春才一直想要的電唱機，李東郎以再陪他半年為代價買給了她。但隔天一早，阿玉就辭別老闆娘回花蓮家鄉，現在錢也有了，電唱機也有，她不再戀棧。

阿玉和春才的結婚典禮，雙方辦得很熱鬧，還請來這位陳伯伯回花蓮來證婚，而阿玉的嫁妝顯然得到許多女客的讚賞。在婚禮上也看到那位陳伯伯——陳添仔，但阿玉卻發現，這位陳伯伯就是她在台北的熟客李東郎，身旁還有他依然健康的太太。

作品還特意寫出這位陳添仔在婚禮上所說出,稱讚男女雙方冠冕堂皇的話語:「大家都知道,我老家鎮上的風俗最好,尤其是火財先生對女兒的教育更嚴格。你們看,新娘子非但美如仙人,我更敢保證是現代的淑女,品德之好找不出第二個。……」(田原,1975c:174)這時阿玉反不羞愧,卻想到他先前買她第一夜時所說,妻子已死,沒兒沒女,想要找一個乾妹妹要把遺產留給她的這類話語,反而在他敬酒時,狠狠瞪他一眼。

這個透過這樣的情節設計,極具諷刺性,充滿閱讀趣味。一方面批判當年台灣「聘金」、「嫁粧」等近乎買賣婚姻的風俗,也批判因為如陳添仔這樣的人物,嘴巴是如此義正嚴詞,行為也給人十足的道德感,然事實卻也是這類人,好嫖年輕、「新鮮」,讓諸多少不更事的女孩墮入火坑。雖然在故事中的阿玉是為錢而自願的,但顯然有許多的女孩並不是,田原的作品中,也時而以這類的事件做為題材。

在《圓環》中有個劉寡婦,表面上在圓環開店營生,實際上卻以物色女孩,將女孩送入酒家等場所為主業。作品中的玉妹,因為收留他的才添老爹的病和死,劉寡婦幫忙支付了一筆醫藥費和喪葬費,劉寡婦以此扣住的玉妹的行動,從而也將她逼入火坑,淪為應召的私娼。這個作品情節也有些曲折,玉妹而後為了保護火土,也因為劉寡婦誣指她將才添老爹的店已經轉讓給劉寡婦,一時衝動攻擊劉寡婦,被劉寡婦養的手下刁仔一刀刺中背部,隨後死在醫院,這時玉妹的養母趕到,揭開一個事實——玉妹竟是劉寡婦年輕時,生下後無法自己撫養而送人的女兒。壓迫、剝削女孩為生的劉寡婦,竟得如此結果,作品中也是帶了「詩的正義」教訓意味。

田原這些作品中,對於這些在市井中討生活的妓女、鴇兒等的形象、語言,有著豐富的描繪,或寫為錢從妓的無奈,但也寫在錢威力下的無法自拔;也寫鴇兒軟、硬兼施,外帶心計操控這些妓女的模樣,透過她們的言語,呈現她們的價值觀,當然背後的金錢利益,是這一切運作的邏輯。

妓女、妓院做為文學題材,不論中外,都已有一段長遠的時間,更有大量的作品,而所描繪的妓女,甚而也成為小說人物典型,或如在唐

傳奇中的霍小玉、李娃，元雜劇中的趙盼盼，《三言》中的杜十娘、花魁王美娘、關盼盼、蘇三、《桃花扇》中的李香君等，全成為小說、戲曲中的「名妓」，這些傳統文學中的妓女，對於情的追求與「節」的自恃，最讓人印象深刻，基本上全以正面、同情的角度看待這些妓女，且其中的對於情愛的追求、與男主人公之間的關係等，還帶著若干浪漫的想像。然這到清末以至民國有了些許變化，且如魯迅對於清代興起，專以倡門甚或「像姑」之風為描述對象，而被他稱之為「狹邪小說」時，就說：

> 作者對於妓家的寫法凡三變，先是溢美，中是近真，臨末又溢惡，並且故意誇張，謾罵起來；有幾種還是誣衊，訛詐的器具。（魯迅，2005：349）

在這樣的情況下，妓女的形象自然也多變起來。當然在近現代的小說作品中，依然有著不少以妓女為題材的作品，或如沈從文〈丈夫〉裡離開家鄉到河邊討生活的妓女，老舍〈月牙兒〉，曹禺的戲劇《日出》，或如黃春明〈看海的日子〉，均有著不同形象的妓女，她們的命運各有不同，但在各種不同形態下的壓迫，或是人為、或是為了現實的生活而從事此業卻是一致的，眾作者基本上也以同情的角度看待她們。

　　田原在作品中，依然承繼了這種同情視角，敘述他們的生活與心態，然卻更客觀的分析，背後的家庭、社會因素，甚而是在現代資本經濟體制侵蝕下價值觀的轉變，也是造成這種現象的主要原因之一。作品中的這些妓女，也就是一般市井中的妓女，或有些許姿色，但絕不是傳統小說中的國色天香、才色雙全的樣貌，也沒有優雅的舉止，在她們身上更沒有動人的愛情故事，有的是在現實金錢主義面前的低頭。

　　在《嘆息》中，就展示著不同的理由。《嘆息》中的寶香，生長在一個不幸福的家庭裡，父親好賭導致家庭經濟狀況變差，而母親無心治家，讓寶香得不到應有庇護和溫暖，終於因母親一次暴力相向之下，離家找工作欲自力，卻陷入私娼的陷阱中而第一次失身；而後再因自己受傷，積欠了一筆債，又想讓自己的妹妹升學，在錢的壓迫下成為應召妓女。同個作品中，出身南部的秀花在瑞芳酒家做為一位酒女，過著生張熟魏的生活，同樣是為錢，但她的理由卻顯然不同：

> 「……腦筋太死板了，當酒女茶孃有什麼關係，不偷不搶，憑著本領賺錢，是男人送上門來的，又不是搶他們的，……。」
> ……。
> 「為錢啊，在家種田太苦，做工賺錢太少，嫁人又覺得早了些；我看到很多人走上這條路，我一試不錯，就留下來了。」
> ……。
> 「為什麼要後悔，穿得好，碰到好客人，出門坐汽車，上陽明山看櫻花，獅頭山吃素菜，我還去過最大的跳舞場叫什麼什麼……之家。我家裡更不必提了，覺得我能幹，賺錢把媽的老胃病治好，給爸爸換了一嘴金牙，每次回去，都給他們一千兩千的，我媽直說養我這個女兒比兒子有用，我哥哥天天忙得要死，也不見得比我有出息，錢總是錢啊……。（田原，1981：280）

作品中的秀花還離開了瑞芳，到台北淘更多的金去。作品將秀花其後的遭遇設計得相當悲慘，也不無是在呈現她如此價值觀之後，一種詩的正義似的批判。

而寶香在台北應召站中，透過她的視角，看到這一群應召女和她們起居環境的第一印象：

> 爬上樓梯，推開門，是一個很大的房間，整個舖了榻榻米，一頂大蚊帳罩在上面。……。在電視機前，一位生得非常纖巧的女人正著了黃色乳罩，大紅三角褲，四仰大叉的大睡，一座小型電扇，對著她頭吹。
> 在身旁是位又胖又矮，皮膚成醬色的女孩子，也正睡得香甜。一隻粗腿正壓在纖巧女人的身軀上，令人看了有些噁心，會不會透不過氣來。
> 另外三個人圍在日本式的方桌旁，滿桌上是零亂的麻將牌，其中一位異常黃瘦的中年女人正在猛吸香煙。她們都是穿著乳罩和三角褲，背後也有電扇在猛吹，雖然已到秋末，中午仍很悶熱。（田原，1981：398）

從這些描述，絕對和「高雅」無涉，這些直白的文字，也直接揭開此一空間現實的一面；而這些人時不時「幹你老母」等粗魯言語更讓寶香不習慣。

其中的麗美屢屢接到家裡來信要錢，而且數字越來越大：「弄得原先借老闆娘做衣服的欠債，都沒還清」（田原，1981：391），她似乎

被家裡當成會賺錢的機器;認識一位願意包養她的華僑,而後且懷孕了,但也隨即被拋棄,她竟以自殺了結自己。

這裡六個小姐,並不是都為生活問題和負擔家用而下海,有的只是為愛打扮、吃好、穿好而來;有的是隨手亂花錢,以致金錢的洞越滾越大。真正為生活所迫只有麗萍和麗蘭兩人。作品中,透過主持這個應召站的胡查某,在寶香同意下海時對她所說的話,再度呈示金錢至上的價值觀:

> 「別愁眉苦臉的,今天那個少女不懂享受,走到街上穿得整整齊齊,手頭有存款,放高貸。像她們一樣,一面工作,一面辦嫁粧,電唱機啊,電視機啊。各式各樣的衣服。有一天要嫁人,不必向父母伸手,風風光光的走出去,這年頭,臉皮薄了準挨餓。」(田原,1981:403)

雖是應召妓女,但仍對愛情有著憧憬,然作品中的每一個人卻全無好結局,秀花病死;懷孕的麗美自殺;寶香原本自持不會和其他妓女一樣,然她也學會打麻將,「聊天時,毫無遮攔的帶些粗話,感覺到有點發洩的痛快」(田原,1981:557),與春根交往的未來更是杳渺不可期。

田原是將這種市井裡的現象,當成為一種社會問題來看待,少了浪漫,多了對於殘酷現實的描述與背後問題的探討,還批判存在其中金錢至上的價值觀,帶有若干道德意味,這在後文還會繼續討論,這也是他書寫這種情慾消費空間時,重要的特色之一。

## 四、暴力的空間——市井中的流氓、無賴

或有「市井無賴」一詞,形容在市井中沒有固定職業,而靠賣乖、逞狠、鬥凶來討生活的人,這種現象也是由來已久,也是市井中不可避免的現象。時至今日,原先被稱之為無賴的他們,拉幫結派組織化,有時還反客而主,成為操縱市井某些活動的主角,尤其是處於法律邊緣的娼、賭,甚或是毒。而在今日的台灣,頻繁的選舉讓黑幫更可透過民主的選舉制度,滲透到政治面,其所產生的影響更甚以往。

田原在他以故園為背景的小說中,如《松花江畔》、《古道斜陽》等,對於許多處於半軍、半民又似匪的組織和人物有許多描述,然田

原亦會對他們的彼此之間的相扶持的義氣，從正面的角度來描述他們。他以台灣本地為背景的諸多作品中，也時有市井流氓、黑幫的描述，然視角已完全不同，全以批判的角度來看待他們，且還帶了道德上的理想性，這些黑幫在治安單位的努力之下，終能破解他們的活動，甚而也讓他們悔悟。田原對於三教九流人物描繪的擅長，同時也表現在其中。

在《朝陽》中，即描述了主人公黃玉峯要競選議員，找上了一干在台北西門地區的黑幫人物幫忙，其中的陶天六即是混跡紅樓一帶的老大，他是大陸來台的外省人，以今日語言來說即是所謂「外省掛」，作品也描述他發跡的過程。他在大陸時期也是幫會分子，但來到台灣至西門町一帶：「擺了幾個架式，沒人理會」（田原，1970：181），最終錢用完了，在一個本省人開的攤子吃白餐，但老闆糾集了一群人來時，他：「抱拳相問：如何打算。老闆說錢就是他的命他的血。陶天六一聽這簡單，順手拿起剛才吃麵的碗，從懷中掏雪亮的匕首，在腿上刷刷四刀，血流如注，齊向碗中滴，面不改色，氣不發喘。」（田原，1970：181）而他也靠著這四刀、半碗，接收了紅樓地盤，成為當地老大。

除他之外，還有一位陳氣，靠各種咖啡館、澡堂和旅社等，供應他錢，也養活一票打手；警員出身的胡永貴，則以擺地攤佔地盤起家，「在走廊、車班頭，打出了他的天下。」（田原，1970：182）

田原描述三個人的出身，也直接敘明這些人在市井中生存的方法。作品中的黃玉峯使了一大筆錢，想透過他們買票、運作，但錢給了，票卻沒有開出來，這些錢當然多數是進他們的口袋了。選舉完後，陶天六還拿著尚未兌現的支票前來找因落選心情鬱悶而生病住院的玉峯，目的當然還是為了要能領到錢，見了玉峯的面後，原本要翻臉的他，反被玉峯以成立文具行為由，吸引他加入經營，讓他過過當董事長的癮，利用他對於經營的無知讓他成為玉峯吸收游資時的人頭，最後文具行倒閉，他也進牢房去了。

當然，這些人的逞兇鬥狠就是他們討生活之道，且在利之前，所謂義氣也只是空談。陳氣和胡永貴而後找上已在台南開委託行的玉峯，以為陶天六出一口氣為名，用刀子將玉峯押到運河邊，也是玉峯在驚恐之餘應對得宜，而陳、胡兩人根本不是所謂為陶天六出頭的「義氣」，在

玉峯承諾給錢,並準備帶他們走私,賺更大的錢之後,隨即收起刀口,馬上到酒家把酒言歡,轉成為「事業夥伴」,這也說明他們所標榜的義氣不過爾爾,利益才是一切,而這也讓在往香港走私的回程中,因陳氣夾帶毒品又想獨吃利益,被胡永貴戳十數刀,隨後推下船滅跡,也顯得合理了。但這班人一上陸,旋即被警方破獲、逮捕。

這些黑幫人物的形象,既不是《史記》中所說的:「其行雖不軌於正義,然其言必信,其行必果,已諾必誠,不愛其軀,赴士之戹困」的遊俠形象,也不是不畏強權,重情重義的水滸好漢,純然就是寄生於市井,賣乖逞狠的無賴。

且如上文所述的酒家、私娼、應召站等場所,也與這些人物有著共生關係,得須要他們賣乖賣力,就如《嘆息》中,寶香誤入私娼寮,想要逃跑,卻被控制行動時的敘述:

> 她剛一轉身,便使一座肉牆給阻止住了,那是座粗魯、醜惡,充滿了穢臭的肉牆,混合著刺耳的嗓音:
> 「幹你老母,去那裡?」
> 還未等寶香掙扎逃跑,阿蝦活像老鷹捉小雞,提著後頸送回老闆娘的臥室。(田原,1981:152)

這個阿蝦,即寄生於這私娼寮中;同樣的在這部作品中位於台北的應召站的老闆娘,門口也養了一批流氓,其中一位小趙,還迷上應召站的小姐麗玉。

同樣的以市井生活為主要描寫對象的《圓環》,這些市井流氓也是敘事的重心之一。在圓環開飲料店的胡太郎,飲料店不過是個裝飾,他是混跡圓環一帶的流氓,養了許多個手下,就如作品對他的描述:

> 其實,他就在圓環周圍打轉,豪華的酒家,陰暗簡陋的私娼寮,大賈公館似的賭場,和街邊一角的車馬炮,都有他的蹤跡。他很忙,後面跟了四、五個小伙子,花衫,大紅大紫的夾克,頭髮留得不男不女,……,走起路來在胡太郎背後,一字排開,東搖西晃,似乎那條街是他們掏腰包修成的,別人得讓他們先走。(田原,1968b:59)

作品中的小開李長榮要開酒家，找他一起合夥；劉寡婦在圓環放債，物色年輕女孩，進入酒家、私娼，自己當然也養了如刁仔這樣的打手替他工作；而作品中，太郎所收留的火旺，則是一位剛出獄的更生人，先前也是後火車站的老大，不過，在作品中他被塑造成一位徹底改頭換面的形象，也帶了許多道德的理想性在其中。

當然，胡太郎在此地的橫行，手下的逞兇鬥狠；胡太郎的手下，和控制胡太郎女兒阿銀的基隆人約翰王，兩派人馬所起的衝突；劉寡婦透過他養的手下，控制玉妹等人行動等，全也出現在敘述中，當然如同上述，這些人的形象也全然非正面的。

而在短篇〈黑街〉中，以寶斗里的黑幫和這些私娼經營者，與當地警員的互動做為主要描述對象，這部作品同樣也有著高度的道德期許，當地新來一名正直、有著高度責任感的警員，改變了地方生態，以收當地娼寮保護費為生的黑幫分子祥仔等人，最後終於悔悟向員警自首做為作品的結束，但同樣也描述出，此地娼業和黑幫的共生關係。

當然，這類的事件，在不同的時間同樣屢見報端，在五〇年代訂有所謂：「台灣省戒嚴時期取締流氓辦法」將流氓分成甲、乙等級在相關治安單位登記在案，藉以管理、監控這些黑幫活動；而在八〇年代，更連續展開兩次「一清」、「二清」等專案，將許多黑幫領袖，逮捕送付管訓等措施，然事實上，每每出現在報端的各種事件，也說明這些管理辦法並沒有根除這種市井現象，且隨著時代變遷，原被稱「無賴」、「流氓」的他們，更進一步「組織化」、「現代化」，甚而滲透到政治等其他原先無法染指的層面。田原在這些作品中寫實的描述這類現象，但又展現高度的理想性，顯然也是一種樂觀的期待了。

當代作家也不乏以此為題材，展現這種黑勢力染指社會各層面的樣貌，宋澤萊的若干作品即是例子。在他充滿喻言／預言性質的《廢墟台灣》中，描述黑社會的暴力活動，就如他在作品虛構了一本書《台灣黑社會發展史》，並轉述其中的敘述說：「一九九〇年以前的黑社會是一種偷偷摸摸、作風拘謹的組織。」（宋澤萊，1995：163）但到 1990 年後，武器取得方便，力量甚至超過警界，員警退出直接的衝突，對黑社會低聲下氣。1995 年後改由軍方勉強壓制，但 2000 年轉向爭利、爭名和超

人的表演目的上,此時更劫持一批政治的特權分子,和軍方強烈對峙。《廢墟台灣》寫於1985年,卻預言了九〇年代台灣黑金政治的強勢崛起。

而在《血色蝙蝠降臨的城市》充滿異象、魔幻的敘述中,卻有著對於台灣黑道藉由選舉染指地方政治的現象再寫實不過的描述,作品中的彭少雄不僅身懷「異術」,屢屢展現魔幻般的能力,更是一位黑社會出身,與K.M.T.黨密切合作,在地方早已掌握金脈,如今更當選為A市市長,成為金權在一身的政治人物,無人敢掠其鋒芒。就如作品中描述,他當選後,的確有許多人對其不滿,但:

> 他們正在醞釀一股反對力量,想制衡彭少雄的當政,好減少被黑道勢力掌控的可能損失。他們深知道趙醫生在A市已和K.M.T.奮鬥了十年,希望他能加入連線,一起對抗彭少雄。然而,除了謝絕他們的好意外,趙醫生什麼也沒答應。他在市長選舉投票之前遭到彭少雄的恐嚇,所幸保住了老命,當然不再加入什麼反對連線。對付K.M.T.和對付彭少雄是有差別的。簡單說,K.M.T.是可以在陽光下以法理來對抗它,但是彭少雄則不然,他是一股很壞的勢力,你永遠無訴諸公理,毫無道理可以與之對抗,他會使人完全陷入悲傷、自棄與失魂落魄之中。(宋澤萊,1996:210)

對於彭少雄接近超能力的魔幻敘述,再加上述他介入政治的手段描繪,顯然有著明顯的諷喻,也是反應普通百姓對於黑金政治——黑道藉由政黨收編介入政治場域——的無奈,甚而是恐懼。

宋澤萊和田原的書寫,不僅有著時間差異,敘述的旨趣亦不同,同樣敘述黑道的活動,一個是邪不勝正的理想樂觀期待,另一卻充滿對以邪亂正的悲觀憂慮,然這卻共同說明此一市井現象之無法根絕。

## 五、市井飲食的呈現

飲食在人類文明發展歷程中,乃是一種高度文化性的活動,其所呈現的意義,超越原本單純做為一種生物性生存的手段,從食物材料類型、取得方式,乃至於烹調方法,以至呈現的外觀、食用、分配的方法,或給人們味覺及嗅覺的感知,無一不充滿高度文化性的意義,或是地理性的,或是族群性、個別性的,或也是社會、階級、身分的,這也是人類文化中最複雜的面相之一。

飲食所富含的識覺經驗——色、香、味，往往是人們記憶中最深刻的一部分，小說再現人們活動時，作家有意的、無意的，也是自然的將人們的飲食活動表現在作品中，成為作品中重要素材，透過飲食的書寫，成為呈現場域、鋪陳情節、呈現人物性格的重要工具。前文已經敘及田原透過故園特色飲食的書寫，做為他呈現懷鄉情節的工具，本段所討論的台灣市井食物的呈現，亦有同樣的作用。

　　這其來有自。在被稱之為「四大奇書」的《金瓶梅》、《三國演義》、《水滸傳》、《西遊記》傳統小說中，對於飲食就有大量的記述，其中又以《金瓶梅》描寫商人，對於明代市井生活有著豐富描述，其中飲食更是在其對於慾望、商人生活大量展現之外，另一個讓人印象深刻的重點。

　　誠如研究者對於《金瓶梅》飲食記述的研究中所說：

> 讀罷《金瓶梅》，常常為蘭陵笑笑生筆下的烹事而叫絕。那豐富的菜肴，使人目不暇接，美不勝收。既有較高檔的美味佳饌，也有中檔的葷素菜肴，又有平民百姓的較普通的簡易菜制。作者在其描寫中，潑墨點染，洋洋灑灑，經常羅列菜單，鋪陳排比，不厭其煩；敘述食譜，細枝末節，交代無礙，而且順其自然，貼切生活。（邵萬寬、章國超，2007：3）

既有著原來庶民食物的簡潔，又有著往華奢的傾向，豐富而且多樣的飲食，適表現出明代商人階級的興起，經濟力量也表現在飲食習慣及豐富性上。

　　而且如林語堂在〈飲食〉一文介紹中國人的飲食文化時，特別高舉《紅樓夢》，以它為例說明中國人對於吃的尊重，從而表現在文學上：

> 任何人翻開《紅樓夢》或其他中國小說，將深深感動於詳細的列敘菜單，何者為黛玉之早餐，何者為賈寶玉底夜點。（林語堂，1994：326）

《紅樓夢》當然不是專以飲食為題材的小說，然它大量對於飲食——尤其是滿清貴族家庭的飲食，豐富且詳實的記述，卻也是傳統小說之最著之一。

　　當然《紅樓夢》乃以清代貴族家庭背景，斑斕多姿的生活，是有著

豐厚經濟基礎的支撐,就以飲食來說,也如同在《紅樓夢》裡的服飾、建築般,食材的豐富、料理方法的繁複自不在話下,就連命名也充分反應這種貴族氣息。

田原自己認為受到《紅樓夢》影響頗深,就如本書前述,的確就服飾書寫而言就是一例,田原也擅長用服飾的變化——一種轉喻式的書寫,表現作品人物的身分、年齡甚或是心態上的變化。有關飲食的書寫則又是一例,在他以故園為場景的作品中,成為他表現懷鄉戀土的手段,而在以台灣為場景的作品中,也成為呈現作品情境、襯托人物身分的重要工具。

然與《紅樓夢》專以清代貴族家庭為背景的精緻豪華不同,田原作品所描述的飲食,卻是道地市井庶民的,也反應了台灣歷史、族群的變化。

首先,田原作品中所常出現的並不是豪華大宴,而是些市井街攤或是家常食物,飲食的描述是為了表現作品人物的庶民身分、性格,或是階級的,庶民性格極為強烈,甚可說成為一種如布迪厄（Pierre Bourdieu, 1930-2002）所說的「秀異」（Distinction）的展示。

在布迪厄的社會論述中,一個社會是由多種「場域」、多種「資本」——文化的、社會的、經濟的——交叉滲透,所形成一個複合的樣貌,每一個場域所構成的社會空間,既是階級、權力、知識、經濟作用下的結果,自也形成各自對事物、嗜好,甚或是價值觀等不同的取向。且就如他在《秀異——對品味判斷的社會批判》（*Distinction: A Social Critique of the Judgement of Taste*）一書中所強調的,不同的階級或地位的團體,會各自透過各種活動的實踐,諸如休閒活動、藝術活動,甚或是飲食等的選擇,對內產生認同,對外產生區別,形成自己的品味判斷,誠如高宣揚在解釋他的理論時,就說:

> 他認為,如果說傳統社會是靠社會階級的分化和對立來完成社會演變和重構的話,那麼,現代社會是靠消費、休閒和日常生活的風格和區分化,來完成其社會區別和重構的。生活風格、品味和生活方式的不同模式,既是個人和社會集團自我區分和自我表演的方式,也是社會區分化的原則。（高宣揚,2004:78）

從以下引例就可以看到，田原即是透過飲食的描述，與作品人物的選擇、判斷，強調這種底層的市井庶民性格。

田原在作品中出現最多的，是對於「露店」——露天的夜市小吃攤的介紹，就如在《嘆息》中，寶香從新竹外公家回來，出身經濟良好家庭的小玉來找她，寶香帶著她到基隆大廟口小吃店吃東西的描述：

……，過了高砂橋到仁三路到大廟口，這是基隆市飲食攤販集中場。
……。
出身在良好家庭的小玉，從沒有機緣，坐在油膩膩的矮桌上，享受一頓。她每次經過，看到販夫走卒，與衣冠楚楚的人們，坐在那裡，吃得津津有味，……
到處都是邀客的嘶喝聲，到處是油鍋冒著刺鼻的油煙。有的搭了竹棚，帆布棚，有的乾脆在不下雨時，露天營業，不過是高桌子，與鍋周圍，都坐滿了人。在耀眼燈光下，半條魷魚，一瓶太白酒，吃得渾身流汗，眼睛發紅。
……
首先吃一碗古都台南乾麵，接著是「四神湯」、魯肉飯，只吃一口，便覺膩。當歸鴨，麻油雞，豬腳麵線吃不下，也試一試。寶香批評她是糟塌錢，她也不管，又喊來一碗魚翅羹，一盤蚵子煎。
本來肚子裝不下了，又到肉粽攤上，剝了兩個肉粽，看著男人吃白切雞，九孔，明蝦，生魚片，喝啤酒。……。（田原，1981：114-115）

整段以小玉的視角展現，雖說她出身「良好」，卻深受這些市井市食物所吸引，雖然對魯肉飯等無法接受其油膩，但還是很有興味的逛起來。這也展現帶她來的寶香的庶民身分，而其中所出現的食物，全是台灣常見的庶民食物，其中有的如今已成為各夜市、小店的招牌美食。這種身分的「越界」，適也呈現作品人物——或也是作者田原個人的品味選擇。

寶香到瑞芳投靠黃阿姨，黃阿姨即是開設小麵店為生，作品描述她們的環境也不是很好，逼仄擁擠的空間，絕對不是清潔明亮的店面，雖然看起來一點不高級，然顯然這是過往台灣庶民生活中極為常見的，就如其中描述：

臨近鍋灶擺了一個裝了尼籠紗的碗櫥，裡面有半隻外表烏黑內中滲血的

鴨子，還有幾塊煮熟的五花肉和兩棵發乾的小白菜。（田原，1981：255）

然作品中黃阿姨對於寶香的愛與照顧，卻也在這樣的空間展現出來；酒女秀花，她將前往台北淘金，就如她所說的：「到台北，我一定請你吃魚翅羹、當歸鴨、當歸雞、沙茶羊肉……」（田原，1981：289），而這也是台灣常見的庶民食物，雖然在秀花的口中是很「高級」的，所展現的也是她的身分和判斷。

其他或如《遷居記》出身屏東的王化南，找他堂弟來吃飯，王化南的太太所準備的：

珠珠在廚房中忙碌著，一回兒便弄了一大桌菜，有白切雞、白切鴨、豬酸菜湯、什水湯、炸蝦、炒豬肝……（田原，1967：12）

而當他從台北六張犁要搬到松江路的國民住宅時，六張犁一干鄰居全來幫忙，且上貨車跟到了松江路來，等忙完說要吃飯了，卻一個跑得比一個快，只抓到兩個留下，要他們上餐廳，他們不要：

由王化南父子陪同兩位貴客到了巷口的小攤子，王化南對這種地方也不陌生。他記得讀書的時候，便專門在食攤子上轉，如何吃法，內行的很。王化南也沒有徵求客人同意。切了半隻鴨子，兩條魷魚，一塊豬肉，幾節香腸，弄了滿滿的三大盤。另外要了四瓶紅露酒，兩位客人一看，都高興了。（田原，1967：97）

他們能接受的是這種路邊的小吃店，充分表現自己的喜好與選擇，其實不只是作品中的王化南內行，做為作者的田原，當然也深諳台灣庶民食物的門道。

在《圓環》中，玉妹所投靠的，就是在圓環開露店的，就如玉妹為客人所報的菜名：

「排骨湯麵、排骨米粉、肉絲炒麵、炒米粉、煮米粉。」玉妹流利的報出店中的麵食名稱。（田原，1968b：48）

也描述了她工作的情形：

> ……，玉妹先將豬骨頭洗淨，放在滾湯中去煮，然後將肉絲炒好放在大海碗裡，再將小白菜和菉豆芽，洗淨晾乾，分別盛在兩個竹筐中。
> ……
> 玉妹忙得團團轉，先將菉豆芽或小白菜放在竹筐裡，在上面放一把米粉，在滾水中燙熟，倒在碗裡，加一點鹽和味精，再加一杓豬骨湯，夾一小筷肉絲，便是一碗肉絲湯麵。（田原，1968b：48-49）

出現在《男子漢》中，透過那位山東大漢孫大牛呈現的，諸如早上時的豆漿店：

> 豆漿攤子上擠滿了人，熱騰騰的豆漿鍋，加上烏浪翻滾的油條鍋，給予老夥計一股火爆勁兒，大聲嚷嚷：
> 「醬油的一！」
> 「甜的一！」（田原，1971c：1）

而喝的也是一般的庶民的飲料，就如麗娜說明自己的冰箱的東西儘可取用：

> 有冷氣、有電視、有水果、有榮冠果樂、黑松沙士、蘋果西打、可口可樂……（田原，1971c：26）

大牛抽的菸且還是「樂園」牌，這個由公賣局所出品最便宜，早年深受底層民眾歡迎的香菸品種；當大牛肚子餓時，所想到的是：「腹中缺少兩碗『乾麵』，一盤『魚丸湯』。」（田原，1971c：26）；被辭工的大牛，遇到了麗娜，麗娜招待他的：

> 「內桑，就來碗麵，多放湯，多放韭菜。」他反客為主的問大牛：「你呢？」
> 「兩碗乾麵，魚丸湯。」
> 「夠吃嗎？」麗娜低聲問了一句，自作主張的：「內桑，切半隻鴨子，兩個海帶，還有花枝。」（田原，1971c：115）

就連在「中秋賞月」時，也都是一些家常菜：

> 大牛沒有準備菜，只把上午剩下的兩條小青魚，半盤肉絲炒綠豆芽，還

有大蒜涼炒空心菜拿出來,又覓到前些日子剩的半瓶紅牌米酒,先上了店門,脫得只剩一條短褲自斟自酌起來。(田原,1971c:201)

等到麗娜回來,看他待己如此清簡而心疼不已,她也帶來了食物,其中就有這位山東大漢愛的「炸黃魚」;大牛招待上門的張嫂時,炒米粉、雞腿成為隆重的享受:

沒有好久,大牛回來,買了米粉、蝦皮,還有雞蛋,並特別買了來一條帶有血絲的雞腿。
……
炒了兩大盤米粉,雞蛋煮湯,雞腿切成塊,倒了醬油端到茶几上,兩人面對面吃著。(田原,1971c:256)

這些作品人物是市井底層人物,這些食物描述適也將其身分襯托出來。

在《明天》裡,刻苦工讀勤學的儲強,面對同樣喜歡春燕的富家子弟萬德華時,這些食物也成為表現作品人物樸實性格的工具。萬德華炫富般的,以時常上國賓等大飯店自豪,然儲強卻說:「圓環和龍山寺的飲食攤,最代表台北的特色,價廉物美」(田原,1973c:75),春燕且說:「儲強最愛吃牛肉麵。」(田原,1973c:76)同樣厭惡萬德華的炫富。即使到了飲食攤,萬德華看上的是一家海鮮餐廳,且對台灣海鮮品頭論足一番,作品卻有以下描述:

萬德華口口聲聲講海鮮,儲強卻領頭走進了一家賣油飯、魯肉飯、米素湯的小食檔。……(田原,1973c:82)
……。
到這裡吃什麼?沒有石斑魚,沒有鳳螺,沒有龍蝦,沒有……(田原,1973c:83)
……:
儲強要了兩盤油飯,兩碗米素湯,和春燕吃起來。(田原,1973c:83)

春燕的選擇自然再明顯不過了,一場對於小吃的描述,也充分將三人的關係與性格表現出來。作品也描述:「有些華僑住在圓山大飯店,坐計程車深更半夜去永和鎮吃豆漿油條,……」(田原,1973c:83)也出現如今已成另種台灣特色食物的「永和豆漿」。

而在《四姐妹》中，更透過不同人物上場，呈現台灣市井飲食的多元性，就如自稱記者的小王，請在理髮店修指甲為業的鴛鴦吃飯時，就是來到一家廣東菜館：

> 小王沒看菜單，叫道：
> 「老周，鹽焗雞，蠔油牛肉，」他轉過臉來問鴛鴦：「妳吃不吃牛肉？」
> 「──」鴛鴦點點頭。
> 「釀豆腐，冬菇鳳瓜湯。」（田原，1973a：69）

這些菜全屬粵菜系，在台灣客家族群亦保有部分菜色；或是春綢來到張玉家時，張玉母親特別準備了她自小喜歡的「麻油雞」；春綢、張玉兩人婚禮時，更特意不去餐廳，而選擇在自家庭院「辦桌」：

> 房中，客廳坐不下，在院子裡搭了四個大棚子。按理他們可以到觀光大飯店請客，張李賢妹和阿呆研究，在鄉間都是這樣做喜事，又熱鬧，又實惠。
> 廚子也是由家鄉請來，十幾個大蒸籠，正在牆邊蒸著。（田原，1973a：231）

這台灣味更是十足；當美美生病，家人得知後來看她，美美因春綢等的照顧，身體已復原，只是是虛弱些，這時美美雙親帶著美美，請春綢她們吃飯，他們沒有到餐廳，而是選擇廟口的夜市：

> 拜了神，他們選了一家最大的露店。老媽媽一口氣叫了三樣菜。
> 「麻油雞、當歸鴨、桂圓肉。」都是大補的。（田原，1973a：137）

美美的母親急著為她補身子，忘了她才生過病，春綢小聲勸她後，改點：

> 媽媽只有同意，重新叫了稀飯，營養豆腐，蝦油蘿蔔干，美美看到父母來了，吃得挺香甜。（田原，1973a：137）

作品中的作家六橋，請為了家裡錢發愁的美代吃飯，點了：「紅燒牛腩，清蒸鯧魚，原盅烏骨雞、烤河鰻。」（田原，1973a：88）等等，均都屬如今市井常見的台式菜餚，這也是襯托人物身分的設計。在作品中，也描述了春綢領了薪水，為慶賀美美在中學夜間部畢業考第一名，來到

「東亞」西餐廳吃西菜,「高雅」的氣氛、「浪漫」的情調,卻也讓這些年輕女孩顯得侷促,三人點了牛排,最終結帳時的520元,更讓年輕的美美吃驚不已,對付錢的春絪過意不去。而在用餐時,還發生一事,原來追求鴛鴦號稱記者的小王,事實上是這家牛排店的服務生,鴛鴦的情緒起伏,讓眾人吃得興味索然。在這裡用餐顯然比不上前引在露天小吃攤來得讓人快活,這也呈現她們的生活美學判斷。

田原在作品時而透過這樣的書寫,展現市井小民的生活剪影。這在描述商場競爭的《差額》中亦相當明顯。作品中的西峯初出場時,是他事業失敗帶著一些生活用品躲到他僅剩的幾間山坡住宅中思考未來出處,作品描述人情的冷漠,也透過他攜帶的食物襯托他的處境:

在他身邊有兩個很大的塑膠提袋,一是水龍頭、鉗子、電燈泡、電池、插頭和導線……另外一袋是食用罐頭,肉類很少,多是各種醬瓜、豆腐乳,十幾包生力麵。(田原,1986c:12)

西峯與芒市關係非比尋常,十幾年前兩人都還沒錢的時候,「在河邊小攤吃過米粉」(田原,1986c:48)是對兩人關係的轉喻書寫;田原也以極寫實、生動的筆觸,描述西峯老情人芒市經營的海鮮餐廳的忙亂,也透過芒市幫西峯點他愛吃的菜時,所呈現也是台式海鮮料理常見的菜色:

一盤九孔,一人分生魚片,西施舌炒蛋,米素烤鯛魚,大盌蛤湯,一瓶陳紹。(田原,1986c:35)

或描述藏在院子中,頗有情趣的特色小店,就如西峯與他女知己,具有才幹亦有風情的娜娜見面吃飯的相關描述:

秀蘭小館在巷子裡,是由住家改成,門口窄窄的掛了兩盞紅色燈籠,地方很小,長處是小菜地道,家庭式,吸引不少有名的客人。(田原,1986c:208)

娜娜點了蔥烤鯽魚、油燜筍、毛豆,另外要了三盤冬筍肉絲麵。(田原,1986c:209)

這也表現了娜娜頗具風情的人物特色;為了表現娜娜的丈夫沅吉,

他那個沒有名份,卻早有夫妻之實的女人秋子的溫和、柔順,且不計名份的和沅吉生活在一起,成為他心靈的避風港,在飲食上也有著一番描寫,雖都是家常的,卻充滿家與愛的溫馨感:

> 桌上只有四樣小菜,清炒蝦仁、糖醋小排骨、清蒸鱸魚、炒波菜,和大盌頭芽排骨湯,裝在清雅的高級瓷器裡,散發出香味,引人食慾大振。(田原,1986c:102)

這些描述,成為烘托作品情境的重要工具。

或在《雨都》中,透過不同飲食的描述,做為表現不同人物習性的工具。做為高級職員之妻,著重生活享受的秦李月華,喜愛的是江浙菜,用餐時:「用描金小盌,象牙筷子,慢慢吃起來。」(田原,1971b:6);或是那位酒家女荷花為自己準備的「正餐」:

> 然後打開電鍋,裝了兩盌稀飯,擺在茶几。開了酒櫃下層拉板,取出肉鬆、鹹鴨蛋、醬菜,接著把電扇拖過來,開得大大的對著飯盌吹。(田原,1971b:75)

做為一位酒女,她可說是每天有機會吃美食、大餐的,然作品卻描述這才是她真正的、喜歡的正餐,為她的酒女的身分,留下了純樸的個性空間,讓後來發於真情幫助秦龍的小孩,更顯得有說服力。

就如本書上述,田原對於台灣酒家等消費空間有許多的描述,然他對所謂酒家菜並沒有深入敘寫,較多的描述出現在〈老來紅〉,這部描寫一位小商人臨老入花叢,被酒女等設計騙了一大筆錢的短篇中,來看其中的敘寫:

> 菜是兩個女人商量著點的,一菜兩湯,冷盆中間,放了個大蘿蔔彫成的花,一碗豬肚湯,一碗旗魚湯,吃到嘴裡淡淡的一股怪味,夥計送來半打啤酒。(田原,1967:172)

這些描述還帶了一些「不以為然」,就如同他在作品中時而透露的,酒家等並不是真正吃菜、品酒的地方,目的是其他。而在這個短篇,亦呈現台菜受多方影響的樣貌,就如他描述一條巷弄裡的各色食檔:

這條巷子很整潔，兩面店舖掛了五光十色的招牌，有客家的「沙茶牛肉」，門口掛了小布招的日本料理。和玻璃廚中放滿生魚蝦的本省露店。（田原，1967：170）

台菜就如台灣的多元族群般，有著豐富的樣貌，又因歷經不同政權的統治與外來的影響，在傳統的樣貌中添加許多變化。有關台菜的研究，現已有多方面的成果，[23] 在許多研究中，均指出台菜在概念中，因台灣來自福建的移民佔多數，常被歸類於福建菜系，然也有著來自粵系的客家菜，又有著日人五十年的統治，日式飲食習慣也融入台菜中，光復後來自大陸各省移民所帶入各種不同的飲食，加上台灣獨特的風土環境與物產，發展形成目前台菜豐富多元的模樣。

田原在他的作品對於台灣菜的描述中，就表現出這樣的特色。這可歸納來看：

（1）多元族群的影響。出現在田原作品中的，不僅有台灣閩、客族群常見的料理，許多對於冷食（冷盤、拼盤）、生食（生魚片）料理的描述，當也是日人統治對台灣飲食所形成的影響，同時也看到如牛肉麵、燒餅油條等，由1949年後來台外省人所引入的飲食特色。

（2）海產豐富。台灣四面環海，自然也成為食物取得的重要來源，豐富的海產、養殖水產品也是台灣菜重要特色。田原作品中就如《差額》對於芒市經營的海產餐廳、街邊小店豐富海產等的描述，也如在《天盡頭》，那位將升上高位的汪恩，請同事吃飯時所點的菜：

「拼盤、清炒蝦仁、清鮮鯽魚、紅燴海參、干貝牛肉、燒划水、三片湯。」（田原，1969a：92）

即以海鮮為主，也反映這種現象。也如一篇見於當年報章的描述：

來台灣後，對於海產的魚，都抱著嘗試的態度，擇美而啖。無形中卻把吃魚的範疇，大大地擴張了。有許多內地太太們，到小菜場時，對那些

---

[23] 相關研究實不可以數計，單以碩博士論文成果為例，以「台菜」進行相關搜尋，即可得數十筆以上資料，如再結合「台灣」與「飲食」進行搜尋，亦有一定數量。研究主題包含台菜或台灣各族群料理的形成、特色，或是相關業者經營、管理等。

海魚之肆,有些掩鼻而過之的情形,我常常看到,心中不免暗笑。倒讓那些稱為淡水產生的小魚小蝦,變得格外名貴了。(方舟,1955:6版)

這也說明,對於許多來台外省人而言,海產豐富的台灣與原居地是有很大的差距的。

　　(3)簡樸的料理方法。一般來說,台菜口味偏淡,且食物處理方法較簡單,不講求繁複,或也表現移民社會簡樸、刻苦的個性,水煮白切是常見的處理方式,田原所描述的白切肉、白切雞、白切鴨、水煮魷魚等即是一例。另就如《雨都》中,那位來自四川,卻愛江浙菜的秦李月華,她吃不慣台灣女傭人煮的菜所發的牢騷:

過去那些壞查某,只知道醬瓜燉肉,酸菜燉肉,菜花燉肉,無菜不可煮湯,無菜不可燉肉,逼得天天打電話向六福樓叫菜。(田原,1971b:6)

也說明台灣料理多用水煮的特性,這也是為何外人對台灣料理有著「湯湯水水」印象的原因。

　　(4)小吃豐富。出現在田原作品中的牛肉麵、魯肉飯、蚵仔煎、炒米粉、煮米粉、貢丸湯、魚丸湯、四神湯、排骨麵、什水湯、油飯、肉粽等等,這些均是在台灣市井街邊常見的小吃,其中的豐富性,已成為台灣飲食的特色之一。這些小吃,並不是什麼大菜,價格親民,作法也不繁複,卻也是台灣人成長的共同經驗之一,現且成為對外行銷台灣觀光的賣點之一。就如出現於大陸雜誌上的一篇報導:

台灣小吃名氣大,此話一點不假,台灣一個月的採訪經歷,留給記者深刻印象的不是正規宴席的饗餮大餐,而是那些街邊散攤上的平民化小吃,其精緻與獨特令人難忘,連台灣人自己也承認,最能體現台灣民眾精緻生活特色的當屬風味小吃。(胡創偉、衛鐵民,2001:37)

觀諸田原對於台灣市井飲食的描寫,小吃即是重點,場所也都是市井小攤為主,絕非高級餐廳,充分展現田原擅長描寫台灣市井生活的特色,也成為他表現場景、塑造人物性格的藝術工具之一。此外,田原作品也時而出現「麻油雞」、「當歸雞」、「當歸鴨」等強調藥膳、食補功能的菜色,這也是台灣市井飲食中重要的部分,也是台菜特色之一。

除了食物外,地處亞熱帶的台灣,冰品消費成為民眾消暑的重要方法,民間諺語且有:「第一賣冰,第二做醫生」來形成賣冰業的高利潤。田原在作品裡,亦有描述。就如在《嘆息》裡,寶香所到的冰店的樣貌:

> 她看見路旁有家小冰店。製冰機發出隆隆的聲音,門口的招牌,寫著「納涼勝地」。其實房子又低又矮,幾張高背火車座式的椅子,灰不灰,紅不紅的顏色,除了牆上新貼的紙頭,上面寫了「四果冰」「清冰」「仙草冰」等,還帶著些新意外,其餘都是那末破舊。
> ……。
> 儘管這家店舖是如此的破舊,在寶香看來,真正的「納涼勝地」。比起昔日與李芸芸常去的高尚咖啡館,還要來得吸引人,因為她實在太渴了,她下意識摸摸口袋,分文皆無。(田原,1981:133-134)

或是在短篇〈苦盞〉中,描述台南新營的冰店街:

> 新營是台南縣城所在地,它具有南台灣一切特色。中午異常悶熱,所以冰店林立,形成了一條長長的冰店街。這些冰店有的設備簡陋,幾張破竹凳,掛著一張印好的冬瓜茶、仙草冰、四菓冰的小紙條,製冰機隆隆的轉動,震得人耳聾頭暈。也有設備現代化的冰店,落地放音機,播送出南國音樂,賣高貴的冰淇淋,和其他冷飲。不論簡陋或富麗的冰店,都由粧扮得花枝招展的小姐招待顧客,夏天,可以說是女性職業的旺季。(田原,1965b:252)

這也的確是台灣常見的庶民景像之一,其中所描述的冰品,更是眾人成長記憶之一,且如今依然是各冰店必備的冰品之一。

田原對於台灣庶民習慣消費的酒種也有許多敘述。當然,在《朝陽》、《雨都》、《差額》、《天盡頭》裡的主人公都是有著經濟地位的商人,自然不缺如威士忌、XO等許多洋酒做為他們的陪襯,然田原有更多對本省產,以庶民為消費主力的酒種描述。如田原在《遷居記》裡寫了市井百姓所愛好的「紅露酒」,並對它做了考證:

> 台灣的酒類之中,紅露酒完全是來自大陸的土法釀造,據說紅露酒原名叫老紅酒,是福建人嫁女兒時待客專用的。
> 釀造出來的酒,比起化學酒來得味兒醇和香,尤其比東洋味的清酒好。
> (田原,1967:12)

紅露酒屬未蒸餾的黃酒類，為米飯加紅麴釀造而成，早在日人治台時期，即有民營酒廠專門生產。台灣光復後，公賣局承繼配方繼續生產，在省產紹興酒未大量生產之前，為暢銷酒種；或在〈天盡頭〉等短篇所出現的「五加皮」，亦是民間流傳廣泛的泡製藥酒，公賣局亦有產製，亦是極為暢銷的酒種。而如上引《男子漢》中大牛一人配著小菜，獨自飲著「紅牌米酒」——紅標米酒，不單是一種酒種，更早已是台灣飲食文化中重要的部分。

另如在《嘆息》描述夜市的人群中配著小菜所飲用的，或是在引用《紅樓夢》裡的人名，然卻十足描寫市井人物的短篇〈寶二爺〉，所出現的「太白酒」，亦是當年台灣庶民重要料理、飲用酒種，就如以下描述：

> 湘雲也喜杯中之物，於是夫唱婦隨，在鐵道右面尚未拆除的真北平，小拼盤、凍雞、公賣局的小高粱，流淚眼對流淚眼，斷腸人對斷腸人的喝起來。沒有喝好久，便受鈔票所限，改在圓環小食攤，一條煮魷魚，兩塊油豆腐，半瓶當歸酒。到了最後，只能四五角錢花生米，一漱口杯太白酒。（田原，1965b：206-207）

充滿市井味描述的片段，太白酒如畫龍點睛般，呈現他們的境遇。

在大陸，太白酒是有著悠久歷史的名酒，相傳為李白所愛飲而得名。但台灣所產太白酒乃以番薯、樹薯等澱粉釀造蒸餾，並調配台糖原料蔗糖酒精而成，因原料來源便宜，價格相對其他酒類低廉。太白酒在販售上亦有特色，有別於其他市售酒類以瓶裝為主的包裝方式，早年公賣局販售時，乃以酒甕裝批發給零售商，再由消費者自行攜帶容器至零售商，一杓一杓的按量購買，頗有酤酒古風。因價格便宜，底層勞動人民是消費主力。當年太白酒曾改用瓶裝，但價格上漲，就有省議員於質詢時：「建議公賣局恢復原來甕裝，由用戶以空矸沽飲，價格每矸可減低一元一角，使貧民減輕負擔，請採納即時恢復甕裝。」（台灣省議會，1969：571）田原的描述也反應了當年台灣的庶民景象。上引：「一漱口杯太白酒」，以這樣簡陋的容器，盛著便宜辛辣的太白酒，兩人對飲，也呈現了作品中人物窘迫的現實處境。

歸納出現於田原作品中的本土酒類，就有屬於白酒——蒸餾酒類的

紅標米酒、高粱、太白酒；屬黃酒類，未蒸餾直接以原料發酵再熟成的有紅露酒、紹興酒，就如在《差額》中，因台灣本省產製的紹興酒苦味較重，因而衍生加話梅、薑絲的飲用法，也出現在作品描述中；加入藥材浸泡而成的再製酒類的五加皮、當歸酒等等，適也將台灣市井庶民最常消費的各酒類表現出來。從這來看，田原顯然也深諳台灣市井庶民的飲酒文化。

田原在這些大量以市井庶民各種生活空間為場景的作品中，描繪各色底層庶民的行動、語言、飲食等，一方面是田原自己觀察底層人民生活之細，另一方面亦顯現了田原自己的生活美學趨向——對於庶民生活的關懷與認同。他每每透過作品中人物的選擇，他們不去就豪華、高貴的大菜，也不喜「高雅」的西餐，反而更願意就著簡陋街邊小攤、廟前夜市，吃起一道道各式小吃，展現這富有生命力、親和力的庶民文化。在約翰‧菲斯克（John Fiske, 1939-）的《瞭解庶民文化》一書中，他運用場域、符號等理論，解析庶民文化的形成，時而強調庶民文化亦是種鬥爭的場域：「不過，雖然也接受宰制暴力的權力，它卻更注重人民（people）的對抗策略。藉此，可以對抗宰制暴力或閃躲或採取不合作態度。」（約翰‧菲斯克，1993：20）他加強了庶民文化的這種抗爭性，庶民文化並非如法蘭克福學派批判所謂「大眾文化」時，所強調的是文化在商品化的過程中，人民成為被宰制的對象，全然是被動、被餵養的。田原在作品中展現這些飲食文化、庶民生活與話語，有著類似的作用，當然田原並沒導引至對政治、階層、意識形態的對抗上，但他高舉這些庶民文化現象之時，更強調存在其中人們彼此的親和、凝聚，與所謂現代的、都市的疏離、冷漠顯然有所區別，這也是他書寫懷鄉，也書寫現代的台灣時，時而出現的思想性格。

范銘如曾以〈台灣新故鄉——五十年代女性小說〉（范銘如，1999：106-125）一文說明，五〇年代並非全然被反共文學所填滿，許多女性作家早已透過他們的書寫，觀察這塊他們的現居地，並透露出落戶生根的意願。而本書所討論的，被視為與反共文學有著密切關係的「軍中作家」之一的田原，也於他的作品展現他觀察台灣、書寫台灣的成果。

本章說明田原以台灣為場景作品的特色，受限於個人經驗及語言隔閡，他的確無法對台灣農村、農民進行深刻描繪，也無法於作品中完美模擬以本地語言為母語的本地民眾口吻，但也可以看到他對當年處於變遷中的台灣都市及其邊緣的市井生活有著豐富敘述，豐富多樣職業各異的人物及其話語，以至都市雜院生活、市井街邊飲食，全也是他敘述的對象，可說寫出台灣變遷轉型時代台灣市井生活樣貌。從這個角度來看，他以本土生活為題材的作品並非「不太成功」，評者與作者的視界差距，是形成如此評論的主要原因。也可以這麼說，他寫出與本土出身作家視角不同，屬於都市與其邊緣底層市井庶民生活百態，當然，這也是台灣本土的一部分。

# 第六章　田原作品中的商場活動敘述

　　田原於1987年3月,接受記者訪問透露出自己的寫作計畫,且說:「預定完成一個長篇,篇名為『變色的西門町』,以台北西門町商店街作背景,描寫三十餘年來商業形態的轉變。」（聯合報,1987:8版）田原會如此說,從其創作脈絡可以看到一些端倪,1986年他剛出版了描述商場活動,甚而被譽為商戰小說代表的《差額》,顯然,田原對於台灣當年的商場活動、商人形象,有他獨到觀察之處,只可惜天不假年,田原逝世於當年7月,這個寫作計畫當然也就無從實現。

　　田原在他以台灣為場景的作品中,時而可見對於商業活動的描述,或寫商場活動的詭譎,或描繪各色商人與現代企業工作的高級職員,也寫圍繞在這些商人周圍依附他們而生的酒女等等,也是這些作品中重要的特色。

　　本章即以這些作品為分析重點,先從台灣現當代有關商場活動等相關文學作品論起,進而分析田原這些作品所呈現的商場活動與人物形象。田原有關於商場、商業活動的書寫,是他作品重要的特色,鶴立於與他同樣背景出身的作家群,即使置於戰後台灣文學發展歷程來看,亦是相當突出。

　　商業活動如今滲透吾人生活的各層面,食、衣、住、行、育、樂等無不都以商品化的形式出現在我們生活中,在現在的生活中,即使是米農自己要吃的米,可能也得從市場上買來亦是一例,[1] 也可見商業活動滲透吾

---

[1] 按現在台灣米穀產銷習慣,因今日的農村,早無平坦且面積足夠的場埕來曬穀,或也是講求時間效率與米穀保存溼度的標準化,稻穀收成時,多以濕穀的型態全數由農會、米商收購,再由農會、

人生活之廣、之深。這還有更深層的意義，按黃仁宇的歷史觀來看，其現代化理論不似其他論述者，或是強調工業化等技術層面的影響，或是繼而著重思想上的脫昧，使得現代人得以表現一種新的心態等等，黃仁宇演繹世界許多重要資本主義國家興起的過程，認為所謂的現代化無非乃全面的以商業體制、習慣，取代原有的農業社會習慣，以完成在「在數目字上的管理」，這不只是現代化先進國家如此，中國／台灣亦走上此道路，許多現代化後進國家同樣亦得如此。就如他所說的：

> 而且尚不止如此，今日世界上落後的國家，無不企圖「現代化」，當中途倪紛紜，既有資本主義與社會主義之軒輊，也有馬克思的階級鬥爭。我也花了上十年的時間，不顧意識型態，單從技術角度鑽研先進國家完成現代化的程序，則發現其重點無非從以農業作基礎的管制方式進而採取以商業為主體的管制方式。其先決條件在對外能自主，對內剷除社會上各種障礙，使全部經濟因素概能公平而自由的交換，然後這樣一個國家才能「在數目字上管理」。（黃仁宇，1991：291）

從這個角度來看，所謂「商業」不僅在所謂「買低賣高」的交易上，更甚而是一種體制，成為一種生活方式影響著我們。

台灣在大航海時代，即因身處東亞商貿樞紐的優越地理位置，從而躍上歷史舞台，成為各方勢力競逐的焦點；清領時期所謂的「一府二鹿三艋舺」，全也是因為商業貿易所繁盛的三大港市；日人治台初期，隨即展開土地、貨幣、度量衡的全面的改革，也為日後台灣的資本化、商業化做出準備；[2] 戰後的台灣，各項經濟政策的推動、各種經建建設的推行，無不以刺激工商產業的發展為目標等等。直至今日，因久旱不雨農作歉收的消息，可能比不上華爾街股市的震盪，或是各種經濟數字的變動來得讓人注目，而只能屈身在報紙、網路「地方消息」一個角落中。從這些來看，台灣無疑的早已進入商業時代中。

不過，田原雖然描述商場活動，細膩的敘寫商人形象，但在這些作品所隱含的，或綜合他以故園為場景的作品所呈現的意識形態，並非完

---

米商以機器烘乾，以做為公糧或是包裝上市，致使米農可能也得買米吃，成為一種事實。

[2] 相關論述可見，矢內原忠雄著，周憲文譯：《日本帝國主義下之台灣》，台北：海峽學術出版社，2003。

全毫無保留的擁抱這個商業時代，這也將專節討論此書寫現象，以之總結全章。

## 第一節　商場與文學

當人們開始進行原始的以物易物交換時，可以說原始的商業即已形成，交換過程不僅是各取所需，再交換後所形成利差，自然的吸引人們投入，於是專以從事這種交換過程──收集、轉運、銷售──為生的人出現，商人就自然在人類文化中誕生。而後做為交換媒介的貨幣出現，使得交換的方法大為簡化，交換的成果更易顯現，交換後的積累，不再受限於物質原始外在形式，得以大量累積，從而使商人資產積累速度、積累的規模，可以輕易超越第一級生產者。

在中國，在重農的崇本抑末思想主導下，歷代以來商人被壓抑，被視為各行之末，然在整體文化現代化之後，商業不僅早已滲透於百業之中，任何行業都無法與之脫離關係，商人的地位也早已不是各行之末，甚而已是做為社會的領導者之一了。

而在文學上，自然也會反應這種變化。可從以下幾個方面來看：

### 一、從隱現到突出

商人出現在文學中，當也是久遠之事，就如在《詩經・衛風》：「氓之蚩蚩，抱布貿絲」所描述，那位棄婦等待中的抱布貿絲的行商[3]，即是一例。然受限於傳統抑末思想，出現在古代文學作品中商人或商業敘述，不僅不多，敘述亦不深刻。以《左傳》為例，在《左傳》有幾個對於商人的描述，其中的鄭國商人弦高，乃以一個機智、愛國的形象出現，對他的商業經營等，完全沒有任何描述；〈成公三年〉寫了另一個鄭國商人，甚至沒有留下名字，寫的也是他不敢居營救身陷楚地的荀罃之功，且謹守「君子」、「小人」的分界，婉謝荀罃的謝意等，這些行為基本上和他們商人身分、商業作為沒有多少聯繫。

---

[3] 所謂「行商」，乃沒有固定營運場所，以販運為主的商人。相對而言「坐商」，即專指有固定營業場所的商人。

這些出現在先秦散文中的商人，不是為了表現商人本身，而只是用來闡發道理，（邵毅平，2005：18）且如邵毅平在《中國文學中的商人世界》此一研究在歷代文學作品中的商人形象專作中所說：「可以說直到唐以前，商人都一直是文學中的『龍套』」（邵毅平，2005：4），唐、五代商人在文學中處半隱半顯之位置，直到宋元以後，誠如前章所論，做為商業發展溫床的市井文化的成長，文學中的商人形象也越發突顯，而後在明清文學作品中，隨著手工業等商品經濟的發達、海外貿易的盛行，商人、商場活動，終成許多作品主要描述的對象，並且有豐富的記述。

當然，受限於文體特性與篇幅限制，戲曲、小說等敘事類文體，在描述深度上，相對於詩歌、散文等是較為深入些。除此之外，在敘述上，這些傳統文學作品著重的是商人個人形象、心態、生活面貌的敘寫，但也寫圍繞他們身旁的女性所產生的悲歡離合，或寫行商的奇遇與凶險，然對於商業經營細節、商場整體狀況的描述，或可尋得片段於作品之中，然往往不是這些作品中的重點。直至明清兩代的小說中，有關商人、商場的敘述，不僅增多，也愈發深刻，除了是本身小說敘事的發展之外，實也是反應明清兩代，商業發展繁盛的樣貌。這從許多今人相關研究中，也可以看到端倪。[4]

---

[4] 有關於在文學作品中的商人、商業的敘述，在學界已有不少討論，或如上引邵毅平：《中國文學中的商人世界》即以先秦至清代等，在文學作品中的商人敘事為研究對象，此書資料搜集豐富、爬梳完整，可說是相關研究中最值得參考者。另邱紹雄：《中國商賈小說史》（北京：北京大學出版社，2004）亦以文學作品中的商人敘事為研究重心，且專注於小說之中，在本書中，他將中國唐代商賈小說定為「萌芽」，宋元的商賈小說為「形成」，而且明清兩代商賈小說以「繁榮」名之。而在台灣或也有許多學位論文，針對此議題進行相關研究，多也以唐代以降各代文學作品為的，諸如針對唐代研究者有，王淑華：《唐代商人小說研究──以《太平廣記》所見為主》（台北：中國文化大學文學研究所碩士論文，2010）、蔡岱穎：《唐人小說中的商人書寫》（雲林：雲林科技大學漢學資料整理研究所碩士班，2004）；針對元代研究者有，李菁怡：《元雜劇的商人形象》（台中：逢甲大學中國文學所碩士論文，2009）；針對明代研究者有，盧韻如：《晚明話本小說專集中之商人形象研究》（嘉義：嘉義大學中國文學系研究所碩士論文，2007）、陳華英：《《金瓶梅》西門慶商人形象研究》（高雄：國立中山大學中國文學系研究所碩士論文，2009）、楊若華：《《三言》中商人形象的研究》（嘉義：南華大學文學研究所碩士論文，2007）、劉文婷：《馮夢龍《三言》商人形象研究》（台北：台北市立教育大學中國語文學系碩士論文，2007）、黃惠華：《《三言》、《二拍》商人形象研究》（台北：國立政治大學國文教學碩士學位班碩士論文，2006）、陳蕙安：《馮夢龍《三言》裡的士子與商人》（台北：國立台灣師範大學國文學系在職碩士班碩士論文，2005）等。從這些研究中，主要均探討如本文所述的商人形象，或因行商等形成的悲歡離合為主要情節。

這其中有幾部作品不僅寫出商人形象,更對當時的商場運作有許多的描述,尤其是兩部以明代商業環境為依託的作品特別值得一談。

　　《初刻拍案驚奇》中的〈轉運漢巧遇洞庭紅　波斯胡指破鼉龍殼〉(以下或簡稱〈轉運漢〉),作品中的主人公姓文名實字若虛,即帶著若干的諷喻性,也實際反應因商業發展下民間風氣的轉變;而《金瓶梅》更是一部以西門慶為主的商人們做為主人公的長篇小說,雖依託宋代,卻展現明代商人活動的樣貌,其中所顯現的商業思維,更值得關注。

　　有別於朱元璋初建明朝時,重農抑商、內縮型的經濟,晚明商品經濟繁榮,海外貿易成為常態,社會階級關係丕變,商人階級透過金錢力量,取得在歷史上前所未有的地位,甚而被許多論者以「資本主義萌芽」名之,雖然此一說,黃仁宇曾為文質疑,認為晚明經濟繁榮的現象之下,卻無法完全以商業的方式開展,進而成長出資本主義:「其最大障礙為否定私人財產之絕對性。次之則發行貨幣全部為政府職權。政府之力不能及,則付之闕如。政府所創設之交通通信機構,又不公開為民間服務。此外,官僚地主之聲勢喧赫,家族關係之緊不可破,無一不妨礙純粹經濟力之開展。」(黃仁宇,1988:26)黃仁宇時而論述資本主義的形成,須建立幾種技術性格上:(1)資金廣泛的流通,(2)經理人才不顧人身關係的雇用,(3)技術上之支援因素通盤使用等,(黃仁宇,1997b:31-32)晚明雖然有繁盛的商品經濟,但在技術面上卻沒有形成資本主義的條件。

　　然晚明商品經濟的繁榮,卻也是之前歷代未見,尤其表現在商業的繁盛,與對海外貿易的熱絡上,這也有其發展形成的原因。

　　明代在經過元末的動亂之後,國家復歸統一,農業生產迅速恢復,在官方政策的導引下,在明代中後期經濟作物——如桑、棉、麻等的種植獲得空前的發展,這些也成為當時手工業的重要原料之一,進而刺激商品經濟的繁榮。而明立國初期田賦一律徵收糧食,甚而是一般公用的文具紙張、桌椅板凳等也是直接向民間徵集實物。(黃仁宇,1997a:182)但終因徵集、轉運不便,慢慢的准以棉布等折實,而後更進一步的以白銀、絲、絹等折色[5]繳納,甚而折色從初期的自願改為強迫,進

---

[5] 明初以米、糧等實物繳付田稅,稱之為「本色」。以布、絹、錢、銀等折算繳付稱之為「折色」。

一步刺激對於這些折色的手工產品、貨幣的需求,這又反過來促進商品經濟的發展。[6] 在這樣的背景之下,促成了商業的興盛,以商品貿易興起的城市更是大量發展,尤以江南、東南沿海、江北運河區為主。而這些手工業等商品,不只提供內銷,更成為也是興盛於當時的海外貿易的雄厚基礎。

　　明代初期,雖然有著鄭和七次下西洋的壯舉,但在民間卻限制造船形制、規定人民「不許片板入海」,實施海禁政策。這種情況在明中葉之後逐漸改變,雖有海禁政策,卻無法真正禁絕民間私自出海貿易,走私貿易盛行,終形成商寇不分的倭亂。隆慶之後,鑑於倭亂無法禁絕,統治者也察覺實因在海禁政策之下,才讓他們成為時商時寇的模樣,於是於隆慶元年(1567)宣佈部分解除海禁,於福建漳州海澄月港准許私人出海貿易,結束了海禁時期的朝貢貿易體制,這也使得明代海外貿易,走入了全新的繁盛時代,超越了歷代。

　　這也反應在文學作品中,在《三言》、《二拍》中,就有著許多以商人為主人公的作品——實際上《三言》、《二拍》也是商業性的產物,從內容中也看到明代商人地位的轉變,從商不再被視為末業。[7]

　　〈轉運漢〉主人公姓文名實,字若虛,有意無意的,暗示學文已不是最好的正業——文實卻是「若虛」,從舉業求功名不如經營商業來得更實際些。這個作品除了展現主人公幾近傳奇式,從一個每做生意必失敗的「倒運漢」,先是透過一簍橘子——洞庭紅在異域賺到第一筆大額金錢,後在一個無人的荒島中,無意的拾到藏有夜明珠的鼉龍殼,而瞬

---

[6] 有關明代稅賦,改以錢、銀等折色繳納與經濟發展的關係,相關論述可見:王毓銓主編:《中國經濟通史・明代經濟卷(上)》(北京:經濟日報出版社,2000),頁382-386的說明。

[7] 就如在《古今小說》(《喻世明言》)〈蔣興哥重會珍珠衫〉中,寫到社會上所流傳的一句話:「一品官,二品客」,有錢的客商,被視為僅次官員的地位;〈楊八老越國奇遇〉中的楊八老,讀書不成改行經商,其妻更勸其夫「不必疑呀」;〈張孝基陳留認舅〉,開頭有一首七言:「士子攻書農種田,工商勤苦掙家園。世人切莫閒遊蕩,遊蕩從來誤少年。」且透過那位有五子,但只讓長子習儒,其餘四子農、工、商、賈各執一藝的老尚書說出:「農工商賈雖然賤,各務營生不辭倦。從來勞苦皆習成,習成勞苦筋力健。」則將士農工商放在平等的地位上來論;〈賣油郎獨佔花魁〉,賣油郎並不對自己商人身分自卑,反而有自信的說:「何況我做生意,青青白白之人。」也想積錢去見名妓花魁王美娘。而在《二拍》中〈贈芝麻識破假形〉的馬少卿,雖出身仕宦之家,但當人們說「經商之人,不習儒業,只恐有玷門風」時,卻也說:「經商亦是善業,不是賤流。」;〈疊居奇程客得助〉裡,則直接將商人價值觀寫了出來:「卻是徽州風俗,以商賈為第一等生業,科第反在次著」。

成暴發戶之外，也展現出有別於先前歷代作品，對商人著重個人形象上的描述，對於商業觀念、當時對外貿易的狀況，有更為深刻的描繪。

首先，在話本、擬話本小說時而出現的一正、一副故事中，在作品開頭，描述那位宋朝汴京人金維厚屯金而失的情事，表面上看來似乎是在宣揚所謂：「萬事分已定，浮生空自忙」（凌濛初，2003：1）的命定論，然卻也透露有關資金運用觀念的轉變。

商業運作需要資本，利得積累之後，且須再投資，求得資本有效的運作，獲得更大的效益，這當也是商業、資本主義發展的必要條件之一。然過往商業未能擴展的年代，或也是保守思想使然，人們往往只做最原始的積累，甚而掘地藏金成為一種習慣。在沈括《夢溪筆談·異事》中就記載一事，當時房地交易，原屋主搬遷時，循例會將房屋四周挖遍，尋找是否有先人埋金，如果未能掘地尋金，還可向新房主索討「掘錢」，這也形成當時的慣例：

> 洛中地內多宿藏，凡置第宅未經掘者，例出掘錢。張文孝左丞始以數千緡買洛大第，價已定，又求掘錢甚多，文孝必欲得之。累增至千餘緡方售，人皆以為妄費。及營建廬舍，土中得一石匣，不甚大，而刻鏤精妙，皆為花鳥異形，頂有篆字二十餘，書法古怪，無人能讀。發匣，得共金數百兩。鬻之，金價正如買第之直，斸掘錢亦在其數，不差一錢。觀其款識文畫，皆非近古所有。數已前定，則雖欲無妄費，安可得也？（沈括，1968：144-145）

其中所描述的，原屋主索取掘錢甚多，眾人還覺得不值，但就在營建新屋時，真的挖得金數百兩，且正好是購屋、掘地之資，不亦巧合，雖然似乎也是在宣傳命定、巧合說，然其中所暴露埋金之事，似也是過往人們習有。

而〈轉運漢〉中這位金維厚從事經紀[8]，勤奮自不在話下，節儉也是他生活之道，手頭上所使用的只是些碎銀，上兩的便存著不動，存到百兩時，就熔成一大錠，用紅線結起，繫在腰邊、放在枕邊隨時把弄，而後竟積成八錠，不過日後再也積不成百兩。

---

8　指從事貿易中介者。

然就在自己七十壽誕，想把這些錢分給自己四個兒子，他卻做了夢，預示這些錢似乎向自己告別，夢醒時發覺銀錠竟真不見了。戲劇性的是，這些銀錠，竟也如夢中預示一般，跑到王姓某者一家，當金維厚尋去時，不勝感傷，卻也無奈得和這些銀錠告別，主人憐其苦，還封了三兩零銀給他，以示安慰，一番推讓，王老強納金老袖中，但金老欲摸出還了，卻摸不著，回到家後，再仔細尋找，這三兩銀早在王家互相推讓中，原封不動從袖口掉回王家。且如作品中所說：「該是他的東西，不要說八百兩，就是三兩也推不出。原有倒無了，原無的倒有了，并不由人計較。」（凌濛初，2003：3）

這個看似宣傳命定說的故事裡，卻也說明許許事。首先，故事裡並不推崇單純儲蓄做為理財之道，就如金維厚：「積了一生，整整熔成八錠，以後也就隨來隨去，再積不成百兩，他也罷了。」（凌濛初，2003：2）這說明原始累積到一定程度後，無法繼續積累的侷限性。八百兩的不翼而飛，透過與文若虛出洋一事的比較，也不無暗示透過適當的投資——有時可能只是本錢很小的投資——和冒險，如文若虛買了一簍橘子——洞庭紅——上船出洋一般，配合運氣轉瞬間成為巨富，比單純的積累無所作為來得更好。這個故事不歌頌儲蓄，反倒顯示原始積累的「風險」——錢會自己跑掉，適當的投資更是致富之道，所展現的是更積極的商業、投資思維。而文中所述的海外貿易，也實際反應當時商人出海尋找機會的實況，作品中以成化年間為背景，成化年距隆慶開禁還有一段時間，這也說明雖有明文的海禁，但並無法完全禁止人們出海貿易。

當文若虛透過賣橘子得到第一筆金錢，他已經滿心歡喜，然帶他出海的張大也對他說：「你這些銀錢，此間置貨，作價不多。除是轉發在伙伴中，回他幾百兩中國貨物，上去打換些土產珍奇，帶轉去有大利錢，也強如虛藏此銀錢在身邊，無個用處。」（凌濛初，2003：8）張大建議放貸給眾人，讓大家做為批貨的資本，總比放在身上無用處好得多，然文若虛保守的個性，以自己「倒運」的經歷回絕了這個建議，只想就把銀子帶回國也就是了，這也顯現他保守的心態。

這個故事，且透過波斯胡依來客所帶貨之貴賤，做為待客排座之序，進而慢慢鋪墊出戲劇性的轉折，原來一個不起眼的鼉龍殼，竟藏有稀世珍寶，賣得一個讓人咋舌的價錢，也讓這個倒運漢成轉運漢，利用

這些銀子，買店安家娶妻，自此就在福建定居了，且也將部分金錢，投資在張大他們這個海外貿易事業上。

這個傳奇性的故事，也透露出當年海外貿易實況，並透過正副兩個故事，顯現出一種積極、冒險的商業思維與保守積累之間的對比，這也是此作品讓人印象深刻之處。

而《金瓶梅》的出現，更是具有意義，且如邵毅平所說：「這是中國文學史上第一部以普通人的日常生活為題材的長篇小說，同時又是第一部以商人為主人公和表現商人生活的長篇小說。」（邵毅平，2005：310）作品時代雖依託於宋代，但實際以晚明社會為背景，以一種百科全書式的方式，展現他們的嗜好、家庭日常生活等，其中又以西門慶為主的這一班商人形象最為突出。

在《水滸傳》中，西門慶以單純有錢的市井商人兼惡棍形象出現，對他的商人身分並沒有多少著墨，然在《金瓶梅》中，藉勢欺凌的形象依舊，但更突出他做為一位商人，對於商場活動、商業經營、官商之間的關係有著細緻的描繪。在《金瓶梅》中西門慶永不能填滿的慾望表現，往往是此作品給人最深的印象，然透過作品的描繪，更可知他是一位具有積極商業眼光的精明商人。

首先他以一位精明的多角化經營者形象出現於作品中，他繼承了家傳的生藥舖，早先不過「破落戶財主」，到了他的手裡，透過自己經營手段，成了有著幾十個員工、多個舖子、多種產品內容的連鎖企業，就如在六十九回中透過作品中那個媒婆文嫂所說的：

縣門前西門大老爹，如今見在提刑院做掌刑千戶，家中放官吏債，開四五處舖面、緞子舖、生藥舖、綢絹舖、絨線舖，外邊江湖又走標船，揚州興販鹽引，東平府上納香蠟，夥計主管約有數十。（蘭陵笑笑生，2000：889）

他從藥品業起家，而後隨著財富的增加，插手放貸、典當、織品販賣、標船運輸、鹽品販運、香料買賣等等，多角化的經營相當成功，這可在第七十九回，他臨終前向女婿交待後事時，說出自己的資產規模與相關債權時，即完全呈現出來。

他精明的生意頭腦和手腕可從幾個事件看到。第三十三回中應伯爵介紹湖州客人急售值五百兩的絲線，他硬是以四百五十兩價格承接，並就自己得空的鋪面，開了個絨線鋪子；而他娶孟玉樓、李瓶兒，並非單看上她們的美色，隨她們而來豐厚的陪嫁，更是目的之一；七十七回，他於冬天回絕了花子由引介的五百包無錫米的交易，理由是這些客商：「凍了河，緊等要賣了回家去」（蘭陵笑笑生，2000：1064），但就如他所說的：「我平白要他做什麼？凍河還沒人要，到開河船來了，越發價錢跌了」（蘭陵笑笑生，2000：716）；對於商業管理，他自有一套，在他不算小的事業體中，安排各個專業管理者，各司其職，並且有分紅制度，讓他們為他效力，就如在五十八回，西門慶和喬大戶合開緞子鋪，以韓道國、甘出身等為專業經理人：「當下就和甘夥計批了合同。就立伯爵作保，得利十分為率：西門慶五分，喬大戶三分，其餘韓道國、甘出身與崔本三分均分。」（蘭陵笑笑生，2000：716）；對於資金的管理有別於上述那位文若虛般的保守，更不是掘地埋金的方法，而是活用資金，就如他自己所說的：「兀那東西，是好動不喜靜的，怎肯埋沒在一處？也是天生應人用的，一個人堆積，就有一個人缺少了。因此積下財寶，極有罪的。」（蘭陵笑笑生，2000：685）

而官商關係的營造，更是西門慶成就自己商業霸權的重要手段，同時也看到士商關係的轉變。傳統觀念中，商為四民之末，表現在敘事文學上，雖然從唐以後，商人的形象日益突出，但和士人之間總有一個清楚的界限，地位之別也明顯可辨。就如研究者所述，明中葉前，在文學作品中的商人形象和讀書人對比起來，更顯得猥瑣、庸俗，且如：

> 元雜劇中經常出現書生、商人、妓女三者之間的感情糾葛，商人雖然腰纏萬貫，得到鴇母的歡心，而色藝雙全的歌伎無一不鍾情於既有才華又懂風情的書生。書生與商人的較量最終以書生高中狀元，奉旨完婚而商人倒賠財禮結束，（胡金望、張則桐，2008：63）

雖然在宋、元若干文學作品中，也表現出士商對流的情況（邵毅平，2005：259），但基本上門第觀念依然十分明顯，士商之間基本仍是對立的。

《金瓶梅》的出現，打破這種對立的局面，士——尤其是已具有官職身分的文人和商人之間的關係，不再是對立，甚而可以說是水乳交融，商人可藉由捐官的手段，讓自己取得官職，從而由商變官，並藉官商關係的經營，成就自己的事業。值得注意的是，在歷史上或在敘事文學中，並不乏這種由商而士的人物，呂不韋就是一個典型，但呂不韋的抱負顯然是在政治上，然西門慶為官、經營政商關係，則根本是為他的事業，全無政治抱負。

　　然金錢的威力終究是大的，在元代關漢卿的《竇娥冤》中，就有一個段落，直接諷刺當時官員們愛錢，當張驢兒拖竇娥見官時，那位審案的官員就有一段自報家門：

我做官人勝別人，告狀來的要金銀；若是上司當刷卷，在家推病不出門。下官楚州太守桃杌是也。（關漢卿，1998：22）

而當竇娥等一班人跪下時，這位官員竟也跟著跪下去了，執事的下屬問他：「相公，他是告狀的，怎生跪著他？」他也倒坦白的直接說出：「你不知道，但來告狀的，就是我的衣食父母。」這極具諷刺的段落，卻也說明官員見錢眼開，以職位之便斂聚財富的現實。（關漢卿，1998：22）

　　明代商品經濟發達，成就眾多如西門慶般的富商，這些富商投合了這些官員斂財的心理，透過錢財結交官員，達成自己的目的，無怪乎在《金瓶梅》第四十七回，就有這麼一句話：「火到豬頭爛，錢到公事辦」，也道盡這些權錢交易或者可說是「交融」的實況，原居四民之末的商人，這時也能和擁有權力的官員攀親附戚起來，成為拓展自己商業版圖的利器。

　　在《金瓶梅》中，西門慶的女兒在作品中，竟沒有名字，只以「西門大姐」為號出現，然她卻是西門慶建構政商關係的第一個工具，西門大姐被西門慶許給陳洪之子陳經濟，陳洪是西門慶的結拜兄弟，也是楊戩的管家，楊戩且是徽宗朝權傾一時的官員，可說是西門慶第一個政治靠山；透過自己的財力，和地方上官吏來往密切，就如在薛嫂為西門慶說媒娶孟玉樓所說：「清河縣數一數二的財主，有名賣生藥放官吏債西門慶大官人。知縣知府都和他來往。近日又與東京楊提督結親，都是四門親家，誰人敢惹他。」（蘭陵笑笑生，2000：73）官吏債在當時是違

法的，然這種借貸關係，讓一班地方官成為他政商關係的重要資源；他在官場上非只結交權貴，而是廣結善緣，就如在第九回武松尋仇來時，正與一個專攬訴訟的皂隸李外傳吃酒，武松會來尋仇之事也是他告訴西門慶的，最後也是李外傳幫他擋了一頓武松的拳頭送了命，他才逃過此劫；楊戩受彈劾倒台，卻直接與權位更高的當朝宰相蔡京搭上線，除了讓自己逃過一劫，在出手大方籌辦蔡京生日禮物後，還實授了一個五品官，就連送禮物的吳典恩、來保也得到官職，又一年的生辰親自上京拜壽，並成為他的「義子」，關係更是拉近一層；熱絡接待新科蔡狀元、宋御史、安進士，眾官員看上他的財富，竟也利用他的宅邸做為「招待所」代辦宴席，招待來往各路官員等。

當然，西門慶為此付出相當可觀的金錢，但他視為一種「投資」，一旦有需要，不僅可解決他的難題，更可為他帶來巨大的財富。就如第十回武松來尋仇後，被執往東平府遇上「清官」陳文昭，聽武松細陳原委，本欲傳西門慶等一班人問個明白，西門慶連夜寫給楊戩一封信，央求蔡太師，蔡太師一封密函給陳文昭，竟也免提西門慶審訊而以武松發配結案；第四十八回西門慶被山東監察御史曾教序彈劾一本，除了私行不良外，且「受苗青夜賂之金」（苗青謀財害命，以一千兩賄賂西門慶），但此事依然被西門慶差人送財寶到東京蔡太師那，又擺平了。

熱絡對待蔡狀元，更獲得直接回報，蔡狀元而後實授巡鹽御史，專管鹽引[9]的發放。當來保送財寶到東京時，透過門吏暗抄了邸報[10]，得知朝廷鹽業政策的變化，加上蔡御史來訪，讓自己手上已經貶值的三萬舊鹽鈔得以先支鹽的權利，在四十九回中，有以下的描述：

> 西門慶飲酒中間因提起：「有一事在此，不敢干瀆。」蔡御史道：「四泉，有甚事只顧吩咐，學生無不領命。」西門慶道：「去歲因舍親在邊上納過些糧草，坐派了些鹽引，正派在貴治揚州支鹽。望乞到那裡青目青目，早些支放就是愛厚。」因把揭帖遞上去，蔡御史看了。上面寫

---

[9] 鹽引，乃食鹽做為公賣體制之下，運售食鹽的許可證。在明代，朝廷為籌措邊防，規定鹽商赴邊納糧後酬給鹽引。唯有鹽引，亦須專管官吏許可才得以支鹽，易成弊端，支鹽往往無法順利，竟有數十年未能得支者，這也導致商人手中鹽引，隨著支鹽時間不可期而貶值。

[10] 專用於朝廷傳知朝政文書和消息的新聞文書，類似今日各級政府的公報。

著：「商人來保、崔本，舊派淮鹽三萬引，乞到日早掣。」蔡御史看了笑道：「這個甚麼打緊。」一面把來保叫至跟前跪下，吩咐：「與你蔡爺磕頭。」蔡御史道：「我到揚州，你等徑來察院見我。我比別的商人早掣一個月。」西門慶道：「老先生下顧，早放十日就夠了。」蔡御史把原帖就袖在袖內。（蘭陵笑笑生，2000：583-584）

早支十天，即可比其他商人早上市十天，獲利的空間自然也增大，西門慶操作政商關係，在此得到直接回報。

也可以這麼說，《金瓶梅》不僅是第一部以商人做為主人公的長篇小說，也是第一部赤裸裸呈現政商關係操作的小說，這也是它之前未有的。

而在清代敘事文學中，描述商人、商業活動亦有相當的比重。其中較重要的如《儒林外史》對於鹽商豪奢的描述；《鏡花緣》所呈現的海外貿易、航海知識等；《歧路燈》或寫商人的敬業精神與經營之道；或在清末的小說中，描述洋人資本出現在中國的各種情形，寫出另一種新興的形象——「買辦」等，也反應了時代的變化。就如研究者所說，有清一代再也沒有出現如《金瓶梅》一般，對於商人及其生活有如百科全書式記述的長篇作品，且：「從總體上來說，清代文學在表現商人方面，其成就不及明代文學」（邵毅平，2005：520），這或可參見相關討論，[11]本文也就略過不再加以討論。

## 二、多元的敘事——戰後台灣的商場與文學

戰後台灣，隨著土地改革的成功，政策成功的將資金導引到工商部門，而過剩的農村人口，提供了廉價的勞力來源，成為發展出口導向產業的溫床。1966年政府成立高雄加工出口區，不僅是亞洲第一個加工出口區，台灣自此成為全世界工業生產中的一環，這後來更成為許多現代化後進國家的學習榜樣，加上七〇年代開始進行的諸多重大基礎建設，不僅讓台灣安然渡過石油危機，且繼續保持經濟成長；1980年代台灣跨足高科技產業，原以勞力密集產業為主的經濟結構開始轉型，如今台灣

---

[11] 這或可參閱，前引邵毅平：《中國文學中的商人世界》；邱紹雄：《中國商賈小說史》（北京：北京大學出版社，2004）等專著的討論。

早已成為全球高科技產業的生產重鎮；民間累積的經濟力，於八〇年代隨著社會、政治情勢的轉變得以外顯，股票、房地產甚或是奢侈品等成為眾人競逐的場域，當然這也衍生許多負面的問題，深遠影響台灣經濟發展至今。而這些全也是構成如外人所說的「台灣經濟奇蹟」的一部分。

做為一位現代人，幾乎無一日與商業行為脫離，或者本身就是在企業工作的上班族，或者自己就是商業的經營者，甚或在這種分工極細化的時代中，所有食衣住行、日常用品，也均以商品的形象出現在日常生活中；台灣也走入了「企業社會」，雖然台灣企業乃以中小企業為主，不過除了自行創業與從事公職者，許多人都是各型企業的工作者——「上班族」，也是屬於整體商業運作的一部分。可以這麼說，商業早已滲透於百業，甚至是我們的日常生活中。

在這樣的環境之下，商業在人們生活中所佔的比重更甚於以往，且型態亦與過往大不相同。小型商業團體依然是人們生活視野中重要的部分，但商業組織的大型化、跨國化，卻也是一種不可逆的趨勢，組織內也不再只是單純的老闆、員工勞資雙方的二元對立，組織內成員彼此競爭又合作的多元關係，成為處於這個商業時代人們得面對的重要課題。

做為上層建築的文學，理應會反應這種變化，但從戰後台灣文學的發展來看，以商業活動、職場環境，甚或將各種經濟活動、經濟情勢變遷做為主題者，數量並不算太多，也未如日本有許多對於企業活動、經濟現象描繪而成的「企業」、「經濟」小說，或是描述商場競爭的「商戰小說」等，單獨成為一種重要文類，幾位對於此議題有相關研究者，均也指出此現象。

就如林燿德所說的，在書籍市場上，充斥著許多勵志、心理，甚或是許多實用性企管類的書籍，或許多以成功商人為主人公的言論、傳記等，幾乎掩蓋文學在這方面的經營。他也說出台灣戰後早期此類作品缺乏的原因：

> 是否也表示台灣作家對於現實商業世界的題材並不熱衷呢？在戰後的五、六〇年代，的確如此，當年的作家出身以學院及軍旅為大宗，鮮有具備工商業背景者；而且彼時台灣的都市現象並不明朗，農業經濟形態的文化價值觀、封閉的政治氛圍（所謂「白色恐怖」），使得當年最流

行的大眾小說類型和產量,幾乎完全集中於純情浪漫和武藝俠道的虛構的時空中。(林燿德,1996:185-186)

也如曾為時報出版編輯的鄭林鐘寫於 1986 年的一篇文章所說:

> 照理說,台灣既然已經是一個典型的工商業社會,競逐的氣氛又已濃烈而明顯,事實上是孕育出優秀商戰小說極為良好的環境,然而截至目前為止,商戰小說在國內的發展,還勉強只能算是「萌芽」的階段,不但創作難覓,譯作也還不足。(鄭林鐘,1986:150)

鄭林鐘文中專指的是描述「商場競爭」為主題的商戰小說,對此辜韻潔在他的學位論文《台灣當代商戰小說主題研究》則羅列了當代長短篇作品共 39 篇,做為他討論的文本,詳細的從「工作場域的權謀與鬥爭」、「勞資雙方的對立與傾軋」、「女性地位的提昇與淪陷」等主題,結合商場競爭描述,進行相關討論,也是對此議題進行學術討論最詳細者。

在當今的社會,從商早已不被視為末業,然就如上引林燿德的說法般,在五〇、六〇年代,除了若干市井小商人的描述外,眾多作家對商人、現代商場活動的描述並不多,也不深刻,往往只是作品裡龍套的角色,直至八〇年代,這情況才有所變。

台灣戰後最早真正以商人、商場活動,甚或是商業競爭為主要題材的小說,反倒是高陽以清代商人胡雪巖為主人公所寫的系列歷史小說。[12] 高陽寫胡雪巖從一位錢莊學徒,後來透過資助王有齡上京補實,從而得到第一個政治靠山,透過政商關係的經營,得到代理公庫的機會(在當時幾等同無息借款)、創辦阜康錢莊,並在王有齡殉職後,迅速的找到左宗棠成為他後半生最重要的政治靠山,並以捐官的方式,取得與一班官吏平起平坐的地位,在原有的基礎上,跨足醫藥、金融、生絲、糧食、鹽業、運輸(以海運沙船代替內河、運河的漕運)、紡織、軍火代理等產業,成為有清一代最著名的商人之一,也成為「紅頂商人」的代表。

---

[12] 高陽共著有《胡雪巖》(台北:經濟日報出版社,1973。上、中、下共三冊)、《紅頂商人》(台北:聯經出版事業股份有限公司,1977)、《燈火樓台》(台北:聯經出版事業股份有限公司,1987。上、中、下共三冊),另在作品《李鴻章》(台北:遠景出版事業公司,1987)中的主人公朱大器,也是以胡雪巖為範本。

高陽透過長篇幅的鋪敘，不僅寫他的努力，也寫他做生意的心態，也寫他在商場上的折衝，及與洋人之間的競合，更寫出擅於經營政商關係，倚靠政治勢力，縱橫洋務運動時期的清代。而在《燈火樓台》寫他由盛轉衰，依政商關係而起，也因政商關係而敗，與洋人的生絲商戰中落敗，出現巨額虧損，進而引起錢莊擠兌，終得破產收場。除此之外，當然也寫他的私生活，富有後的他，妻妾成群，且著重生活享受，園林、房舍、飲宴，無不豪華氣派呈現在作品中。高陽並沒將胡雪巖塑成一位眼中只有錢的商人，或僅為自身利益，犧牲自己同胞的買辦形象，描述他與洋人、洋人資本的對抗，為保護本地絲農，不惜可能造成虧損而收購生絲，做為一位具有氣節的民族資本家形象也相當鮮明。

　　此一巨作堪稱繼《金瓶梅》之後，又一部對於商人、商場活動──尤其是在洋人資本介入中國之後的清代──一種長篇、全景式的敘寫，雖然它常被歸類為「歷史小說」。

　　除此之外，從商不再被視為末業，許多作品對於市井小商人，對於他們的勤奮更有許多正面的描寫，諸如田原的作品中即是一例。除此之外，在台灣戰後文學作品中的，商人、商業活動在諸多鄉土小說作品中，往往還另有一種面貌出現。

　　戰後的台灣，產業變遷迅速，資本主義經濟形態更是確立，雖然土地改革的成功解決土地分配問題，然戰後台灣農業卻也就此形成小農經濟，面對勃發的工、商業，農、漁等一級產業迅速成為弱勢產業，游移於土地之外的大量人口進入都市，成為最好的廉價勞力來源，成為底層的勞工。然在這樣背景之下農漁產品，甚至是勞力均都成為一種商品，建立在必然的買低賣高機制下的商業體系，與以剩餘價值做為利潤來源的工業生產體系，往往被視為是對於基層農、漁、勞工的一種剝削，在許多對於基層農、漁、勞工充滿關懷的作品中，對這些商人、資本主義制度下的商業體系，並沒有太多好話，甚而有許多的批判。

　　宋澤萊筆下對於商人和農村產銷體系的描述即是典型的例子。在〈打牛湳村──笙仔和貴仔的傳奇──〉中，即描述農產品做為商品後所遭遇的問題，其中描述這些瓜販在農村中的作為，就帶著明顯的批判色彩。做為商人而言，他們明顯是成功的，他們用團體戰組成採收集團，

懂得用策略——語言的攻勢，恐嚇農民在七月時全省水果將大豐收，打牛湳的梨仔瓜到時市況也將好不起來，藉此說法於收成前以極低的價格包下瓜田，他們成功的壓低價格，農民收益當然減少。從宋澤萊對他們身形轉喻式的書寫，也可見到這些人的「可憎」，難怪作品直接將他們描述為，懂得選擇牛身上香腴的肉，吸著牠們鮮血的「牛蜂」：

> 瓜果運銷商，伊們普通都持有城裡菜市場（比如中央菜市場）的市場證，伊們都穿花衣裳，戴著運動帽，穿著萬里鞋，口裡嚼著檳榔，大半都有一顆凸出的肚皮。（宋澤萊，1978：227）

而笙仔先是被瓜販聯合起來唬他，讓原本有一斤三塊價格的梨仔瓜，只賣出二塊三；某瓜販聲明可以用二塊八買下，卻也講明只挑好的壞的不要，讓笙仔剩下半車完全賣不出的瓜仔。

而具高農學歷相對多了些「知識」的笙仔兄弟貴仔，面對這些商人依然落敗，貴仔想直接和商人交易，商人也樂得把車直接開來田裡，由他們自己採摘，但沒想到商人聘雇的女工，不分青、黃將五六分地摘個精光，卻提出遠低市場行情的二塊一斤，貴仔才知自己受騙，且還賠上給商人和工人的一頓飯，甚而成為當地的笑談。

從農民的視角，這些商人是可惡的剝削者，當村裡鬍鬚李要找他一起販運瓜仔到濱海的聚落時，作品描述貴仔發怒，且有一段話：

> 「你打死我，我也不會去，我何嘗沒田產，硬要去幹無業的小商販，你莫知瓜販仔有多可惡嗎？嘿，鬼才幹這種沒出息的事咧！」（宋澤萊，1978：248）

這透露對於商人的嫌惡何其明顯。

類似的現象在陳映真的作品中同樣可看到。陳映真的視角是放在異化勞動的勞工身上，也寫在跨國公司裡的現代職員，從其具有豐富寓意的「華盛頓大樓」系列小說中，他顯然將台灣視為帝國資本主義支配下的一角，他所要批判的即是這種支配現象，與在此制度下勞工的異化，就如林燿德所說的：「意不在於記錄企業人的日常和描寫變遷社會中的企業商戰形態。」（林燿德，1996：185-186）然這些描述，實也是台

灣戰後最早以小說形式，描述台灣被納入國際分工體系中的運作樣貌者之一，也是現實狀況的反映。

這種對於跨國經濟在台灣所產生影響的描述，還可見於黃春明、王禎和等作家的作品中。就如王禎和〈小林來台北〉、《美人圖》裡寫的現代職場——航空公司UPT，顯然相當「國際化」，客人來自世界各國，職員的話語也是夾雜洋文，心態更是「美」——美國的、外國的，這也是書名諷喻之所在。當然，在黃春明〈我愛瑪莉〉、〈莎喲娜啦·再見〉，甚或是〈小寡婦〉中，同樣也批判、嘲諷這種現象。

而在吳錦發的相關作品中，則亦有許多對於現代職業環境的描述，他同樣不以商場運作、競爭為重點，還是以職場內競合、勞動異化等為主題。就如〈放鷹〉以在商業體系內的電影圈為描述對象，在唯利是圖的心態下，談「藝術」無異於空想，做為此生態內的武行，不過成為那些投資的資本家中賺錢的工具，或是如被綁著玩弄的玩具，就如同作品那隻被抓來豢養、腳綁著細繩的幼鷹一樣；〈指揮者〉、〈囊芭〉、〈那個叫托西的傢伙〉、〈被鰻突襲之金魚〉描述了現代職場勞動者異化，作品中的員工一個個淪為公司上層人事鬥爭的犧牲品；在充滿情致的《秋菊》裡，作品裡的女主人公秋菊，在離開鄉下到市區上班，即使做為一位純樸、刻苦的鄉下女孩，仍然忍受不住都市電子公司裡的異化勞動與管理。

當然，這些作品有著明顯的批判、諷喻性，商業運作並不是書寫的重心，商人或者做為現代企業各色職員的形象，也沒有針對其工作的性質、對於企業運作的重要性進行深刻描寫，前引相關對於「職場小說」、「企業·經濟小說」、「商戰小說」的相關討論，也未放入此一系譜中進行討論，然卻也留下了對於商業之於一般農民、跨國經濟之於台灣的影響的描述。

八〇年代初期，以中小企業為主的出口型經濟發展至極盛，外匯存底開始累積並屢創新高、股票市場蓬勃、房地產飆漲，民間大量遊資投入各種資本市場，但也使得資金投機風起，民間盛行的大家樂是一例，而「十信案」的爆發，更是當時金錢遊戲盛行最好的註腳；各種以投資為名卻從事接近老鼠會式的公司大量成立，著名的「鴻源」公司事件即是著名的例子。

從八〇年代後，敘事文學作品對於商人、商業環境的描述不僅增多，題材範圍也增廣，從另一個角度看，也是對當時經濟環境的一種反映，就如諸多研究者所述，當代台灣並沒有發展成以台灣經濟、商場、職場等為描述主題的「企業小說」、「職場小說」、「商戰小說」等素材選擇集中、具有一定規模篇幅的「類型小說」，然卻也因此讓這些作品，保有多元的樣貌，或有側重商場、職場競爭描述，或加入政治、性別議題，甚或描述商人的情慾活動等。

有關於這些以現代職場、企業、商戰等主要題材的敘事作品，就如上引林燿德、鄭林鐘、辜韻潔等的研究成果中已有若干討論，討論的作家且有張惠信、陳映真、羊恕、張啟疆、孟瑤、王禎和、王拓、黃凡、廖輝英、王幼華、朱秀娟、吳錦發、王定國、陌上塵、莊華堂、林佩芬、陳裕盛、沈萌華、陳佩璇、李昂、諸葛長風，以及本書主要討論對象田原等相關作品，對於個別作家、作品所著重描繪、視角、素材的不同，亦有所討論，本文不再加以一一說明。

台灣戰後以現代商業運作為描述對象的敘事文學作品，如果按其敘述題材側重差異來看的話，可以略分成幾類：

1. 描述現代企業內部運作，著重職場內外環境敘述者

如王拓〈春牛圖〉、〈獎金二〇〇〇元〉；吳錦發〈指揮者〉等一系列現代職場為題材相關作品；陳映真《華盛頓大樓》系列；朱秀娟《女強人》、廖輝英〈紅塵劫〉、《朝顏》等，以女性在職場上發展等相關作品；田原〈擠〉、〈天盡頭〉；黃凡〈范樞銘的正直〉。

2. 描述個別企業發展，著重企業內部人事變化與外部競爭發展者

如孟瑤《一心大廈》；黃凡《財閥》；陳裕盛〈商戰日記〉；田原〈心機〉、《差額》、《朝陽》；羊恕〈俟〉；諸葛長風《紅樓春夢》；林燿德〈巨蛋商業設計股份有限公司〉等。

3. 描述金融產業，著重金融操作細節描繪，與產業間關係者

張惠信《抓帳》中系列短篇；林佩芬《都市叢林股票族》；《八敗人生・股市作手沉浮錄》；黃國華《金色巨塔》、《台北金融物語・內線國度》、《台北金融物語・金控迷霧》、《潘朵拉商人》等系列式小說。

這其中有幾部作品，尤其反應了金融業與相關產業運作的狀況，特別值得再加以討論，尤其是張惠信出版於1978年的《抓帳》，是當代台灣文學少見的，以小說的形式呈現銀行工作人員、銀行經營狀態，並敘及與產業之間關係的敘事文學作品。

以銀行、保險、信託、證券等為主的金融業，在現代商業體系——或可直說是資本主義體制——扮演角色之重要自不待言。史學家黃仁宇在論述資本主義興起及其條件時，舉出三個要點，其中又以資金廣泛的流通做為第一要件，[13] 以銀行為主的金融業即扮演重要的角色。銀行也是黃仁宇構築其「立」字理論[14]裡，做為一個社會服務、經理——正如「立」字的兩豎筆——而存在，最重要的一環。

金融業的不穩定，直接影響產業的發展，可以說是互為表裡，從廿世紀初至今幾次世界經濟大動盪，也都是由金融業崩解做為引爆點，就如廿世紀卅年代席捲全球的經濟大恐慌，即以1929年10月29日的美國股市崩盤為導火線；1997年由泰國開始，進而影響亞洲各國，甚而衝擊俄羅斯和拉美地區的「亞洲金融風暴」，即是從各國貨幣競貶、股票市場崩盤展開；2007年美國第二大次級金融公司破產，旋即引發影響全球至今的「次貸風暴」甚或被稱之為「金融海嘯」等，即是鮮明的例子。

就以台灣本地而言，除了上述國際性的金融風暴，來自本土的金融風暴其衝擊的直接性，更與人民生活習習相關，除經濟面更擴及政治面。就如發生在1985年的「十信案」，身兼立委的十信經營者，利用人頭超貸，最後終因還款不正常而爆發，但已造成近百億的虧損，日後各媒體甚以「動搖國本」形容此事件的嚴重性；長期成為地方金權勢力縱橫的代表，被視為派系禁臠的地方農漁會信用部、地方信用合作社，屢屢因主事者個人操作失誤，在九〇年代起發生多次擠兌事件，嚴重影響金融環境的穩定，這些事件均對當時的台灣造成不小的衝擊，而後政府以其他行庫承受，或賠付標售的方式，才讓局面穩定，從而使台灣能以較少的影響下，渡過亞洲金融風暴、美國次貸風暴。這也可知，現代金融機構對於商業經營，甚或是整體經濟環境之重要性與影響性。

---

[13] 此論述屢見黃仁宇論述中，可參閱本書前引，亦可見其著作：《資本主義與二十一世紀》、《關係千萬重》等。

[14] 可參見本書第五章的說明。

在台灣有關以文學的形式，表現銀行等金融業對現代商業、經濟以至社會影響的作品，整體而言算是偏少的。雖然如台灣本土作家張文環、龍瑛宗、鄭清文等都具有金融業的工作經驗，尤其龍瑛宗、鄭清文除了作家身分外，在職場上都是以銀行員的身分以至退休，資歷相當豐富，在他們的作品也可以看到銀行員的身影，但銀行的工作並不是描述重點，也沒有深入描繪這個事業的經營細節與對社會的影響性。

　　就如龍瑛宗的〈媽祖宮的姑娘們〉的主人公林克三，就是一位任職於農會信用部且擔任主任的銀行員[15]，就如作品中所說，當年農會信用部，對農民而言是唯一會來往的金融機構，其重要性不言可喻。作品裡描繪了戰後因土地改革農民稍有餘錢，來到農會信用部存款，透過銀行行員的視角，呈現這些農民的形象：

> 農民們也許有生以來，第一次存了一點錢吧。而這也許是有生以來，第一次來寄錢的吧。他們穿著剛洗乾淨的襯衣，畏畏縮縮地走進農會之門。在裡面躊躇一會兒，才向櫃台的職員恭恭敬敬地行一個日本人式地最敬禮。他們顯然把農會當做官廳的樣子。事情一完，又恭敬地以日本人式深深地行一鞠躬禮。看著要走出去的農民壯碩的背部，也有職員吃吃地竊笑著。
> 「這不是顛倒嗎？我們應該向存款人低頭的，對方反而向我們低頭。被他們這麼正經地像小學生一樣地敬禮，真搞不清是可笑，或者可憐。再沒有這樣好的生意啦。」（龍瑛宗，2006：65）

作品精采呈現農民純樸的形象，從農會信用部行員輕蔑的口吻，更反應出在金融機構還不普及的年代，農會信用部與農民間，一種緊密卻是不對等的關係，信用部與其職員顯然還是「高高在上」的。

　　這個作品還描述了信用部某職員，製作假定存單，訛詐農民血汗錢的事件，林克三顯然同情農民的處境，以暫付款墊還農民，再找上職員的家長以私了的方式，透過分期償還解決這個問題。

　　另外，龍瑛宗在許多以「杜南遠」為主人公的作品裡，也描述到銀行業的工作情形。在〈斷雲〉中的，杜南遠是一位在日治時期，進入

---

[15] 農會信用部雖然在理論上不被視為銀行，但所從事業務如存款、放款等和銀行極為接近，本文為行文簡便，也將信用部職員視為銀行員。

日本人銀行工作的銀行員，他被分發到南投一個有五個人的小分行，除了他以外，其他行員全是日本人，作品也不時透露這種民族的不平等。作品略涉及銀行內部工作事宜，諸如在文中比較中、日兩國計息核算作業習慣的差別，也論及他接手製糖會社內部儲蓄業務，發現偌大的糖廠竟只有兩個台籍員工且是「準社員」，存款更遠不及日本社員，也充分展現這種民族上的不平等；晚上一人獨自留下加班，還被副理以懷疑的眼光，看金庫有無被打開的痕跡；杜南遠還被派到草屯，視察當地草屯產業組合[16]兼營農業倉庫[17]之情形，這也說明當時的銀行，還帶有對於地方金融監理之責，就如同戰後的合作金庫對於各地信用合作社亦有監理之責。龍瑛宗在此的描述，也說明日治時期金融機構對於地方產業組合監理的情況，甚如作品中所述，這種信用組合的金融功能，打破地方原由土礱間所操縱的農村金融，龍瑛宗在這作品中就寫到：「由於農業組合的簡易農業倉庫出現，貧窮農民們的生活稍有改變。」（龍瑛宗，2006：182）土礱間，乃傳統的碾米坊之稱。在傳統農村米穀產銷體系中，土礱間往往做為米商和農民間的中介，在台灣米穀運銷中佔有重要地位。過往農民缺乏資金時，會將初播的青苗押給土礱間以取得資金，日後以收穫的稻穀抵付，或以稻穀做為抵押來借款，也扮演一定的金融角色，但實質利率往往很高，對農民而言形同高利貸。而這也是極少數在文學作品中，呈現金融業對於日治時期農民生活影響的描述，雖然描述的量並不多。

其他或如在長篇《紅塵》中，幾個重要人物，如一開始即已出場的黃廷輝，以及曾在日治時期擔任當時台灣人所能做到最高職位郡守的林駿，戰後失業，而被延攬到銀行當專員，或者作品那位趨炎附勢、唯利是圖的王秀山等也都是銀行員，不過作品除了對於放款擔保品的說明，以及劉三奇如何利用美人計，借王秀山之力取得貸款，拓展自己商業版圖外，並沒有對他們的工作細節多少描述，也沒有深刻描述銀行工作在這樣的商業時代的影響性。

---

[16] 產業組合，相當於戰後的各產業合作社。

[17] 日治時期產業組合下的農業倉庫，負有信用、購買、販賣、利用等功能，可説是農村地方金融及農產品行銷單位。可參見，李力庸：〈日治時期桃園地區產業組合與農村經濟（1913-1929）〉（「桃園文學與歷史學術研討會」，桃園：私立萬能科技大學，2008年5月3日），頁1-22的論述。

在鄭清文的短篇〈蚊子〉中，主人公邱永吉也是銀行員，還是一位副理。這個作品沒有對他的工作多所描述，在早年所有行庫都是國營的時期，行員也都具有公務員身分，這部作品所塑造的與其說是一位銀行員，不如說是描述一位入贅妻家、在家庭中沒有地位的男主人，而在上班地方也無多大業務可施展的公務員形象，銀行業務也沒有出現在這個短篇的敘述中。

張惠信（1948-）創作始於六〇年代末，發表如其代表作品〈斷了左觸角的蟑螂〉等，而後集結成《隔閡的苦悶》一書，這些作品顯然受到存在主義思潮、佛洛依德理論的影響，有著對於以居於都市為主的現代人，人與人之間雖然接觸頻繁，卻充滿著各種隔閡，致使有著無形的苦悶、壓抑充塞於心，甚而產生精神上「病態」的描述，就如其中的〈殺妻案〉、〈精神病患〉、〈不甘寂寞的老人〉等；也有如〈不孝孫〉、〈出殯〉等，藉由臨終、喪禮等儀式，描述所謂親情，在功利主義面前的荒謬。

然《抓帳》則顯然與上述他早期作品有很大的不同，全是以銀行員的視角，描述銀行員的工作、心態，甚而碰觸在這樣一個商業時代中，金融業在產業中所扮演的角色與重要性。作者本身就是一位銀行員，這些書寫顯然是他經驗的投射，除了文學創作外，張惠信還有《銀行經營的一般理論》等有關銀行經營的專業著作，以及《中國貨幣傳奇》、《中國貨幣圖錄》、《中國貨幣史話》、《中國銀錠》等有關中國貨幣發展的專業書籍，其中《中國銀錠》且成為華人世界有關銀錠收藏、研究重要的工具書之一，在絕版多年後的今天，《中國銀錠》一書往往以超越原定價數十倍的價格出現在二手書市場，更顯見其地位。

在《抓帳》中，張惠信將他專業知識、工作經驗運用於作品中，就如在初版的書背上寫著：「本書是國內第一部專以探討銀行作業及工作人員生活狀況的文藝小說集，……。是一本寫專業常識於精彩結構中的好小說。」（張惠信，1979）在林燿德的討論中，是將這部作品集視為「上班族小說」之源流。的確，在本書中的〈夜車〉、〈求婚〉、〈抓帳〉等多數的作品，都以銀行員的視角，描繪做為一位銀行員工作的辛勞，或寫銀行內部特殊的人事狀況，且如林燿德評論〈抓帳〉：

這篇小說將一個平凡的銀行員的工作形態和敬業而安命的心態勾勒出

來,沒有什麼巨大的批判客體或者意識形態,但是卻保持住那個時代身為小人物的上班族們的面目,其悲其喜,以及謙卑的心靈狀態。(林燿德,1996:187)

然再細看〈功在銀行〉、〈商業女間諜〉等其他短篇,其描述現象所呈現的意義,則遠超過對於職場的描繪。

誠如上述,金融業對於現代商業體系(或可說是資本主義體制)之重要性,無庸贅言,事業經營者若有資金需求,除了利息高昂的民間借貸外,其他正常途徑唯有銀行,產業透過銀行的放貸做為生產、投資之所需;銀行則透過收息而獲利,其與產業間可說是唇齒相依。而張惠信的這些短篇,描繪了這種關係,生動、具體的呈現其中的運作,這也是在戰後台灣小說中首見。

在〈功在銀行〉主人公周經理是一位年資已有卅年的老銀行員,他親自到中興製革廠內,觀察經營狀況與員工實際工作情形,他發現這家公司經營狀況良好,員工向心力強,但經營者苦於資金取得困難,許多來觀察的行庫人員,原本同意貸款的,一來到工廠聞到皮革腐臭的味道即隨之逃跑,貸款也就不了了之。周經理是第一個肯到現場實際觀察的銀行員,作品裡還呈現皮革生產的細節,他也與現場女員工談話,得知工廠善待她們,女性員工生產還有帶薪假等。在現場還得知,美國生牛皮即將上漲,工廠手中握有原定價的訂單,如能即時取得資金,將可以原價購得,免去原料上漲之險。周經理當下立即要公司的董事長辦妥相關抵押事宜,同意開出卅萬美元的進口遠期信用狀,不僅讓公司渡過經營困難,更在這一波原料上漲期間獲利。

這一個極為正面的敘事,描述了銀行員工作的重要性,在他們的一念之間,可能就決定一家公司的生死,這位銀行員能親自到現場觀察,表現他積極的工作態度,而非高高在上面對產業業主,更值得肯定。而在文中,那位皮革公司的經營者,在面對銀行時,時有挫折,頗有牢騷,還自寫了一首新詩〈給銀行員的小箋〉,以蒼勁的墨跡寫成,框在鏡框掛在辦公室裡:

當我揚著帆/順著風/徜徉在美好時光下/做那伊甸園的夢/你不知不

覺地到來／是多麼的瀟灑／多麼的熱情／說要奉獻你的一切／只求做我的奴婢

×　×

在我陷入泥濘沼澤裡／慌著失措　嘶聲喊叫／站在一旁的你／竟能眼睜睜看著我／一寸寸地往下沉　往下沉⋯⋯／我是多麼焦急，心碎／只盼望著──／你那雙熱情溫暖的手／即時接我一把／拉我一把⋯⋯／你僅僅輕輕一笑／是那麼／冷漠無情（張惠信，1979：112-113）

民間有諺形容許多銀行經營的態度：「晴天借傘、雨天收傘」，在事業經營狀況良好沒有資金需求時，央求你多借款；卻在明顯有資金需求，以渡過各種經營重要關節時，卻又要你有十足保證的擔保品，甚而是收回借款，這兩節的短詩，正是如此寫照，諷喻著銀行。作品中的周經理，看了頗有感慨，並以此為警惕，在決定開出信用狀給皮革廠時，還特別要求董事長要拿下掛在辦公室裡框在鏡框裡的詩句。

　　也即是在這種決定──給或是不給間，作品的閱讀趣味即從其中產生，這不僅牽扯到銀行、產業之間微妙的伙伴關係，更涉及人性──各方的。

　　這個作品還描述這位周經理，隨後來到了一位賣掉自己工廠土地，而得六千萬鉅款的黃全家裡，想說服他將款項存入自己的銀行。且如這位曾經輝煌一時的經營者所說：

> 「在我鋸木工廠生意正好的時候，一天之內，曾有過七家銀行經理來和我喝酒的紀錄。那時我錢賺的多，銀行經理都喜歡找我，都在爭取我的存款，真不知道錢該存給誰，後來乾脆用喝酒來評定，誰喝得多，誰就存得多⋯⋯」（張惠信，1979：130）

然就在產業變遷，木材生意下滑，盈餘沒有了，虧損增大，銀行的經理也逐漸疏遠他，有自尊心的他，也不願找銀行幫忙，最終決定賣掉廠房，讓人家蓋房子，此款項即由他賣掉一生基業所得來。當黃全說出這些話時，這位銀行員腦中又浮現那位皮革廠董事長所寫的詩句。最終他真以一杯一百萬的代價，將一杯杯的酒灌入肚中，這為銀行工作付出的決心，獲得黃全的肯定，而將款項全存進這個銀行中。

這個作品除了展現一位銀行員工作的重要性,更將產業與銀行互依的微妙關係透過敘述,也透過事件呈現出來,這也是這個作品最值得關注的地方。

　　而〈商業女間諜〉出現在相關研究者視野中（辜韻潔,2007）,乃關注作品裡對於兩家性質類似的公司,透過在對方安插己方人員,成為商業間諜,探聽消息或對來訪的銀行人員散播不利消息的商業競爭——商戰敘述上,然更值得注意的是,透過銀行員的視角,描述了產業如何與銀行攜手、擴充產能、打開市場的過程。

　　作品以第一人稱——某銀行員做為敘述者寫成,這家公司——欣明與銀行的來往,從招攬、徵信、對保等全在他手上形成,在兩年後,他們的產品——塑膠涼椅的出口竟達四億元之多,獨佔美國市場,員工達千人,公司成長之快,這和兩年前這位銀行員初訪公司時有著天壤之別,這也有一段曲折的過程。

　　這位銀行員在兩年前一個偶然的機會,得知這家公司和其他友行有著良好的存款來往,他也想爭取他們的存款,而多次親赴這個公司拜訪經營者周先生,但在女祕書作梗之下,屢不得見,只好不經過祕書約訪,直接拜訪經營者。在見面後,得知這家公司產品全透過貿易商外銷,銀行員教他與貿易商交涉,請他們轉讓部分信用狀,讓公司自行押匯,日後取得買方信任,可以直接請他們開信用狀給公司,省去中間商的費用而增加利潤。這樣的幫助,讓周先生答應日後有機會可和他們來往。然除了開戶的廿萬元存款,相當時日過後,全無其他來往紀錄,原因在於欣明原已有固定來往的銀行,為避免分散來往紀綠,所以未能有其他存入款項,即是使銀行員親自拜訪,甚而是以資金放貸為吸引條件,亦不得行。

　　然在一段時間後,欣明公司突然將這廿萬也提走了,銀行員親訪才得知,他資金調度有狀況,但並非公司營運有問題,而是來往銀行突然不再續借資金,致使調度臨時出了問題,他們只差一個月貨款即可收入,但眼前這一關卻不知為何,許多銀行都不願提供資金。銀行員往各同業銀行發出來往查詢,發現他們目前並沒有向各行庫有借款,但各行庫卻盛傳他們經營狀況出了問題,而不願提供資金,他再向稅政單位查

詢繳稅狀況,也一切正常,沒有漏稅的嫌疑,顯示公司經營正常。原來這一切是那位女祕書搞的鬼,她還是同樣經營涼椅生產的另一家玲玲公司總經理的千金,潛伏到欣明來,還對外散播不利公司的謠言所致。

這位銀行員在經過徵信後,決定建議銀行給予貸款,這不僅讓他們渡過難關,更擴充生產線,且有直接外銷的能力,獲利能力極高。然沒有正派經營的玲玲公司,卻以倒閉由債權人接管收場,那位貌美的女祕書,最後一次被銀行員看到,卻是在一家舞廳外,濃妝艷抹陪著一個中年男人走出來。

這個作品除了表現玲玲公司將自己的女兒安插到對方公司,散佈不利消息為手段的不正當競爭手法外,更突顯銀行在產業體系的重要性。欣明公司同樣遇到「晴天借傘、雨天收傘」的窘境,就如那位欣明公司的周添旺所說:

「xx銀行也未免太過現實,去年公司週轉靈活,想還掉借款,王經理好說歹說不肯讓我還,要我留著做存款;現在公司週轉困難,我想續借,他卻硬要我還。」(張惠信,1979:146)

而主人公問他有無找其他行庫幫忙呢?他接著說:

「這兩家的經理以前和你一樣,有事沒事的就來找我聊天,要存款,我給他們存了七、八十萬」
……。
……「原以為多少可以給我幫忙;可是,我就不明白,這陣子怎這麼倒楣!找了幾次,他們都避不見面。」(張惠信,1979:146)

也因這位銀行員的勤奮調查,才得以突破充滿謠言的商場,看到這家公司經營的潛力,協助公司得到銀行的融資,渡過難關,並進一步擴充產能。這個作品,同樣塑造出一位極為正面的銀行員形象,並突顯他的工作態度,足以左右一家公司生死。

張惠信的這些作品,主要創作於七〇年代末,揭露了銀行和產業間複雜且互依的關係,稍可惜的是,受限於篇幅,對於產業經營細節,或銀行內部作業的描述,鋪敘略嫌不足,這些題材是足以衍成長篇敘事作

品的，然這卻是台灣戰後少見，也是最早以此為題材的敘事作品，仍具有一定的意義。

在張惠信之後，或有林佩芬以八〇年代台灣熱絡的股市為背景的《都市叢林股票族》（1989）；或鬼股子（吳英魁）以圍繞著主人公薛靖——一位企業第二代，亦是股市作手——為敘述中心，描述他在企業、股市間浮沉的記錄的《八敗人生・股市作手沉浮錄》（2005）；而黃國華以證券交易員強老大為主人公，以各種證券、股市、股權交易為背景所寫成的《金色巨塔》（2006）、《台北金融物語・內線國度》（2008）、《台北金融物語・金控迷霧》（2008）、《潘朵拉商人》（2011）等系列式小說，亦都以台灣的金融市場為描述重點。除了林佩芬外，吳英魁、黃國華也都有豐富的金融市場從業或操作經驗，這些作品都是長篇，皆以這些金融操作公司內部人員自身的競合、金融市場運作、相關人員的操作手段為背景，描述重心在於金錢流動本身——或可直說是「金錢遊戲」上，就如林佩芬《都市叢林股票族》全書開頭就以〈1 數字遊戲〉起興，呈現由金錢所構成的數字迷惑：

從零到九，總共只有十個數字。
就在這十個數字的組合中，一場魔幻似的遊戲飛快的進行，快速得瞬息數變，看得人眼花撩亂，掌握不住這急速的變局，卻又難以抗拒那代表著金錢的吸引力……（林佩芬，1989：11）

股票、債券、股權、併購、經營權等等是這些作品常見的關鍵字，動輒億計的數字，實也讓人咋舌，這些金錢交易幕後的權謀、慾望、自私、背叛等等，成為這些數字背後，引起觀者閱讀慾望的重心。

這些作品顯然和張惠信的寫法、旨趣有著明顯不同，在這些龐大的數字、險惡的權謀、張熾慾望的書寫下，並沒有再特別處理這些金融遊戲與一般人們生活或產業間的影響——這是金融業一開始立足的主要原因之一，這也是比較可惜的。

誠如上述研究者所說，在台灣有關此類的敘事文學作品，作家在此方面的經營並不算深，當然這和作家個人生活經驗有密切關係，除了文字技巧，作家除了得掌握相關專業知識外，對於金融、商業組織的運作

也需瞭若指掌,才能於作品中呈現相關細節,創作此類作品是需要有一定條件,這也是相關題材之作品較少的主要原因。

相較於日本,這個東亞最早、最成功之一的資本主義國家,以商業、金融或企業為主題的「經濟小說」,在其大眾文學市場中佔有重要地位,此題材亦擴及至動漫、影視市場,都可以視為此一類型文學的衍生物。台灣各出版社即曾翻譯引進一定數量的日本商業、經濟小說[18],這也直接反應日本此類型作品創作之蓬勃,說明除了少數本土作品之外,台灣文學市場中以商業、商戰、經濟等題材的作品,是以日本翻譯作品為大宗,間或有以美國相關翻譯作品為次出現於市面上。

王乾任在〈台北也有島耕作!商戰小說席捲兩岸〉一文,簡述近年引進台灣的大陸、日本、美國等有關商戰、經濟、金融題材的小說作品時所說:

> 若從近來推出的「商戰小說」書單來分析,不難發現探討的產業類型多半鎖定在「金融／銀行」業,也許是 2008 年金融海嘯之後,世人對銀行與金融體系究竟在幹什麼感到好奇,出版人為了回應市場需求,又想避開探討金融產業的枯燥無聊專業術語,因而把出版重心放到「小說」之上,竟意外造就一批「經濟小說」的推出,至於能不能取得銷售佳績,還有待觀察,不過至少是不錯的發展契機。[19]

這種現象實也是如前文所述,反應了金融業對於現代商業運作的重要性。

這其中,如皇冠文化 2007 年引進山崎豐子(1924-2013)《華麗一族》;經濟新潮社則是近年引進此書類最多的出版商,其中於 2009 年引進翻譯,由幸田真音(1951-)著《傷——銀行崩壞》、江上剛(1954-)著《無情銀行》等均是以金融業,尤其是銀行業為背景的敘事文學作品,尤其後兩位作家亦都是金融從業人員出身,專業的背景,讓作品不僅呈

---

[18] 相關書目,可參見網頁〈談談日本的經濟小說〉: ecocite.pixnet.net/blog/post/22220866- 談談日本的經濟小說,2015/06/03。引進的出版社如故鄉出版社 1988 年推的「日本企業小説選」;時報出版社於 1986-89 推出的「商戰小説系列」;聯經出版公司 1996-98 推出「商戰小説」系列等等。

[19] 王乾任:〈台北也有島耕作!商戰小說席捲兩岸〉,http://www.cw.com.tw/article/article.action? id=5006388,2015/6/6。

現了銀行內部工作的細節，更對於金融業與商業運作，甚或是政治、權力間的關係，有著深刻的描繪。而這兩部作品皆從銀行員之死做為展開之序幕，情節也從追尋他們死因中逐漸鋪衍開來，暴露這金融世界內所存在的問題。

2013 年，日本 TBS 電視台推出由池井戶潤（1963-）作品《我們是泡沫入行組》（オレたちバブル入行組）、《我們是花樣泡沫組》（オレたち花のバブル組）等以銀行業為背景所改編的電視劇《半澤直樹》，在日本掀起了收視熱潮，收視率調查顯示打破了本世紀日本電視劇多種收視率紀錄。這一部作品很快的透過網路、有線電視引入台灣，呈現於本地觀眾眼前，同樣有著極高的收看率，各種討論更充斥於網路間，也可見其所產生的迴響。

在電視劇所呈現的，銀行內部人事的相互傾軋、職場中上司與下層的責任歸屬、銀行與政府稽核單位的折衝、銀行與產業間的關係——尤其是放款與否的關鍵等，有著充滿戲劇性的描繪，當然其中還有著家庭、親情的元素，再加上諸多演員充滿魅力的表演，全成為這部電視劇受到觀眾歡迎的地方。

池井戶潤亦是銀行員出身的作家，許多作品均以銀行業為主要背景，而在這些以半澤直樹為主人公的作品裡，除了銀行內部人事的描述外，對於銀行與產業的關係，亦有豐富的描述，半澤直樹做為主人公，他的父親即是一位中小企業的經營者，在中學時，家裡的事業因融資失敗而陷入經營困境，父親更因而自殺，這也是他進入金融界工作的主因之一，因為他認這「必須加以改變」，做為產業重要伙伴的銀行，有時在產業需要幫助時抽手，反而成為產業的殺手，自己父親的遭遇即是例子，那場景時而縈繞於心不能忘懷。

電視劇中第一個衝突點，即從半澤的上司利用職權引導半澤直樹以無擔保的方式給予西大阪鋼鐵公司五億元融資，卻在短短一個月後，該公司宣告倒閉，銀行瞬即遭受五億元損失，也連帶影響西大阪公司的下游廠商，然他的上司卻要他完全負起這損失的責任，情節即由此展開。作品裡也揭示，雖然銀行放款強調由產業經營實績與所提出的計畫來決定，然事實上卻非如此，個人的人際關係或好惡，才是下判斷的主因，

作品裡半澤直樹家裡的遭遇，或是做為西大阪公司下游的廠商均是如此。這樣的敘述觀點，與張惠信在《抓帳》各短篇中所呈現的現象相當類似。

除了這部由小說改編的電視劇作品之外，2012年由新雨出版社所翻譯引進的《飛上天空的輪胎》，則是池井戶潤相關作品唯一在台出版的譯本。這部作品主要以一家中小型的貨運公司，因發生行進間輪轂脫落以致行人死亡的事件，調查單位以保養疏失欲將責任全歸於貨運公司，致使公司名譽受損，接著經營開始出現狀況，來往銀行抽離資金、資深員工離職，甚而自己的小孩在學校亦因此而被排擠等種種問題接踵而來，但經營者赤松德郎為保護自己的員工、公司甚而是自己的家人，更相信自己公司保養單位絕對落實各種保修程序，進而以一人之力開始調查事件始末，以小蝦米的姿態對抗大鯨魚──屬於規模龐大集團中的卡車製造公司，最終因他的執著，救了自己的公司，更揭開了足以摧毀這家卡車製造公司的爆炸性真相。

這部作品有強烈的現實指涉，乃以爆發於2003年前後，日本三菱汽車公司隱瞞旗下所生產的卡車發生連續的輪轂不正常的損壞、脫落致人死傷的事件為背景，而作品中做為一個中小型企業挺身對抗大企業的執著與追求真相過程的曲折，更是這部作品的閱讀趣味中心。

而在這樣的情節設計中，銀行與產業間的關係，更是作品描繪的重心，甚也可說是情節關鍵。當輪胎脫落事件發生，與貨運公司常年來往的銀行，在公司營運尚屬正常之時，即準備抽離資金，這當然又一種「雨天收傘」，雖對銀行業來說也屬正常程序，相關經辦人員面對產業業主的請求，也能拿出一套標準的說詞，以「法令尊循」為由，在這樣經營困難時期，要他們一次返回資金，這將給予這家中小企業致命的打擊，不僅是經營者個人、家庭，甚而是近百位的員工生計將直接受到影響。然作品卻也進一步揭露，所謂「法令遵循」事實並非完全如此。作品裡的卡車製造商希望企業，早也已經因產品、經營等相關問題，財務已然惡化，卻又要向同屬一個集團的「希望銀行」，要求取得驚人的高額貸款──竟達二千億日元，銀行對待客戶這種極不對等的態度，也著實展露出來。

類似張惠信〈商業女間諜〉中那位實地到公司、工廠觀察經營狀況，瞭解產品銷售與公司前景的銀行員，同樣也在《飛上天空中的輪胎》裡出現。在〈商業女間諜〉裡的欣明公司，因短期資金運作緊縮，加上又有同業潛伏在公司內的女祕書，不僅在外散播不利於公司的謠言，更利用職權，擅自提前數筆給廠商付款的支票給付，導致資金調度一時出現問題，而來往銀行未能明察公司實際經營狀況，也不管目前訂單、出貨一切正常，只要再幾個月相關貨款即能入帳，解除目前窘境，即片面決定相關資金不再續借，差一點讓這家公司倒閉。這靠著第一人稱的銀行員自勤勉力的調查，建議銀行決定給予融資，不僅解決眼前的困難，二年後公司繁盛的經營樣貌，更是當時所想不到的；《飛上天空中的輪胎》那位貨運行的經營者，面對多年來往銀行的抽銀根之下，公司經營馬上陷入困境，他找上了一家「榛名銀行」提出融資需求，榛名銀行的確知道目前許多不利於貨運行的消息，但他們也發覺貨運行目前經營、還款正常，加上希望卡車製造商的問題逐一浮現，從而決定給予融資，並且在希望銀行抽離所有資金之際，再次來到貨運行，告知榛名銀行不僅給予融資，並墊付所有原向希望銀行所借款項，且親自與經營者赤松一起來到希望銀行辦理墊付。這無疑是雪中送炭。作品裡還藉榛名銀行進藤與希望銀行經辦人田坂兩位銀行員的對話，說出銀行工作和銀行員應有的理想性：

> 「你之所以回收赤松先生的融資，目的只是為了保身吧？無視客戶利益而以保身為重的銀行員，往往容易迷失自己應盡的本分，就像你這次一樣。」
> 「你懂什麼？」
> 田坂嗤之以鼻。
> 「沒錯，我是不懂你在想什麼。我只知道自己絕對不願成為像你這樣的銀行從業人員。正因為有你這種人，世間人才會對銀行抱持誤解。──我們走吧，赤松先生。」（池井戶潤，2011：550）

　　這也是作品情節發展重要的轉折點，陷入經營困境的貨運行，終因此度過難關，當也是曾經做為一位銀行員的作者，對於銀行與產業間，甚或是對於現代商業運作，一種理想性的宣示。

連同張惠信的這幾部作品,適將金融業對於現代商業運作、甚或產業之關係呈現出來,這也是在充滿曲折的情節、不為人知的內幕暴露之外,最值得再加以關注的地方。雖說張惠信作品的書寫對象、乃至篇幅長度,均與池井戶潤的敘寫有所差異,然兩者對於銀行對於產業重要性,銀行業對於社會、產業責任性的描述旨趣卻是相同的,這也讓他們這些以「金融／銀行」為主題的作品,擺脫數字、金錢遊戲的迷惑,讓視野重心回歸到人們生活的關鍵,也是這些作品價值所在。

　　而隨著中國大陸經濟的崛起,也隨之興起許多以商場、職場為背景的敘事文學作品,這也實際反應經濟發展現象,大量作品現也可見於台灣書肆中,這又是另一個值得關注的議題了。

## 第二節　做為一種戰場的商場

　　田原對於台灣商場與商人形象的敘述著力不少,尤其商場上競爭是他諸多作品的敘述中心。承前節的敘述,雖然田原也沒有寫出如諸評者所說的「商戰小說」、「企業小說」、「經濟小說」等高度類型化、題材選擇集中的作品,然對比田原同時期的作家而言,依然是相當突出的,放在戰後的文學發展中,亦有一定的重要性,這也是田原作品的特色之一,更超脫於一般文學史論,對於軍中作家書寫題材的既定印象之外。

　　田原有關商業敘述的作品中,除了諸多市井小商人外,誠如上文的分類,在他的中短篇中以現代企業職場為描述對象者是比較多的,如描述在職場裡的男女愛情,兼或描述職場運作的〈最後的愛情〉(田原,1965b:1-17)、〈錯戀〉(田原,1975c:211-283);以企業內職員,為升遷處心積慮逢迎拍馬種種作為為描述重心的〈爬梯記〉(田原,1967:208-236);〈天盡頭〉(田原,1969a:1-82)描述終於爬上高級管理職的主人公陳天遠,在事業有成之際,卻於外在的情慾誘惑中沉淪;〈擠〉(田原,1969a:83-206)以一個公司內,幾位職員為升遷彼此的勾心鬥角,並輔以職員藉職權上下其手斂財的內部弊端為主要情節;〈心機〉(田原,1975c:29-112)則圍繞在企業接班人事佈局與競爭為敘述重心。而長篇《朝陽》、《差額》中商業活動與競爭更是敘

述的重心,且對於台灣民間借貸、地下金融有些許描述,這也是相關小說中僅見。

商場猶如戰場,商業活動中商人彼此之間的競合、事業體內部的人事傾軋、商業組織面對內外的挑戰等,無不充滿各種競爭,這些競爭全成田原這些作品主要描述對象。田原這些以現代職場、商業運作與競爭等為題材的作品,可從以下幾個方面來討論:

## 一、職場內部的人事傾軋與內部弊端

林燿德在他對張惠信《抓帳》內各短篇的評論中說到:「張惠信在台灣七〇年代末期以降的『上班族小說』源流中,可說是開風氣之先。」(林燿德,1996:187)然如果比較田原這些描繪現代企業職場各形各色上班族的作品,如前引〈最後的愛情〉、〈爬梯記〉、〈天盡頭〉、〈擠〉、〈心機〉等發表時間,基本上都在 1960 年代至 1970 年代間,並不晚於張惠信,部分還可以說更早於張惠信,然這些作品顯然不在林燿德的視界內。

其中,職場內部人事競爭甚或是傾軋,是這些作品中常見的素材,而這也常見於其他作者之中。做為一個企業社會裡的上班族,向上升遷不僅是對於自己的肯定,職務的提升當也能獲得實質的利益——薪資、福利的提升,對於上班族而言,向上升遷——競爭管理職是再自然不過的事,而管理者若能妥善利用、導引這種內部競爭,是有助於企業獲利甚或刺激員工工作士氣,且有利於組織發展。反之,如果未能妥善引導,甚而在內部衍成惡性競爭,反成為互相傾軋,則顯然不利於企業發展。

〈最後的愛情〉寫在職場內男女感情的曖昧,對於職場內部的生態探觸不多。而在〈爬梯記〉裡,就以職場內的升遷為主要題材,就如主人公東園在對他女朋友所說的一段話:「做事情不能按步就班慢慢爬,像我費了五年多光陰,才升個小股長,想升科長恐怕得十年,當副理得下廿年功夫,想想看一生有多少五年十年,所以非採跳躍式,捷徑不可。」(田原,1967:211)這也直白了表明升遷一事對於上班族的重要性。作品中東園的公司某日報到一位新職員,東園一看竟是自己的同鄉、同學華石魁,相較於東園已有數年年資,石魁當然得從頭幹起。兩

人是同學，又在同一單位，對於升遷的願望也是一致的，然他們的方法卻不是在工作上，為公司創造收益而努力，而全想靠走後門、靠裙帶關係走捷徑。

　　石魁追求曾經留洋的經理其貌不揚的女兒為升遷手段，然婚後才知道，這位經理女兒是經理糟糠之妻所生，經理早在外邊另有小公館，這個女兒並非所謂「掌上明珠」，這也是經理為什麼輕易答應女兒婚事的原因；而東園的太太採取的是從經理姨太太身邊下手，知道她好打牌，也跟著去，不僅耗掉主人公五年辛苦存下的五萬元，還用四分利再借五萬元，然也在二星期內耗盡，然就在已經外傳要將主人公升為科長的氣氛當下，經理外調，升級一事也就不了了之了。

　　這部作品當然有著諷喻性，然也直接說明在職場內，升遷一事對於上班族的重要。

　　〈爬梯記〉寫的是上班族汲汲於升遷，而〈天盡頭〉寫爬上高級管理職的職員，邊得高位後心靈反而空虛，卻在外在情慾誘惑下沉淪。作品的主人公陳天遠，曾留學德國的他，以32歲之齡成為公司成立後最年輕的襄理兼總工程師，不久又外調新建廠長，可說是少年得志。然接踵而來除了責任加大之外，額外的應酬佔去他大量的時間，新工廠開幕還大張旗鼓請影視明星剪綵，且在大飯店席開40桌，如此的花費實在驚人。作品裡精明的董事長卻非常滿意，田原透過他的口，說出商人支用錢應有的作法：「商人視財如命，一分一毫都要計算。但必須支用的錢，要用得大方，能大把的撒出去，才能大批的賺進來。」（田原，1969a：14）而在這樣的應酬的場合，認識了台語片明星方薇薇，相較於自己服務於小學、一直抱持原有儉樸的生活態度，也沒有妻以夫貴的老婆美珠，她雖然知道他工作的性質，卻無法與他分享高升後的喜悅，反而時時提醒他當年求學的辛苦，就如在一場孤獨的自飲時，作品描述他的心境：

「別怕，我不是窮學生，我有錢，我是廠長。」
下意識的自誇，他又傷心起來。過去當苦學生並沒有覺得有啥不好，只想有書讀，只想在一月當中吃餐紅燒肉。現在沒有什麼不好，可以開出數萬元的支票，卻買不到昔日那份自信和豪放。（田原，1969a：45）

大醉後，奔向方薇薇的住處，方薇薇職業慣性的溫柔自此成為他職場壓力的避風港。

這個作品顯然也出現田原作品時有的懲勸性質，在職場工作向上爬的確是重要之事，然高處不勝寒，除了責任、壓力之外，雖然大家把自己捧得高高的，但自己也得有面對孤獨的能力。作品裡的天遠顯然還沒準備好，作品的最後，他對曾是自己的好友，如今卻是下屬們的規勸置若罔聞，甚且還開除忠心為他開車的小胡，而依然搖擺於方薇薇的溫柔鄉與有著可愛女兒的自己家之間。

而〈擠〉則以一個商業公司，一群單身同住在公司宿舍的職員之間，因職位的升遷、變動所產生人與公司、人與人之間的變化，輔以一件內部高級職員盜賣廢銅事件，構成作品的情節。

故事中的汪恩原本也是一個群居於單身宿舍，在公司裡總務單位任職的小職員，作品一開始就描寫宿舍裡的簡陋——「破舊的竹床軋軋響了一大陣子」（田原，1969a：83），酷熱的夏夜裡因雜音所構成幾成武鬥的紛爭，成為展現他現實處境的轉喻。然一切有了轉機，公司最近上任的洪泗仁總經理，是他當年在大陸時期的長官，洪是專員，他號稱是他的主任祕書——實際上卻是一位工友，靠此裙帶關係，不久他果真發表真除總務單位主祕一職。原先是他死對頭王四維對他的態度，馬上從死對頭，一轉成奉承巴結，汪恩成為他口中的「恩公」，且親自幫他收拾要給他的辦公桌；公司另配個人招待所，搬出宿舍時也親自幫忙收拾東西。另位職員司勉經，在送剛上任的汪恩上車時，還特別對照汪的新宿舍補上一句：「得住花園洋房。」（田原，1969a：101）這些巴結樣，展現了職場現實的一面。

其中唯獨年輕的職員李三七依然故我，而從代理主祕職位回歸原職的胡爾海，在李三七為他抱不平時，有一番在職場上豁達的言語：

> 「哈，你還年輕，凡事太認真了。在外面做事，就如同演戲，上台、下台、換裝，任何角色演多了，台詞成了『順口溜』。動作熟得一伸手一投足，便合規合矩。沒有真正的喜，也沒有真正的憂傷。」
>
> ……
>
> 「對，我是消極。可是我曾積極過，上司認為我賣力能幹，給我個適當

職位。過幾天,他走了,另換了一位,對我不太了解,為了安插私人,又把我給拿下來。我再努力,故掙扎上去,就這樣上去下來。小子,樓梯爬多了,腿會發酸的。」(田原,1969a:103)

而這也充分表現一位在職場上打滾許久的老江湖,對這上班族重要的「升遷」的豁達,但作品中也只有他如此。

作品中表現對汪恩奉承的司勉經,當他被李三七戳刺他沒有個性時,他則道出職場上上班族共同的心聲:「難道我真是沒有脊樑骨?難道我真欣賞汪恩的為人?說得好聽,是為了抬轎子,說得不好聽,是為了飯碗。」(田原,1969a:111)作品精采的描述他的言語和動作,先是描述他自憐式說起自己過去的輝煌,旁人勸他忘掉過去,他卻也說忘記好的比忘記壞的難得多,接著又描述他年到中年稀疏、發白的頭髮,顯示他的落寞,然這一切卻在聽汪恩來時:「立即站起來,滿臉笑容,渾身是勁迎上去,為汪恩提了大皮包。」(田原,1969a:113)臨出門前的,還熱情向李三七打招呼,要他記得今天晚上到汪恩公館的約會,在此之前,他還因李三七提出報告舉發馬廠長盜賣廢銅案,觸怒了試圖壓下此案的汪恩,對著汪恩小聲說:「毛頭小夥子,不知天高地厚,稍微給他個好顏色,便會蹬著鼻子上臉」(田原,1969a:109)。而這也將這種上班族在面對上司,也為自己的飯碗的卑躬奉承、兩面做人——所謂「為五斗米折腰」,也就是如此。甚而當天李三七來到汪的公館,堅持自己舉發盜賣案,完全不理汪的要求,當李三七離去時,王四維、司勉經從旁邊的房間走出,王認為不用對他生氣,把他外調弄出去就是了,而司勉經更直接說,要先處理胡爾海,且說:「那種老油條,表面是看不出來的。不過,近來與李三七打得火熱。李三七不過是個槍頭,胡爾海卻是老狐狸,誰又敢說不是胡爾海在李三七背後出主意。」(田原,1969a:122),而王更是附合了他的說法,補上一句:「尤其你頂了他的位子。」(田原,1969a:122)他們最後採取了王的建議,反而要好好待胡爾海,且如他所說:「這種人多是自私自利,只要使他滿意,自自然然就倒向你這一邊。李三七年輕好勝,自命不凡,凡事激動,他一看胡爾海與你走的太近,一定不齒胡的為人。先是認為胡沒有骨氣,繼則讓胡做他的情報,自自然然距離就拉遠了,孤掌難鳴,李三七弄不出任何名堂的。」(田原,1969a:123)

大段的敘述,將職場內部人事傾軋,透過每個人的思想、動作的描述,生動的呈現出來。而這對於現代職場上班族而言,在自己的企業組織中或多或少都可找到類似的情節,「感同身受」或也是這樣的敘述下,吸引讀者的原因之一。

這部作品圍繞在此廢銅案所產生企業內部人事的變化,還有曲折。向總公司告發的李三七,案子在董事會引發震動,自己當董事的舅舅黃良冕面對擁馬廠長的董事們,也覺得難堪,訓了李一頓,甚而主張李必須離職。此事件,董事會組稽核小組查核,但在馬廠長彬彬有禮親自接待下,李三七親自下場核對,然數量完全沒有問題,除了庫存卡片看起來不是原來的模樣外。

隨後人事調動發布,胡爾海升材料組組長,李三七被調到貨棧任管理,一升一降,一是對李的處罰,更是對他們倆的分化。隨後一番對於司、王等人的職務調動,更顯示汪恩在公司中的權勢正處顛峰。然三個月後,胡卻提出辭呈。

這一切,終於暴發了。原來,汪恩在廢銅案使了手腳,一方面拖了調查時間,另通知馬廠長臨時購入銅塊,並且:「用溺水浸透料賬卡紙,顯得陳舊,再加改變數字」(田原,1969a:194),躲過上次的稽核,然卻在下個案子中出差錯:

> 「……,是什麼圍標出了紕漏,東興得標後,分給各小材料工廠和商家,王四維扣得太緊,虛報得太多。廠商們賣出材料價款還不夠付稅金。有的被百般挑剔、退貨、轉不出手、死賠。於是廿四家廠商聯名,向治安單位控告。」(田原,1969a:194)

王四維已被逮捕。汪恩找上上司洪泗仁尋求解決之道,洪要汪一肩扛起,隨即兩人便都就逮了。

洪泗仁的一番話,更顯示在職場中,人的自私:

> 「……。事情出來會太簡單,只要我不被弄進去,憑人事憑關係,還有辦法來幫你們的忙。為了你們,也為了彼此的交情,最後你能使王四維和馬廠長承認一切。你則擔個督導不週,將來我會開脫,為你們花錢,找人盡力,保證很快就沒有事,現在就看你在道義和膽量方面,有沒有

這份擔當。」（田原，1969a：194）

……。

「……。仔細追究起來，我也不過是督導不週而已。講起來我為人還是具有責任感。汪恩，你得相信我，和瞭解我。」（田原，1969a：194）

這些語言著實將職場內的自私、諉過完全呈現出來，所謂單身宿舍的友情、道義，成為最好的諷刺字眼。

相較於前述短篇，〈心機〉所呈現的，則是圍繞在企業接班下，內部所產生的人事、經營事件為主要題材。

企業接班，對於台灣以中小型又以家族企業為主的組織結構中，顯然不是只是管理人才的承繼般如此簡單，且如在一篇研究台灣企業接班問題的論文中所呈現的數據，先不論佔多數的中小企業，即是50大企業集團中，超過30個集團的核心股權是家族或個人所掌控，這其中不僅有台塑、國泰、新光等傳統老牌企業，也有如廣達、台達電等新興科技公司，最大股權仍掌握在個人或家族手上。（虞邦祥、林月雲、張小鳳，2009：111）因此，企業接班問題不僅牽扯到公司經營的存續與發展的規畫，更關係到親情與親屬結構之間，複雜的人際關係、財務結構的轉換，這也是為何許多企業接班，屢成各媒體重要討論的對象，更甚者，在各媒體上鬧成宛如肥皂劇般的劇情亦多有之。

就如在這個作品中，養女秀花畢業，派任公司襄理，董事長的王先生，要做為故人之子形同另一個養子的主人公陳禾，也要接任個位子，但陳禾不同意，他想待在基層再久一點時間，以自己工作績效來升遷，而有以下的對話：

「將來評定工作成績，和主管檢討升級的是你妹妹，轉來轉去，還不是含雜著私情。」
「妹妹一定會非常公平的，」我說：「工商管理是新興的課程，大部分採取美國教材，美國人的特色是一切講究制度，公重於私，親兄弟父子還要算帳，在這方面總會清清楚楚。」（田原，1975c：70）

這些話語，也顯示出在「自己家裡的」公司，安排自己的人接任重要職位，要做到所謂公私分明，並不是一件簡單的事，這其中還有對於「美國」企業管理作為的想像，當也是做對本地家族企業接班問題一種比較。

陳禾，是一位原居上海畢業於滬江大學英文系的畢業生，父親是位實業家，家道殷實，和王家是世交也是事業夥伴，陳禾且曾認王先生為乾爹。上海的事業，隨父親去世、共黨入滬而成空，不久後滯留香港，以打零工為生，而後來到台灣，與已在台灣另起事業——亞東產物保險公司的王先生重聚。王先生在台並無娶妻生子，但認原在家中幫傭的秀花為養女，並供她讀大學且至畢業。而作品裡，即由陳禾的出現，秀花視為對於她接班王家事業的一種威脅，從而帶起作品情節。

秀花大學學的是工商管理，畢業後發佈為公司襄理，並非她能力出眾，當然是做為家族公司的接班佈局之一；而秀花在王先生前，使軟功夫，讓劉副理在基隆分公司的大兒子劉金郎，接任營業部主任，也是為自己的接班，在公司內安插自己的人，雖然王先生一開始並不同意。

就如作品名為〈心機〉，作品中對於秀花為謀得順利承接公司一事的「心機」成為作品情節的重心，她能從一位家中的幫傭，進而成為王先生的養女，再變成幾乎是王家企業唯一的接班人，的確是有其手段。秀花原本做為唯一接班人的態勢，因為陳禾的出現而有了變化，她在王先生的面前是以「大哥」稱呼陳禾，然卻也將他視為競爭對手。誠如許士軍在評論台灣諸多企業二代接班問題時所說：「接班要有隊伍、要有班底。專業經理人看著少主長大，接班後未必叫得動老臣，因此要想清楚是否需要重新建立團隊。」[20] 建立聽命自己的管理團隊就成為預備接班者重要的工作。在作品中的秀花，也深諳此理，接任襄理一個月，不僅立下許多新規矩，削弱幾位副理職權，更重要的是，大量培植年輕的職員，尤其是從基隆分公司調來的諸位，更是她重用的對象，且利用王先生到歐洲考察期間遣散一批老職員，一時弄得人心惶惶。她當然有她的藉口：「因為他們那種經營方式，已經跟不上時代。」（田原，1975c：75）實際培養自己班底更是目的。

其二，做為名義為自己大哥的陳禾，她也必須有個適當安排，她以陳禾先前拒絕過權責相當重的管理部主任一職為由，以「我都是為你好」為理由，將陳禾從職員一職，調升祕書室主任，一方面給養父有好

---

[20] 呂國禎：〈台灣將進入企業交棒高峰！企業二代上課學「接班」〉，（《天下》雜誌網站：http://www.cw.com.tw/article/article.action?id=5063494#，2015/6/21）。

的說詞,尊重大哥的意願,實際上卻是讓陳禾遠離經營核心,就如王董事長所說,做個「文書頭」。

其三,王先生身邊有位從上海時期即跟他身邊的胡老頭,名義上是他的僕人,但實際上卻是王先生極度信任的老伙伴,就如胡老頭在對陳禾抱怨秀花在王先生面前所裝出來的乖巧時,卻在別人面無時無刻擺出一個主子樣。胡老頭且對陳禾爭取接班的消極不以為然,就說:「直到今天你伯父的股票、存摺、契約,不是在那個樓房中的保險箱裡,而是我胡三毛的床底下。」(田原,1975c：75)然隔牆有耳,這一番話,被早已將他視為眼中釘的秀花派人聽得,這種下禍根,隨後不久,胡老頭以疑似自殺送醫,他醒後對警察說,誤將安眠藥水當成酒喝釀成此事,然事實上,這可能是秀花指使人所作,目的要除去這個橫亙於她接班路上的障礙,她且還大張旗鼓整修胡老頭住的屋子,顯然找得那些股票、契約正是她的目標。

其四,秀花除了重用基隆以劉副理為首的一班人外,還由劉副理出面,另立造紙公司,並以三分到四分的高利,吸收遊資。亞東公司財務健全,需要資金是不用如此大費功夫的,但這顯然另有目的,即使王先生回台後不同意,但也造成既有事實,頂多開除劉副理,這資金的一來一往,形同掏空亞東公司。

田原精彩的透過秀花的作為,展現在為企業接班時,所展現的「心機」。但且如田原作品時有的懲勸思維,秀花並不能全得所願。王先生比預定的時間提早回台,揭開所有事情,並罵陳禾為何沒有寫信通知他。他將造紙廠的股權高價買回,並還清高利貸,並將造紙廠送給她,然卻也終止彼此的養父、養女關係,陳禾仍無意接班,卻想當一位老師,王先生一方罵他不知道享福,卻願意當一位收入菲薄的教員,然也欣然同意他的想法,甚而願意資助他辦一所子弟學校,而故事就結束在陳禾構築他的教育理想中。

除卻故事最後辦學校的理想化表述,田原成功的將企業接班問題,化為藝術性的作品,尤其秀花為順利接班所做的各種作為,更是描述詳盡,除了企業經營問題外,當也呈現人無法抗拒如此龐大利益的誘惑,從而不擇手段、使盡心機。

當然，這部作品也穿插了上班族於職場內工作、心態的描述，也有辦公室裡的愛情，這也是在為接班耍盡心機之外，另一敘述重點。

## 二、商場競爭與人情的扭曲

相較於田原在中短篇裡以描述職場內的人事傾軋為主軸，在《朝陽》、《差額》等長篇對於商場競爭，有著更多的著墨，從而也展現在競爭之下，人情關係的扭曲。兩部作品的主人公，都是商人。

《朝陽》這部作品，顯然有著明顯教訓意味，不從正道經營事業，如主人公黃玉峯者，最終得到應有的報應而入獄服刑，出獄後甚且幡然悔誤，轉折之大，實不脫擬寫實之窠臼，且在作品中極陳不同省籍民眾和諧相處之重要，也帶有若干宣傳意味。但黃玉峯在作品中的行動，則顯然是商人的，也呈現五〇～六〇年代商場活動的狀況，及商場競爭的殘酷。

首先，作品設定黃玉峯為來自上海的商人，幾個次要人物亦都出身上海，這也呈現光復初期上海商人在台灣活動的若干樣貌，雖然如吳濁流等本土作家，在作品中也敘述到光復初期上海商人來台活動，但描述他們活動、心態之豐富，《朝陽》也是當時小說中僅見。

上海自清末開埠以來，迅速成為全中國最大，也最具代表性的現代工商業城市，集中了一批數量龐大的工商業經營人才。光復初期，商業嗅覺靈敏的上海商人腳步即已踏入台灣；1949年，大陸政權交替，在上海的這一批資本家，也成為兩方爭取的對象，共產黨的社會主義色彩，自然引起許多資本家的疑慮，從而也有許多資本家將資金、設備、人才攜離大陸，部分商人輾轉落腳於台灣，從而形成人們所謂的「上海幫」，並對台灣日後工商產業發展有著重大影響。

在謝國興〈1949年前後來台的上海商人〉一文中，就對於上海幫來台及其日後對台灣產業的影響，有著詳細的論述，這涵蓋紡織、機械、運輸、金融保險等行業，其中又以紡織對於日後台灣產業發展最甚。台灣現今許多知名企業，追其源頭即是1949年前後來台的上海幫。諸如裕隆企業的嚴家、遠東企業的徐家、大陸工程公司的殷家，來台後參與諸多重要公共工程，如松山國際機場、圓山忠烈祠的馥記營造等企業，

均都屬於廣義的上海幫。其他諸如「南僑水晶肥皂」、「明星花露水」、「黑人牙膏」等如今依然是人們重要的民生商品，有些早已在上海生產，既而又在台灣發光的重要商品。以光復初期為背景的《朝陽》，文中的幾位外省籍商人，均設定為來自上海，這當也是反應上述的現象。

　　《朝陽》從黃玉峯的所作所為，描述上海幫的另一種形象：對於國民政府信心不足、從事法律邊緣投機行為等，如同本書前文，田原顯然是批判這種「過客」心態，黃玉峯一次又一次的投機失利，顯然也是詩的正義之展現。

　　黃玉峯判斷時局對台灣不利，而這種混亂適成為他投機發財最好的時機。因此，他投資先他來到台灣，原為他上海時期大夥計而後獨立的杜金水在寧夏路開設的銀樓。戰後初期的銀樓，實也是地下錢莊的掩護，杜金水就是經營地下錢莊，竟也在台灣有爿店面。這部作品提到了光復初期的地下錢莊，這也反應當時社會現象。

　　地下錢莊，在台灣光復初期尤其盛行，這也有歷史性的因素。在日人治台時期，金融業均掌握在日人手中，一般人民乃至小型商業經營者，均沒有與金融業者接觸的習慣，而習以民間借貸調度資金，這讓地下錢莊有存在的空間。台灣光復後，情況亦然，再加上回歸中華民國後，台灣反被捲入因內戰失控、崩潰的金融圈裡，通膨嚴重，人民更不願把錢放在一般銀行，而選擇投入利率遠遠高於官方利率的地下錢莊以追求高利，避免通膨帶來的損失，地下錢莊某種程度來說竟成為資金避險之處，這也造成當時地下錢莊林立，以各種形式的公司，諸如銀樓、當舖而存在，甚而有某些醫院等也從事此行業。[21] 然地下錢莊終屬未置政府金融規範下的金融活動，雖有高利但風險也極高，在1949年所爆發的「七洋」事件，即是一個典型。七洋以貿易公司為名，實際經營地下錢莊，吸收極為驚人額度的民間資本，號稱全台最大的地下錢莊，最後在政府取締下暴發（這也出現在《朝陽》的描述中），而後且引起連串的

---

[21] 可參見網路資料，藍博洲：〈六堆客家庄的農民戰士──邱連球〉，http://hakka.zzd.stu.edu.tw/content.php?id=6456，2015/06/21。邱連球與鍾浩東等人於戰後回台後，曾合資成立地下錢莊「南台行」，就如其中所述：「南台行的資金，都移轉台北一家林外科醫院生利息」。

地下錢莊倒閉潮，以至現在還有民間諺語：「七洋八洋，洋了了」[22]，形容投入地下錢莊的錢血本無歸。然日後於八〇年代爆發的「鴻源事件」，又如出一轍。

玉峯找上了他，投資一筆錢在他的地下錢莊生意，準備在動盪的時局中，大賺一筆。然在金錢面前，所謂師徒情也只是空話，初期的順利，的確也賺了不少。不久，杜金水以豐榮公司借款準備赴日投資生意，且有不動產抵押，預備借款一千萬，有四分到五分的利息，要玉峯增加出資。玉峯與其說是信任杜金水，不如說是過分相信自己，他面對自己老婆的疑慮時還說：「你丈夫在上海是有名的狐狸，打狐狸要有狐的狡猾，金水的道行還差得遠呢！……你不知道金水對我多麼死心塌地。他還要靠我起家呢。」（田原，1970：39）誰知資金兌出後，隔天按著約定的時間來到銀樓，卻發現人去樓空，金水顯然以豐榮公司的借款為幌子，捲走所有的錢跑了，以狐狸自稱的他，栽在自己所培養的夥計上。

作品裡還透過同是上海商人的趙全宇在香港的遭遇，敘述在五〇年代上海幫在香港的炒金投機，當然基於詩的正義，對於這樣的投機生意，這一幫人是鎩羽而歸，就如趙全宇和玉峯的對話：

「猛虎不如地頭蛇，廣仔抬我們，剛開始是少賺，後來他們來一個大跌。結果沒有一個不是丟盔卸甲。當然我不能也乾下火海。」
「上海幫可以聯合來，整他們。」
「那裡行啊，第一大家的血水已不足，第二上海商人從來都是想留一手，想獨吃。果只有向戚友再挖錢，就像賭鬼上了癮翻本，越陷越深，戚友天天討債，搞得如同通緝犯，一天搬十次家。」（田原，1970：73）

他身邊的上海商人，一個個栽了跟頭，就連捲了玉峯錢跑的金水，也跑去香港，同樣也是蝕完所有錢，領救濟過活。

趙全宇是偷偷帶了錢來到台灣的，就如作品的敘述：「他是與杜金水差不多的人物，所不同的：杜金水是發了財還拐別人的錢。趙全宇是

---

[22] 閩南語「洋」、「融」同音，「洋了了」取其諧音，即是融化光了之意，表示投資七洋的金錢血本無歸。

蝕了本騙了別人的錢。」（田原，1970：74）這又再一次說明，在錢之前所謂人情、義氣全成空話，誠如玉峯內心的話語一般：「趙全宇拿的又不是我的錢，何必看得那麼嚴重。」（田原，1970：74）為了往後的生活，玉峯提議兩人合開百貨商場。

　　這個新百貨商場開幕，讓看不慣台灣本地商人「小氣」的玉峯，有了表現的機會：寬廣的門面、華麗的裝潢、美麗的店員、大幅的廣告，再加上重金聘來眾星雲集的開幕，還洽請民營電台來訪問，展現他做生意的海派風格。

　　而玉峯對待上海時期提攜、資助自己的吳大德，又再次展現商場上的無情。當趙全宇告訴他，在台灣碰到吳大德，玉峯一開始還一臉喜悅，但聽到他上海經營銀行被共產黨沒收資產全無，晚上要來看自己時，卻以一句：「有什麼好看的！」回答趙，隨後吳大德真來訪，卻面熱心冷的對待他，當然也更不在乎對自己勸誡的一番話。

　　為錢將人情、義氣扭曲，更表現在玉峯為競選議員，搭上陶天六為首的一幫人，與其後所產生的糾葛上。為了選議員，陶天六一票人以能拉到票自許，玉峯開支票請他們幫忙，但這時他早已成空殼子，隨著落選支票也無能兌現。陶天六找上玉峯，玉峯反以開文具公司，誘陶天六入夥，並吸收游資付高利入股。玉峯心中打著算盤，以此利誘陶天六，並讓他過足當老闆的癮。一開始生意的確不錯，然重要的投股和放息全由玉峯經手，而重要的伙計由玉峯做主時常更換，他當然有一番說詞，陶天六也看到手邊結帳時都有賺錢，也自然的更相信他。但文具生利薄，經不起吸收游資而來高利的本，幾個月後反賺為虧。

　　作品在這裡細細描述玉峯透過陶天六吸收游資，又在表面上勸阻陶天六無止盡吸收游資，彌補虧損，而透過買通會計做假帳等種種手段掏空文具公司，讓並沒有商業頭腦的陶天六當冤大頭，且還在玉峯表明脫離文具公司，撇清責任之時，還一付義氣干雲的感謝玉峯。公司倒閉，做為負責人的陶天六被放賬人告上法院而就逮，當檢警懷疑是不是他和玉峯聯合詐欺時，陶天六還在法院陳述，玉峯是正人君子；在獄中還向來探望的玉峯哭著說：「我覺得這世界只有你是個好人。」（田原，1970：395）玉峯掏空了文具公司，在台南經營委託行，另起爐灶了，

他對於經營生意的精明全表現在掏空的手段上,當然,他是反過來利用陶天六對他的義氣,好好的賺了一筆,又讓他坐了牢。

而後在台北混不下去的胡永貴和陳氣,找上黃玉峯想為陶天六出氣,卻又讓玉峯攛掇一起下海走私。隨後在一次走私中,胡、陳兩人鬧翻,陳在海上被胡刺死,然上岸後被早已埋伏好的警察一舉逮獲,連同黃玉峯全被檢束到案,全進獄中了。

誠如上文所述,這一部作品依然有著明顯懲勸意味,整部作品以玉峯看似精明的商業活動為主軸,又有著1949年前後歷史事件的描述,搭配第二代們在台灣踏實生活——大兒子和本省籍的媳婦在山區為教育奉獻、二兒子從軍、三兒子在大學半工半讀,形成明顯的對比,教訓意味濃厚,不免有著擬寫實意味,但在展現商場競爭下人情的扭曲,卻又寫實鮮明,這也是這部作品另一個值得注意的地方。

《差額》是田原最後一部作品,則全以商場以及派生人物之間的種種活動為描述對象。

這部作品,就如研究者所說,[23] 認為有很高的影射性,乃以縱橫七〇~八〇年代初期的房地產聞人張克東為藍本而寫成。在《差額》中的于西峯,由補習班起家,而後跨足房地產建立起龐大事業,最終因房地景氣翻轉,加上又大量吸收民間高利游資,負債遠遠高於資產,最終無法支付員工薪水及相關利息而事發,導致破產倒閉,而後雖然試圖東山再起,但最後因病魔纏身而只能在醫院等著人生最後一刻,作品上的這些經歷,與張克東實際生命史極為接近。而讓人訝異的是,《差額》出版於1986年,田原於1987年逝世,而現實上的張克東的確也試圖東山再起,然他於1991年以58歲壯年之齡去世,這時《差額》早已面世數年,這部作品竟如預言般,預示主人公的命運。

張克東在房地產經營上,以大膽、創新聞名,就如他去世當年一篇報導所評:

張克東的一生頗富傳奇。他以空手起家,在民國60年代開創了自己的

---

[23] 諸如,辜韻潔:《台灣當代商戰小說主題研究》一文,即認為《差額》的于西峯乃以曾為房地產大亨張克東為藍本。

「建築王國」，但這個靠「預售」、「持分」制度所建立的王國，正如在退潮沙灘上蓋的大樓，碰到民國70年的經濟不景氣潮流，登時土崩瓦解，最高負債達29億元，當時震驚社會各界。
⋯⋯。
建築界資深人士回憶說，張克東包裝促銷的手法確實高明，他抓準人性「重外表、看門面」的弱點，以豪華的辦公室、樣品屋，美麗的女接待員等「排場」，打動了地主與顧客的心，「華美案」獲得空前成功。
「華美案」一炮而紅後，數年間，張克東陸續又推出林肯大廈、財神酒店、芝 大廈、石門芝麻酒店等知名建築，每個案子都如旋風，在最短時間內銷售一空，氣勢無人能及！（陳宗仁，1991：5版）

也是因為他所創的「預售」、「持分」制度，又過度吸收游資導致利息壓力沉重，這成為他後來房地事業垮台的主要原因。

然田原寫《差額》中的主人公于西峯，並沒有對他的發跡、輝煌多所著墨，而是從他破產、失意寫起，寫他試圖東山再起，寫圍繞他週圍的眾多女人，從而寫他落寞在醫院中等死，甚至得由這群女人出面處理他的後事，進而帶起商場競爭的細節，與在金錢之下人情的扭曲，以致鄭林鐘在評述台灣商戰小說發展時，雖舉出商戰小說三要點：「商場」、「競爭」、「小說」，然他評田原《差額》時，則說：「最近出版的『差額』（田原的作品）部分係影射建築界名人張克東的故事，前半部很有商戰小說的味道，但後半部卻變成了一段『外遇故事』。」（鄭林鐘，1986：152）這也說明《差額》寫商場競爭，但更寫其中的人所生的故事，鄭林鐘還在同篇文章寫明，商戰小說所描述的商業經營手法、理念，商場競爭手段，往往可以做為商業經營者借鑑的對象。

然《差額》又不是如此，作品中首先展示的，卻是商人失敗後，週遭人們的冷漠與自身的寂寥，這種殘酷的商場現實。

作品一開始以破產後的于西峯到「好友」、眾人皆知的「死黨」許達飛公司大樓的場面展開，這個大樓的一切是西峯所熟悉的，然田原刻意以連串轉喻式的書寫，鋪陳這位好友對他的冷淡。他細描許達飛的動作：

主人許達飛抬起頭來望了他一眼，⋯⋯沒有任何表情，西峯很自然的坐在臨近落地窗的沙發上，⋯⋯，距離很近，雖然房間隔音設備好，兩人卻有習慣性的愛交頭接耳談話。

> ……。
> 西峯無所謂的走去坐下來，才發現許達飛半躺在黃絲絨坐椅裡，在他們中間相隔了張雙人床般大的寫字抬，……。
> 達飛免去了平時搭背攬腰熱絡動作，冷冷的、默默的，並用纖細女性化的手指推推眼鏡框。……。（田原，1986c：4）

這些動作直接呈現失敗後的西峯，所感受到來自許達飛的「友情」。而許達飛一開口，先說是同情，然在一連心不在焉、懶洋洋的動作後，卻有以下的話語：

> 「你知道我們財團的大權，在我二祖父、父親、二叔、三叔、五叔手裡……」（田原，1986c：5）

如背家譜般的語言，更直接將許的冷漠溢於言表，許達飛更怕的是西峯向他借錢。田原以他擅長對於場面、動作的細描，藉以突顯動作之人的心態，又在這個片段呈現。呈現的是，由金錢所構築出來的友情之真正厚度。西峯來的目的是，給許達飛一把人在美國的李迪託給他保管的保險箱鑰匙，許達飛苦追李迪不成，她去美國讀書，起初錢還是許達飛所供給的，然這一把重要的鑰匙卻在西峯身上，讓這場處處防備西峯借錢的會面上，卻在這把鑰匙前失措，西峯在事業上失敗了，但在對李迪的感情上，卻贏了許達飛，使得許達飛從一開始的冷漠，還帶點事不干己的高傲敗下陣來，以內心連串的詛咒，回應西峯。所謂在商場上友情的現實面，全然表現在這些動作、語言的描述上。

所謂人情，在這群商人間是奢侈的。西峯在自己輝煌時，面對忠心的老僕人章大牙，指名要建於山坡地的三間小屋，然他卻引起無名大火：「你也別想，原因簡單，我可賞，你不能求」（田原，1986c：16），顯然自己也不過是一個擺老闆架子的現實商人；而一個在身邊同樣久的司機老吳，雖說「我跟老闆到老到死，除非您嫌我車開得不好。」（田原，1986c：16）然卻在債主上門討債時，他也把掛在他名字下的車子開走，再也見不到人。

見到當年低賣給他土地從而發跡的陳錫春，理論上西峯也是他商場的恩人，然關懷之情僅止於言語，說到錢：「不過，我是無能為力，……，

你賣給我地,由開發道路,……,算起來『捅』了一個無底深坑。」(田原,1986c:22)而在兩人討論可能之道時,走投無路的西峯一句「清個 x」(田原,1986c:69)的髒話,陳錫春反接著表示贊同的說:「說的對,一切應這個『x』字上」(田原,1986c:24)要他找上曾經圍繞在他身旁的女人上找出路,一方面為他解說當年那些女人現在的狀況,更勸單身的西峯要趕快討個老婆,除了會讓自己有後顧之憂,免得在商場上橫衝直撞,更重要的是,可以由老婆領票據,一旦出事,還可以幫忙坐牢,就如他所說:

「這種事,別人常幹,咱們為什麼不幹。」
……
「千萬記著要結個一次或幾次婚,……」
……
「弄個紅粉知己,弄個『東山再起』的本錢,另外討個不太精明的老婆,喜不喜歡是另外一回事,主要搭個橋,多留後路,哈!哈!」(田原,1986c:26)

這也表明,商場的現實竟也讓這至親關係異化了。

支票原為即期支付工具,以取代大量現金攜行的不便,但台灣的商業習慣,卻往往將它操作成信用工具,常以開立遠期支票做為資金調度的手段。且早年台灣實施有《票據法》,以法律力量處罰俗稱的「跳票」——支票存款不足以支付兌現,有此法律反讓人們加深將支票做為信用工具的依賴。然在現實上,《票據法》處罰了跳票的行為,並無法保證持票人的債權,[24] 許多商人為分散風險,習以自己老婆名義開設支票帳戶,使得真正坐牢的往往是掛名開票人的那些商人老婆。陳錫春的一番理論,即來自此背景。

在商場這個由金錢掛帥的世界中,所謂朋友、夫妻、主僕等情份,在金錢面前卻是如此的被扭曲。田原在《差額》中,所呈現的即這是這樣的一個世界。

---

[24] 《票據法》屬《刑法》中的特別法,而債務乃屬《民法》範疇。《票據法》處罰了跳票行為,但有關債權的保障,債權人得依《民法》規定,另行聲請裁判。

而在作品中，西峯果然找上他以前的女人，首先找上的是可說是他初戀情人的芒市，目前經營著 66 海鮮餐廳。然當年他和她分手時給了她兩萬，而後芒市帶了廿萬，找上已發跡的西峯想復合卻不成，這時找上她，一開口卻是要借千萬。芒市已不是當年那個在咖啡廳陪侍的小女孩，早已是久經歷練，經營有手段的海鮮餐廳頭家娘，三、五萬是她給西峯的承諾。

　　他又找上依然年輕，現已嫁為人婦，手上有著眾多企業的娜娜，娜娜的確很有義氣，給了他一筆錢，並著手安排幫他處理債務問題，且安插一個職位在她弟弟天聲公司這個外貿公司，掛名總經理。然她也確實的要求他，自立門戶可以，但切不可挖天聲公司的牆角：「你吃遍天下活著的人，可不能吃我和我丈夫」（田原，1986c：72）、「只要你不要吃肉連骨頭都不吐就行了」。（田原，1986c：26）然事實上，她所預想的事，也真的發生了。

　　《差額》當然有對西峯的崛起和經營手段有著許多描述，然就如上文所強調的，這一部作品非以生命史順敘的記述，田原主要乃以于西峯破產為始，他試圖東山再起不成而纏病身亡等等為作品中的情節時間，並透過插敘、補敘等技巧，加上過往與現實交錯的片段，巧妙呈現主人公從發跡到破產的過程，與他個人在商場爭戰、生存之道，並透過幾個重要事件完全呈現：

　　1. 在補習班任職階段取得老東家信任，從而在老東家逝去後，在家族爭產中漁利，成為他事業的起點。

　　西峯在補習班任職是他事業的起點，東家在經營上對他信任有加，甚而操辦買置不動產也全委由他。在東家中風後，妻舅挾兩個兒子想奪權，讓西峯警覺而開始留一手。東家為避免不成器的兒子揮霍，一直到死前將所有的地契、股票、圖章都掌握在自己手上，且委由西峯保管保險箱的鑰匙，甚而在清醒時預立遺囑寫明只有西峯有開啟之權。這讓東家死後，一班親人開始利用法律手段對付他時，成為對抗工具，無法開啟保險箱就無法分配遺產，他拖了四個月，親戚們從一開始的高姿態，到最後老闆娘要兒子、孫子向他磕頭。他從而要到了忠孝東路一棟十二層，萬坪以上的七洋大廈。他也從一個第一次拿回扣會覺得心不安的上

班族,成了讓人說他欺侮了孤兒寡婦也不覺有何錯的商人。這棟大樓,更成為他後來房地產事業的根本。

2. 投入高獲利的房地產,利用初期良好的信用,高度擴張:

「蓋了兩棟超級大廈很快推出,著實賺過錢,因此自信⋯⋯,他再同時蓋百貨公司、觀光飯店、風景區高級別墅、第一流的公寓,用了大批人,也向大財團借貸」(田原,1986c:108),但也因擴張過速,資金過於倚賴高利的民間游資,卻又遇上石油危機,使得景氣翻轉,這也形成他破產失敗的地方。

3. 能屈能伸,在娜娜等的幫助下,面對債權人大會,以「良性倒閉」之姿,用三折解決債務,換得自身免去牢獄之災,從而得到東山再起的資本。

這一場債權人大會,猶如一場編排完美的戲。在娜娜和許達飛的出面下,安排「七人小組」清理債務,耗去不少時間,終於敲定債權人大會時間。七人小組要求于西峯出面。

田原擅長對於場面的處理,又再次透過這債權人大會的描述,展現出來。西峯先是安排護身的保鑣,以保護自己為最高原則,不要傷到人;安排媒體到場,以壯聲勢;身著灰舊西裝,主動站在會場門口,以九十度鞠躬迎接債權人,擺足低姿態;大會在許達飛主持下,搭配債權人大聲叫囂中開場,于西峯一出場,就是到台前撲通跪下去,且淚眼汪汪大聲說:「我對不起在場的各位至親好友!」(田原,1986c:95)以極盡誠意的語言、一片吵鬧聲中,撐過大會,然後就在債權人說不出更多質疑的理由之時,迅速下台,由側門溜走。就如田原在文中的描述:

> 側門已預備好一部大型「渦渦」轎車,西峯鑽進去,突然娜娜也跟進來,保鑣只留了兩位,車便發動。
> 「你真行!」⋯⋯
> 「妳怎麼來了,我沒看見妳。」
> 「你想我能不來嗎,剛才表現是那裡學來這一手。」
> 「幾十年前老習慣,犯了錯對老東家就下跪。」
> 「今天用上了。」
> 「我如果有路走,絕不吃眼前虧。」(田原,1986c:98)

這些投入畢生積蓄的投資客,也只能拿回三折的借款,損失是相當驚人。然當時這些人也是看上三分的高利,勇敢的以無擔保方式投入資金,被高利沖淡的風險意識,也是他們遭受損失的原因。就如在作品中透過西峯之口所說的:

「債權人不論借出多少,得到三成,仍是罵不絕口,他們忘卻過去曾拿三分利,多的有三年,少的也有一年,人是向裡不向外算的。」(田原,1986c:109)

他們想利用商人賺錢,當然,商人更想利用他們。

4. 不得不寄人籬下,先是放低身段,取得上級信任,而逐漸獲得實權;收買人心,建立自己的班底,並掌握公司經營狀況。從而以寄生的方式,從原公司獲得客戶、產品資訊,成為建立自己新企業的基礎。

娜娜安排西峯進天聲公司上班,給他個閒職,是基於當年兩人情同兄妹的情誼。然一開始,在公司並不得志,他想「少許」報答娜娜支援之恩,將自己經商經驗給公司正面的幫助,但老職員如會計胡小姐不買帳、少主認為他倚老賣老,全不放在心。他曾有意辭職,但在娜娜的勸慰下留下。他開始低調的下功夫,將公司與來往的衛星工廠做備份資料;以自己老江湖的經驗,替公司挨了一巴掌,解決了人事助理黃玉英先生因她被扣薪上門鬧事,並自墊欠薪,收服的黃玉英,也讓年輕的董事長曾康另眼看待,逐漸委以重任,並掌實權,連客戶也發現這樣的轉變;他提拔先前不理他的胡小姐,以高位、高薪,直接收服了原先是董事長心腹的她。年輕的曾康,自己倒落的清閒,雖然姐姐娜娜提醒,但他仍高度信任他。然這時,他已經如寄生一般,利用客戶資訊,和新客戶做了筆生意了。

5. 以名為誘,讓在他落難時離他而去的吳姓司機,回到他企業甚而掛名董事長,並又以他為名吸收游資,做為擴張資本的手段,可惜的是,他也到了生命之末。

西峯發覺娜娜已在提防他,也是該提早為獨立做準備,他找上開走他車子的吳司機,以自己還在天聲不方便出面,要他來當新公司的董事長。開了一輩子車的老吳的確被吸引了,就如作品所敘:「乘著曾康全

部信任時,不管是財務調度、客戶移轉,好好爭取掌握。／展望未來,真是一片好景,于西峯『心安理得』下睡著了」。(田原,1986c:223)

然隨著自己身體轉壞,利用天聲搶走客戶的事被娜娜知道,娜娜斷然處置,要他離開天聲;做為商業新手的老吳,一開始興致勃勃的,竟然自己找到套匯的門路,也開始投機的生意。然實際上新公司還未上軌道,開出去的票子卻也有數百萬,也預示這家新公司和老吳的下場了,退票已是不久的事了。

田原透過于西峯生命末段的書寫,一方面呈現商場上的競爭,但另一方面更呈現其中人情的扭曲。作品到最後,西峯生命將逝,然卻欠醫院一筆住院費,剛回國不久的李迪出面邀集西峯的「好友」與和他相處的眾女人,要起一個霸王會,解決這問題。

田原再次描寫這個人情紙薄的場面。芒市算是有情有義,當年她想復合時,提了廿萬元找上他,這時她流著淚先開口:「我不管打會或樂捐,李小姐,下午我會找人送二十萬現款過來」(田原,1986c:223),這也是她認為對於西峯的虧欠;春子,這位目前經營酒店,當年也是靠西峯起家的她,田原是如此描述她的動作和語言:

> 李迪發現春子一個勁的看錶,也知道她難纏,忙問她:
> 「我這個人有原則,對活人不表現,對死人不表演。不過,老于不同,進殯儀館時會去一趟。」說完站起來:「我要回去看店。」(田原,1986c:311-312)

而娜娜:

> 「霸王會我不參加,捐款不想出。不過老于死後喪事我包辦,相信,我曾娜娜這樣做已經夠朋友了。」(田原,1986c:312)

曾指引西峯找女人解決問題的陳錫春:

> 這時輪到陳錫春站起來,摸摸自己的大肚子,似乎不等李迪再開口:「大夥的意思很明顯,第一不願打霸王會,第二不願樂捐,哈!哈!我有要緊事先走了。」(田原,1986c:312)

就只剩下許達飛留下，然他更表明，為的是李迪這一位他苦戀的對象，而不是老于。在商場上，以金錢所構築出來的「友情」、「義氣」也就是這樣了。

田原這些以職場、商場為題材的小說，不僅具有一定數量，就台灣戰後小說來看，也是最早以此為題材的作者之一，這些作品寫職場上人事的傾軋，也寫商場上的競爭，但更寫在以金錢、利益掛帥的世界裡，人情之扭曲。而《朝陽》和《差額》這兩部作品，顯然也反映了台灣經濟發展、金融上的現實現象，或許《朝陽》還帶著懲勸、宣傳之意味，然《差額》不論就敘事技巧、人物語言的掌握、場面的經營等均有極可觀之處。田原是一位軍中作家，或也有許多懷鄉書寫，但他當然也是一位以台灣本土為描述對象的作家，這些以商場、職場為題材的作品，即是最好的說明。

## 第三節　商業時代中的派生人物

在本書前文對田原以故園及台灣本地市井為場景的作品的討論中，已說明田原極擅長透過人物的語言、動作的描繪，或進行轉喻式書寫，生動呈現人物的形象。當然，這種特色同樣表現在對於現代商場中各色人物的描繪中，本節即是以此為主題來討論。

商人當然是商業時代中的主要人物，就如在《朝陽》中那群上海幫商人。做為主人公的玉峯自不待多言，上文已對他有許多說明，在《朝陽》欲表現的懲勸思維中，被自己精明所害，先是投資地下錢莊不成，又想藉競選謀得政商兩棲的好處，然而卻以極低票落選；已成空殼的他，還引誘黑道人物陶天六下海經商，自己再才從中掏空，並在台南另起爐灶，開了間規模不小的委託行，終因走私而鋃鐺入獄。

而在同一作品中的本地商人賴添丁與玉峯的形象適成對比，甚至可以說是理想化，從其樸實的外表，簡樸的家居佈置，以至誠懇踏實經商思想，塑造出一個迥異於上海幫投機商人的正面形象。

而在《差額》中最為鮮明的，莫過於主人公于西峯，然其他幾位次要人物亦值得一說，尤其曾是西峯好友兼死黨的幾位商人。

與西峯在商場、歡場上曾是焦孟不離的許達飛，在西峯破產時的冷漠樣貌，做為一位商人的現實嘴臉，著實讓人印象深刻，然他對於留學於美國李迪的用情之深也讓人注目。在作品中他嫉妒西峯對女人的影響力，尤其對他所愛的李迪一直把心放在西峯身上，娜娜又將她往西峯身上推不滿，他把商場上的勾心鬥角也運用到男女關係上，他決心要破壞西峯、娜娜、李迪之間的聯結，他將娜娜丈夫在外早有「午妻」且育有一個孩子之事告訴娜娜，且主動幫忙找徵信社，拍得照片、影片做為證據。就在把證據交給娜娜之時，作品有這樣的描述：

電梯門關上，達飛自始至終，沒看到娜娜流一滴淚水，沒有激動，走路步伐穩定。他冷冷的笑了，彷彿已看到未來的一切。（田原，1986c：239）

一方面打擊了商場上的競爭者，一來讓娜娜忙於處理自己的家務事，自然無法去管其他的事，李迪就會回到自己身邊來──他至少是這樣想的。

　　而另一個商人陳錫春，則以圓滑、世故，且懂得保護自己的形象出現在作品中。于西峯以極低的價格賣給他一大片山坡地，日後靠這座山發達起來，財產以數億計，但遇到破產待援的西峯卻是一見面就訴苦哭窮，明哲保身意味濃厚，他還很有義氣指引西峯找以往和他交往的女人想辦法，看似為他出主意，然卻也是口惠實不至，眼前一點幫助都沒有。當西峯以三折解決了債務，邀他一起吃飯，表明不會向他借錢時，還說盡場面話：

「老于，你會消遣人，我們交情，你是借我的頭，我不能給你腳，看樣子你混得還不賴，老于，我早就知道，你行！真行。」（田原，1986c：123）

西峯在66海鮮樓酒醉大鬧拿芒市出氣時，也是他出面當和事佬，事後還用言語教訓了西峯，更將他的外表圓融，卻也有極深城府的性格表現出來。在西峯入院生命走進尾聲之時，由李迪召集，籌措西峯住院費的場面上，作品對他動作的描述：「接著是陳錫春，呵欠連連，大概牌桌上剛下來。」（田原，1986c：310）、「這時輪到陳錫春站起來，摸摸自己大肚子，似乎不等李迪再開口……大夥的意思很明顯……接著打

了幾個呵欠,伸出肥大的手掌向每個人握了握走出西餐廳。」(田原,1986c:310)也著實將他圓滑卻也現實的形象呈現出來,他靠西峯發跡,然現在西峯將死,卻與他無關。

除了上述幾位男性外,在田原所塑造的商業世界裡,女性角色當然不可或缺,她們也是商業時代重要的派生人物。《差額》除了主要的動作者西峯外,這幾位女性角色也值得一談,形象也是相當深刻鮮明。

如芒市為地下咖啡店陪侍出身,做過應召站,而後經營 66 海鮮餐廳。娜娜、春子、李迪,全曾在酒店工作過,短暫待過酒店的娜娜,精明幹練的她,結婚後主持丈夫的事業,儼然有成;冷艷的春子,卻也懂得運用自己的條件,利用男人,在日本時期的短暫地下婚姻後,取得金錢報酬而回台,現在是一家專接日本客的酒廊和一家藝品店的老闆娘;年紀最小的李迪,赴美攻讀商管學位,對於商業抱持高度興趣,西峯生命的最後一部分,即是她操持。這些女性,或許也曾倚靠男人,然卻也在這樣一個競爭激烈的商業時代,擁有自己一片天,這和過往傳統小說、戲曲中,對於商人和女性之間的描述,在商業競爭體系中,女人往往做為從屬性質,已全然不同了。

芒市可說是西峯第一個女人,初認識時是在地下咖啡廳做陪侍,是一個鄉下姑娘樣,而後與西峯同居,不再上班。然為了排解在家的無聊,她開始拾回和人「撿紅點」的習慣,而後更學會了「十六張」——從小賭成為嗜賭,然那時也正是西峯事業起飛時,看不慣她這樣,鬧了一陣後,分手了。分手時,才 19 歲的她:「跑到台中地下酒家,結拜了十幾位姐妹,浩浩蕩蕩開到中山區設應召站,有了底子之後,把弟弟妹妹弄到台北經營小型海產店。」(田原,1986c:47)靠著她的努力,現時已是西門町一家五層樓高海鮮餐廳的老闆娘。

除了敘述她的生命史,更透過身形、語言、動作的變化——一種轉喻式的書寫,描述她從一位樸素的鄉下姑娘,歷盡滄桑,如今成為一位能應酬八方的老闆娘。

在西峯的回憶中,芒市年輕時的形象:「芒市得到西峯歡心,是她不多話,相反,西峯說什麼她都用心聽,點頭、微笑、不插嘴。」(田原,1986c:44)相較於如今的模樣,他想起初認識她的樣貌:

十幾歲那裝扮有多好,夏天穿了白底碎花的洋裝,一張洗得乾乾淨淨的清水臉,沒用脂粉,自然白嫩,皮膚呈現出少女的脂滑。沒搽口紅,發揮健康性的紅潤,身材相當適度,一六三公分高,也算不矮,特別是那雙腿,修長而沒有鄉下孩子被蟲咬過的「紅豆冰」,(田原,1986c:44)

而在多年後,西峯到海鮮樓找她,想向她借錢,所看到她的身影:

等了足有八分鐘,連芒市從五樓飛奔下來,西峯直覺的像一塊大麵團,是滾不是用腳走。
……
接著很自然的手臂伸過來,掛在西峯臂彎,西峯感到那不是屬於水做的女人手臂,而是陳年金華火腿。
……
相隔不過七八年,真像吹氣球,不太矮的身材,成了「中廣」牌,一身抖動的肥肉,腹部特別隆起,還有那種化妝,使人想到中部地區鄉鎮的地下酒家,濃得超過了歌仔戲演員。(田原,1986c:31)

且配合餐廳的忙亂、芒市應酬奔波各樓層客人拼酒後的狀態,西峯來了好一陣,她才有空回來陪他,但卻是被服務生扶回來的:

快九點鐘,芒市回來了,是被秀美和另外一位服務生扶回來的,衣衫不整,半露雪白的前胸,她是醉了。(田原,1986c:38)

將她被歲月、為生存所摧殘後的樣貌,完全表現出來。她已不是西峯初識時,那個來自鄉下的樸素女孩了。西峯開口向她借錢,她先以酒醉搪塞過去,兩人相約在以前時常見面的老地方再見,但西峯等了一個晚上,芒市並沒有出現,來的只有電話,西峯要借千萬以上,芒市卻說只有三萬五萬,原來昨夜忙亂、酒醉的她,清醒的很,一切都是有心的。兩人當年分手時,西峯給她兩萬元;芒市曾帶著廿萬要求復合,但那時西峯已發跡,也另有女朋友,自然不屑一顧,如今破產卻找上她,一開口就是千萬。然這時的芒市已不是當年的小女孩,變化的不只有身形,而是一位飽經社會歷練、經營事業有成的女商人了。就如她最後在電話中向西峯說的:「峯哥。對不起,我得到店裡去,小妹為人您清楚,講

義氣、不現實,您來電話我會接,您想見我定會見,您想周轉兩萬三萬我付現,再見,擺擺!」(田原,1986c:54)

而娜娜,這一位在作品中對於西峯東山再起有著重要作用的女性,她也是西峯的女性知己,田原對她也有許多描述,她以年輕、漂亮、熱情的形象出現,作品對她的身形、舉止也有許多描述:

> 娜娜的穿著,她向來大膽,又有標準身材,特別愛穿露背裝和低胸衣服,(田原,1986c:55)
> 最妙是她那副俏皮調調兒,說話有分寸,不突然插嘴,開口便 合了對方的心意,滲進去令人心悅誠服,笑口常開。(田原,1986c:60)
> 走起路活活潑潑如同國中生,進門,一屁股坐在一起,相距緊緊的。(田原,1986c:62)

作品也描述她出身,西峯剛認識她時:「娜娜也不是初出道的孩子,而且已經小有名氣,她是電視基本歌星,一家高級酒廊的兼任經理」,(田原,1986c:60)如今嫁作商人婦,已是一位手裡有數家企業的女商人。她的能幹全表現在對於西峯東山再起時的努力,她先幫忙理清他現存的財力,以言語請出許達飛主持債務協商;安排老練的西峯進入自己弟弟的公司,想用西峯的經驗,讓弟弟成長,做為一位能幹的商人形象也是相當鮮明。她重視她的婚姻,因為她現在的事業,多半也是從先生那來的,對於婚姻,也如做生意般細心的經營著。

然作品對她經商手段,沒有再多加著墨,反讓她的精明能幹,表現在得知丈夫在外另有女人,且已有一個數歲大的小孩時,處理自己婚姻與和丈夫的共同財產的分配上。

在從許達飛手上拿到證據後,她極端冷靜,生活依舊,她訝異做為「老實人」的丈夫會如此。她理出自己後續要做的事,不管是對於自己丈夫,更對於目前手上的企業,連吵架都沒有,在無聲息、無預警中離家。誠如與開車來接她的李迪的對話:「我看妳不像是處理離婚。/像什麼/辦公務。」(田原,1986c:261)夫妻直至簽字離婚,不曾再見,乾淨俐落處理掉婚姻。也如她得知西峯利用公司的客戶資訊,自己在外做起生意一樣,不顧西峯仍在住院,一通電話,短短數語,將西峯解職。

而另一個也算西峯紅粉知己之一的春子，則又是另一種樣貌。她不像娜娜在酒店是玩票性質，她為解決家中債務而下海陪酒。從服務員出身，而後下海陪酒、到日本做為日本商人的情婦，一直到自己到擁有兩家店面，她也是在初下海時就認識西峯，相對於娜娜的熱情、活潑，她以冷艷的形象出現在作品中，就如她一出場一般：「酒廊大門開了，一個身材細長、穿了黑色洋裝的女人進來」（田原，1986c：247），她的冷全然表現在她的動作、語言上。當年她下海為還父債，說只做四個月，但四個月後並沒有離去，反開始穿戴名牌來裝扮自己，甚且羨慕別人買了房子。西峯資助他自備款，果真買了房子，說隨時可以來房子聽音樂、小酌一番，兩人的關係就像是半同居一樣，然有一天，西峯想去房子那小酌一番時，她以有家人來不方便，並說「來日方長」簡明的拒絕了他，日後也不再提及來這聽音樂、小酌一事；她到日本和有錢男人同居，生了兩個小孩，而後被大婦知道，拿了一筆錢回台開酒店也開藝品店，就如作品對她的描述：「別人拴男人用柔絲，她是用冷冷似拒非拒的手法」（田原，1986c：146），她對西峯如此，對日本假丈夫，和現在追他很勤，小他三歲的男生也是如此。與其說她重情，她更重她的事業，或著直說是「錢」，每當被邀出來聚會，心永遠掛著的，是她的店。

李迪回來，眾人聚會，她不時就著電話，指揮店裡的事，不久就一句：「敬大家一杯，我要回店裡去了！」（田原，1986c：166）；娜娜要離婚，找她商量時，就如她的話：「憑我閱歷，意見簡單。錢第一、人第二、人不夠意思，就抓它一把錢。」（田原，1986c：251）她所提供的意見，全繞著「錢」走；而在西峯生命末期，李迪招大夥商量，她的冷淡更是直接，這也完全塑造出她冷艷、價值觀向金錢傾斜的模樣。

而李迪無疑是田原為作品中的西峯所留下的最後一根浮木，年輕、開朗、又有著學識、自信的她，以留美商管碩士的身分出現在作品，並一直很有義氣試圖幫助西峯，只可惜西峯已屆生命末期，她除了安排後事，卻也無多大作為。

而做為娜娜丈夫李沅吉心愛的女人秋子，則完全與上述圍繞在西峯身邊的女性全然不同，當年李沅吉早認識她，且有了孩子，卻因學歷、家世完全無法與李匹配，而無法正式結婚，只能當一個地下夫人。而後

李沅吉為了事業另娶娜娜，她也甘心無怨無悔不求任何名份，只願當李沅吉的心靈避風港。這秋子的形象，是過於極端，甚可說過於「理想」化，然不可否認，對於某些人來說，這肯犧牲自我，沒有個性，願做一位在男人背後支持他的女性，正是一位「賢妻」的典型。

這些女人，除了秋子外，早已不是傳統小說中諸多妓女等只是被動的做為被消費的對象，更不是男人的附屬品，或許她們初期的確曾經靠著男人，在商業世界中生存，然她們的成長，卻也呈示了有別於傳統的一種新的形象。

這些在《差額》由商業時代所派生的人物形象，尤其是如上舉的諸多的女性形象，是作品商業競爭敘述外，另一個值得關注的地方。

觀察其他作品中，同樣也有類似的人物，田原對於商業時代，不可或缺的產物，如酒女、舞女等人物形象，有許多的描繪，這在他的長篇作品最為明顯。

諸如在《朝陽》有著酒家女小紅，不過在這作品中，主要以外在視角的方式，折射出她的形象，或如當紅時不把酒店大班放在眼裡的嬌縱；對酒客撒嬌的職業化媚態；在黃玉峯準備競選政見講稿時呵欠頻頻，也顯示她對於此的無興趣與單純；或在玉峯競選投票前一天，纏著玉峯問當選後能不能為她另安排住所，先是又哭又淚的，撕掉玉峯給他的二千塊支票以表示自己並非以錢為目的，最後甚至吞下白色藥片，以死相逼，不過事實上，這藥片不過是小蘇打。這樣的敘述，的確也展現出酒女的形象，不過卻稍嫌刻板，然就如在作品中所述：「第二天，黃玉峯醒得很早。臨離旅館的時候，小紅還在熟睡之中，他援著往例放二百元在她的手提包中。在打開手提包時，發現那張被撕成兩截的支票也放在裡面，他取出來把它撕得粉碎。」（田原，1970：231）這些敘述，也將建立在金錢聯結的商人和酒女之間關係，清楚的展露出來。

而在《男子漢》、《雨都》中，則讓這些酒女、舞女自己展現語言和行動，呈現出這些商業時代派生人物的形象。

《男子漢》的主人公之一麗娜，來自鄉下，到都市後輾轉於男人間討生活，她首先以被人包養的形象出現於作品中，相對她對於其他男

人,透過金錢所建立的關係,她對同是底層出身、沒錢更沒勢的大牛,有著微微的情愫,純摯的關懷和熱情的言語,是對其他男人所沒有。田原透過這樣的設計,將她以金錢為尚、世故的形象稀釋不少,且多了些純真。田原不斷讓她開口,呈現她把自己當成商品,以此做為從男人身上汲取金錢的手段。就如她向大牛說明她和大牛東家蕭先生的關係時所說的話:

> 「這年頭,有錢人聰明了,不再討小老婆。我們女人也不傻,年紀輕輕的,更不會在一棵老枯樹上吊死,本來就是人騙人的事兒,我需要錢,他需要溫暖。這些半老頭子最好打發,只要天天給他張笑臉,就會心滿意足。別看他在你們面前神里神氣,到了這裡骨頭沒有四兩重……」(田原,1971c:64)

果真,就如作品中所描述,她和蕭先生「相處」一年多就分手了,但:「麗娜說得很輕鬆,不帶半點感傷意味。」(田原,1971c:119)她直白向大牛說,就是為了錢,就是金錢的關係終止而已,她向蕭先生要房子不成,反而吵成分手,於是她扣留他的支票簿,最終因為他顧及自己是高級職員的面子,無法去報失,麗娜竟然向他要了40萬,此事才了結,這也展現她的強悍和精於金錢算計。她還找上被辭工的大牛,要他顧家,原來她要到香港,跟著一位看似有錢的華僑去「散散心」,然事實上這位華僑卻只是一個空殼子,被她知道後,臭罵他一頓後,他還介紹一位洋人給他,說他有錢,然她的直白的語言,再次展現她的價值觀:

> 「我不管他是那國人,還是什麼狗屁裏理。開門見山問他有多少錢,其實不到一個月他也露底了。我猜得一點也不錯,又是個冒牌貨。這次我沒上當,賺了幾文便回來了。」(田原,1971c:139)

即使到後來,她投資讓大牛主持一家當舖,然後靜極思動的她,竟然想再出山,主持應召站:「嘻,在當舖裡我坐不住,在家也悶得無聊。主要的,我還年輕,得多撈一點,錢,總是好東西……。」(田原,1971c:167)這個以金錢為尚,以自己為商品的邏輯,再次出現,也讓作品中那位老實的大牛,大搖其頭。最後甚至跑到印尼和一位老華僑同居,希望能在他死後撈一筆,只可惜事與願違,原本重病的他,在麗娜

的照顧之下，竟然一日一日好轉，原先承諾的遺產，在老華僑家人的作梗之下全成空，她只好翻臉，要了一筆錢再回台灣。

雖說她重視金錢，但她的錢除了投資當舖外，多數卻在與不三不四的朋友交際及牌桌中逝去，這種矛盾的行為，更讓大牛，或也是讓讀者不解。她想把自己的感情寄託在大牛身上，然大牛偏不解風情，只是將她當小妹看；大牛與張嫂的生意合作，更讓麗娜無法接受，直覺的認為大牛捨她而就一位半老徐娘，更是自棄似的，將自己浪擲在牌桌上。

田原塑造出麗娜這樣的一個人物，在她對大牛真摯的感情之外，也展現她將自己視為商品，唯金錢是尚的價值觀，在田原作品時有的道德訴求中，田原展現這樣的人物，在批判中又帶著同情的視角看待被金錢淹沒的她。就如她鬧意氣似的，無法了解大牛和張嫂的關係時，所說的話語：

「當然她正派，我下賤，小旅館的應召女郎、酒家女、舞女、撈女、還被人拋棄的舊破鞋……」……。

「也許為了這，我從國外趕回來，像一條飽經風浪的船，企望馳進避風港，那怕再苦再窮的日子，我都願忍受，可是這個港灣永遠容不下我這條船……。」（田原，1971c：352）

或許在這樣的商業時代，她透過男人的確賺了許多錢，然卻無法為自己空虛的心靈找到一個避風港，萬能的金錢，在此時卻不是真正的萬能。

而在《雨都》中的荷花，又是另一種樣貌。相較於《男子漢》裡麗娜的年輕，帶有一點任性，這位荷花則以超齡般的世故、圓熟形象出場，然同樣展現她在歡場生存，所建立的金錢為尚的價值觀，就如她和熟客秦龍之間在外有許多傳聞，她反要秦龍去消除這些傳聞，因為她認為這不利她賺錢：

「為什麼不消除這些傳言，第一，你不是個雛，跑到酒家來談戀愛，找老婆。第二，我打定了主意，賺錢，賺錢，不零售和批發感情。第三，你有錢，哪家酒家都可以去，是女人就會奉承伺候你。我呢，在台北在高雄在任何地方，都是撈，沒有啥不同。」（田原，1971b：75）

她也擺明對這位早已登堂入自己私室的秦龍說，不會對他有真感情，不會介入他的家庭：「放心，我出來是為了撈錢，不願惹麻煩。酒女也是商業行為，經商就不能鬥氣報復。」（田原，1971b：79）這些直白的語言，宣示自己的行為準則，也展現這位酒家女直爽的個性，她以這樣形象貫穿作品。

荷花成了秦龍在事業與家庭中，種種挫折的避風港，然就如作品描述她在酒家高明的應酬客人的手段，她對秦龍同樣是如此，就如她所說的：「我早就說過，這輩子開了釀醋工廠，也不會為你妻子打翻醋罈子。」（田原，1971b：163）當秦龍熱情的面向她時，她更會適時潑上一桶冷水，當秦龍因照料住院的妻子而疲累，上門找她時，她冷靜的闡明兩人的關係，她不要秦龍的「真情」：「我覺得彼此之間假一點，也許痛苦少，快樂多」（田原，1971b：166）她不要秦龍對她認真，因為她也不想認真：「我的職業，我的環境，不容許我太認真。／說得難聽些，是種交易」（田原，1971b：166）然也是這些語言之後，他將秦龍推出自己門口，要他回去照顧自己生病中的老婆，且說：「別生氣，別頂真，等你太太病好了，還是照常來玩，我們總是假得可愛的朋友。」（田原，1971b：167）這些語言的設計，托出世故的荷花酒女形象，然清楚闡明，在歡場中，「感情」也是商品化的內容之一。

荷花唯一顯露真情的地方，是面對秦龍的兒子飛熊。她看到飛熊似乎是走上當年她叛逆的老路，又沒人拉拔，從而在都市中沉淪。她收留逃家的飛熊，然卻管控他不讓他外出，並聯絡他的父親。問他有何打算時，對於飛熊「混混嘛」的回答，且執拗的說：「我是想這樣」，她一巴掌打去，她不願飛熊如自己般，在成長過程中迷失，這也是在作品中，處處展現她職業化的世故外，讓她的形象中多了一些真誠的情味。

前文也已說明，在台灣本地的商業文化中，酒店、酒家等不僅做為一種飲食的消費空間，往往是這些商人做為擴展社會資本，還兼帶情慾消費的場所，而女性在這樣的運作邏輯中，往往成為被消費、爭逐的對象，田原在這些作品充分表現此現象，存在其中的性別地位差異明顯可見，這在田原較早的作品，如《朝陽》、《男子漢》、《雨都》等尤為明顯。然在《差額》中的女性，卻也開始掙脫這種束縛，做為在男人主

導的商業時代中,她們或許一開始也是臣服於男人的金錢之下,而後卻能在這樣的商業時代中,撐起一片天,芒市做為一位成功的海產餐廳的老闆娘;娜娜以女商業強人的姿態出現於作品中,處理自己的婚姻,更是理性、果斷;春子不再倚靠男人的恩捨,專注自己的酒店和藝品店的經營,雖然被眾人評為愛錢;而從國外學成回國的李迪,獨立、自主、自信成為她的特質,她不靠男人,甚可說不屑擁有巨富的許達飛的苦追,更成為一位具有意義的符號象徵等等,這些在田原最後一部作品所展現的女性形象,無疑的也表現出一種在性別意識上的進步。

## 第四節　商業時代的接受與抵拒

田原寫商業時代的人與事,就如他生前自我期許的,要寫出台灣戰後商業型態的變化,的確就商業組織內部的人事,或者個別商人形象,或是諸多派生人物等,他有許多深刻的描寫,也寫商場上的競合與此之下形成的人情扭曲,在他之前能就此題材深入敘寫的作家、作品並不多,從這也顯示田原有關商場運作書寫的重要性。

就如在本書前列章節分析田原懷鄉寫作裡,對於傳統生活方式的懷戀,對於「現代」充滿戒心,田原寫商業時代,然卻非全然接受,甚至也可以說還帶些抵拒。

在《朝陽》這部作品中,田原設計了一位本地商人賴添丁,迥異於其他來自大陸上海幫為主的商人形象,他樸實、安份做生意且不上酒家,更沒有無謂的應酬,完全無作品裡這幫上海商人的浮誇,尤其沒有如主人公玉峯般的狡詐,作品還讓他選上議員,發揮他商場之外更多的社會功能,這種理想性的設計,從藝術性來說是有瑕疵的,然卻也顯露田原意識裡理想中商人的樣貌,或者也呈現田原對於小說思想表現上的要求。

田原描寫商業時代,透過他所設計出來的商人和事件,加諸許多道德上的想像,就如在〈心機〉中描述了秀花為了順利接班,使盡各種方法,暴露出人為金錢的無所不用其極。當作品中的主人公陳禾告訴那位來自上海的商人,他對事業接班並沒多大的興趣,反而想到鄉下教書,

這位商人先是笑著罵陳禾笨，不懂得享福，反而去做這吃力不討好的工作。然卻也話鋒一轉，不僅答應陳禾的期望，甚而還願意出錢興學，要一流的建築、一流的設備、一流的教師。面對胡老頭的質疑，說這樣並不賺錢時，還有著一段道德感十足的話語：

「三毛兄，咱們都是六十多歲的人了，應該看開些，錢夠用就行了，不必去打算將天下所有寶藏搜羅淨光。」
……
「以後，也許我要陳禾繼續給我辦中學，大學。甚至還要設立醫院。陳禾說得對，錢要用得恰當，和給需要的人，現在孩子升學困難，醫院收費過高，我是應當如此作的。那比給他們用來興風作浪，擾亂社會金融好得多了，由秀花這次給我的教訓，我完全想通了。」（田原，1975c：110-111）

這當然不是單例，就如本書前引各例，已略說明這樣的現象，田原時而透過詩的正義的展現，讓作品中的人物得到應有的獎懲，這尤其表現在他以台灣為主要場景——或可說就是當時他身處的台灣社會為背景——的作品中，針砭時代的企圖，尤其針對在這樣一個商業為尚、金錢掛帥的時代，極為明顯。

就如在《朝陽》，批判一班以玉峯為首的上海幫商人，他們不信任政府，更想利用混亂的時局賺錢，開地下錢莊、炒金，甚或是走私，然卻沒有一個有好下場。西峯走私事發失敗入獄；捲了西峯的錢到香港炒金的金水，最後只能窩在調景嶺上領救濟金過活；唯趙全宇在香港炒金失敗，帶了投資人一筆錢來到台灣後，不再從事投機事業，轉而專注經營百貨商場，從而再度從商場上站起來。

在《遷居記》中的主人公王化南是位出身屏東的商人兼議員，除了誠實的經營自己的事業外，更可說是道德的化身，屢屢從其口中發出高度勸善，期待理想社會秩序的話語，與他對比的是堂弟王化柳，他也是位商人，想開酒家賺錢，卻被自己的堂兄百般阻撓；想讓自己的養女到北部酒家工作賺錢，養女逃家也是化南所收留。王化南搬家到北部後，看到現代都市生活的種種，或是集村雜院裡的髒亂、現代公寓間人們的冷漠與不當的兒女教養方式、高級住宅區裡人們追求現代物質生活等

等，都有一番語言上的評論。甚而，他在北部生活一陣子後，回到屏東，發現原來想開酒家的堂弟，竟然在家鄉辦起工廠，以正派的商人形象，重新出現在作品中，他投資酒家，但社會風氣已改，生意越來越不好，以至週轉失靈，他自我檢討，痛改前非，以僅剩的錢創辦工廠。在作品中，他甚至也「染」上了王化南道德家的口氣，說：

> 「人不能離群，更不能離開同族和鄉土。我瞭解過去交的那些朋友，都是一些壞人，我不能再同壞人處下去，便痛改前非，將僅有的錢，準備這家工廠。當然我籌備酒家向族人借錢，沒有人肯援助，這次傳出去，便有人主動投資。我的工廠開成了，用了本村不少女工，她們也解決了就業問題。工廠產量雖不多，品質並不壞，牌子創起來了，遠到台南、恆春都來訂貨。」（田原，1967：235）

這顯然又是田原勸善懲惡思想的展現。

田原繼承了傳統小說、戲曲裡時有的懲勸傳統，從而表現在這些以當時他身處的台灣為背景的作品中，且比他以故園為背景的小說作品，表現來得明顯，現代化變遷帶來迥異於傳統農業社會的文化景觀，並沒有完全被田原所接受，在這樣的商業時代中，他所希望的是如《朝陽》的賴添丁、《遷居記》的王化南，或者是〈心機〉裡的王董事長、〈擠〉和〈心機〉裡充滿正義感的職員陳禾及李三七等人一般，並且也在作品中「懲罰」了一干惡質商人，或是營私舞弊的高級職員。而若干派生人物的遭遇亦有著如此傾向，就如在《圓環》中，以物色女孩將女孩送入酒家、妓院為業的劉寡婦，豈知用手段騙來，且親手將之推入火坑的玉妹，竟是自己失散多年的女兒；在《嘆息》中，滿口金錢至上語言的秀花，卻因在歡場中耗掉自己的健康，最後竟賠掉自己的生命；而在《朝陽》、《圓環》、《嘆息》等作品出現的黑幫人物，也都已接受法律制裁為其下場等等。這或也是重視紀律，是非分明、思想明確的軍中體系出身的田原，所有的思想表現特色。

這種懲善勸惡，顯然是針對現代——尤其是以工商業為主的社會體系，所形成的種種現象為出發，田原對此顯然是有所保留的，連帶使得現代、都市的文化景觀也成為他隱喻式批判的對象。就如在《嘆息》中

的寶香,為金錢所逼下海應召,而後認識了來自南部的胡春根,給了寶香新生的希望,兩人相約到台北近郊遊玩,作品有以下的描述:

> 兩人坐在山頂的草地上,台北近郊的風光,都收入眼底,一叢叢碧綠竹林,一片片金色的稻田,最不順眼的是縱橫的高壓線架子和無數工廠煙囪,工業繁榮,最易破壞大自然美,如果在美國大峽谷公園內,建築上一大片工廠,恐怕美國人不敢自豪峽谷公園美在那裡。(田原,1981:476)

這段話語,視角並不是作品兩位主人公的,作者介入的斧跡鑿鑿,就如同吳錦發、宋澤萊等崛起於現代化變遷已然成為事實年代的作家,對於前現代農村景觀的懷戀般,田原也有同樣的心情,就如在《朝陽》中透過作品裡人物所呈現的:

> 火車在南台灣小平原上飛駛。沿鐵路兩旁是豐美的土地,第二期的稻穗吐著金黃,在秋風中款款的搖擺。
> 秋——是收穫的季節,在台灣的秋天看不到一點蕭殺之氣,是介乎晚春與初夏之間。(田原,1970:426)

或是在《青色年代》中,對於台灣農村景觀、傳統住宅等大段接近歌詠式的描述,均也透露出田原這樣的意識形態——他寫商業時代,卻也批判商業時代人們唯錢是看的價值觀,與在無情的商場競爭下人情的扭曲。他對前現代樣貌的農村景觀的書寫,也直接呈現他內心的嚮往。

　　田原寫商業活動、都市生活,時而透過派生人物的口中,展現以金錢為尚、以物質享樂為的價值觀,然卻也對此深不以為然。他並不反對賺錢,就如《朝陽》裡的賴添丁般富裕的本省建商,他的行事、觀念就是他所鼓勵的,他反對的是純為生活享受,滿足本能衝動,並以為賺錢目的價值觀。

　　韋伯(Max Weber, 1864-1920)在他《新教倫理與資本主義精神》中,闡述所謂「資本主義」精神時,特別以本杰明·富蘭克林的(Benjamin Franklin, 1706-1790)連串的話語,諸如:「時間就是金錢」、「信用就是金錢」、「金錢具有孳生繁衍性」——鼓勵資金的靈活運用、

「善付錢者是別人錢袋的主人」——金錢謹慎理性的使用、「行為謹慎」，並高舉「節儉」、「勤勞」等，闡述建立在新教倫理影響下的資本主義，雖然明顯帶著功利主義色彩，也是以增加資本為主要目的，然也高舉勤奮勞動、節制消費等觀念，在這樣的情況下，在自己的職位上努力賺錢絕非罪惡，且可說是一種「天職」，亦是一種榮耀上帝的方法，但如韋伯自己所說：「事實上，這種倫理所宣揚的至善——盡可能地多掙錢，是和那種嚴格避免任何憑本能衝動享受生活結合在一起的」（馬克斯・韋伯，1987：37），這來自喀爾文教派的禁慾職業觀，正也是他所闡釋的「資本主義精神」，除了多賺錢外，另一重要的關鍵。就如他所說：「資本主義精神和前資本主義精神之間的區別並不在賺錢慾望的發展程度上。」（馬克斯・韋伯，1987：37）

田原並沒有如韋伯般從宗教去論述，他反從「傳統」去取材。田原在作品裡，時而強調非純為本能、享受消費去賺錢，並保持來自傳統「勤」、「儉」美德的重要性，這又與韋伯的論述不謀而合。他利用作品裡人物的遭遇做為懲勸的樣本，展現他這樣的觀念。

就如在《嘆息》裡的秀花，就是一個典型。秀花初出場，是寶香在基隆身陷私娼寮失身，因被記者以花案的形式見於報端而無法在基隆立足，於是來到瑞芳投靠經營麵攤的黃阿姨，進而認識了在瑞芳酒家陪酒的秀花。

從秀花言語所展現的價值觀和她的遭遇，即是一個例子。她當然是為錢下海當酒女：「在家種田太苦，做工賺錢太少，嫁人又覺得早了些」（田原，1981：279），她對自己陪酒賺錢，不偷、不搶不認為有何不妥，在寶香問她會不會後悔時，她說：

「為什麼要後悔，穿得好，碰到好客人，出門坐汽車，上陽明山看櫻花，獅頭上吃素菜，我還去過最大的跳舞場，叫什麼什麼……之家。我家裡更不必提了，覺得我能幹，賺錢把媽的老胃病治好，給爸爸換了一嘴金牙……（略）錢總是錢啊……」（田原，1981：279-280）

錢，也屢屢成為秀花談話的關鍵字，她對寶香很好，寶香不因她職業而不與交往，且成為好朋友。她轉戰台北酒家，在台北認識了一個華僑，這當然成為她「挖掘」的對象：

「華僑最有意思了,出手大方,窮燒二十四燒,明明洗頭三十元,給三百。他們都是過路客,玩幾天,丟下幾個錢就算了,從不拖泥帶水,認為撈不夠本,他們說,香港、日本、菲律賓、馬來亞,沒有一個地方的女人比台灣便宜。買主認為便宜,咱就狠狠的抓機會,魯易士,在台灣停留十天,我要和他同居十天。」(田原,1981:349)

當寶香問她:「要是有了感情呢?」她回答:「傻瓜,妳見那家店舖連感情同貨品一起賣。」(田原,1981:350)直白的闡明自己的「付出」,不過也是一種製造出來的商品而已。

然秀花再次出現於作品中,卻是完全不同的面貌,這時寶香也為錢下海應召,拿錢還秀花時,秀花身體已出狀況,她以自己為例,要寶香千萬不要走她這條路:

「我過去對妳說的話完全不對,一個人生就的下田命,就老老實實在家種田。到了年齡,規規矩矩嫁人。……」。
……。
「小妹,千萬要記著,別走我這條路,……(略)。要是酒女都有這份神通,恐怕台北的大樓都是酒女蓋的……。」(田原,1981:349)

甚而,再次見面時更是每況愈下,語言也愈發悲切:

「小妹,千萬記著,大都市是人吃人的地方,走路要小心,處處要仔細。人不怕衣服穿得舊,能夠平平安安本本分分,活一輩子就是福氣。」(田原,1981:449)

以這樣的手段追求金錢,下場是如此,在作品中也預示了寶香的下場,然這樣的情節設計,秀花的遭遇是被拿來做為一種懲勸、警世的手段──這樣的價值觀顯然不可取。

田原且透過那些老鴇等靠女人吃飯的那群人,不斷展現金錢的誘惑與金錢為尚的價值觀,就如在《嘆息》裡,那個主持「洋裁店」的胡查某:

「別愁眉苦臉的,今天那個少女不懂享受,走到街上穿得整整齊齊,手頭有存款,放高貸。像她們一樣,一面工作,一面辦嫁粧,電唱機啊,電視機啊。各式各樣的衣服。有一天要嫁人,不必向父母伸手,風風光光的走出去,這年頭,臉皮薄了準挨餓。」(田原,1981:403)

或是《圓環》裡的月琴，對玉妹展現語言攻勢，要她死心乖乖下海，言語中表現對「感情」的不信任，「錢」才是唯一：

> 「妳也許認為真正的夫妻有真正的感情，就像這麻花糖緊緊的扭纏在一起，又香又甜。其實那只是表面，我們看看：有多少男人是可靠的？如果他們都是好丈夫，台北市的酒家、茶室、桃公館早已關了門。說得好聽，是逢場作戲，能對外面女人作戲，對家中的妻子何嘗不可以唱一段，漫柔體貼，裝成一副可靠樣兒？其實，戲到底是戲，不能太認真。我這個人是看開了，千萬句話，歸一宗，人活著就得認命。」（田原，1968b：228）

當然，田原展現這種價值觀，絕非是來歌頌它、擁護它，反而是做為一種負面、警世的教材，因為一不小心被捲入者，並沒有好結局，他作品中這類人的下場即是例子。

在《差額》中，不如其他作品有著外露的懲勸的道德傾向，作品中的主人公西峯透過掌握老東家的房地權狀等，得到第一筆大額資本；吸收遊資，卻無力支付利息，破產倒閉，讓眾多投資者血本無歸；在娜娜弟弟的公司，卻利用公司的來往資訊做起自己的生意；利用自己的前司機做人頭，開設公司，甚而炒匯等等許多「不道德」的手段，西峯雖然以病重，東山再起成空做結，然此情節設計，只讓人時不我予之感，西峯在病榻之前更沒有「悔悟」，一班他的「好友」、「紅粉知己」除了芒市的廿萬，李迪出面張羅他的後事外，其他人的冷漠更讓人印象深刻，雖沒有明顯的懲勸意味，卻也呈現出商業時代競爭的不擇手段，以及人們之間透過金錢鏈結的事實，當這個鏈結失靈或消失，人情也將扭曲甚而不存。田原在作品一開頭，就標明：「據說：鱷魚在吃人的時候，都會流出大量的淚水來」（田原，1986c：3），也直接闡明這世界裡的虛假、偽善。雖沒有透過人物的遭遇來實現詩的正義，但警世意味依然濃厚。

田原寫商業時代，但也批判商業時代，並時而在作品中展現對於前現代農業生活的懷戀，這種思想特質出現在他懷鄉的作品中，也出現在他以現代台灣為背景的作品裡。

就如在《青色年代》裡對於農村生活，有著田園牧歌式的描述，以詠嘆的筆觸，描繪田園的景色、傳統的建築，其中描述主人公林家門前的景色：

> 走出大門，向上望去是一片相思林和一條小溪，小溪的水從深山中流出來，到了林家門前漸漸寬闊。林家所有的百十集紅頭鴨，一隻隻搖搖擺擺的從大門跑出去，下了河，在河當中圍了個細細竹柵，怕牠們玩得興起，順流而下。（田原，1965a：7）

這顯然和本節前引，充滿煙囪、高壓電線、工廠的工業都市景觀有著明顯差距，好惡也在這些文字裡現蹤。

都市生活，對於田原作品中的許多人物而言是不踏實的，雖然身在都市，但往土地去求生活，是他們心裡所訴求的，就如在《遷居記》裡，賣湯圓的老周，準備放棄在市區賣湯圓的攤子，去中部開山種水果，就如這位老周所說的：「去中部開山種水果，比起賣湯圓不死不活好得多。……／……賣了一年多的湯圓，想想過去會種山，還是種山好些，經過和住在橫貫公路的朋友一商議，他出地，我出力。」（田原，1967：98）；在《圓環》裡那位正直的傅巡警，同樣也被塑造成眷戀土地的形象，他娶了本地小姐，看上的就是她的「土」，就如其中描述：

> 傅太太出生在本省中部，典型的寶島小姐，上山能打柴，下田會插秧，吃得苦，耐得勞。嫁給傅巡佐之後，雖然無田可種，總在房子周圍，開點地，別人種花，她種菜。別人養鳥，她養雞。台北這個地方寸土寸金，無空隙可開墾，她蒐集一大批爛桶子，爛箱子，當中填上土，照樣的種了不少空心菜。她似乎有那個癮，嗅到不肥料臭，看不到菜葉綠，就會得重感冒。（田原，1968b：199）

因為他自己就是這樣的個性，向泥土求生活是他的期望：

> 龍配龍、鳳配鳳，傅巡佐喜年輕妻子這點土味兒。……。他過不慣，如果沒鬧共產黨，他早就回去向泥土討生活。（田原，1968b：199）

在《四姐妹》中，更將描述中，出身鄉下但早在都市經營事業有成「高、富、帥」的張玉，塑造成戀鄉、戀土的青年，也是田原理想中的商人形

象,他不喜歡城市裡時髦的小姐,反而喜歡長得其貌不揚、粗手大腳與自己青梅竹馬的春綢,而他的媽媽更是展現不能忘「本」——從土地求生的意志,這才是他們生活的根本:

> 「對,我們不能忘本,不能忘了種山,」張李賢妹說:「在旗山老家,我還留了一片山,不准他爸爸賣,不准張玉賣,就是這個原因,我覺得別的東西,都是飄的,風吹不走,雨打不壞。」(田原,1973a:81)

她喜歡春綢的原因無他,就是因為春綢保留鄉下人的習慣,「像個十足的草地郎,本分,做事踏實。」(田原,1973a:81)等等,也可以這麼說,這些已在都市立足的人們,「歸田園居」且是他們共同的願望,就如上引各例,在田原作品中極為常見。

然這種思想傾向,也非田原所單有。西方的現代化,歷經百年以上,在數代人之間緩步形成,然在台灣／中國,這種激烈的現代化變遷,卻往往在數十年內,甚可說是一代的時間,就歷經從農業社會到工商業社會的變遷,文化景觀的差異給人的感受更是強烈,而現代化都市裡的生活競爭的嚴苛、壓力,從而使人們生活在都市,心裡卻嚮往(或可說是「想像」)過往田園生活低競爭的「安逸」,從而表現在許多文學作品中。就如研究者所說:

> 基於對傳統的依戀和對現代的被動適應性,都市人們面對經濟的、社會的、環境的精神的等方面多重壓力,觸發了靈魂深處的逃避主義功能,開始尋找記憶之中的「田園牧歌」。(郭文、黃震方,2013:118)

而使這種情緒在這些作品中呈現。且現代化的變遷,農民、農村在以貨幣衡量一切的資本主義體制中成為弱勢,從而使得做為現代化象徵的城市,成為一種對比,甚且成為被批判的對象,農村甚且是被城市所「壓迫」著。

馬森就認為這是傳統中國固有的「農民意識」使然,就如他所說:

> 中國固有的「農民意識」。站在農民的立場來看,城市是罪惡的淵藪、商人是奸詐的階級,知識分子是無用的士大夫。就是工人,也只有與農民貼近的小手工業者才為農民的意識所容忍。這就是為什麼在早期的

小說和戲劇中，總有意無意地流露出這種尊農排商，污城市美鄉村的傾向。（馬森，1985：362）

田原並不排商，他在作品中，高舉著有良心、有著社會使命感的商人的重要性，然他懷戀鄉村、懷戀泥土、懷戀前現代農村生活及文化景觀的思想，與馬森上述所說的傾向是相同的，也與許多如宋澤萊、吳錦發等諸多作家的思想脈絡是一致的。

而這樣的傾向在《男子漢》中的孫大牛中，表現得更清楚。這部作品主人公在都市中求職，然偌大的都市，擁有大力氣、樸質的大牛，卻也只能在一個高級職員家裡拉三輪車。他在都市中生存，卻懷戀大陸鄉下的老家，是懷鄉情結，也是懷戀泥土的情緒，就如他受雇於麗娜，替她看家，在都市中的冷氣房中睡覺，小說中有這樣的描述：

房中因為裝了冷氣，門窗關得緊緊的，冷氣雖然冷卻有點氣悶。他想到在家鄉這個時節，睡在瓜棚子裡，清涼的風兒從四面八方吹來，睡得又香又甜。
城裡不知道有那點好，怕小偷、怕火燒，怕……（田原，1971c：133）

而同樣來自鄉下的麗娜，適成他的對比，她以金錢為尚、周遊於男人之間生存的方式，卻是他所不喜，他不得已在城市生活，他卻總認為自己始終是屬於泥土的，他在寂寞時，想的就是大陸的老家，懷念的生活方式是典型的農家生活，因此在作品中就有著他回憶中，秋收後村人圍獵的情景，細節的敘述，也直接表明其懷戀之深。就如作品中所說：

這裡沒有圍場，只有狹窄的馬路，人擠人、車擠車，這裡沒有活潑而兇悍的獵狗，只有抱在女人懷裡，只會伸粉紅色舌尖的玩物。這裡沒有合群的歡樂的大場面，只有你猜忌我，我嫉妒你比我強的兩腳獸……（田原，1971c：237）

毫不掩飾將這種懷戀農村、厭惡都市的情緒展現出來。在作品最後，他和麗娜拆夥分開，結束當舖想要離開都市，但卻又不知去哪裡，隨便說了目的買了票，卻發現那裡也是個繁華的都市，決定不下車：「都市，賺錢容易，卻不想發財。／都市，人們變得太快，卻受不了。」（田原，

1971c：378）是他的想法，作品最後描述他在一個「站後有著遠遠的青山，附近有著一片大水田的農村」（田原，1971c：378）中，跳下火車來，成為他新的落腳處，作品描述他的快樂、興奮的心情，這當然更是一種明喻了。

從本章的討論中，可以看到田原對商業題材書寫著力之深，這不僅特立於與他同樣出身於軍中的作者群中，即使置於戰後台灣文學的發展歷程來看也是相當突出的。他寫職場上內部的人事競爭，甚或是內部弊端，也寫企業接班所引起的諸多問題；他透過《朝陽》、《差額》等寫出台灣商業發展歷程的剪影，其中的商場競爭之激烈，與競爭之下人情的扭曲，是他描繪著力之處。當然，他是透過描述商場中的人物來呈現這一切，商人與商場活動派生人物的行動，全然鮮活的出現在他的作品中。

田原書寫商場與商人，但他並非全然接受商業時代，他透過作品人物的遭遇，批判金錢是尚的價值觀，並高舉商人應有的道德觀，懲勸性質濃厚，許多作品還明顯表現對於商場、都市等現代景觀的不以為然，懷戀前現代農業生活的心態相當明顯，這也是田原作品的另一個思想特色。

田原的這些作品，並不像諸多評者所說的「商戰小說」、「經濟小說」、「企業小說」等般，在題材、情節的處理上具有高度類型化的傾向，然也因此保留更多屬於人——心理、動作的描寫，而非只專注於商場競爭甚或金錢遊戲之中，而這也是田原商場書寫的特色之一。

# 第七章　結論

　　2015年5月,作家楊念慈辭世,在報刊藝文版面刊載了此消息,並引述相關學者的評論評介楊念慈作品的藝術性,同時還寫有:「楊念慈與王鼎鈞、朱西甯、司馬中原等人同為抗戰、軍中作家代表」(郭佳容,2015),且依然將他視為軍中作家代表之一。

　　做為高中時期曾為楊念慈國文課堂學生的李瑞騰,卻以〈文壇行走楊念慈　怎麼會是軍中作家〉(李瑞騰,2015)為文,對楊念慈被標上軍中作家一詞深不以為然,認為他雖有職業軍人的資歷,但1949年來台後很快的就退役,軍中資歷不到十年,而且他的代表作均在轉任教職後產出,與軍中時期無多大關連。李同時舉朱西甯和司馬中原為例,兩人退役後的確還有參加軍中文藝有關活動,稱「軍中作家」是無不妥,然就以朱西甯的創作來看:「他不只是一位軍中作家」,更是李瑞騰給他的評語。

　　李瑞騰會有如此評論,一方面乃為其師在文學史上應有的地位正名,然從而也可以見「軍中作家」一詞,在台灣文學發展史上並非只是一種身分說明,更不是月桂葉編成的冠冕,反而可能是一種帶有貶義的識別。就如一篇報導所述:

> 隨著時代變遷,「軍中作家」卻因與威權、「御用文人」產生連結,淪為含有貶意標籤。一九九〇年代,朱西甯便曾因被評論家王德威稱為「反共作家」、「軍中作家」耿耿於懷,寫了一篇文章「豈與夏蟲語冰」回應。(陳宛茜,2009)

就如本書所述,「軍中作家」一詞不僅是一種身分標誌,它還與五〇、六〇年代的反共文學、戰鬥文藝拉上等號,還可引伸是一種是在政治力扶植下,以文藝做為政治宣傳工具下的產物,從而使得今日對於反共文學、戰鬥文藝,「八股」、「教條」、「為政策書寫」的負面印象,全也烙在這群軍旅出身的作家身上,並且對他們作品的題材、思想性有著同質性的概念。

　　然從本書討論,即可以發現,事實上卻不盡是如此,軍中作家作品的多元性,以及在反共文學領域之外的成就,並不能小看,田原的作品即是其中一例。

　　田原他創作開始於軍中,在軍中任職期間有著大量的作品,軍中文藝運動的推動,也是他任職於國防部期間重要的職務之一,即使是脫下軍服,依然任職有著軍方背景的黎明文化出版公司總經理,以「軍中作家」來稱呼他是沒有問題的。

　　然「軍中作家」一詞,僅適合做為一種身分標記,並不能衍生對作家作品書寫形態的定義,觀察他的作品卻不是一般文學史論中,囿限於一定題材之內,以軍中題材甚或以反共、懷鄉為主,事實上除了他早期作品《這一代》具有明顯的反共意味之外,其他作品或有共黨人士出現,卻也不是作品主要人物,也只是做為歷史事實的敘述成為陪襯而出現在作品中;更無葉石濤所謂「思維領域狹窄,描寫範圍不廣」,他也被視為「懷鄉作家」,然他描寫的範圍不只是他青少年成長的北方大地,他也早已以他的視角觀察被他當作「第二故鄉」的台灣,雖然這些作以台灣本土為背景的作品,被葉石濤評為「不太成功」,然就如本書所論述,就語言來看這種「不太成功」的確是成立的,做為一位北方出身的作家,無法完全掌握台灣本地基層民眾習用的語言,在對本地人事物描寫時,雖有生動的敘述,但對語言的描繪卻力有未逮,然他在作品中,所呈現的在五〇～七〇年代間,台灣都市及其邊緣人們的生活各種樣貌,卻相當值得讓人注意,這種「不太成功」,純也是評者與作者之間的視界差距下所形成,豐富的台灣市井生活出現在他的作品中,也可以這麼說,他這些作品寫出了另一種視角下的台灣。

　　本書從題材、場景背景的差異,從他以故園為場景具有懷鄉色彩的

作品，與以台灣本地事物為背景的作品等分述之，以下將分別從他題材選材特色、人物塑造、語言使用、商業時代書寫、思想特質等特色統而論之，以結束全文。

## 一、豐富且與歷史、現實交會的題材選擇

田原的小說場景，從他出生、成長的北方故園乃至他後半生生活的台灣；他寫傳統農業社會的純樸與人際關係的緊密，也寫現代工商社會的競爭與此產生的人心畸變；他也寫那個充斥著半兵、半匪的前現代樣貌的社會，他反映了那樣的時代，是歷史的一部分，也寫有著現代化組織樣貌的台灣；他出身軍中，軍中題材當是他熟手的，然多姿的社會各種面相也同時出現他的作品中，他題材的多元、描寫範圍之廣是他作品給人印象最深刻之處。他在《松花江畔》、《青紗帳起》、《古道斜陽》等描繪許多一群半兵、半匪的人物，然他不對時代興亡交替興嘆不已，也沒有將這群人物傳奇化、浪漫化，而是將他們的活動鑲嵌於歷史演進中，與他們為各自生存而努力的敘述才是作品重點。同樣的，他在《朝陽》、《遷居記》、《圓環》、《嘆息》、《雨都》、《明天》、《男子漢》、《差額》等作品中，將他的視角放在他現實生活中的台灣，以台灣市井生活為背景，透過不同空間形態、人物活動，甚或飲食細節的描述，呈現強烈的現實生活感，不僅做為人物性格、場景特色的說明，更讓作品充滿閱讀趣味。

這種豐富、多元的題材，是他作品的特色，也突出於與他相同時期，同是軍中出身的眾作家之中，即以他台灣本地書寫為例，雖然他受限於自己生活經驗，無法深入描繪台灣本地農村、農民的生活，然他對於都市及其邊緣人們生活描述之豐富，卻也不能等閒視之。田原被視為「鄉土文學」的作家，當然這個「鄉土」所指是他大陸北方故園的鄉土，然細看他作品的題材，也可以說他作品中的鄉土，也是及於台灣的鄉土。

## 二、多樣且刻畫細微的人物設計，且對社會底層人物多所著墨

田原作品中所出現的人物，其類型之多樣、刻畫之細微，早已被許多評者所讚譽。從東北大地的「鬍子」、半兵半匪的游擊隊員、靠攏日本人的二腿子、鄉村中的無賴、農村裡純樸的農民等，無不透過對於們

的動作、語言的描繪呈現在作品中。田原也擅於描繪婦女的形象，舊時代各色婦女，或潑辣、或溫柔、或長於口舌，或拙於言語等，也都精采的重現於作品中。這是他對於故園環境的描述，他以現實台灣為背景的作品，亦同樣看到他擅長塑造人物的特長，諸如脫去舊時代兵油子氣息的新時代軍人、離散來台有著失落感的上海商人、充滿熱誠的教育工作者、現代警察、公務人員等時而出現在他作品，做為他表達台灣脫離前現代，上層組織邁向現代化的手段。除此之外，對於大量生活於都市與都市邊緣底層人物的描繪，更是他作品裡讓人不得不注意的地方，各行百態成為他觀察描繪的對象，諸如三輪車夫、戲院前的票券黃牛，在都市裡賣麵、開雜貨店、賣冷熱食、修指甲、洋裁店的學徒等，乃至現代商業組織裡的商人、各色上班族等，均生動的出現在他作品中。

　　他也有許多作品視角瞄向市井不同角落，諸如晦暗空間裡的妓女、老鴇、黑道大哥與小弟等，乃至有著堂皇外表的酒家、舞廳、酒店、歌廳等，其中的大班、酒家女、舞女、歌女、高級的酒女等人物，及所構成的小生態，亦多所描繪。

　　田原題材範圍廣，同時也表現在他對於人物的描繪上，而這種人物的各色各樣，除了表現出那個時代人們生活的樣狀，無也不使他的作品充滿許多閱讀趣味。

### 三、雜語紛呈與模擬肖形的人物語言，折射出強烈的個人特質

　　田原作品裡多樣的人物塑造，所倚靠的是大量模擬肖形的人物語言所形成，從油滑粗鄙的兵油子、講義氣的幫眾，乃至街邊的小販，甚或是私娼裡的老鴇與妓女等，均也看出田原觀察他們的語言、使用他們的語言而表現在作品中。大量的雜語，諸如不同階層、職業人們的語言，以至各種黑話、行話、髒話、諧語、隱語，乃至大量的歇後語等熟語，或是有著諧趣的外語譯音，甚或是公文書、正式的書信體等，全成為田原小說中的藝術性工具。即使他不諳台灣本地的閩、客族群語言，然他也試圖使用本地語言元素（諸如市井髒話等），這也增加作品中人物的生動性。

　　田原是一位擅長使用各形各色語言的作家，在這些大量雜語的使用

下,更讓田原質樸且略帶詼諧的個人語言特質得以突顯,形成他作品強烈的個人風格。

## 四、書寫商業時代,描繪商場競爭與派生人物的形象

田原有許多以商業活動為敘述對象的長、短篇,也是他作品的特色之一。他在許多中、短篇如〈擠〉、〈天盡頭〉呈現現代職場中的人事傾軋,〈心機〉描述了企業人事接班的勾心鬥角,而在長篇的《朝陽》、《差額》中敘述商場競爭,尤其《差額》具有強烈的現實指涉,對於商業活動的細節有更多的描述。田原不僅描述商戰,更描寫人情在商場競爭下所形成的扭曲。

而眾多商業時代派生的人物,諸如商人、高級職員、應酬場合上的酒女等,當然也是田原描摹的對象,田原擅長塑造人物,同樣也表現在這些派生人物的形塑上。

台灣的文學市場有關企業商戰、經濟發展、現代職場的敘事文學,仍有待開發,來自外國尤其是日本的翻譯本是市場上的主流,顯見這仍有開發的餘地,田原寫出這些作品,一方面是台灣當年往工商業社會轉型的一種反映,也顯見田原開發題材,開展視角的能力。

## 五、對「現代」保持懷疑,並藉人物之遭遇以示懲勸

田原在他懷鄉作品中,即表現出明顯依戀土地,懷念前現代人們緊密關係的傾向,而在以現、當代台灣為背景的作品中,更是透過展示現代商業社會所形成的「惡」,與人情的畸變,來對所謂的現代保持懷疑。田原也寫商業時代,但他卻高舉理想商人的範式,規矩、踏實做生意的商人如《朝陽》中的本省商人賴添丁、〈心機〉中對社會抱持回饋責任的王姓商人,是他高舉的對象;對於商場上的無情競爭、人與人之間的虛偽,與金錢為尚、純為生活享受而消費的價值觀,他透過情節的展示、人物的遭遇來表現他的不以為然,這種高道德感是他作品中所展現的思想特色。他描繪這些「惡」,然也充分發揮詩的正義,讓善惡各有所報,田原並不是一個利用小說來說教的道德家,然表現在他作品中的懲勸思維也是相當明顯。

這種懲勸思維，不免讓許多作品有著理想化、浪漫化的擬寫實傾向，然似乎也說明，做為一個軍人出身的田原，其所抱持對社會的責任感與理想性，從而表現在作品中，這也成為田原在許多作品中，暴露現實之惡、商場的無情競爭等時，另一個值得注意的地方。

做為一個1949年後來台的外省籍人士，又是一位軍中出身的作家，然他的書寫，不僅在反共、懷鄉，對於台灣本土都市及其邊緣的市井生活與商場活動有著大量的描寫，從台灣文學史上來看，比對相同身分出身者可說是相當突出；即使放到與本省籍作家平行來看，他所觀察到的面相，他寫商場競爭、寫都市雜院裡的生活實況、寫各行各業底層人民的營生、寫軍公教人員的兢兢業業等，即使與「鄉土文學」興盛的年代中所產出的作品來比較，也是具相當的獨特性，其中關懷底層人民、批判「現代」所帶來之惡，更是脈絡相通。

從技法來看，他並沒有炫麗的敘事技巧，寫實、樸實的敘述是他一貫風格，最多也就如《差額》中，有著意識、過往和現在情景交織的片段，就如敘述西峯的發跡，與眾多女性知己交往的描述，即有這樣的描寫手法呈現，卻極為自然不見做作，很明顯他並不屬於一般認為「現代主義」一派；即使有許多以台灣本土為背景的作品，然他軍中出身、外省籍作家的身分，這些作品也不會被歸類到台灣鄉土寫實這一領域，或許正是這些原因，在相關文學史論中，他依舊只被歸類到「軍中作家」一系簡筆帶過。

就如本書所述，「軍中作家」一詞做為身分認記是可行的，然在台灣文學史論中，此一名詞還有許多衍伸的意涵，這卻又足以掩蓋作家真正的成就，李瑞騰對楊念慈「軍中作家」標籤的不滿即是一例，本書所討論的田原也是一例。

就如記者陳宛茜在一篇報導引用陳芳明的話語所說：

「作家就是作家，為什麼要加上職業？」政大台文所所長陳芳明則認為，作家的評價來自作品的藝術純度，跟職業、性別沒有任何關係；更何況段彩華等人，「早就退伍幾十年了！」（陳宛茜，2009）

本文之所以回歸文本，以細讀的方式，從題材元素、情節、人物、

語言、思想等面向探討田原的作品，目的也是要脫去套在這些作家身上一些本有的成見，回歸藝術面的討論，從而也要說明，以一種同質性的概念，看待這一群有類似身分出身作家的作品，並不適宜。田原的作品即是一例。

　　田原廣闊的描寫範圍，絕對不是所謂「思想領域狹窄」、「描寫範圍不廣」；對場景的塑造、人物及行動的描繪、語言的揣摩更是為人所稱道；對於本土題材的經營，是所謂「抵死不在這裡紮根」最好的反證，更可視為立足台灣本土的代表作家之一。田原及其作品應有這樣的地位才是。

# 附錄

## 一、田原生平大事表

| 年份 | 生平大事 | 歷史大事 |
|---|---|---|
| 1927 | 出生於山東，濱渤海的農村。在幼年的1歲至11歲之間，曾三度隨長輩至長春市、松花江畔郭爾羅斯前旗。由曾祖父、祖父啟蒙。 | 1926年，北伐。<br>1928，革命軍入北京。東北易幟。<br>1931年「918」事變。<br>1937年，全面抗戰。 |
| 1940 | 至安徽阜陽就讀流亡中學。 | |
| 1942 | 考「簡易師範」，得備取。 | |
| 1943 | 以家鄉遭日寇燒燬之慘狀，寫成〈燬家〉為第一篇較長之作品。 | |
| 1949 | 隨部隊至金門。主編「力行報」。 | 1945抗戰勝利。<br>1949年，國府遷台。古寧頭戰役。 |
| 1950 | 主編「無邪報」。與友人於宜蘭創辦《駝鈴》詩刊，唯僅兩期。寫生平第一首詩〈空樓〉。 | 1950年，韓戰爆發。 |
| 1951 | 〈老將軍〉刊於台灣新生報副刊，為第一篇於報紙副刊刊出之散文作品。 | |
| 1953 | 小說〈情陷〉刊於文獎會刊物《小說創作》。 | |
| 1955 | 主編《自由勞工》雜誌。 | |
| 1956 | 中篇〈愛與恨〉參加國防部徵文，獲中篇小說組第一名。 | |
| 1957 | 第一部長篇《這一代》完成。 | |
| 1958 | 任青年戰士報編輯。 | 爆發八二三戰役。 |
| 1962 | 重病於高雄第二總醫院。於病床上完成《朝陽》。 | |
| 1964 | 《朝陽》獲中國文藝協會文藝獎章。 | |
| 1965 | 主編《前瞻》月刊，兼編《希望》雜誌「青年俱樂部」等文藝版面。1965年，「國軍新文藝運動輔導委員會」成立，田原為重要推手之一。 | |

| 年份 | 生平大事 | 歷史大事 |
|---|---|---|
| 1966 | 《古道斜陽》獲嘉新第二屆新聞獎之文藝創作獎。 | |
| 1968 | 《大地之歌》獲中山文藝獎。 | |
| 1970 | 以上校軍銜退役。 | |
| 1971 | 黎明文化公司成立。任總經理。 | |
| 1972 | 《青紗帳起》獲教育部文藝獎。 | |
| 1981 | 《朝陽》獲吳三連文藝基金會獎。 | |
| 1987 | 病逝於台北。 | 政府宣佈解嚴。 |

## 二、田原作品出版年表[*]

| 序號 | 書名 | 出版社 | 出版年月 | 文類 |
|---|---|---|---|---|
| 1 | 這一代 | 新中國出版社 | 1959 年 6 月 | 小說 |
| | | 百成書店 | 1962 年 8 月 | |
| | | 黎明文化公司 | **1986a 年 12 月** | |
| 2 | **感情的風暴** | 長城出版社 | **1962 年 9 月** | 小說 |
| | 煙雲 | 銀河出版社 | 1976 年 8 月 | |
| | 遠山含黛 | 國防部連隊書箱 | 1987 年 8 月 | |
| 3 | 朝陽 | 文壇社 | 1964 年 5 月 | 小說 |
| | | **黎明文化公司** | **1970 年 12 月** | |
| | 艷陽天 | 文壇社 | 1976 年 | |
| 4 | 青色年代 | 長城出版社 | **1965a 年 1 月** | 小說 |
| | | 國防部連隊書箱 | 1978 | |
| 5 | 辦嫁粧 | 長城出版社 | **1965b 年 2 月** | 小說 |
| | | 國防部連隊書箱 | 1980 年 11 月 | |
| 6 | 古道斜陽 | 長城出版社 | 1965 年 11 月 | 小說 |
| | | **皇冠出版社** | **1971a 年 3 月** | |
| | | 采風出版社 | 1986 年 5 月 | |
| 7 | 錘鍊 | 新中國出版社 | 1967 年 1 月 | 小說 |
| | | **黎明文化公司** | **1980a 年 11 月** | |

---

[*] 本表主要參酌自《田原自選集》及應鳳凰〈田原生平及其作品目錄〉一文而成。田原作品有許多重複出版者，或以不同筆名，或有不同作品名稱，然內容相同，本表列於最早出版者同一序號中，並列出各自不同出版社、出版年月。而做為本書引例之版本，則以粗體字表示，以為讀者參考。同年出版者，則分別以 a、b、c、d、e 等標示其異。

| 序號 | 書名 | 出版社 | 出版年月 | 文類 |
|---|---|---|---|---|
| 8 | 揚子江畔 | 瞻望出版社 | 1967年1月 | 小說 |
| 9 | 嘆息 | 霓虹出版社 | 1967年2月 | 小說 |
|  |  | 黎明文化公司 | **1981年1月** |  |
| 10 | 泥土 | 臺灣商務印書館 | 1967年5月 | 小說 |
| 11 | 遷居記 | **臺灣省政府新聞處** | **1967年6月** | 小說 |
|  | 喬遷之喜 | 小說創作社 | 1969年2月 |  |
|  | 搬家 | 采風出版社 | 1982年1月 |  |
| 12 | 春遲 | 新中國出版社 | 1968a年8月 | 小說 |
| 13 | 大地之歌 | 立志出版社 | 1968年1月 | 小說 |
|  |  | **水芙蓉出版社** | **1978年9月** |  |
|  | 大地之戀 | 大地出版社 | 1986年12月 |  |
| 14 | 圓環 | **文壇社** | **1968b年5月** | 小說 |
|  |  | 黎明文化公司 | 1977年5月 |  |
| 15 | 錯戀 | 生活雜誌社 | 1968c年8月 | 小說 |
| 16 | 迴旋 | **清流出版社** | **1968d年10月** | 小說 |
|  |  | 黎明文化公司 | 1980年7月 |  |
| 17 | 那一半 | 哲志出版社 | 1968e年10月 | 小說 |
| 18 | 天盡頭 | 文壇社 | 1969a年1月 | 小說 |
| 19 | 大黑馬 | 水牛出版社 | 1969b年9月 | 小說 |
| 20 | 松花江畔 | 時報文化出版公司 | 1970年1月 | 小說 |
|  |  | 皇冠出版社 | 1978年 |  |
|  |  | **大地出版社** | 1982年（修定初版） |  |
|  |  |  | 1984年（修定再版） |  |
|  |  |  | **1986b年（修定三版）** |  |
| 21 | 雨都 | 中華文藝月刊社 | **1971b年6月** | 小說 |
|  | 瀟瀟雨 | 源成出版社 | 1977年4月 |  |
| 22 | 男子漢 | 皇冠出版社 | **1971c年7月** | 小說 |
|  |  | 國防部連隊書箱 | 1978年 |  |
| 23 | 北風緊 | 驚聲文物供應公司 | 1971年8月 | 小說 |
|  |  | 黎明文化公司 | **1980d年11月** |  |
| 24 | 青紗帳起 | 皇冠出版社 | **1971d年8月** | 小說 |
|  |  | 黎明文化公司 | 1977年12月 |  |
| 25 | 我是誰 | 皇冠出版社 | 1972年5月 | 小說 |

| 序號 | 書名 | 出版社 | 出版年月 | 文類 |
|---|---|---|---|---|
| 26 | 四姊妹 | 台灣省政府新聞處 | 1973 年 6 月 | 小說 |
| | **四姐妹** | **華欣文化事業中心** | **1973a 年 8 月** | |
| | 青梅之戀 | 藍燈出版社 | 1976 年 12 月 | |
| | 三福公寓 | 幼獅文化公司 | 1987 年 4 月 | |
| 27 | 霧 | 皇冠出版社 | 1973b 年 10 月 | 小說 |
| 28 | 明天 | 皇冠出版社 | 1973c 年 12 月 | 小說 |
| 29 | 春雪 | 博愛出版社 | 1975a 年 8 月 | 小說 |
| 30 | 田原文集 | 水芙蓉出版社 | 1975b 年 8 月 | 小說、散文合集 |
| 31 | 田原自選集 | 黎明文化公司 | 1975c 年 12 月 | 小說 |
| 32 | 田原短篇小說集 | 華欣文化事業中心出版／中華文藝月刊社印行 | 1976 年 5 月 | 小說 |
| 33 | 鐵樹 | 瑞德出版社 | 1982 年 12 月 | 小說 |
| | | **大地出版社** | **1984 年 12 月** | |
| 34 | 差額 | 九歌出版社 | 1986c 年 7 月 | 小說 |

## 三、端木方作品表列

| 序號 | 作品名 | 期刊名／出版社 | 年代／卷期 | 篇幅 |
|---|---|---|---|---|
| 1 | 疤勛章 | 正中書局 | 1951 年 3 月 | 中篇 |
| 2 | 四喜子 | 《文藝創作》月刊／文藝創作社 | 1951 年 9 月第 5 期，另有單行本 1951 年 10 月 | 中篇 |
| 3 | 星火 | 《文藝創作》月刊／文藝創作社 | 1952 年 6-10 月，14-18 期。單行本，現代小說集第 9 集 | 中篇 |
| 4 | 拓荒 | 《文藝創作》月刊／文藝創作社 | 1954 年 11 月，43 期 | 中篇 |
| 5 | 殘笑 | 《文藝創作》月刊／文藝創作社 | 1954 年 12 月至 1955 年 1 月，44 期 -45 期 | 長篇 |
| 6 | 青苗 | 《文藝創作》月刊／文藝創作社 | 1955 年 12 月至 1956 年 2 月，56 期 -58 期 | 長篇 |
| 7 | 柳丫 | 《自由青年》半月刊 | 1957 年，18 卷第 1 期 | 短篇 |
| 8 | 嘴 | 《文壇》 | 1957 年 11 月，第 1 期 | 短篇 |
| 9 | 小末點 | 《幼獅文藝》 | 1957 年 5 月，6 卷 1 期 | 短篇 |
| 10 | 十七歲 | 《自由青年》半月刊 | 1959 年 8 月，22 卷第 4 期 | 短篇 |

| 序號 | 作品名 | 期刊名／出版社 | 年代／卷期 | 篇幅 |
|---|---|---|---|---|
| 11 | 再會噪音 | 《自由青年》半月刊 | 1960年10，24卷第8期 | 短篇 |
| 12 | 初夢 | 《自由青年》半月刊 | 1960年6月，23卷第11期 | 短篇 |
| 13 | 一加二等於一 | 《自由青年》半月刊 | 1961年1月至6月，25卷第1期至第12期 | 長篇 |
| 14 | 秋千院落 | 《中國語文》 | 1961年2月，8卷2期 | 短篇 |
| 15 | 拾夢 | 自由青年社 | 1962年1月 | 短篇集 |
| 16 | 七月流火 | 臺灣省新聞處 | 1970年2月 | 長篇 |
| 17 | 玉堂春 | 《聯合報》 | 1981年4月6-7日 | 中篇 |
| 18 | 摸夢 | 《中國現代文學大系——小說1》／巨人出版社 | 1972 | 短篇 |
| 19 | 亂世病 | 《六十名家小說選集下》／台北書局 | 1956 | 短篇 |
| 20 | 月兒彎彎 | 《聯合文學》第9期／（軍旅文學） | 1985 | 短篇 |

## 四、南郭作品表列

| 序號 | 書名 | 出版社 | 出版年月 | 文類 |
|---|---|---|---|---|
| 1 | 我的幾本創作 | 清流出版社 | 1973年1月 | 散文 |
| 2 | 細說人生 | 中華日報社 | 1978年12月 | 散文 |
| 3 | 文藝的履痕 | 中華日報社 | 1980年3月 | 散文 |
| 4 | 寡婦之春 | 中國文化書局 | 1934年 | 小說 |
| 5 | 春在窗外 | 現代書局 | 1936年 | 小說 |
| 6 | 駝鳥 | 亞洲出版社 | 1953年5月 | 小說 |
| 7 | 無字天書 | 亞洲出版社 | 1953年11月 | 小說 |
| 8 | 瘋女奇緣 | 新世紀出版社 | 1953年10月 | 小說 |
| 9 | 第一戀曲 | 亞洲出版社 | 1955年1月 | 小說 |
| 10 | 無情海 | 文藝春秋社 | 1955年2月 | 小說 |
| 11 | 龍女 | 兄弟出版社 | 1955年 | 小說 |
| 12 | 加色的故事 | 中國文學出版社 | 1956年1月 | 小說 |
| 13 | 神木 | 文化圖書公司 | 1956年 | 小說 |
| 14 | 巧婦 | 明華書局 | 1959年7月 | 小說 |
| 15 | 綺夢 | 明華書局 | 1959年 | 小說 |

| 序號 | 書名 | 出版社 | 出版年月 | 文類 |
| --- | --- | --- | --- | --- |
| 16 | 春暉 | 明華書局 | 1960年2月 | 小說 |
| 17 | 夜來風雨聲 | 幼獅書店 | 1961年12月 | 小說 |
| 18 | 淑女 | 幼獅文化公司 | 1962年 | 小說 |
| 19 | 從情場到戰場 | 長城出版社 | 1963年2月 | 小說 |
| 20 | 天網 | 大業書店 | 1963年1月 | 小說 |
| 28 | 春回大地 | 臺灣省新聞處 | 1965年11月 | 小說 |
| 29 | 龍鳳記（雙鳳記） | 立志出版社 | 1965年2月 | 小說 |
| 30 | 春暖花開 | 長城出版社 | 1967年1月 | 小說 |
| 31 | 還鄉吟 | 水牛出版社 | 1967年12月 | 小說 |
| 32 | 金色世紀 | 幼獅文化公司 | 1970年11月 | 小說 |
| 33 | 紅朝魔影 | 兄弟出版社 | 1955年12月 | 報導文學 |
| 34 | 吳樾 | 金蘭出版社 | 1985年3月 | 報導文學 |
| 35 | 水龍吟——吳樾傳 | 幼獅書店 | 1965年3月 | 傳記 |
| 36 | 霹靂手段——吳樾傳 | 近代中國出版社 | 1981年12月 | 傳記 |
| 37 | 斷腸紅 | 中廣廣播劇（未出版） | | 廣播劇 |
| 38 | 鐵馬金戈 | 中廣廣播劇（未出版） | | 廣播劇 |
| 39 | 倦鳥投林 | 中廣廣播劇（未出版） | | 廣播劇 |

# 引用書目

## 一、古籍

元・周密著,《武林舊事》,北京:學苑出版社,2001年。

元・關漢卿著,顧學頡選注,《感天動地竇娥冤・元人雜劇選》,北京:人民文學出版社,1998年。

宋・吳自牧著,《夢梁錄》,西安:三秦出版社,2004年。

宋・沈括著,《夢溪筆談》,台北:台灣商務印書館,1968年。

宋・孟元老著,《東京夢華錄》,台北:台灣商務印書館,1971年。

明・凌濛初著,《二刻拍案驚奇》,保定:河北大學出版社,2003年。

明・凌濛初著,《初刻拍案驚奇》,保定:河北大學出版社,2003年。

明・馮夢龍著,《馮夢龍全集1——古今小說》,南京:鳳凰出版社,2007年。

明・馮夢龍著,《馮夢龍全集3——醒世恆言》,南京:鳳凰出版社,2007年。

明・蘭陵笑笑生著,陶慕寧校注,《金瓶梅詞話》,北京:人民文學出版社,2000年。

## 二、專書

＊田原相關作品(請參照附錄二:田原作品出版年表)

尹雪曼(1983)中國新文學史論,台北:中央文物供應社。

巴代(2010)走過:一個台籍原住民老兵的故事,台北:印刻文學生活雜誌出版有限公司。

巴赫金(Михаил Михайлович Бахтинг)(2009)巴赫金全集第三卷・長篇小說的話語,白春仁、曉河譯,石家庄:河北教育出版社。

王文興(2000)家變,台北:洪範書店有限公司。

王書奴(1934)中國娼妓史,上海:生活書店。

王淑華(2010)唐代商人小說研究——以《太平廣記》所見為主,台北:中國文化大學文學研究所碩士論文。

王毓銓主編(2000)中國經濟通史・明代經濟卷(上),北京:經濟日報出版社。

矢內原忠雄（2003）日本帝國主義下之台灣，周憲文譯，台北：海峽學術出版社。

主計處編（1982）中華民國國民所得‧1981年，台北：行政院主計處。

白先勇（1995）第六隻手指，台北：爾雅出版社。

池井戶潤（2011）飛上天空的輪胎，邱香凝譯，台北：新雨出版社。

宋澤萊（1978）打牛湳村，台北：遠景出版事業公司。

宋澤萊（1995）廢墟台灣，台北：草根出版事業有限公司。

宋澤萊（1996）血色蝙蝠降的城市，台北：草根出版事業有限公司。

李立群（2008）演員的庫藏記憶——李立群人生風景，台北：中正文化中心。

李冰（2005）冰屋筆記，高雄：高雄市文獻委員會。

李菁怡（2009）元雜劇的商人形象，台中：逢甲大學中國文學所碩士論文。

利奧塔（Jean-Francois Lyotard）（1996）後現代狀況─關於知識的報告，島子譯，長沙：湖南美術出版社。

肖佩華（2008）中國現代小說的市井敘事，北京：學苑出版社。

余昭玟（1990）葉石濤及其小說研究，台南：成功大學歷史語言研究所碩士論文。

亞里士多德（Aristotélēs）（1993）詩學箋註，姚一葦箋註，台北：中華書局。

周時奮（2003）市井，濟南：山東畫報出版社。

林佩芬（1989）都市叢林股票族，台北：希代出版社。

林語堂（1994），林語堂名著全集‧第二十卷‧吾國與吾民，黃嘉德譯，長春：東北師範大學出版社。

林適存（1973）我的幾本創作，台北：清流出版社。

林鍾隆（1969）梨花的婚事，台中：台灣省政府新聞處。

邱坤良（2008）漂浪舞台：台灣大眾劇場年代，台北：遠流出版事業股份有限公司。

邱紹雄（2004）中國商賈小說史，北京：北京大學出版社。

邵萬寬、章國超（2007）金瓶梅飲食譜，濟南：山東畫報出版社。

邵毅平（2005）中國文學中的商人世界，上海：復旦大學出版社。

阿爾都塞（Louis Althusser）（2002）哲學與政治：阿爾都塞讀本，陳越等編譯，長春：吉林人民出版社。

侯如綺（2009）台灣外省小說家的離散與敘述（1950-1987），台中：東海大學中國文學系博士論文。

南郭（1965）春回大地，台中：台灣省政府新聞處。

南郭（1955）紅朝魔影（上、下），台北：兄弟出版社。

約翰‧菲斯克（John Fiske）（1993）瞭解庶民文化，陳正國譯，台北：萬象圖書股份有限公司。

段彩華（2002）北歸南回，台北：聯合文學出版社有限公司。

段義孚（Yi-fu Tuan）（1998）經驗透視中的空間和地方，潘桂成譯，台北：國立編譯館。

徐薇雅（2013）舒暢及其小說研究，台北市：國立台灣大學台灣文學研究所碩士論文。

馬克斯・韋伯（Max Weber）（1987）新教倫理與資本主義精神，于曉、陳維綱等譯，北京：三聯書店。

馬長山（2002）國家、市民社會與法治，北京：商務印書館。

馬森（1979）孤絕，台北：聯經出版事業股份有限公司。

馬森（1985）馬森戲劇論集，台北：爾雅出版社。

馬森（1997）燦爛的星空——現當代小說的主潮，台北：聯合文學出版社有限公司。

馬森（2006）中國現代戲劇的兩度西潮，台北：聯合文學出版社有限公司。

高宣揚（2004）布迪厄的社會理論，上海：同濟大學出版社。

高陽（1973）：《胡雪巖（上、中、下）》，台北：經濟日報出版社。

高陽（1977）：《紅頂商人》，台北：聯經出版事業股份有限公司。

高陽（1987a）：《燈火樓台（上、中、下）》，台北：聯經出版事業股份有限公司。

高陽（1987b）李鴻章，台北：遠景出版事業公司。

張惠信（1979）抓帳，台北：照明出版社。

張惠信（1992）隔閡的苦悶，台北：台陽出版社。

莊文福（2003）大陸旅台作家懷鄉小說研究，台北：中國文化大學中國文學系博士論文。

郭誌光（2006）戰後台灣勞工題材小說的異化主題（1945-2005），新竹：清華大學台灣文學研究所碩士論文。

郭澤寬（2010）官方視角下的鄉土——省政文藝叢書研究，高雄：麗文文化事業股份有限公司。

陳芳明（2011）台灣新文學史，台北：聯經出版事業股份有限公司。

陳芳明（2013）現代主義及其不滿，台北：聯經出版事業股份有限公司。

陳康芬（2007）政治意識形態、文學歷史與文學敘事——台灣五〇年代反共文學研究，花蓮：國立東華大學中國文學系博士論文。

陳華英（2009）《金瓶梅》西門慶商人形象研究，高雄：國立中山大學中國文學系研究所碩士論文。

陳薏安（2005）馮夢龍《三言》裡的士子與商人，台北：國立台灣師範大學國文學系在職碩士班碩士論文。

麥克・克朗（Mike Crang）（2003）文化地理學，楊淑華、宋慧敏譯，南京：南京大學出版社。

彭瑞金（1991）台灣新文學運動40年，台北：自立晚報出版社。

曾志誠（1999）被遺忘的痕跡——軍中話劇團隊的發展史錄，台北：國立藝術學院戲劇研究所碩士論文。

焦桐（1990）台灣戰後初期的戲劇，台北：台原出版社。

辜韻潔（2007）台灣當代商戰小說主題研究，桃園：中央大學中國文學研究所碩士論文。

黃仁宇（1988）放寬歷史的視界，台北：允晨文化實業股份有限公司。

黃仁宇（1991）地北天南敘古今，台北：時報文化出版企業股份有限公司。

黃仁宇（1994）從大歷史的角度讀蔣介石日記，台北：時報文化出版企業股份有限公司。

黃仁宇（1997a）中國大歷史，北京：三聯書店。

黃仁宇（1997b）資本主義與二十一世紀，北京：三聯書店。

黃仁宇（2004）大歷史不會萎縮，台北：聯經出版事業股份有限公司。

黃惠華（2006）《三言》、《二拍》商人形象研究，台北：國立政治大學國文教學碩士學位班碩士論文。

楊念慈（1967）犁牛之子，台中：台灣省政府新聞處。

楊明（2010）鄉愁美學——1949年大陸遷台作家的懷鄉文學，台北：秀威資訊科技股份有限公司。

楊菩華（2007）《三言》中商人形象的研究，嘉義：南華大學文學研究所碩士論文。

葉石濤（1991）台灣文學史綱，高雄：春暉出版社。

解昆樺（2012）臺灣現代詩典律與知識地層的推移：以創世紀、笠詩社為觀察核心，台北：秀威資訊科技股份有限公司。

劉文婷（2007）：馮夢龍《三言》商人形象研究，台北：台北市立教育大學中國語文學系碩士論文。

劉登翰等（1993）台灣文學史（下卷），福州：海峽文藝出版社。

樊洛平（2006）當代台灣女性作家小說史論，台北：台灣商務印書館。

歐崇敬（2011）後全球化時代的語文教育，台北：秀威資訊科技股份有限公司。

歐陽子（1976）王謝堂前的燕子——「台北人」的研析與索隱，台北：爾雅出版社。

蔡文川（2009）地方感——環境空間的經驗、記憶與想像，高雄：麗文文化事業股份有限公司。

蔡岱穎（2004）唐人小說中的商人書寫，雲林：雲林科技大學漢學資料整理研究所碩士班。

蔡國裕（2005）對日抗戰期間敵後游擊戰之研究——以山東地區為例，台北：中國文化大學大陸研究所碩士論文。

鄭穎（2006）野翰林——高陽研究，台北：印刻文學生活雜誌出版有限公司。

魯迅（2005）魯迅全集・第九卷，北京：人民出版社。

魯威（1993）市井文化，瀋陽：遼寧教育出版社。

盧克彰（1974）曾文溪之戀，台北：華欣文化事業中心。

盧克彰（1975）後街，台北：文壇出版社。

盧韻如（2007）晚明話本小說專集中之商人形象研究，嘉義：嘉義大學中國文學系研究所碩士論文。

龍瑛宗（2006）龍瑛宗全集（三），台南：國家文學館。

鍾雷（1966）小鎮春曉，台中：省政府新聞處。

羅秀美（2013）文明・廢墟・後現代──台灣都市文學簡史，台南市：國立台灣文學館。

羅盤（1973）高山青，台中：台灣省政府新聞處。

龔鵬程（1997）台灣文學在台灣，台北：駱駝出版社。

葉石濤（2008）葉石濤全集18・評論卷6，台南市：台灣文學館。

端木方（1951）疤勛章，台北：正中書局。

# 三、期刊論文

方朝暉（1994）市民社會的兩個傳統及其在現代的匯合，中國社會科學，5: 82-102。

王鴻泰（2000.9）從消費的空間到空間的消費──明清城市中的酒樓與茶館，新史學，11 (3): 1-48。

甘佳平（2011.6）《人間喜劇》人物類型──巴爾札克的夢想、經驗與創作，淡江外語論叢，17: 80-105。

白步（1971.11）評「雨都」，文藝月刊，9版。

列斐伏爾（2003）空間：社會產物與使用價值，現代性與空間的生產，上海：上海教育出版社，47-58。

李力庸（2008.5）日治時期桃園地區產業組合與農村經濟（1913-1929），「桃園文學與歷史學術研討會」，桃園：私立萬能科技大學，1-22。

李黎（2010.6）昨日之河，印刻文學生活誌，82: 194-209。

辛鬱（1976.1）冬日寒雨談往事──小說家盧克彰訪問記，中華文藝，59: 17。

易安（1972.1）評「遷居記」，文壇，26-31。

林燿德（1996）當代台灣小說中的上班族／企業文化，五十年來台灣文學研討會論文集，台北：文建會，183-202。

金蕾（1971）行不言教──評田原著的「古道斜陽」──，古道斜陽，647-661。

姜穆（1987.10a）心靈飛動，生滅自如──評田原著大地出版《松花江畔》，解析文學，台北：黎明文化事業股份有限公司，39-47。

姜穆（1987.10b）田原之鳴也，高歟！，解析文學，台北：黎明文化事業股份有限公司，48-57。

柏丁（1986）我看「這一代」，這一代，台北：黎明文化事業股份有限公司，321-335。

胡金望、張則桐（2008.1）從西門慶形象看晚明官商文化的特徵，徐州工程學院學報，23 (1): 62-65。

胡健、董春時（2005.3）市民社會的概念與特徵，西北大學學報（哲學社會科學版），35 (2): 113-116。

胡創偉、衛鐵民（2001.11）台灣小吃嘗透透，記者觀察，37。

徐亞湘（2013.7）戰後初期中國劇作在台灣演出實踐探折，戲劇研究，12: 121-164。

張岳、林劉亮（2014.12）「三言」「二拍」的酒樓敘事，皖西學院學報，30 (6): 104-108。

張榮洁（2005.11）「市民社會」的理論和現實，廣西民族學院學報・哲學社會科學版，27 (6): 111-113。

張騰蛟（2003.7）筆與槍結合的年代──簡述早期軍中文藝及文藝刊物之興起與發展，文訊，213: 35-42。

莊曙綺（2006.3）台灣戰後四年（1945-1949 現代戲劇的發展概況，民俗曲藝，151: 185-252。

郭文、黃震方（2013.2）基於場域理論的文化遺產旅遊地多維空間的生產研究，文化地理，130: 117-124。

郭澤寬（2009.6）從「秧歌劇」與「戲曲反共抗俄劇」看政治宣傳戲曲的操作，民俗曲藝，164: 97-161。

陳火土（1969）建議公賣局銷售太白酒請恢復甕裝以減輕貧困農工漁民負擔案，台灣省議會公報，20 (15): 571。

陳其南（1984）土著化與內地化：論清代台灣漢人社會的發展模式，中國海洋發展史論文集，台北：中央研究院三民主義研究所，335-336。

雪茵（1966）文藝界役政訪問隨行散記，鳳凰村的戰鼓，台中：台灣省政府新聞處，61。

彭瑞金（1992）讀「李冰自選集」，向陽門第，台北：彩虹出版社，208-212。

范銘如（1999.9）台灣新故鄉──五十年代女性小說，中外文學，28 (4)，106-125。

曾品滄（2011）從花廳到酒樓：清末至日治初期台灣公共空間的形成與擴展（1895-1911），中國飲食文化，7 (1): 89-142。

虞邦祥、林月雲、張小鳳（2009.8）傳承或變革：台灣企業接班歷程之質性研究，組織與管理，2 (2): 109-153、111。

趙菲（2012）淺析《紅樓夢》中的服飾描寫，山東省農業管理幹部學院學報，29 (4): 144-146。

趙慶華（2007.4）相聚、離開、沉默、流浪──閱讀蘇偉貞的「眷村四部曲」，台灣文學研究，1 (1): 142-187。

劉心皇（1951.1）懷鄉病，中國勞工，5: 18-19。

劉驤（2010.8）一曲人性壓抑的悲歌──且說中國現代小說中的變態型寡婦形象，呼倫貝爾學院學報，4 (18): 57-59。

劉驤（2010.12）中國現代小說中的功利型寡婦，忻州師範學院學報，26 (6): 19-21。

劉驤（2010.10）母系「鐵閨閣」中的男權忠臣──試析中國現代小說中的專制型寡婦，寶雞文理學院學報（社會科學版），30 (5): 93-94、103。

墨虹（1985.6）田原的「古道斜陽」，文訊，18: 184-185。

蔡明志（2011）台灣公眾飲酒場所初探：1895-1980s，中國飲食文化，7 (2): 121-167。

蔡振念（2011.6）李昂與卡夫卡存在主義小說比較論，中正大學中文學術年刊，17: 229-256。

鄭林鐘（1986.10）商戰小說：一種新的類型，文訊，26: 147-152。

盧克彰（1966.10）中國的巴爾札克——田原，自由青年，149／36 (7): 25-26。

穆雨（1985.5）大漠孤煙——寫小說家田原的文藝風格及人物造型，新書月刊，40-41。

穆雨（1986）序——從「這一代」談田原小說之神思，這一代，台北：黎明文化事業股份有限公司，1-33。

穆雨（1986.12）大漠孤煙直，長河落日圓——田原小說試論（上），文訊，27: 14-23。

穆雨（1987.2）大漠孤煙直，長河落日圓——田原小說試論（下），文訊，28: 190-196。

應鳳凰（1987.8）田原生平及其作品目錄，文訊，31: 246-254。

## 四、報紙

〈三千元典來錢樹子五分利限交十個人——誤認非人村姑竟入火煉獄泣告警伯惡鴇母難逃法網〉，《聯合報》1953年9月22日，3版。

〈可憐山上黃金菊開向平地經風霜一度出嫁又回閨閣為製嫁裝出來賺錢〉，《聯合報》1953年2月25日，4版。

〈全省地方戲劇比賽初賽日程決定不參加比賽將撤銷登記避免糾紛不得借調團員〉，《聯合報》1959年11月4日，2版。

〈年華方逾二八身遭三次販賣〉，《聯合報》1952年1月22日，6版。

〈快談——訪田原〉，《聯合報》1987年3月18日，8版。

〈明珠埋沒煙花巷鴇母虐待撕衣裳〉，《聯合報》1952年11月26日，4版。

〈流不盡的養女淚〉，《聯合報》1951年10月28日，7版。

〈評田原的「嘆息」〉，《自立晚報》1967年3月5日，6版。

〈黃牛兩頭拘送管訓〉，《聯合報》1951年10月9日，7版。

〈養女被迫賣淫向婦女會呼援〉，《聯合報》1951年10月26日，7版。

方舟，〈談魚〉，《聯合報》1955年8月22日，6版。

王鼎鈞，〈我和軍營的再生緣——台灣國軍文藝運動鉤沉〉，《聯合報》2008年10月25日，E3版。

王德威，〈五十年代反共小說新論——一種逝去的文學（上）〉，《聯合報》1994年3月17日，43版。

王德威，〈五十年代反共小說新論——一種逝去的文學（中）〉，《聯合報》1994年3月18日，37版。

王德威，〈五十年代反共小說新論——一種逝去的文學（下）〉，《聯合報》1994年3月19日，37版。

田原口述，丘彥明記錄，〈鋼盔上的桂冠（中）在軍中成長的新文藝作家・田原，沒有軍隊，就沒有我，更沒有我的文學〉，《聯合報》1979年9月4日，8版。

石陵，〈田原「迴旋」評介〉，《青年戰士報》1968年12月22日，7版。

朱西甯，〈譬如一雙鄰兵・追懷國軍新文藝運動——功臣田原先生〉，《台灣新生報》1987年11月4日，7版。

何凡，〈玻璃墊上・恨身非我有〉，《聯合報》1954年6月23日，6版。

何凡，〈玻璃墊上・自殺座位〉，《聯合報》1954年8月27日，6版。

何凡，〈玻璃墊上・慢車情調〉，《聯合報》1955年6月1日，6版。

何凡，〈玻璃墊上・「說山」後記——談輔導三輪車夫轉業〉，《聯合報》1956年7月7日，6版。

何凡，〈玻璃墊上・梁先生的下女〉，《聯合報》1959年5月1日，7版。

金蕾，〈評田原著「古道斜陽」〉，《青年戰士報》1970年3月12日，7版。

姜穆，〈圓環的圓：評田原「圓環」〉，《台灣新聞報》1979年5月29日，12版。

姜穆，〈田原「圓環」評介〉，《中華日報》1979年6年28日，9版。

秋，〈下女頌〉，《聯合報》1953年3月11日，6版。

夏楚，〈看田原的作品——以古道斜陽抽樣〉，《民眾日報》1980年9月21日，12版。

桑田，〈尚古與容新：讀田原著「男子漢」（上、下）〉，《青年戰士報》1974年7月16日，8版。

袁聖梧，〈談鄉土文學兼評田原的「古道斜陽」〉，《青年戰士報》1968年7月28日，7版。

馬森，〈何處是吾家？〉，《聯合報》2003年4月5日，E7版。

張行知，〈評「古道斜陽」〉，《青年戰士報》1966年2月11日，3版。

張默，〈愛與悲憫的輻射——淺談田原的瀟瀟雨〉，《民眾日報》1980年9月21日，12版。

陳宗仁，〈張克東樓起樓塌人去沉浮一生〉，《聯合晚報》1991年6月23日，5版。

陳宛茜，〈軍中作家封號——司馬中原不在乎〉，《聯合報》2009年5月13日，A6版。

陳紀瀅，〈文人典範，事業榜樣——敬悼田原兄的去世〉，《青年戰士報》1987年9月9日，10版。

陳蔚青，〈我看「松花江畔」〉，《大華晚報》1986年5月6日，11版。

楊譽卿，〈評田原的「嘆息」〉，《自立晚報》1967年3月5日，6版。

葉榮鐘，〈林獻堂與梁啟超〉，《大華晚報》1967年2月3日，5版。

穆雨，〈田原作品「遠山含黛」（上、下）〉，《青年日報》1987年5月30日，11版。

霜木，〈黃牛能絕乎〉，《聯合報》1951年10月9日，8版。

王少雄，〈評田原的「松花江畔」（上、中、下）〉，《中華日報》1974年8月10日，9版。

尼洛口述，丘彥明記錄，〈鋼盔上的桂冠（上）在軍中成長的新文藝作家尼洛——在寫作的過程中我是較幸運的〉，《聯合報》1979年9月3日，8版。

## 五、網頁資料

Mochi 的部落格（2013.10.5）東北－哈爾濱。長春。瀋陽。大連，http://mochi1117.pixnet.net/blog/post/163832777。下載日期：[2014.7.13]

[台北事] 關於台北的曾經（2012.8.1）江山樓、蓬萊閣──早期台灣的酒家文化，http://taipeisomethings.blogspot.tw/2012/08/blog-post_1598.html。下載日期：[2015.3.31]

臺灣女人（不著年月）竹籬笆內的桃花源──眷村婦女生活，http://women.nmth.gov.tw/zh-tw/Content/Content.aspx?para=56&page=0&Class=26。下載日期：[2015.3.26]

清華大學台灣文學所教學平台（2014.12.12）反共（歷史）小說論：從「疤勳章」到「旋風」，http://www.tl.nthu.edu.tw/stu/viewtopic.php?CID=19&Topic_ID=34。下載日期：[2014.12.12]

王乾任（2011.4.28）台北也有島耕作！商戰小說席捲兩岸，天下雜誌，http://www.cw.com.tw/article/article.action?id=5006388。下載日期：[2015.6.6]

呂國禎（2015.1.6）台灣將進入企業交棒高峰！企業二代上課學「接班」，天下雜誌，http://www.cw.com.tw/article/article.action?id=5063494#。下載日期：[2015.6.21]

李瑞騰（2015.6.17），文壇行走楊念慈怎麼會是軍中作家，人間福報，http://www.merit-times.com.tw/NewsPage.aspx?unid=404291。下載日期：[2015.7.28]

林岱（2006.8.17）父親小傳，http://hoohoowee.blogspot.tw/2006/08/blog-post_115578869440882549.html。下載日期：[2014.12.1]

郭佳容（2015.5.24）軍中作家楊念慈 93 辭世，中國時報，http://www.chinatimes.com/newspapers/20150524000385-260115。下載日期：[2015.7.28]

藍博洲（2015.6.21）六堆客家庄的農民戰士──邱連球，http://hakka.zzd.stu.edu.tw/content.php?id=6456。下載日期：[2015.6.21]

莊金國（2002.7.2）葉石濤質疑　台灣小說中為何不見農、漁村和山海？，新台灣新聞週刊 327 期，http://www.newtaiwan.com.tw/bulletinview.jsp?bulletinid=983。下載日期：[2015.1.13]

經濟新潮社（2008.12.28）談談日本的經濟小說，http://ecocite.pixnet.net/blog/post/22220866。下載日期：[2015.6.3]

梁文薔（2007.11.14）父親梁實秋──回憶我的家教，今晚報，http://www.chinawriter.com.cn/2007/2007-11-14/64713.html。下載日期：[2014.12.1]

# 後記

　　五年前，前一本著作《官方視角下的鄉土——省政文藝叢書研究》出版，在後記中先感謝的是馬老師，感謝他幫我看稿、寫序。五年後，這本《田原小說論》出版，又勞動老師寫序，老師依然又從頭到尾細細看過，雖然我自己已經校了幾次，但還有許多錯漏難逃於老師前年底將白內障摘除後更為銳利的眼下，一一現形，又勞煩老師做同樣的事，實在又感謝、又不好意思。自己的學術生涯受益於老師的不僅在學術上，老師治學、做人態度與至今源源不斷的成果發表，更是我永遠追隨的目標，雖然這是如此難以企及。謝謝老師，祝他身體健康、全家安康。

　　本書是101年度國科會（現科技部）計畫【田原作品中的台灣經驗】的成果之一，感謝科技部經費的挹注。出版前，得益於華藝學術出版社的審編小組與數位匿名學術審查委員具體的修正意見，在此表示感謝。也感謝書寫期間，在研究室幫忙的麗姿、嘉臻、卉宥、閔婷；也感謝被請來幫忙校對，我課堂上的研究生暄方、修平、惠瑄、仲聞、曉孟、國芳、秋蓉、泓宇、堃明、稔雅。雖說如此，本書文責依然全在我身上。

　　當然也要感謝我的家人，尤其我的太太阿丹，書寫期間，家中小孩正忙於升學，她去除我的後顧之憂，甚而也是我家中書籍的掌門人，我需要哪一本書，往往數分鐘後，就會出現在我的書桌上，精準無比毫不遲延。而學校提供這樣的教學、研究環境，系上主任對我的照顧，與系上同仁融洽的相處氣氛，我也從中得益，本書即書寫於這樣的環境中，在此感謝。

　　本書可說是繼《官方視角下的鄉土——省政文藝叢書研究》之後，又再次對於台灣文學發展史上另一個重要的現象——軍中作家的創作，以田原為主要對象所進行的相關研究。軍旅出身的作家，做為一種群體的指稱，他們與權力依附的關係，或是作品中呈現的意識形態，往往是諸多文學史論關注、論述的重點。然當我一本本細讀他們的作品後，尤其是田原，不管是他以北國故園或是以現實台灣為背景的作品，其場景動作描寫、人

物描摹、語言再現，或是諸多台灣城市市井生活片斷的描述等，全然吸引做為一位讀者的我，讓我不禁思考，除了文學史論中對他們常見的一些評語之外，是否忽略了他們了什麼？本書即是從這樣的思考下引發所形成。

　　隨著時間流逝，在我青少年時期，學校中、市集裡時可聽聞不知來自何省、何府的方音，如今已越來越少，他們是逐漸凋零了，然他們的子孫與他們所帶來的一切，也早已不分彼此融入這塊土地之中，這也是台灣現代史上重要的現象之一，絕對是很「台灣的」。時間是助融劑，同時也如明礬般，具有澄清、沉澱之效，本書且以田原為主要研究對象，說明他是所謂的軍中作家，但他應也是一位立足本土、書寫本土的作家，且相信應不只有他，在台灣文學發展史中，與他相同背景的，還有許多值得發掘的對象，更多值得開發的議題——我以此自勵。

　　　　　　　　　　　　　　　書寫於 105 年 1 月暖冬中的屏東烏龍

國家圖書館出版品預行編目（CIP）資料

田原小說論 / 郭澤寬著 . -- 初版 . -- 新北市 : 華藝學術
出版 : 華藝數位發行, 2016.02
　面 ; 公分
ISBN 978-986-437-047-4( 平裝 )
1. 臺灣小說 2. 文學評論
863.27　　　　　　　　　　　　　　　　105002041

# 田原小說論

作　　者／郭澤寬
責任編輯／鄭雅蓮
執行編輯／古曉凌
封面設計／ZOZO DESIGN
版面編排／王凱倫

發 行 人／鄭學淵
總 編 輯／范雅竹
發行業務／陳水福
出　　版／華藝學術出版社（Airiti Press Inc.）
　　　　　地　　址：234 新北市永和區成功路一段 80 號 18 樓
　　　　　電　　話：(02)2926-6006　傳真：(02)2923-5151
　　　　　服務信箱：press@airiti.com
發行單位／華藝數位股份有限公司
　　　　　戶名（郵局／銀行）：華藝數位股份有限公司
　　　　　郵政劃撥帳號：50027465
　　　　　銀行匯款帳號：045039022102（國泰世華銀行　中和分行）
法律顧問／立暘法律事務所　歐宇倫律師
ISBN　／978-986-437-047-4
DOI　 ／10.6140/AP9789864370474
出版日期／2016 年 2 月初版
定　　價／新台幣 500 元

版權所有‧翻印必究　　Printed in Taiwan
（如有缺頁或破損，請寄回本社更換，謝謝）

本書為科技部計畫：「田原小說中的台灣經驗」(101-2410-H-259-044-) 之成果之一。
感謝科技部。